C'ÉTAIT POURTANT L'ÉTÉ

MAEVE BINCHY

C'ÉTAIT POURTANT L'ÉTÉ

Traduit de l'anglais par Maud Sissung
et Marc Duchamp

ÉDITIONS DU
ROCHER
Jean-Paul Bertrand

Titre original : *Light a Penny Candle*.

Tous droits de traduction, de reproduction et d'adaptation réservés pour tous pays.
© Maeve Binchy, 1982.
© Maud Sissung et Marc Duchamp, 1983, pour la traduction française.
© Éditions du Rocher, 1998, pour la présente édition.
ISBN 2 268 02889 5

PREMIÈRE PARTIE

1940-1945

1

D'un coup sec, Violet referma le roman qu'elle venait de terminer. Décidément, c'était toujours la même histoire. Qu'un beau mâle apparaisse, et la petite oie blanche sans cervelle se pâmait. Pas difficile d'imaginer la suite. Il étoufferait ses velléités de protestation sous des baisers passionnés, l'étourdirait par des témoignages irrécusables de sa passion... Elle n'aurait qu'à se laisser emporter, cajoler, servir. C'est lui qui organiserait en détail son enlèvement, leur mariage, le voyage qui les mènerait dans son domaine en Amérique du Sud. Elle ignorerait toujours l'ennui, la fatigue de faire la queue dans une agence de voyages, devant un guichet de chemin de fer, dans un consulat. Violet était loin de tout ça. Sa matinée, elle l'avait passée à poireauter dans des magasins pour trouver de quoi manger. Quand on pense qu'il y a des femmes que ça amusait, à qui ça donnait des ailes : « Si vous me dites où vous avez déniché ces carottes, je vous donne mon tuyau pour le pain ! »

Violet était aussi passée à l'école et la discussion qu'elle avait eue avec Miss James l'avait laissée très mécontente. Miss James avait prétendu que tous les parents de ses élèves avaient soit de la famille soit des amis à la campagne, qu'il était donc inutile qu'elle s'occupe de leur évacuation. Pour le moment, il n'était pas question que sa classe s'éparpille aux quatre coins du pays pour se gaver des bons produits des fermes à l'abri des bombardements. Et c'est d'un ton aigre qu'elle avait conclu en affirmant que Mr et Mrs White avaient obligatoirement des amis à la campagne. Du coup, Violet avait été amenée à se poser la question : avaient-ils des amis, à Londres ou ailleurs ? Elle sentit irritée, irritée contre Miss James qui l'obligeait à s'interroger là-dessus. George avait bien des cousins dans le Somerset, près de Wells, mais il y avait belle lurette qu'il les avait perdus de vue. Oui, elle avait lu le récit émouvant et déjà rebattu de familles depuis longtemps dispersées dont les membres se retrouvaient grâce aux enfants qu'il avait fallu éloigner de la capitale... mais ça ne risquait pas d'arriver à George. Violet ne connaissait personne. Son père et sa seconde femme habitaient Liverpool mais elle était brouillée avec eux depuis longtemps, inutile d'escompter une hypothétique réconciliation. D'ailleurs pour en arriver là, il fallait supposer qu'on avait rouvert les anciennes blessures pour examiner les torts réciproques et se pardonner. Depuis le temps, personne ne se souvenait plus de grand-chose. Autant s'abstenir.

De toute façon Elizabeth ne serait pas facile à évacuer; il n'y avait pas plus timide, plus empotée. Quel malheur pour elle d'avoir justement hérité tout le côté maladroit, timoré, de son père. Comme lui, elle s'attendait toujours au pire. Oh, finalement ce n'était peut-être pas plus mal. Violet en arrivait à se demander si Elizabeth et George n'avaient pas la meilleure part. Les échecs, les déboires ne les prenaient jamais au dépourvu, c'était toujours très au-dessous de toutes les avanies qu'ils avaient prévues.

Inutile d'essayer d'en discuter avec George. En ce moment George n'avait qu'une chose en tête : se plaindre de ce pays où n'importe quel minus pouvait être appelé sous les drapeaux tandis qu'on refusait les services d'un homme comme lui, qui aurait pu être d'une réelle efficacité pour sa patrie en guerre... Il n'avait pas suffi qu'il ait journellement sous les yeux tous ces freluquets qui faisaient du zèle à la banque, remuaient ciel et terre pour avoir de l'avancement et pouvoir s'acheter une automobile; une humiliation plus cuisante l'attendait. Au moment où leur pays était menacé, où la nation était en danger, George s'était entendu dire que le bon fonctionnement de certains services, comme les banques, était également essentiel pour le pays.

A la visite médicale, on ne lui avait trouvé aucune maladie grave, simplement il avait les pieds plats, une respiration sifflante, les sinus en mauvais état, des varices, et il était un peu sourd d'une oreille. Il n'empêche qu'on le jugeait indigne de sacrifier sa vie à son pays.

De temps à autre un vieux regain d'affection parcourait Violet qui compatissait alors aux tourments de son époux. Mais le reste du temps elle sentait qu'il s'acharnait à s'attirer de nouveaux ennuis et qu'il ne devait s'en prendre qu'à lui-même s'il allait d'humiliations en déceptions.

Et une fois de plus, c'était à Violet et à elle seule qu'il incomberait de trouver le moyen de mettre Elizabeth à l'abri des bombardements.

Violet se leva, examina son visage dans la glace. Ça pouvait aller. Si elle se référait aux critères de beauté des magazines féminins, elle avait un joli teint. Ses cheveux étaient d'une blondeur naturelle. Elle n'avait pas attendu cette épouvantable guerre qui imposait à tout le monde de suivre un régime jockey pour veiller à ne pas manger n'importe quoi. Mais alors, pourquoi manquait-elle à ce point d'éclat ? Pourquoi son visage était-il terne, dépourvu de vie ? Oui, elle avait grise mine, mais il y avait de quoi. Enfin, qui n'aurait pas grise mine après n'avoir jamais connu que des désillusions ? Pourquoi, par exemple, le garçon qui lui avait dit qu'elle avait des yeux couleur de son prénom n'était-il finalement qu'un escroc au petit pied, qui s'était déconsidéré dans le quartier ? Et pourquoi celui qui lui avait prédit une carrière de chanteuse ne songeait-il, en réalité, qu'à lui faire pousser la romance après l'avoir grisée de champagne ? Et pour couronner le tout, il avait fallu qu'elle tombe sur ce jeune employé de banque dévoré d'ambition, qui allait en un rien de temps les propulser dans les hautes sphères de la société londonienne avec une maîtrise telle qu'elle entendrait son nom voler de bouche en bouche, enviée d'avoir épousé un homme si distingué, si heureux en affaires, le même qui en ce moment courbait le dos dans la succursale où il était enterré pour la vie. Non, pas étonnant que son visage ait tendance à se confondre avec le décor. Tout avait toujours été si décevant, si triste, si minable.

Sur la couverture du roman emprunté à la bibliothèque, un homme à la carrure athlétique, à la mâchoire autoritaire, se tenait adossé à un vieux pommier noueux, une cravache à la main. Violet se demandait si on ne devrait pas poursuivre devant les tribunaux les gens qui se complaisaient à écrire de telles inepties.

Elizabeth rentrait de l'école en traînassant. Miss James lui avait dit que Maman était passée la voir. Elle avait ajouté qu'il n'y avait pas de quoi prendre cet air inquiet. Sa Maman était simplement venue s'informer sur ce qui se passerait lorsque toutes les fillettes partiraient dans des endroits tranquilles, à la campagne ou à la mer.

Elizabeth avait compris qu'il s'agissait de « vaccination ». Mais pas du tout. C'était un mot très long, qui sonnait dangereusement. Pour la rassurer, Papa avait ri en la prenant dans ses bras et Maman avait souri : l'évacuation, c'était lorsqu'on envoie les enfants à la campagne pour leur éviter d'être blessés dans les bombardements. Elizabeth avait voulu savoir pourquoi les parents ne partaient pas, eux aussi, à la campagne. Parce qu'ils devaient aller travailler à la banque, lui avait répondu Papa, tandis que Maman prenait un air pincé. Et soudain le petit moment de gaieté suscité par l'erreur d'Elizabeth avait volé en éclats. Papa avait répliqué que ce n'était toujours pas le travail qui empêchait Maman d'aller à la campagne. Maman lui avait presque crié que si elle avait travaillé, elle, elle ne serait pas restée quinze ans rivée dans la même place, au plus bas de l'échelle.

Prenant prétexte de devoirs à faire, Elizabeth s'était sauvée pour aller ramasser une vieille poupée qu'elle s'était mise à déchiqueter méthodiquement, en pleurant. Qu'est-ce qu'elle pourrait bien faire pour qu'ils sourient plus souvent, qu'est-ce qu'elle avait fait qui les mettait sans arrêt en colère ?

Aujourd'hui une nouvelle peur lui serrait le cœur. Est-ce que Maman s'était disputée avec Miss James et pour quelle raison ? L'autre fois, lorsque Miss James leur avait appris des comptines, Maman avait déclaré qu'elle était idiote. « Faire chanter de telles sottises à des grandes filles de dix ans ! » Après ça, les comptines avaient perdu toute leur drôlerie...

C'était un vrai casse-tête pour Elizabeth de deviner quand Maman serait de bonne humeur. Parfois, elle était gaie des jours entiers, comme par exemple lorsqu'ils étaient allés au music-hall et que Maman y avait rencontré un ancien ami qui avait déclaré que Maman chantait mieux que n'importe quelle artiste de Londres. Papa avait été plutôt interloqué, mais après ça Maman était tout enjouée, elle avait même proposé qu'on aille tous manger du poisson frit, et c'est alors que Papa s'était déridé. Jamais Maman ne proposait quelque chose d'aussi commun. A la maison, quand elle en faisait c'étaient des petits poissons pleins d'arêtes et on utilisait de curieux couteaux pour les manger. Ce n'étaient pas de vrais couteaux mais Maman y tenait beaucoup. C'était un cadeau de mariage et il fallait faire très attention en les lavant de ne pas mettre les manches dans l'eau. Elizabeth n'aimait pas le poisson. Pourtant elle était ravie de le voir arriver sur la table car invariablement les couteaux mettaient Maman dans de bonnes dispositions.

Parfois, en rentrant de l'école, elle trouvait Maman en train de chanter : il n'y avait pas de meilleur présage. Il arrivait aussi que Maman vienne s'asseoir sur le lit d'Elizabeth et lui caresse ses beaux cheveux blonds en lui parlant de son enfance, et des livres qu'elle lisait alors, où des hommes accomplissaient des exploits en l'honneur de belles dames. Ou bien elle la faisait mourir de rire en lui décrivant les bonnes sœurs qui tenaient le pensionnat de jeunes filles. Ces catholiques croyaient aux choses les plus ahurissantes. Heureusement, Maman était dispensée d'assister aux cours d'instruction religieuse; pendant ce temps-là, elle allait se promener.

Ce qu'il y avait de terrible, c'est qu'on ne pouvait jamais savoir si Maman allait être agréable ou grincheuse. En ce moment, elle écrivait une lettre. C'était un fait assez exceptionnel. Elizabeth se dit que c'était sûrement pour se plaindre, peut-être de Miss James. Pourvu qu'il n'en soit rien. Elle s'approcha, oppressée.

— Tu es occupée, Maman ?

Elle attendit. Une petite fille de dix ans, blonde, très frêle. Ses cheveux étaient si clairs, presque transparents, ramenés en arrière par un ruban. Lorsqu'elle était très nerveuse — comme maintenant — de petites mèches s'échappaient et rebiquaient hardiment. Autour de ses yeux la peau était d'une blancheur nacrée avec laquelle contrastaient violemment des pommettes écarlates.

— Je vais t'envoyer chez Eileen.

Eileen, c'était un nom sur une carte de vœux, à Noël, ou accompagnant le petit jouet bon marché qui arrivait pour son anniversaire. L'année dernière, Maman avait dit qu'elle aimerait bien qu'Eileen renonce aux cadeaux d'anniversaire, c'était idiot cette habitude. On ne s'attendait tout de même pas à ce qu'*elle* se souvienne des anniversaires de la douzaine d'enfants d'Eileen.

— Je ne vois pas d'autre solution.

Les yeux d'Elizabeth se remplirent de larmes. Qu'est-ce qu'elle pourrait bien faire pour qu'on lui permette de rester ? Elle aurait tant voulu être une petite fille que ses parents gardent près d'eux, ou accompagnent.

Les yeux rivés sur le tapis, elle se risqua :

— Tu vas venir avec moi ?

— Grand Dieu ! Non, ma chérie.

— Je croyais que...

— Elizabeth, sois raisonnable. Il m'est impossible d'aller chez Eileen, chez les O'Connor, avec toi... Ma chérie, ils habitent en Irlande, ce n'est pas à côté. Il n'en est pas question.

Le jeudi on n'avait pas le temps de souffler. En venant au marché, les fermiers déposaient leur commande au magasin. Sean n'avait pas d'autre aide que Jemmy, un garçon un peu simple, qui apportait le matériel entreposé dans la remise. Il avait répété cent fois aux enfants qu'il ne voulait pas les voir dans le magasin le jeudi. De sa main sale, il essuya la sueur sur son front. Aisling et Eamonn venaient de faire irruption en poussant des cris perçants.

— Où est Maman, Pap, où est Maman ? hurlait Aisling.

— Où est Maman ? Où est Maman ? reprenait Eamonn.

Peggy qui arrivait sur leurs talons en les houspillant ne fit qu'ajouter au vacarme.

— Est-ce que vous allez venir ici, petits vauriens ! criait-elle en riant. Aisling, si je t'attrape, la peau des fesses va t'en cuire. Combien de fois votre père vous a menacés de vous enfermer à double tour s'il vous trouvait là le jeudi ?

Dans le magasin, les fermiers de passage continuaient de discuter de leurs affaires tout en suivant d'un œil narquois ce beau remue-ménage. Le bonnet de travers, dans son tablier malpropre, Peggy se délectait de l'effet produit. Ignorant la mine navrée de Sean, elle gesticulait avec autant de plaisir que les enfants, non sans lancer à la dérobée des regards engageants aux fermiers, qui voudraient peut-être la retrouver en fin de journée lorsque la tournée des pubs les aurait rendus audacieux et entreprenants. Quant à Jemmy, portant les planches qu'il devait charger sur une remorque, le ravissement l'avait cloué sur place, bouche ouverte.

— Emporte-moi ces sacrées planches et reviens aussitôt ! lui lança Sean. Bon, Michael, fais pas attention à ces singeries ; ils ne perdent rien pour attendre. Tu as besoin de combien de sacs de plâtre ? Tu ne refais pas ton hangar d'un seul coup, tu en prendras au fur et à mesure ?

Attirée par le tumulte, Eileen était sortie de son petit bureau et descendait dans le magasin. Avec ses lambris en acajou et ses quatre murs percés de fenêtres, la pièce où elle travaillait ressemblait à une chaire fermée. Cette comparaison venait de son fils aîné, le jeune Sean, qui lui avait un jour suggéré de faire des sermons aux clients au lieu de rester clouée devant les livres de comptes. Mais sans comptabilité, que serait-il advenu du magasin, de la maison, et de ce luxe que représentaient Peggy et Jemmy ? Et par parenthèse, les quelques shillings que Jemmy se faisait tous les jeudis amélioraient son statut dans sa famille.

C'est un visage sévère et fermé que virent arriver les enfants survoltés, aussitôt empoignés sans ménagement par leur mère et emportés d'un pas ferme hors du magasin tandis que Peggy, rouge de honte, emboîtait piteusement le pas à sa patronne. Ayant poussé un soupir de soulagement, Sean reprit ses occupations.

Imperturbable malgré les hurlements des deux enfants qui se débattaient comme des diables, Eileen les ramenait à présent dans la maison sur la place.

— Peggy, prépare le thé, veux-tu ? demanda-t-elle d'un ton calme.

— Mais, Maman, on voulait juste te montrer la lettre.

— Avec une tête d'homme dessus.

— Elle est arrivée par le courrier de l'après-midi et, en nous la donnant, Johnny a dit qu'elle venait d'Angleterre...

— Et que l'homme, c'est le roi d'Angleterre...

Eileen, sourde à leur bavardage, les avait installés sur deux chaises et s'était assise en face d'eux.

— Je vous l'ai répété cent fois : le jeudi, le jour du marché, votre père ne veut pas voir vos sales museaux dans le magasin. En ce moment il m'attend pour que je prépare les factures et que je mette à jour les comptes des fermiers. Vous n'avez donc aucun sens de l'obéissance ? Aisling, tu n'as pas honte, une grande fille de dix ans ?

Aisling n'écoutait rien, elle était impatiente de voir sa mère ouvrir la lettre qu'elle croyait plus ou moins envoyée par le roi d'Angleterre, après ce qu'avait dit le facteur...

Constatant qu'elle prêchait dans le désert, Eileen appliqua une volée de claques sonores sur les jambes nues des enfants. Ça cuisait. Les deux victimes en témoignèrent par un concert de cris mouillés de larmes. Réveillée, Niamh leur répondit de son petit lit placé dans un coin de la grande pièce.

— Je voulais juste qu'on ouvre la lettre, brailla Aisling. Je te déteste, je te déteste !

— Moi aussi je te déteste ! cria Eamonn.

— Eh bien, détestez-moi mais ne bougez pas de vos chaises, leur accorda Eileen en se dirigeant vers la porte.

Pour sa part, elle essayait de ne pas élever la voix, certaine que le petit Donal était depuis longtemps assis dans son lit, épiant chaque bruit. Rien qu'à se représenter le petit visage anxieux, elle se sentait fondre. Sans plus attendre elle monta en vitesse pour une visite éclair. Il suffisait de lui dire quelques mots, de lui sourire, et il se replongeait dans son livre. Sinon, quand elle retournerait au magasin, elle l'apercevrait, le nez collé à la fenêtre de la chambre, la regardant tristement. Elle jeta un coup d'œil dans la chambre.

— Mon poussin, tu devrais essayer de dormir.

— Pourquoi ils crient ?

— Parce que ta sœur et ton frère sont des effrontés. Même un jeudi, il faut qu'ils aillent au magasin faire du tapage.

— Ils ont demandé pardon ? demanda-t-il un peu rassuré.

— Pas du tout, lui répondit-elle en arrangeant les couvertures.

— Qu'est-ce qui va arriver ?

— Oh ! rien de grave, assura-t-elle en l'embrassant.

En bas, on était toujours en pleine rébellion.

— Peggy nous a appelés pour le thé, mais on n'ira pas, proclama Aisling.

— A votre guise. D'ailleurs, vous pouvez rester assis là aussi longtemps que vous voudrez, après ce que vous avez fait aujourd'hui ni l'un ni l'autre n'aurez droit à une limonade.

Les quatre yeux qui la fixaient s'arrondirent d'incrédulité et de désappointement. Tous les jeudis, son tiroir-caisse et son carnet de commandes bien garnis, Sean O'Connor emmenait sa femme et ses enfants chez Maher. L'endroit était calme : on ne risquait pas d'y retrouver des fermiers en train de conclure des marchés. C'était non seulement un pub mais également un magasin de nouveautés où Eileen aimait découvrir avec Mrs Maher les vestes et les pull-overs à la dernière mode. Sean junior et Maureen, juchés sur les hauts tabourets, sérieux comme des adultes, lisaient les annonces affichées de l'autre côté du bar. Eamonn et Aisling adoraient sentir la limonade rouge et pétillante leur monter dans le nez et se voir offrir par Mr Maher un gâteau sec glacé au sucre, ce qui faisait chaque fois dire à leur père qu'ils n'étaient pas gâtés, mais pourris. La chatte des Maher venait d'avoir des petits. Le jeudi précédent ils n'avaient pas encore les yeux ouverts. Cette semaine les enfants auraient enfin la permission de jouer avec les chatons. Et maintenant tout était perdu.

— Maman, je t'en prie, je serai sage, c'est promis...

— Je croyais que tu me détestais ?

— Pas vraiment, avoua Eamonn qui reprenait confiance.

— Personne ne peut détester sa maman ! acquiesça Aisling.

— C'est bien ce que je pense, leur rappela Eileen. J'ai été très étonnée que vous l'ayez oublié, comme vous avez oublié qu'il était défendu d'aller au magasin...

Elle se laissa fléchir. Cette heure passée chez Maher avec les enfants bien propres, tout beaux, jouant gentiment avec les chats, les lapins ou les oiseaux en cage, c'était le seul moment de la semaine où Sean pouvait se détendre vraiment. Elle prit la lettre et disparut dans la cuisine.

— Le thé est prêt, M' dame, dit Peggy nerveusement.

— Verse-m'en une grande tasse, s'il te plaît. Veille à ce que les enfants ne sortent pas d'ici, et occupe-toi du bébé.

Elle but son thé d'un trait et, la lettre dans sa poche, retourna au magasin d'un pas décidé. Elle n'aurait guère le loisir de la lire avant une bonne heure.

Le soir venu, chez Maher, Eileen tendit la lettre à Sean.

— J'ai les yeux trop fatigués. D'ailleurs, avec cette

14

écriture! On dirait qu'une araignée est sortie d'un encrier à moitié ivre.

— C'est en script penché, ignare que tu es, l'écriture que les sœurs nous apprenaient à St. Mark. Moi, j'ai oublié, mais pas Violet.

— Cette Violet, pour se la couler douce comme elle le fait, elle n'a pas besoin de se souvenir de grand-chose.

— Pas depuis qu'il y a la guerre, lui fit remarquer Eileen.

— Non, admit Sean, le nez dans son demi de bière. Et son mari, il est mobilisé? Travaillant dans une banque, il est sûrement officier. C'est bien dans la manière de l'Empire britannique. Aux beaux parleurs les bons boulots et les bons grades.

— Pas du tout. George n'est pas dans l'armée; on n'en a pas voulu. Je ne sais pas pourquoi, une histoire de santé.

— Il n'a surtout pas envie d'abandonner sa planque à la banque.

— Sean, il s'agit de la petite, Elizabeth, la fille de Violet. Tu sais bien qu'on évacue tous les enfants à cause des bombardements... On l'a lu dans le journal. Violet voudrait savoir si nous pourrions la prendre avec nous.

— Ce n'est pas l'Angleterre, ici, c'est l'Irlande. C'est notre pays. Ils ne vont pas nous mêler à leur satanée guerre en nous envoyant tous leurs enfants et leurs vieillards... ça va comme ça!

— Sean, est-ce que tu vas finir par m'*écouter*? l'interrompit Eileen en élevant la voix. Violet nous demande si on pourrait accueillir Elizabeth pour quelques mois. Son école est fermée, tous les enfants quittent Londres. George et Violet ont des parents mais... ils demandent s'ils peuvent nous la confier. Qu'est-ce que tu en penses?

— Je pense qu'ils en prennent à leur aise et qu'ils ont un fameux culot, d'ailleurs tout à fait caractéristique de l'Empire britannique. Tant qu'on ne leur est d'aucune utilité, ils n'ont pas une minute à nous consacrer, ils nous ignorent et c'est à peine s'ils nous envoient une carte à Noël. Qu'ils se foutent dans cette stupide guerre et ils viennent nous lécher les bottes. Voilà, maintenant tu sais ce que je pense.

— D'abord, Violet n'est pas l'Empire britannique, c'est une amie d'enfance. Elle n'a jamais été très douée pour écrire, il n'y a qu'à voir sa lettre, c'est décousu, plein de digressions, de parenthèses inutiles. Elle n'est pas obligée comme moi d'écrire vingt ou trente lettres par jour. Et puis la question n'est pas là... la question c'est : on prend la petite à la maison ou on ne la prend pas ?

— Pas du tout, la question c'est qu'elle a un sacré toupet de s'adresser à nous.

— Autrement dit, il faut que je réponde non. Je vais lui écrire ce soir pour lui dire que je regrette, mais que c'est impossible. Pourquoi ? Parce que Sean dit que l'Empire britannique a un sacré toupet. C'est bien ça ?

— Arrête de m'énerver. Pas la peine d'être aussi hargneuse.

— Je ne suis pas hargneuse. La journée a été aussi fatigante pour moi que pour toi. Bon. Moi aussi je trouve que Violet ne manque pas d'audace et je pourrais me sentir insultée quand je vois qu'elle ne prend la peine de m'écrire que pour me demander un service. C'est évident. Mais ce qu'il faut, c'est décider si nous prenons l'enfant, oui ou non. Elle a l'âge d'Aisling, et ce n'est pas *elle*, que je sache, qui a déclaré la guerre à l'Allemagne ou envahi l'Irlande ou incriminé De Valera ou je ne sais quoi d'autre... Elle n'a que dix ans, et voilà une gosse qui doit s'endormir avec la terreur des bombardements... Bon, alors qu'est-ce qu'on décide ?

Sean était sidéré. Ce n'était pas dans l'habitude d'Eileen de lui faire des discours. Et le plus surprenant c'était qu'elle puisse s'avouer blessée par son irremplaçable amie d'enfance.

— Tu ne crains pas qu'elle te donne du tracas ?

— Pas du tout. Ça fera une amie pour Aisling. Et ce n'est pas ce que mange une enfant de son âge qui changera grand-chose à nos dépenses.

Sean commanda une autre bière, du porto pour Eileen et encore des limonades pour les enfants. Il regardait Eileen. Il la trouvait chic avec son corsage blanc fermé au cou par une broche, ses cheveux châtain roux relevés sur les côtés par des peignes. Il se dit que c'était une sacrément belle femme, et une partenaire hors pair dans tout ce qu'il entreprenait. En la voyant en blouse bleue, affairée à faire prospérer leur commerce, on ne pouvait guère deviner que c'était une épouse ardente — aussi avide de lui qu'il l'était d'elle. Et une mère si aimante. Il la contemplait, heureux. Ce n'était pas un enfant de plus qui risquait d'épuiser toute la tendresse qu'elle avait à donner.

— Ecris-lui que c'est le moins qu'on puisse faire de mettre sa gamine à l'abri des horreurs de la guerre.

Eileen posa sa main sur son bras. Manifestation d'affection qu'elle s'autorisait rarement en public.

La réponse d'Eileen arriva si rapidement que Violet en conclut qu'elle devait être négative. Pour justifier un refus et s'excuser, en général les gens s'empressent de vous écrire, et longuement. Elle ramassa en soupirant la lettre glissée par la fente de la porte.

— Eh bien, je suppose qu'il va falloir se résoudre à faire appel à la famille de ton père, laissa-t-elle tomber d'un ton découragé en revenant à la table du petit déjeuner.

— Tu crois que c'est non...? interrogea Elizabeth. Mais peut-être que la lettre dit oui...

— Ne parle pas la bouche pleine. Prends ta serviette et tiens-toi correctement, Elizabeth, *je t'en prie*, débita machinalement Violet en décachetant l'enveloppe à l'aide d'un coupe-papier.

Violet estimait que si on ne s'astreignait pas à tout faire dans les règles de l'art, on tombait vite dans le pire laisser-aller. Aussi les toasts étaient-ils présentés dans un porte-rôties en porcelaine, les serviettes soigneusement pliées et glissées dans leur rond après chaque repas.

Elizabeth bouillait. Violet ne lisait tout haut que des bribes de phrases : « Ma chère Violet... enchantée d'avoir de tes nouvelles... pensons souvent à toi, à George et à Elizabeth... (hum... hum...) ici beaucoup de gens sont convaincus qu'on entrera en guerre nous aussi... ferons tout ce que nous pourrons... enfants très contents et excités. »

Elizabeth savait qu'elle devait se montrer patiente. En attendant elle tassait sa serviette jusqu'à la réduire à une petite boule bien serrée. Elle n'aurait su dire ce qu'elle souhaitait le plus entendre; d'un côté, quel soulagement de ne pas avoir à traverser la mer pour aller dans un pays étranger, un endroit que Papa semblait considérer comme étant aussi dangereux que Londres et dont Maman affirmait qu'on ne pouvait s'y rendre que contraint et forcé par un concours de circonstances sinistres. Elizabeth ne tenait pas du tout à aller dans *un clapier bourré d'enfants, dans une ville pleine d'ivrognes et de bouses,* comme disait Maman en parlant de Kilgarret. D'un autre côté, elle était convenue que c'était ce qu'il y avait de mieux pour Elizabeth. Ça avait donc dû s'améliorer. Maman y avait séjourné bien avant son mariage. Elle avait tout de même conclu qu'elle n'y retournerait jamais — et qu'elle n'arrivait pas à comprendre comment Eileen pouvait y vivre.

Après un long moment, le temps de lire deux pages, Violet annonça :

— Ils acceptent de te prendre.

Le visage d'Elizabeth se décomposa, rouge vif et blanc pur.

Aussitôt Violet se sentit irritée; elle détestait voir Elizabeth devenir écarlate sans raison valable.

— Je partirai quand ?

— Quand on voudra. Pas tout de suite, bien sûr. Il faut préparer ta valise et que j'écrive à Eileen au sujet des livres de classe... savoir ce qu'il te faut. Elle se répand en formules de bienvenue mais pour les détails pratiques, ce que tu dois emporter, ce dont tu auras besoin, il ne faut pas compter sur elle. Oh ! il y a ce mot pour toi...

Elizabeth prit le petit morceau de papier. C'était la première fois que quelqu'un lui écrivait. Elle lut sa lettre lentement pour bien en savourer chaque terme.

18

Chère Elizabeth,

Nous sommes tous très heureux que ta Maman te fasse venir chez nous pour un petit séjour, et nous espérons que tu seras heureuse ici. Kilgarrett est très différent de Londres mais tout le monde t'attend avec impatience. Tu partageras une chambre avec Aisling qui a le même âge que toi, vous n'avez qu'une semaine de différence. Nous espérons que vous deviendrez de grandes amies. A l'école, Sœur Mary dit que tu es sûrement beaucoup plus savante que toute la classe réunie. Prends avec toi les jouets, les poupées ou les livres que tu aimes, ici la place ne manque pas et nous allons compter les jours jusqu'à ce que tu arrives.

Tante Eileen

Au bas de la page, il y avait un autre petit mot, écrit sur des lignes tracées au crayon :

Chère Elizabeth,

Je t'ai vidé tout le côté gauche des étagères de la chambre et aussi la moitié de l'armoire et de la coiffeuse. Tâche d'arriver pour fêter avec nous l'anniversaire d'Eamonn. Les chatons des Maher sont adorables et ils ont les yeux ouverts. Maman va en prendre un qu'on se partagera, toi et moi.

Amitiés,
Aisling

— Un chaton..., dit Elizabeth, les yeux brillants.
— Et pas un mot sur les frais de scolarité, l'uniforme, tout le reste, ajouta Violet.

La toux de Donal empirait, mais le Dr Lynch avait dit de ne pas s'inquiéter. Ce qu'il fallait, c'était le garder à l'abri des courants d'air, au chaud, mais qu'on lui fasse respirer un air constamment renouvelé. Eileen se demandait comment elle devait s'y prendre pour concilier tout ça. Donal n'en pouvait plus de s'énerver à attendre l'arrivée de la petite fille anglaise. Vingt fois par jour, il interrogeait :

— Quand est-ce qu'elle sera là ?

— Elle sera mon amie, pas la tienne, l'avertissait Aisling.

— Maman a dit qu'elle serait l'amie de *tout le monde*, lui rappelait-il, un rien assombri.

— Oui, mais surtout la mienne. Après tout, c'est à moi seule qu'elle a écrit, remarquait Aisling.

C'était indéniable. Il était bien arrivé une lettre qu'Aisling avait lue et relue. Elle était très protocolaire, avec des expressions comme « très reconnaissante » et « beaucoup apprécié ».

« Ils doivent avoir des méthodes pédagogiques plus efficaces que les nôtres », avait remarqué Eileen en la lisant. « Pas étonnant. Ils ont les moyens, dans ce pays qui s'enrichit sur le dos des autres ! » n'avait pas manqué d'observer Sean.

C'était samedi, l'heure du déjeuner. Il y avait du chou au bacon. Le samedi, le magasin fermait à une heure et demie et on passait l'après-midi à exécuter les commandes dans la remise sans avoir à courir au magasin chaque fois que la clochette de la porte d'entrée se mettait à carillonner.

— Quand la petite sera là, j'espère que tu garderas ce genre de réflexion pour toi, lui recommanda Eileen. Ce sera déjà assez dur pour elle de se retrouver dans un pays inconnu sans qu'elle t'entende dénigrer l'Angleterre.

— Et d'ailleurs, Papa, ce n'est pas vrai, ajouta le jeune Sean.

— Si, c'est vrai, bon sang de bois ! Mais ta mère a raison. Devant la petite, il faudra tenir nos langues et garder pour nous ce qu'on pense. C'est la moindre des choses.

— Oh ! moi, je n'aurai rien à cacher, poursuivit le jeune Sean. Je n'ai pas besoin de m'en prendre sans arrêt aux Anglais pour me sentir bien.

Sean posa fourchette et couteau, et se pencha par-dessus la table. Eileen prit les devants.

— D'abord, écoutez-moi. Quand elle sera là, vous commencerez tous par essayer de vous tenir un peu mieux à table. Une bande de gorets, voilà ce que vous êtes, des gorets qui renversent tout sur la nappe et n'arrêtent pas de parler la bouche pleine!

— Les gorets ne parlent pas la bouche pleine, se récria Eamonn.

Donal éclata de rire, et en réponse Niamh se mit à gazouiller dans son landau placé près de la table.

— Tout le monde parle en même temps et personne n'écoute personne, enchaîna Aisling d'un ton pincé de maîtresse d'école qui fit pouffer tout le monde.

— Qu'est-ce que vous avez à rire? Qu'est-ce que j'ai dit de si drôle?

Donal, assis à côté d'elle, lui expliqua :

— Ils rient parce que c'est vrai!

Rassurée, Aisling se dérida à son tour.

Il fallait qu'ils soient à la gare suffisamment en avance pour avoir le temps de trouver quelqu'un de convenable qui accepte de veiller sur Elizabeth au cours du voyage. On avait tout d'abord envisagé que Violet l'accompagne jusqu'à Holyhead, mais ce n'était pas raisonnable. Ce voyage aller et retour risquait d'être interminable, parce que les trains roulaient lentement, pour économiser le charbon; et surtout, c'était une dépense inconsidérée, en ces temps difficiles...

George s'était demandé s'il ne fallait pas proposer aux O'Connor de leur payer la pension d'Elizabeth, mais Violet s'y était opposée. En Angleterre, les évacués ne payaient pas les familles qui les hébergeaient, ça faisait partie de l'effort de guerre auquel tout le monde devait participer. George avait fait valoir que l'Irlande n'était pas en guerre, mais Violet avait rétorqué d'un ton pointu qu'elle devrait l'être, et que, de toute façon, le principe valait pour tout le monde. Elle avait donné cinq livres à Elizabeth en lui recommandant de les dépenser *intelligemment*.

A la gare d'Euston, Violet se mit en devoir de dénicher une femme d'un certain âge, respectable, à qui on puisse sans risque confier Elizabeth. Il fallait que ce soit quelqu'un qui voyage seul. On ne peut pas se fier à une femme en train de bavarder. Elle commença par essuyer plusieurs échecs. L'une n'allait pas plus loin que Crewe. Une autre attendait son bon ami. Une autre enfin toussait tellement qu'elle aurait forcément transmis une maladie à Elizabeth. Finalement, Violet se rabattit sur une femme qui marchait avec une canne. Elle l'assura qu'Elizabeth pourrait se rendre utile en cours de route et l'aiderait à porter ses bagages. La dame accepta avec plaisir de chaperonner l'enfant et de la remettre entre les mains d'un jeune homme nommé Sean O'Connor quand elles débarqueraient du bateau, à Dun Laoghaire. Par discrétion la dame alla s'installer dans le compartiment, pour laisser Elizabeth dire tranquillement au revoir à ses parents.

Maman l'embrassa sur la joue et lui dit d'*essayer* d'être une bonne petite fille et de ne pas trop causer d'ennuis à Mrs O'Connor. Papa lui dit au revoir d'un ton solennel.

— Au revoir, Papa, répondit-elle gravement.

Il s'était penché, la serrait contre lui, et elle le tenait par le cou. Mais elle vit du coin de l'œil que Maman s'impatientait, et elle lâcha Papa.

— Tu nous écriras souvent et tu nous raconteras tout, dit-il.

— Oui, mais ne demande pas de papier à lettres ni de timbres à Eileen, ça coûte cher!

— J'en achèterai toute seule! J'ai cinq livres! cria Elizabeth.

— Chut! C'est comme ça qu'on se fait voler, l'avertit Violet.

Le visage d'Elizabeth redevint tout à la fois livide et cramoisi, son cœur se mit à cogner.

— Il ne faut pas pleurer. Maintenant, tu es une grande fille, dit Papa en la hissant dans le train.

Deux grosses larmes roulaient sur les joues d'Elizabeth.

— Elle n'avait pas du tout envie de pleurer, mais il a fallu que tu en parles. Regarde, tu as gagné! grinça Maman.

Le train s'ébranla. Parmi les gens restés sur le quai il y avait Papa et Maman. Très raides. Elizabeth cligna des yeux pour en chasser la buée des larmes et elle les vit mieux : ils se tenaient chacun les coudes collés au corps, comme s'ils redoutaient de se toucher.

2

Donal voulait savoir si tous les frères d'Elizabeth étaient morts. Est-ce qu'ils avaient été tués ?

— Ne sois pas sot, lui avait répondu Peggy. Bien sûr qu'ils ne sont pas morts.

— Mais alors où ils sont ? Pourquoi qu'ils viennent pas ?

Donal se sentait lésé depuis qu'Aisling, d'autorité, s'était approprié la future invitée. Tantôt c'était « mon amie Elizabeth n'aimera pas ça », tantôt « quand mon amie Elizabeth sera là ». En dernier recours Donal espérait qu'il existait une cachette secrète où étaient rangés les frères et les sœurs et qu'il la trouverait pour y faire son choix.

— Il n'y a qu'elle, lui expliqua Peggy.

— Mais il n'y a jamais une fille toute seule, se lamenta Donal. Il y a des familles. Les autres, qu'est-ce qu'ils sont devenus ?

Eileen n'avait pas réussi à provoquer chez tout le monde un intérêt aussi vif. Seuls Aisling et Donal brûlaient d'impatience. Le jeune Sean ne faisait jamais attention à qui se trouvait à la maison. Maureen déclarait qu'une fille stupide comme Aisling, c'était pénible, deux, ce serait insupportable ; Eamonn clamait qu'il n'allait pas se laver pour n'importe quelle fille moche qu'il n'avait jamais vue et que, de toute façon, il se lavait bien assez comme ça. Niamh, qui perçait une dent, avait les joues en feu et elle pleurait en poussant des cris perçants. Eileen elle-même n'était pas sans appréhensions. La fillette de Violet avait écrit une lettre assez collet monté. Ne serait-elle pas choquée par les manières de sa famille d'adoption ?

Et si on voyait arriver un petit moineau mort de peur ? Fuir le blitz de Londres pour tomber dans la tribu vociférante des O'Connor, c'était vraiment sauter de la poêle à frire dans le feu. Difficile de dire lequel des deux maux était le pire.

La venue de la fillette allait la rapprocher de Violet.

Depuis des années elle avait beau lui raconter sa vie à Kilgarret, envoyer à sa fille un petit jouet à chaque anniversaire, en contrepartie Violet se contentait de lui griffonner de temps à autre quelques mots au dos d'une carte postale. Dieu sait pourtant qu'elles avaient été inséparables au pensionnat religieux où les parents de Violet avaient tenu à envoyer leur fille pour qu'elle y acquière un certain vernis, et ceux d'Eileen, parce que ça marquerait mieux que de faire ses études en Irlande.

Qui sait, dans un ou deux ans, lorsque cette horrible guerre serait finie, George et Violet pourraient venir passer quelque temps à l'hôtel Donnelly, de l'autre côté de la place. Il y aurait enfin quelqu'un avec qui elle pourrait évoquer les souvenirs de ses lointaines années à St. Mark sans se voir reprocher de crâner parce qu'elle avait fait ses études en Angleterre.

Elle aurait bien aimé prendre l'autocar pour aller accueillir la petite. Passer toute une journée à Dublin, quel rêve! Oublier la paperasserie, récupérer Elizabeth à l'arrivée du bateau à Dun Laoghaire — autrement dit Kingstown, si on voulait faire sortir Sean de ses gonds — et la ramener en tram à Dublin. Il y avait de beaux points de vue à faire admirer à Elizabeth, on pourrait monter en haut de la colonne Nelson — encore une chose qu'elle n'avait jamais faite. Mais à quoi bon rêver... C'est le jeune Sean qui irait, ça le calmerait. Depuis quelque temps, il tournait comme un fauve en cage et cherchait toutes les occasions de se disputer avec son père. On était mardi : c'est ce soir qu'il devait prendre l'autocar après son travail. Il passerait la nuit chez la cousine d'Eileen, qui tenait une petite pension de famille à Dun Laoghaire — une demi-douzaine d'œufs la dédommagerait pour le dérangement. On l'avait bien chapitré : il devait être sur le quai largement avant l'heure d'arrivée du bateau — que la petite ne s'affole pas en croyant que personne n'était au rendez-vous. Il chercherait une fillette blonde d'une dizaine d'années, habillée d'un manteau vert, portant une valise et un sac de sport marron. Il lui dirait qu'il s'appelait Sean O'Connor. Il l'accueillerait gentiment, et lui offrirait du *brack* et de l'orangeade en attendant l'autocar pour Kilgarret. Et qu'il n'aille surtout pas, en traînaillant, leur faire rater cet autocar. Eileen se doutait bien que la mission dont on le chargeait était le cadet des soucis du jeune Sean, mais qu'en revanche, s'il tombait sur un groupe de jeunes gens sur le point de s'engager dans l'armée britannique, comme cela lui était arrivé lors de son dernier voyage à Dublin, son excitation serait à son comble et il oublierait tout le reste.

Eileen était convenue avec les Maher qu'elle viendrait chercher le petit chat l'après-midi de l'arrivée d'Elizabeth. Elle comptait sur la petite boule de poils noirs et blancs pour reléguer au second plan tout ce qui risquait d'assombrir cette journée.

Mrs Moriarty était une brave femme. Elle avait emporté des provisions, et elle offrit à Elizabeth de manger avec elle à la cuillère une boîte de petits pois : « Je ne savais pas qu'on pouvait les manger froids », lui avoua Elizabeth.

En comparaison, les six petits sandwiches d'Elizabeth — trois garnis d'un soupçon de fromage, trois avec une rondelle de tomate — avaient piètre allure. A cela s'ajoutaient une pomme et deux biscuits, le tout très méticuleusement enveloppé de papier, y compris une petite serviette de table.

— Maman m'a dit que c'était pour mon dîner et mon petit déjeuner. Mais, je vous en prie, acceptez un sandwich en échange des petits pois.

Mrs Moriarty le trouva excellent.

— Quelle chance d'avoir une Maman aussi prévenante !

— Maman les a emballés, mais c'est moi qui les ai préparés.

Mrs Moriarty confia à Elizabeth qu'elle rentrait au pays pour s'installer chez son fils et sa teigneuse de bru, dans le comté de Limerick. Elle vivait en Angleterre depuis son veuvage et elle adorait Londres, c'était tellement grand, tellement animé. Elle travaillait dans un magasin de fruits et légumes où tout le monde l'aimait beaucoup, mais que faire contre l'arthrite, le blitz et tout le reste; ses enfants avaient décidé qu'elle devait rentrer. Ça ne lui plaisait pas du tout. Et quand la guerre serait finie, on aurait beau dire, les autres penseraient toujours qu'elle s'était sauvée. Mais elle n'y pouvait rien, son fils et son effrontée de bru l'avaient harcelée, une lettre par semaine, et pour finir, ils étaient venus en personne la relancer. Dans leur rue en Irlande, tout le monde les montrait du doigt; des enfants sans cœur qui se moquaient bien que leur mère soit brûlée vive dans un bombardement.

Elizabeth convint qu'il était dur de faire un voyage contre son gré et, tandis que Mrs Moriarty finissait les petits pois, elle lui parla des O'Connor, les amis de sa mère qui habitaient un patelin malpropre dans une maison mal tenue donnant sur une place souillée par le bétail.

Ayant pris un air songeur, Mrs Moriarty finit par dire que peut-être Elizabeth devrait garder ça pour elle en attendant de se faire sa propre opinion. Elizabeth rougit et l'assura qu'elle se garderait bien de tenir de tels propos lorsqu'elle serait chez les O'Connor et que, sans la confiance que lui avait témoignée Mrs Moriarty en lui parlant de son affreuse belle-fille, elle ne se serait jamais permis... Pour sceller leur complicité elles se partagèrent une boîte de lait condensé. Elizabeth s'endormit la tête sur l'épaule de Mrs Moriarty et ne se réveilla qu'à Holyhead, où il fallut affronter la nuit froide, dans la confusion dominée par les cris des porteurs s'interpellant en gallois, et attendre l'annonce de l'embarquement sur le paquebot-courrier.

— Est-ce qu'on parle comme ça en Irlande ? demanda Elizabeth, alarmée par tous ces gens qui vociféraient et s'apostrophaient en riant dans une langue barbare.

— Non. En Irlande on parle anglais. On s'est débarrassé de tout ce qu'on avait de bien, nos coutumes, notre langue...

— Et nos belles-mères, poursuivit Elizabeth sans sourire.

— Exactement ! dit Mrs Moriarty en riant. Alors, s'ils se mettent à rapatrier les belles-mères, Dieu sait ce qu'ils ne vont pas remettre à la mode !

Elle s'appuya sur l'épaule d'Elizabeth tandis que la file des voyageurs commençait à avancer lentement vers le bateau qui se détachait sur le ciel nocturne, énorme et terrifiant.

Mrs Moriarty faisait partie des gens que Sean détestait, ces gens qui vous agrippent le bras pour vous glisser à l'oreille des confidences comme si vous étiez le seul, à part eux, à savoir de quoi il retourne. Il manœuvra pour prendre le large tandis qu'elle lui chuchotait que la petite était très fatiguée du voyage, le cœur barbouillé, que sa mère avait la dent dure, que lui et sa famille ne tiennent pas trop compte de ce que dirait la gosse.

— Je crois qu'il y a des gens qui vous font signe, fit-il remarquer pour se libérer.

Un homme et une femme entre deux âges appelaient : « Maman, Maman, on est là ». Pour la première fois depuis que Sean l'avait abordée, Elizabeth leva les yeux. Elle examina avec attention la bru de Mrs Moriarty, qui arborait un sourire de bienvenue comme épinglé sur son visage.

— Elle a dû se soigner, elle n'a plus du tout l'air teigneuse, constata-t-elle, à haute voix.

Dans le petit jour, ils se dirigèrent vers l'arrêt de l'autocar. En cours de route Sean offrit à Elizabeth du *brack* et de l'orangeade.

— Maman m'a dit de te donner ça si tu avais faim, lui expliqua-t-il d'un ton rogue.

— Il faut que j'en mange ?

Elle avait le visage encore plus pâle que ses cheveux, les yeux rouges, des jambes comme des allumettes. « C'est un spécimen plutôt raté », pensa-t-il.

— Non, Maman voulait seulement être gentille. Je vais le manger, j'aime beaucoup ça.

— Je ne voulais pas dire que...

— T'en fais pas !

Il déballa deux énormes morceaux de *brack* copieusement garni de beurre à l'intérieur et se mit en devoir de leur faire un sort.

— C'est du gâteau ?

— C'est du *barm brack*, du pain aux raisins. Je te l'ai dit, tu n'en voulais pas.

— Je ne savais pas ce que c'était.

— Fallait me le dire.

Il se demanda quel genre de môme c'était, pour n'avoir jamais entendu parler du *brack* !

Ils marchèrent en silence jusqu'à l'arrêt de l'autocar pour Bray. La valise d'Elizabeth était lourde, elle la faisait pencher de côté. La courroie de son sac barrait son buste frêle. Elle offrait l'image parfaite de l'orpheline.

Sean avait la tête ailleurs, il pensait au garçon qu'il avait rencontré la veille au soir chez sa cousine. Ce Terry n'avait que dix-sept ans, mais il prétendait qu'on pouvait mentir sur son âge pour s'engager, et dire que son extrait de naissance avait brûlé dans l'incendie de l'Office des douanes. En Angleterre personne ne savait quand il avait eu lieu. Il prenait le paquebot-courrier du lendemain.

Une fois à terre, il irait droit au bureau de recrutement le plus proche et dans quinze jours il serait sous l'uniforme. Torturé d'envie, Sean n'en avait pas fermé l'œil de la nuit. Terry lui avait parlé de copains engagés depuis un mois; ils touchaient une solde, un vrai salaire, ils s'entraînaient, s'exerçaient au maniement des armes; dans pas longtemps, ils embarqueraient pour aller se battre, mais motus ! Terry travaillait lui aussi avec son père, un petit fermier. Il connaissait la musique, pas de paie, juste un peu d'argent de poche, et avec ça être capable de tout faire. Pas question de devenir adulte : la mère qui veut savoir si vous êtes allé à confesse, le père qui sans arrêt vous demande de faire ci ou ça. Jamais le temps de vivre. Et aucune chance de porter l'uniforme...

Arrivés à Bray, ils attendirent l'autocar de Wicklow, qui passait par Kilgarret. Sean regardait Elizabeth sans la voir. Il pensait à Terry et à l'armée.

— Tu veux aller aux toilettes avant l'arrivée de l'autocar ? lui demanda-t-il brusquement.

28

En dix ans d'existence, jamais Elizabeth ne s'était entendu poser une question aussi directe et embarrassante.

— Je... Oui, je crois !

Le jeune Sean lui désigna d'un signe de tête deux chalets de nécessité.

— Là-bas, et t'endors pas, le car est dans cinq minutes.

Elizabeth courut vers les deux petites bâtisses. Ni « Dames » ni « Messieurs ». C'était déjà assez aventureux lorsqu'elle y allait à Londres avec Maman, qui lui recommandait chaque fois de recouvrir le siège d'une épaisse couche de papier hygiénique, à cause des microbes qui y pullulaient. Cette fois la situation était effarante. Sur les deux portes, il n'y avait que des initiales, d'un côté MNA, de l'autre FIR. Elizabeth jeta un coup d'œil en direction de Sean. Il pensait déjà qu'il avait affaire à une parfaite idiote, qu'est-ce que ce serait si elle allait lui demander quelles toilettes elle devait choisir. Elle n'avait plus qu'à se lancer à l'eau, courageusement. M devait être pour les messieurs, F pour les femmes. D'un pas décidé elle pénétra chez les FIR.

Elle vit quatre hommes de dos alignés devant un des murs comme s'ils étaient en train de le peindre. Ou de le réparer. Elle hésita avant de les dépasser pour chercher l'entrée des dames.

L'un des hommes s'était retourné et, horreur ! il avait son pantalon défait. Il était vieux, édenté, la casquette enfoncée sur le front.

— Dis donc toi, tu vas déguerpir ! Sacrée gamine !

Maintenant tous les hommes la regardaient.

— Allez, fiche le camp ! T'en fais pas, plus tard t'en verras autant que tu voudras ! lui lança, goguenard, un jeune gars.

Rouge de honte, le cœur battant follement, Elizabeth se précipita dehors pour entendre Sean lui crier de rappliquer en vitesse, le car venait de déboucher au coin de la rue.

— Bon sang, t'es allée dans les toilettes pour hommes ? Tu feras bien de tenir ta langue, si tu ne veux pas que Maman te flanque une trempe.

La valise d'Elizabeth disparut, expédiée sur la galerie branlante de l'autocar, qui repartit juste au moment où il commençait à pleuvoir.

Par la fenêtre, on apercevait des champs verdoyants entourés de haies d'un ton plus sombre. Elizabeth n'en perdait pas un détail, et refoulait ses larmes. Il faudrait aussi qu'elle se retienne jusqu'au prochain arrêt de l'autocar, où elle trouverait peut-être quelqu'un pour lui montrer l'entrée des toilettes des dames. Elle s'aperçut avec désespoir qu'il n'y avait pas vingt-quatre heures qu'elle était partie de la maison. On aurait dit que ça faisait des semaines.

Eileen avait quitté le magasin plus tôt, au cas où l'autocar serait en avance. Elle ne voulait pas rater l'arrivée de la petite. Peggy poussait des cris stridents à tout propos, Aisling ne desserrait pas les dents, Eamonn agressait tout le monde et Donal disait n'importe quoi... Elle lissa sa jupe, arrangea un peu ses cheveux en se demandant quelle tête avait Violet, à présent : autrefois elle avait de si beaux cheveux et un vrai teint de lys. La fillette lui ressemblait peut-être ; du moins n'aurait-elle sûrement pas le visage criblé de taches de son, comme tous les enfants O'Connor.

La table était dressée avec un soin inhabituel. Eileen avait fait changer la nappe. Peggy voyait d'un mauvais œil la perspective d'exigences domestiques plus rigoureuses. Aisling se précipita :

— Maman, puisque tu es là, on pourrait aller chercher le petit chat chez les Maher, comme ça elle le trouverait en arrivant.

— Elle, c'est Elizabeth ! Non, vous irez ensemble, il est pour toutes les deux.

— Deux pattes chacune, ricana Eamonn dans le dos de sa sœur.

— Je prendrai les pattes de devant, décida Aisling.

— C'est pas très gentil, il lui restera plus que le derrière, lança Eamonn, ravi de son audace.

— Si tu dis des vilains mots, Maman va te corriger, le prévint Aisling en guettant sa mère du coin de l'œil.

Mais Éileen ne prêtait pas attention à leur bavardage.

— Aisling, viens ici que je te brosse les cheveux. Quelle tignasse ! Reste tranquille !

La brosse à cheveux était toujours posée sur la cheminée près de la pendule. On ne s'en servait que le samedi soir, pour la séance de brossage hebdomadaire. Maureen et Aisling essayaient chaque fois d'y couper — les garçons bénéficiaient en général du renfort de leur père.

— Arrête de les bichonner, Eileen, disait-il, ce sont tout de même des hommes. Ils sont bien coiffés comme ils sont.

Mais pour les filles, avec leurs longs cheveux bouclés, il n'y avait pas de dérobade possible.

— C'est pire que de se préparer pour aller à la messe, gémit Aisling.

— C'est un péché de dire du mal de la messe, proclama Eamonn, enchanté de prendre sa sœur en faute. Maman, Aisling a dit qu'elle détestait se préparer pour la messe !

— Mais non, ce qu'elle déteste c'est qu'on lui brosse les cheveux. Aisling, tu ne dirais pas de mal de la Sainte Messe, n'est-ce pas ?

— Non, Maman, assura-t-elle les yeux baissés.

Eamonn n'en revenait pas. Habituellement, quand on manquait au respect dû au Saint Nom de Dieu, on recevait une correction.

Toujours d'humeur bougonne, Peggy vint demander :

— M' dame, est-ce que je lève Donal ? Il dit qu'il veut être là quand elle arrivera, et il sait qu'il y a du feu. Il ne veut pas qu'elle pense qu'il...

— Peggy, il n'y a pas de elle, il y a Elizabeth White. Tu as compris ?

— Oui, M' dame, je sais, dit Peggy sur ses gardes.

La brosse à cheveux avait retrouvé sa place sur la cheminée.

— Laisse, je vais le descendre moi-même.

En traversant la pièce, Eileen jeta machinalement un coup d'œil sur la place. L'autocar devait être arrivé, des groupes de voyageurs s'éloignaient de l'hôtel Donnelly devant lequel il s'arrêtait tous les jours. Et voilà Sean qui arrivait, l'air maussade, shootant négligemment dans une pierre. Il était beau, son garçon, mais si remuant, anxieux, malheureux, et pourquoi ? Comme souvent en le voyant, Eileen se sentit inquiète.

Derrière lui, portant une lourde valise, une petite fille au visage blanc de fatigue. Elle était plus petite, plus mince qu'Aisling, avec des cheveux d'un blond si pâle qu'ils donnaient l'impression d'être artificiels. Son manteau vert accusait son teint blafard. Elle portait un chapeau retenu par un élastique passé sous le menton, et un de ses gants, retenu à la manche par un caoutchouc, battait l'air.

Elizabeth était là, sur la place de Kilgarret — une enfant frêle, avec des yeux qui lui mangeaient le visage.

Eileen nota qu'Aisling, comme prévu, était paralysée par la timidité.

— Tu descends, Maman ? lui demanda-t-elle.

— Elle est là ? Comment elle est ? criait Eamonn en se ruant à la fenêtre où il aperçut le petit visage triste.

— C'est ça ? laissa-t-il tomber, incrédule.

Ulcérée d'entendre déprécier sa nouvelle amie, avant même qu'elle l'ait vue, Aisling s'approcha de la fenêtre. Mais Elizabeth était déjà entrée dans la maison. D'en bas, Peggy criait à tue-tête :

— M' dame, elle est là, Donal lui a ouvert la porte. Il est sorti de son lit sans qu'on le voie...

Eileen dégringola l'escalier. Plantée devant la porte vitrée, sa silhouette accusée par la lumière, la petite fille attendait. Donal avait traîné sa valise dans l'entrée. Il considérait l'arrivante avec ravissement. Une nouvelle chose entrait dans la maison. Une nouvelle personne pour y habiter. Il lui annonça :

— Ils vont aller chercher le petit chat maintenant que tu es arrivée.

Eileen la prit dans ses bras.

— Viens, ma chérie, raconte-moi ce terrible voyage.

Vus de près les yeux d'Elizabeth étaient encore plus grands.

— J'ai mouillé ma culotte. Excusez-moi.

Eileen resserra son étreinte autour du petit corps.

— Ce n'est pas grave, ma belle, on va arranger ça en un rien de temps.

— Je suis si honteuse, Mrs O'Connor. Je ne savais pas... Je ne pouvais pas...

Elizabeth sanglotait.

— Tu sais, mon petit, dans cette maison il y a tous les jours quelqu'un qui fait dans sa culotte. Viens, montons...

Eileen caressa les beaux cheveux et essuya les larmes d'Elizabeth. Le jeune Sean était apparu :

— Hello, M' man. M' man, j'ai rencontré un homme à Dublin, Terry...

— Commence par monter cette valise, empoté. Et ne me parle pas de tes rencontres. Quel bon à rien tu fais ! Tu n'aurais pas pu lui porter sa valise et être un peu plus prévenant et penser à lui demander si elle voulait aller aux toilettes ?

— Mais je l'ai fait, répliqua Sean, outré de ce reproche injuste. Je lui ai proposé, et tu sais quoi ? Elle est allée chez les hommes !

— Tu n'es qu'un grand sot, lui répondit Eileen sans remarquer les larmes qui remplissaient les yeux du garçon.

Serrant les dents, le jeune Sean monta l'escalier, ouvrit la porte de la chambre d'Aisling et y jeta la valise à toute volée. Il s'était dit que cette fille n'amènerait que des ennuis. Il ne s'était pas trompé.

En dix minutes, Eileen rendit Elizabeth présentable. Le contenu de la valise avait été éparpillé sur le lit pour trouver des vêtements de rechange. A Londres, cette façon de faire était impensable. Et Maman aurait laissé Elizabeth se débrouiller toute seule.

— Enlève tout ce linge mouillé, on va le mettre au sale avec le reste. A présent, va à la salle de bains faire un peu de toilette ; tu verras comme tu te sentiras bien, après.

Elizabeth ne bougeait pas. Elle n'allait pas sortir dans le couloir en chemise de jour, une serviette à la main. Elle avança la main vers ses affaires.

— Est-ce que je pourrais...

— Qu'est-ce que tu veux, ma chérie?
— Ma robe de chambre...
Elizabeth était cramoisie.
— Bien sûr! Quel drôle de petit bout de chou tu fais!

Et maintenant elle n'avait plus le choix, il fallait affronter toute la famille réunie. S'ils étaient aussi désagréables que celui de l'autocar, ça allait être épouvantable. Pourtant Mrs O'Connor semblait... disons... très amicale. Contrairement à celle de la maison, ici la salle de bains était immense, mais avec un plafond lézardé, un chauffe-eau tout rouillé. Il y avait tout un tas de gants de toilette, non pas accrochés mais abandonnés en boule un peu partout. Des brosses à dents remplissaient deux gobelets — comment chacun reconnaissait-il la sienne? On frappa à la porte. Voilà, elle était propre, elle se sentait bien et elle avait faim. Elle sortit bravement de la salle de bains. Eileen la prit par la main pour descendre à la salle à manger.

Donal était assis devant la cheminée, tout près du feu, et enveloppé dans une couverture. En les voyant apparaître, il bondit, rejetant quasiment la couverture dans les flammes. Eamonn jouait avec les deux chiens de porcelaine qui étaient censés se provoquer en aboyant frénétiquement. Le jeune Sean se tenait près de la fenêtre, la mine renfrognée. Comme on le lui avait bien recommandé, Maureen était rentrée à l'heure. D'un œil critique elle examinait son nez dans une glace de poche. Peggy se balançait d'un pied sur l'autre, ne sachant pas s'il fallait apporter la soupière ou attendre un ordre. Le maître de maison, assis, en manches de chemise, lisait l'*Irish Independent*. Aisling, penchée sur un cahier à dessin, écrivait fébrilement. Elle leva à peine les yeux en entendant la porte s'ouvrir.

— Voici Elizabeth et que quelqu'un ramasse cette couverture, débita Eileen d'un trait.

Eamonn se précipita vers le feu. Sean posa son journal et dit :

— Mon enfant, tu es la bienvenue dans cette maison.

Elizabeth lui serra gravement la main. Maureen salua de la tête et Eamonn se mit à rire bêtement.

Dans son berceau, Niamh lui répondit en gazouillant. Le jeune Sean n'avait pas quitté des yeux la place : là-bas l'autocar venait de repartir, emportant de nouveaux voyageurs.

— Aisling, viens dire bonjour à Elizabeth. Qu'est-ce que tu fais ? demanda sèchement Eileen.

— J'écris un avis, répondit-elle en lui dédiant son plus beau sourire. Pour la porte de notre chambre. C'est très important.

Elle montra à Elizabeth ce qu'elle avait inscrit en grosses lettres irrégulières :

AISLING ET ELIZABETH.
DÉFENSE D'ENTRER SANS FRAPPER.

— Personne n'a envie d'entrer dans votre chambre ! s'exclama Eamonn.

— Une défense inutile, renchérit Maureen.

— On ne sait jamais, répliqua Aisling qui attendait l'approbation d'Elizabeth.

Le moment était décisif.

— Oui, on ne sait jamais, finit par articuler Elizabeth en prenant la feuille de papier. « Aisling et Elizabeth. Défense d'entrer sans frapper. » Formidable !

3

Eileen allait commencer sa lettre à Violet. Contre toute attente, la présence d'Elizabeth rendait Violet encore plus lointaine qu'avant. Ça faisait trois jours qu'Elizabeth était là, avec son petit visage aux traits tirés, qui s'empourprait dès que quelqu'un lui adressait la parole, tandis qu'elle faisait des efforts surhumains pour trouver une réponse polie. Finalement, on aurait pu croire qu'elle avait passé toute son enfance dans un orphelinat. Eileen demanda :

— Je ne sais pas comment régler la question avec sœur Bonaventure.

— Quoi ? lança Sean occupé à lire son journal, les pieds pour ainsi dire dans la cheminée.

— Il faudrait que j'en parle à Violet, mais tu sais comme elle est longue à répondre. Si elle met un mois, que ferons-nous ?

Sean l'écoutait à peine. Violet, ses façons de faire, tout ça l'assommait.

— Par ailleurs, quand nous étions à St. Mark, Violet n'assistait pas aux cours d'instruction religieuse; elle restait dehors à se promener autour du terrain de hockey.

— Bon, et alors ? grogna Sean.

Le jeune Sean était assis près de la fenêtre. Une nouvelle habitude chez lui. Eileen avait l'impression qu'il attendait qu'elle lui révèle une autre sorte de vie.

— Qu'est-ce que tu en dis, mon grand ? demanda-t-elle.

Il n'avait pas écouté mais il déclara qu'Elizabeth devrait aller au catéchisme. Elle était déjà assez différente des autres, pas la peine d'en rajouter. Eileen était sur le point d'en convenir lorsque son mari posa le journal et déclara que les Anglais étaient tous des athées qui ne craignaient qu'une chose : les visées expansionnistes de l'Eglise catholique romaine. Autant éviter d'apporter de l'eau à leur moulin.

— Bien ! Une fois de plus je suppose qu'il faudra que je me débrouille toute seule, soupira Eileen en prenant la plume.

Chère sœur Bonaventure,

J'ai joint les parents d'Elizabeth, tous les deux anglicans. Pendant la durée du cours d'instruction religieuse, ils préféreraient que leur fille lise sa Bible. Ils en remercient d'avance le couvent.

Elle lut à haute voix ce qu'elle venait d'écrire. Les deux hommes s'esclaffèrent.

— J'espère que Dieu me pardonnera, ajouta-t-elle sans sourire.

— J'espère surtout que quelqu'un dénichera cette fameuse Bible — enfin celle qu'elle doit lire, lui répondit le jeune Sean, et tous les trois partirent d'un grand éclat de rire.

36

Au terme d'interminables palabres entre Aisling, Eamonn et Donal, le petit chat reçut le nom de Monica. Elizabeth était restée à l'écart des débats. Au plus fort de la discussion, Aisling s'était tournée vers elle pour lui demander qui était sa meilleure amie à l'école, en Angleterre.

— Je n'avais pas de meilleure amie, balbutia la pauvre Elizabeth.

— Mais qui préférais-tu? cria Aisling.

— A l'école... Miss James.

— On ne peut pas appeler un chat Miss James! Tu étais assise à côté de qui?

— Monica...

— Monica! s'exclama Aisling. C'est parfait.

Chacun essaya le nom. Personne ne connaissait de Monica. Elizabeth était un peu déçue. Elle n'avait jamais aimé Monica — une fille tyrannique qui se moquait d'elle et la pinçait pour le plaisir de la voir sursauter. Il lui déplaisait beaucoup qu'on donne ce nom à l'adorable chaton. Dans les livres on appelait les chats Grigris, Pompon, mais les O'Connor ne s'intéressaient qu'aux noms de personnes. Avant de retenir Monica, ils avaient envisagé Oliver et Seamus.

Maintenant, on avait choisi Monica; c'était pour la vie. Si Eileen n'y avait pas mis le holà, Aisling aurait baptisé le petit chat de toute urgence.

— Mais Dieu n'enverra pas Monica dans les limbes? avait demandé Aisling.

— Bien sûr que non, l'avait rassurée Eileen, qui était parfois fatiguée de devoir combler à l'improviste les vides laissés par les cours quotidiens d'instruction religieuse.

— Qu'est-ce que c'est que les limbes? demanda craintivement Elizabeth.

Ça sonnait comme un mot menaçant.

— Oh! c'est un endroit plein de bébés — tu sais, les bébés morts avant d'avoir été baptisés.

— Il n'y a pas de chats dans les limbes, répéta Eileen d'un ton catégorique.

Elle avait noté à quel point les grands yeux, dans le

petit visage anxieux, étaient devenus encore plus ronds et plus noirs à la mention d'un endroit plein de bébés morts. Au couvent, lorsque sœur Mary et sœur Bonaventure parlaient de ces choses, tout avait un air très naturel. Ici, il y avait quelque chose de macabre à essayer de donner des explications à Elizabeth qui ignorait tout l'arsenal des règles de la justice divine.

— On n'a jamais vu d'images avec des chats au paradis, remarqua Eamonn, désireux de relancer la polémique.

— Ils sont tout autour, affirma Eileen. Vous savez, tout ce qui sort de l'image, la partie du paradis qu'on ne voit pas, où les animaux qu'aimait saint François sont rassemblés.

En parlant, elle se demandait si beaucoup d'autres parents étaient obligés d'interpréter aussi cavalièrement les mystères de la religion et si Dieu voyait d'un bon œil ses tentatives de clarification.

Violet décacheta la lettre avec impatience. Elle n'aurait pas cru que la maison lui semblerait aussi vide après le départ d'Elizabeth. Elle avait déjà oublié à quel point elle était constamment irritée d'avoir sous les yeux le petit visage pâlissant et rougissant à tout propos. Elle espérait qu'Elizabeth ne se laissait pas trop impressionner par l'exubérante famille de Kilgarret. Elle avait oublié de lui recommander de mettre son argent en lieu sûr ou de le confier à Eileen, afin d'éviter que les petits voyous qui l'entouraient ne le lui prennent. Deux lettres tombèrent de l'enveloppe. Violet prit celle d'Elizabeth. On lui avait tracé des lignes sur la feuille. Plus qu'il n'en fallait.

Chère Maman, cher Papa,
Je vais très bien, j'espère que vous allez très bien. On a un petit chat appelé Monica, il est seulement pour Aisling et moi. Il n'est pas pour Eamonn, mais on va laisser Donal jouer avec. Aisling ne se prononce pas Aisling mais Ashleen. C'est un prénom irlandais. Je commence l'école la semaine prochaine. Tante Eileen a emprunté une grosse Bible à quelqu'un qui est protes-

tant et je vais l'emporter à l'école pour la lire pendant que les autres s'occupent de la Vierge et des saints. Peggy nous raconte des histoires tous les soirs.

Tendresses d'Elizabeth.

Violet se sentit accablée. Qui était cette Peggy? Qu'est-ce que c'était que ces histoires de Bible, de chat, de Vierge? Et ces niaiseries sur la façon de prononcer un prénom? Violet relut le petit billet. Rien sur la maison, rien qui puisse laisser supposer que quelqu'un lui manquait. En soupirant, Violet prit l'autre lettre.

Habituellement Eileen était si prolixe, faisait des phrases si ornées que Violet se contentait de survoler distraitement son verbiage, mais aujourd'hui elle allait peser chaque mot. Malheureusement Eileen avait décidé d'être brève.

Ma chère Violet,

Juste un mot pour te dire à quel point nous sommes enchantés d'avoir Elizabeth parmi nous. C'est une enfant adorable, très gentille et si désireuse de faire plaisir. J'espère qu'elle ne trouve pas notre nichée trop pénible. Après ce long voyage, elle était bien pâle et abattue, mais elle est maintenant pleine d'entrain, elle gambade et mange avec appétit. J'ai pensé que tu ne souhaitais pas lui voir suivre l'instruction religieuse catholique, aussi ai-je demandé une Bible à un client anglican de Sean. J'ai regardé, elle porte la mention « Version autorisée ».

Nous inciterons Elizabeth à vous écrire toutes les semaines, elle postera ses lettres elle-même, sur la place, sans avoir à nous les montrer. Ainsi, elle sera plus libre pour te raconter ce qui lui plaît. De même, lorsque tu lui écriras, elle seule lira tes lettres.

J'espère que vous allez pour le mieux. Nos pensées vous accompagnent en ces temps difficiles.

Bien à toi, affectueusement,
Eileen

Qu'est-ce qu'Eileen voulait dire par *gambader*? Il n'était pas dans les habitudes d'Elizabeth de gambader. Et tout ce laïus à propos de Bible et de version autorisée ? Décidément les Irlandais étaient obsédés par la religion.

Violet laissa les lettres sur la table à l'intention de George, prit un foulard et sortit pour aller faire la queue, d'un magasin d'alimentation à un autre...

Au magasin, le jeune Sean entrait de plus en plus souvent en conflit ouvert avec son père, qui était loin d'être un homme patient. Eileen se souvenait du temps où tout le monde à la maison se réjouissait à l'idée que le jeune Sean travaillerait au magasin. Et lui plus encore que les autres.

A quinze ans il avait supplié qu'on le laisse quitter l'école après le brevet élémentaire, mais ses parents étaient restés inflexibles. Leur fils aîné devait donner l'exemple et obtenir son brevet supérieur.

Maintenant il avait passé son brevet supérieur, on attendait les résultats d'un jour à l'autre, mais la belle impatience, le désir de s'affirmer en secondant son père dans son commerce s'étaient envolés. Et le jeune Sean était continuellement de méchante humeur, prenant la mouche à tout propos.

— Laisse-le donc tranquille ! s'interposait parfois Eileen au dîner, lorsque son mari commençait la liste des griefs accumulés contre son fils au cours de la journée de travail. Tu vois bien que le garçon s'inquiète pour le résultat de son examen...

Sean père grognait :

— Je ne vois pas en quoi un morceau de papier le rendra plus utile au magasin ; s'il est reçu, ça ne peut que le rendre plus arrogant, un point c'est tout.

Le jeune Sean s'insurgeait :

— Ça alors, je voudrais bien savoir pourquoi tu m'as obligé à m'échiner en prétendant qu'il n'y avait rien de plus important...

— Dis donc, tu vas commencer par me parler sur un autre ton...

— C'est bien simple, je ne te parlerai plus...

Et il se levait, disparaissait en claquant la porte. Puis c'était au tour de la porte d'entrée de se refermer à toute volée, et il traversait la place pour aller s'asseoir dans un coin de la bibliothèque où il resterait des heures à parcourir tous les journaux pour y lire les nouvelles concernant la guerre.

Sean allait avoir dix-sept ans le 7 septembre. Eileen se souvenait très bien de l'année de sa naissance, en pleine Guerre Civile. Elle avait écrit à Violet qu'elle espérait que son fils grandirait dans un pays à jamais immunisé contre la guerre. Et maintenant, son fils était grand et, comble de dérision, c'est parce que son pays n'était pas en guerre qu'il rongeait son frein...

Elle avait projeté d'organiser une fête pour son anniversaire qui tombait juste le jour de la rentrée scolaire. Ça aiderait la petite Elizabeth à affronter cette épreuve terrifiante.

Eileen s'attachait à l'étrange fillette. Il y avait en elle une grâce, quelque chose de raffiné, de moins fruste que chez ses propres enfants. Seul Donal avait un peu de cette sensibilité à fleur de peau, et encore, cela tenait surtout à sa constitution délicate. Il n'avait pas la force de courir, de brailler, de chahuter, de se battre.

7 septembre. Donal leur avait fait signe de s'éloigner — il ne voulait pas qu'on le voie mené à l'école par sa mère et *deux filles*; il s'était mis à courir sur ses petites jambes maigres. « On dirait une feuille », pensa Eileen en le comparant aux deux vigoureux garnements qu'elle apercevait en train de se colleter dans la cour de l'école des garçons. Puis vint le moment de quitter Aisling et Elizabeth, en souriant et sans s'arrêter au regard alarmé d'Elizabeth devant l'imposante statue qui montrait du doigt son cœur à nu, transpercé...

De retour dans la maison sur la place, elle trouva Peggy résistant mollement aux mains entreprenantes de Johnny, le facteur. Elle prit la lettre qu'il lui tendit, tout penaud, et mit un terme aux protestations et aux explications embarrassées de Peggy en lui disant de remettre Niamh dans son berceau.

La lettre annonçait que Sean avait échoué au brevet supérieur.

Elle décida qu'elle l'annoncerait en premier à son

41

mari. Là-dessus, elle découvrit qu'Eamonn avait guetté l'affichage des résultats et qu'il s'était aussitôt précipité au magasin pour y claironner la nouvelle.

A la radio on annonçait que Londres subissait une vague de bombardements sans précédent. Les habitants se réfugiaient en masse dans le métro pour se mettre à l'abri.

Puis un message arriva de l'école. On la prévenait qu'Elizabeth avait été souffrante et qu'elle allait rentrer à la maison accompagnée d'Aisling.

Eileen s'était assise pour se préparer calmement face à tous ces imprévus lorsqu'elle se rendit compte qu'elle n'avait pas eu ses règles depuis la mi-juillet. Elle était sûrement enceinte. Enceinte, à quarante ans.

En quinze jours, beaucoup de choses s'étaient arrangées, comme souvent avec le temps. Beaucoup, pas toutes.

Donal avait l'air plus heureux, plus fort que ces derniers mois. L'école lui réussissait. Il rentrait à la maison avec des noms d'amis et des histoires que sœur Maureen avait racontées. Et surtout il allait jouer un ange dans la pièce qu'on répétait pour Noël.

Elizabeth était un peu moins craintive, et elle s'accrochait à Aisling pour se rassurer. Aisling était on ne peut plus fière d'avoir une nouvelle responsabilité. C'était beaucoup mieux qu'une sœur, même si ça ne valait pas une amie qu'on s'était choisie soi-même. Dans sa classe, elle était devenue un centre d'intérêt. Elle avait une réfugiée de guerre anglicane chez elle *et* un petit chat appelé Monica.

Peggy avait été si mortifiée d'avoir été surprise avec le facteur qu'elle s'employait à faire amende honorable en frottant les parquets à la brosse, de sa propre initiative. Elle alla même jusqu'à vider les placards pour les ranger et en exhuma les choses les plus extraordinaires.

Sean O'Connor avait pris l'échec de son fils aîné plutôt du bon côté. Ils avaient eu une discussion d'homme à homme au cours de laquelle Sean était convenu que la vie est fertile en échecs et en conflits, et que d'ailleurs l'histoire de l'Irlande n'était qu'une suite de drames... Ce qu'il fallait, c'était faire face aux problèmes et trouver la meilleure solution possible. Il convint avec le jeune Sean d'un salaire régulier pour un nombre fixe d'heures de travail au magasin, et il lui trouva une blouse brune, ce qui l'élevait au rang de commis.

A Londres, la situation tournait à la catastrophe. Chaque nuit les bombardiers revenaient. Chaque nuit les gens se réfugiaient par milliers dans le métro. Dans une lettre, George et Violet assuraient qu'ils se débrouillaient — ils avaient descendu leur lit dans la cave après avoir capitonné les murs de matelas et de bourre. Eileen en frémit, mais elle réussit à raconter les choses à Elizabeth comme si elles avaient un côté amusant. La fillette eut du mal à croire que ses parents pouvaient tirer parti du côté amusant de cette situation.

Eileen avait de nouveau ses règles. Quatre soirs consécutifs, elle avait pris des bains très chauds et bu un verre de gin. Après tout, ce n'était qu'une manière de se détendre après une journée de travail. Il n'y avait pas lieu d'en parler en confession au père Kenny. Ce n'était pas un péché, juste une affaire de femmes, de femmes qui veulent se remettre en forme, lorsqu'elles sont particulièrement surmenées.

Après avoir vu aux Actualités des infirmières courbées au-dessus de jeunes blessés, leur tenant la main ou leur prenant le pouls, Maureen avait écrit à l'hôpital de Dublin pour se renseigner sur la formation des infirmières. Il y aurait sûrement plus de jeunes héros à soigner à l'hôpital de Dublin qu'à celui du comté, où ils étaient allés chaque fois que Bonne-Maman était hospitalisée — autrement dit chaque hiver — ou lorsqu'on y avait conduit Donal pour son asthme.

De temps en temps, le jeune Sean discutait avec elle. Ça lui plaisait, elle avait l'impression d'être une adulte quand elle parlait avec son grand frère de métiers et d'avenir. Il lui avait conseillé de choisir une école d'infirmières de l'armée. Comme ça, ils pourraient partir tous les deux en même temps, et les parents feraient moins de raffut. Ayant enfin compris que son père n'associait pas la cause du Bien et de l'Honneur avec celle de la Grande-Bretagne, le jeune Sean n'abordait plus le sujet qu'en termes pratiques...

« C'est une chance inespérée... rien que la paie est sensationnelle... ils vous entraînent, vous donnent une formation, un vrai métier. Quand j'en sortirai, j'aurai une qualification... Tu as dû en entendre parler, il y a des gars de Dublin, pour ainsi dire des illettrés, une fois engagés ils reçoivent une formation, ils deviennent des cracks... »

Plus question de devoir ou de défense de la civilisation. On parlait de choses concrètes, ce qui finalement convenait mieux au jeune Sean, qui perdait facilement pied dans les argumentations idéologiques où son père était passé maître...

« Ecoute, fiston, j'aimerais bien savoir pourquoi on devrait sacrifier la vie de nos petits gars pour leur venir en aide? C'est leur guerre, pas la nôtre, parfaitement, leur guerre! Qu'est-ce qu'ils ont fait pour nous, sinon nous torturer et nous humilier depuis huit cents ans... Et nous laisser tomber quand ça les arrangeait... laisser le pays à moitié ravagé... depuis la Guerre Civile... et un bon quart est encore sous leur domination... Quand ils nous rendront le Nord, qui nous appartient de plein droit, quand ils nous dédommageront de tout ce qu'ils nous ont fait subir, alors je verrai en quoi leurs guerres peuvent nous concerner... »

Une fois hors de la maison, Maureen se mettait du rouge à lèvres, de la poudre; avec son amie Berna Lynch, elles essayaient de nouvelles coiffures. Ce n'était pas drôle d'avoir seize ans à Kilgarret. Il n'y avait rien pour la jeunesse. Qui plus est, tout le monde vous surveillait d'un œil soupçonneux, comme si de treize à vingt ans vous étiez en liberté surveillée, et ça se prolongeait tant que vous ne « sortiez » pas avec quelqu'un — et quelqu'un de « convenable ». Aucune occasion de se rencontrer. Maureen et Berna appartenaient à des familles trop bien pour fréquenter le bal où se retrouvaient les commis et les petites bonnes.

Peggy y allait le samedi soir, mais elle refusait d'en parler. Ce n'était pas pour des jeunes filles comme il faut, et si elles y allaient, ça ne leur plairait pas du tout. Autrement dit, elles étaient trop bien pour les lumières et les flonflons du bal mais pas assez pour les parties de tennis et les soirées où se retrouvaient les enfants de riches. Chez les West, les Gray et les Kent, il y avait des jeunes de l'âge de Maureen et de Berna, mais elles ne les rencontraient jamais. Ils étaient tous en pension à Dublin. Chaque fin de trimestre, on les voyait débarquer à la gare, à trois miles de là, ou descendre de l'autocar sur la place, avec leurs crosses, leurs valises et leurs blazers, accueillis par les familles venues les chercher en break. Mais ces gens-là, parents ou enfants, restaient à l'écart de la vie de Kilgarret.

Fille de médecin, Berna était socialement leur égale... seulement son père s'adonnait à la boisson. En cachette, bien sûr, mais tout le monde le savait. Les gens huppés plaignaient Berna, mais ne l'invitaient pas. Pauvre petite ! Un excellent médecin, le Dr Lynch, mais enclin à fréquenter des gens au-dessous de sa condition. Les gens qui boivent, n'est-ce pas... Certes, il était allé en clinique à Dublin, et à son retour il avait tenu au moins huit mois sans toucher un verre...

Elles en avaient par-dessus la tête des religieuses, elles trouvaient leurs camarades de classe stupides, bornées. Les jours étaient interminables et elles attendaient toujours, Maureen d'être convoquée à l'hôpital, et Berna d'aller dans une école de secrétariat à Dublin. En attendant, elles s'occupaient de leurs cheveux, de leur peau... et elles espéraient qu'il leur arriverait quelque chose avant leur départ et avant que tout le monde les considère comme des godiches finies.

Chose imprévisible, Eamonn faisait un mauvais trimestre. Il avait pourtant vu approcher la rentrée sans appréhension; robuste comme il l'était pour ses onze ans, il ne craignait rien. Mais voilà que tout allait de travers, et frère John lui donnait tout le temps des coups de règle sur les doigts. « Concentre-toi, Eamonn

O'Connor... tu ne vas pas suivre l'exemple de ton grand frère... », et frère Kewin, un des religieux les plus doux, qui n'élevait jamais la voix, était venu le trouver : « Eamonn, tu vas m'écouter, comme un bon garçon que tu es. Tu sais que, si Dieu veut, l'an prochain le petit Donal te retrouvera ici, après sa première communion. C'est un petit garçon délicat, si fragile, c'est toi qui devras prendre soin de lui, tu sais ça, tu devras le protéger... »

A la maison, ça n'allait guère mieux. Peggy n'était pas drôle; elle passait son temps à briquer en jetant des regards inquiets par-dessus son épaule, comme si elle avait peur que Maman la dispute. Il n'y comprenait rien.

Niamh perçait ses dents et ah! misère! quel raffut elle faisait! Elle avait sans arrêt le visage rouge comme une tomate, la bouche grande ouverte et elle bavait. Eamonn la trouvait répugnante et il ne pouvait admettre qu'on la prenne tout le temps sur les bras pour la calmer. « Tout le monde perce ses dents », se répétait-il rageusement. Il en avait bien percé, lui, après avoir perdu ses dents de lait, sans révolutionner la maison...

Papa était comme un crin; il se disputait avec le jeune Sean pour des riens. Maman en était alors toute retournée et elle regardait ailleurs. Le soir elle était toujours fatiguée, elle n'avait plus le temps de parler avec lui de l'école ou de n'importe quoi. Même Maureen était toujours partie, elle passait son temps chez Berna.

Mais le pire, c'était Aisling. Avant, elle était parfaite. On pouvait jouer avec elle. Une fille, bien sûr, et une sœur, mais juste une année de moins, ça pouvait aller. Seulement, depuis l'arrivée de cette Elizabeth, il n'y avait plus rien à en tirer. Lorsqu'elles rentraient de l'école toutes les deux, elles buvaient un verre de lait avec une part de brioche aux raisins et, hop, elles montaient avec le petit chat. Monica, quel nom! Elles disparaissaient dans leur chambre avec cette pancarte imbécile sur la porte. Aisling et Elizabeth. Elizabeth et Aisling. Ça le rendait malade.

4

Aisling était loin de prendre à la légère ses responsabilités à l'égard d'Elizabeth. Il n'était pas donné à tout le monde d'avoir une étrangère à charge dès l'âge de dix ans. Par ailleurs, cela comportait des avantages appréciables, comme par exemple de s'être fait offrir Monica, avec sa tache blanche entre les oreilles, sa façon de ronronner comme un moteur et sa faculté de courir inlassablement derrière un morceau de ficelle ou après une balle. Enfin, il y avait la multitude des corvées auxquelles la simple formule « Je dois aider Elizabeth » permettait d'échapper. A la maison, plus question de débarrasser la table ou d'aider Peggy à faire la vaisselle. A l'école, finis les devoirs facultatifs.

— Je ne peux pas, ma sœur, c'est vraiment impossible. Il faut que je m'occupe d'Elizabeth, que je lui apprenne à faire plein de choses.

Elle pouvait d'ailleurs constater qu'elle ne se donnait pas tout ce mal inutilement. De jour en jour, Elizabeth s'apprivoisait. Elle n'avait plus que très rarement un regard d'animal traqué. Aisling notait qu'elle disait moins souvent « Je m'excuse ». Elle se montrait cependant encore très réticente sur le chapitre des confidences et des secrets, et Aisling avait beau se livrer à un siège en règle, Elizabeth restait méfiante.

— Allez, parle-moi de ton école... de Monica... la première Monica.

— Il n'y a rien à en dire.

— Oh! ce n'est pas possible! Regarde, moi, je te raconte tout.

— Eh bien, elle s'appelait Monica Hart. Elle était ma voisine en classe. C'est tout.

— C'est *tout*?

Aisling n'était pas seulement déçue, elle sentait qu'elle n'avait pas encore gagné toute la confiance de sa protégée.

Et les anniversaires? On les fêtait comment chez Elizabeth ? Il y avait des invités ? Elle recevait des cadeaux ?

Pour ses dix ans, en mai dernier, Elizabeth avait eu un cardigan et une boîte de peinture. Oui, c'était tout. Non, pas de fête. Oui, d'autres filles à l'école fêtaient peut-être leur anniversaire par un goûter. Non, pas Monica Hart. Qui elle regrettait le plus ? Heu, Miss James. Miss James était très gentille. Plus que sœur Mary ? Ce n'était pas pareil. En un sens, oui, plus gentille, ce n'était pas une religieuse. Davantage une vraie personne. Oui, c'est Miss James qui lui manquait le plus.

— Mis à part ta maman et ton papa, ajouta Aisling par souci de netteté.

— Bien sûr. Tu avais dit à l'école. Maman et Papa me manquent, naturellement.

Aisling n'oubliait jamais de mettre les parents d'Elizabeth dans ses prières. Au début, Elizabeth disait toujours « merci », mais Aisling lui avait fait remarquer qu'il n'y avait pas de quoi : elle ne s'adressait pas à elle mais à Dieu.

Parfois Elizabeth se demandait comment aurait réagi Maman si Aisling s'était précipitée vers elle en l'appelant Tante Violet. Maman aurait sûrement pensé qu'Aisling et tous les O'Connor étaient décidément des rustres. Ce qui n'était pas entièrement faux. Elle espérait ardemment que Maman ne viendrait pas la voir. Elle la ramènerait à la maison sur-le-champ ! Maman avait horreur de tout ce qui était sale, et il fallait bien reconnaître que la maison n'était pas d'une propreté irréprochable, loin de là.

La salle de bains, personne ne la nettoyait jamais. Dans la cuisine, il y avait des restes un peu partout. Maman n'aurait jamais admis qu'on mette sur la table une nappe couverte de taches, qu'il n'y ait pas de ronds de serviette, qu'on ramasse et mange un aliment tombé par terre. Maman était venue ici bien des années plus tôt, mais elle se souvenait toujours que la maison était mal tenue. Elizabeth se demandait si en définitive ça n'avait pas empiré.

Mais en quelques semaines elle s'était faite la championne de sa nouvelle maison. Elle n'aurait pas aimé entendre Maman la critiquer ou Papa faire une remarque désobligeante sur les manières de ceux qui y vivaient. L'autre jour, lorsque sœur Mary avait réprimandé Aisling en classe, Elizabeth était devenue rouge d'indignation.

— Tiens-toi droite, et dégage-moi ton front de cette tignasse poil de carotte. C'est compris, Aisling O'Connor ? Dès demain, je veux voir tes cheveux attachés par un ruban.

Elizabeth s'était sentie offensée pour Aisling. Qualifier ses beaux cheveux de « poil de carotte », quelle insulte ! Miss James ne se serait jamais permis une remarque personnelle sur l'aspect physique d'une élève. C'était impensable. Grâce au ciel, Aisling s'en moquait. Elle s'était contentée de secouer la tête, de dédier un petit rire nerveux à Elizabeth et, dès que sœur Mary lui avait tourné le dos, de lui tirer la langue en grimaçant — ce qui avait obligé toutes les autres à se plaquer les mains sur la bouche pour ne pas pouffer.

Les autres filles venaient des fermes des environs de Kilgarret, ou bien leurs parents avaient de petites entreprises en ville. Ici, tout était si différent. Les gens n'allaient pas « travailler dehors ». Il y avait bien une banque, mais pas du tout comme celle de Papa, car elle n'employait que deux personnes. Eileen la lui avait montrée un jour en passant, comme elle lui signalait tout ce qui pouvait rappeler de près ou de loin la maison.

Les élèves de l'institution avaient accueilli Elizabeth avec curiosité, mais sa timidité avait vite découragé leur intérêt. C'était un soulagement. Elle redoutait plus que tout d'attirer l'attention. A ce propos, Aisling, en sa qualité de paladin, était plus souvent une menace qu'une protection.

Si ses compagnes de classe l'interrogeaient sur son école en Angleterre, Aisling prenait les devants :

— Elle ne peut pas en dire grand-chose. Elle a été bombardée, tout le monde est mort enseveli sous les décombres...

Parfois, Elizabeth essayait de protester :

— Aisling... tu n'aurais pas dû dire ça... je ne crois pas que l'école soit démolie... ce n'est pas vrai...

— Oh, ce n'est pas du tout impossible, remarquait Aisling d'un ton dégagé. De toute façon, tu donnes si peu de détails sur ta vie à Londres qu'on finit par trouver ça plutôt curieux. Autant avoir une excuse.

Est-ce qu'elle parlait vraiment si peu ? Sûrement, oui. Maman n'aimait pas les histoires interminables, comme Aisling, Eamonn et Donal en racontaient continuellement à Eileen. Elle ne l'interrogeait jamais sur ses camarades de classe et elle était même agacée lorsque Elizabeth lui parlait de Miss James. Tout était si *différent*.

Rien ne permettait à Elizabeth de comprendre l'intérêt passionné qu'ils portaient tous à son âme. On avait expliqué à sa classe que, par respect pour sa foi anglicane, elle lirait la Bible durant les cours quotidiens d'instruction religieuse. Enviée d'être ainsi dispensée d'apprendre par cœur les réponses du catéchisme, Elizabeth était harcelée de questions concernant la route singulière qu'elle empruntait pour aller à Dieu.

— Mais pourquoi tu ne vas pas à l'église, même pas à l'église protestante ? s'enquérait Joannie Murray.

— Je... Tante Eileen a dit qu'elle m'y emmènerait... Pour nous, ce n'est pas pareil, balbutiait Elizabeth.

— Ça m'étonne, poursuivait Joannie. Il faudra sûrement que tu ailles à l'église protestante. Elle est tout près de chez vous, alors que la nôtre est en haut de la colline, et pourtant on y va tous les dimanches et les jours fériés. Sinon, on finit en enfer. Comment ça se fait que tu ne risques pas l'enfer ?

En général, Aisling n'était pas très loin.

— Pour elle, c'est différent. Elle n'a pas eu le Don de la Foi.

Ça paraissait satisfaire quelques filles, pas toutes.

— Le Don de la Foi, c'est quand on vous parle de Dieu. Nous, on lui parle de Dieu.

Aisling trouva qu'on ne lui épargnait décidément aucune difficulté.

— Sœur Mary a dit que la Révérende Mère Supérieure était informée qu'Elizabeth n'allait pas à l'église et qu'elle pensait que pour le genre de protestante qu'elle était, c'était normal. Tous les protestants ne sont pas obligés d'aller à l'église.

Comme son auditoire ne paraissait pas très convaincu elle ajouta, péremptoire :

— Après tout, est-elle seulement baptisée ?

— Tu n'es pas baptisée ? Oh ! Tu as *dû* être baptisée ?

Joannie Murray s'était mise à examiner Elizabeth comme s'il n'était plus impossible qu'elle ait la lèpre.

— J'ai bien une robe de baptême, se souvint Elizabeth.

En effet, à la maison elle était rangée dans un carton, pliée entre des feuilles de papier de soie. Ça semblait régler le problème. Mais il restait une question épineuse. Si elle avait reçu le baptême protestant, elle était chrétienne. Alors, ne devait-elle pas aller à l'église ? Aisling était à court d'arguments. Très provisoirement.

— Il n'y a pas moyen de savoir si elle a été baptisée dans les règles, affirma-t-elle. Donc c'est sans valeur.

— Nous n'avons qu'à le faire nous-mêmes, décida Joannie Murray. C'est très simple, il suffit de verser de l'eau et de dire les paroles en même temps.

Elizabeth regarda autour d'elle, avec l'air d'un lapin pris au piège. Du regard, elle implora Aisling.

— Pas maintenant, décida Aisling avec autorité, il faut d'abord l'instruire. Lorsqu'elle aura été instruite dans la foi, on la baptisera, pendant la récréation, dans les vestiaires.

— Son instruction va durer combien de temps ?

Maintenant, elles étaient toutes impatientes, anxieuses de vivre cette nouvelle aventure. C'était la première fois qu'elles mettaient la main sur une personne non baptisée.

— En attendant, elle est sous le coup du péché originel, fit remarquer une des filles. Si elle meurt dans cet état, elle ira dans les limbes.

— C'est toujours mieux que d'aller en enfer, décréta Aisling. Si on la baptise sans qu'elle connaisse les... préceptes, elle ira en enfer. Autant la laisser comme elle est pour l'instant.

— Mais ça va prendre longtemps ?

— Environ six mois, annonça Aisling. Elle ne connaît rien du catéchisme, pas un mot. Elle doit être aussi instruite que nous. Elle n'a pas eu de chance lorsqu'elle était bébé. Il aurait suffi qu'ils fassent les choses correctement.

— Oui, ils auraient pu le faire dans les règles, murmura Elizabeth.

— Pas de veine, conclut Aisling.

— Ils ont dû verser l'eau sans dire les paroles en même temps, s'entêtait Joannie. C'est le plus important.

Elizabeth allait passer son premier Noël à Kilgarret. Elle avait déjà l'air moins fluette, plus solide que le jour de son arrivée sur la Grand-Place. Sa jupe commençait à la serrer un peu trop à la taille et son visage faisait moins penser à une porcelaine de Saxe. Sa voix s'était affermie : à présent, quand elle était à la maison, on l'entendait.

Chaque semaine elle écrivait chez elle. Eileen lui donnait un mot à joindre à sa lettre, et une enveloppe timbrée. Elles ne pouvaient deviner si la rareté des réponses tenait à l'existence terrible qu'imposait le blitz ou à l'apathie naturelle de Violet. Les journaux décrivaient abondamment les épreuves de la population londonienne. Il faut dire que la situation prenait des proportions catastrophiques. Il tombait sur Londres une moyenne de deux cents tonnes de bombes par heure. Une nuit d'octobre, le pilonnage avait été si intense qu'il semblait impossible qu'on pût encore y mener un semblant de vie normale.

Régulièrement Eileen invitait Violet à venir à Kilgarret, en priant le ciel pour qu'elle n'en fasse rien. Pas avant les grands nettoyages de printemps. Pas avant qu'elle ait réussi à inculquer un semblant de bonnes manières à sa tribu. Sans la présence d'Elizabeth, sa prévenance, sa délicatesse, elle n'aurait jamais mesuré à quel point ses enfants étaient des malappris. La petite se levait en présence d'un adulte, offrait sa chaise, tenait la porte ouverte en s'effaçant. Il aurait fallu une sacrée explosion pour qu'un O'Connor abandonne sa chaise. Eileen n'avait élevé aucune objection lorsque Elizabeth avait décidé d'assister à la messe du dimanche. Dès lors, la petite se soumit, avec les autres, à l'inspection du samedi soir. Tout devait être impeccable : chaussures, chaussettes, bérets, gants. Les missels en bon état, les cheveux lavés, les ongles nets.

Elizabeth ne se souvenait pas d'avoir connu des gens pour qui l'office dominical eût une telle importance, à part peut-être Mr et Mrs Flint, que Maman disait « très pratiquants ». Mais ça n'avait aucun rapport avec ici, où on se mettait sur son trente-et-un pour se rendre en foule à l'église.

La crèche avait été installée début décembre. On y voyait les personnages de la Sainte Famille, grandeur nature, dans une étable avec de la vraie paille. Après la messe, Aisling allait s'agenouiller devant la crèche pour prier et glisser un penny dans un grand tronc à demi recouvert de cire fondue. Cela lui donnait le droit d'allumer un cierge, de le placer à côté des autres et de faire un vœu.

— Est-ce qu'on peut faire un vœu même si on n'a pas reçu le Don de la Foi ? avait demandé Elizabeth.

Son vœu aurait été de recevoir une longue lettre affectueuse de Maman et de Papa.

— Je ne crois pas, avait dit Aisling en réfléchissant sérieusement à la question. Non, je n'ai jamais entendu dire que ça marchait. Ne gaspille pas ton penny, garde-le pour acheter des bonbons chez Mangans.

Bien qu'elle l'attendît chaque fois avec impatience, pour Elizabeth le jour de Noël avait toujours été une cause de tristesse, de désenchantement. L'année dernière, il avait surtout donné matière à un long débat sur tout ce que le rationnement empêchait de faire. Avec les O'Connor ce serait sûrement une réussite totale — pour la première fois de sa vie un Noël comme dans les livres.

Des semaines à l'avance, chacun avait préparé les cadeaux qu'il destinait aux autres. On ne pouvait plus arriver inopinément dans une pièce sans entendre : « N'entre pas ! » Au grand étonnement d'Elizabeth, Aisling s'était mise à parler avec une conviction enthousiaste du Père Noël.

— Et si les cadeaux... venaient d'ailleurs, que ce ne soit pas le Père Noël qui les apporte, avait prudemment insinué Elizabeth.

— Ne sois pas stupide, l'avait tancée Aisling. D'où veux-tu qu'ils viennent ?

Pour plus de sécurité, Aisling avait brûlé plusieurs cierges en demandant au Bon Dieu de rappeler au Père Noël ce qu'elle lui avait commandé.

En quatre mois, les rapports d'Elizabeth avec les O'Connor étaient devenus beaucoup plus détendus, plus confiants. Auparavant elle ne serait pas intervenue, se contentant de souhaiter que les choses s'arrangent d'elles-mêmes.

— Tante Eileen ?

— Oui, ma chérie ?

Eileen mettait à jour le livre de comptes du ménage, comme tous les samedis.

— Je ne voudrais pas être indiscrète... mais vois-tu, Aisling fait sa prière devant la crèche de l'église pour demander qu'on rappelle au Père Noël qu'elle veut une bicyclette... et j'ai pensé... ce serait aussi bien de te le dire, juste parce qu'elle pourrait ne pas t'en parler.

Eileen serra la fillette contre elle.

— C'est très gentil de ta part de me dire ça.

— Ce n'est pas pour te donner un conseil, parce que je sais bien que c'est un cadeau très cher, mais Aisling croit que ce qu'on demande au Père Noël doit demeurer un secret.

— Je resterai muette, la rassura gravement Eileen. Allez, sauve-toi maintenant.

La veille de Noël, l'excitation était à son comble dans la maison. Même les grandes personnes comme Maureen ou son amie Berna pouffaient nerveusement, et le jeune Sean, l'air tout content, préparait lui aussi des petits paquets.

Au cours de la nuit Elizabeth entendit la porte de la chambre s'ouvrir doucement. Elle lança un coup d'œil inquiet en direction du lit d'Aisling, mais sur l'oreiller la tête rousse n'avait pas bougé. Les yeux mi-clos, elle aperçut Oncle Sean qui déposait au pied du lit d'Aisling une bicyclette enveloppée de papier brun, et une branche de houx. Puis, à sa stupéfaction, elle vit une même forme prendre place au pied de son lit. Aussitôt ses yeux se remplirent de larmes. Elle ne saurait jamais les remercier assez, ils étaient tous si bons. Il faudrait absolument qu'elle essaie dans sa prochaine lettre d'expliquer à Maman combien ils étaient gentils. Pourvu qu'elle trouve les mots qui ne risquent pas d'irriter Maman en lui faisant penser qu'elle était critiquée.

Au matin, Aisling poussa des cris de joie en arrachant le papier. Tandis qu'Elizabeth se glissait hors de son lit, Aisling, le visage rouge de plaisir, vint vers elle et la serra très fort. Alors, Elizabeth se força à en faire autant. C'était une expérience nouvelle, et comme tout ce qui était nouveau, ça la bouleversait. Leur seul contact physique, jusqu'alors, c'était de se donner le bras en allant à l'école. Mais à présent elle était comme submergée par une vague de tendresse.

La maison retentissait de cris, d'appels, de glapissements, de nasillements de mirliton.

— Tout le monde en bas dans deux minutes, sinon vous allez avoir de mes nouvelles, Noël ou pas Noël !

Dehors il ne faisait pas encore grand jour lorsqu'ils montèrent à l'église. Les groupes se hélaient, se souhaitaient joyeux Noël. Plusieurs personnes voulurent savoir ce qu'Elizabeth avait trouvé dans ses souliers... et le Dr Lynch, le père de Berna, lui pinça la joue en lui demandant si les Noëls irlandais valaient les Noëls anglais. Sa femme ne se priva pas de le rabrouer.

Au petit déjeuner, on servit des œufs et des saucisses. Chacun avait une serviette en papier. Niamh, installée dans son berceau, gazouillait. Maintenant allait avoir lieu l'échange des présents. Ensuite les filles pourraient étrenner leurs bicyclettes sur la place, Maureen paraderait dans sa veste neuve (avec le béret assorti), Eamonn montrerait aux copains ses chaussures et son ballon de foot, Donal partirait sur sa trottinette. Déjà une énorme oie rôtissait pour le repas de midi.

En attendant, chacun découvrait ses cadeaux et on n'entendait plus que des exclamations de surprise et de joie. C'était une pelote à épingles, des signets, une soucoupe peinte en guise de cendrier, un collier de perles de verre. Mais ce furent les cadeaux choisis par Maureen qui obtinrent le plus de succès. Eileen reçut un superbe savon, Sean une belle écharpe, Aisling et Elizabeth de larges bracelets multicolores, Eamonn un gros phare pour sa bicyclette, Donal un drôle de bonnet de fourrure, et même le bébé eut droit à un hochet. Elle offrit à son grand frère Sean deux brosses à cheveux comme on en voit dans les catalogues pour hommes, et enfin à Peggy une broche scintillante.

Maureen avait demandé à faire ses cadeaux en dernier et il faut reconnaître qu'on ne pouvait terminer la distribution plus en beauté. Il régnait une atmosphère si heureuse, si détendue, que personne, excepté Elizabeth, ne remarqua les regards angoissés qu'échangeaient Tante Eileen et Oncle Sean. Elle était incapable d'en deviner la raison, mais elle se sentit devenir toute rouge d'inquiétude.

— Bon, maintenant faites-moi disparaître tout ce désordre, les papiers dans ce carton, les ficelles dans cet autre, et *ne perdez rien*. Allez tous faire un tour sur la place, proposa Eileen, toi aussi, jeune Sean, un peu d'exercice ne te fera pas de mal... et Donal, bien sûr couvre-toi bien. Non, laisse ton bonnet de fourrure, ce n'est pas la peine.

Le cœur d'Elizabeth cognait dans sa poitrine, car elle savait que quelque chose allait très mal. Elle suivit Peggy dans la cuisine pour l'aider. Peggy marmonnait toute seule; elle avait trop à faire et jamais personne pour lui donner un coup de main... mais elle n'attendait aucune réponse.

Dans la pièce voisine, les voix s'étaient élevées :

— Non, Maureen, reste, assieds-toi.

— Qu'est-ce qu'il y a, M'man ?

— Maureen, d'où vient l'argent qui t'a permis d'acheter toutes ces choses... d'où ?

— Mais... j'ai économisé mon argent de poche comme les autres... c'est tout.

— Maureen, tu nous prends pour qui ? Regarde toutes ces choses... elles coûtent une fortune. Le savon que tu as acheté pour ta mère, tu l'as payé quinze shillings, je l'ai vu à la pharmacie.

— Mais P'pa, je n'ai pas...

— Maureen, ton père et moi nous voulons savoir d'où vient l'argent. Dis-nous la vérité, vite, et ne gâche pas cette journée pour tout le monde.

— Je n'ai pas pris ton argent, M'man, tu peux regarder dans ton bureau.

— C'est vrai, Sean, il ne manque rien.

— Et je n'ai rien pris dans tes poches, P'pa.

— Maureen, on te donne un shilling par semaine, mais tu as dépensé des livres et des livres! Tu ne vois pas dans quel état tu nous mets, ta mère et moi...

— C'est comme cela que vous me remerciez de vous avoir fait des cadeaux... gémit Maureen qui s'était mise à pleurer. Vous... vous ne trouvez... qu'à m'accuser de vous avoir volés...

— Si ce n'est pas ça, alors... c'est que tu as volé toutes ces choses dans les magasins.

La voix d'Eileen tremblait en formulant cette accusation.

— Je les ai *achetées*, s'emporta Maureen.

— Dieu tout-puissant! rugit Sean, tu ne quitteras pas cette pièce tant que tu n'auras pas avoué, même si je dois te désarticuler pour t'y obliger. Tu te moques de nous! *Achetées*, ah oui...!

— Il faudra que tu nous le dises tôt ou tard, ton père a raison. Dis-le maintenant, Maureen.

— J'ai acheté ces cadeaux pour vous faire plaisir et...

— Je vais aller de ce pas chez le Dr Lynch. Il se pourrait bien que Berna leur ait fait des cadeaux aussi coûteux que les tiens. Vous êtes souvent de mèche, toutes les deux. Elle parlera peut-être, elle...

— Non! cria Maureen. P'pa, n'y va pas, je t'en prie!

Il y eut des cris, Eileen s'était mise à sangloter; des bruits de coups et des gémissements. Puis ce fut une volée de claques, le bruit d'une chaise renversée. Elizabeth entendit Tante Eileen supplier Oncle Sean.

— Arrête, Sean; laisse-la et calme-toi.

— Me calmer? Voler tous les autres commerçants de la ville. Dans leurs boutiques, avec cette Berna!

Cinq boutiques, cinq familles avec lesquelles nous faisons des affaires depuis des années, et ces sales mômes vont les voler chez eux. Bon sang, et il faudrait que je me calme... tu vas aller les trouver un par un, et rendre à chacun ce qui lui appartient. Et les Lynch vont être prévenus, sois-en sûre. Deux voleuses qui écument la ville !

Elizabeth échangea un regard affolé avec Peggy, tandis qu'on entendait encore une claque, suivie d'un cri.

— N'y fais pas attention, lui conseilla Peggy. Autant ne pas mettre son nez dans les affaires des autres. Tu n'as rien entendu et tu ne dis rien.

— Oui, je sais. Mais Noël va être gâché.

— T'en fais pas, la rassura Peggy. On aura un beau Noël.

Au même moment monta la voix du jeune Sean :

— Arrête, P'pa. Tu ne peux pas taper sur une fille comme cela.

— Sors d'ici Sean. Ce sont mes affaires, ça ne te regarde pas !

— M'man, arrête-le. Il lui tape sur la tête. Arrête-le. P'pa, tu ne t'en rends pas compte, tu vas la tuer !

Elizabeth avait quitté la cuisine en courant. Sur sa bicyclette elle tournait autour de la place, en clignant des yeux pour chasser les larmes qui lui brouillaient la vue. A présent, il y avait peu de chances pour qu'on mange l'oie tous ensemble. Tante Eileen devait être montée dans sa chambre. Le jeune Sean était parti après l'algarade avec son père. Oncle Sean était peut-être allé passer sa colère au magasin, et Maureen — Dieu sait ce qui allait lui arriver. Tout tournait mal, comme les autres fois. C'était trop injuste.

D'autres enfants, qui habitaient sur la place, avaient eux aussi des bicyclettes, des tricycles ou des trottinettes. Martin Ryan avait aperçu la jambe du Père Noël juste au moment où il repartait par la cheminée, et Maire Kennedy avait entendu l'attelage de rennes qui arrivait sur la place. Déjà Aisling faisait des acrobaties sur son vélo... elle fonçait, les deux mains levées, sa chevelure flamboyante flottant derrière elle. Elle aperçut Elizabeth qui la regardait et pédala pour la rejoindre.

58

— Qu'est-ce qu'il y a? Tu as l'air triste!

— Non, je vais bien.

— Tu penses à ta famille et tu te sens seule?

De temps en temps Aisling était sujette à des accès de compassion pour la condition d'orpheline provisoire d'Elizabeth.

— Un peu, oui, mentit-elle.

— Maintenant tu as notre famille et nous allons avoir un beau Noël.

Eileen était apparue en haut des escaliers :

— Allez, mes quatre drôles, on rentre. On se lave les mains et à table pour le festin!

Elle avait l'air parfaitement calme. Elizabeth se sentit du baume au cœur, Eileen l'avait comptée comme un des siens. A contrecœur Eamonn, Donal et Aisling quittèrent leurs amis. On se lava les mains à la sauvette pour se les essuyer tous en même temps à la même serviette. La table était mise avec les papillotes de Noël entrecroisées entre les assiettes. Tandis qu'on s'asseyait, Tante Eileen lança comme négligemment : « Oh! pendant que j'y pense, il y a une erreur; il faudrait rendre à Maureen les cadeaux qu'elle nous a faits, les prix étaient mal calculés. Il faut les revoir. »

Il y eut quelques ronchonnements; Eamonn voulait être sûr qu'on lui rendrait son phare de bicyclette. Mais c'était réglé. Tout reprit son cours normal. Maureen et le jeune Sean avaient les yeux rouges, mais personne ne fit de remarques.

Plus tard, on mit des disques sur le gramophone et on dansa, sauf Eamonn qui trouvait ça idiot. Mais il se chargea de remonter le gramophone, et ce n'était pas rien.

Elizabeth regardait Oncle Sean en train de faire valser Maureen qui pleurait, la tête contre la veste de son père. Elle pensa qu'elle pourrait les observer un million d'années, elle ne les comprendrait jamais.

Le nouveau trimestre commença avec un temps très froid. Sœur Mary était comme un crin. Elle était obligée de porter des mitaines tant ses doigts étaient abîmés par les engelures, tout gonflés et violets. En plus de ça, elle n'arrêtait pas de tousser. Donal avait de nouveau la respiration sifflante, et Eileen décida de le garder à la maison.

Maureen s'était rendue dans chacune des boutiques où elle avait « acheté » ses cadeaux. En présence d'Eileen, elle les avait restitués en s'excusant de les avoir pris par erreur au moment de ses achats de Noël. Partout, on la reçut avec beaucoup de gentillesse. Dès que Maureen se retrouvait dehors, rouge de confusion, les propriétaires des magasins en profitaient pour adoucir l'humiliation d'Eileen en lui disant que tout venait de la mauvaise influence de Berna Lynch, une petite effrontée, mais qui avait elle aussi des excuses, avec un père comme le sien... Ils ajoutaient qu'il fallait tout oublier, que la pauvre Maureen avait été suffisamment punie de devoir rapporter les articles.

S'étant renseigné sur les heures auxquelles Maureen sortait de classe, Sean avait exigé qu'elle soit chaque jour de retour à la maison quinze minutes plus tard. Et plus question qu'elle aille chez Berna Lynch, ni l'inverse.

Le jeune Sean découvrit dans le journal qu'on venait de créer en Angleterre un centre de formation de l'Armée de l'Air pour jeunes gens de seize à dix-huit ans. Il s'empressa de lire l'article à son père pour lui apporter la preuve qu'à dix-sept ans on était déjà un homme. Son père lui répondit que l'Empire britannique pouvait bien appeler sous les drapeaux tous ses ressortissants mâles dès l'âge de quatre ans, mais que son fils, comme tout Irlandais qui se respecte, n'irait pas les aider à conquérir le globe.

Aisling, qui commençait à trouver monotone le trimestre scolaire, décida de l'animer un peu en procédant au baptême de sa protégée. On choisit pour date le 2 février, fête de la Purification de la Sainte Vierge. La cérémonie resterait secrète.

Elle eut lieu sur le sol dallé du vestiaire des « Moyennes », évidemment moins engageant que les eaux du Jourdain où Jésus avait été baptisé, comme le montrait la gravure accrochée dans le corridor de l'école. L'eau prélevée dans quatre fonts baptismaux remplissait une timbale. Par précaution, Joannie Murray et Aisling avaient recopié les formules de la cérémonie. Elizabeth s'agenouilla. En présence de toute la classe, elles lui versèrent lentement l'eau sur la tête en récitant : « Je te baptise, au nom du Père, du Fils et du Saint-Esprit. Ainsi soit-il! » Il y eut un silence, suivi d'applaudissements.

Elizabeth se releva, les cheveux et les épaules trempés. Elle n'osait se secouer car c'était de l'eau bénite, de l'eau sainte. Elle serra la main d'Aisling :

— Merci.

Aisling la prit par la taille :

— Tu vas voir, maintenant tout sera beaucoup plus facile.

Les lettres de Maman se faisaient toujours aussi rares. Tante Eileen ne cessait d'incriminer le service postal.

— La pauvre femme peut toujours poster ses lettres, tout est si désorganisé, il faut des jours et des jours pour trier le courrier.

D'autres fois, Eileen voyait Violet terrassée par ses obligations :

— Ce qu'on exige des gens là-bas est inimaginable; la situation est si critique. Ta mère n'a sûrement plus ni le temps ni la force d'écrire en ce moment.

Peu après Noël, une lettre de Violet indiqua qu'elle s'était portée volontaire pour entrer dans les WAAF(1), mais ces abrutis n'acceptaient que les célibataires, les femmes sans enfants ou de moins de trente ans. C'était navrant, d'autant qu'elle, Violet, aurait été autrement plus efficace que ces filles évaporées qui ne pensaient qu'à leur maquillage et à faire de l'effet dans leur uniforme. Elle n'avait pas fait de tentatives auprès des autres armes, parce que ce serait sûrement pareil. Bien entendu, elle participait au WVS(2) — et humainement, c'était dur.

Elizabeth ne comprenait rien à toutes ces initiales, mais, à son grand étonnement, c'est du jeune Sean que

(1) Women's Auxiliary Air-Force.
(2) Women's Voluntary Service.

lui vint une aide compétente. Comme il lisait les lettres de Londres en même temps qu'elle, il lui apprit que les WAAF c'étaient les Forces Auxiliaires Féminines de l'Aviation. Pas des *aviatrices*, attention ! Mais c'était cependant ce que les femmes pouvaient faire de mieux pour servir leur pays en guerre. Si elle y était entrée, sa mère aurait porté l'uniforme, fait l'exercice, subi tous les jours l'inspection de son équipement. Elizabeth n'arrivait pas à imaginer que Maman aurait mis un uniforme, comme un agent de police ou un conducteur d'autobus.

En écoutant le jeune Sean, Elizabeth apprit beaucoup plus de choses sur ce qui se passait à Londres qu'en lisant les lettres de Maman. Par exemple, il lui révéla que le WVS, cela voulait dire l'Aide Féminine Bénévole, mais ce n'étaient pas des dames participant à des œuvres de charité comme le croyait Tante Eileen. Ces femmes-là payaient de leur personne en se rendant dans les endroits bombardés pour secourir les victimes, nourrir et habiller les pauvres gens qui avaient tout perdu. Il lui montra des articles de journaux sur l'évacuation des enfants, leur placement à la campagne. Et d'autres aussi sur le dénuement de certaines familles laissées sans secours, et comment les femmes du WVS devaient apprendre à s'occuper d'enfants couverts de poux.

Le jeune Sean s'animait, ses yeux brillaient. Flattée que ce grand garçon taciturne lui parle ainsi, elle se retenait de lui dire que pour rien au monde Maman n'irait se mettre dans la situation de devoir épouiller de pauvres gosses.

Quand son père entendait le jeune Sean lui lire de tels récits, il grondait :

— Si tu veux participer à des œuvres de bienfaisance, ici, tu ne manques pas de pain sur la planche, pas besoin d'aller chez les Anglais. Quant aux femmes... les nôtres n'ont pas attendu cette guerre pour montrer de quoi elles étaient capables... tu n'as jamais entendu parler de la comtesse Markievicz ?

Mais le jour où Sean surprit son fils racontant à Elizabeth que des garçons de son âge et même plus

62

jeunes, étaient des centaines chaque jour... des milliers chaque semaine, à s'enrôler dans l'Armée de l'Air, il explosa :

— Bon sang ! Au lieu de rabâcher, je me demande ce que tu attends pour les rejoindre, tous ces abrutis, ça nous débarrasserait le plancher !

Eileen, qui raccommodait, avait levé la tête :

— Sean, allons, dit-elle de sa voix douce, tu vois bien qu'au fond ce que ton fils admire, c'est qu'ils défendent leur patrie à tout prix !... A leur place, on ferait la même chose. Grâce au ciel, nous n'en sommes pas là, mais il ne veut rien dire d'autre.

— Si seulement il ne disait rien d'autre !

Le premier jour de mai, Eileen reçut une lettre de Violet contenant un billet de dix shillings. C'était pour acheter des cadeaux d'anniversaire à Elizabeth et à Aisling.

C'est le chaos le plus total. Je me félicite de ne pas avoir été acceptée dans les WAAF; de nouvelles lois sont passées, c'est maintenant comme pour les hommes : on ne peut plus en sortir avant la fin de la guerre... Tout le monde doit se faire recenser en vue de la mobilisation. Je risque d'être envoyée je ne sais où, pour travailler dans une usine de munitions. George a été enrôlé dans la défense passive, il passe ses nuits dehors... Ça a plutôt l'air de leur plaire, à lui et à ses acolytes qu'il me ramène parfois à la maison pour le petit déjeuner.

Cette semaine, notre ration de fromage est tombée à 30 grammes... je dis bien, 30 grammes par semaine. Plus personne n'a de quoi s'habiller, nous vivons comme des sans-le-sou, puisque nous ne trouvons plus rien à acheter.

Vous êtes terriblement bons de vous occuper d'Elizabeth pour nous. Et de lui faire écrire si souvent. Tous ces timbres, c'est très coûteux pour vous... je ne m'inquiéterai pas si elle reste sans m'écrire une semaine de temps en temps. George me charge de vous remercier... ce que vous faites pour Elizabeth le touche beaucoup,

mais comment comprendrait-il qu'entre deux anciennes de St.Mark, c'est à la vie à la mort ?

Merci encore, ma chérie.

Bien à toi,
Violet.

Oui, c'est à la vie à la mort, et le tour est joué, on a la
conscience tranquille. Mais pas une carte d'anniversaire
pour la petite ! Sa fille unique allait avoir onze ans, elle
vivait dans un pays étranger, et Violet ne lui envoyait
même pas un mot, quelques lignes... affectueuses.

Ce premier mai, sœur Helen, la jeune religieuse qui
avait Donal dans sa classe, écrivit un mot à la mère du
petit garçon pour l'informer que chaque fois qu'elle
l'interrogeait, il se congestionnait, suffoquait sous l'effet de l'émotion. Il n'était peut-être pas totalement
débarrassé de son asthme. Voulait-on qu'elle le signale
au médecin scolaire, au cas où ces symptômes seraient
suscités par quelque chose de particulier à la salle de
classe ? Sœur Helen ajoutait que le petit était si avide
d'apprendre qu'elle était navrée de le voir handicapé
par ses malaises physiques. Elle glissa le mot dans une
enveloppe qu'elle mit dans le cartable de Donal.

— Vous parlez de moi, ma sœur ? lui demanda-t-il,
rougissant.

— Oui, mais c'est pour dire à ta maman que tu es un
des élèves les plus appliqués de la classe.

Il devint encore plus rouge, mais de contentement, et
se mordit la lèvre nerveusement.

Ce premier mai, Maureen reçut une réponse de l'hôpital de Dublin : on l'admettrait comme élève infirmière si elle obtenait le brevet supérieur avec de bonnes notes. Elle envoya aussitôt un mot à Berna Lynch.
Mais la jeune fille s'était fait de nouvelles amies et elle
négligea de lui répondre. Maureen décida que c'était
sans importance. En revanche, elle allait bûcher à tour
de bras pendant les six semaines qui la séparaient du
brevet.

Et enfin, ce premier mai, Aisling et Elizabeth firent

irruption dans le magasin, après l'école, porteuses d'un message : Papa devait aller à la maison séance tenante, Maman avait à lui parler.

— C'est facile à dire, grommela Sean. Qui va garder le magasin pendant ce temps-là ? Mon butor de fils n'a pas daigné paraître depuis midi...

— Maman nous a dit de t'amener, insista Aisling, pendue aux barres de la porte donnant sur la cour.

— Elle est malade ou quoi ?

— Non, Oncle Sean. Elle est assise à son secrétaire, mais elle a dit que c'était important.

— Eh bien, elle n'a qu'à venir ici.

— Maman *veut* que toi, tu y ailles, lui rappela Aisling en prenant une voix de bébé.

En un tournemain, Sean s'était débarrassé de sa blouse, l'avait remplacée par la veste accrochée à un clou et sortait du magasin en lançant par-dessus son épaule :

— Allez, vous deux, arrivez ! Y a déjà assez d'ennuis sans que vous démolissiez tout ici.

Il plaça sur la porte le carton : « De retour dans cinq minutes ». Le pauvre Jemmy le regardait avec des yeux éteints. Il ne lui venait pas à l'idée que le maître aurait pu lui confier la garde du magasin. Il allait attendre dans la rue, patiemment.

Les gamines arrivèrent à la maison sur les talons de Sean, pour apprendre la nouvelle en même temps que lui. Le jeune Sean avait pris l'autocar de midi pour Dublin. Il embarquerait ce soir sur le bateau pour Holyhead. Il avait averti Maman que si on l'obligeait à revenir, il repartirait. On ne pouvait pas l'empêcher de faire comme tous les garçons de son âge qui voulaient aller se battre.

— Eh bien, qu'il file ! rugit Sean. Bon Dieu de bois, qu'il aille au diable et qu'on n'en entende plus parler !

5

Elizabeth n'informa jamais Violet du départ de Sean. Elle n'aurait su dire pourquoi. Il y aurait eu quelque chose de déloyal à parler d'une mésentente survenue dans la famille qui l'avait accueillie. D'ailleurs, en apparence, rien n'avait changé, ou si peu. Pendant quelques semaines Oncle Sean était bien descendu de temps en temps chez Maher le soir, ne rentrant que très tard dans la nuit en faisant claquer les portes et en chantant assez fort. Parfois aussi, quand quelqu'un faisait allusion à la guerre, parlait du rationnement ou de l'invasion de la Russie par les armées allemandes, Oncle Sean éclatait de rire, mais un rire grinçant qui glaçait le cœur. « Ah! oui, ils sont parés, les Alliés, il ne leur manque plus rien maintenant qu'ils ont reçu en renfort le vaillant Sean O'Connor de Kilgarret. Attention, c'est un homme! Il aura dix-huit ans à l'automne. Ils avaient sacrément besoin de lui pour mettre au point leur stratégie. »

Pas de nouvelles, pas une lettre. Petit à petit, Eileen perdit l'habitude qu'elle avait prise de guetter à la fenêtre l'arrivée de l'autocar au cas où il lui ramènerait son fils. Un jour vint où Peggy ne mit plus le couvert du jeune Sean. Et sa chambre finit par servir de fourretout. Tout de même, le jour où Peggy en parla comme du « débarras », Eileen monta vider la pièce de tout ce qu'on y avait mis au rebut et déclara à la cantonade que c'était la chambre de Sean et qu'elle aimerait que tout un chacun dans cette maison s'en souvienne à l'avenir. Mais la pièce ne tarda pas à redevenir un fourre-tout.

Plus personne ne demandait de nouvelles. Elizabeth vint trouver Eileen et la supplia de ne rien organiser pour son anniversaire — d'ailleurs à la maison on ne faisait jamais rien à cette occasion. Tante Eileen l'avait serrée dans ses bras et s'était mise à pleurer, à pleurer sans retenue, le visage dans ses cheveux, sans cesser de répéter : « Tu es une brave petite fille, oui, oui, tu es une brave petite fille, voilà ce que tu es, une brave petite fille. »

Dix jours plus tard, l'anniversaire d'Aisling était célébré en bonne et due forme. Il y avait maintenant un mois que Sean était parti. Aisling avait dit à son Papa qu'elle allait inviter six filles de sa classe pour prendre le thé, Maman était d'accord. Il y aurait un gâteau, on s'amuserait, mais si Papa avait l'intention de tout gâcher et de leur faire honte comme l'avait fait le père de Berna Lynch pour l'anniversaire de sa fille, autant qu'il aille chez Maher plus tôt et qu'il n'en revienne que lorsque tout serait fini. Elizabeth craignit le pire en entendant cet ultimatum, mais il s'avéra que c'était la bonne manière. Oncle Sean continua d'être aussi amer, de rire d'une façon lugubre, mais il s'arrêta de brailler, de cogner les portes et de sentir cette odeur qui trahit ceux qui vont chez Maher par la porte de derrière.

Lorsque Maureen apprit qu'elle était reçue à son brevet supérieur, la vie avait repris un cours suffisamment normal pour qu'on puisse célébrer l'événement sans arrière-pensées. Personne ne sursauta, ne fit de remarques lorsque Sean parla de Maureen comme de son aînée — même pas Donal, qui pourtant prenait tout au pied de la lettre.

A part Peggy et Niamh, la famille au complet accompagna Maureen à Dublin. Ils s'y rendirent dans une camionnette où on avait installé des sièges garnis de petits coussins. Donal était à l'avant avec Papa et Mr Moriarty, le pharmacien, qui les emmenait bien volontiers puisqu'il allait à Dublin s'approvisionner en médicaments. Etant donné son travail, il n'avait pas de problèmes d'essence. En Irlande, certains produits étaient rationnés, mais ça n'avait rien à voir avec la situation à Londres. Dans ses lettres, Maman disait à Elizabeth que même les œufs et le lait manquaient. Elle avait un travail maintenant : comptable dans une usine de munitions. Elle n'avait pas le droit de dire où se trouvait l'usine, au cas où des Allemands subtiliseraient la lettre et bombarderaient l'usine. Elizabeth aurait aimé que Sean soit là pour lui montrer la lettre; il aurait fait des commentaires passionnés.

La camionnette bringuebalait sur la route longeant la mer au sortir de Wicklow.

— Ton pays est juste à notre droite, Elizabeth, au delà de la mer, lui signala Eileen. Enfin, ton autre pays, rectifia-t-elle en voyant le visage fermé de la fillette qui aussitôt s'illumina d'un sourire.

Disparaissant sous plusieurs couches de vêtements, Mrs Moriarty était assise entre ses deux filles qui allaient, comme Maureen, suivre les cours d'infirmière. Dès ce soir on accompagnerait les trois jeunes filles jusqu'à l'institution tenue par des religieuses. Les Moriarty se rendraient ensuite chez leurs amis à Black-rock tandis que les O'Connor gagneraient pour la nuit la pension que Gretta, la cousine d'Eileen, tenait à Dun Laoghaire. En compensation du prix des deux chambres qu'ils allaient occuper à six, Eileen apportait des œufs, du beurre, un jambon et un poulet. Gretta serait ravie de l'aubaine, maintes fois elle avait clairement laissé entendre qu'il y aurait gros à gagner en lui cédant des produits de la campagne. Il ne manquait pas de gens prêts à payer le prix fort pour remporter des vivres en Angleterre. Certains prenaient le bateau en portant sur le bras une dinde plumée emmaillotée dans des langes et en lui parlant comme à un bébé. Les douaniers ne regardaient pas de trop près ces « nouveau-nés ».

Mais Eileen se refusait à faire du marché noir. Elle apportait des produits de la campagne à sa cousine pour la remercier de son hébergement, et c'est tout.

L'hôpital avait un aspect lugubre. Elizabeth n'aurait pas aimé y séjourner. Aisling déclara qu'il était plus déprimant qu'une école. On leur rappela qu'elles devaient bien se tenir et ne pas se faire remarquer.

Vint le moment de se dire au revoir. Il était convenu que Maureen écrirait à la maison toutes les semaines. Eileen lui avait préparé onze enveloppes timbrées. Et après, ce serait Noël, que Maureen reviendrait passer à Kilgarret. Donal luttait contre l'envie de pleurer, tandis qu'Eamonn se retenait de prendre ses jambes à son cou. Sean trouva la formule de circonstance :

— C'est toujours dur de voir le premier oisillon quitter le nid, mais c'est dans l'ordre des choses.

Tout le monde, y compris les religieuses, apprécia son bon sens.

— Oui, c'est notre première *fille* à quitter le nid, précisa calmement Eileen.

On se retrouva dans la camionnette. Mrs Moriarty pleurait, le nez dans son mouchoir. Soudain, Elizabeth se pencha vers elle :

— Mrs Moriarty, vous n'auriez pas des parents à Cork ? lui demanda-t-elle.

L'initiative d'Elizabeth avait quelque chose de si surprenant que les pleurs de la dame cessèrent sur-le-champ.

— Non ! Non, mon enfant... Pourquoi me demandes-tu ça ?

— C'est-à-dire... c'est parce qu'il y a un an, dans le train qui m'amenait ici, j'ai fait la connaissance d'une Mrs Moriarty, elle se rendait à Cork chez son fils et sa bru... et depuis je n'avais plus jamais entendu ce nom... et je me demandais, comme ici en Irlande tout le monde semble être parent de...

Elizabeth s'arrêta de parler, interdite. Tous la regardaient, ébahis. Ils ne l'avaient jamais vue tant discourir.

— Mais tu parles exactement comme nous ! s'exclama Aisling en éclatant de rire.

— Nous voilà bien, remarqua Eileen. Enfin, d'ici à la fin de la guerre, j'espère qu'on aura le temps de te guérir de tes manières irlandaises.

Au moment où elle se levait, Violet entendit la porte d'entrée se refermer. George rentrait de sa nuit de garde. Encore ensommeillée, elle passa sa robe de chambre lilas, donna un coup de brosse à ses cheveux et descendit l'escalier sans faire de bruit pour aller mettre la bouilloire sur le feu.

— Comment s'est passée ta nuit ? lui demanda-t-elle.

Il avait l'air vieux, éreinté. A quarante-deux ans il en paraissait largement quinze de plus.

— Bien. Tout à fait bien.

— George, qu'est-ce que ça veut dire? Ça veut dire qu'il n'y a pas eu d'incendie, ou s'il y en a eu, que vous les avez maîtrisés facilement?

— Rien de tout ça. J'étais préposé aux abris, dit-il d'un ton las.

— Mais qu'est-ce que tu y fais? lui demanda Violet en s'adossant à l'évier. Tu ne me dis jamais comment c'est, ce qui se passe.

— Eh bien, c'est comme lorsque nous descendions tous les deux aux abris, avant d'avoir le nôtre. Les responsables...

— Tu veux dire que vous vous chargez de guider et d'aider les gens quand ils y vont et quand ils en repartent...

— Oui, si tu veux...

— Un peu comme les employés de gare..., dit-elle d'un ton cinglant qui trahissait sa déception.

Blessé, il rétorqua :

— Mais c'est cent fois plus dangereux que ça.

Brusquement, Violet se détendit, se calma. Elle regarda George avec une réelle sollicitude. Un homme vieillissant, las, qui rentrait d'une nuit passée à lutter contre la peur. Il aurait pu rester dans l'abri qu'ils avaient aménagé dans la cave. Au lieu de cela, deux nuits par semaine, coiffé d'un mince casque de métal et muni d'une lampe électrique, il passait son temps à monter et à descendre des escaliers pour mettre les gens en sécurité, en essayant de faire preuve d'autorité et de calme.

Des larmes perlaient aux yeux de Violet, roulaient lentement sur ses joues. George se redressa :

— Qu'est-ce qu'il y a, Violet? Je n'ai rien dit...

Elle haussa les épaules :

— Oh non... C'est vraiment trop bête, trop pitoyable... Quelle misère! Ah, si quelqu'un nous voit de là-haut, tous les deux, dans cet appartement, à mener cette vie lamentable, je me demande ce qu'il peut bien en penser. Toi, tu n'as pas dormi. Moi, j'ai à peine fermé l'œil. D'autres sont morts sous les bombes. Plus moyen de se reposer, et rien à manger. Toi, tu dois continuer à te rendre à cette banque de malheur, et moi, dans cette sinistre usine. Deux bus le matin, deux bus le soir, et chaque fois des queues interminables! Tout ça pour quoi, pour quoi faire?

La bouilloire s'était mise à chanter derrière elle.

— A quoi bon se donner tout ce mal, George, à quoi ça rime? Après la guerre, il n'y aura rien de mieux, rien de plus...

— Oh non... Après la guerre...

— Et quoi donc, après la guerre? Tu peux me dire ce qui nous attend de si merveilleux?

— Elizabeth reviendra, dit-il simplement.

— Oui, c'est vrai, dit Violet dont les yeux étaient redevenus secs. Ce sera au moins quelque chose.

Aisling et Elizabeth étaient désormais les aînées de la famille. On en vint à parler de leur attribuer une chambre à chacune — celle de Maureen étant libre, puisqu'elle ne l'occuperait plus qu'aux vacances. (Que celle du jeune Sean fasse ou non office de débarras, il n'était pas question de la leur proposer.) Mais les filles n'avaient aucune envie de se séparer, et les bonnes excuses ne leur manquaient pas : la chambre de Maureen n'était pas suffisamment claire pour qu'on y fasse ses devoirs; de plus, elle était beaucoup trop éloignée de la salle de bains. Aisling obtint définitivement gain de cause en déclarant dans un grand élan de générosité que Maureen serait très peinée si on la privait du réconfort de savoir que sa chambre l'attendait toujours à la maison, telle qu'elle l'avait laissée...

Eileen se laissa convaincre. Finalement, c'était plutôt bien d'avoir une chambre d'ami, on ne sait jamais. Dans le passé, elle avait souvent espéré que Violet reviendrait la voir. Il y avait bien eu cette visite avant que Violet se marie... Mais ça n'avait pas été une réussite. Eileen venait d'avoir le jeune Sean, alors qu'à l'époque Violet était une jeune fille très à la mode que fascinait le tourbillon de la vie londonienne des années 20. Elles n'en avaient jamais reparlé dans leurs lettres, mais depuis, leur amitié n'était plus la même. Et maintenant ? Maintenant ce serait à coup sûr une bénédiction pour Violet et George s'ils pouvaient venir après tout ce qu'ils enduraient : ces queues interminables, le marché noir, les nuits passées à guetter les explosions... Pourquoi n'écrirait-elle pas pour les inviter ?

L'idée que Tante Eileen avait invité Maman à venir à Kilgarret torturait Elizabeth. Elle revoyait l'expression de Maman assurant que c'était un endroit dégoûtant. L'évocation de Maman, le nez pincé, révulsée par les façons de vivre des O'Connor la faisait presque défaillir. Si Maman venait, rien ici ne trouverait grâce à ses yeux. Elizabeth passerait son temps affolée à l'idée de la mécontenter. Ce serait comme avant, lorsque Maman interprétait tout de travers les propos de Miss James, et qu'elle lui lançait des paroles blessantes. Ici, les gens ne perdaient pas leur temps à ruminer et à s'interroger sur ce que les autres avaient voulu leur dire. Ils le leur demandaient carrément, les houspillaient et au besoin en venaient aux mains. Elizabeth était prise de panique lorsqu'elle voyait avec les yeux de Maman certaines scènes : Tante Eileen tapant sur la main d'Eamonn pour lui faire lâcher le morceau de viande dont il s'était emparé dans le plat, ou Niamh avançant à quatre pattes en traînant ses langes derrière elle, sans parler de Donal qui sortait à tout moment sur la place dans sa robe de chambre pleine de taches. Lorsqu'elle arrivait à Peggy, Elizabeth perdait pied : Maman refuserait catégoriquement de manger tout ce que la brave fille aurait touché...

Ses prières — faites en cachette d'Aisling, à genoux dans la salle de bains — furent exaucées. Violet répondit qu'il lui était absolument impossible de se déplacer. Elle ajoutait que, vue de Londres, l'Irlande faisait figure d'un pays de cocagne regorgeant de beurre, de crème, de viande. Si elle remerciait au passage de l'avoir invitée, elle était intarissable sur le chapitre du martyre qu'enduraient les Londoniens, comparé au sort privilégié des habitants de Kilgarret.

— Tu ne pourras plus dire qu'elle nous prend pour des traîne-savates, dit Eileen en montrant la lettre à

Sean. Elle écrit qu'elle passe son temps à envier notre sort.

— N'hésite pas à lui répondre qu'ils n'ont que ce qu'ils méritent. L'Irlande ne s'est jamais amusée, comme l'Empire britannique, à toujours chercher noise aux autres pays européens. Nous, nous ne nous mêlons pas des affaires des autres.

Eileen reprit la lecture de la lettre. Violet, qui semblait s'intéresser un peu plus que d'habitude à sa fille, écrivait :

Je suppose qu'elle a grandi. Une femme qui travaille avec moi à l'usine m'a demandé si j'avais des enfants. Elle ne pouvait pas croire que j'avais une fille de onze ans. Je lui ai fait remarquer que je ne m'étais mariée qu'à vingt-huit ans. Mais elle trouve que je ne fais pas du tout mère de famille.

Plus tard, au beau milieu de mon travail j'ai fondu en larmes. Ces derniers temps, ça m'arrive souvent, il paraît que c'est un effet de la tension nerveuse consécutive à l'état de guerre. On m'a conseillé des remontants, tout le monde en prend, mais je crois que c'est pire que le mal. Toutes ces dernières nuits, j'ai beaucoup pensé à Elizabeth. Je suis contente de la savoir en sécurité. Parfois, lorsque la journée a été particulièrement éprouvante, je me demande à quoi nous sert d'avoir appris tant de choses à l'école. Au regard de ce qui se passe aujourd'hui, tout ça me paraît tellement dérisoire ! A quoi bon savoir parfaitement tenir une maison si elle est vide ? Et l'Histoire ! Si on nous avait dit qu'il y a régulièrement des guerres et qu'elles durent si longtemps !...

Maureen écrivait chaque semaine. La plupart du temps, ses lettres étaient copieusement agrémentées de pâtés et les lignes dansaient, mais ni Sean ni Eileen n'y prêtaient attention. Ils les lisaient fièrement à haute voix. Una Moriarty, qui avait onze mois de moins que sa sœur, s'en tirait bien, mais ce n'était pas le cas de Nora, qui avait le mal du pays. Et puis, elle était nouille. Elles avaient eu une permission de minuit pour aller au cinéma dans O'Connell Street, mais ce soir-là, l'appareil de projection était tombé en panne. Il avait fallu une demi-heure pour le réparer, et elles avaient dû rentrer sans connaître la fin du film. Elles passaient une grande partie de leur temps à faire des lits. A la maison, on ne les faisait pas selon les règles de l'art : il faut qu'ils soient au carré. Sœur Margaret, celle qui commande aux autres, est une vraie chipie, en revanche son assistante est très belle et on dirait qu'elle marche sans toucher terre. Elles prendraient toutes les trois l'autocar l'avant-veille de Noël. Il tardait à Maureen que ça arrive pour pouvoir dormir, dormir, et encore dormir.

Eileen savait qu'il y avait d'autres mères sans nouvelles de leur fils, qui ignoraient, comme elle, s'il était encore en vie, mais cela ne la réconfortait pas. Pour une raison qu'elle n'arrivait pas à mettre au clair, elle avait toujours prétendu que le jeune Sean lui écrivait. Si quelque curieux, un ami ou un voisin, lui demandait : « Et le jeune Sean, en Angleterre, il trouve le temps d'écrire ? » elle répondait oui, qu'il allait bien, d'un air ravi. Elle jetait un coup d'œil pour le cas où son mari aurait été à portée de voix et ajoutait : « Juste des petits mots, vous savez! » Et les gens en concluaient que le garçon devait être fâché avec son père mais qu'il écrivait à sa mère en cachette. En agissant ainsi, Eileen avait confusément l'impression qu'elle remettait les choses en place, qu'elle les rendait inoffensives en les banalisant.

Parfois, elle songeait à demander à Violet s'il n'y avait pas un moyen de retrouver la trace d'un garçon parti s'engager dans l'armée britannique. Oui, mais ensuite, comment procéder pour qu'on le lâche ? Prouver, acte de naissance à l'appui, qu'il n'avait pas dix-huit ans et qu'il n'était pas anglais ? Elle savait qu'elle ne ferait jamais une chose pareille ! Mais si elle le retrouvait, elle pourrait lui écrire, en lui recommandant de répondre chez les Moriarty, les seules personnes de tout Kilgarret capables de garder un secret. Elle avait bien lu quelque part qu'on pouvait toujours s'adresser à l'Armée du Salut pour faire rechercher une personne disparue, mais elle n'aurait recours à une telle organisation qu'en désespoir de cause. En attendant, il valait mieux ne rien entreprendre et espérer ! Ne rien faire qui fasse de son fils quelqu'un d'officiellement recherché. Le jeune Sean finirait bien par donner signe de vie, elle en avait la certitude...

Dès qu'elle avait un moment, elle lisait l'*Irish Independent*, épluchant attentivement les déclarations de Churchill, Stafford Crips, Beaverbrook et Harold Nicolson, pour le cas où l'un d'eux aurait fait allusion au sort réservé aux jeunes Irlandais qui débarquaient en Angleterre pour s'engager. Elle suivit le cours des opérations militaires pour juger si elles s'éloignaient ou se rapprochaient. Elle n'ignora plus rien des mesures d'austérité prises en Angleterre et crut rêver en lisant que les oignons étaient devenus si rares qu'on les distribuait comme lots aux tombolas.

Il y avait dix mois que le jeune Sean était parti lorsqu'une lettre arriva, portant le cachet de Liverpool. Elle était très courte. Il aurait préféré attendre d'être intégré définitivement dans l'Armée pour écrire. Mais il y avait cette femme, la mère de son copain, qui était très gentille et qui avait insisté. Elle voulait qu'il envoie ne serait-ce qu'un mot à sa mère qui devait se faire du mauvais sang. Il l'avait rassurée en lui apprenant qu'elle était entourée d'une nombreuse famille qui ne lui laissait pas le temps de s'inquiéter. Mais Mrs Sparks, la mère de Gerry, avait déclaré que ce n'était pas une raison, qu'il devait absolument donner signe de vie. Il allait bien. Il rencontrait tout un tas de gens très sympathiques. Il avait fait ceci et cela jusqu'en septembre en attendant d'avoir effectivement dix-huit ans. Il avait écrit en Irlande et l'Office des Douanes lui avait envoyé un extrait de son acte de naissance. Maintenant, il était dans un camp d'entraînement. C'était passionnant. Il passait tout son temps libre avec Gerry Sparks, son copain, et avec la mère de Gerry, une femme vraiment très gentille, très bonne cuisinière — avant la guerre, car maintenant on ne trouvait plus rien à manger.

La lettre ne contenait aucun mot affectueux, aucune

question, aucune excuse, aucune justification. Il écrivait mal, accumulant les fautes de grammaire et d'orthographe. Eileen pensa aux années qu'il avait passées chez les Frères. Elle se souvint qu'elle et Sean l'avaient toujours trouvé très brillant uniquement parce que c'était leur fils aîné. Sa lettre était presque celle d'un illettré. Elle la relut une fois, deux fois : l'acte de naissance, l'Office des Douanes, le camp d'entraînement... et les larmes coulaient sur ses joues.

Elle ne parla de la lettre à personne. Elle la plia et la rangea dans son sac à main. Elle garda de même la deuxième lettre, la troisième et la quatrième, en novembre, celle de la victoire d'El-Alamein. Elle lui répondait sur un ton enjoué, se relisant chaque fois soigneusement pour s'assurer que rien ne pouvait être interprété comme un reproche voilé ou une inquiétude. Elle trouvait même le moyen de lui raconter des anecdotes amusantes : comment le bouc avait surgi dans le magasin et fait s'écrouler toutes les piles de boîtes; comment Maureen en vacances à la maison avait bandé le bras d'Eamonn, pour une démonstration, avec une telle fougue que sa main était devenue toute bleue et enflée à éclater; comment Aisling, Elizabeth et la petite Murray avaient écrit et joué une pièce édifiante sur sainte Bernadette, qui avait tellement fait rire les spectateurs qu'ils en tombaient de leurs chaises. Elle lui demanda s'il y aurait un moyen pour qu'elle fasse parvenir quelques provisions à Mrs Sparks, à moins qu'il ne vienne en permission à la maison, auquel cas il remporterait à son intention une paire de poulets, des œufs et du beurre.

Le fil qui la reliait à son fils lui paraissait si ténu, si fragile, qu'elle ne voulait à aucun prix risquer de le rompre. Qui sait, le simple fait d'en parler à quelqu'un pouvait le mettre en danger...

Sean savait que des lettres arrivaient mais il n'y fit jamais allusion. Au magasin, il était devenu plus silencieux. Il travaillait toujours aussi dur, mais il souriait rarement, et il ne trouvait plus le temps de bavarder les jours de marché. Parfois, Eileen le regardait s'activer dans la cour et, prise de pitié, elle aurait voulu le soulager du poids qui lui courbait les épaules. Depuis le début des hostilités, le charbon était devenu introuvable. Pour le remplacer on avait dû remplir les remises de tourbe. Mais c'était un combustible si encombrant qu'il avait ensuite fallu en stocker dans les pièces situées au-dessus du magasin où l'on rangeait habituellement les balais, les sacs de pommes de terre, les caisses contenant les mèches et les globes pour les lampes, les pinceaux et les brosses à chauler...

Sean avait juste la quarantaine, mais il faisait maintenant plus vieux que son âge. Eileen se disait que sa situation n'avait que des inconvénients : il vivait à la campagne mais sans jouir de la vie au grand air; il avait six enfants mais sans l'assurance et la fierté de savoir que son fils aîné lui succéderait à la tête de son affaire. Sean avait toujours fait preuve d'énergie, de combativité. Il avait su épargner, amasser de quoi acheter son petit commerce... l'année du traité. Tout avait alors pris figure de symbole. Une nouvelle nation, un nouveau magasin et voilà où ils en étaient arrivés vingt ans plus tard, leur fils se battant pour le compte du pays auquel ils avaient arraché leur liberté...

Et Sean, pour qui ce magasin avait été comme la matérialisation du rêve de toute une vie, était là, dehors, dans le froid, en train de dégager de sous un tas de panneaux indicateurs de vieux socs encore utilisables. Il pleuvait, il avait la tête trempée. Eileen quitta sa petite cage vitrée et, un sac sur la tête, sortit pour l'aider.

Avec lui, elle souleva les grands panneaux noir et jaune qu'on avait enlevés dès le début des hostilités pour dérouter tout envahisseur éventuel.

— Un de ces jours, il faudra bien finir par trier tout ce bazar, lui dit-il sur un ton où perçait sa reconnaissance.

— Oui, ce serait une bonne chose.

Elle se demanda s'il savait qu'en ce début de printemps son fils se battait en Afrique du Nord. Lorsqu'ils avaient reçu leur feuille de route, les deux garçons étaient si exaltés que Gerry avait ajouté quelques mots au bas de la lettre du jeune Sean. Eileen laissait souvent son sac à main ouvert en espérant que Sean verrait les lettres de son fils, mais rien ne lui permettait de savoir s'il les lisait.

Contrairement à la règle, après sa première communion Donal était resté une année de plus à l'école du couvent, au lieu de passer chez les Frères. Sœur Maureen avait jugé préférable de lui accorder ce répit, compte tenu de son anxiété et de ses difficultés respiratoires, avant d'affronter les bousculades et les brutalités qui étaient monnaie courante dans les cours de récréation de l'école des Frères. Le sursis était écoulé, et chaque jour Eileen voyait son fragile petit garçon rentrer de l'école les vêtements déchirés, l'air hagard et les dents serrées. « Je suis tombé », annonçait-il invariablement. De son côté, Eamonn ne savait plus quoi faire pour prendre sa défense.

— Tu sais, Maman, expliquait-il, les garçons attaquent Donal parce qu'il a presque neuf ans, et eux, huit. Mais ils sont plus forts, alors j'y vais pour les corriger et les autres me tombent dessus parce que j'ai quatorze ans et que je cogne sur des garçons de huit. Je ne m'en sortirai jamais. Alors, j'ai encore ma veste déchirée.

Aisling et Elizabeth rentrent de l'école à bicyclette, en se tenant par l'épaule. C'est périlleux et ça fait beaucoup d'effet. A treize ans, elles n'ont pas de temps à perdre avec les garçons grossiers et bagarreurs qui vont chez les Frères. Il y en a justement toute une bande qui fait cercle autour de quelqu'un étendu sur le bord de la route. Intriguées, elles ralentissent et s'arrêtent. Déjà, elles ont reconnu la longue écharpe de Donal, une écharpe multicolore, que Peggy lui a tricotée avec des restes de laine. Peggy adore la lui mettre au cou en le faisant tourner comme une toupie. Les deux filles laissent tomber leurs bicyclettes au beau milieu de la route et se précipitent. Les garçons s'écartent, effrayés.

— Il joue la comédie, assure l'un d'eux.
— Tu as vu ses yeux ? ajoute un autre.

Donal est étendu de tout son long, il suffoque, ses bras battent l'air désespérément. Son écharpe traîne dans la boue, encore retenue par une des extrémités au col de son manteau. Aisling s'est agenouillée à ses côtés dans une flaque d'eau. Comme elle l'a vu faire des dizaines de fois à sa mère, elle déboutonne le manteau, le col de la chemise tout en lui relevant la tête de l'autre main.

— Prends ton temps, Donal, tu as tout le temps. Va doucement. Ne force pas, lui murmure-t-elle à l'oreille.

Elizabeth est à genoux de l'autre côté, elle aide à soutenir Donal. Ses cheveux pâles lui tombent dans les yeux. Ses bas sont mouillés et déchirés.

— Là, ça va mieux, poursuit Aisling. Ça y est, vas-y lentement, un deux, un deux, un deux, voilà c'est reparti...

Aisling s'est relevée. Elle fait face aux sept garçons atterrés par l'arrivée inopinée des deux filles et par les yeux révulsés de Donal.

— On a rien fait !

— Non, rien ! On jouait, on l'a même pas touché.

Et chacun y va de son mot pour essayer de se disculper, d'échapper aux gros ennuis qui les menacent.

— Maintenant, écoutez-moi ! a crié Aisling.

Elle a jeté un coup d'œil à Elizabeth qui a compris et s'est mise à parler à Donal, la bouche collée à son oreille glacée, un bras autour de ses épaules.

Aisling est impériale.

— Je connais le nom de chacun de vous. Tous, je vous connais tous. Ce soir mon père et ma mère iront à l'école. Dès ce soir, frère Kewin aura la liste de vos noms, ainsi que frère Thomas et frère John. Vous allez avoir affaire à eux et ça va barder. Vous savez tous que Donal a de l'asthme. Vous avez failli le tuer. Si on n'était pas arrivées à temps vous étiez tous bons pour passer en jugement. Maintenant, vous seriez des petits assassins. Vous l'avez battu, vous l'avez fait tomber.

— On a juste tiré son écharpe !

— Oui, et vous l'avez à moitié étranglé. C'est ce que vous avez fait de pire. L'étrangler et empêcher l'air d'arriver dans ses poumons. Toi, idiot, meurtrier que tu es, oui, toi Johnny Walsh, si Donal ne se remet pas, tu en seras responsable.

— Elle dit ça juste pour leur faire peur, chuchote Elizabeth à l'oreille de Donal. Elle n'en pense pas un mot, mais regarde-les !

Donal les regarde. Aisling les terrorise, c'est sûr.

— Ne dis rien... gémit Johnny Walsh.

— Lâche ! Tu n'as pas honte, assassin et lâche ! Vous ne croyez tout de même pas que je vais vous laisser partir tranquillement quand vous avez failli tuer un garçon qui a le cœur et les poumons fragiles ?

Aisling est aux anges, elle aime le goût du pouvoir.

— Tu n'as pas le cœur fragile, murmura Elizabeth, mais il ne faut rien leur épargner.

Il bruine, et dans le soir qui tombe, sept jeunes garçons la regardent, terrorisés.

— Il est plus vieux que nous, il a quatorze mois de plus que moi... réussit à lancer Eddie Moriarty, défiguré par la peur, à la pensée de ce que ses parents vont lui infliger lorsqu'ils seront mis au courant.

— Oui, et Jemmy dans notre magasin est plus vieux que vous, et Paddy Hickey, l'aveugle, est plus vieux que vous, et vous ne les tourmentez pas, espèces de grands demeurés !

— Qu'est-ce que tu vas faire ? demande Johnny Walsh.

— Commencez par ramasser ces bicyclettes, leur ordonne-t-elle. Johnny, Eddie et toi, Michael, allez trouver mon père à son magasin. Dites-lui que Donal est tombé — pas besoin de parler de son cœur —, et que tous les sept, vous allez vous occuper de lui et le protéger jusqu'à ce qu'il aille mieux.

Ça avait tout l'air d'un compromis alléchant, mais Johnny voulait s'assurer qu'il ne cachait pas un piège.

— Qu'est-ce qu'on doit dire exactement à ton père ?

— Que vous allez veiller à ce que Donal ne soit plus jamais brutalisé. Et en attendant, vous feriez bien de prier, tous, pour que son cœur ne lâche pas pendant la nuit.

Superbe, elle les précède pour entrer en ville et traverser la place tandis qu'Elizabeth et Donal ferment la marche. La tête enveloppée dans son écharpe, Donal se retient pour ne pas pouffer de rire sous l'œil sévère d'Elizabeth qui doit se mordre les lèvres pour garder son sérieux.

Ce fut le seul événement marquant d'un trimestre interminable et particulièrement terne. A l'école, Aisling se désintéressait totalement de son travail, et faisait preuve d'une insubordination qui frisait la témérité. En trois semaines, la moyenne de ses notes lui valut de dégringoler de la septième à la dix-huitième place. Quant à Elizabeth, elle se maintenait aux alentours du dixième rang, ce qui était considéré comme très honorable pour une élève ne venant pas de l'enseignement catholique, et, par surcroît, une Anglaise. Et désormais, au lieu de rester toute seule dans la bibliothèque, à lire une grosse Bible pleine de mots incompréhensibles, elle assistait aux cours d'instruction religieuse. Elle y entendait de merveilleuses histoires où il était constamment question d'apparitions, d'anges, de péchés, et surtout de Jésus qui s'était montré si aimant pour sa mère, la Vierge Marie...

On continuait à beaucoup s'interroger sur la possibilité d'une éventuelle conversion d'Elizabeth. Dans la classe, certaines élèves envisageaient de lui faire faire sa première communion afin de lui permettre de recevoir en confession l'absolution de tous ses péchés.

— Je n'ai pas tellement de péchés à me faire pardonner, avait innocemment remarqué Elizabeth, à la stupéfaction horrifiée de ses camarades, qui lui rappelèrent sa triste situation vis-à-vis du péché originel.

— Mais j'avais cru comprendre que j'en étais lavée, après tous ces baptêmes !

En effet, Elizabeth en était à son quatrième. Il faut dire qu'après coup, la validité de chacun d'eux avait été mise en cause : l'eau n'avait pas été versée au moment précis où on récitait la formule consacrée, et par ailleurs, ladite formule devait-elle être prononcée en latin ou en anglais ?

La conversion d'Elizabeth demeurait un secret jalousement gardé. Les religieuses avaient beau être intarissables sur la nécessité d'aller de par le monde convertir toutes les races, et de sacrifier son argent de poche pour aider à christianiser les petits nègres, les fillettes sentaient que le cas d'Elizabeth était très particulier. Et puis, il y avait ses parents en Angleterre. Ne risquaient-ils pas de s'indigner s'ils découvraient dans quelles conditions on avait fait main basse sur l'âme de leur fille ?

Il semblait à Elizabeth que Maman lui écrivait non seulement d'un autre pays mais d'une autre planète. Par bonheur, ses lettres étaient à présent plus nombreuses et ne se réduisaient plus à une simple liste de recommandations : n'oublie pas de prendre ton médicament, mets tes gants, dis bien merci à tout le monde... Plus la guerre se prolongeait, plus Maman semblait de meilleure humeur, malgré ses habituelles lamentations. La ration mensuelle de savon était devenue si dérisoire qu'il était chimérique de vouloir continuer à respecter les plus élémentaires règles d'hygiène. Le pain blanc, Maman en avait depuis longtemps oublié le goût. Elle s'était fait des amies à l'usine de munitions; certains soirs, elle ne rentrait pas à la maison — les trajets en bus étaient si pénibles —, elle allait coucher chez Lily. En ces temps difficiles, il était tellement précieux d'avoir une amie qui respire la joie de vivre. Maman avait adopté la coiffure en vogue : un gros rouleau sur le front; au début, ça lui avait fait drôle, mais ça lui allait très bien, paraît-il. Une ou deux fois, elle avoua qu'Elizabeth lui manquait. Désormais, elle terminait toujours ses lettres en souhaitant qu'Elizabeth aille bien, qu'elle soit heureuse et qu'ils se retrouvent bientôt tous réunis à la maison.

Maman n'avait jamais beaucoup parlé de Papa dans ses lettres, mais lorsqu'elle lui envoya un billet d'une livre pour ses quatorze ans, Elizabeth se rendit compte avec stupéfaction qu'elle n'avait pas fait allusion à Papa depuis des mois.

Eileen était à son bureau lorsque Elizabeth vint la trouver.

— Est-ce que je te dérange ? lui demanda-t-elle.

Eileen sourit. Personne d'autre dans la maison n'aurait eu l'idée saugrenue de lui poser une telle question. Pour tous, il allait de soi qu'elle était toujours disponible, prête à les écouter, à les aider, à faire ce qu'il fallait.

— Non, tu ne me déranges pas.

Sur son bureau, une boîte à chaussures était pleine des relevés de compte des clients, qu'il faudrait leur faire parvenir accompagnés d'une lettre personnelle. Il était en effet impensable d'envoyer sans un mot une facture à un fermier. Il le prendrait pour un affront et ne remettrait plus les pieds au magasin O'Connor. Elle avait reçu une lettre postée à Liverpool, qu'elle savait maintenant par cœur. C'était le petit mot embarrassé d'une veuve dont le fils unique est parti au loin et qui a deviné qu'elle pouvait se faire une alliée de la mère du jeune Sean. Mrs Sparks parlait de sa solitude, de son espoir de voir revenir bientôt les deux garçons. Elle n'avait reçu aucunes nouvelles depuis six semaines et elle se demandait si Mrs O'Connor était dans la même situation qu'elle. Elle avait une lettre d'un spécialiste de Dublin, indiquant les heures où il pourrait recevoir Donal en consultation. Elle avait reçu un mot de sœur Margaret qui lui rappelait que Niamh allait sur ses cinq ans, et qu'il serait souhaitable que l'enfant vienne quelque temps à l'école à la fin du trimestre afin de se retrouver en pays connu à la rentrée de septembre. Sœur Margaret ajoutait que, grâce à Dieu, le petit Donal s'était merveilleusement adapté à ses nouvelles conditions de vie chez les Frères. Elle n'entendait parler que de la conduite surprenante des petits vandales qui, au lieu d'en faire leur souffre-douleur, l'avaient pris sous leur protection. Les voies de Dieu étaient décidément impénétrables. Maureen avait écrit pour demander si Papa ne pourrait pas lui avancer trois livres sur les appointements qu'elle toucherait en automne : elle avait remarqué une robe habillée formidable qu'elle aimerait bien s'offrir ! Une lettre était arrivée en provenance de l'Hospice de vieillards du Comté : le père de Sean déclinait à vue d'œil et ne cessait de réclamer son fils et sa famille.

— Non, mon petit, tu ne me déranges pas.

— C'est que... comment dire ? Je me demande si on ne me cache pas que mon père est mort.

— *Mort ?* Grands dieux ! J'espère bien que non ! Qu'est-ce qui te fait croire ça ?

Elizabeth avait apporté une grande enveloppe sur laquelle était écrit : « Lettres de Maman ». Elle en contenait une cinquantaine portant toutes la date de leur arrivée. Elizabeth en choisit une qui remontait au mois d'août 1943.

— C'est la dernière fois que Maman m'a parlé de Papa. Elle me disait qu'il était scandalisé d'apprendre que les femmes réclamaient l'égalité de salaire avec les hommes, qu'elles avaient tort de faire ça en temps de guerre. Et depuis, plus rien. Même à Noël. Elle ne me dit pas si Papa pense à moi. Elle ne dit rien de son travail dans la défense passive... (Elizabeth avait les larmes aux yeux.) Vous croyez qu'il lui est arrivé quelque chose et qu'elle me le cache ?

Eileen serra Elizabeth contre elle et s'employa à apaiser ses craintes. Bien sûr que son Papa allait bien et qu'elle recevrait de ses nouvelles. Mais en Angleterre tout était si bouleversé. Et depuis que sa maman travaillait en usine elle menait une vie beaucoup plus dure qu'avant. Pas étonnant qu'il lui arrive d'oublier de parler de la maison. Par ailleurs, les hommes ne prenaient jamais la peine d'écrire. Il n'y avait qu'à voir Oncle Sean, il s'inquiétait sans cesse de savoir comment Maureen s'en tirait à Dublin, mais il ne lui serait jamais venu à l'idée de prendre une plume et du papier ! Et puis on ne peut pas toujours parler de la même chose. Ainsi elle, lorsqu'elle écrit au jeune Sean elle oublie souvent de lui donner des nouvelles de son père...

Bon ! ça lui avait échappé.

— Tu écris au jeune Sean ? Je ne savais pas. Où est-il ?

— Il est en Afrique. Il va très bien. Il a un ami anglais merveilleux qui s'appelle Gerry Sparks. Souvent il me demande de tes nouvelles... Maintenant, pour en revenir à toi, dès demain soir on téléphonera chez toi du magasin, ce sera ton cadeau d'anniversaire. On peut même le faire ce soir, et tu leur annonceras que c'est leur grande fille de quatorze ans qui les appelle. Qu'est-ce que tu en dis ?

— Mais ça va coûter cher ?

— Pas du tout, et puis encore une fois, c'est ton anniversaire !

— Merci, merci beaucoup, dit Elizabeth en s'essuyant les yeux.

— Oh, Elizabeth, juste une chose...

— Je sais, Tante Eileen, pour les lettres du jeune Sean, je ne dirai rien.

La lettre suivante annonçait que le jeune Sean et Gerry avaient quitté l'Afrique du Nord et avaient débarqué à Anzio. Le jeune Sean disait que l'Italie était un très beau pays et que la campagne lui rappelait le comté de Wicklow. Il espérait que la guerre se terminerait bientôt. Il était content de savoir que tout allait bien à la maison. D'après la maman de Gerry, Liverpool était méconnaissable après tous ces bombardements. Il ajoutait que c'était étrange de penser qu'en Irlande rien ne changeait. Il disait qu'ils auraient peut-être la chance d'être dirigés sur Rome. Quand il pensait à tout ce que les Frères lui avaient raconté sur Rome et que bientôt il visiterait la Ville Eternelle ! Gerry, lui, n'avait pour ainsi dire jamais entendu parler du Vatican ni de Saint-Pierre. De Rome, il écrirait une lettre bien tournée que Maman pourrait montrer à frère John, qu'il voie un peu qu'on pouvait aller à Rome sans avoir décroché son brevet supérieur.

Mais le jeune Sean et Gerry n'entrèrent jamais dans la Ville Eternelle avec les troupes alliées. Gerry Sparks, vingt et un ans, originaire de Liverpool, eut les deux jambes arrachées en sautant sur une mine dans la campagne italienne. Vingt mètres plus loin, Sean O'Connor, vingt ans et huit mois, originaire de Kilgarret, fut tué net, en sautant lui aussi sur une mine.

Le soldat S. O'Connor avait donné pour adresse la petite maison de Liverpool où Amy Sparks reçut le télégramme. Elle resta longtemps assise dans sa cuisine obscure, à penser à son fils unique en lisant et relisant le petit papier. Enfin, elle se prépara à annoncer à la maman du copain de Gerry, à Mrs O'Connor, que son fils ne reviendrait pas à Kilgarret.

Eileen prit la communication dans son petit bureau, au-dessus du magasin. Elle écouta les explications de Mrs Sparks. Elle attendit patiemment que cette dame qu'elle n'avait jamais vue cesse de sangloter pour lui dire qu'elle était très peinée de ce qui arrivait à Gerry, mais heureuse de savoir qu'il s'en tirerait. Elle convint que c'était une bénédiction pour Sean d'avoir été tué sur le coup, et que c'était une chance que Mrs Sparks soit en mesure de se charger de Gerry.

— Vous avez l'air d'être une femme merveilleuse, sanglotait Amy Sparks. Sean le disait bien : « Ma mère est formidable. » Oui, c'est ce qu'il disait. Si vous venez en Angleterre, vous pourriez me rendre visite. Vous verriez Gerry lorsqu'ils le ramèneront...

Sans hésiter, Eileen répondit :

— Vous pouvez compter sur moi, je viendrai. Si Gerry est de retour dans quinze jours, je viendrai à ce moment-là. Si on avait fait un enterrement à Sean, j'y serais allée.

Elle avait gardé les yeux secs.

Pendant quatre jours, elle ne parla de rien à personne. Elle accomplit mécaniquement ses tâches quotidiennes, avec une sorte d'énergie décuplée. C'était comme si elle respectait scrupuleusement les règles d'un jeu où il était interdit de pleurer. Sinon, ça aurait été pire pour le jeune Sean, ça aurait enlevé tout sens à sa vie, à ce long voyage jusqu'à l'endroit fatal où il était mort, déchiqueté. Ç'aurait été dénaturer son geste, que de verser des larmes sur lui.

Elle n'oublia rien. Elle laissa à Peggy une longue liste de choses à faire. Elle obtint qu'Eamonn aide au magasin. Donal lui promit de se reposer, de rester au chaud. Elle fixa rendez-vous à Maureen dans un hôtel de Dun Laoghaire.

Alors seulement elle leur donna la raison qui l'obligeait à s'absenter.

Elle parla à Sean par un beau soir de juin. Assise sur un bidon retourné, elle lui annonça que leur fils était mort. Elle lui parla de Gerry, elle lui dit comment il

avait perdu ses jambes et elle lui raconta l'appel téléphonique de sa mère. Elle lui parla de la campagne
italienne, et lui apprit qu'ils étaient en route pour
Rome. On entendait les bruits venant du magasin.
Sean restait muet.

Ils n'esquissèrent pas un geste l'un vers l'autre, ni
pour se toucher, ni pour se réconforter. Elle lui dit que
la nouvelle était arrivée par télégramme dans la maison de Liverpool. Elle s'exprimait comme l'avait fait
Amy Sparks, en petites phrases hachées, hésitantes. Ça
avait été très rapide. Le jeune Sean ne s'était rendu
compte de rien. On pouvait presque l'affirmer.

Ensuite, elle écouta. Elle l'entendit divaguer et puis
céder aux sanglots. Elle ne comprit rien de ce qu'il
racontait dans son grand mouchoir bleu. Elle attendait. Bientôt, il n'y eut plus que de grands soupirs.

— Est-ce que tu veux que je t'accompagne à Liverpool ? C'est une sorte de pèlerinage, n'est-ce pas ?
Comme des funérailles ?

Elle le regarda, reconnaissante. Il avait compris.

— Non, il aurait sûrement préféré que tu restes là.

Puis elle rassembla les enfants autour d'elle. Leur
frère était mort, dit-elle. Elle parla de « paix », de
« paradis » et de « ce qu'il voulait qu'on fasse ». Elle
utilisa des mots comme « courageux », « fort » et
« fier »... et elle leur demanda de l'aider et d'aider Sean
en étant très forts.

Elizabeth pleurait. Aisling était hors d'elle : « Ce
n'est pas possible... Comment... ce n'est pas juste...
peut-être... mais si... » Enfin elle agrippa l'épaule d'Elizabeth et sanglota, tandis qu'Elizabeth lui caressait les
cheveux. Eamonn s'était sauvé dans le magasin, sa
grosse face ronde marbrée de rouge. Donal s'insurgeait : Sean ne serait pas heureux au paradis, il ne
voulait pas y aller, ce sont ces sacrés Allemands et ces
sacrés Italiens qui l'y ont envoyé. C'était la première
fois qu'il se servait d'un juron.

Eileen parla à Maureen dans le salon glacial de l'hôtel de Dun Laoghaire. Maureen pleura comme un bébé,
se balançant d'avant en arrière dans les bras d'Eileen,
jusqu'au moment où la gérante de l'hôtel vint leur

demander si elles ne pouvaient pas aller dans un endroit plus discret. Deux heures durant, elles marchèrent d'un bout à l'autre de la jetée, et Maureen n'arrêtait pas de pleurer en pensant à tout ce que le jeune Sean ne pourrait jamais faire.

Puis le pèlerinage commença.

Tout était un peu flou. La circulation dans les rues de Liverpool, le black-out, les queues devant les magasins. Il y eut la visite à l'hôpital, Gerry pleurait. Eileen fut forte, elle réussit à sourire. Puis elle demanda à un jeune prêtre à l'accent irlandais de dire une messe pour le jeune Sean. La messe eut lieu à sept heures du matin. Amy Sparks y assistait. Eileen avait mis son chapeau et ses gants noirs. Elle avait apporté un bouquet de fleurs qu'elle laisserait dans l'église en guise de couronne funéraire. Elle ne pouvait pas faire plus.

En s'asseyant dans le bateau en partance pour l'Irlande, elle céda aux larmes. Elle ne faisait aucun geste pour essuyer son visage. Une à une les larmes tombaient sur son manteau. Elle pleurait en regardant la mer sombre et en pensant à tout ce gâchis. Elle se leva, se dirigea vers le bastingage. Brusquement, le vent emporta son chapeau dans la nuit. Les autres passagers regardaient cette grande et belle femme en manteau noir, qui ne semblait pas s'apercevoir qu'elle était tête nue. Elle pleurait et remuait les lèvres comme si elle répétait inlassablement quelque chose. Elle priait, peut-être.

DEUXIÈME PARTIE

1945-1954

6

Violet se demandait ce qui les avait poussés, elle et George, à accepter qu'Elizabeth termine son année scolaire au pensionnat religieux de Kilgarret. De la sorte, elle n'avait pas assisté à la folle allégresse du jour de la Victoire : les illuminations nocturnes, les rideaux du black-out qu'on décrochait allégrement; les soldats américains attrapant les filles au passage pour les entraîner dans des danses effrénées, la foule en délire qui envahissait Piccadilly et Regent Street en chantant *Bless'Em All* au milieu du tintamarre des klaxons. Et tous ces gens qui pleuraient de joie. Ça avait été un jour grisant, mais Violet s'était sentie exclue de l'ivresse générale. Au lieu d'un homme rentrant triomphalement à la maison avec son barda et un tas de récits de combats et de victoires, elle devait supporter George, plus morose et aigri que jamais. Son dernier dada consistait à s'indigner tout seul, en pensant aux gars couverts de médailles et de décorations qui allaient retourner à la vie civile pour récolter promotions et honneurs. Elle n'avait pas comme d'autres femmes une fille qu'elle puisse serrer fièrement dans ses bras; personne à qui elle puisse recommander de graver ce jour dans sa mémoire pour n'en oublier aucun détail jusqu'à la fin de ses jours. Sa fille était occupée à passer un examen, à chanter dans une chorale et à porter en procession une image de la Vierge Marie. Elle ne pouvait donc pas revenir à Londres avant les vacances — c'est du moins ce qui ressortait de la lettre d'Eileen. En attendant, Violet se demandait s'ils n'avaient pas commis une erreur en envoyant Elizabeth en Irlande pour la durée de la guerre.

Son travail à l'usine de munitions était terminé. Elle aurait pu entrer dans une fabrique de cigarettes —

comme ouvrière, avec des conditions de travail idéales, parce que c'était une branche travaillant à plein. Mais Violet tenait désormais à garder sa liberté. L'effort de guerre, c'était du passé. Elle avait connu des femmes à l'usine qui se disaient prêtes à accepter n'importe quel travail plutôt que de tenir leur intérieur et de faire des heures de queue devant les boutiques. Depuis le temps qu'elle partait au petit matin, rentrait tard le soir, attendait des autobus par tous les temps... elle pensait avoir droit à un repos bien gagné.

De toute façon, sa fille de quinze ans serait bientôt de retour à la maison.

De toute façon, son ami, Mr Elton — Harry —, disait qu'elle devait se dorloter un peu. Harry Elton avait compris d'instinct ce qu'éprouvaient les femmes au terme de cette longue guerre : elles se sentaient ternes, grises. Elles avaient besoin d'être un peu gâtées. Mr Elton avait été merveilleux. Il s'ingéniait à lui apporter des babioles, un peu de sucre par exemple, ou quelques pelotes de laine. Elle avait tout de même été un peu gênée lorsqu'il lui avait offert quatre paires de bas de soie. Les accepter la mettait dans l'obligation de lui accorder quelque chose en retour, même si c'était insignifiant. Mais Harry Elton s'était esclaffé : la voir sourire suffisait. A George elle avait dit qu'on les leur avait distribués à l'usine, en guise de gratification.

Les préposés à la défense passive avaient été avertis qu'à partir du 1er juin on se passerait de leurs services. George et deux ou trois de ses collègues trouvaient cette décision irresponsable, comme d'ailleurs celle de fermer, la nuit, les stations de métro. Et si les bombardements reprenaient sans crier gare ? Comment faire confiance aux Allemands ? A la guerre, comment faire confiance à quiconque ? A la longue, Violet en venait à se poser des questions; peut-être George n'avait-il pas entièrement tort. Dans la défense passive, il avait tout de même vu de quoi il retournait.

— Des élucubrations de vieux fossiles — je ne parle pas de votre mari, mais de ces gens qui refusent l'évidence, lui avait répondu Harry Elton. Ils ne supportent pas de perdre le peu d'importance que leur conférait leur petit casque rond, de constater que tout ça c'est du passé et qu'à l'avenir, ce qui nous attend, c'est de la rigolade et du bon temps.

Chaque fois qu'elle bavardait avec Harry, Violet se sentait mieux. Il était venu souvent à l'usine de munitions — à ce moment-là, il s'occupait d'installer des postes de radio et des haut-parleurs pour le « travail en musique ». Maintenant, il organisait des transports. Il se lançait toujours dans quelque chose de nouveau, de différent. Harry admirait les combattants, il ne les dénigrait pas comme le faisait George. Il ne se plaignait pas, ne cherchait pas à s'excuser d'être resté dans la vie civile. Tout le temps des opérations, il avait suivi la progression des armées alliées, comme un bon supporter d'une équipe de football. Harry Elton aidait les gens à se sentir bien; Violet appréciait qu'il tienne tant à elle.

A la gare d'Euston, le bruit et la cohue étaient tels qu'Elizabeth, pendant un instant, crut qu'il se passait quelque chose de grave. Mais ce n'était que l'animation fiévreuse d'une grande gare. Un groupe faisait de grands gestes d'adieu à un jeune couple partant en voyage de noces. A la fenêtre du train qui s'éloignait, la mariée, un bibi perché en équilibre instable sur sa tête, se penchait en agitant la main. Elizabeth s'arrêta et posa ses valises. Elle avait toujours aimé regarder les mariages. Avec Aisling elle allait souvent à l'église lorsqu'on en célébrait un. Elles échangeaient leurs impressions, en général défavorables, sur la mariée. Mais elle n'en avait jamais vu une aussi « ordinaire » que celle du train avec son tailleur de serge bleu marine et son chapeau bleu et rouge.

En remontant le quai, Elizabeth se sentit prise de peur. Peur qu'ils n'aient pas vraiment envie de la voir revenir, malgré les lettres. Peur de ne pas savoir quoi dire. Peur qu'il n'y ait rien à dire.

Et comment allait-elle retrouver Londres ? A Kilgarret, les actualités filmées avaient montré les dégâts causés par le blitz, mais ce qu'elle avait vu en arrivant était tellement pire ! On aurait dit que tout avait été détruit. Du train, surtout dans la dernière partie du voyage, elle avait aperçu des immeubles entiers aux fenêtres aveuglées par des planches. A deux reprises elle avait lu « Danger — Bombe non explosée ». Mais ses deux voisines de compartiment, des filles de Birmingham, l'avaient rassurée : on déblayait le terrain, un point c'est tout. Elles avaient l'air parfaitement blasées.

En marchant elle se demandait si Maman se tiendrait contre la grille ou debout sur un chariot de porteur, pour dominer le flot des voyageurs. Et si elle était en retard ? Si elle n'était pas là ? Est-ce qu'Elizabeth devrait attendre ou aller directement à Clarence Gardens, à la maison ? Eh bien, elle attendrait un peu, et ensuite elle verrait.

Elle sourit en pensant à ce que Tante Eileen lui aurait dit : « Toujours sûre de rencontrer les pires ennuis, ma pauvre Elizabeth, avant même qu'il s'en montre un seul à l'horizon. » Elle aurait ajouté que l'attitude idéale se trouvait entre celle d'Aisling et celle d'Elizabeth. Aisling pouvait bien être cernée d'embûches, elle ne les voyait pas. La meilleure attitude... le meilleur état d'esprit... Elle souriait et rencontra le regard d'une femme qui lui rendit son sourire. Une femme beaucoup plus jeune que l'image qu'elle en avait gardée, d'une blondeur éclatante, portant un tailleur élégant et un petit chapeau garni de trois plumes. Elle lui faisait signe, l'appelait : « Elizabeth ! Elizabeth ! » Son rouge à lèvres était très voyant.

C'était Maman. Elles se serraient gauchement l'une contre l'autre. Maman sentait très bon. Un peu de poudre de riz resta sur les joues d'Elizabeth qui ne savait quoi dire. Enfin les mots lui vinrent :

— Tu as l'air d'une photo de mode, Maman, tu as l'air si jeune et... tout. Je croyais que tu aurais changé.

Violet était sur le point de dire qu'elle avait du mal à croire que sa fille était devenue cette grande adolescente à la taille fine, aux petits seins ronds, mais le compliment d'Elizabeth l'avait tellement prise au dépourvu qu'elle eut un rire nerveux et se rabattit sur la première chose qui lui venait à l'esprit. Malheureusement, c'était une critique :

— Oh! Chérie, quelle incongruité, ces cheveux, qu'est-ce qu'*ils* en ont fait? Tes si beaux cheveux! Ils se sont servis d'un couteau et d'une fourchette? Nous allons remédier à ça de toute urgence.

Portant chacune une valise, elles se mirent en route dans le soleil de cette fin du mois de juin. Sur des affiches électorales, Churchill et Attlee les dévisageaient au passage, comme s'ils leur demandaient leur soutien. Elizabeth était fascinée. A Kilgarret elle n'avait vu que des petits placards annonçant des bals, des foires ou des pèlerinages.

« Regarde Maman! » s'écria-t-elle en désignant un grand panneau. Violet jeta un coup d'œil, se demandant ce qui se passait. « Taisez-vous! Méfiez-vous! » « Votre voyage est-il vraiment indispensable? » « Surveillez vos propos, vous épargnerez des vies. » Certaines affiches étaient déchirées, à demi arrachées. D'autres, plus récentes, avaient des couleurs éclatantes. Mais Maman les connaissait toutes. Elizabeth aurait passé des heures à les lire — quelle partie de plaisir si Aisling avait été là. Elles auraient retenu les slogans et se les seraient récités. Avec un pincement au cœur Elizabeth découvrit qu'à l'avenir elle allait dormir seule dans sa chambre, sans Aisling pour bavarder.

On voyait quelques bâtiments en cours de reconstruction. A certains endroits des monceaux de pierres, de débris, s'alignaient de chaque côté de la chaussée. Ici et là des pans de murs s'élevaient dans le ciel, parfois il ne restait debout qu'une porte d'entrée.

Maman avançait d'un bon pas sans s'étonner de rien, avec le petit rire qui témoignait comme autrefois de son impatience.

En montant dans l'autobus, Elizabeth s'étonna de voir que le conducteur était une femme.

— Depuis l'annonce de ton retour, ton père ne tient plus en place. Il a acheté des œufs de goéland. On les préparera ce soir en ton honneur. Et un ami charmant, Mr Elton, nous a offert un vrai cake. Fait au beurre et au sucre.

Elizabeth éprouva un élan de tendresse pour Maman. Elle avait l'air tellement jeune, aussi jeune que les amies de Maureen. Rien de commun avec Tante Eileen. Et elle était vraiment séduisante. Sa veste tailleur vert foncé, avec ses épaules carrées, avait un petit genre militaire. Et quelle taille de guêpe ! Elizabeth porta la main à ses cheveux. La semaine d'avant, elle se les était fait couper par Maisie O'Reilly, dont le salon de coiffure était fréquenté uniquement par le gratin de Kilgarret. Ça avait été une grosse dépense pour Tante Eileen, mais elle tenait par-dessus tout à ce qu'Elizabeth n'ait pas l'air d'une bohémienne pour son retour en Angleterre. Aisling, qui l'avait accompagnée, évoluait avec aisance dans le salon de coiffure, secouant comme une cavale son opulente chevelure rousse. Tout ça pour mettre sur le tapis la question de savoir comment on peut prétendre à l'élégance quand on se trouve affublée par la nature d'une tignasse aussi horrible que la sienne. Mais cette journée-là s'était moins bien terminée. A deux reprises Aisling avait insinué qu'Elizabeth pourrait renoncer à rentrer en Angleterre et s'installer définitivement en Irlande. La seconde fois Tante Eileen avait très mal pris la chose, et averti Aisling qu'elle ne tolérerait plus d'entendre des inepties témoignant d'un égoïsme aussi infantile.

Par la vitre du bus, Elizabeth détaillait le spectacle de la rue. Elle remarqua qu'il y avait des queues un peu partout, et beaucoup de gens en uniforme. Au même moment, à Kilgarret, Tante Eileen devait être en train de lui écrire. Elle lui avait promis de le faire chaque semaine, Aisling aussi d'ailleurs, mais il ne fallait pas espérer qu'une telle promesse soit suivie d'effet. Tante Eileen avait également dit qu'elle n'écartait pas l'éventualité de venir à Londres.

« Ma chérie, quand tu seras là-bas tu verras les choses si différemment. Loin de moi l'idée d'insinuer que tu ne voudras plus entendre parler de nous, mais nous ne ferons plus directement partie de ta vie. Souviens-toi de ton soulagement lorsque tu as su que ta mère ne viendrait pas ici. Chacun a dans sa vie des cloisonnements qu'il doit préserver. »

— Si tu savais à quel point je suis heureuse de te retrouver, lui déclara brusquement Maman en souriant. Cette guerre a été interminable. C'est dur de t'avoir laissée grandir loin de nous. Mais le résultat est plutôt réussi. J'espère avoir bien agi... En conscience j'ai fait pour le mieux.

— Je me plaisais beaucoup là-bas. C'était si différent d'ici... Tous ont été si gentils...

— Je sais, tu le disais dans toutes tes lettres. Autre chose, tu écris très bien. Ton père et moi, nous étions ravis de ton style.

— Comment va Papa ? demanda anxieusement Elizabeth.

— Mais tout à fait bien, voyons ! Je te l'ai dit, il a acheté des œufs de goéland. Il t'attend avec impatience.

Violet se remit à rire. Elizabeth se sentit soulagée. Maman riait sans méchanceté, sans agressivité.

— Je suis si heureuse d'être là, lui confia Elizabeth en lui serrant le bras.

Depuis trois mois George s'était mis à observer les jeunes filles d'une quinzaine d'années. Il se demandait si Elizabeth ressemblait à Miss Ellison, telle qu'elle avait dû être deux ans plus tôt. Miss Ellison, qui avait dix-sept ans, accompagnait son père à la banque. Ou peut-être aux petites princesses royales ? Pourvu que ces Irlandais n'aient pas trop déteint sur elle. Des gens sur qui on ne peut pas compter. Mr Churchill ne s'était pas gêné pour leur dire leurs quatre vérités à propos de leur attitude irresponsable pendant la guerre. Avec ça retors, et sournois. Cette façon qu'ils avaient eue de profiter de la situation pour organiser le marché noir, la contrebande. Si seulement on avait envoyé Elizabeth ailleurs.

Il fallait reconnaître qu'elle leur avait écrit régulièrement et que ces amis de Violet avaient été vraiment très gentils. Très généreux, pour des gens modestes ayant à charge toute une ribambelle d'enfants. Mais ça avait été beaucoup trop long, on lui avait volé la jeunesse de sa fille. Il allait retrouver une jeune fille, une petite femelle stupide qui ne parlerait que de vedettes de cinéma et de maquillage. A cet âge, elle n'irait plus lui demander conseil, ou l'interroger sur ce qu'elle ignorait. Elle était déjà trop grande pour croire que son père savait tout.

Cette guerre avait décidément dépossédé tout le monde de ce qui lui appartenait de droit. Pour sa femme, c'était pareil, on la lui avait prise. Maintenant, c'est simple, Violet l'ignore. Elle n'est pas le moins du monde désagréable, elle est ailleurs, sur une autre planète. La guerre en a fait une étrangère qui ne s'intéresse plus du tout à son foyer. Contrairement aux autres femmes, elle ne s'ingénie pas à trouver un peu de nourriture, et encore moins à cuisiner. A la banque on ne parle que du rationnement, c'est devenu un sujet de plaisanteries. Par exemple, si vous vous arrêtez dans la rue pour parler à un ami aussitôt les gens s'alignent derrière vous en croyant que vous faites la queue.

Tout ça assomme Violet. Elle lit des romans, et de temps en temps elle revoit les connaissances qu'elle s'est faites à l'usine de munitions. Elle est de plus en plus maigre, un vrai paquet d'os.

Pour le retour d'Elizabeth, elle n'avait même pas prévu un menu spécial. S'il n'avait pas fait la queue pour se procurer ces œufs de goéland, on aurait mangé soit l'éternelle omelette d'œufs en poudre, soit du corned beef.

Il espérait qu'Elizabeth ne serait pas devenue une petite pimbêche toujours en train de glousser. Il espérait qu'elle serait heureuse de le revoir, impatiente de lui parler, de le questionner sur une foule de sujets. Il tenait beaucoup à lui expliquer la guerre, à lui donner un point de vue plus juste que celui forcément discutable des Irlandais. Il lui montrerait sa mappemonde, ses tableaux, avec les armées représentées de différentes couleurs. Elle lui poserait des questions sur la tactique, la stratégie, et il pèserait bien ses mots avant de lui répondre.

La grille grinça. Elles entraient dans le jardin. Violet portait une valise, la fille élancée aux lumineux cheveux blonds en portait une autre. Il s'éclaircit la gorge en ouvrant la porte d'entrée. Elle était grande et blonde, une étrangère.

Tante Eileen l'avait prévenue qu'en se retrouvant à Clarence Gardens tout lui paraîtrait avoir rétréci. Elizabeth avait ri; elle revoyait si bien tout : le tapis bleu et beige, la console du vestibule, la pièce de devant avec ses petites vitrines pleines de bibelots, où Maman écrivait ses lettres ou s'installait pour lire, l'après-midi. C'était le salon, la pièce d'apparat.

Non, à part l'escalier et le vestibule, qui n'était en fait qu'un petit couloir, tout lui paraissait aussi grand que dans ses souvenirs. Elle se débarrassa de son manteau et partit faire un tour dans l'appartement. Papa la précédait, en direction de la cuisine.

Il touchait, palpait, déplaçait les choses avec des gestes de vieille dame. Il semblait troublé comme en présence d'une visiteuse. Ce qu'elle était d'une certaine façon.

— Bien, bien, bien, répétait-il en se frottant les mains.

— Ça me fait drôle d'être là.

— Quel bonheur! s'exclama-t-il en lui souriant avec reconnaissance.

— Est-ce que je t'ai beaucoup manqué? Ça a dû te paraître un peu calme, un peu vide, sans moi...

Elle avait trébuché sur le mot, sentant que « vide » n'était pas exactement celui qui convenait.

— Oh, tu m'as manqué, beaucoup, tout le temps. Une enfant qui grandit dans un autre pays... c'est très étrange... très surprenant...

— Oui. Mais je vous ai beaucoup écrit.

— C'est vrai! Mais ce n'est pas la même chose.

Au-delà de tout ce qu'il disait, elle entendait une plainte. Elle rit :

— Ce n'est pas moi qui ai déclaré la guerre!

— Non, tu as été très bien, très courageuse, sans jamais te plaindre. Tes lettres étaient si vivantes.

— Mais j'aurais aimé que tu m'écrives, tu ne l'as jamais fait.

— Oh, moi, je ne sais pas. Ici, c'est ta mère qui écrit, elle le fait très bien.

Elle ne répondit rien, sceptique.

— C'était si étrange. Et maintenant, te voir là, c'est tout aussi étrange.

C'était juste, mais elle aurait aimé qu'il trouve un mot plus beau, moins passe-partout qu'« étrange »...

— Oui, il va falloir que tu réapprennes à me supporter, lui dit-elle, en feignant l'autorité, pour l'amuser, mais apparemment en vain.

Il semblait de plus en plus anxieux de lui plaire et il lui désigna la cuisinière... d'un grand geste emphatique...

— Il y a un dîner de fête ce soir... en ton honneur.

— Rien n'a changé, s'émerveillait Elizabeth.

Elle aperçut le jardin par la fenêtre, l'abri construit par les Anderson, Maman lui en avait parlé dans une de ses lettres... Elle retourna dans le salon : il sentait l'humidité, le renfermé. Le bureau de Maman était toujours encombré de piles de boîtes. Elle frissonna, saisie par le froid. Sur le canapé rouge foncé, sur les chaises, les garnitures de fine toile étaient froissées.

Papa l'avait suivie.

— On pourrait prendre le thé ici, lui proposa-t-il.

— Seigneur, non ! Retournons plutôt dans la cuisine, ici c'est vraiment trop solennel.

— Qu'est-ce qui est trop solennel ? demanda Violet qui arrivait derrière eux.

— Le salon ! Je m'y sens comme une vieille dame en visite.

Ils éclatèrent de rire, et il sembla qu'on était enfin tous heureux de se retrouver ensemble à la maison. Il y avait tant de changements, de choses nouvelles à se rappeler, à assimiler. Dans ses lettres Maman lui avait bien parlé du rationnement et du système des cartes et des tickets, des queues sans fin, mais la réalité dépassait tout ce qu'on pouvait imaginer en mesquineries, vexations, frustrations. Six points pour ceci, deux pour cela, et vous pouviez avoir tous les tickets nécessaires, avoir fait la queue une demi-journée, rien n'était gagné d'avance. « Il faut patienter jusqu'au prochain arri-

98

vage », vous annonçaient les commerçants, en ajoutant, entraînés par la force de l'habitude : « Qu'est-ce que vous croyez, on est en guerre ! »

— Tu te souviens de Monica Hart ? lui demanda Maman. Elle était à l'école avec toi.

— Bien sûr ! Aisling et moi, nous avons donné son nom à notre minette, dit Elizabeth en riant. Maintenant c'est une grosse chatte, dont Niamh a pour ainsi dire hérité.

Violet remarqua que la voix d'Elizabeth se voilait de nostalgie en prononçant ces noms irlandais, si bizarres. Dans ses lettres elle ne s'était jamais plainte d'être seule ou d'avoir le mal du pays. Violet pensa au choc que ça avait dû être de se retrouver dans une maison silencieuse et presque vide après avoir connu l'atmosphère gaie et animée qui devait régner au foyer d'Eileen.

— Maintenant, sa famille habite juste au bout de la rue. De temps en temps, j'aperçois Monica à bicyclette. Qui sait ? Vous deviendrez peut-être des amies. Ce serait plutôt bien.

— Oui, répondit Elizabeth sans chaleur.

— Vous pourriez vous voir avant la rentrée. Monica va au lycée, elle te renseignerait utilement.

— Si tu veux.

La perspective de retrouver la tyrannique Monica qui n'aimait rien tant que la pincer en classe n'avait rien d'enthousiasmant.

— Parfait.

Violait aimait mener les choses tambour battant. De retour à la maison depuis cinq jours, Elizabeth s'était familiarisée avec le système des tickets de rationnement et elle avait déjà pris le pli de faire la queue sans s'impatienter. Elle passait le reste de son temps à flâner, à lire et à écrire d'interminables lettres en Irlande. Mais Violet tenait à lui voir mener une vie moins solitaire, et à l'aider à ne plus se sentir comme en visite dans sa propre maison.

Elle invita donc Monica.

Monica était apparemment devenue beaucoup moins autoritaire. Venue prendre le thé, elle se montra tout à la fois très bien élevée et assez taciturne. Elizabeth se donna beaucoup de mal pour entretenir la discussion. Mais Violet semblait trouver que l'entrevue se déroulait parfaitement.

— Je vais vous laisser bavarder tranquillement, leur dit-elle en mettant son chapeau. Je dois retrouver des amies de l'usine de munitions. Nous allons faire une promenade en voiture.

— Est-ce que les dames de l'usine ont des voitures ? demanda Monica, intriguée.

— Oh, Monica, vous seriez bien étonnée si je vous faisais la liste de tout ce qu'elles ont, par les temps qui courent, lui lança Violet en refermant la porte derrière elle.

— Ta mère a tout d'une vedette de cinéma, lui confia Monica.

— Oui ? C'est possible, admit Elizabeth en haussant les épaules.

Brusquement, elle se revit en train de dire à Aisling : « Tu as la mère la plus formidable du monde, elle est si forte ! » Aisling avait, elle aussi, haussé les épaules. Peut-être n'apprécie-t-on jamais sa propre mère comme on le devrait.

Elizabeth n'en pouvait plus, c'était décidément trop ardu. Tante Eileen aurait trouvé sans peine le moyen d'animer la conversation. Quant à Aisling, elle aurait parlé à bâtons rompus de tout ce qui l'intéressait, sans se préoccuper des réactions de Monica. Mais Elizabeth n'avait décidément pas la manière.

— Tu as une collection de timbres ?

— Non.

— Moi non plus, convint Elizabeth.

Curieusement, cette réponse déclencha chez elles un fou rire inextinguible !

Monica était une fanatique de cinéma. Elle connaissait en détail la vie des vedettes et décrivait par le menu à Elizabeth tout ce qu'elle avait manqué en quittant Londres pendant la guerre.

— Bien sûr, tu n'étais pas là, lui reprochait-elle à tout propos, comme si Elizabeth avait raté d'importants engagements à Hollywood en s'exilant cinq ans en Irlande.

On avait eu beau annoncer à grand renfort de publicité le premier baiser cinématographique de Shirley Temple, il n'y avait que les adultes pour en faire tout un plat, ça ne faisait ni chaud ni froid à Monica. Parlez-lui de Deanna Durbin, d'Hedy Lamarr, de Lana Turner, d'Ava Gardner. Elle admirait aussi Judy Garland et Bette Davis, mais elle n'avait pas envie de leur ressembler. En revanche, on pouvait lui poser toutes les colles qu'on voulait, elle n'ignorait rien de leurs liaisons, de leurs mariages et de leurs divorces, ni de qui elles avaient eu tel ou tel enfant.

Monica suggéra à Elizabeth de se coiffer comme Veronica Lake, les cheveux largement ramenés sur le visage. Non! ça ne lui allait pas; sa chevelure pâle lui donnait un air insolite, négligé. En observant une photo de Clark Gable, Elizabeth se demandait quel effet ça lui ferait s'il l'embrassait. Est-ce que sa moustache ne lui chatouillerait pas le nez au point de la faire éternuer?

— Je suppose, la rassura avec bon sens Monica, que ce serait comme d'être embrassée par n'importe quel homme à moustache.

— Certainement, admit Elizabeth, l'esprit ailleurs.

Sur le chapitre des films et des stars elle était déjà parfaitement nulle. Voilà qu'elle venait de se faire éliminer sur la question des baisers. Le seul domaine où elle gardait sur Monica une supériorité incontestable, elle le devait à son séjour dans un pays où on pouvait manger de tout, à satiété.

— Redis-moi voir ce qu'ils mangent le dimanche?

Elizabeth lui décrivait une nouvelle fois et sans déplaisir le menu du déjeuner dominical à Kilgarret. De la soupe pour commencer et du pain tout léger, fait à la maison. Ensuite un poulet bouilli servi avec une sauce blanche et du bacon bouilli, des pommes de terre en robe de chambre, et du chou cuit en même temps que le bacon. Enfin une tarte aux pommes, avec un verre de lait ou de la limonade rouge. Monica écoutait, l'eau à la bouche, perdue dans un rêve de gloutonnerie sans fin.

— Et pour le thé, dis-moi pour le thé?

A la longue, ces évocations faisaient cruellement sentir à Elizabeth son nouvel état de privation. Pour le thé il y avait du gâteau aux pommes fait par Peggy; c'était un peu comme du pain garni de morceaux de pommes et de sucre fondu, et aussi du boudin, qu'on tartinait sur du pain.

— Ils devaient avoir des relations drôlement bien placées, concluait Monica avec envie.

— Pas du tout!... Voyons, là-bas ce n'était pas la guerre.

— Quelle blague! Il y avait la guerre là-bas comme ailleurs, comme partout. Enfin, souviens-toi des Enniskillens et des autres, c'étaient des Irlandais, non?

— Oui, mais d'une autre partie de l'Irlande. En Irlande du Nord il y avait la guerre, mais pas où j'étais, c'est d'ailleurs pour cela qu'on m'y a envoyée.

Monica repartait à la charge :

— Ce que je peux te dire, c'est qu'en allant là-bas tu as manqué mille occasions fantastiques de te distraire. Tu aurais pu voir un tas de gens célèbres... ils se montraient un peu partout pour soutenir le moral des populations. Un jour j'ai même parlé à Sarah Churchill. Oh, il faut absolument que tu la voies, elle est très populaire, elle a de magnifiques cheveux roux.

Le cœur serré, Elizabeth pensa à Aisling. Son visage se serait illuminé si elle avait entendu quelqu'un parler de magnifiques cheveux roux. Il fallait à tout prix qu'elle parvienne à exprimer fidèlement dans ses lettres tout ce qu'elle éprouvait, tout ce qu'elle sentait. Elle avait l'impression qu'elles étaient si ternes, si plates, tandis que celles d'Aisling étaient pleines de désinvolture, de gaieté, de vie. S'il n'y avait pas eu aussi les lettres de Tante Eileen, elle aurait pu croire qu'à Kilgarret tout le monde l'avait déjà oubliée.

Les salles de classe ressemblaient peu à celles du pensionnat religieux. Les tableaux noirs étaient plus grands, il y avait de belles cartes aux murs, mais pas de statues, pas d'images pieuses, ni de petits autels dédiés au Sacré-Cœur ou à sainte Thérèse de l'Enfant Jésus.

On ne commençait pas les cours par la récitation d'une prière. Elle attendait, debout, et chaque fois on lui intimait l'ordre de s'asseoir, ce qu'elle faisait vite, rouge de confusion.

— Tu veux dire qu'ils font une prière avant chaque cours ? lui demandait Monica, incrédule.

— Oui, une courte prière. Juste un Ave Maria pour une intention.

— Quelle sorte d'intention ? voulait savoir Monica fascinée.

— Pour une religieuse malade, pour une bonne mort, ou pour la conversion de la Chine...

L'odeur de craie et de désinfectant qui régnait dans les longs couloirs gris sale lui faisait plus penser à un hôpital qu'à un lycée. Quelle différence avec les couloirs menant à la chapelle où flottait toujours une odeur d'encens, et avec la chapelle elle-même où elles se glissaient presque tous les jours pour implorer que la sœur ne leur réclame pas leur devoir d'histoire ou qu'elles sachent répondre si l'évêque en visite leur posait une question de catéchisme.

— De toi et de cette Aisling, qui était la meilleure en classe ? lui demanda Monica en rentrant à la maison.

Monica rêvait d'être autorisée à aller dans le West End le jour où toute la famille royale viendrait assister, pour la première fois depuis sept ans, à la Royal Variety Command Performance. Sa mère était prête à lui accorder cette faveur, à condition que son travail scolaire soit nettement plus satisfaisant.

— Aisling était beaucoup plus douée que moi, mais elle était très... comment dire... les sœurs l'accusaient d'être paresseuse, brouillonne. Je crois que le travail l'ennuyait... elle ne trouvait pas le temps de s'y consacrer. Ça l'empêchait de s'amuser.

— Et elle avait de meilleures notes que toi ?

Monica ne voyait pas d'un bon œil les succès d'Elizabeth en classe. Au lieu de lui faire prendre du retard, ses années à l'étranger lui avaient permis de faire des progrès considérables. En mathématiques les efforts patients de sœur Catherine avaient été fructueux, et chaque semaine elle était en tête de sa classe en géographie et en grammaire. Le français et l'histoire restaient ses points faibles, mais elle semblait convaincue qu'à force de travail personnel elle ferait des progrès constants.

— Lorsqu'elle voulait, Aisling était la meilleure dans n'importe quelle matière. Parfois, nous passions un marché : si elle travaillait bien en classe, moi j'irais chercher de quoi faire un festin nocturne. Moi, je pouvais aller à la cuisine en pleine nuit, Tante Eileen ne me disait rien. Mais si c'était Aisling, elle la soupçonnait toujours de mijoter une sottise.

Monica poussait du pied les petits tas de feuilles mortes dans le caniveau.

— Je me demande ce que ma mère attend de moi. J'en sais déjà beaucoup plus qu'elle. Comment peut-elle juger si je travaille mieux ?

— Tu n'as qu'à lui montrer que tu travailles... mettre bien en évidence tes livres de classe, au lieu de tes revues de cinéma. Ça suffira !

— Oh, Elizabeth White, tu n'es qu'une hypocrite ! s'écria Monica en riant. Moi qui croyais que tu étais vraiment une bonne élève...

— Mais je travaille réellement très dur, j'y consacre tout mon temps... Et à Kilgarret je ne voulais pas que Tante Eileen ait honte de moi. C'est Aisling qui faisait semblant comme je te le conseille, elle ne pensait qu'à s'amuser.

— Elle avait bien raison, remarqua d'un air abattu Monica. Il n'y a aucun mal à ça. Tout plein de gens aiment rigoler un bon coup.

L'image de Maman en train de rire, la tête rejetée en arrière, s'imposa à Elizabeth. Elle n'avait jamais l'air si jeune, si heureuse que lorsqu'elle riait. Ça lui arrivait d'ailleurs plus souvent qu'autrefois...

C'est en décembre qu'on annonça la bonne nouvelle : désormais le pourcentage de viande de bœuf contenu dans les saucisses passerait de trente-sept à quarante pour cent.

— Ça ne fera pas une grande différence, constata Elizabeth qui partait avec Papa pour leur promenade du samedi.

— On voit que tu n'en as pas mangé au plus fort du rationnement ! lui fit-il remarquer.

Ils avaient pris l'habitude de faire un tour ensemble le samedi. Papa l'emmenait voir les quartiers qui avaient particulièrement souffert des bombardements. On passait complaisamment du spectacle d'un désastre à un autre. Il n'y avait dans ses souvenirs aucune place pour le rire, l'histoire drôle, le détail amusant ou même l'événement vraiment tragique. Contrairement à Oncle Sean qui se souvenait d'hommes indomptables, de garçons d'une bravoure téméraire, d'exemples de dévouement, d'entraide dans l'adversité du combat, Papa ne parlait que de défaites, de fatalisme, d'occasions gâchées, de bonnes actions tournées en dérision.

— Ça a dû être une épreuve terrible, admit-elle sur le chemin du retour.

L'après-midi était sombre et froid. Elle pensait avec plaisir à la tasse de consommé qu'ils allaient prendre au chaud, dans la cuisine.

— Maman sera peut-être à la maison, lui dit-elle, histoire de le dérider.

— Non, elle s'est rendue à une réunion organisée par ses amis de l'usine... dans un hôtel. Elle ne rentrera qu'en fin de soirée.

Elizabeth n'y trouva rien à redire. Elle allait lire, puis écouter une pièce radiophonique. Elle ferait des toasts aux sardines, et du chocolat. Ils s'installeraient près du feu, à côté du linge que Maman avait mis à sécher.

— On pourrait jouer aux dames, suggéra Papa.

Elizabeth trouvait ce jeu particulièrement ennuyeux. Elle aurait préféré que Papa apprenne les échecs. Mais il prétendait que c'était un jeu d'intellectuels, comme le bridge. En réalité il avait fallu une demi-heure à Elizabeth pour se familiariser une fois pour toutes avec les pièces et les déplacements. Elle y jouait souvent avec Aisling, mais c'était une partenaire trop impatiente, elle ne cherchait qu'à faire le vide le plus vite possible sur l'échiquier. Avec Donal il ne s'agissait que d'être gentille et de le regarder foncer tête baissée dans les pièges les plus grossiers. Si Tante Eileen avait été là, elle lui aurait caressé les cheveux en lui disant qu'elle était une brave fille d'accepter de jouer aux dames avec Papa.

Dès qu'ils eurent fini de manger leurs toasts aux sardines, Papa apporta le jeu de dames.

— On prend les noirs à tour de rôle ? lui demanda-t-il comme si elle allait refuser.

— Est-ce que ça t'ennuie que Maman soit sortie avec Mr Elton et les gens de l'usine ? l'interrogea-t-elle.

— M'ennuyer ? demanda-t-il surpris. Pourquoi cela m'ennuierait-il ? Et d'ailleurs elle ne sort pas avec Mr Elton, c'est une réunion où tout le monde se retrouve.

— Oui, mais elle ne pense qu'à sortir. Tu ne préférerais pas qu'elle prenne plaisir à rester avec nous ?

— Grands dieux, qu'est-ce que tu imagines ? Maman aime beaucoup être avec nous, ce soir elle devait aller à cette réunion. Il ne s'agit que d'une soirée, et à t'entendre elle passe toutes ses nuits dehors.

Elizabeth baissa la tête. Elle était allée trop loin, mais elle ne pouvait plus battre en retraite, ça aurait été pire. Il voudrait absolument savoir ce qu'elle avait en tête, et il lui démontrerait son erreur en ressassant toujours les mêmes arguments, comme si la répétition les rendait plus convaincants.

— Elle a bien le droit de passer une soirée dehors comme n'importe qui. Tu sais, elle a travaillé très dur pendant la guerre. Ça lui fait plaisir de retrouver ses amis et de parler de ce temps-là...

Elizabeth avait serré les dents.

— Mais Papa, tu sais très bien de quoi je parle. Maman fait à peine semblant de s'intéresser à ce qui se passe ici, en réalité elle ne s'occupe plus ni de toi ni de moi. C'est vrai, et tu le sais. Elle s'ennuie avec nous, et il faut reconnaître qu'il y a de quoi. Je lis mes livres, toi tes journaux. Chaque fois qu'elle parle, ce qu'elle entend c'est : « Qu'est-ce que tu as dit ? » ou « Comment ? » Nous n'avons pas une once d'humour, de fantaisie, de gaieté.

Elle s'arrêta. Il resta silencieux, le visage parcouru de tressaillements. On aurait dit qu'il luttait pour ne pas pleurer.

Mon Dieu faites qu'il ne pleure pas. Mon Dieu, je ne veux pas l'avoir fait pleurer.

— Eh bien... oui, marmonna-t-il, tu as raison. Je n'ai jamais été très drôle, je ne suis même pas drôle du tout. Mais ta maman l'a toujours su. Ça lui était égal. Ce qu'elle voulait, c'était du sérieux, du solide. La sécurité, autant que de... de la fantaisie. On est comme on est. Les uns sont drôles, les autres sérieux, le monde est fait comme cela. Tu comprends ?

— Oui, Papa, murmura Elizabeth. Allez ! on va jouer, je prends les noirs pour commencer.

Il y avait un cadeau de Noël pour Elizabeth de la part de chacun des O'Connor, plus un béret tricoté par Peggy, des images pieuses de la part de quatre religieuses, un calendrier remis par sœur Catherine, et une demi-douzaine de cartes d'autres gens de la ville. A chaque découverte, Elizabeth poussait des cris d'émerveillement.

— Regarde, Maman, c'est d'Eamonn. Tu te rends compte, Eamonn écrivant une carte ! Et deux barrettes en forme de papillon. Oh ! tu crois qu'il est allé les acheter lui-même chez Mrs McAllister ? Oh non ! je n'arrive pas à y croire. C'est Tante Eileen qui a dû s'en charger.

Violet était assise à la table, l'aidant à ouvrir les paquets, défroissant les papiers, roulant les ficelles.

— Oh, elles sont d'un mauvais goût parfait... mais c'est si gentil. Eamonn, c'est le petit fragile, celui en mauvaise santé ?

— Non, Maman, celui-là c'est Donal. Eamonn c'est l'aîné, enfin, maintenant... Jc t'ai dit, il va travailler au magasin avec Oncle Sean, il aura bientôt dix-sept ans.

Aisling avait joint à sa carte une lettre de six pages qu'Elizabeth mit dans sa poche, pour la lire plus tard.

— Rien que des images pieuses..., remarqua Violet en étalant les cartes devant elle.

— Oui, mais tu sais, Noël pour eux c'est une grande fête religieuse... avec la crèche, l'Enfant Jésus...

Elizabeth se sentait un peu fautive d'avoir si vite « Perdu La Foi » après son retour en Angleterre. L'église catholique la plus proche, où elle s'était rendue, était froide, humide, inhospitalière. Dieu, Aisling et ses camarades de classe comprendraient que ce n'était qu'une faiblesse passagère.

— Et celle-là ?

Une carte portant l'écriture maladroite d'un enfant était tombée du paquet.

— C'est Niamh, elle est adorable, elle a à peine six ans. Après moi tu ne pouvais plus avoir d'enfants ou tu n'en a pas voulu ?

— Comme tu es drôle, ma chérie, il y a eu des complications, autrement dit pas de petite sœur.

— Mais tu as continué à partager le même lit que Papa ? Je veux dire que vous avez continué à... ?

Elizabeth s'arrêta devant l'expression offusquée de Maman.

— Eileen m'avait écrit qu'elle vous avait tout expliqué, à toi et à Aisling, concernant les réalités de la vie... et qu'elle pensait que vous aviez très bien compris. Maintenant, je n'en suis plus tout à fait aussi sûre.

— Qu'est-ce que je n'ai pas compris ?

— Elizabeth, la franchise ne me fait pas peur, loin de là, mais il y a des questions qu'on ne pose pas. On n'en parle pas parce que ça relève de l'intimité entre deux personnes. Eileen ne vous tenait pas au courant des détails de sa vie intime ?

— Mais Maman, avec elle c'était différent, observa étourdiment Elizabeth. Tout le monde savait très bien qu'elle et Oncle Sean s'adoraient. Même s'ils se chamaillaient souvent on voyait bien qu'ils tenaient l'un à l'autre plus que...

Une fois de plus sa voix dérapa en voyant le visage décomposé de Violet. Effrayée, elle s'écria :

— Oh, Maman, qu'est-ce que j'ai dit ?

— Rien, ma chérie, parvint à répondre Violet en se

levant. Maintenant il faut que tes amis de Kilgarret se souviennent qu'ici il y a eu la guerre, nous ne pourrons pas leur faire de cadeaux aussi...

— Ils le savent.

Cinq semaines plus tôt Elizabeth avait joint quatre livres ainsi que des cartes de vœux à une lettre adressée à Tante Eileen pour qu'elle choisisse des cadeaux chez Mrs McAllister.

— C'est parfait, dit sèchement Violet.

— Maman, je ne voulais pas...

— Ramasse tout ça et range-le, ma chérie, lui recommanda Violet en quittant la pièce, comme le font dans les films les héroïnes qui veulent cacher à quel point elles viennent d'être blessées, outragées.

Chère Elizabeth,

Je suis censée t'écrire une joyeuse lettre de Noël, en réalité je n'ai jamais été aussi dégoûtée de ma vie. Maman m'a bien recommandé de te raconter tout ce qui se passe ici, c'est facile, il ne se passe rien. Il n'y a sûrement pas d'endroit au monde aussi morne qu'ici, et pour finir je suis affreuse, vraiment laide ! Il n'y a rien à faire et tout le monde est d'une humeur de chien. Quant à sœur Catherine c'est un vrai démon. Je sais que tu l'aimes bien et qu'elle a un faible pour toi parce que tu comprends toutes ces horribles histoires de trains qui entrent en gare et qui longent un quai de je ne sais combien de mètres... mais vraiment je n'en peux plus. Elle n'arrête pas de me persécuter.

Enfin, rends-toi compte, elle est venue en personne au magasin. *Au magasin.* Une religieuse qui fait tout ce chemin pour venir raconter à Papa et Maman qu'on va finir par me renvoyer du pensionnat parce qu'il paraît que je fais du mauvais esprit, que je sème la perturbation dans la classe. C'est le dernier avertissement.

Quelle blague ! Je dérange bien moins ses cours imbéciles que beaucoup d'autres filles que je pourrais nommer. Elle ne m'a jamais aimée, voilà la vérité, elle n'a jamais pu supporter la couleur de mes cheveux. Pour le coup, quand elle me voit, elle voit rouge. Si tu étais là, tu te rendrais compte à quel point tout est loufoque.

Elle a parlé de faveur, de *dernière chance*, qu'il fallait que je sache qu'au cours du prochain trimestre on m'aurait à l'œil. Je me demande ce que ça aura de nouveau.

J'aimerais tant que tu viennes pour Noël, je suis sûre que ça arrangerait bien des choses, ta présence aurait un effet bénéfique sur tout le monde. Après la visite de cette punaise de sœur Catherine, Maman m'a dit de suivre ton exemple : me plonger dans mes livres et faire mon travail coûte que coûte. J'aimerais bien en être capable. Mais tout cela me paraît si inutile, si creux.

Maureen s'est toquée de cet abruti de Brendan Daly, tu sais, la famille qui habite cette grande maison croulante, on passait devant en allant au pensionnat par le chemin de la rivière. Il a trouvé du travail à Dublin dans une fabrique de produits alimentaires, et il a rencontré Maureen au bal. Depuis ils sortent ensemble. Tu te rends compte, se retrouver à Dublin, libre, pour se toquer de quelqu'un de Kilgarret! Joannie et moi on a décidé que lorsqu'on partirait d'ici, la première chose qu'on demanderait aux garçons qu'on rencontrerait c'est : « Est-ce que vous êtes de Kilgarret? » Si oui, une croix dessus, on ne les revoit plus.

Maureen en est devenue idiote; elle n'arrête pas de se pâmer et elle l'appelle « mon Brendan ». Tu en mourrais de rire si tu l'entendais. Papa lui a demandé si elle pensait au mariage ou à se fiancer pour Noël. Mal lui en a pris. Elle a piqué une rogne : « J'ai vingt et un ans, je suis libre de faire ce que je veux. » Et là-dessus les grandes eaux, parce qu'il a ajouté qu'il lui avait demandé ça par pure politesse... Maman a rabroué Papa : il devait comprendre que Maureen ne voulait pas en parler tant que son soupirant ne s'était pas déclaré « officiellement ».

Franchement, tu te vois épouser Brendan Daly, avec ses horribles dents de lapin? Tu te vois obligée de dormir dans le même lit que lui pour le restant de tes jours?

Joannie n'arrête pas de me parler de mon « beau-frère », et lorsqu'on se promène elle me demande chaque fois : « On prend le chemin qui passe par chez ton beau-frère ? » Elle est crevante, plus délurée qu'avant.

C'est curieux, chaque fois que tu me parles de Monica, dans tes lettres, je pense d'abord à la chatte. Quand tu me dis que tu es allée voir *Brève rencontre* avec Monica, je t'imagine en train d'emmener la chatte au cinéma. J'ai vu le film, on l'a donné trois soirs de suite il y a quinze jours. Dans la salle tout le monde pleurait, sauf moi. Je les ai trouvés idiots de ne pas partir ensemble. Parce qu'en Angleterre on peut divorcer, la religion ne l'interdit pas. Rien ne les obligeait donc à rester avec leurs affreux conjoints.

C'est d'ailleurs ce que j'ai dit à Maman et elle m'a répondu que j'avais encore beaucoup à apprendre concernant la loyauté et les engagements pris et qu'il faut respecter. Quoi que je dise ou fasse, il y a toujours un moment où on m'annonce que j'ai encore beaucoup à apprendre.

J'ai le front et le menton couverts d'affreux boutons. Joannie dit qu'on ne les remarque pas tellement, quant à Eamonn il prétend qu'ils sont comme des phares et que je devrais sortir le soir sur la place pour aider les gens perdus à se repérer.

Est-ce que tu ne pourrais pas t'arranger pour m'annoncer une bonne nouvelle dans ta prochaine lettre, par exemple que tu vas revenir et rester vivre ici ? Ou me dire ce que je pourrais faire pour me débarrasser de sœur Catherine, cette religieuse venimeuse et à moitié dingue ?

Joyeux Noël ! Impossible de profiter de la photo où tu es avec ta mère. Maman l'a gardée dans sa chambre. Ta mère a l'air d'une reine de beauté. Comment c'est avec elle en ce moment ? Ça doit faire drôle de rentrer et de trouver une mère si changée.

Tendresses de ta très très malheureuse
Aisling

Juste avant Noël, Maman attrapa une mauvaise grippe et dut s'aliter. Le docteur venu l'examiner remarqua surtout son extrême maigreur. Papa et Elizabeth essayèrent de lui donner une idée de ce qu'elle mangeait habituellement. Pas de pain, ni de pommes de terre, ni de pudding. Elle se contentait de grignoter. Elle était très pâle, très affaiblie.

Elle s'excusait sans arrêt : « Je regrette de vous causer tout ce tracas. » Elizabeth et Papa s'étaient mis aux préparatifs de Noël depuis longtemps, confectionnant des guirlandes de papier, allant chercher du lierre et du houx, lisant de nouvelles recettes de punch. Maintenant tout était à l'eau. De plus Maman refusait absolument qu'on descende son lit dans la seule pièce chauffée de la maison.

On aurait pu faire ramoner la cheminée de sa chambre, mais elle ne voulait pas davantage en entendre parler. Elle portait des mitaines et on lui changeait régulièrement l'eau de deux bouillottes. Elle restait allongée, sans une plainte, ses cheveux ternes répandus sur l'oreiller. Papa était plus désorienté et inutile que jamais. Dès qu'il se trouvait dans la chambre de la malade il se tordait les mains en répétant : « Violet, qu'est-ce qu'on pourrait faire pour toi ? » d'une voix étouffée et mourante, qui amenait infailliblement Maman au bord de la crise de nerfs. Dès qu'il était redescendu il s'en prenait tour à tour à la vogue des régimes amaigrissants, aux restrictions, aux gens de l'usine de munitions sans lesquels Maman n'aurait pas attrapé des rhumes en allant les retrouver.

La veille de Noël le docteur les rassura : tout danger de pneumonie était écarté, le rétablissement de Maman ne serait plus qu'une question de patience et de suralimentation, dans la mesure du possible, évidemment, considérant les circonstances actuelles.

Tout en préparant le bouillon de viande pour Maman, Elizabeth pensait au précédent Noël. Dans l'air glacé du petit matin, tous les gens de la ville montant la colline pour se rendre à la messe. En chemin, ce n'étaient que des cris de joie, des vœux qu'on se lançait de toutes parts. La petite Niamh était tombée, elle saignait du genou. Tout le monde s'était arrêté pour la consoler, la panser avec un mouchoir propre. Niamh, qui en avait été quitte pour la peur, hurlait de plus belle.

— Oh, Niamh, arrête de crier comme ça, lui avait ordonné Aisling. Ta jambe ne va pas tomber. Ne nous gâche pas Noël.

— Personne ne peut gâcher Noël, avait déclaré Donal d'un ton ferme.

Eileen avait pris la robuste petite fille sur son bras et l'avait cajolée.

— Pauvre petite éclopée! Mais Donal a raison, ça ne va pas gâcher Noël, rien ne peut gâcher Noël.

Dans la main décharnée de Maman, la cuillère de bouillon semblait lourde, énorme.

— Je suis désolée, tu vas passer un bien triste Noël, ma chérie.

Elizabeth était assise, droite, surveillant chaque cuillerée avalée par Violet.

— Personne ne peut gâcher Noël, dit-elle, comme en écho.

Violet la regarda, surprise. Non, elle n'avait mis aucune ironie dans sa remarque.

En bas, George se démenait pour essayer de faire prendre le feu avec du bois humide, pestant et soufflant comme un diable.

Deux larmes glissaient lentement sur le visage émacié de Violet.

— Quel affreux gâchis, mon Dieu! sanglotait-elle doucement. Pourquoi en être arrivé là? Tout est si horriblement raté...

— Mais Maman, tout va s'arranger!

Elizabeth était affolée de voir Maman dans un tel état. Du pied, elle referma la porte de la chambre. Il valait mieux que Papa n'entende rien, il serait monté et n'aurait fait qu'aggraver les choses.

— Non, c'est sans remède. Il n'y a plus rien à faire. Je regrette, mais j'ai eu beau essayer, je ne peux pas tenir une maison, faire la cuisine pour rien...

— Mais Maman, ce n'est pas pour rien, cria Elizabeth, c'est pour *nous*! Nous t'en sommes reconnaissants, et désormais nous allons t'aider davantage.

Violet la regardait, et ses yeux chaviraient:

— Tu ne comprends pas, tu ne pourras jamais comprendre. Oh mon Dieu! C'est un tel désastre!

Elle se retourna sur l'oreiller. Au bout d'un moment sa respiration se calma et elle finit par s'endormir ou par faire semblant. Elizabeth partit sur la pointe des pieds.

Papa s'affairait devant la cheminée, agitait un journal pour arriver à faire prendre le feu.

— Comment est-elle?

— Elle est bien. Elle vient de s'endormir.

A la cuisine, la table était mise pour le repas de fête. Sur des cartes étaient dessinés des rouges-gorges tenant un brin de houx dans leur bec. Trois Pères Noël de fabrication maison étaient posés sur les serviettes de table. Du houx et du gui dessinaient une arabesque entre les couverts. Elizabeth s'assit et resta en contemplation devant les trois morceaux de poulet et le plat de corned beef. Elle avait fait la queue quatre heures pour se procurer les morceaux de poulet.

En préparant le dîner il lui semblait avoir cinquante ans.

Harry avait dit que les mensonges n'attirent que des ennuis. Harry avait dit qu'il n'y avait pas à avoir honte ni à se reprocher de tomber amoureux, et qu'il était temps que Violet leur apprenne la vérité. Et leur fasse comprendre qu'il n'y avait pas lieu d'être malheureux ni de la blâmer.

Violet aurait bien aimé que ce fût aussi simple. L'ex-femme d'Harry s'était remariée depuis longtemps, elle vivait dans l'ouest de l'Angleterre. Harry n'avait pas d'enfant. Il ne voyait aucun inconvénient à ce qu'Elizabeth suive Violet et vienne vivre avec eux. Grâce à son nouveau travail il disposerait d'un vaste appartement juste au-dessus des locaux commerciaux.

Violet décida de leur parler la veille des seize ans d'Elizabeth. Elle savait qu'ils se doutaient tous les deux que quelque chose allait se passer. Tandis qu'elle parlait, le soleil de mai tombait sur la table, éclairant ses mains pâles qu'elle serrait convulsivement.

114

Papa n'avait pas dit un mot. Il était assis, tête basse. Violet le regarda :

— George, je t'en prie, dis quelque chose.

— Qu'est-ce que tu veux que je dise? Ta décision est prise.

— Papa, je t'en supplie, montre à Maman que tu veux qu'elle reste, implora Elizabeth.

— Mais elle sait bien que je préfère qu'elle reste.

— Oh, mais ne sois pas si faible, Papa, fais quelque chose! s'écria Elizabeth.

— Pourquoi moi? Pourquoi dois-je faire quelque chose, dire quelque chose? Je n'ai rien fait, moi, j'ai tenu bon, comme tout le monde. Et voilà le résultat.

— Mais George, il faut que nous prenions des dispositions.

— Fais ce que bon te semble.

Elizabeth s'était levée.

— Dans ce cas, je vais monter, vous m'appellerez quand vous aurez fini.

George était déjà debout :

— Fais ce que tu veux, Violet. Je suppose que tu souhaites divorcer?

— Mais, George...

— Trouve un avocat et qu'il s'en occupe. Maintenant, je vais aller faire un tour.

— Mais George, il y a Elizabeth, il faut savoir... Est-ce que tu...

— Elizabeth est une grande fille maintenant, elle va avoir seize ans. C'est à elle de décider ce qu'elle veut faire, si elle veut aller avec toi ou rester ici... Tu vas avoir une maison, ton ami ne va pas te faire vivre dans son camion? Je serai de retour pour prendre le thé.

Il referma la porte derrière lui.

— Je regrette que Papa ait été aussi faible. Il a peur de toi.

— Oh!...

Violet s'étrangla sous l'effet de l'émotion. Elle prit la main d'Elizabeth.

— Est-ce que tu peux arriver à comprendre?

— Oui, Maman, je crois. C'est affreux, mais je comprends. Si tu dois avoir une vie plus heureuse, plus drôle, plus remplie avec Mr Elton, tu as raison de partir avec lui, et tu n'as pas à avoir de regrets ni de remords.

— Mais je ne pars pas loin. Tu peux venir avec moi. Harry voudrait que tu viennes et moi aussi.

— Non, Maman, je ne peux pas. Qui s'occupera de Papa ? Mais je viendrai te voir, souvent...

— Qu'est-ce qu'il y a, ma chérie ?

— Je me demande si tout ça n'est pas arrivé parce que je suis partie. Si j'avais été là pendant la guerre, vous auriez peut-être préservé un semblant de vie familiale. Vous seriez restés plus proches l'un de l'autre, non ?

— Oh, ma pauvre enfant. (Violet prit Elizabeth dans ses bras et elle la berça, en lui parlant doucement, le visage dans ses cheveux.) Ma pauvre enfant, pendant toutes ces années où ton père et moi avons joué la comédie du couple uni, tu as été la seule chose qui donnait un sens à notre vie, qui nous permettait de tenir le coup. George est bien de mon avis. Non, tu n'as rien à te reprocher.

Maman s'assit et continua à parler pendant une bonne heure, de solitude, d'âge, de la peur de voir la fin approcher sans avoir connu la moindre joie. Elle parla de la guerre, du blitz, et des gens qui maintenant repartaient à zéro, qui refaisaient leur vie. Elle ajouta, sans conviction, que George finirait bien par trouver une belle femme qui le comblerait. Enfin, elle se leva, pour monter faire sa valise. Elizabeth sentit le sol se dérober sous ses pieds.

— Maman, tu vas partir maintenant ?

— Ma chérie, décemment, je ne vais pas griller les toasts de ton père et lui parler comme si de rien n'était quand je viens de lui annoncer que je l'avais trompé et que j'allais le quitter !

— Bien sûr, dit Elizabeth, atterrée.

7

... Je t'en prie, arrête de t'excuser de ta vilaine écriture et de ne pas savoir quoi me raconter. Tu n'arrêtais pas de me dire que *je devais parler*, sans préparer mes phrases, sans me demander si je m'exprimais bien ou mal. J'ai réussi à le faire. Alors je ne vois pas pourquoi c'est toi qui, maintenant, n'y arriverais plus.

Si tu savais! Si tu avais ne serait-ce qu'une très vague idée de ce qui se passe ici, c'est pour le coup que tu en perdrais la parole. C'est très gentil à toi de penser que peut-être les choses peuvent encore s'arranger, mais ça prouve à quel point il t'est impossible d'imaginer la situation telle qu'elle est. Ça n'a rien à voir avec ce qui se passe entre Oncle Sean et Tante Eileen lorsqu'ils se disent leurs quatre vérités, une heure après tout est oublié, et la vie reprend son cours comme avant. La famille, la maison, le magasin, rien n'a bougé. Ici il n'y a rien, rien d'autre que Papa et Maman qui passent leur temps à me dire que désormais je suis une adulte.

Si seulement j'étais restée à Kilgarret. J'aurais pu travailler, aider Tante Eileen dans sa comptabilité, m'occuper à la maison ou ailleurs. Ils auraient attendu mon retour pour prendre une décision importante. Ce qu'il y a de pire c'est qu'ils n'arrêtent pas de me répéter que je suis si raisonnable, que je comprends si bien les choses... En réalité, je ne comprends rien. Et je ne suis pas une grande personne. Je voudrais qu'ils se mettent bien ça dans la tête.

Pour tout arranger, Mr Elton me harcèle pour que je l'appelle Oncle Harry. Je lui ai bel et bien dit qu'on n'avait aucun lien de parenté et que ça n'aurait pas un air très naturel. Il ne s'est pas démonté : « Ces gens en Irlande, vous les appeliez Oncle et Tante. Vous ne les aviez jamais vus auparavant et pourtant ça a bien marché! » Je lui ai fait remarquer que ça n'avait rien à voir, que j'étais venue vivre chez vous, que vous étiez devenus ma nouvelle famille et que ça avait duré le tiers de ma vie (j'ai pris la peine de faire le calcul). Il a insisté : « Elizabeth, votre Maman et moi nous n'espérons qu'une chose, vous avoir souvent et même la plupart du temps avec nous. Vous n'allez pas éternellement m'appeler Monsieur ? Est-ce que je vous appelle Miss White, moi ? »

Je ne savais plus quoi dire; je n'ai rien dit.

Il en a conclu que je me rangeais à ses arguments. Pas du tout. J'aurais l'impression de trahir Papa, de le laisser tomber, de lui montrer que l'autre côté a gagné la partie.

Papa l'appelle « Mr Elton, l'ami de ta mère ». Maman habite dans une pension de famille. Habiter, c'est beaucoup dire. Pour que ça lui revienne moins cher, elle travaille au pair. Mardi, lorsque je suis allée la voir, je l'ai trouvée en train de trier des draps sales dans une pièce sordide où il régnait une odeur infecte. Je croyais rêver ! Maman m'a expliqué qu'une femme se devait d'avoir sa fierté, et qu'en attendant le divorce elle ne pouvait en aucun cas continuer à vivre aux crochets de Papa. Qu'elle devait se débrouiller toute seule.

Comme je m'étonnais qu'elle n'aille pas dès maintenant habiter avec Mr Elton, puisque c'est ce qu'ils projettent de faire, elle m'a dit qu'il y avait des principes qu'elle devait respecter, que sa réputation était en jeu, que ça se situait sur un plan légal que je ne pouvais pas comprendre. Voilà. Tu sais tout.

Qu'est-ce qu'en dit Tante Eileen ?

Tendrement,
Elizabeth

Chère Elizabeth,

J'ai reçu ta lettre ce matin. Maman me l'a donnée au moment où je descendais. Tu ne vas pas me croire, mais le facteur ne rate pas une occasion d'aller à la cuisine pour bécoter Peggy. A eux deux ils ont bien cent ans, mais ça les amuse comme des jeunots. Maman les a à l'œil. Par la même occasion, elle m'a remis une enveloppe timbrée à ton nom, elle venait de t'écrire et elle m'a suggéré d'y joindre ma lettre. Si elle n'a pas de dons de voyance, comment savait-elle que tu me demandais qu'on te réponde très vite ?

Si tu veux savoir, je pense que tu dois l'appeler Harry. Tu lui assènes le coup sans prévenir. Puisqu'ils tiennent tant à ce que tu sois une grande personne, montre-leur à quoi ça les expose. Et d'un.

Deuxièmement, toi aussi arrête, arrête de t'en faire pour tes parents; ils n'ont jamais été heureux ensemble. Tu m'as dit une fois qu'ils n'ont jamais pu se supporter et qu'ils passaient leur temps à se chipoter. Ils auraient dû se quitter depuis belle lurette. Papa a lu dans un journal que depuis la fin de la guerre, en Angleterre, la moitié des couples se séparaient ou divorçaient, une épidémie!

En plus, ils ne font même pas un péché puisqu'ils n'étaient pas mariés à l'église. On se demande pourquoi ils se gêneraient.

Enfin, si ta maman n'a jamais eu l'air plus jeune que maintenant et n'a jamais eu plus d'entrain, n'est-ce pas formidable? Chaque fois que Maman a l'impression d'avoir retrouvé ses vingt ans c'est qu'elle vient de se donner du bon temps, de rentrer d'un pique-nique ou de gravir une colline en courant comme une folle.

Puisque c'était permis, j'ai lu la lettre que t'envoie Maman. Fais comme elle te dit, viens ici pour un moment. J'aimerais tant que tu viennes; on bavarderait à n'en plus finir, et puis c'est bientôt les vacances! C'est le désert ici, sans toi. Je suis très amie avec Joannie, mais ce n'est pas pareil, et pourtant elle est beaucoup mieux qu'avant. Toi tu serais là tout le temps et à toi je peux tout dire.

Surtout, ne te laisse pas abattre. En un sens ils ont raison, tu as seize ans passés et si on n'est pas adulte à cet âge-là c'est qu'on ne le sera jamais.

Est-ce que ton père accepte de se laisser distraire de ses problèmes, comme Papa lorsqu'il a des ennuis? Mon exemple est plutôt mal choisi. Papa ne risque pas de voir Maman le quitter pour suivre un autre homme. C'est impensable.

Je regrette de devoir en convenir, mais c'est sans remède. Je voudrais tant trouver les mots pour te réconforter, mais je ne peux que prier et faire des vœux pour que vous sortiez sans trop de mal de ce tunnel.

Appelle-le Harry tout à trac et n'oublie pas de me raconter ce que ça aura donné.

Tendresses,
Aisling

Chère Aisling,

Juste un petit mot. Je l'ai appelé Harry et j'ai mis dans le mille. « Comment ? » — « Vous avez bien entendu, non merci, Harry. » — « Oh ! » — « Vous m'avez bien dit de ne pas faire tant de manières ? » — « J'en conviens, ma chère petite, je suis comblé. » En réalité, il n'en revenait pas. J'ai recommencé devant Papa qui a bien ri. Il m'a donné raison : « Le monsieur-qui-est-l'ami-de-ta-mère ne méritait pas tant de cérémonie... »

Maman est aux anges. Elle était sûre que j'arriverais à sympathiser avec lui.

C'est le premier jour des vacances. Je vais aller habiter chez Monica pendant une semaine. Tante Eileen m'a écrit qu'ils arriveraient peut-être mieux à s'expliquer s'ils étaient seuls. Je crois qu'elle a raison.

Monica a un petit ami que je trouve affreux, et franchement discutable, mais elle ne peut plus s'en passer. Chaque fois qu'elle sort avec moi c'est pour le retrouver, et bien sûr sa mère n'y voit que du feu.

Je vous embrasse tous. Tante Eileen m'a dit que Donal n'allait pas bien; ça me fait de la peine. J'espère qu'il va vite se remettre.

Affectueusement,
Elizabeth

Chère Elizabeth,

Donal va mieux, mais on lui a administré l'extrême-onction. Est-ce que tu te souviens de quoi il s'agit ? C'est un sacrement réservé aux mourants, qui consiste à oindre leurs mains et leurs pieds avec les saintes huiles. Parfois ça les guérit. C'est ce qui est arrivé à Donal. A présent il s'assied dans son lit, il rit. On a beau être en juillet, on fait du feu dans sa chambre.

Joannie a un soupirant, elle aussi : David Gray, tu sais, la famille Gray, des protestants. Pour l'instant, ça

120

reste clandestin, bien que ce garçon soit formidable. Il lui envoie des petits mots. Il veut nous emmener à Wexford la semaine prochaine dans l'auto de son cousin. Wexford ! En auto ! Avec les Gray ! Est-ce que tu te rends compte de ce que tu rates ? Ah ! Si tu étais venue...

Tendresses,
Aisling

Rentrant à Clarence Gardens après sa semaine passée chez Monica, Elizabeth fut frappée par le nouvel état des lieux. Dans la cuisine, la poubelle était pleine à déborder, l'émail de la cuisinière recouvert d'une croûte d'aliments calcinés, et ça sentait le lait tourné. Une odeur de moisi régnait dans la salle de bains où le linge sale et les serviettes roulées en boule s'amoncelaient dans un coin.

Près du lit de Papa, elle découvrit un plateau avec les restes d'un petit déjeuner. Des guêpes bourdonnaient autour de la confiture et du reste de lait, au fond du pot.

Par la fenêtre, Elizabeth aperçut le jardin envahi d'orties et de ronces. Les plantes qu'elle avait mises en place au printemps avaient été étouffées par les mauvaises herbes. C'était la première année qu'on avait le droit de cultiver autre chose que des légumes dans les jardins.

Elizabeth regardait le pyjama de Papa traînant par terre. Il lui avait laissé un mot : il était allé consulter les avocats de la banque — sur le conseil du directeur, précisait-il.

Pas un mot pour dire qu'il était content qu'elle revienne, pour s'excuser de ne pas avoir eu le temps de faire la vaisselle, pour lui annoncer qu'elle allait se retrouver dans une véritable porcherie. Elizabeth sentit la colère l'envahir, lentement.

Elle en avait assez. C'était trop injuste. Elle était furieuse contre Maman. Les gens doivent rester où ils sont, faire face à leurs responsabilités, respecter leurs engagements... jusqu'au bout, se débrouiller avec les moyens du bord, coûte que coûte. Il y avait quantité de choses que Tante Eileen n'appréciait pas, mais ce n'était pas pour ça qu'elle plaquait tout. Elle n'aimait pas la façon dont Oncle Sean parlait de l'Empire britannique et de la guerre; elle n'aimait pas les petites brutes que fréquentait Eamonn. Elle n'aimait pas qu'Aisling lui tienne tête comme elle le faisait, ni que Maureen rapporte tout son linge sale à la maison quand elle venait en week-end. Elle n'aimait pas que Peggy ait toujours les cheveux dans les yeux, ni que le facteur rapplique pour la peloter chaque fois qu'il n'y avait personne à la maison. Elle n'aimait pas que Niamh fasse le bébé pour qu'on cède à ses quatre volontés. Si Tante Eileen s'apercevait que Donal était sorti sans son manteau et son écharpe ou si elle entendait parler de la sottise des Irlandais qui étaient allés s'engager pendant la guerre, ça la mettait hors d'elle. Alors, elle serrait les dents, pinçait les lèvres et abattait le travail de dix personnes. Même Mrs Hart, la mère de Monica, une femme qui « avait ses nerfs », trouvait le moyen de se débrouiller seule quand ça allait mal. Et au retour de Mr Hart les choses s'étaient passées plutôt mal. Eh bien, elle n'était pas partie avec sa valise. Et cette pauvre Mrs Lynch, la mère de Berna, est-ce qu'elle n'avait pas *toutes* les raisons de prendre le premier autocar pour Dublin lorsqu'on trouvait son mari ivre mort sur les bancs de la ville?

Elizabeth avait mis de l'eau à chauffer dans une casserole, elle se préparait à ranger et à nettoyer la cuisine lorsqu'une nouvelle vague de colère la parcourut. Papa ne l'aimait pas, il ne l'aimait pas plus qu'il n'aimait Maman. Il était incapable d'aimer quelqu'un. A force de ne s'intéresser qu'à lui-même et à ses petits problèmes personnels, il était devenu aveugle aux autres, il ne se rendait même plus compte qu'il y avait autour de lui des gens qui existaient.

Elizabeth enleva la casserole du feu. Depuis des mois elle se faisait du mauvais sang pour lui, elle essayait de le consoler, de le distraire, d'écarter tout ce qui pourrait l'assombrir, le blesser. Elle passait son temps à essayer de rendre l'atmosphère de la maison respirable, normale, comme si rien ne s'était passé. Mais les choses n'étaient pas normales. Lui et Maman ne s'aimaient plus du tout. Tous les deux prétendaient aimer Elizabeth, soit! Ils ne lui voulaient sûrement que du bien, et regrettaient sincèrement qu'elle subisse les contrecoups de leur mésentente et que, pour elle comme pour eux, les choses aient mal tourné. Que Papa demande le divorce en accusant Maman d'adultère et d'abandon du domicile conjugal, ou qu'il soit assez chevaleresque pour aller passer une nuit à Brighton afin d'être soi-disant « pris sur le fait » avec une femme, de toute façon on avait dit adieu aux choses normales.

Elizabeth se leva, bien décidée. C'était fini, elle ne s'obstinerait plus à essayer de maintenir une apparence de vie familiale. Ils agissaient tous comme s'ils étaient seuls au monde. Eh bien, elle aussi elle ferait ce qu'elle voulait. Mais quoi?

Elle n'irait pas à Kilgarret. Ça causerait trop d'ennuis, de gêne, de dérangements. Maman et Papa écriraient, téléphoneraient chacun de son côté, et c'est Tante Eileen qui n'aurait plus une minute de répit. Et le comble, c'est qu'ils risquaient de débarquer à Kilgarret. Et puis Aisling ne tenait peut-être pas à ce qu'elle vienne en ce moment, elle était occupée avec Joannie Murray et ses amis, ces Gray qui habitent une nouvelle maison hors de la ville et possèdent des chevaux. Au couvent, ça ferait une révolution; un adultère, un divorce en perspective, et Elizabeth qui vient se réfugier en Irlande! Oncle Sean l'aimait bien, mais il verrait sûrement dans tous ces mariages ratés les signes avant-coureurs de la décadence de l'Empire britannique. Et puis son séjour coûterait cher. Si Papa était fâché, il ne lui donnerait peut-être pas d'argent. Elle ne devait pas créer des ennuis chez les autres pour se soulager de ceux qu'elle subissait chez elle.

Par ailleurs, elle ne pouvait pas user plus longtemps de l'hospitalité des Hart, ça ferait trop jaser dans le quartier. Il n'était pas question non plus de s'installer avec Maman et Harry — elle aurait eu l'air de les approuver, alors que c'était le contraire.

Et puis leurs plaisanteries la fatiguaient, elle ne parvenait pas à les trouver drôles. Bon, mais elle n'allait pas davantage rester ici, nettoyer, vider les poubelles, essayer de s'occuper de Papa, de le réconforter, sans obtenir en échange le moindre remerciement, la moindre tendresse.

Elizabeth s'assit à son bureau, prit un bloc de papier et écrivit trois fois la même lettre, soigneusement.

Maman, Papa et Harry,
Tous les trois vous m'avez dit que vous ne vouliez que mon bien. Je vous en remercie. Moi aussi je ne vous souhaite que du bien.

Je ne crois pas que ce soit pour mon bien que je me retrouve seule, dans une maison sale et froide, sans un mot d'explication d'aucun de vous trois. Je pense même que c'est très loin d'être pour mon bien.

Je retourne chez les Hart. Je vais leur dire que vous avez besoin d'une semaine supplémentaire pour organiser votre avenir. Je reviendrai samedi pour voir où vous en êtes.

Je vais commencer mon avant-dernière année d'études.

J'aurai besoin de vivre dans un endroit calme, où je puisse travailler à l'abri des drames. Je veux bien rester avec Papa à Clarence Gardens, mais il est hors de question que je nettoie la maison de fond en comble. Pour le moment, c'est une vraie porcherie. Je ne veux pas non plus m'occuper du linge sale. Je ne vois aucun inconvénient à préparer les repas pour Papa et pour moi, mais mes études ne me laisseront pas le temps d'aller aux provisions, avec toutes ces queues. Veuillez me dire ce que vous déciderez concernant ces différentes choses.

Je regrette d'avoir à vous parler aussi froidement de choses pratiques, mais j'ai été choquée et peinée de voir à quel point aucun de vous ne se soucie de savoir ce qui va se passer dans l'avenir.

Vous allez tous dire que je suis bouleversée et... je suis bouleversée. J'ai pris cinquante shillings dans la tirelire pour faire un cadeau aux Hart que je vais déranger une nouvelle semaine. Personne n'y aurait pensé à ma place !

Lorsque je reviendrai, samedi prochain, vers trois heures, ce serait gentil de votre part si vous étiez tous là. Je ne pense pas que ce serait une bonne idée de venir discuter de tout ça chez Mrs Hart.

Ça dure depuis des mois. Ça peut attendre encore une semaine.

Elizabeth

Elle prit trois enveloppes. Elle en laissa une bien en vue pour Papa, à côté de la bouteille de lait entamée.

Ensuite elle se rendit dans la rue où habitait Maman et elle jeta l'enveloppe dans la boîte à lettres de la pension de famille. Elle aperçut le camion de Harry Elton garé un peu plus haut. Elle glissa son enveloppe par-dessus la vitre aux trois quarts fermée, et la vit tomber sur le siège. Elle ramassa sa valise et repartit en direction de la maison des Hart. Monica la vit arriver de loin et courut lui ouvrir, enchantée. Avec un petit sourire désabusé, Elizabeth pensa qu'Aisling serait fière d'elle.

Le samedi, Elizabeth se réveilla tenaillée par l'appréhension. Dans la soirée du dimanche précédent quelqu'un était venu glisser une lettre sous la porte des Hart.

Tu as bien fait de nous rappeler à l'ordre. Ton sens des réalités nous est très utile. George, Harry et moi serons heureux d'examiner avec toi les décisions à prendre pour l'avenir. Tu peux rassurer les Hart, après cela il n'y aura plus de problèmes en suspens.

Violet

En lisant et relisant le petit mot, Elizabeth pensa non sans émotion qu'elle devait avoir décidément beaucoup grandi pour que Maman parle de George pour désigner Papa et signe « Violet ».

Au cours de la semaine, elle avait accompagné machinalement Monica dans ses nombreuses sorties avec le petit ami discutable. La plupart du temps ils allaient au cinéma. Elizabeth ne quittait pas des yeux l'écran tandis que Monica et Colin s'embrassaient. A la demande de Monica elle avait présenté les cinquante shillings comme un cadeau de ses parents destiné à payer leurs distractions à toutes deux.

Maintenant le moment était venu de rentrer à la maison et de faire face.

Elizabeth avait lavé ses cheveux et attendait qu'ils sèchent, assise dans le jardin. Comme Mrs Hart écossait des petits pois, elle se mit à l'aider. Son geste fit plaisir à Mrs Hart, qui remarqua aimablement :

— Vous avez de très beaux cheveux, on dirait de la soie.

— C'est très gentil à vous de me dire ça. Moi je les trouve fades.

— Oh non ! Ils ont cette nuance blond de lin que toutes les femmes essaient d'obtenir par décoloration.

— Je m'entends toujours mieux avec la mère des autres qu'avec la mienne, remarqua tristement Elizabeth.

— C'est pour tout le monde la même chose, lui affirma gaiement Mrs Hart. Les gens qui se voient trop finissent toujours par se détester. Monica me déteste. Mr Hart me détesterait s'il n'était pas si souvent absent. Moins les gens se voient, mieux ça vaut.

— C'est assez désespérant, dit Elizabeth, si on ne peut que se lasser des gens qu'on aime. Parce qu'on a forcément envie de les voir le plus possible, si on tient vraiment à eux...

— C'est peut-être un peu triste, mais c'est la vérité. Regardez, ma chère enfant, n'en avez-vous pas récemment fait l'expérience dans votre propre maison ?

En traversant la rue pour pénétrer au 29, Clarence Gardens, Elizabeth remarqua la métamorphose du jardin. Elle avait sa clé, mais pour ne pas les surprendre elle sonna à la porte. Il était trois heures dix. Elle avait traîné un peu en route pour ne pas être exactement à l'heure dite, comme pour un rendez-vous d'affaires. Au passage, elle avait vu le camion de Harry Elton, garé tout près de la maison.

— Bienvenue à la maison, ma chérie, lui dit Papa en ouvrant la porte. Comment vont les Hart ?

— Oh, très bien.

Elle laissa sa valise dans l'entrée, se débarrassa de son blazer tandis qu'un rapide coup d'œil lui permettait de noter que le ménage avait été fait, et à fond. On avait brossé le tapis et lessivé les murs de l'entrée.

Dans la cuisine, Maman et Harry étaient assis à la table, dans une attitude raide et théâtrale. Pour la première fois depuis qu'elle les voyait ensemble, ils avaient l'air mal à l'aise, empruntés.

— Ah ! vous voilà ! tonitrua Harry d'un ton faussement jovial.

Maman se leva. Elle triturait un mouchoir comme chaque fois qu'elle était émue.

— Comme tu es jolie, ma chérie, tes cheveux sont splendides.

— Merci Maman. Bonjour, Harry !

Elizabeth avait tellement l'habitude de prendre un air enjoué et de faire comme si tout dans la vie allait à merveille qu'elle faillit réendosser son rôle. Mais elle se ressaisit, et attendit délibérément qu'ils prennent l'initiative.

— On a fait du thé, finit par dire Maman. Mais il doit être froid, tu veux qu'on en refasse ?

Elle s'agitait gauchement dans la cuisine, elle n'était plus chez elle. Elle regarda son mari :

— George ? Qu'est-ce que tu en penses ?

— Je ne sais pas. Elizabeth, as-tu envie de thé ? demanda-t-il poliment.

— Non, merci. On a déjeuné tard chez les Hart.

Elle n'allait pas entrer dans leur petit jeu, parler négligemment de casserole et d'eau chaude.

— Je ne suis pas chez moi, mais asseyez-vous donc, ma petite, dit Harry en lui avançant une chaise.

Papa lui lança un regard mauvais.

— Merci, Harry.

Il y eut un silence.

— Monica va bien ?

— Elle va très bien, Maman.

Papa s'éclaircit la gorge.

— Nous avons discuté au cours de la semaine... regardé les choses en face... et nous sommes ici, comme tu l'avais souhaité.

— Oui, Papa.

— Et il est tout à fait normal que tu sois mise au courant et... que ton avis...

— Ça n'a pas été facile, intervint Maman, et un jour tu t'apercevras à quel point dans la vie les choses importantes ne sont pas aisées à aborder, elles masquent tout le reste. Mais tu as eu raison, les détails pratiques ne doivent pas être laissés de côté. Pour reprendre les choses dans l'ordre... ton père, très généreusement, m'accorde le divorce. Je n'oublie pas pour autant que je suis la seule fautive. Il va donc de soi que je ne lui demanderai ni pension alimentaire, ni partage des biens. Harry et moi, nous allons repartir de zéro. Je n'emporterai que mes vêtements, quelques babioles de porcelaine et deux ou trois objets. Ton père va engager une femme qui viendra deux fois par semaine faire la lessive et le ménage. Je vous trouverai quelqu'un moi-même. En attendant, j'ai nettoyé toute la cuisine, les placards et fait la liste des marques de produits que nous achetons... que nous achetions. Tout est là.

Elizabeth jeta un coup d'œil aux placards qui avaient même été repeints.

— Harry a désherbé et bêché le jardin. Si ton père ne veut pas s'en occuper, il peut le louer. Ça se fait couramment. Les gens entreraient par la petite porte de derrière, vous ne seriez pas dérangés...

S'approchant de la fenêtre, Elizabeth regarda le jardin. Il était entièrement débroussaillé et retourné. Harry avait dû y consacrer la semaine.

— J'ai dégoté un poêle à pétrole pour votre chambre, dit Harry. Violet pensait que vous aimeriez travailler tranquille, et sans empêcher George d'écouter la radio.

— C'est très gentil à vous.

— Et j'ai trouvé une petite bibliothèque chez le brocanteur, elle tient juste sous ta fenêtre, ajouta Papa avec empressement.

— Merci.

— On a mis de nouveaux rideaux, bleus comme le couvre-lit. Ils les changeaient, à l'hôtel où j'habite, j'ai sauté sur l'occasion.

— Merci. Merci beaucoup.

— Ta mère se demandait si tu voulais continuer à vivre ici avec moi ou si tu avais une autre préférence ?

— Si ça te convient, je préfère rester ici avec toi. Si nous prenons garde à ne pas mettre de désordre et à ne pas nous gêner, je suis sûre que ça marchera très bien.

— Mais oui, mais oui, bien sûr !

— Maman, est-ce que toi et Harry vous habiterez dans le quartier ? Est-ce que vous viendrez nous voir ?

— Non, ma chérie, j'allais t'en parler. En réalité ton Oncle Harry et moi... Harry et moi nous pensons aller vivre dans le Nord. Mais cela ne changera rien, tu viendras nous voir autant que tu voudras, il y a un train direct...

— Dès que vous voudrez, dit Harry.

— Ce sera ta maison autant que la nôtre. Mais pour bien des raisons, si ce n'est pas trop dur, nous pensons...

Elizabeth regarda Maman avec tendresse, mais n'acheva pas la phrase à sa place.

— Nous voulons un nouveau départ... que ce soit net... une nouvelle vie...

— Et comme je vous l'ai dit, intervint Harry, vous n'avez pas besoin de vous annoncer. Dès qu'on sera installés, le jour qui vous convient, vous arrivez. Vous y serez dans votre foyer.

Papa se racla la gorge.

— Merci, murmura Elizabeth.

— Bien, je crois que tout a été dit, déclara Papa. A moins que tu veuilles qu'on parle d'autre chose.

— Non, tout est bien ainsi, annonça Elizabeth d'un ton très calme.

Maman rassembla ses gants, son sac, et regarda fièrement autour d'elle la cuisine qu'elle pouvait quitter la conscience nette. Harry donna une pichenette au géranium sur le rebord de la fenêtre.

— Ne lui ménagez pas l'eau, Elizabeth, d'incorrigibles soiffards, ces géraniums !

Papa tint poliment la porte à l'homme qui emmenait sa femme. Elizabeth les accompagna jusqu'au camion.

— Je t'écrirai dans huit jours.

— Merci, Maman.

— Où que nous soyons, votre chambre vous attendra, Elizabeth, avec des rideaux bleus, lui dit Harry.

— Je sais. Merci, Harry.

Elizabeth lui serra la main. Il lui saisit le coude, comme s'il voulait l'attirer contre lui, mais il n'osa pas.

Maman ne se retourna pas pour voir si Papa était toujours à la porte.

— Oh, j'aurais tant voulu que tout soit différent, dit Maman, les yeux pleins de larmes, l'air d'une jeune fille désemparée. Si tu savais combien... combien j'aurais voulu que ça soit autrement...

Elizabeth fit oui de la tête. Maman essuya ses larmes.

— Je te dirai tout ça dans ma lettre. Dieu te bénisse, ma douce, ma chère Elizabeth.

— Au revoir, Maman.

Elizabeth caressa la joue creuse de Maman qui saisit sa main en tremblant.

— Ecris-le-moi, ce sera mieux.

Incapable d'ajouter un mot, Maman monta dans le camion. Elle agita la main à la portière.

Ils étaient partis.

Papa était assis dans la cuisine. Elizabeth réussit à lui dire sans fondre en larmes :

— Nous ferons la vaisselle à tour de rôle. Tu commenceras ce soir, je préparerai le dîner. En attendant, je monte dans ma chambre.

Elle prit sa valise au passage et monta l'escalier en courant. Ayant refermé la porte de sa chambre, elle se jeta sur le lit, le visage enfoui dans l'oreiller pour étouffer ses sanglots. Lorsqu'elle s'arrêta de pleurer, sa gorge la brûlait, ses côtes lui faisaient mal, et son nez était complètement bouché. Si elle n'avait pas eu la bouche collée à son oreiller, on aurait entendu comme un long gémissement d'enfant abandonnée dans le noir.

Aisling était stupéfaite. Pendant des semaines, Elizabeth s'était torturée à l'idée que ses parents allaient se séparer, et maintenant que la rupture était consommée, le divorce décidé, elle ne parlait que de la cuisine repeinte et des rideaux neufs. Pas un mot sur ses sentiments, alors qu'elle avait assisté au pire.

— Je me demande où ils faisaient ça? s'interrogea à haute voix Joannie tandis qu'elles se passaient de la vaseline sur les cils.

— Faisaient quoi? Qui?

Devant l'impossibilité d'imprimer à ses cils une courbure satisfaisante, Aisling sentait sa concentration se relâcher.

— Je n'arrive qu'à les rendre encore plus raides. Avec les tiens, pourquoi ça marche tout seul?

— Je crois que c'est naturel. Oui, c'est de naissance. Je te parlais du couple, tu sais, la mère d'Elizabeth et cet homme... Où ils faisaient l'amour?

— Je ne me le suis jamais demandé. Chez lui, sûrement.

— Mais non, souviens-toi, il n'avait pas de maison, il logeait en garni. Ça ne pouvait pas être là. Ils allaient peut-être à l'hôtel, l'après-midi.

— Je ne crois pas qu'on puisse aller à l'hôtel comme ça, en plein jour, et repartir après. Ils se contentaient peut-être de se tenir la main, de s'embrasser.

— Oh, ne sois pas stupide. Bien sûr qu'ils le faisaient, sinon, on n'aurait pas parlé d'adultère et je ne sais quoi. Et puis, on ne quitte pas un homme pour aller avec un autre sans avoir essayé avec l'autre. Ça tombe sous le sens.

Aisling n'était pas convaincue. Assise sur le lit, elle posa le miroir, noua les bras autour de ses genoux, et regarda la chambre avec ses grandes fenêtres ouvrant jusqu'au sol. La maison des Murray était une des plus belles de Kilgarret. Lorsqu'elle partait rejoindre Joan-

131

nie, chaque fois Eamonn lui disait : « Tu vas encore chez tes amis, les Rockafallars ? »

— Je crois que tu te trompes, Joannie, en pensant que ça a une telle importance pour les gens. Avec Elizabeth, on se disait qu'on pourrait très bien ne jamais le faire, ça nous serait égal.

— Ah! C'était il y a longtemps... Depuis je parie que vous avez changé d'avis.

— Pas du tout. Je le pense toujours, dit Aisling avec humeur. Je suis sûre que la plupart des gens en font tout un plat, mais qu'au fond, ils n'aiment pas vraiment ça. Ce qu'ils veulent, ce n'est pas tant faire l'amour qu'être aimés.

— Ça revient au même, assura Joannie dont le visage rond exprimait une certaine perplexité. Tu te souviens, sœur Catherine nous a dit que l'amour était la plus haute expression de l'amour physique — ou plutôt que faire l'amour était la plus haute expression de l'amour. Ce mal qu'on a eu pour garder notre sérieux. On en suffoquait !

— Sœur Catherine n'a jamais parlé de faire l'amour, affirma Aisling que la seule idée de la chose stupéfiait.

— Non, elle a tourné ça autrement... elle a parlé des enfants qui étaient le je ne sais quoi de l'amour conjugal... pour en arriver là, il faut faire l'amour, non ?

— Oui, je m'en souviens. Mais franchement, ce que les gens cherchent, c'est un peu d'amour; c'est bien pour ça que toutes les chansons, tous les films, toutes les poésies ne parlent que de ça, et pas de l'autre chose.

— Oui, mais cette autre chose est bien agréable.

— Qu'est-ce que tu en sais ?

— Eh bien, David l'a faite.

— Quelle blague !

— Il m'a assuré qu'il l'avait faite.

L'information était de taille.

— Et il t'a dit comment c'était ?

Aisling était si avide d'en savoir plus qu'elle faillit tomber du lit.

— Il m'a dit, commença Joannie d'un ton condescendant, que c'était un plaisir intense... et que j'aimerais beaucoup ça.

— Ce n'est pas une description. *Un plaisir intense*, ça ne veut rien dire, et il a intérêt à te dire que tu aimeras ça s'il veut arriver à ses fins.

— Eh bien, il y en aura au moins une de nous deux qui sait ce que c'est, au lieu d'essayer de deviner, affirma audacieusement Joannie. Et d'ailleurs, pourquoi pas toi?

Elles éclatèrent de rire, poussèrent des cris stridents. Enfin Aisling reprit son souffle.

— Je voudrais bien savoir comment. Je ne vais pas aller frapper à une porte. Bonjour! C'est moi, Aisling O'Connor; il faudrait que je fasse l'amour avec quelqu'un pour que mon amie Joannie Murray puisse en faire autant avec David Gray, est-ce que je peux entrer et commencer à me déshabiller?

— Je n'ai jamais voulu dire ça!

— Ça revient au même. C'est toi qui as un soupirant, lequel t'a assuré que c'était un plaisir intense, et c'est toujours toi qui meurs d'envie d'essayer. Moi, je peux tout au plus t'encourager.

— Mais je ne le ferai jamais, j'aurais trop peur d'avoir un enfant. Et David ne m'en a parlé que pour être sûr que je dirais non.

— Tu veux dire qu'il te laisserait, si tu lui cédais?

— Bien sûr. Il n'aurait plus confiance en moi. Qu'est-ce qui lui prouverait que je ne vais pas continuer avec d'autres?

— Il y a forcément quelque chose qui ne colle pas, parce que si tout le monde pensait comme ça, personne n'irait jamais avec personne.

— C'est bien pour cela qu'ils se marient, dit Joannie d'un air entendu.

— Et ton monsieur-*plaisir-intense*, comment s'est-il débrouillé?

— Il était en vacances dans le sud du Gloucestershire. Là-bas, ce n'est pas comme ici, ils le font tous.

— Mais alors, pourquoi n'en a-t-il pas profité davantage?

— Aisling O'Connor, on ne peut rien te dire, tu passes ton temps à ergoter.

— C'est drôle, chaque fois que je m'intéresse vraiment à quelque chose, on trouve ça déplacé. J'aimerais savoir pourquoi!

La famille de Joannie appréciait beaucoup la présence d'Aisling. Tout le monde la trouvait drôle, intelligente. A la table des Murray, on se délectait de ses reparties acides, spirituelles. En revanche, Maman, Eamonn et Maureen ne se privaient pas de lui rabâcher qu'elle ne songeait qu'à se mettre en valeur et à crâner. Autrement dit, les Murray se faisaient un plaisir de la recevoir, elle les distrayait, et chez elle, on la supportait de plus en plus mal. C'est peut-être pour les mêmes raisons qu'on aimait tant Elizabeth à Kilgarret. Elle surprenait, elle était une distraction. Mais quand elle était retournée chez ses parents, ils l'avaient à peine fêtée. C'était encore heureux pour Aisling que les Murray l'aiment bien, parce qu'à la maison c'était de plus en plus sinistre. Depuis que Donal avait été si malade, Maman vivait dans la terreur d'une rechute, tout en prétendant le contraire. Dès qu'il toussait, il fallait voir comme elle le regardait.

Le jour où le père Kearney était venu lui administrer l'extrême-onction, ça avait été horrible. Une religieuse était arrivée un peu avant, pour préparer la chambre et Donal à recevoir le sacrement. Papa avait trouvé que la religieuse y allait un peu fort, de quoi se mêlait-elle? Tout le temps, Maman était restée près de Donal, lui tenant la main, lui souriant. Peggy pleurait derrière la porte et Maman lui avait dit qu'avec son rhume elle ferait mieux de descendre près du feu au lieu de rester dans les courants d'air. Le père Kearney avait déclaré que le sacrement était bénéfique quoi qu'il arrive : soit il apportait la guérison du malade, soit il l'aidait à mourir en paix. Eamonn avait marmonné du coin des lèvres que les paris étaient ouverts, et plus tard Maman l'avait étrillé comme jamais. Oser proférer de telles insanités dans la chambre d'un enfant malade!

Enfin, maintenant Donal allait mieux; il fallait surtout qu'il évite d'attraper une nouvelle pneumonie. Maman semblait croire que la pneumonie était un ennemi tapi derrière la porte et qui attendait la première occasion pour bondir dans la maison. Cela dit, Aisling trouvait le comportement de Dieu plutôt bizarre. Il réservait tous ses mauvais coups aux gens sans défense. Le jeune Sean n'était pas du tout un mauvais garçon, au contraire. Il croyait à une cause, il avait voulu la défendre et Dieu l'avait laissé sauter sur une mine. Et Donal, c'était de loin le plus gentil de toute la famille. Pourtant Dieu passait son temps à lui rendre la vie impossible en le menaçant régulièrement d'étouffement. Les deux affreux, Eamonn et Maureen, étaient forts comme des bœufs. Dieu n'avait aucun sens de la justice. Maman s'échinait au magasin et à la maison, et en retour, est-ce qu'elle avait droit à des vacances ou à des beaux vêtements ? Pas du tout. Cette année, à l'école, Aisling avait bûché comme une forcenée, et qu'est-ce qu'elle avait récolté ? Aucune récompense. Pas un remerciement. Du bout des lèvres on avait reconnu qu'elle avait enfin fait un effort pour rattraper le temps perdu. Mrs Murray disait souvent qu'il était écrit que « Dieu persécute celui qu'Il aime ». Aisling remarqua (Mrs Murray et John, le frère de Joannie qui était séminariste, trouvèrent ça très drôle) que Dieu devait être fou d'elle, car Il la persécutait du matin au soir. La preuve : son horrible tignasse, ses cils raides comme des baguettes de tambour, et ces démons de religieuses ! Aisling répéta sa trouvaille à la maison pour amuser Maman. Mais Maman l'accusa de blasphème et lui reprocha de dire n'importe quoi pour amuser la galerie.

Aisling aimait bavarder avec John Murray lorsqu'il venait passer un week-end chez lui. Entre autres, il raconta à Joannie et à Aisling sidérées qu'au séminaire on leur apprenait le savoir-vivre, pour leur éviter de se ridiculiser et de déconsidérer le clergé en mangeant avec des manières de paysans. Ces révélations désopilantes ne provoquèrent qu'indignation à la maison.

— Si ce jeune Murray est assez cinglé pour aller chez les curés quand sa famille manquerait plutôt de monde pour mener son commerce, il l'est doublement en racontant à quel point il a affaire à des imbéciles, déclara Papa.

Maman n'appréciait guère cette façon désinvolte de parler de l'Eglise, mais elle était encore plus outrée par le comportement de John Murray : « C'est déloyal. C'est aussi critiquable que de trahir des secrets de famille. »

Cette condamnation rappela à Aisling les petits manquements auxquels elle s'était laissé entraîner pour provoquer l'hilarité des Murray. Ainsi, quand elle imitait Papa rentrant le soir du magasin et exigeant comme un pacha qu'on lui donne de l'eau pour se laver, une serviette, ses pantoufles, la meilleure chaise... et tout ça sans ouvrir la bouche, tellement on connaissait bien ses mimiques et ses gestes d'impatience. Aussitôt celle qui était libre — Peggy, Niamh ou Aisling — s'empressait de le servir. En revanche, avec Maman il ne faisait jamais ses petits signes. C'était une véritable pantomime qu'Aisling reproduisait à merveille. Elle rougit en y repensant. Mais elle n'éprouva aucun scrupule à passer cet été-là le plus clair de son temps chez les Murray. Il faisait si chaud, et leur grand jardin descendant jusqu'à la rivière était si agréable ! On se mettait dans des chaises longues et on se voyait toujours offrir du gâteau ou des biscuits dans l'après-midi. Ce n'était pas comme à la maison où il fallait se contenter de la cour, des chaises de la cuisine, et où tout ce qui se mangeait disparaissait en un clin d'œil.

Peu après la rentrée scolaire, un événement mit fin à l'idylle entre Joannie Murray et David Gray. Ne reprenant ses études qu'en octobre, David disposait de tout son temps. Il la supplia de manquer l'école pour qu'ils puissent passer toute une journée ensemble. Sans méconnaître les dangers que cela comportait, Joannie ne demandait qu'à se laisser fléchir. David avait déjà prévu de louer une voiture, d'emporter un panier de provisions et du cidre pour pique-niquer dans les montagnes ou au bord de la mer. Aisling convint à contre-cœur qu'elle ne devait surtout pas jouer un rôle dans le plan que choisirait Joannie. Les religieuses se méfiaient d'Aisling comme de la peste.

Par chance, il se trouva un jour de la semaine où la maison des Murray serait vide, ce qui n'arrivait sûrement pas plus d'une fois par an. Mrs Murray devait aller à Dublin faire des achats; John serait au séminaire; et Tony, son autre frère, était à Limerick, chez un négociant en vins qui l'initiait au métier. Quant à Noreen, la bonne, elle était allée passer son jour de congé chez ses parents à Wexford.

Une demi-heure après le début du cours d'instruction religieuse qui commençait la journée, Joannie demanda la permission de sortir — elle avait mal au cœur. Au bout d'un moment, elle revint en disant que c'était pire. Pouvait-elle rentrer chez elle? Pour la raccompagner, sœur Catherine ne choisit aucune des volontaires qui levaient la main avec enthousiasme, mais Mary Brady, une Enfant de Marie dont nul n'ignorait qu'elle avait l'intention de se faire religieuse. Elle était incorruptible et sage comme une image. Lorsqu'elle revint en classe, les yeux modestement baissés, elle apprit à sœur Catherine qu'en arrivant devant chez elle, Joannie avait aperçu sa mère à une fenêtre et lui avait fait signe avant de disparaître à l'intérieur. Sœur Catherine remercia Mary, qui lui sourit d'un air angélique.

Aisling ne parvint jamais à tirer les choses au clair. Par exemple, savoir pourquoi ils abandonnèrent si rapidement le projet d'aller pique-niquer, si le cidre était bon, et surtout comment de fil en aiguille ils se retrouvèrent pour le boire dans la chambre de Mrs Murray. De même, par quel hasard Tony, qui logeait chez des cousins à Limerick, était-il rentré chez lui à l'improviste? Pourquoi avait-il piqué une telle rage en découvrant les tourtereaux dans la chambre de sa mère?

Toujours est-il qu'il avait chassé David Gray avec interdiction de jamais revenir dans les parages, et menaces d'aller tout raconter à ses parents, ce qui provoquerait un beau scandale. Joannie passa alors par ce qu'elle désigna par la suite comme « les pires heures de sa vie », à supplier son frère de ne rien dire à Maman. Elle s'affolait si vite! Elle n'irait plus jamais faire de courses à Dublin — ce serait une privation pour elle!

Tony répétait : « Dans la chambre de Maman ! Dans la chambre de Maman, dans son lit ! »

Aisling n'apprit les choses que par bribes. Comme convenu, elle arriva à sept heures du soir — juste un peu avant l'heure à laquelle Mrs Murray devait rentrer. David serait sûrement parti depuis peu... Elle ne sut que penser en trouvant Joannie les joues en feu, l'air bizarre et distant, en compagnie de son frère, dans la cuisine :

— Oh ! Aisling, ça tombe mal, je suis justement en train de parler avec Tony...

— Bien sûr ! Bonjour, Tony, vous êtes en vacances ?

— Si on veut, oui ! grogna Tony.

De toute la famille, il était celui qu'elle connaissait le moins bien. C'était l'aîně, il devait bien avoir dans les vingt-huit ans. Aisling le trouvait plus beau que quelques mois auparavant. Il est vrai qu'il était visiblement très en colère. Or, Aisling avait remarqué, particulièrement au cinéma, à quel point la fureur qui fait briller les yeux et serrer les mâchoires rend les gens plus séduisants.

— Bien sûr ! Je m'en vais. Est-ce que tu me retrouves plus tard chez moi ou...

— Vous ne lui demandez pas si son malaise est passé ? Toute la classe était donc de mèche ?

— Ah, mais que je suis bête, je suis venue exprès pour ça ! C'est peut-être la grippe, sœur Catherine était...

— Je te verrai demain, la coupa Joannie.

— D'accord, lança Aisling, dépitée mais digne.

Le lendemain, Joannie se présenta à l'école les yeux très rouges, à tel point que sœur Catherine lui demanda s'il n'aurait pas été plus sage de prendre un jour de repos supplémentaire. Apparemment, elle avait évité la catastrophe de justesse. Toujours hors de lui, mais tenant à ménager sa mère, Tony avait forcé sa sœur à promettre qu'elle ne fréquenterait plus aucun garçon.

— Je lui ai dit qu'on s'amusait sans penser à mal !

— En faisant quoi, par exemple ? lui demanda Aisling dont la curiosité était aiguisée par toutes ces réponses évasives.

— Peu importe. Ce qui compte c'est qu'il est revenu à l'improviste.

— Mais au moins, est-ce que tu sais pourquoi ?

— Il en avait marre d'être à Limerick, et il venait proposer à Maman de travailler dans notre affaire dès maintenant. Il dit qu'hier il est parti en voiture, sur un coup de tête. Oh mon Dieu, pourquoi est-ce qu'il n'a pas eu ce coup de tête un jour plus tard ?

— Je suppose que c'était pour t'éviter de commettre un péché mortel, lui suggéra Aisling sans la moindre ironie. Au fond, Dieu a très bien calculé son coup.

Tony revint effectivement à Kilgarret en automne. Il ne semblait pas près d'oublier ce qu'il considérait comme la preuve du peu de moralité de sa sœur. En revanche, Aisling était providentiellement sortie sans tache de ce mauvais pas et elle était toujours aussi bien reçue dans la maison des Murray. A cette occasion, elle s'était demandé si, eût-il été encore en vie, son grand frère aurait fait preuve d'une telle sévérité envers elle.

Il est vrai qu'il lui paraissait inconcevable d'aller avec quelqu'un dans la chambre de Papa et Maman — et d'ailleurs, il n'arrivait pratiquement jamais que la maison fût vide. De toute façon, elle n'avait plus aucune envie de se risquer à franchir le pas, quand elle voyait le résultat pour cette pauvre Joannie, pratiquement bouclée chez elle.

Sur ce, les religieuses s'étaient fait un devoir d'informer Papa et Maman qu'à leur avis Aisling n'avait pas les qualités requises pour faire des études très poussées. Il était préférable qu'à l'exemple de Maureen elle choisisse un métier n'exigeant que des capacités intellectuelles moyennes.

— Il ne faut pas répéter à Maureen ce qu'elles ont laissé entendre sur ses études d'infirmière, fit observer Maman. La pauvre fille s'arrache les cheveux devant tous ses livres d'anatomie et de physiologie.

Aisling se moquait d'aller dans une école plutôt que dans une autre. Les sœurs suggérèrent l'Ecole commerciale du comté, également tenue par des religieuses. Elle y apprendrait la sténo, la dactylo, les termes commerciaux et la comptabilité. De son côté, Aisling ne tenait guère à faire sa sixième année pour préparer le brevet supérieur. D'autant que Joannie quittait l'école, elle aussi; elle allait passer un an en France, dans une institution religieuse, où elle apprendrait la couture, la cuisine, tout en perfectionnant son français. Tony avait trouvé cette idée providentielle et Mrs Murray était persuadée que sa fille lui reviendrait transformée en dame du monde. Maman ne put s'empêcher de sourire en apprenant la nouvelle de la bouche d'Aisling.

— Oui, c'est pour les mêmes raisons qu'on m'a envoyée, moi aussi, dans un couvent à Liverpool; tu vois le résultat que ça a donné. C'était la même chose pour la pauvre Violet. Des dames! Parlons-en!

— Mais tu as beaucoup plus de classe que la maman d'Elizabeth! s'exclama Aisling en toute sincérité.

La remarque fit plaisir à Maman sans qu'elle veuille en convenir.

— Comment savoir ce que pense réellement Violet?

— Au moins tu n'as pas brisé ton ménage en commettant le péché de partir avec un autre tout en prétendant que c'était la faute de Papa.

— Non, convint Maman d'un air songeur, non je n'ai pas fait ça.

Papa était déjà d'une humeur massacrante, mais lorsqu'il apprit que les sœurs avaient déclaré qu'Aisling perdrait son temps à poursuivre ses études, il explosa :

— Y'en a décidément pas un pour racheter l'autre. Celui-là n'avait rien de plus pressé que de se faire tuer pour les Anglais, l'autre choisit un métier où il ne faut surtout pas se fatiguer les méninges... alors qu'on nous avait fait tout un plat d'entrer dans ce foutu hôpital...

— Tu vas t'arrêter... l'interrompit Maman, qui savait qu'Aisling était dans la pièce à côté et ne perdait pas un mot des imprécations paternelles.

— Je m'arrêterai quand ça me plaira! Ce voyou d'Eamonn a fait du magasin le point de ralliement des têtes brûlées du pays. Avec la santé qu'a Donal, Dieu seul sait à quoi on pourra le destiner. Quant à Niamh, on l'a

140

tellement gâtée qu'elle se prend pour une princesse. Il en restait une dont on pouvait espérer quelque chose. Ah, ouiche ! Ces satanées sœurs y mettent bon ordre : « Elle n'a pas les qualités requises, elle perdrait son temps. » Mais alors, à quoi ont servi toutes ces années passées dans leur école ? Eileen, est-ce que tu peux me dire pourquoi on se tue à travailler, toi et moi, si c'est pour faire des ratés de nos enfants... ?

A ce moment-là, Maman vint fermer la porte à toute volée.

Deux soirs par semaine, des séances d'initiation au bridge étaient organisées dans les anciens locaux de l'Aide Féminine Bénévole.

Une cotisation d'un shilling six par soirée permettait d'offrir aux participants du thé et des biscuits, et de rester entre gens de bonne compagnie. Dès qu'elle en découvrit l'existence par une affiche, Elizabeth y entraîna Papa qui commença par regimber.

— Je ne veux pas apprendre à jouer au bridge !

— Moi non plus, mais on peut toujours aller voir comment ça se passe. Ce ne sera jamais qu'un pis-aller.

Après quatre séances, ils commencèrent à y prendre goût.

— Dès l'instant où on a compris que personne ne dit jamais ce qu'il pense, ça devient très intéressant, lui confia Papa un soir en rentrant à la maison.

— Comment ça ? demanda Elizabeth, en pensant à Tante Eileen qui l'aurait certes approuvée d'avoir pris l'initiative d'emmener son père à ces séances de bridge, mais uniquement parce que c'était une façon de le distraire de ses idées noires. A Kilgarret, seuls les protestants comme les Gray se permettaient de jouer au bridge.

— C'est simple. Lorsque tu annonces deux piques, ça ne veut pas dire pour autant que tu as les as. Tu te sers d'un langage codé pour faire savoir à ton partenaire que dans l'ensemble, tu as un jeu plutôt satisfaisant...

Papa était ce qu'on aurait pu sans exagération qualifier d'animé. Elizabeth se retint au moment où elle allait lui prendre le bras. Si elle faisait le geste une fois, désormais il l'attendrait toutes les fois. Or, ils ne se touchaient jamais, et cette barrière leur convenait parfaitement. Mieux valait éviter tout changement.

— Je comprends ce que tu veux dire, et il me semble que plus on vieillit plus les conversations se calquent sur ce modèle. On respecte une sorte de code qui consiste à ne jamais dire vraiment ce qu'on pense tout en comptant sur les autres pour en faire autant.

Contrairement à ce qu'avait prévu Elizabeth, Maman lui écrivit souvent. Non plus des petits mots hâtifs, qui sentaient la corvée, comme au temps de Kilgarret. Elle ne disait rien de sa nouvelle vie avec Harry et ne cherchait pas à savoir comment la vie s'organisait à Clarence Gardens. Au lieu de cela, elle lui racontait ses souvenirs de jeunesse, comme à une amie d'enfance. Elle évoquait les après-midi d'été passés à jouer au tennis tandis qu'une douzaine de domestiques veillaient autour de grandes cruches de verre, attendant le moment de servir la citronnade aux jeunes demoiselles et aux petits messieurs. Et on abandonnait raquettes et sweaters un peu partout, puisque les domestiques les ramasseraient.

Elizabeth lisait toutes ces lettres attentivement. Elle ne parvenait pas à deviner si Maman regrettait ces jours anciens ou si elle condamnait la vanité égoïste des ombres qu'elle évoquait. A tout hasard, elle se persuada que Maman essayait tardivement de lui dire quelque chose concernant sa vie, auquel cas le mieux était de lui répondre par des généralités agrémentées de petites anecdotes. Elle lui décrivait son école, en la comparant à celle des sœurs, en Irlande, elle lui faisait le portrait des gens bizarres qu'elle rencontrait aux soirées de bridge. Elle sollicitait des conseils pratiques : y avait-il un moyen d'empêcher tous les fruits de tomber au fond du moule lorsqu'elle faisait un cake, ou comment faire pour que l'ourlet de ses jupes ne godaille pas ? Maman semblait très heureuse d'avoir été consultée car elle lui envoya sur-le-champ un livre de cuisine et lui conseilla de fixer un ruban ou de la ganse dans ses ourlets de jupe. Dès lors, Elizabeth s'attacha à lui demander chaque semaine un « truc » pratique.

Dans ses études, son acharnement au travail lui permettait d'obtenir une moyenne honorable, à défaut d'être considérée comme une brillante élève. Lorsqu'elle peinait à comprendre une explication, elle s'obstinait, elle allait trouver timidement le professeur de mathématiques qui, souvent, s'énervait :

— J'ai passé la semaine à vous expliquer tout ça en détail et vous aviez l'air de suivre, pourquoi ne pas m'avoir dit dès le début que vous ne compreniez pas...?

Suivait l'explication, rapide, impatiente et cependant bienveillante. Il n'était pas fréquent d'avoir affaire à une élève de seize ans qui restait en classe après les cours, le nez dans ses livres, et avouait qu'elle tenait absolument à comprendre les choses compliquées qui lui échappaient. D'autant que, pour les professeurs, les élèves se divisaient en deux groupes bien distincts : d'un côté celles qui comprenaient tout et vous donnaient entière satisfaction, de l'autre celles qui étaient bouchées et qui encombreraient les classes d'un bout à l'autre de leur scolarité. Elizabeth n'entrait dans aucune catégorie.

Le professeur de dessin, Mr Brace, était avec elle d'une patience infinie. Dans la salle des professeurs, il assura à ses collègues qu'on n'avait strictement rien appris à cette jeune personne en Irlande. C'est bien simple, en dessin elle ne connaissait que les images de la Sainte Vierge ou les Mystères du Rosaire. Les autres professeurs acquiescèrent, l'air absent. Certes, les mystères ne devaient pas manquer dans ces couvents irlandais, mais il était difficile de se fier à Mr Brace pour les élucider quand on avait une idée du nombre de bières qu'il ingurgitait au déjeuner. Les filles de l'école le surnommaient « Brasse-Bière » et se plaignaient de sa mauvaise haleine, mais Elizabeth l'aimait bien. Lorsqu'il lui expliquait les choses, c'était comme si elle en savait autant que lui, tout devenait simple et clair. Il lui posait sans cesse des questions sur l'école des sœurs. Bien que catholique, sa première femme ne lui avait jamais parlé des Mystères du Rosaire. De son côté, Elizabeth découvrait avec Mr Brace les lois de la perspective, et elle rougit de plaisir lorsqu'il lui donna la meilleure note pour une nature morte qu'il montra à toute la classe. Elle était la seule élève à aimer ses cours d'histoire de l'art. Lorsqu'il apporta en classe des reproductions de Primitifs, elle ne prêta aucune attention à ses ongles sales, à son estomac proéminent, mais elle se laissa captiver par le tableau, se prit à rêver à ce monde de châteaux, de palais, de personnages aux visages étranges et impassibles, comme il sied aux princes. Quand il passa aux représentations de la Vierge, elle se trouva en terrain plus familier, mais s'étonna de ne pas voir une seule Notre-Dame de Lourdes. A Kilgarret, on en voyait partout dans l'école.

— Ça date de quand? lui demanda Mr Brace, je ne connais pas.

— Oh, ça doit remonter à un siècle. Vous savez, il y a eu sainte Bernadette, des miracles, tout un tas de guérisons miraculeuses.

— Ah, oui? Mais comment Raphaël l'aurait-il prévu? Il n'était plus de ce monde au moment des miracles en question, n'est-ce pas?

Elizabeth rougit, et résolut de ne plus jamais prendre la parole. Mr Brace était désolé de l'avoir peinée. Il lui prêta aussitôt des livres d'histoire de l'art et un de ses précieux recueils de reproductions de tableaux.

— L'enseignement m'a aigri. Vous verrez, quand vous vous retrouverez devant une classe, vous deviendrez comme moi.

— Oh, je ne serai jamais professeur, lui répliqua sans hésiter Elizabeth.

— Qu'est-ce que vous ferez? demanda-t-il, intrigué.

— Je n'en ai aucune idée, avoua-t-elle franchement, mais le moment venu, je trouverai sûrement.

Pourtant, elle demeura troublée. Personne, et encore moins Maman ou Papa, ne lui avait jamais posé une telle question. C'était sans doute une décision qu'on doit prendre seul. Alors, elle trouverait, parce que pour être seule, elle l'était. Elle se souvint de la phrase de Tante Eileen quand Aisling se disait malheureuse, ou se lamentait d'avoir été traitée injustement : « On ne verse jamais autant de larmes que lorsqu'on s'apitoie sur soi-même ! » Tante Eileen serait fière de moi, se répétait-elle en rentrant de classe, ses livres sous le bras, soulagée d'avoir quitté les longs couloirs froids de l'école, mais pas trop pressée de rentrer à Clarence Gardens.

Souvent, pour retarder le moment où elle se retrouverait dans la maison vide, elle allait faire un tour à la bibliothèque municipale. De temps en temps on y organisait de petites expositions. Elle passait d'une table à une autre, examinant les maquettes de constructions ou les reconstitutions de temples grecs. Mr Clarke, le bibliothécaire, se plaisait à l'accueillir dans son domaine. Il était albinos et portait de grosses lunettes. On lui avait confié provisoirement ce travail pendant la guerre, mais il avait fait de la bibliothèque un tel modèle d'organisation que personne n'avait songé à lui retirer son poste. Il choisit pour Elizabeth des livres d'art et même, très obligeamment, lui procura la documentation et les formulaires d'inscription à l'Académie de dessin du quartier.

— Je ne serai jamais capable de faire des études artistiques, lui confia Elizabeth. Je n'y connais absolument rien.

— Précisément, lui dit Mr Clarke en agitant sa tête blanche avec entrain, c'est la meilleure raison pour étudier quelque chose. Croyez-moi, tout le reste est secondaire.

En sortant de la bibliothèque, Elizabeth s'arrêtait fréquemment devant la vitrine du magasin d'antiquités Worsky, toujours pleine de jolis objets. Elle décrivit à Mr Clarke les drôles de petits paravents qu'elle y avait remarqués, se demandant d'où ils venaient.

— Il faut entrer et le demander à l'antiquaire, il sera enchanté de vous renseigner.

— Mais je ne pourrai rien acheter, je n'ai pas d'argent. Et je ne peux pas entrer uniquement...

— Mais bien sûr que si, c'est tout ce que les gens aiment, parler de belles choses. C'est encore plus passionnant que de les vendre.

Et naturellement il avait raison. Mr Worsky se fit un

plaisir de montrer tous les paravents à Elizabeth et de lui expliquer le procédé de fabrication de la laque. C'était autrement intéressant que tout ce qu'on lui apprenait en classe.

Si seulement Aisling était là, pensait souvent Elizabeth. Elle aurait trouvé ses trois amis amusants. Brasse-Bière, l'albinos de la bibliothèque et Mr Worsky, le vieil antiquaire polonais. Une fois par semaine, elle allait au cinéma, seule. Elle prenait une place au balcon en matinée. C'est ainsi qu'elle vit quatre fois *Autant en emporte le vent.* Elle ne trouva pas étonnant qu'Ashley préfère Mélanie à l'impétueuse Scarlett O'Hara. Dans une de ses lettres elle en parla à Aisling qui, comme elle s'y attendait, fut d'un avis contraire. Pour elle, Mélanie était une bécasse gnangnan et vieux jeu. Elle était trop parfaite, ça gâchait toute l'histoire.

Seize, dix-sept ans, c'est le bel âge, dit-on dans les chansons. Mais Elizabeth trouvait que l'adolescence était d'abord un long apprentissage solitaire, et le jour où elle sut qu'elle aurait une bourse pour suivre les cours de l'Académie de dessin du quartier, elle éprouva un profond sentiment de soulagement. Enfin, après toutes ces années d'efforts épuisants, elle allait devenir une adulte. Papa lui déclara qu'il espérait que cela déboucherait sur un métier solide; Maman lui écrivit que beaucoup de gens de la haute société fréquentaient ce genre d'école et qu'elle pourrait certainement s'y faire des relations. Aisling tombait des nues : Elizabeth n'avait jamais été très douée en dessin ! Mr Brace lui déclara qu'elle était la première de ses élèves à prendre une initiative aussi heureuse et Mr Clarke lui fit cadeau de quatre livres d'art que la bibliothèque possédait en double. Mr Worsky lui proposa de venir travailler de temps en temps dans son magasin, puisqu'elle allait se consacrer à l'art.

Un samedi, peu après avoir commencé ses cours, Elizabeth se rendit au magasin d'antiquités. Elle avait désormais l'impression d'être une authentique artiste en herbe. Dans le fond de la boutique, elle surprit un jeune homme, le nez plongé dans un catalogue. Elizabeth se troubla; le magasin avait peut-être changé de propriétaire. Elle était restée plusieurs semaines sans rendre visite à Mr Worsky.

— Cherchez-vous quelque chose de précis? lui demanda aimablement le jeune homme ou préférez-vous regarder tout à loisir?

Il était très beau. Avec un visage aigu — c'était le mot le mieux approprié pour le décrire — aux traits incisifs. D'abondants cheveux noirs lui retombaient sur le front. Il avait tout d'une vedette de cinéma.

— Oh, j'étais venue voir Mr Worsky. Mais c'est bien toujours son magasin?

— Absolument! lui répondit en souriant le jeune homme. Il est juste absent pour la journée. Je suis son assistant, Johnny Stone, pour vous servir.

— Mais oui, il m'a parlé de vous, lui dit Elizabeth en souriant à son tour. Seulement il vous décrivait comme un vieux monsieur, alors, je ne m'attendais pas...

— Et il m'a caché à quel point vous étiez jeune et jolie, si je puis me permettre!

— C'est très gentil à vous, répondit Elizabeth en rougissant, je vous remercie. Je m'appelle Elizabeth White. Mr Worsky m'a plus ou moins laissé entendre qu'il envisageait de me prendre à son service le samedi matin, lorsqu'il le jugerait nécessaire.

— S'il ne le faisait pas, ce serait la première fois que je verrais Stefan Worsky se conduire stupidement.

— Oh, quelle chance! Vous êtes mon allié! s'écria Elizabeth très sérieusement. Est-ce que vous pourriez lui dire que je suis maintenant à l'Académie de dessin, et que j'ai notamment des cours d'arts ornementaux et d'histoire de l'art? Je passerai le voir un après-midi de la semaine prochaine pour savoir si je peux vraiment lui être utile le samedi. Mais je m'aperçois qu'il n'y a pas un seul client... Vous croyez qu'il aura vraiment besoin de moi?

— Il est encore un peu tôt, la rassura Johnny Stone. Dans une demi-heure, ce sera déjà la cohue. Je pourrais vous demander de commencer dès aujourd'hui, mais ce serait un peu précipité. J'espère vous revoir samedi prochain. Je suis convaincu que...

— Je l'espère moi aussi, monsieur Stone, lui répondit d'un ton solennel Elizabeth.

— Oh! voyons!

— Je l'espère aussi, Johnny, dit-elle en lui serrant la main.

— A la bonne heure!

Au printemps on annonça enfin officiellement les fiançailles de Maureen O'Connor et de Brendan Daly. Le mariage aurait lieu au mois de septembre. A Kilgarret, la nouvelle ne surprit personne. Ces deux-là se « fréquentaient » depuis assez longtemps! On s'étonnait même que ça traîne à ce point-là. A ce propos, une plaisanterie courait la ville, et Eamonn contribuait activement à la répandre. Lorsque Brendan s'était jeté à l'eau, il avait formulé ainsi sa demande à Maureen : « Est-ce que tu aimerais être enterrée avec ma famille? »

— Et toi, est-ce que tu vas fermer un peu ton clapet? finit par lancer Sean, excédé, à Eamonn. C'est déjà assez déplaisant de voir ma fille ridiculisée par cette bande de pouilleux!

Abasourdi, Eamonn alla trouver Aisling pour lui demander qui ridiculisait qui.

— Oh! tout ça parce que Brendan n'a jamais eu l'air très pressé de faire sa demande, alors qu'ils étaient constamment fourrés ensemble. Dans ce patelin, ils sont tous cinglés, ajouta Aisling. Elle le voulait, elle l'aura. Le système fonctionne. De quoi se plaignent-ils?

Maureen ne parlait plus que des toilettes du mariage. Elle voulait qu'Aisling et Sheila Daly, ses demoiselles d'honneur, soient en rose. Evidemment, le rose n'avantagerait pas Aisling. Mais Maureen tenait bon. Et tant pis pour sa sœur. A-t-on idée d'être rousse à ce point?

Aisling demanda à Maman si toutes les futures mariées étaient aussi excitées que Maureen, ou quoi? Un mariage, c'est un moment extraordinaire, unique, une sorte de rêve, répondit Maman. Et puis dès le lendemain, la vie quotidienne reprenait ses droits. Non, en ce qui la concernait elle n'avait pas connu toute cette joyeuse fébrilité. A ce moment-là, les temps étaient difficiles, on avait moins d'argent, moins de sécurité, il fallait se battre — et dur — pour avoir un toit, un travail. Les parents de Maman avaient perdu le peu d'argent qu'ils possédaient; quant à ceux de Papa, ils étaient sur la paille. Mais maintenant, tout était tellement plus facile que durant ces années 20...

— Mais Maman, elle est complètement tourneboulée. Elle épouse un Daly, et on dirait qu'elle entre dans une famille royale! Sais-tu ce qu'elle m'a demandé? De m'arranger pour maigrir d'ici là. De perdre quelques kilos pour la cérémonie. J'en suis restée méduseé!

— Tu n'as qu'à faire comme moi, mettre un corset, lui conseilla Maman en riant.

— Non? Elle t'a demandé à toi aussi de maigrir?

— Oui, mais moi j'approche de la cinquantaine. Ça me fera du bien de perdre un peu de poids. Tu vois, j'ai tout de même plus de bon sens que tu n'en auras jamais.

Aisling déclara qu'elle n'arriverait pas à se concentrer sur ses exercices de sténo et de dactylo après avoir découvert que sa mère pouvait être aussi roublarde.

— Eh bien, profites-en pour écrire à Elizabeth. Transmets-lui mon affection et invite-la à venir assister au Grand Mariage...

— Bonne idée, s'écria Aisling, rayonnante. Est-ce que j'invite aussi Joannie? En septembre elle sera rentrée de France.

— Non. Il vaut mieux attendre de savoir si les tourtereaux ont mis les Murray sur la liste de leurs invités, lui dit Maman en souriant.

— Tu te moques d'eux maintenant.

— Pas du tout, assura Maman.

Elizabeth envoya à Maureen son cadeau de mariage avec trois semaines d'avance. Tout le monde put admirer à loisir le petit plat ovale en argent.

C'est en principe un plat à sucreries, avait écrit Elizabeth, mais tu peux servir dedans les petits gâteaux pour le thé ou même le pain, quand tu as des invités à déjeuner. Ça me fait drôle de t'imaginer mariée. Tu es la première de mes amies à passer de Mademoiselle à Madame. Je t'envoie également un répertoire des poinçons d'argenterie; tu pourras ainsi savoir d'où vient ton plat, et en quelle année il a été fabriqué. Moi, je ne peux plus voir une pièce d'argenterie sans chercher ses quatre poinçons — preuve que c'est bien de l'argent. Si mes examens me le permettent, j'irai peut-être cet été à Kilgarret. Je serais si heureuse de revoir tout le monde et d'aller prendre le thé chez toi.

Maureen était aux anges. Elizabeth était la première personne à s'adresser à elle comme à une dame mariée et à faire ainsi grand cas de son futur mariage.

— Elle est si distinguée, et elle s'intéresse aux choses! dit-elle à Aisling, tout en essayant de se familiariser avec les poinçons pour impressionner les Daly avec cette nouvelle découverte. Ça ne te ferait pas de mal de ressembler un peu plus à Elizabeth.

— Ah! depuis le temps que j'entends ça! lui répondit gaiement Aisling. C'est drôle, ça n'a jamais donné de bons résultats.

Au fond, Aisling avait trouvé Elizabeth plutôt tarte et un tantinet poseuse avec sa lettre d'attendrissement et de considérations ridicules sur la façon de reconnaître les objets en argent fin et de savoir d'où ils venaient et de quand ils dataient.

Chère Elizabeth,
Tu me demandes de te décrire le mariage, je ne sais vraiment pas quoi t'en dire. Pour l'essentiel, tout s'est déroulé sans catastrophe. Le père O'Mara était ivre, mais on a réussi à le faire tenir tranquille. Brendan Daly était lui aussi un peu éméché. Si tu l'avais oublié, je te signale que c'est *mon beau-frère*. Il n'y a rien à en dire et personne n'en a rien dit. Sheila, sa sœur, était en classe avec nous, mais elle est si quelconque que tu m'étonnerais si tu te souvenais d'elle. Habituellement elle porte des lunettes mais pour l'occasion elle ne les avait pas mises; résultat : elle a passé son temps à trébucher et à se cogner partout. Je lui ai dit qu'elle était mieux avec ses lunettes; elle n'a pas eu l'air d'ap-

précier. Les discours n'en finissaient pas, et pour tout arranger, j'avais l'air d'un épouvantail. C'était prévu, et ça m'est déjà arrivé, mais là j'ai battu tous mes records. Si tu viens, je te montrerai la robe que je portais, dans son genre c'est une pièce de musée. Maureen m'a suggéré de la faire transformer en robe de bal. Je lui ai dit que ce serait dommage, que je tenais à la garder le restant de mes jours comme modèle de robe excentrique. Encore quelque chose que j'aurais mieux fait de garder pour moi.

Je crois t'avoir dit que je sortais plus ou moins avec Ned Barrett. Ça ne va pas très loin, on se promène près de la rivière, on se retrouve au cinéma, mais ça suffit pour faire jaser et j'ai déjà eu droit aux réflexions du genre : « Alors, la prochaine fois, c'est vous ? » En réalité, j'ai juste envie de m'exercer un peu...! A ce propos, l'autre jour j'étais justement au bord de la rivière avec Ned, à l'abri du hangar à bateaux, lorsqu'on a vu déboucher qui ? Tony Murray! Tu sais, le frère de Joannie. Il m'a lancé un regard... désespéré. Du coup je suis convaincue qu'il nous prend, Joannie et moi, pour des obsédées sexuelles. Joannie est pensionnaire pour un an en France dans une école d'arts ménagers uniquement fréquentée par les jeunes filles de la haute. Tu vois qu'on est huppé chez les Murray. Elle s'y ennuie à mourir. Je vais essayer de me faire engager dans la firme des Murray pour un *vrai* travail. Maman dit que mon amitié avec Joannie en souffrira. Moi je ne crois pas. Il faut bien travailler quelque part. Qu'est-ce que tu deviens ? Tu ne me racontes jamais vraiment ce que tu fais.

Affectueusement,
Aisling

Ma chère Aisling,

Je ne te raconte jamais vraiment ce que je fais ? Je te raconte *tout* et toi tu ne me racontes *rien* ! Pourquoi le frère de Joannie pense-t-il que vous êtes des obsédées sexuelles ? Pourquoi étais-tu si affreuse dans cette robe ? Comment était-elle ? Comment va Donal ? Peggy est-elle toujours à votre service — tu ne me parles jamais d'elle ? Comment est la nouvelle maison de Maureen ? Est-ce que le magasin d'Oncle Sean marche bien et Tante Eileen travaille-t-elle toujours aussi dur ? Est-ce que tu es réellement trop grosse ou n'était-ce qu'une lubie de Maureen ? Je m'arrête là, il y a tant de choses que je ne sais pas à part le fait que Kilgarret existe toujours.

De toute façon, il m'est difficile de te donner une idée précise de ce qu'est la vie ici, il te manque des points de repère. Si je te dis que Papa joue au bridge trois soirs par semaine et qu'il est beaucoup plus fringant qu'avant, tu ne verras pas le changement que ça signifie. C'est un peu comme si Oncle Sean se mettait brusquement à aller à des thés dansants ou je ne sais trop quoi de ce genre. Maman continue à m'écrire chaque semaine. Elle tient une boutique avec Harry. Je vais aller les voir en novembre. J'ai commencé à suivre les cours de l'Académie de dessin. Je me rends seulement compte à quel point j'ai eu de la chance d'y être admise. Les profs n'arrêtent pas de nous répéter qu'à la moindre défaillance on nous videra pour donner notre place à un des candidats qui attendent par centaines.

Dans ma classe tout le monde est gentil. Il y a très peu de filles, tu imagines, quel changement ! Je crois que Tante Eileen a raison à propos de ce travail chez les Murray. Ça ne peut que poser des problèmes délicats : si tu veux une augmentation, s'ils ont envie de te renvoyer; et tes collègues te jalouseront d'avoir tes entrées chez les Murray. Ce n'est qu'une impression, je n'en sais pas assez pour me faire une opinion très fondée.

Moi aussi, je travaille tous les samedis. Dans la boutique d'un antiquaire, je t'en ai déjà parlé. C'est passionnant. Je range, j'époussette tous les objets exposés dans le magasin, je tiens l'inventaire à jour, et je m'occupe des clients quand c'est nécessaire. M. Worsky, le propriétaire, est un très vieux monsieur, un Polonais qui est arrivé ici juste avant la guerre. Il a deux employés à plein temps. Une vieille dame à moitié aveugle qui est son amie, très gentille, et un jeune homme, Johnny Stone. Il a un nom de cow-boy et il en a un peu l'allure. Il est très beau. Il n'est pas souvent là, hélas! Il sillonne le pays pour dénicher des objets anciens. Mon affection à tout le monde. Est-ce qu'on se souvient encore de moi? Est-ce qu'on parle de moi, de ce que je deviens?

Elizabeth

8

Elle s'était habillée en suivant scrupuleusement les directives reçues à l'Ecole commerciale : un sobre tailleur gris, un chemisier blanc et des gants. Aucun bijou, un maquillage très discret.

Elle avait apporté des échantillons de son travail en dactylo et en sténo ainsi que ses certificats d'aptitude professionnelle. Mr Meade, qui dirigeait l'affaire des Murray depuis la mort du père de Joannie — personne ne savait plus à quand ça remontait — lui demanda de patienter et emporta les certificats comme s'il allait vérifier qu'il ne s'agissait pas de faux. En attendant, Aisling examina les lieux. La pièce était haute de plafond, garnie de rayonnages et d'un nombre incroyable de meubles de rangement aux formes et aux tailles les plus diverses. Sur les rayonnages ou dans les cases des meubles s'empilaient pêle-mêle des enveloppes, des classeurs, des paquets de documents ficelés n'importe comment. Quel désordre, quelle poussière! Même le petit bureau de Maman au-dessus du magasin était mieux rangé. Elle aperçut dans un coin de grandes boîtes en carton qui dégorgeaient des étiquettes jusque sur le sol. Aisling sentait ses doigts la démanger d'aller les ramasser.

L'air de la pièce était chargé d'un surprenant mélange d'odeurs d'épices, de thé, de café, le tout traversé de relents de boissons alcoolisées... un peu comme chez Maher, le jeudi soir. Cela devait venir des vins entreposés au sous-sol. Elle se demandait par quel miracle l'entreprise était si florissante quand on voyait sur quel désordre elle reposait. Là encore les faits contredisaient un des adages de l'Ecole commerciale : l'ordre est à la base de toute réussite en affaires. Par ailleurs elle se souvenait d'avoir entendu Maureen raconter qu'après avoir passé des mois à l'Ecole d'infirmières à faire des lits au carré, à l'hôpital elle n'en tenait compte que lorsqu'elle craignait une inspection de la direction.

Mr Meade reparut, aussitôt rejoint, à son embarras et à la surprise d'Aisling, par Tony Murray qui semblait très irrité.

— Les certificats sont en règle, dit Mr Meade à Tony.

— Je ne vois pas pourquoi ils ne le seraient pas, lui répondit Tony, d'un ton rogue. En un an, elle a eu le temps d'apprendre son métier.

Mr Meade le regardait, décontenancé.

— Qu'est-ce qui vous fait croire que vous aimerez travailler ici ? demanda sèchement Tony Murray à Aisling, qui avait prévu cette question.

— J'ai toujours pensé qu'il serait intéressant de travailler dans une société aux activités si variées, débita-t-elle. La maison Murray a un long passé d'échanges solidement établis avec le continent européen. Ce serait pour moi une occasion enrichissante de me familiariser avec le commerce des vins et spiritueux ainsi que de l'épicerie fine.

— Comment diable apprendrez-vous quoi que ce soit du commerce des vins, l'interrompit Tony, alors que vous passerez le plus clair de votre temps devant une machine à écrire ?

— Oui, mais je serai dans le bain, en rapport avec... balbutia Aisling, désemparée.

Elle se demandait pourquoi Tony cherchait à la décourager, pourquoi il la traitait avec tant de hauteur — lui qui s'était toujours montré à son égard très courtois, gentil et même parfois blagueur.

— Je suis convaincu que... heu, Miss O'Connor, est tout à fait... essaya d'intervenir Mr Meade, sidéré par les propos de son jeune patron.

— Aisling, au lieu de débiter des boniments, dites-moi plutôt franchement pourquoi diable vous tenez tellement à entrer chez nous ? Vous pourriez faire le même travail chez vos parents, et ça soulagerait votre mère.

Les yeux d'Aisling lancèrent des éclairs. Elle était folle de rage. Il voulait la guerre ? Il l'aurait ! Il n'avait respecté aucune des règles en usage dans ce genre d'entrevue. De son côté elle avait joué le jeu, mis des gants, baissé les yeux, répondu poliment. Il allait voir de quel bois elle se chauffait.

— Puisque vous y tenez, je vais vous le dire, Tony Murray, commença-t-elle (sans même regarder Mr Meade, elle savait qu'il en restait bouche bée). Je veux m'habiller à mon goût, et non porter la blouse, comme Maman ; je veux recevoir un salaire et en disposer à ma guise, et non pas un peu plus d'argent de poche que d'habitude. Et je ne veux pas qu'on soit tout le temps après moi comme après Eamonn : « Assieds-toi donc... arrête de gigoter... pourquoi n'as-tu pas fait ceci ou cela... » Chez les Murray j'aurais été quelqu'un, j'aurais été pour la première fois Miss O'Connor travaillant dans un bureau, j'aurais rencontré des gens. Etre employée par les tout-puissants Murray, et en plus amie de la famille ça vous pose une femme ! Voilà ! A vous maintenant, dites-moi pourquoi vous refusez mes services...

— Précisément parce que vous êtes une amie de Joannie, qu'on aime vous recevoir, que votre chevelure met une tache de gaieté dans la maison, et que je ne veux pas être votre patron. Voilà pourquoi, buse que vous êtes ! cria-t-il en claquant la porte derrière lui.

Aisling haussa les épaules.

— Bien, rendez-moi ça, Mr Meade. Je ne crois pas avoir fait l'affaire ! lui dit-elle en rangeant ses papiers dans leur enveloppe avant de retirer ses gants pour les mettre dans son sac à main. Merci tout de même, ajouta-t-elle en lui serrant la main avec une familiarité des plus surprenantes chez une jeune postulante à un emploi.

Mr Meade la regarda quitter la pièce d'un pas décidé. Il ne comprenait toujours pas pourquoi Mr Tony s'était conduit avec une telle brusquerie, mais tout compte fait il était soulagé. Cette petite O'Connor, dotée d'une si extraordinaire crinière, n'aurait été qu'un élément perturbateur dans la firme des Murray, et ils n'avaient pas besoin de ça.

Mr Worsky était enchanté d'Elizabeth White. C'était exactement la fille qu'il aurait aimé avoir, grave et attentive. Avant-guerre, en Pologne, ses deux fils ne songeaient qu'à donner des coups de pied dans un ballon. Il ignorait ce qu'ils étaient devenus, il ne risquait guère de se tromper en pariant qu'ils ne se seraient jamais intéressés aux objets rares et beaux. Au contraire, cette jeune fille s'y intéressait tellement qu'elle notait dans un petit carnet tout ce qu'il lui apprenait sur chaque pièce. Ne disait-elle pas que c'était elle qui devrait le payer pour son enseignement au lieu de recevoir une rétribution pour le temps qu'elle passait chaque samedi dans son magasin? Plus tard elle aimerait travailler à la restauration des tableaux ou peut-être devenir expert en antiquités. Ils avaient tant de plaisir à passer les samedis ensemble qu'il leur arrivait de considérer les clients comme des importuns.

Johnny Stone appréciait lui aussi la jeune fille. Mr Worsky remarquait bien que, tout en examinant avec elle une porcelaine ou la marqueterie d'un bureau, il lui parlait de sa voix la plus caressante. Mais Elizabeth semblait incapable d'imaginer qu'on pût s'intéresser à elle, lui trouver quelque attrait. Mr Worsky essaya paternellement de la mettre en garde :

— Pour un garçon de vingt et un ans, c'est fou le succès qu'il a auprès des dames.

— Oh! vraiment? s'exclama Elizabeth, plus surprise que choquée.

Assuré de ne pas blesser un amour naissant, Mr Worsky s'enhardit :

— C'est un véritable Prince Charmant... pas étonnant qu'il obtienne des gens tout ce qu'il veut lorsqu'il va chez eux; il les ensorcelle. Il peut fouiller à loisir dans les greniers, les caves, on lui permet tout.

— Quelle chance pour nous, vous ne trouvez pas ? s'écria Elizabeth.

Mr Worsky fut touché de constater qu'elle épousait la cause de sa petite affaire, et soulagé de constater que le bourreau des cœurs n'avait pas fait une nouvelle victime.

Elizabeth n'avait pas le temps de penser aux amourettes. Elle enviait les élèves de l'Académie qui menaient une vie sans problèmes. Elle devait prévoir les courses à faire une semaine à l'avance, et tenir parfaitement le livre de comptes. S'il ne voyait pas de belles colonnes de chiffres, Papa pensait aussitôt qu'on jetait l'argent par les fenêtres. La dame engagée pour faire la lessive se sentait humiliée d'être au service d'une gamine dont la mère avait décampé. Elizabeth devait avoir recours à des prouesses de diplomatie pour ménager sa susceptibilité afin d'obtenir d'elle un meilleur rendement sans risquer de la voir partir en claquant la porte.

Enfin il y avait Papa. Son engouement pour le bridge était tel que, désormais, une semaine sur deux il organisait une séance de jeu à la maison. A cette occasion Elizabeth préparait des sandwiches, servait le thé et vidait les cendriers. Ces petites servitudes n'avaient pas que des inconvénients, car pratiquement un soir sur deux Papa allait chez d'autres joueurs de bridge. Cela la libérait puisqu'elle savait qu'il ne s'ennuyait pas, et elle n'avait pas à lui faire la conversation : il suffisait qu'elle lui demandât s'il avait eu du jeu lorsqu'il rentrait. Aussitôt son visage s'illuminait tandis qu'il se servait un petit verre de vin de gingembre, et il lui décrivait avec animation et volubilité comment il avait ramassé le dernier pli avec une dame, ou comment son partenaire avait tenté un grand chelem avec un jeu médiocre.

Papa ne s'intéressait aucunement à ce que faisait Elizabeth chaque samedi dans le magasin d'antiquités. Il s'était simplement inquiété de savoir si Mr Worsky la payait régulièrement : avec les étrangers, il fallait toujours se méfier. En revanche, il ne lui demanda jamais ce qu'elle gagnait, et ne changea rien au budget qu'il lui allouait pour la maison. Il disait volontiers qu'une jeune fille a besoin d'argent de poche. Mais il n'avait aucune idée des prouesses que réalisait Elizabeth pour faire face aux nécessités du « ménage ». En encourageant son père à cultiver des légumes dans le jardin, non seulement elle lui permettait de réaliser des économies substantielles mais elle lui rendait le désœuvrement des week-ends plus supportable. De son côté, Elizabeth donnait des leçons de dessin à deux petites filles dont les parents, peu fortunés, la rétribuaient en nature : confitures, bocaux de prunes, condiments, fruits confits. Toutes les semaines, les deux petites arrivaient avec leur cahier à dessin. Elle les faisait asseoir à la table de la cuisine, et pendant les trois heures qu'elle leur consacrait, elle menait tout de front : elle corrigeait leurs perspectives, leur apprenait à manier l'estompe, à calligraphier, et en même temps faisait du pain, de la pâtisserie, épluchait pour la semaine les pommes de terre qu'elle laisserait dans une casserole dont elle changerait l'eau chaque jour, équeutait et dénoyautait les fruits. Grâce à son ingéniosité, Elizabeth parvenait à mettre de côté un quart de l'argent que lui allouait Papa pour les dépenses ménagères, économies qu'elle gardait dans sa chambre dans une petite boîte en fer. Elizabeth se disait que même Tante Eileen avec tous ses principes religieux n'aurait pu lui jeter la pierre... C'était de l'argent bien gagné, et n'importe qui d'autre, même Maman, aurait coûté plus cher à Papa pour le même confort.

Elle ignorait ce qui la poussait à mettre cet argent de côté. Peut-être pour être en mesure de partir, comme Maman, lorsqu'elle en éprouverait le besoin, ou peut-être pour monter plus tard une petite affaire comme Mr Worsky. A moins que ce ne soit tout simplement pour s'offrir une robe de velours. Johnny Stone ne lui avait-il pas dit qu'il avait vu une chanteuse portant une robe de velours qui la faisait ressembler à une fleur ? Il avait ajouté que dans cette robe, avec ses cheveux blonds, la fille avait quelque chose de divin.

Aisling était sortie de son entrevue chez les Murray plutôt perplexe. En y allant, elle s'attendait à tout sauf à ça. Maman et Elizabeth avaient vu juste. Et Joannie n'était pas là, elle n'avait personne à qui se confier. Elle se souvint que, dans une de ses lettres, Elizabeth avait remarqué que le plus dur, lorsqu'on abordait l'âge adulte, c'était de ne pouvoir recourir à personne. Elle comprenait maintenant que la situation familiale d'Elizabeth n'était pas en cause; simplement, il vient un moment où chacun doit se débrouiller seul. Du coup, elle décida de profiter de ce qu'elle était « en tenue » pour aller frapper à d'autres portes.

Elle commença par rendre visite à Mr Moriarty, le pharmacien. Elle lui montra ses certificats et lui expliqua d'un ton plein d'entrain qu'elle avait décidé de tenter sa chance dans les meilleurs endroits de Kilgarret. Hélas, les Moriarty employaient déjà un jeune homme, et à eux trois ils faisaient très largement marcher la pharmacie. Aisling poursuivit sa tournée, mais ni l'agent d'assurances, ni le solicitor, ni le bijoutier de la ville n'avaient besoin d'une secrétaire. Tous la complimentèrent sur sa toilette et lui prédirent que ses efforts seraient couronnés de succès : elle faisait preuve d'un bon sens si exemplaire en cherchant à travailler dans sa ville. Il restait la banque, mais Aisling savait qu'ils n'employaient que des gens étrangers au pays, qui ignoraient tout des clients et ainsi ne pouvaient commettre d'indiscrétions. L'hôtel avait sa réceptionniste, les deux docteurs leur secrétaire. Quant aux marchands de grains, ils étaient tous protestants. Les autres commerces ne méritaient même pas qu'elle s'y arrête. Fatiguée et abattue, elle se retrouva dans le magasin sur la place, dix minutes avant la fermeture. Elle appela :

— Maman, est-ce que je peux monter te parler?

Ayant enlevé ses lunettes pour mieux voir Aisling, Eileen aperçut une gamine triste, bien différente de la jeune fille décidée qui avait quitté la maison sitôt après le déjeuner.

— Monte!

Arrivée dans le petit bureau, Aisling se laissa choir sur le tabouret.

— Maman, j'ai pensé à une chose !

— Ah oui ! Et à quoi as-tu pensé ?

— J'ai pensé que tu en aurais bientôt assez de travailler comme tu le fais.

— Tiens, pourquoi ça ?

— Comme tu l'as dit, tu approches la cinquantaine...

— Oui, à quarante-huit ans...

— Moi, j'en ai dix-huit. Et il me semble que si on veut que votre affaire continue à marcher, toute la famille doit s'y mettre et...

— Tiens donc !

— Oui, tout le monde le dit, tu travailles trop. Tu n'as jamais voulu engager quelqu'un pour t'aider, mais moi je pourrais le faire, j'ai la formation qui convient... qu'est-ce que tu en penses ?

— Je pense que je ne m'attendais pas à ça, mon petit. Je veux dire, tu n'as jamais voulu nous aider, même quand on était débordés. Autant que je m'en souvienne, tu n'as jamais eu l'idée de...

— Mais, Maman, il ne s'agit pas de vous aider. Pas du tout. Ce que je veux c'est un vrai travail, avec des horaires, un vrai salaire, des responsabilités... Tu comprends ?

— Oui, mais il faut que j'en parle avec ton père...

— Tu sais bien que Papa se rangera à ton opinion...

— Je ne sais rien de tel. C'est ton père qui dirige cette affaire et il a des idées très personnelles sur ce qu'il attend des gens qu'il engage. Au fait, tu as changé d'avis en ce qui concerne les Murray ?

— Oui, j'y suis allée et j'ai eu avec Tony Murray une conversation très... libre, et on est convenus que ce n'était pas une très bonne idée...

— Et tu ne préférerais pas travailler à l'hôtel ou chez le pharmacien ? lui demanda gentiment Maman. Tu y verrais plus de gens...

— Non, les Moriarty n'ont pas les moyens d'engager quelqu'un, et à l'hôtel il y a déjà Judy Lynch. C'est la même chose partout ailleurs. Non, ce que je pense, c'est qu'on pourrait faire du magasin une affaire de famille qu'on développerait. Avec Papa et toi, Eamonn et moi, et même Donal, quand il aura l'âge...

Maman souriait comme si quelque chose de particulier l'amusait. Aisling se fâcha :

— C'est pourtant bien ce que font les autres !

Maman se pencha et lui prit la main :

— Et qu'est-ce que tu prévois pour Niamh, dans tout ça ?

Aisling rejeta la main d'Eileen et lui cria :

— Tu te moques de moi !

— Pas du tout... ma chérie, je t'écoute très sérieusement. Je vais en parler à ton père. S'il est d'accord, est-ce que tu sais quand tu veux commencer ?

Aisling se jeta au cou d'Eileen, en lui faisant tomber ses lunettes qu'elle avait relevées sur son front.

— Lundi. Et dis, Maman, est-ce que je pourrais travailler sans porter une blouse comme toi ? Mettre ce qui me plaît ?

— Ma chérie, tu vas salir tes vêtements, les abîmer. Tout l'argent que tu gagneras passera à les remplacer. Mais, on peut te choisir une jolie blouse. Quelle couleur aimerais-tu ? En vert tu serais magnifique. Nous pourrions te trouver deux blouses d'un beau vert émeraude ? Ce serait original, inattendu, ça ferait de toi la femme la plus séduisante de Kilgarret. Aisling, tu es une très belle fille, tu sais ?

— Tu penses vraiment que je suis belle ? dit timidement Aisling.

— Tu es très belle, beaucoup trop belle pour ce Ned Barrett, mais je suppose qu'il te plaît ?

— Mais, Maman, comment tu sais pour Ned Barrett ? lui demanda Aisling stupéfaite. Il n'y a d'ailleurs rien à savoir, ajouta-t-elle aussitôt.

— Sûrement, dit Maman. Mais à mon âge on imagine des choses... ça passe le temps ! Tu verras, toi aussi, plus tard.

— Je ne crois pas que les hommes m'intéressent vraiment. Non, je ne le crois pas.

— C'est certainement vrai, Aisling. Ce sont des choses qu'une femme sent...

— Maman ?

— Oui, ma chérie.

— Si Papa est d'accord pour le travail, est-ce que les gens ne pourraient pas m'appeler Miss O'Connor ?

— Je m'y emploierai... dès le début.

Johnny Stone déclara qu'il se ferait un plaisir d'emmener Elizabeth à Preston dans la camionnette. Puisque Mr Worsky l'envoyait prospecter dans le Nord, autant qu'Elizabeth profite de l'occasion. Elle l'accompagnerait chez les particuliers et elle en saurait un peu plus sur la manière de départager le vrai du faux, de distinguer entre un bel objet et un autre qui fait illusion. Qu'en pensait Mr Worsky ?

Mr Worsky pensait que ça ne regardait qu'Elizabeth et son père. S'ils ne faisaient pas d'objection, il ne demandait pas mieux. Avoir deux « rabatteurs », ça vous posait un antiquaire. Il n'imaginait pas que cela puisse placer Elizabeth dans une situation délicate. C'était une grande fille, qui ne s'en laisserait pas conter par un don juan comme Johnny Stone.

Elizabeth se contenta de dire à Papa qu'elle profiterait des congés du demi-trimestre pour tenir enfin la promesse faite à Maman d'aller la voir. Harry lui avait envoyé de l'argent. Non, elle n'avait pas besoin que Papa augmente la somme qu'il lui donnait habituellement. Elle s'arrangea pour que Papa n'ait pas à s'occuper de son dîner le soir de son départ. Les cinq jours suivants il faudrait bien qu'il se débrouille seul. Il se rendrait compte à quel point elle était effacée et pourtant efficace dans son rôle de maîtresse de maison.

Elizabeth, ma chérie,

Harry et moi sommes si heureux de savoir que tu vas venir nous voir. En me réveillant le matin, la première chose que je me dis, c'est : « Elizabeth sera là dans neuf jours... dans huit jours... » Harry m'a demandé si j'en faisais autant lorsque tu étais en Irlande pendant la guerre. Mais c'était très différent. Je te savais en sécurité, bien nourrie, heureuse. Je lisais tes lettres chaque semaine et en retour je ne savais quoi te raconter, notre vie était si vide, si déprimante.

162

Maintenant c'est tout autre chose. Je t'imagine à Clarence Gardens, dans la cuisine avec ton père... c'est idiot, mais j'aimerais être là. A présent, on aurait tant de choses à se dire. Tu me parlerais du magasin de Mr Worsky, j'irais le voir. Je parie que George ne sait même pas où il se trouve. Moi si, et je me souviens même y avoir acheté des chenets.

J'espère que notre maison te plaira. Depuis quinze jours Harry travaille jusque passé minuit « pour que tout soit prêt pour la venue d'Elizabeth ». Ne crois pas que je te dise cela pour que tu t'extasies en arrivant, mais qui sait? Lorsque tu étais petite on ne poussait pas souvent des cris de joie, et je me souviens qu'à ton retour de Kilgarret tu m'as dit que dans la famille des O'Connor et à l'école on s'extériorisait beaucoup plus qu'à la maison. Ma chérie, je te raconte vraiment en vrac tout ce qui me passe par la tête.

Plus que huit jours et demi.

Tendresses,
Violet

— Pourquoi signe-t-elle Violet? demanda Johnny Stone à Elizabeth alors qu'ils venaient de prendre la route.

— Ça date du moment où elle est partie avec Harry. C'est drôle, mais en un sens je la comprends. Elle doit se dire que puisqu'elle ne remplit plus la fonction, elle n'a plus droit au titre.

— Ma mère n'a jamais songé à remplir ses devoirs de mère mais ça ne l'empêche pas de terminer ses lettres par : « Ta Maman qui t'aime ». Je vais lui suggérer de signer « Martha ». Vous êtes plus jeune que moi, je peux vous prendre comme exemple. « Ecoute, Martha, ma vieille branche, lui dirai-je, à dix-huit ans Elizabeth appelle sa mère par son prénom. Ma chère, il faut vivre avec son temps ! »

Elizabeth éclata de rire.

— Ce n'est pas si simple. Je pense toujours à elle comme à Maman. En la revoyant je vais essayer de deviner ce qui est le mieux. Ça lui fera peut-être plaisir si je l'appelle Maman. Peut-être pas. Dans mes lettres

163

j'escamote le problème en écrivant « Chers tous deux ». C'est affectueux et pas compromettant.

Les poteaux indicateurs défilaient. La vieille camionnette avalait vaillamment les kilomètres. Ils piqueniquèrent dans la cabine, à l'abri des bourrasques et des giboulées d'avril.

Ils avaient deux rendez-vous dans la journée. Le premier était chez une dame qui souhaitait se débarrasser de vieilleries entassées dans un kiosque transformé en resserre; ils dénichèrent une quarantaine de vieux tableaux, certains si craquelés, d'autres si pompiers, qu'Elizabeth se demandait ce que Mr Worsky pourrait bien en faire. « Les cadres, petite bécasse! » lui souffla Johnny tandis qu'ils écartaient de leur chemin des fauteuils en rotin, de vieilles battes de cricket et des maillets de croquet.

La dame leur offrit du thé et des biscuits. Elle était enchantée de sa transaction avec Johnny. Au moment de partir, elle lui demanda si sa jeune dame ne désirait pas utiliser les toilettes. Cette méprise fit violemment rougir Elizabeth.

— C'est plus ma collègue que ma jeune dame, répondit Johnny en souriant. Mais, chère Elizabeth, à voir votre rougeur je me demande si je ne devrais pas réviser sérieusement mon point de vue.

Elizabeth se précipita aux toilettes, et employa du talc qui se trouvait sur le lavabo pour atténuer l'éclat de ses joues.

De retour dans la camionnette, elle passa à l'attaque.

— Si ces cadres sont réellement en acajou ou en bois doré, vous êtes loin de lui avoir donné ce que vous lui deviez.

— Chère petite, n'avez-vous pas constaté comme moi qu'elle n'en espérait pas tant? Elle était aux anges. Elle ne savait pas comment me remercier. Elle va pouvoir faire réparer son toit, repeindre son salon. N'est-ce pas providentiel? Qu'est-ce que vous voulez de plus? que je jette l'argent de Mr Worsky par les fenêtres?

— Mais Mr Worsky ne veut pas pour autant qu'on soit malhonnête...

— Elizabeth, réfléchissez un peu : cette femme laissait ses tableaux pourrir sur place. En plus, nous lui avons nettoyé son kiosque, et bon sang, vous en avez mis un coup avec votre balai. Maintenant elle a un petit coin bien propre pour installer sa chaise longue s'il s'arrête de pleuvoir dans les années à venir. On l'a payée cash; elle va pouvoir réparer et embellir sa maison, et, en plus, s'offrir un chapeau neuf. Si vous n'appelez pas ça une aubaine, qu'est-ce qu'il vous faut?

— On l'a bel et bien roulée. On en tirera trente ou quarante fois ce qu'on a déboursé. Vous lui avez donné trente-trois livres. C'est au bas mot ce que rapportera à lui seul le grand cadre doré. Et il y en a trente-neuf autres. C'est tout simplement malhonnête!

— Petite buse, ce sont les affaires et vous êtes décidément fascinante lorsque vos joues deviennent écarlates. On dirait des pêches à la crème. Une nuance de rose typiquement anglaise. Vous devriez nous offrir ça plus souvent.

— Vous vous moquez de moi ou est-ce réellement joli?

— Si c'est joli? C'est ravissant! Les femmes dépensent des fortunes pour essayer d'avoir un teint comme le vôtre.

— Je craignais que ça ne me donne un air plutôt maladif, lui confia ingénument Elizabeth. Vous comprenez, c'est trop contrasté.

Johnny dut arrêter la camionnette sur le bord de la route tellement il était secoué de rire.

— Vous êtes vraiment très belle, lui dit-il affectueusement. J'aimerais bien que cette vieille chouette ait dit vrai et que vous soyez ma jeune dame.

— Pour le moment, je ne me sens pas capable d'être la dame de quelqu'un. Je ne suis pas prête. La vie est trop compliquée, j'ai encore trop de problèmes à régler, lui dit Elizabeth en toute sincérité.

— Et quand pensez-vous être disponible?

— Lorsque j'aurai obtenu mes diplômes et trouvé un poste. Lorsque Papa aura appris à se débrouiller seul ou engagé une gouvernante... peut-être dans trois ans.

— Il faudra que je pose ma candidature en temps

voulu, remarqua Johnny. Si je ne suis pas trop vieux... ça me fera alors un quart de siècle.

— Oui. Et puis d'ici là vous serez sûrement rangé. Mais je finirai bien par dénicher quelqu'un.

Ils devaient passer la nuit dans une pension de la banlieue de Liverpool tenue par la cousine de Mr Worsky.

Mais auparavant leur second rendez-vous donna lieu à un nouvel affrontement. Johnny avait offert vingt livres à un vieil homme pour prix de trois miroirs et d'une table. Selon Elizabeth, ils revendraient le tout une centaine de livres. Avant de conclure le marché, Johnny était retourné avec Elizabeth près de la camionnette tandis que le vieux monsieur les guettait derrière sa fenêtre, craignant de les voir partir sans rien acheter.

— Encore une fois, faut-il que je vous rappelle que Stefan Worsky paie pour son magasin, qu'il me verse un salaire, qu'il vous paie, qu'il paie l'essence de ce foutu camion, qu'il paie sa cousine pour qu'elle nous loge, qu'il consacre des heures de son temps et toutes ses compétences — ne les oubliez pas, ça ne s'acquiert pas en un jour — pour restaurer ces tables et ces miroirs ? Il doit d'abord débourser tout ça, et c'est seulement après qu'il empoche les cent livres. Ça s'appelle faire des affaires. Ce n'est un secret pour personne. Avec votre permission, est-ce que je vais pouvoir offrir à ce pauvre bougre vingt livres avant qu'il ait une attaque ou est-ce qu'on va en rester là, lui briser le cœur, briser le mien et celui de Stefan simplement parce que Miss White ici présente prétend savoir comment le monde doit fonctionner ?

Elizabeth fondit en larmes. Le vieil homme abasourdi se vit remettre non plus vingt livres comme convenu, mais vingt-cinq. Aussi troublés l'un que l'autre, les deux hommes chargèrent les objets dans la camionnette tandis qu'Elizabeth sanglotait sur le siège avant.

Puis Johnny se mit au volant et démarra.

— On pourrait aller boire un verre quelque part en attendant que la pluie se calme ? proposa Johnny après avoir conduit pendant quinze kilomètres sans desserrer les dents.

Elizabeth fit oui de la tête, incapable de parler.

Ils s'installèrent dans un pub. Elizabeth, les yeux rouges, commanda un grog. Johnny déclara que c'était tout indiqué. Il n'essaya pas de la dérider, ne s'excusa pas de s'être emporté, ne s'inquiéta pas de savoir la raison des larmes d'Elizabeth.

Le grog la réchauffait, elle en commanda un second.

Puis, d'une toute petite voix, elle lui demanda si Liverpool était une grande ville. Parce qu'elle aimerait rendre visite à quelqu'un qui habitait un endroit appelé Jubilee Terrace. Est-ce que c'était possible ? Tout en buvant son second grog elle parla à Johnny de Sean O'Connor et de Tante Eileen qui lui avait tant de fois recommandé, si elle passait près de Liverpool, d'aller voir Amy Sparks. Tout ça remontait à cinq ans. Et d'ailleurs Mrs Amy Sparks et son fils Gerry étaient peut-être morts. Mais c'est parce que Tante Eileen lui avait dit un jour... non, c'était idiot, Johnny ne pouvait pas comprendre. Elle était stupide.

— Il est beaucoup trop tôt pour rentrer à la pension, pourquoi ne pas essayer de trouver cet endroit maintenant ? proposa Johnny.

Gerry Sparks déclara qu'au fond il avait eu de la chance, dans la mesure où il était très adroit de ses mains. Il était devenu horloger et il pouvait travailler chez lui. On avait fixé un plateau à son fauteuil roulant pour qu'il puisse y disposer sa loupe et tout son matériel de travail. Quelle chance qu'au cours de sa rééducation on se soit aperçu de son habileté manuelle. Parce qu'on n'avait pas pu lui fixer des jambes artificielles, comme à d'autres. Les muscles de ses hanches étaient trop amochés.

Mrs Sparks s'appelait à présent Mrs Benson. Elle s'était remariée avec un retraité. La pension de Mr Benson leur permettait de vivre correctement, et de son côté, elle le soignait bien. Ils étaient si heureux de faire la connaissance d'Elizabeth et de son jeune monsieur. Ils n'ignoraient rien concernant Elizabeth. Eileen O'Connor, une femme merveilleuse, leur écrivait longuement chaque Noël et elle leur envoyait de l'argent pour l'église de Liverpool où avait été célébrée cette messe pour Sean.

Gerry dit qu'il n'avait jamais eu de copain aussi formidable que Sean. Elizabeth se souvenait qu'à Kilgarret Sean ne tenait pas en place.

— J'ai jamais eu un copain comme lui, répéta Gerry. Oui, depuis j'en ai jamais eu d'autre.

Il baissa les yeux sur la couverture masquant son ventre.

— Remarquez, avec ça je ne risque plus de me faire beaucoup d'autres amis.

— Eh oui, c'est l'inconvénient du travail à domicile! s'exclama Johnny, ignorant délibérément ce qu'avait voulu dire Gerry. On n'a pas de collègues de boulot et ça finit par vous manquer. D'un autre côté, on est son maître, on n'a pas d'heures fixes.

Gerry exultait. Ils bavardèrent comme de vieux copains. Johnny alla chercher dans la camionnette un carillon rustique acquis dans une braderie :

— Je l'ai acheté pour sa belle mine, mais le mécanisme doit être fichu.

Gerry le remit en marche en quelques minutes. Lorsqu'il sonna, dans la petite cuisine on n'était pas peu fier. Elizabeth eut chaud au cœur. Johnny déclara que si Mr Worsky avait en magasin quoi que ce soit qui nécessitât les compétences d'un homme de métier, on l'enverrait à Gerry Sparks. Eclairés par les lueurs du foyer et par la faible clarté tombant de la suspension, les visages de Gerry et de Johnny s'étaient rapprochés. L'infirme et le beau garçon. S'ils s'étaient connus en Italie, eux aussi auraient pu fraterniser. Mais Johnny était trop jeune; quand il avait atteint l'âge de la conscription, la guerre venait de cesser. Elizabeth et les Benson échangèrent un regard d'heureuse connivence. Quelque chose passait que les mots étaient impuissants à traduire.

La cousine de Mr Worsky ne s'intéressa pas du tout à la visite qu'ils venaient de faire dans une maison de Jubilee Terrace, un malheureux petit coin, dans un

168

quartier pauvre. En revanche, elle accorda toute son attention à Elizabeth, une adorable jeune femme, qui convenait si bien à Mr Stone, surtout pour l'aider à se ranger un peu.

— Je préfère décidément ne pas être votre femme, contrairement à ce que tout le monde croit depuis que nous avons quitté Londres ce matin, lui dit Elizabeth d'un ton désabusé en montant dans sa chambre. Parce que d'après ce que j'ai cru comprendre, ça n'aurait rien d'enviable.

Se pouvait-il qu'elle n'ait quitté Londres que depuis ce matin ? Elle n'avait pas pensé une seule fois à Papa. C'était peut-être ce qui arrivait autrefois à Maman — elle oubliait Papa. Elle se demanda si Maman aimerait qu'elle l'appelle Violet. Elle se demanda si Johnny l'accompagnerait et se montrerait d'aussi bonne compagnie que chez les Benson. Elle se demanda comment Gerry Sparks quittait son fauteuil roulant pour aller aux toilettes, et songea qu'elle pourrait veiller un peu afin d'écrire à Tante Eileen, de lui raconter leur visite...

Ils firent halte à trois reprises sur la route de Preston. Elizabeth ne broncha pas à propos des prix offerts et acceptés par une veuve de guerre, un prêtre et un vieux docteur. Elle se montra efficace et coopérative, prenant des notes dans son petit carnet, dénichant sous un lit, dans un grenier, de vieilles brosses à monture d'argent.

En les voyant, le vieux docteur dit en avoir gardé un vague souvenir. Elles dataient de son enfance.

— Si vous voulez, je vous les achète, lui dit Johnny.

— Oh, maintenant elles ne sont bonnes qu'à jeter à la poubelle. J'aurais honte de vous les vendre !

— On peut les récupérer en les nettoyant et en changeant les poils, dit Johnny avec un regard en coulisse vers Elizabeth. Et nous pourrons les revendre avec un beau bénéfice.

Le vieux docteur sourit.

— Je l'espère, mon garçon. Sinon ce ne serait pas la peine de faire des affaires.

Johnny célébra son triomphe en évitant soigneusement le regard d'Elizabeth.

Lorsque les bornes indiquèrent que Preston n'était plus qu'à sept kilomètres, Elizabeth se tourna timidement vers Johnny :

— J'aimerais que vous restiez dîner... Je ne crois pas qu'ils puissent vous loger. Ils n'ont apparemment qu'une chambre d'ami — celle sur laquelle Harry s'escrime depuis quinze jours. Mais pour le dîner il n'y aura aucun problème.

— Est-ce qu'il ne vaudrait pas mieux que je vous accompagne jusqu'à leur porte, le temps de saluer Harry et Violet, et puis que je vous laisse, en fixant l'heure à laquelle je vous reprendrai mardi? Que tout se passe tranquillement, en famille.

— Ce n'est pas une famille, vous le savez bien, lui dit Elizabeth d'un air troublé.

— Je sais, mais au début vous serez tous déjà assez tendus sans qu'un étranger vienne rendre les choses encore plus difficiles.

— Mais vous êtes si... vous savez si bien mettre les gens à l'aise, vous avez tellement d'à-propos. Je vous en prie, restez dîner.

— Ecoutez, le moment venu je réagirai en fonction de la situation. Ou je m'éclipserai ou je resterai si je vois que ça peut vous aider. D'accord?

Elizabeth acquiesça. Il lui tapota la main et négocia un virage sur la route glissante.

— Depuis le temps que je dois m'accommoder des exigences de ma mère, qui n'en a jamais fait qu'à sa tête, j'ai appris une chose : tout le monde est plus ou moins comme elle. Une fois qu'on a admis ça, on n'a plus aucun problème.

— Et votre père?

— Tous les dix ans il change de femme. Ma mère était sa deuxième expérience. Il adore prendre le large avec une nouvelle connaissance.

— Et vous ne le voyez pas?

— Non, pour quoi faire? Il n'a aucune envie de me voir. Mais en ce qui vous concerne, c'est différent. Votre mère et Harry ont arrangé votre chambre depuis des siècles, ils vous attendent avec impatience et vous êtes contente d'aller les voir... Pour en revenir à mon cas, tout est clair, personne ne trompe personne, les émotions, les reproches, les revendications n'ont plus cours.

— Tout ce que vous détestez? commenta Elizabeth.

— Comme n'importe qui d'autre.

— Je crois que chez vous c'est très fort. Hier, lorsque je pleurais, vous étiez très embêté.

— Non, Elizabeth. Simplement je n'aime pas être impliqué dans des drames, des scènes, des larmes. Je fais tout pour les éviter.

— C'est une attitude qui doit avoir du bon!

— Elle n'a pas que des avantages. Les gens me taxent de froideur, d'égoïsme, de désinvolture... ce qui n'est peut-être pas faux... Ah! Voici Preston, la perle du Nord!

— Vous resterez dîner?

— S'ils m'invitent! lui promit-il.

En voyant la chambre, Elizabeth eut les larmes aux yeux. Sur une étagère Harry avait amoureusement disposé des bibelots hideux qu'il avait dû payer très cher. « Les jeunes filles aiment être entourées de jolies choses! » dit-il en contemplant fièrement ses acquisitions. Tous les meubles de la chambre avaient été peints en blanc, y compris une ravissante petite bibliothèque fermée dont l'intérieur n'avait pas échappé au pinceau. Le couvre-lit bleu et blanc était paré de volants. Aux murs des tableaux aux cadres brillants rappelaient les pires chromos décorant les boîtes de chocolats. Pour parvenir à recouvrir entièrement le sol de la chambre d'une moquette bleue, il avait dû rajouter des chutes à certains endroits en les cousant bord à bord. Harry contemplait son œuvre d'un air triomphant.

Johnny se lança à l'eau. Il s'extasiait devant ce qui méritait précisément d'être admiré — notamment le fini de la peinture. Il y avait... trois couches? Trois... oui. C'est bien ce qu'il pensait. Ça se voyait, un régal pour l'œil. Il s'émerveilla de l'installation électrique : une lampe à la tête du lit, une autre au-dessus du lavabo. Il apprécia le choix des couleurs, un blanc et un bleu, qui égayaient tellement la pièce. Tandis qu'il parlait, Elizabeth remerciait le ciel et débordait de gratitude à son égard. Elle posa son sac de voyage sur le lit et regarda autour d'elle d'un air ébloui. Harry rayonnait. Spontanément Elizabeth le serra dans ses bras, et lorsqu'elle vit la joie qui brillait dans les yeux de Maman elle l'étreignit à son tour. Elles ne s'étaient donné qu'un baiser protocolaire lorsqu'elles s'étaient trouvées face à face à la porte du petit magasin miteux.

— Oh, Maman, je suis si heureuse ! s'écria Elizabeth.

Maman la prit dans ses bras. Par-dessus son épaule, elle vit qu'elle avait bien fait de ne pas l'appeler Violet.

L'atmosphère devenant de plus en plus cordiale, Johnny resta à dîner sans se faire prier. Harry était comme un grand enfant : en deux ans il avait grossi et gagné en jovialité. Maman avait encore minci, si cela était possible. Elle avait l'air nerveuse, elle fumait beaucoup et ses yeux semblaient immenses dans son visage amaigri. Elle se levait sans arrêt, s'affairait.

Tous les deux se réjouissaient naïvement que Johnny ne connaisse pas Papa. Comme si Elizabeth s'était fait accompagner par Johnny pour avoir leur approbation. Harry s'écria :

— Somme toute, mon garçon, on est les premiers à vous rencontrer, hein ?

Elizabeth intervint spontanément :

— Papa ne connaît pas Johnny pour la bonne raison qu'il ne sait même pas où se trouve le magasin de Mr Worsky où nous travaillons.

Elle fit une pause, puis s'empressa de poursuivre, pour ne pas leur laisser le temps de critiquer Papa :

— Si vous pouviez voir à quel point Papa a changé, vous n'en croiriez pas vos yeux. C'est devenu un fanatique du bridge. Si vous voulez lui faire un cadeau de Noël c'est tout trouvé : des cartes, un carnet de marques ou des petits cendriers pour la table de jeu. Il voit des gens sans arrêt et il passe son temps à recruter de nouveaux joueurs.

— Ça fait drôle d'imaginer George avec un tas d'amis !

Intriguée, Maman parlait de lui comme s'il s'agissait

d'une personne qu'elle avait perdue de vue depuis des années.

— Ce ne sont pas vraiment des amis ! fit remarquer Elizabeth.

— Comment ça ? l'interrompit Johnny. Il va chez eux et il les reçoit chez lui, ce ne sont tout de même pas des ennemis ? Qu'est-ce qu'il vous faut, Elizabeth, qu'ils s'égratignent le poignet et mélangent rituellement leur sang comme les Peaux-Rouges ?

Ils éclatèrent tous de rire.

— Aisling et moi c'est ce que nous avions fait, il y a longtemps, dit soudain Elizabeth. Je l'avais complètement oublié.

— Je vois, dit Harry sans conviction, soucieux de faire comprendre à Johnny qu'il était de son avis.

Ça marcha. Johnny entoura de son bras les épaules de Harry :

— Laissons les dames parler entre elles, Harry. Montrez-moi donc comment vous avez agencé la boutique. A propos, s'il vous arrivait de mettre la main sur une de ces vieilles balances avec des poids de cuivre...

Maman alluma une autre cigarette et se pencha pour serrer le bras d'Elizabeth.

— Ma chérie, je suis si heureuse pour toi, c'est un jeune homme absolument charmant. Je m'inquiétais, tu sais... J'avais l'impression que tu étais très seule. Dans tes lettres, tu me parles de si peu de gens.

— Mais, Maman, ce n'est pas mon petit ami. Je t'assure. Jusqu'à hier, nous n'avions pratiquement jamais été en tête-à-tête. Je travaille avec lui le samedi, un point c'est tout. Mais je reconnais qu'il est très gentil. C'est un compagnon de voyage idéal. Avec lui, je ne vois pas le temps passer.

— Je sais, lui dit Maman, c'est ce qui est si merveilleux lorsqu'on est avec quelqu'un qui vous plaît.

Ils parlèrent beaucoup de Johnny au cours du week-end. Ça avait l'immense avantage de les détourner de discourir sur Papa.

Maman se sentait coupable à l'égard de Papa. Elle se reprochait d'être partie sans lui donner d'explications valables.

— Je ne crois pas que des explications auraient rendu les choses plus faciles, lui répéta plusieurs fois Elizabeth. (Elle avait l'impression d'avoir tellement mûri depuis le jour où Maman avait quitté Clarence Gardens.) J'ai fini par me rendre compte à quel point Papa n'écoute pratiquement jamais ce qu'on lui dit.

Quant à Harry, il se souciait du sort d'Elizabeth :

— Maintenant vous êtes devenue une vraie jeune femme, Elizabeth, et je veux vous parler d'égal à égal... Votre Maman et moi, nous nous faisons du mauvais sang à l'idée de vous savoir enterrée dans cette maison. Pour une enfant, c'est malsain de vivre seule avec un... avec un homme aussi taciturne que votre père. Violet ne veut pas entendre dire du mal de lui, et je me garderai bien de critiquer quelqu'un qui est votre père, mais il faut reconnaître qu'il est sinistre comme la pluie, il vous glace le sang. Franchement... Et il y a une Académie de dessin à Preston, vous savez...

— Je sais, Harry, mais...

— Vous seriez libre comme l'air, vous feriez ce qui vous plaît et vous pourriez recevoir qui ça vous chante... C'est très sérieux. Vous auriez votre clef, pour sortir et rentrer à votre guise. Depuis que vous êtes là, Violet est transfigurée... moi aussi, d'ailleurs. Comme ils disent ici, c'est champion de vous avoir parmi nous...

— Vous êtes très gentil, Harry, dit Elizabeth.

Elle le pensait vraiment, comme elle était parfaitement sincère lorsqu'elle déclara que Maman était merveilleuse, qu'elle avait l'impression d'avoir tout d'un coup une grande sœur. Mais elle ne pouvait pas abandonner Papa. Ni non plus le juger. Il vivait tant bien que mal sa vie, comme tout le monde. S'il n'était pas plus gai c'est parce qu'il n'avait pas eu de chance.

Finalement ils renoncèrent à la faire changer d'avis. Dans sa chambre flambant neuf, Elizabeth resta longtemps éveillée, à écouter les bruits étranges de cette ville inconnue. Elle se demandait si tout le monde devait comme elle se mettre constamment à la portée des autres. Elle aurait aimé qu'on décide pour elle mais

174

en tenant compte de ses goûts, de ses désirs, de son humeur.

Puis elle songea à Johnny. Que faisait-il, en ce moment ? Et demain, leur apporterait-il ce lapin qu'il avait promis à Harry, pour le dîner ?

Le lapin eut un énorme succès. Johnny fit irruption dans la boutique encore pleine de clients. Maman et Harry étaient occupés à servir des enfants qui avaient passé une demi-heure à chercher comment dépenser leurs deux pence et leurs tickets de friandises, des ménagères fatiguées qui demandaient de minces tranches de bœuf cuit et des paquets de semoule, des hommes âgés, venus acheter du tabac d'un pas traînant. Elizabeth lisait dans la cuisine lorsqu'elle entendit des cris venant du magasin. Presque aussitôt Harry se précipitait dans la pièce, le visage extasié :

— Il est là, il est là, il a tenu parole, il est là avec un lapin ! Vite, Elizabeth, ma chérie, sortez la marmite ! Votre mère n'en a plus que pour une minute...

Quand elle pensait qu'elle avait pu avoir peur de lui, de ce Mr Elton, comme elle l'appelait à l'époque. Elle l'avait pris pour un homme habile et dangereux, quand ce n'était qu'un grand bébé. Elle aurait quand même préféré qu'il fît preuve de plus de retenue, qu'il soit moins survolté. Johnny devait les trouver tous un peu bizarres.

Pas du tout, il était lui aussi en pleine euphorie.

— Je reste dormir ici et nous partirons tôt demain matin. Votre mère insiste pour me coucher. Nous allons déguster une tourte de lapin comme on n'en a plus mangé dans le pays depuis le début de la guerre.

Ce fut effectivement une tourte de lapin inoubliable. Elizabeth avait confectionné un gâteau et Johnny était allé acheter du cidre dans un pub. Ils dressèrent la table, et Maman se fit une beauté. Johnny leur raconta comment il avait obtenu le lapin. Ce fermier qui voulait se débarrasser de ses vieux meubles proposait toujours à ses visiteurs de tirer le lapin. Vieux et arthritique, il ne pouvait plus tenir un fusil, mais il se faisait une joie d'accompagner le chasseur. Johnny avait tiré trois lapins, un pour le fermier, un pour ses hôtes et un qu'il avait déposé dans la camionnette, enveloppé d'herbe humide, pour l'offrir à Mr Worsky.

Ils chantèrent des chansons, Harry récita *L'œil vert du petit dieu jaune* et Maman les fit mourir de rire en imitant les religieuses leur apprenant à faire la révérence. Quand vint le tour d'Elizabeth, elle prétendit qu'elle ne connaissait rien. Maman lui rappela qu'elle lui avait parlé de ballades irlandaises qu'elle avait maintes fois entendues chez Maher. Alors, les mains sur les hanches, elle entonna *Danny Boy* :

Oh ! Danny Boy !
Des cornemuses entends l'appel
Par-delà les vallées
Par-delà les montagnes
L'été s'en est allé
Les feuilles sont tombées
Et toi tu dois partir !

Et ils reprirent tous en chœur :

Oh ! reviens, quand il fait grand soleil sur la prairie,
Ou quand dort la vallée que la neige blanchit
Car moi je serai là, par beau temps, par temps gris,
Oh ! Danny Boy ! Oh ! Danny Boy ! je t'aime tant...

A la fin tout le monde, y compris Johnny, avait l'œil humide. « Oh mon Dieu ! pensa Elizabeth, pourquoi faut-il que je gâche toujours tout ? » Pourquoi, parmi toutes les chansons qu'elle connaissait, fallait-il qu'elle ait choisi la plus mélancolique au lieu de suivre l'exemple des autres et de leur offrir quelque chose de gai, d'entraînant ? C'était la première fête à laquelle elle assistait depuis son retour de Kilgarret, et elle y avait mis le point final par une chanson triste.

En débarrassant la table, tout le monde s'accordait à trouver que la soirée avait été formidable. Maman s'affairait à préparer un lit de fortune pour Johnny. Harry conseilla aux jeunes gens de prendre la route avant six heures du matin pour éviter les camions de livraison bloquant les rues étroites.

Elizabeth dormit mal. Elle se débattit, en proie à un cauchemar dans lequel Gerry Sparks, toujours en fauteuil roulant, l'attrapait par le poignet : « Pourquoi êtes-vous venue si vous ne vouliez pas m'épouser ? » lui répétait-il à tue-tête. Elle courait pour lui échapper, tandis que la mère de Gerry et Harry lui criaient : « C'est toujours la même chose, vous vous lancez à la tête des gens sans réfléchir et vous les faites souffrir... »

Après être passés, en fin d'après-midi, dans un orphelinat où ils achetèrent quatre coffrets de coutellerie ancienne, ils furent assaillis par de telles trombes d'eau qu'ils durent s'arrêter sur le bas-côté de la route. Les essuie-glaces n'étaient plus d'aucun secours. Johnny et Elizabeth attendaient patiemment que le déluge se calme lorsqu'un agent, muni d'une lanterne de signalisation, vint les trouver :

— Plus loin la route est inondée, on ne peut plus passer. Pas question d'emmener votre petite dame à Londres ce soir ; il faut faire demi-tour. Vous trouverez une ville à trois kilomètres d'ici.

— Vous êtes témoin, je n'y suis pour rien ! dit plaisamment Johnny tout en manœuvrant pour repartir dans l'autre sens.

— Qu'allons-nous faire ? demanda Elizabeth.

Elle aurait bien aimé imiter Johnny qui prenait toujours les choses du bon côté, avec détachement. Elle se demandait déjà ce qui allait se passer lorsque Papa ne la verrait pas rentrer. Peut-être devrait-elle lui téléphoner avant qu'il quitte la banque ?

— Dîner et trouver un endroit où passer la nuit, lui répondit Johnny.

Dans le petit hôtel, il y avait un feu de cheminée et un bar. Johnny se chargea de leurs deux sacs de voyage et discuta avec la réceptionniste tandis qu'Elizabeth se réchauffait les mains au-dessus des flammes. En venant la retrouver, il la prit par la taille :

— Nous avons de la chance, il restait juste une chambre.

La femme regardait les mains nues d'Elizabeth.

— Est-ce que vous et votre épouse désirez voir la chambre dès maintenant ? leur demanda-t-elle avec un petit sourire narquois qui mit Elizabeth dans une telle colère qu'elle ne songea même pas à être gênée d'avoir rougi.

— Non, je suis sûr que c'est parfait, dit Johnny. Si vous le permettez, nous allons prendre un verre, Elizabeth aimerait également pouvoir téléphoner.

Elizabeth eut enfin son père au bout du fil. Il détestait qu'on le dérange à la banque pour des motifs futiles. D'un ton brusque il lui dit qu'il comprenait, c'était très bien comme ça, et à demain. Aucun regret, aucune marque de sympathie, alors que, tout de même, sa fille était retenue par les inondations, aucune curiosité concernant sa visite à Preston, rien qui puisse laisser penser qu'elle lui avait manqué.

Il ne risquait pas de deviner que, dans les minutes qui suivraient, elle devrait prendre une des plus importantes décisions de sa vie.

Elle resta plus longtemps qu'il n'était nécessaire dans la petite cabine obscure, se demandant ce qu'elle allait faire. C'était sûrement de sa faute si Johnny avait eu l'impression qu'elle couchait facilement avec les hommes et qu'il pouvait sans problème prendre une chambre pour deux. Si elle voulait s'insurger, il fallait le faire aussitôt; plus elle tarderait, plus la situation deviendrait délicate.

Johnny était assis à une table. Il avait fait servir une bière et un soda au gingembre.

— J'ai commandé pour vous, en espérant que ça vous plairait, lui dit-il en souriant.

— Je vous remercie.

Ils étaient dans un coin retiré du petit salon-bar tendu de chintz. Plus tard les dames de l'endroit viendraient y boire un porto. Par la porte ouverte, on apercevait le bar proprement dit, avec ses cibles de jeu de fléchettes. Tout était silencieux et désert.

— Je vous remercie, répéta Elizabeth. C'est parfait. Mais, Johnny, à propos de la chambre. Je voulais vous dire...

— Oui, ma petite Elizabeth, j'étais sur le point de

vous en parler. C'est une chambre à deux lits et c'est moitié moins cher que le prix de deux chambres. Mais de toute façon, il ne restait que celle-là...

— Oui ! mais...

— Mais... je vous promets de vous tourner le dos lorsque vous vous déshabillerez, et il faut me promettre de ne pas me regarder à la dérobée !

Elizabeth rit malgré elle.

— Bien !

Pour Johnny, la question était réglée. Elizabeth gardait les yeux rivés sur son verre. En insistant, elle risquait d'avoir l'air de croire que Johnny était fou d'elle et ne songeait qu'à la séduire. Mais s'il y avait une règle du jeu qu'elle ignorait ? S'il pensait qu'en acceptant de partager sa chambre, elle acceptait tacitement bien davantage...

Johnny lui dit qu'il devait aller téléphoner à Mr Worsky. En attendant, si Elizabeth souhaitait prendre un bain, il y avait une salle de bains au bout du couloir. Mais elle devait demander à la réceptionniste de faire allumer le chauffe-eau.

Il était parti.

Aussitôt Elizabeth monta dans la chambre et changea de chemisier. Elle se lava à l'eau froide et se regarda anxieusement dans la glace au tain moucheté d'éclats. Ce qu'elle voyait ne lui plaisait pas du tout. Ses cheveux étaient si raides, si pâles. Ils n'étaient pas blonds, de ce jaune doré qui attire et réchauffe les yeux, ils étaient blancs, comme les cheveux des vieilles femmes ou des albinos. Quant à son visage ! Mon Dieu, pourquoi tant de gens avaient-ils un teint si uniforme, et elle ce mariage agressif de plaques rouges et de creux livides ?

Les mains sur les hanches, elle détaillait d'un œil critique l'image que lui renvoyait la glace. Quelle touche ! se dit-elle. Elle avait des seins petits et pointus. Rien de cette harmonieuse plénitude qui attire et enchante le regard des passants. Elle avait beaucoup plus l'air d'une collégienne montée en graine que d'une femme.

Tiraillée entre le dépit et le soulagement, elle se dit

que Johnny était vraisemblablement à cent lieues de songer à la séduire. Grâce au ciel elle avait évité de se donner sottement en spectacle en faisant un éclat.

Le restaurant de l'hôtel paraissait peu engageant. Sous les trombes d'eau ils coururent jusqu'à un prix-fixe, situé un peu plus haut dans la rue, où ils dînèrent de poisson frit et de frites sans cesser de bavarder. Ils essayèrent de deviner comment Mr Worsky allait accueillir chacune de leurs acquisitions. Est-ce qu'Elizabeth avait déjà une idée de ce qu'elle ferait le prochain samedi dans le magasin ? Pourquoi diable Harry et Violet ne s'entouraient-ils que de meubles modernes, tous plus laids les uns que les autres, et tellement ordinaires ? Cela les amena à parler de la mère de Johnny qui avait, *elle*, de très beaux meubles. Mais elle ne savait pas vivre, ne recevait jamais personne. Elle passait son temps à s'indigner et à se plaindre d'être délaissée par son fils.

Elizabeth décrivit à Johnny les prouesses que devait réaliser Monica pour sortir avec des garçons sans que sa mère s'en aperçoive. Pour ne pas risquer de se couper dans ses mensonges, elle tenait à jour un petit carnet. Johnny trouva qu'elle se conduisait comme une idiote. Elle n'avait qu'à mettre, une fois pour toutes, sa mère devant le fait accompli : elle avait décidé de vivre sa vie et cela n'affecterait en rien ses sentiments à son égard. Au pire Monica aurait droit de temps en temps à un peu de soupe à la grimace.

— Pour les filles, c'est tout de même différent, objecta Elizabeth.

— Oui... en tout cas, c'est ce qu'elles prétendent, convint Johnny.

Ils regagnèrent leur hôtel toujours en courant sous la pluie. Ils décidèrent de se coucher tôt, la journée avait été longue. Ou plutôt d'aller, comme ils disaient, dormir.

— Surtout que demain, nous avons encore de la route à faire, remarqua Johnny. Et à peine arrivée, vous devrez filer à votre Académie. Je sais que vous ne voulez pas manquer un seul cours.

— Oui, je crois que je vais me coucher et dormir, dit

Elizabeth en s'asseyant sur le lit qu'elle avait choisi d'avance en glissant sous le traversin sa chemise de nuit bleue.

Son regard errait dans la chambre aux murs tapissés d'un papier peint grenat foncé. La grande table servant de coiffeuse était affreuse, et l'étroite penderie, déjà entièrement occupée par des couvertures d'appoint, empestait la naphtaline. Pour poser leurs vêtements, ils devraient se partager une chaise peinte en blanc.

— Mes chaussures ont pris l'eau, annonça Elizabeth, il faut que je me lave les pieds.

Malgré la température de l'eau qui lui fit l'effet de transformer ses pieds en deux petits blocs de glace, elle se lava en grand pour le cas où... enfin, qu'au moins elle ne sente pas le poisson et la frite.

Elle enfila sa chemise de nuit dans la salle de bains, passa sa tête à la porte pour vérifier si le couloir était vide, et courut jusqu'à la chambre. Johnny lisait le journal, assis sur la hideuse chaise blanche. Il aurait pu avoir le tact d'en profiter pour se déshabiller !

En un clin d'œil Elizabeth se retrouva dans son lit, ramenant et rassemblant frileusement drap et couvertures sous son menton. Sans lever les yeux de son journal Johnny remarqua plaisamment :

— J'étais sûr que vous alliez me faire le coup de la fille qui claque des dents pour que je vienne vous réchauffer !

Elizabeth devint aussitôt cramoisie.

— Oh, pas du tout ! Ça alors, je n'ai jamais...

— Mais je sais bien, mon ange, je voulais juste vous taquiner, dit-il en bâillant avant de venir lui donner un baiser sur la joue. Tenez, informez-vous un peu de ce qui se passe dans le monde !

Aussitôt Elizabeth lui tourna le dos et essaya de fixer son esprit sur les commentaires de la page sportive...

Elle entendit le lit voisin grincer, et une nouvelle fois elle se sentit soulagée et en même temps curieusement déçue. Mais qu'est-ce qui lui prenait donc, de penser à cette histoire de faire l'amour ? Pour commencer elle risquait de tomber enceinte; et puis, la première fois ça fait très mal, on saigne, on tache le drap. Et qui sait même si elle y arriverait ? Sans compter ce que leur prédisaient les religieuses, à Kilgarret. Si une fille cède au désir d'un homme, se donne à lui, ensuite c'est inévitable, il ne peut que la mépriser, la rejeter. A ce moment-là il pense à ses sœurs qu'il préférerait voir mortes plutôt que d'apprendre qu'elles se conduisent mal...

— Est-ce que je peux éteindre, à moins que vous ne vouliez lire encore ?

— Non, je suis si fatiguée que je ne comprends plus rien à ce que je lis, lui dit-elle en souriant.

Il tendit le bras, lui saisit la main.

— Vous êtes une compagne de voyage idéale, avec vous tout est épatant, sensationnel. Bonne nuit !

Il éteignit. Elizabeth entendit sonner onze heures à l'horloge de l'hôtel de ville, puis elle compta les douze coups de minuit. Un peu avant une heure, la bourrasque redoubla, faisant trembler les fenêtres de la chambre.

— Vous dormez ? demanda Johnny, réveillé par le bruit.

— Non, c'est une vraie tornade.

— Vous avez peur ?

— Non, pas du tout.

— Dommage, bâilla-t-il. Moi, je meurs de peur !

— Quelle blague ! dit-elle en riant nerveusement.

Il éclaira sa montre à la flamme d'une allumette.

— Oh, formidable ! Il reste encore tout plein d'heures pour dormir.

— Oui !

Elle l'entendit s'asseoir, glisser ses jambes hors de son lit. Il se pencha et lui saisit la main.

— Vous êtes bien ?

— Mais oui, dit-elle d'une petite voix crispée.

Il se leva dans le noir et vint s'asseoir sur son lit. Elle avait l'impression que son cœur allait éclater.

— Serrez-moi un peu dans vos bras, demanda-t-il.

Elle se redressa et, sans le voir, se retrouva contre lui. Il l'enlaça étroitement.

— Je vous aime beaucoup, vous êtes une petite fille

adorable, dit-il en lui caressant longuement les cheveux et le dos.

Elle se blottit un peu plus contre lui et il l'allongea très lentement sur le lit.

— Je ne suis pas très...

— Nous ne ferons que ce que vous voudrez bien... que ce qui vous plaira...

— C'est que...

— Vous êtes adorable, si merveilleuse, murmura-t-il, tandis que ses caresses se faisaient toujours plus enveloppantes. J'aimerais vous avoir tout à moi.

— Mais je ne sais pas...

— Ne vous inquiétez pas... Je ferai très attention...

— C'est que je n'ai jamais...

— Chut! Je sais! Seulement si vous le voulez... Je m'y prendrai très doucement. Elizabeth, est-ce que vous voulez m'aimer? lui demanda-t-il en resserrant son étreinte, est-ce que vous voulez qu'on s'aime vraiment?

— Oui.

Il fit preuve en effet de beaucoup de délicatesse et elle s'aperçut vite qu'elle n'avait pas à se tracasser en se demandant ce qu'elle devait faire. Il avait apparemment de l'expérience pour deux. C'était plus inconfortable que douloureux. Contrairement à ce que les filles racontaient à demi-mot en se trémoussant, il n'y eut pas de douleur fulgurante, et encore moins un déferlement irrésistible de plaisir. Mais Johnny semblait comblé. Il restait étendu sur elle, la serrant dans ses bras, la tête abandonnée contre ses seins.

— Elizabeth, tu es une adorable petite fille, je suis très heureux!

Elle ramena les couvertures sur lui en le retenant contre elle. Elle entendit sonner deux heures. Elle dut s'assoupir un moment car un peu plus tard elle compta quatre coups à l'horloge de la ville. Elle pensa à Aisling. A plusieurs reprises elles s'étaient demandé laquelle des deux serait la première à *Le Faire*. Elle avait gagné. Enfin, c'était vite dit! De toute façon, c'était une chose trop importante pour en parler dans une lettre. Comment peut-on raconter l'amour?

9

Chère Elizabeth,

Quel beau livre! Chacun de tes cadeaux est une merveille. Tu nous surprends chaque fois, tu as tellement d'imagination! Je t'envoie cette écharpe... elle est affreuse, mais c'est ce qu'on fait de mieux à Kilgarret! Tu vois qu'on est bien loin de Londres. Papa et Maman sont enchantés, ils n'en reviennent pas que tu aies pu dénicher un livre avec toutes ces vieilles aquarelles sur l'Irlande. J'aime beaucoup celles où Dun Laoghaire s'appelait Kingstown... Les Gray et leurs semblables continuent d'ailleurs à l'appeler Kingstown.

J'ai beau chercher, je ne vois vraiment rien d'intéressant à t'écrire. Tu n'as qu'à venir, tu jugeras par toi-même. Je n'ai pas du tout l'impression d'avoir dix-neuf ans. J'ai toujours cru que lorsque j'atteindrais cet âge je serais différente, que j'aurais une autre allure, que mon visage s'affinerait, serait plus expressif. Je me disais que ma vie changerait... que je rencontrerais plein de gens nouveaux. Mais tout est toujours pareil.

J'exagère, j'ai bien dû changer un peu. Et notamment, je ne peux plus voir Ned Barrett en peinture. Il m'a appris tout ce qu'il savait; maintenant, il faudrait que je trouve quelqu'un d'un peu plus compétent. De mon bureau (où je t'écris) je peux voir l'autocar arriver deux fois par jour. Chaque fois, je regarde bien les gens qui en descendent, au cas où quelqu'un de fascinant s'installerait à l'hôtel. N'est-ce pas navrant d'en être là, pour une jeune femme, en plein XXe siècle? Est-ce que tu te souviens, il a sept ans, lorsqu'on avait douze ans et que j'ai eu mes premières règles le jour de mon anniversaire? On croyait que tu n'étais pas normale et c'est Maman qui nous a remis les idées en place. Si j'étais précoce ça ne m'a pas tellement réussi. J'aimerais que tu me dises ce que tu fais, qui tu fréquentes et ainsi de suite. Si on se voyait j'ai l'impression qu'on aurait du mal à se parler aussi librement qu'avant.

Maman prétend qu'au bout de cinq minutes nous recommencerions à jacasser comme des pies...

Tout cela me paraît si loin. Merci encore pour le livre. Joannie trouve les gravures très belles. J'ai pensé à en faire encadrer certaines, mais finalement il vaut mieux laisser le livre intact. J'espère que ça ne t'a pas coûté une fortune. L'écharpe fait bien piètre figure !

Tendresses,
Aisling

Chère Aisling,

L'écharpe me plaît énormément. Non, je ne dis pas ça par politesse. En me voyant la porter pour la première fois au magasin, Mr Worsky m'a dit que ça me rendait irrésistible. Je n'avais encore jamais rien porté de rouge, parce qu'avec les fards que je pique je pensais que ce serait inharmonieux. Eh bien, pas du tout. C'est peut-être que maintenant je rougis moins souvent. Quoi qu'il en soit, elle est sensationnelle. Je la mets avec un chemisier crème, ça me donne un air *très snob.*

Tu as raison, on a beau faire, les lettres nous laissent sur notre faim. Comme toi j'ai du mal à croire que je puisse t'intéresser en te racontant en détail ma vie de tous les jours. Et encore, moi je connais Kilgarret ! Je peux situer les endroits dont tu me parles. Je ne comprends pas bien ce que tu appelles ton bureau. S'il était à côté de celui de Tante Eileen, tu ne pourrais pas voir les autocars s'arrêter devant l'hôtel. Je pensais que Joannie Murray était toujours dans une école à l'étranger. Tu ne me parles ni de Donal, ni du bébé de Maureen. Je sais seulement que c'est un garçon. C'est ton premier neveu !

A tout hasard et même si ça ne t'évoque pas grand-chose je peux toujours te dire que l'amie de Mr Worsky, qui doit bien avoir soixante-dix ans, m'a demandé de l'appeler Anna. Que Johnny Stone, qui est maintenant l'associé de Mr Worsky, est un garçon merveilleux qui a un charme fou et beaucoup d'humour. Tu ne connais pas Papa, mais sache tout de même qu'une affreuse bonne femme essaie de lui mettre la corde au

185

cou. Elle lui déplaît suprêmement, et il fait des pieds et des mains pour l'évincer du cercle de bridge. Maman m'écrit beaucoup. Elle ne me parle pour ainsi dire que du passé — des choses étranges, qu'elle ramène à la surface. Elle trouve encore le moyen d'oublier mon anniversaire. Je n'y accorde aucune importance mais tu avoueras que ce n'est pas banal, étant donné que je suis sa fille unique. Tante Eileen, qui a cinq enfants, plus un petit-fils, n'a jamais oublié de me le souhaiter.

En ce moment je passerais tout mon temps à l'Académie! Avec les beaux jours on a tout plein de classes en extérieur. C'est merveilleux. Par petits groupes on va installer nos chevalets dans un parc, et comme de vrais artistes on peint une vue d'ensemble ou un bouquet d'arbres. Je m'entends très bien avec tout le monde, je me suis même fait quelques amis. J'ai dû te parler de Kate, d'Edward, de Lionel. De temps en temps Kate donne une petite fête dans son appartement, un trois pièces que son tuteur lui a acheté (elle est orpheline) parce qu'il pense que c'est à son âge qu'il faut profiter de la vie. Tu te rends compte?

Cela dit, je vais rarement aux soirées organisées à l'Académie. Danser m'ennuie, je préfère parler de choses qui m'intéressent avec des gens qui m'intéressent. J'entends encore Tante Eileen me dire qu'on doit oublier ses propres goûts si on veut faire plaisir aux autres. Pour ce que ça m'a réussi avec Maman et Papa, je n'ai pas l'intention de continuer dans ma propre vie.

Je passe finalement beaucoup de temps dans le magasin de Mr Worsky. J'y fais souvent un saut en sortant de l'Académie. Depuis que Johnny est l'associé de Mr Worsky, il y a eu beaucoup de changements et quelques améliorations. Il arrive que nous nous retrouvions à quatre dans le magasin, Anna (qui a soixante-dix ans, je te le jure) venant souvent nous y rejoindre. C'est drôle, on forme comme une petite famille.

Encore merci pour l'écharpe. Elle me donne un air assez déluré. C'est du moins ce que Johnny prétend.

Amitiés,
Elizabeth

186

Chaque mois de mai Eileen mobilisait toute la famille pour souhaiter à Elizabeth son anniversaire. Elle allait même jusqu'à acheter des cartes de vœux pour qu'Eamonn, Donal et Niamh en signent chacun une. Cette année Eamonn s'était rebellé.

— Maman, je suis beaucoup trop grand pour continuer à envoyer des cartes idiotes avec des fleurs et des fers à cheval à une Anglaise dont je me souviens à peine.

— Elizabeth White a vécu dans cette maison à tes côtés comme une sœur pendant cinq ans, et tu me feras le plaisir de t'en souvenir aussi longtemps que je te le demanderai, lui déclara sèchement Eileen.

— Mais, Maman, ça fait des années qu'elle est partie. J'étais tout gosse. Maintenant je suis un homme, elle va croire que j'ai le béguin pour elle ou je ne sais trop quoi. C'est ridicule.

— J'ai acheté la carte et je la posterai, lui cria Eileen. Je ne te demande que de prendre un porte-plume dans ta grande patte, d'écrire deux lignes et de terminer par ta signature de gros lourdaud ignare.

— C'est de la sentimentalité bête, grogna Eamonn. Si quelqu'un du coin apprend ça, je serai la risée de toute la ville.

Donal écrivit longuement à Elizabeth pour lui dire combien il avait aimé le livre d'aquarelles qu'elle avait envoyé. Eileen dut lui donner une feuille de papier à joindre à sa carte. Niamh brossa un tableau embrouillé et pour ainsi dire indéchiffrable de sa vie scolaire, mettant en scène des personnes totalement inconnues d'Elizabeth : de nouvelles religieuses, des camarades qui n'étaient que des mioches lorsque Elizabeth avait quitté Kilgarret. Maureen décrivit en détail Baby Brendan, ou plutôt Brendan Og, comme on l'appelait dans sa famille pour le distinguer de son père. Peggy mit son nom sur une carte et Eileen écrivit une longue lettre pour décrire les changements et les événements survenus dans la petite ville. Elle lui parla du nouveau bureau d'Aisling — juste dans l'entrée, un espace sur-élevé, très chic, qui l'isolait du gros de la clientèle en lui permettant d'être présente à tout moment.

Eileen apprit à Elizabeth que Joannie Murray était revenue de son fameux pensionnat de jeunes filles riches, et qu'elle séjournait quelque temps à Kilgarret en attendant d'aller travailler à Dublin chez un importateur de vins. Elle profitait de son oisiveté pour rendre visite à Aisling à la Quincaillerie O'Connor. Eileen n'était pas peu fière d'ajouter qu'Elizabeth allait avoir quelque peine à le croire mais que c'était ainsi : Miss O'Connor, comme on l'appelait désormais au magasin, s'était excusée auprès de son amie, le travail, c'était le travail. Et curieusement Tony Murray, le frère de Joannie, avait employé exactement la même formule, un jour où il était passé au magasin.

Eileen voyait rarement Maureen, son mari et le petit Brendan Og, pour la bonne raison que les Daly vivaient très repliés sur eux-mêmes. Mais ça s'arrangerait avec le temps, lorsque les frères et sœurs de Brendan se marieraient et auraient des enfants. A ce moment-là on ne manquerait plus de bras pour s'occuper des poules et des dindons, et Maureen aurait plus de loisirs.

Donal était toujours de santé très fragile, mais Dieu soit loué, il allait beaucoup mieux qu'ils n'auraient jamais osé l'espérer à une époque. Restait qu'il devait éviter de se surmener et de prendre froid. A quinze ans c'était un beau garçon, aussi grand qu'Elizabeth lors-qu'elle était repartie pour Londres. Depuis quelque temps Peggy sortait avec un très brave garçon, Christy O'Brien, qui travaillait dans une ferme voisine de celle du père de Brendan Daly. Tout en espérant que cette pauvre Peggy, qui avait déjà la trentaine, finirait par épouser ce garçon, Eileen se demandait égoïstement comment elle la remplacerait le moment venu.

A la lecture de la lettre d'Eileen, Elizabeth se disait que si elle ne devait se fier qu'à Aisling pour la tenir au courant de ce qui se passait à Kilgarret, elle aurait pu croire que toute vie y avait disparu du jour où elle avait quitté la ville.

Les religieuses avaient tort. A son grand soulagement Elizabeth découvrit qu'après ce qui venait de se passer entre eux, Johnny la respectait toujours. Et il semblait même tenir beaucoup plus à elle. Elizabeth en éprouva une certaine fierté et elle se sentit plus sûre d'elle, plus adulte face à Johnny. Lorsqu'ils reprirent la route pour Londres, toujours sous une pluie battante, il se montra très détendu, très gai. Elizabeth le regardait à la dérobée, s'étonnant qu'il puisse parler d'un ton aussi détaché et enjoué du vieux fermier qui lui avait permis de tirer les lapins ou de la bâche qui fuyait et qu'il faudrait réparer. Il avait beau bavarder de choses et d'autres, Elizabeth se disait qu'il devait tout le temps penser à leur nuit. Mais elle se mit au diapason, et parla, elle aussi, d'un ton léger, naturel. Il en fut visiblement ravi, et de temps en temps il lui prenait la main en disant : « Tu sais que tu es une petite merveille dans ton genre ! »

A l'Académie personne ne remarqua qu'elle avait perdu sa virginité. Kate lui demanda si elle avait passé un week-end agréable. Pour sa part, elle était allée à une sauterie où quelqu'un avait cru malin de mêler de l'alcool pur à la limonade, et ils avaient tous été malades comme des chiens.

En retrouvant Elizabeth, Papa ne remarqua en elle aucun changement. Cette assommante Mrs Ellis l'avait harcelé pour qu'il la laisse venir à la maison préparer la soirée de bridge, et il avait dû lui répéter vingt fois que sa fille serait de retour. Or sa fille qui revenait avec un jour de retard de son voyage dans le Nord rentrait à des heures impossibles de l'Académie, et rien n'était prêt.

— Je reçois mes amis ce soir. D'habitude tu t'occupes de préparer les petits sandwiches et les biscuits secs, se lamenta Papa.

— Tu peux très bien t'en occuper toi-même. Voilà les biscuits, le fromage. Le pain de mie est dans cette boîte et tu trouveras le beurre dans le garde-manger. Ce soir c'est ton tour.

— Mais ce n'est pas ce dont nous étions convenus.

— Papa, sorti des engagements, tu ne connais plus rien! Moi, je reviens de ma première visite à ta femme. Ton ex-femme... La femme que tu as épousée il y a vingt ans, que tu aimais et qui t'aimait, enfin, je le suppose. Est-ce que tu m'as demandé de ses nouvelles? Pas du tout. Elle pourrait être mourante à l'hôpital ou malheureuse comme les pierres ou je ne sais trop quoi d'autre, tu t'en moques. Elle, au moins, elle m'a demandé comment tu allais, Harry aussi, et ils ont voulu savoir comment tu avais organisé ta vie. Mais toi, pas une seule question! ajouta-t-elle au bord des larmes.

— C'est inqualifiable! s'exclama Papa en s'asseyant de l'air d'un écolier qui reçoit un blâme sans savoir pourquoi.

— Donne-moi ce sacré beurre et je vais te préparer tes sandwiches et ton plateau. Tu n'auras qu'à venir les chercher...

— Tu ne veux pas nous les apporter?

— Tu es décidément pire que tout. Je comprends maintenant ce que voulait dire Maman lorsqu'elle prétendait que tu avais un cœur de glace.

— Je savais bien que Violet et cet homme te monteraient contre moi! Dès le début ils n'ont eu que cette idée en tête.

Elizabeth le regarda d'un air incrédule et se mit brusquement à pleurer. En s'essuyant les yeux elle ne put s'empêcher de remarquer que Papa écartait le pain, de crainte qu'elle ne le mouille de ses larmes et qu'il ne soit inutilisable pour les sandwiches.

Mr Worsky s'en rendit compte. Il fut le seul. Il devina aussitôt la raison du changement d'Elizabeth. Elle parlait comme si elle faisait partie d'une famille ayant à sa tête Mr Worsky et Anna Strepovsky et dont Johnny était l'héritier présomptif. Elle parlait comme si elle s'était alliée à une famille royale. Cette comparaison fantaisiste amusait Mr Worsky mais elle reflétait fidèlement la situation.

— Mr Worsky, vous ne croyez pas que ce serait une bonne idée de changer l'enseigne de votre magasin? A l'Académie, nous travaillons beaucoup la lettre, et les professeurs cherchent sans arrêt à décrocher de vraies commandes... Hier soir je disais à Johnny que de jolis caractères dorés feraient beaucoup d'effet... Est-ce qu'il vous en a parlé? Non? Je ne voudrais pas être indiscrète avec mes suggestions...

Ou bien elle lui annonçait :

— Johnny et moi aimerions peindre le nom de votre boutique sur la camionnette. Est-ce que ça vous plairait ou préférez-vous garder plus de discrétion? J'ai parié deux shillings avec Johnny sur votre réaction mais je ne vous dirai pas laquelle.

Il avait fait part de ses soupçons à Anna Strepovsky qui l'avait envoyé promener en lui disant qu'il avait trop d'imagination.

— C'est typique de la fatuité masculine. Si une femme a l'air heureuse c'est forcément qu'un homme lui donne du plaisir.

Stefan Worsky ne se sentait pas de taille à argumenter sur un pareil sujet, en revanche il était prêt à parier n'importe quoi qu'il avait raison.

Et maintenant, n'arrêtait pas de se demander avec inquiétude Elizabeth, qu'est-ce qui va arriver? Si Johnny voulait recommencer, ça se passerait où et quand? Et d'ailleurs, était-il épris d'elle, ou avait-il simplement profité de l'occasion? Quelle attitude devait-elle choisir : celle de la femme éprise ou de la bonne camarade? D'un autre côté, la question des pratiques anticonceptionnelles la tracassait. Johnny l'avait assurée qu'il avait fait ce qu'il fallait, qu'elle ne courait aucun danger. Sans être très experte en la matière, elle supposait qu'il s'était arrangé pour que le sperme se répande sur le drap de l'hôtel. Elle rougit en pensant à la personne qui avait dû défaire le lit après leur départ. Par ailleurs, si elle s'était mise en devoir de laver le drap avant de quitter la chambre cela aurait pour le moins manqué de romantisme.

Cette même nuit il lui avait dit que la prochaine fois il « utiliserait quelque chose ». Depuis, on n'avait plus reparlé de la prochaine fois. Mais Johnny lui avait réservé un accueil si chaleureux lorsqu'elle était passée au magasin le vendredi en fin de matinée. Elle avait même séché ses cours de l'après-midi pour l'aider à finir d'astiquer et de disposer les objets qu'on mettrait en vente le lendemain.

— Si tu es libre, je t'emmène au cinéma demain soir, lui avait proposé Johnny, et ensuite on ira dîner chez moi. Je te cuisinerai un plat à ma façon.

— Ça me fera très plaisir. Ce sera du lapin ?

— Non mon cœur; rien d'aussi bon, mais ce sera quelque chose d'exotique. Ça te va ?

Elle acquiesça de la tête, ravie.

— A propos, ajouta-t-il, Tom et Nick doivent s'absenter pour le week-end. On aura toute la place pour nous et ça nous évitera leurs mises en boîte.

— Je vois !

C'était très clair, et tout à fait engageant. Le lendemain matin elle préleva sur ses économies de quoi s'acheter une très jolie combinaison. Puis elle fourra dans son sac à main une brosse à dents, de la pâte dentifrice et du talc. Avant de partir elle annonça à Papa qu'elle comptait aller au cinéma puis à une soirée et qu'elle risquait de rentrer très tard. Elle ne le dérangerait pas, puisqu'elle avait sa clé. Il accepta la nouvelle sans broncher, mais en faisant une mine longue — et qui s'allongea encore un peu plus quand Elizabeth lui demanda de ne pas laisser la cuisine en désordre parce qu'elle inviterait peut-être les amis qui la raccompagneraient à boire une infusion ou un chocolat.

Tom et Nick ne s'absentaient malheureusement pas très souvent. Tom vendait des voitures d'occasion, et Nick travaillait dans une agence de voyages. Tous les deux considéraient Elizabeth comme la dernière conquête de Johnny. Lorsqu'ils la gratifièrent du titre de petite amie de Johnny, Elizabeth se sentit plus en sécurité. Ils passaient leur temps à la taquiner par des galanteries du genre : « Johnny, si tu te lassais de cette dame, pense à moi. Je prendrais volontiers la suite, vieux frère... »

Dans le grand appartement de Earls Court, ils avaient chacun leur chambre. Pourtant, jamais Johnny ne proposait à Elizabeth d'y passer la nuit lorsque les deux autres locataires étaient présents. Peut-être voulait-il ménager sa réputation, en montrant qu'il la traitait comme une dame. Si elle avait raconté ça à Tante Eileen, elles auraient bien ri... à dire vrai, non, Tante Eileen l'aurait fermement désapprouvée. Elle avait beau être d'une grande tolérance, faire preuve d'une infinie compréhension pour toutes sortes de situations, elle n'aurait pas admis celle-là. Elle lui aurait parlé sans détour :

— Tu as tort de te conduire ainsi. C'est bête et irresponsable. Dieu a instauré le mariage pour une très bonne raison. Cela permet à deux personnes de vivre ensemble dans les meilleures conditions possibles, à l'abri de la loi et avec l'assentiment des gens qui les entourent. S'il t'aime autant que tu le crois et autant que tu l'aimes, pourquoi n'en parle-t-il pas à ton père et à ta mère, en un mot pourquoi ne t'épouse-t-il pas ? Pourquoi est-ce qu'il te fait entrer et sortir de chez lui furtivement, comme une criminelle, comme une fille de rien...

Oui, Tante Eileen l'aurait condamnée. Mais Elizabeth était une adulte, une femme de dix-neuf ans. Elle vivait à Londres, pas dans un trou perdu comme Kilgarret. La peur du péché, de l'impureté, propre aux catholiques, lui était étrangère. D'ailleurs les mentalités avaient changé. Tante Eileen était quelqu'un de très bien, mais vieux jeu...

De temps en temps Elizabeth invitait Johnny à passer l'après-midi à Clarence Gardens. C'était souvent lorsqu'il avait à faire des livraisons et qu'il disposait de sa journée. De son côté Elizabeth séchait des cours théoriques ou pratiques. Ils s'en faisaient chaque fois une vraie fête... la dînette dans la cuisine, la porte d'entrée fermée à double tour, pour le cas où Papa rentrerait de la banque avant six heures vingt-trois. Et hop ! ils montaient dans la chambre d'Elizabeth. Le lit était étroit mais l'éclairage romantique, et Elizabeth avait judicieusement remplacé tout ce qui était d'un bleu criard par des objets de son choix.

Certain après-midi où ils savouraient le plaisir de rester étendus côte à côte sur le petit lit, en se partageant une cigarette, Elizabeth eut l'impression de n'avoir jamais été aussi heureuse. Et cependant elle se souvint qu'elle était arrivée à une limite qu'elle ne devait pas franchir. Il lui était interdit de demander à Johnny de lui faire des serments d'amour, de fidélité. Elle devait se contenter du présent et ne demander aucune assurance sur l'avenir. A ce prix Johnny serait comblé et il lui resterait attaché. Aucune ombre n'altérerait leur entente.

Il arrivait à Johnny d'évoquer des filles qui avaient enfreint les règles.

Par exemple, Tom avait eu une petite amie, mignonne à croquer; seulement, elle ne pensait qu'au mariage et à le présenter à sa mère.

— Mon chéri, moi aussi je t'ai présenté à Maman, lui fit malicieusement remarquer Elizabeth.

— Oui, mais je n'ai surpris aucune lueur d'espoir dans tes yeux! lui répondit Johnny en riant.

Il avait acheté des préservatifs. D'horribles accessoires en caoutchouc qui paraissaient à première vue totalement inutilisables et qui semblaient l'irriter et le gêner beaucoup. Elizabeth chercha s'il y avait un moyen pour lui éviter ce désagrément. Elle n'allait sûrement pas se fier à la période « sûre » dont elle savait trop bien qu'elle assurait infailliblement aux familles irlandaises une innombrable progéniture. Kate et d'autres filles de l'Académie lui avaient affirmé qu'en pratique il n'y avait que des périodes dangereuses. Tout le reste c'était de la blague.

— Mais il n'y a rien que les femmes puissent faire? demanda-t-elle à Kate, en se faisant l'impression d'être la dernière des gourdes.

Kate lui décrivit de façon précise un bon nombre de techniques qui semblèrent à Elizabeth toutes pires les unes que les autres. Autant en rester à la méthode de Johnny; d'ailleurs, il ne semblait pas penser qu'elle dût prendre une initiative dans ce domaine.

A l'occasion il lui faisait des confidences concernant sa famille, ce qui revenait à avouer qu'il n'en savait pas grand-chose. De sa mère, il ne parlait qu'en blaguant. Il n'avait aucune affinité avec son frère, quant à son père, il ignorait totalement où il vivait et s'il lui avait donné des demi-frères ou des demi-sœurs.

Lorsqu'il recevait de sa mère des lettres drôles et plutôt farfelues, il en faisait profiter Elizabeth. Si elle venait à lui écrire pour se plaindre de sa solitude et d'être abandonnée par ses ingrats de fils, il laissait tomber d'un air indifférent :

— Des jérémiades de vieille harpie.

Une seule fois, Elizabeth commit l'erreur de lui demander :

— Est-ce qu'un jour tu m'emmèneras la voir ?

— Pourquoi ? lui lança-t-il en fronçant les sourcils.

— Comme ça ! Pour lui demander de cesser de se conduire comme une vieille harpie et d'irriter son beau gosse de fils, dit-elle en s'en tirant par une pirouette habile.

Ça marcha.

— Tiens, pourquoi pas ? Nous irons un de ces jours, dit Johnny.

Pour ses dix-neuf ans Papa offrit à Elizabeth un coffret à bijoux. Il s'était rendu en personne dans le magasin de Mr Worsky et avait demandé à Johnny de le conseiller pour un cadeau. Il avait déjà rencontré Johnny cinq ou six fois et le considérait comme un jeune homme bien élevé, de surcroît associé de Mr Worsky, qui n'avait rien d'un vulgaire brocanteur.

Il confia à Johnny qu'il était prêt à y mettre dans les trente shillings, deux livres au maximum. Johnny lui montra un coffret ancien et l'assura qu'à trente shillings il faisait une affaire. Mr White marmonna que c'était cher payer une boîte vide, mais il la prit. En réalité l'exquis coffret ciselé coûtait dix livres, et Johnny mit de sa poche la différence dans la caisse pour que Mr Worsky ne soit pas lésé. Et de son côté il choisit pour Elizabeth une broche en marcassite décorée d'un oiseau bleu. Elizabeth, qui connaissait le prix du coffret, fut touchée et stupéfaite que Papa ait dépensé tant d'argent pour lui faire un cadeau. Johnny ne la détrompa pas. Elizabeth reparla à Johnny d'Aisling dont l'anniversaire tombait presque en même temps que le sien. Cette Aisling pour qui il l'avait aidée à trouver le recueil d'aquarelles. Ensuite ils l'avaient feuilleté et Elizabeth lui avait décrit les monts Wicklow, le cours de la Slaney, qui traverse Wexford, et les vieilles maisons couvertes de plantes grimpantes, menaçant ruine mais si belles avec leurs portes de pur style anglais.

— Pourquoi n'irait-on pas cet été? Qu'est-ce que tu en dis? Ce n'est pas une mauvaise idée! On partirait avec une camionnette et une fois sur place on en louerait une autre. A notre retour Stefan n'aurait plus qu'à ouvrir un nouveau magasin. Et on irait voir tes amis, ces O'Connor. Tu dis tout le temps que tu voudrais y retourner. Pourquoi pas? Mais c'est curieux, tu n'as pas l'air emballée.

— Oh, si!

— Alors?

— Oui, peut-être, cet été.

Elle hésitait. Comment avouer à Johnny qu'elle ne souhaitait pas y retourner dans ces conditions? Comme un chasseur pénétrant dans les maisons des gens pour mettre la main sur leurs vieux trésors, dans les maisons où on l'avait accueillie comme la petite réfugiée de guerre. Elle ne voulait pas faire sa réapparition sous les traits d'une jeune femme dure, sophistiquée, connaissant la valeur des choses et le profit qu'on peut en tirer. Et, pire encore, revenir à Kilgarret accompagnée d'un garçon avec qui il n'y avait pas Promesse de Mariage... comme entre Maureen et Brendan Daly, et peut-être bientôt entre Peggy et son Christy. C'était précisément ce qui manquait à Elizabeth : une Promesse de Mariage. Tant qu'elle ne saurait pas où elle en était avec Johnny, elle préférait s'abstenir de le présenter à sa seconde famille de Kilgarret.

Tout le monde s'accordait pour reconnaître que c'était tout à fait imprévisible mais qu'Aisling faisait merveille dans son nouveau travail à la Quincaillerie O'Connor. Ce succès était dû en grande partie aux efforts d'Eileen pour lui aplanir les difficultés du démarrage... mais Aisling ne s'en rendit jamais compte.

Elle resta convaincue qu'elle devait sa réussite à sa force de caractère. Eileen avait insisté pour qu'Eamonn et Aisling disposent chacun d'un espace professionnel bien à eux. Sean commença par s'opposer avec force à ce projet qu'il jugeait ridicule :

— Mais comprends donc qu'ils ont besoin de se sentir vraiment nécessaires en accomplissant un vrai travail, lui expliqua Eileen, qu'ils ne sont plus là simplement pour nous donner un coup de main. Il faut qu'ils puissent être fiers de...

— Fiers de quoi ? Ça ne leur suffit pas de trouver une affaire qui marche ? De ne pas être obligés de s'expatrier comme tant d'autres ? Ce ne sont pas des motifs de fierté suffisants ? Et nous, lorsqu'on travaille comme des esclaves...

— Fierté n'est peut-être pas le mot qui convient, concéda Eileen. Ce que je voudrais essayer d'obtenir c'est qu'ils fassent bien la distinction entre le magasin et la maison. Qu'ils sachent qu'au travail il n'est pas question de nous répondre avec insolence ou d'ergoter comme ils ne s'en privent pas chez nous.

Elle obtint ce qu'elle voulait, à l'usure. Un coin du magasin fut nettoyé, repeint, délimité par des cloisons et une porte : Eamonn avait son propre domaine. On expliqua autant de fois que cela s'avéra nécessaire qu'il était plus commode pour les fermiers des environs de savoir où ils pouvaient toujours trouver Eamonn, qu'ils appelleraient par son prénom comme ils l'avaient toujours fait pour Sean. En revanche, puisque Eileen était Mrs O'Connor il allait de soi qu'Aisling serait Miss O'Connor. Dans le bureau d'Aisling trônait une machine à écrire toute neuve, sans compter un vrai siège de bureau, un meuble de rangement pour les registres, les factures, la correspondance. Tout y était à ce point exemplaire qu'un professeur de l'Ecole commerciale n'hésita pas à déplacer sa classe pour lui montrer le bureau d'Aisling comme modèle de réalisation efficace et moderne. Aisling fut enchantée, et ses anciennes camarades de classe plutôt ulcérées.

Ses blouses vertes très seyantes et sa vitalité naturelle lui conféraient l'autorité requise. Le pauvre

Jemmy, qui était resté à tous points de vue un enfant, l'appela sans hésiter Miss O'Connor.

— Jemmy peut continuer à m'appeler Aisling, confia-t-elle à Maman dès le premier jour. Il me connaît depuis toujours.

— Non, il est très content de t'appeler Miss.

— Mais, Maman, je ne veux pas prendre de grands airs avec ce pauvre garçon.

— Tu n'y es pas du tout, ma fille. Il est très heureux de faire comme tout le monde. De ton côté tu dois veiller à être toujours polie avec lui, surtout s'il y a du monde. Rien ne lui fait plus plaisir.

Aisling se souvint que Maman lui demandait son avis à tout propos.

— Jemmy, est-ce que tu as une idée de l'endroit où on aurait pu ranger ces nouveaux abat-jour?

Jemmy s'arrêtait de balayer :

— Sapristi, non, M' dame. Peut-être qu'ils sont dans l'arrière-boutique.

— Sûrement, Jemmy. Merci beaucoup, ils doivent y être.

Pendant des années, irritée et sceptique, Aisling avait jugé ces conversations inutiles. Pourquoi interroger le pauvre Jemmy? Maintenant elle se rendait compte à quel point Maman était avisée et fine, sans en faire étalage.

Au cours des premières semaines, Eileen initia Aisling aux subtilités compliquées des avoirs et des crédits. Elle écouta attentivement les suggestions de sa fille pour simplifier le fonctionnement quotidien de leur comptabilité.

Parfois les erreurs, les lacunes, les confusions désespéraient la jeune secrétaire :

— Maman, rends-toi compte, faute de répertoire alphabétique tu te donnes deux fois plus de mal. Et c'est enfantin à faire. J'en viendrai à bout en deux jours.

Eileen reconnut qu'elle avait fait preuve d'une négligence coupable. Elle ne dit pas qu'elle aurait difficilement trouvé le temps de constituer un répertoire alphabétique quand elle devait tout mener de front :

aider Sean à servir la clientèle, décider à qui on pouvait faire crédit et à qui il fallait envoyer des rappels de facture, faire marcher la maison et s'occuper de six enfants avec, pour toute aide, une écervelée de bonne. Au contraire, elle rendit grâce à Aisling de prendre son rôle si au sérieux.

— Eh bien, c'est entendu, dit Aisling, je peux m'y mettre dès ce soir à la maison.

— Pas question d'emporter du travail à la maison, s'interposa Eileen. Si tu avais un emploi chez les Murray ou à l'hôtel, tu les enverrais au diable s'ils te confiaient du travail à faire chez toi.

— Maman, qu'est-ce que j'ai de mieux à faire?

— Tu peux toujours aller faire un tour, ne serait-ce que pour t'assurer qu'il n'y a vraiment pas un homme dans le pays qui soit susceptible de te plaire.

— Maman, je te l'ai déjà dit, les hommes ne m'intéressent pas, et c'est tant mieux, parce qu'ici il n'y a vraiment pas l'embarras du choix.

— C'est ce que tu penses?

— Tout à fait. Tu sais, lorsque je jugerai le moment venu j'irai à Dublin et je ratisserai la ville. Ici, c'est tout vu.

Joannie prétendait qu'à Dublin il y avait des hommes sensationnels. Mais il était difficile de savoir ce qu'elle entendait par là. Elle ajoutait qu'ils avaient des autos, qu'ils portaient le complet et la cravate, et qu'ils prenaient le café dans les établissements de Grafton Street, flânaient dans Stephen's Green ou allaient aux courses.

— Et qu'est-ce qu'ils font, je veux dire quels métiers ils ont?

— Je ne sais pas, admettait Joannie.

— Mais d'où leur vient l'argent? Ils sont riches ou quoi? insistait Aisling.

— J'ai l'impression que beaucoup font des études ou travaillent dans les affaires de leurs parents.

— Je travaille chez mes parents, lui rappelait fièrement Aisling. Et je ne passe pas pour autant mes journées à discuter dans les cafés.

— Pour la bonne raison qu'ici il n'y a pas de cafés ni de gens intéressants à qui parler, lui répliqua Joannie.

— Oui, tu as sûrement raison.

· On ne pouvait rien tirer de Joannie. Elle ne parlait qu'avec réticence de sa vie à Dublin, en termes vagues. Il était bien révolu le temps où elles s'amusaient d'un rien, jugeant avec ironie tout ce qui passait à leur portée.

Aisling se dit qu'il en allait de même avec Elizabeth. Elle paraissait de plus en plus distante dans ses lettres et restait toujours très évasive sur ce qui était devenu vraiment important dans sa vie. C'était peut-être une conséquence inévitable du passage dans le clan des adultes. On perdait toute spontanéité, toute fantaisie. On devenait réservé, prudent, secret. L'amitié était une affaire de jeunes. Niamh avait une amie, Sheila Moriarty. C'était à en devenir dingue de les entendre hurler de rire à propos de n'importe quoi.

— Vous ne venez plus guère à la maison voir Joannie, lui dit un jour Tony Murray qui était venu acheter du fil de fer. Etes-vous fâchées ?

— Non, mais elle est très occupée. Elle est souvent à Dublin, elle s'y est fait beaucoup d'amis. De mon côté mes journées ici sont bien remplies, et le soir il n'y a rien à faire en ville.

— Au moins, avant, lorsque vous veniez à la maison vous aviez toujours des histoires drôles à nous raconter !

— J'ai peut-être un peu plus de bon sens maintenant, lui répondit Aisling.

— C'est bien dommage, remarqua Tony.

Il revint souvent au magasin, échangeant quelques mots, mais évitant de plaisanter avec Aisling. Un soir Eamonn déclara qu'à son avis Tony Murray avait un grain : il passait son temps à venir chercher du tuyau ou des boîtes de clous, quitte à repartir deux jours de suite avec la même chose sans y prêter la moindre attention.

— La plupart du temps il est complètement dans la lune, conclut Eamonn.

— Je crois qu'il est amoureux d'Aisling, annonça Donal.

Aisling posa sa fourchette et s'écria en riant :

— Tony Murray amoureux de moi ? Enfin, réfléchis, il a l'âge de Mathusalem. Il ne risque pas de me faire la cour.

— Arrête de te moquer des clients et ne va pas te mettre des idées stupides en tête, lui dit Sean sans lever les yeux de son journal.

— Je ne me fais aucune idée, Papa, c'est Donal. Dis donc, Donal, qu'est-ce qui te fait dire ça ?

— Je l'ai vu dimanche à la messe, il te regardait comme les gens qui sont amoureux.

— C'est-à-dire ? demanda Eileen amusée.

— Avec des yeux de merlan frit, suggéra Eamonn.

— Comme cela, proposa Niamh en joignant les mains et en fermant les yeux dans l'attitude d'un suppliant. Sois mienne, Aisling, sois mienne !

— Moi je dirais plutôt fiévreux, pâle et ravagé par l'angoisse, déclara Aisling.

— Non ! assura Donal. En réalité il ne te quittait pas des yeux durant le sermon, et à la sortie il ne perdait pas un mot de ce que tu disais et il riait à tout bout de champ.

— Quelle histoire si Tony a le béguin pour Aisling et qu'ils se marient ! On aura tout plein d'argent et un jardinier comme les Murray ! s'exclama Niamh.

— Quelle gourde ! dit Eamonn d'un ton écœuré. Qu'est-ce qu'on ferait d'un jardinier, on n'a pas de jardin...

— Mais qu'est-ce qui vous prend tous à vouloir à tout prix me jeter dans les bras de ce Tony Murray ? gémit Aisling. C'est un vieux, il a près de trente ans, il est de la génération de Papa et Maman.

Mais le lendemain soir au cinéma, lorsque Aisling aperçut Tony Murray elle prit des poses, rit à tout propos et lui lança des œillades assassines, ne serait-ce que pour savoir s'il y avait un semblant de vérité dans ce qu'avait affirmé Donal. A sa surprise, Tony Murray ne semblait attendre que ça.

— Est-ce que vous serez là demain soir ? lui deman-da-t-il.

— Est-ce que vous me demandez ça par politesse ou parce que vous avez envie de me revoir ? minauda Ais-ling.

— C'est pour vous inviter au cinéma, répondit-il.

— J'accepte.

— Je vous retrouverai ici ?

Ils consultèrent l'affiche... *Le Grand National*.

— C'est sûrement bien !

Le silence retomba.

— Oui, je crois ! dit Tony. On a de la chance, reprit-il au bout d'un moment, c'est un autre programme.

— Oui, comme tous les jeudis.

Sur le chemin du retour, en compagnie de Judy Lynch et d'Annie Fitzpatrick, Aisling donna libre cours à son excitation :

— J'ai un rendez-vous demain soir. Tony Murray m'a invitée au cinéma !

La confidence sembla faire grande impression sur les deux jeunes filles.

Chère Aisling,

Tu m'en dis trop ou pas assez sur ce Tony Murray. La dernière fois que tu m'en as parlé c'était à propos de Joannie, qu'il avait surprise dans une situation qui n'a jamais été tirée au clair... mais surtout, il m'avait sem-blé qu'il était très vieux. Tu es allée au cinéma avec lui deux fois en six semaines. Peut-on parler d'idylle ? T'a-t-il fait, comme on dit, des « Propositions » ? J'espère que tu vas tout me raconter, je sais garder un secret, et d'ailleurs je suis si loin du théâtre des opérations !

Mrs Ellis, l'affreuse bonne femme qui a des vues sur Papa, ne désarme pas. Papa va avoir cinquante ans, elle a décidé d'organiser une petite soirée pour « le demi-siècle de votre papa ». J'ai coupé court à ses assauts en lui disant que justement j'organisais un petit dîner familial à la maison. Oncle Sean a-t-il eu cinquante ans ? Est-ce que vous avez célébré l'événement ? En fait de dîner familial, il y aura Papa et moi, ça n'a rien d'exaltant. Mais lorsqu'il saura que je l'ai sauvé des griffes de cette Mrs Ellis, ça le mettra peut-être de bonne humeur.

Je vois beaucoup Johnny. J'ai du mal à t'en parler. J'ai essayé, j'ai tout déchiré, ça ressemblait trop aux romans d'amour à l'eau de rose... alors que c'est tout, sauf ça. Je l'aime beaucoup, lui aussi... mais on ne s'est jamais dit « Je t'aime ». Si on se revoit toutes les deux, j'essaierai d'être plus claire. Tu me demandes comment il est. Je dirais qu'il ressemble un peu à Clark Gable, en plus svelte et sans la moustache. En un mot il est très brun, très beau et il a beaucoup de succès, mais il n'a pas l'air de s'en apercevoir. Mes pensées affectueuses pour tout le monde. J'écris de temps en temps à Tante Eileen, comme tu sais. Il n'y a aucun secret !... Mais je ne lui ai pas donné de mes nouvelles depuis longtemps, tout ici est si agité, si compliqué, j'espère qu'elle ne m'en tient pas rigueur.

Tendresses,
Elizabeth

Chère Elizabeth,

Comme Clark Gable, ce n'est pas possible ! Je comprends ta discrétion : tu ne veux pas le partager. Puisque tu me demandes de te parler de Tony, je me lance. Il est très vieux, trente ans, et bientôt trente et un. Il est allé à l'Université mais il n'a pas préparé de diplôme. Il s'est initié aux affaires à Limerick et maintenant c'est lui qui dirige la maison de commerce familiale. Il a l'air très amoureux de moi. Je ne sais pas pourquoi. Il pose sa main sur ma nuque, qu'il serre, ce qui est très désagréable, et dans sa voiture il m'embrasse en essayant de glisser sa langue entre mes dents. De temps en temps je le laisse faire, pour voir, mais je n'aime pas tellement ça.

Il me dit qu'il me trouve très belle, ça fait toujours plaisir. Par ailleurs il vient souvent à la maison pour parler avec Papa et Maman, autrement dit tout le pays sait qu'il est *intéressé*, comme on dit. Papa se demande si c'est du lard ou du cochon. Ce n'est certes pas comme avec Brendan Daly, tout le monde ici sait bien que les Daly n'ont pas inventé la poudre à canon. A

Kilgarret, Tony fait figure. Maman ne pipe mot mais elle pense que je profite de ses sentiments pour le faire marcher. Moi! Aisling O'Connor, faire marcher une personnalité d'un âge déjà respectable! De toute façon il ne me fait ni chaud ni froid. Et surtout je le trouverais plus attirant si chaque fois qu'on est en tête à tête dans sa voiture il ne se croyait pas obligé de prendre une tête d'abruti et de haleter et souffler comme un phoque.

Je ne risque pas de le comparer à Clark Gable. D'abord il est plus gros. Il est brun, frisé, et assez trapu. Il n'est pas désagréable à regarder mais ça ne va pas plus loin. Et maintenant, à toi. Moi je t'ai tout dit! Je n'ai jamais rien déchiré, rien censuré, et pourtant, ces précisions sur les baisers, c'est plutôt répugnant!

Tendresses,
Aisling

Chère Aisling,

C'est promis, dans quinze jours je te dirai tout. Pour le moment je n'ai pas une seconde à moi. Dans quinze jours, tout, je ne t'épargnerai aucun détail.

Patience!

Tendresses,
Elizabeth

Papa ne voulait pas entendre parler de célébrer son cinquantième anniversaire.

— Je n'ai qu'un père, ce père va avoir un demi-siècle. Il faut le fêter. On a le choix : on peut dîner au restaurant et se payer un bon vin, j'ai suffisamment d'économies pour t'offrir ça. Ou inviter tous tes partenaires de bridge ici et organiser une petite soirée à laquelle tu pourrais convier des collègues de la banque et quelques voisins...

— Non, si on ne joue pas au bridge ça ne les intéressera pas.

— Tu as raison, dit Elizabeth.

— Quant au restaurant, c'est trop cher!

— D'accord. Si tu veux, dînons ici. J'inviterai

Johnny, j'achèterai du vin et je vous ferai un repas recherché.

— C'est une bonne idée, dit Papa, soulagé. Il est très agréable, ce Johnny Stone.

Oui, pensa Elizabeth, tout le monde adore la compagnie de Johnny. Mais le plus dur restait à faire — obtenir qu'il vienne dîner.

— Si je te demande une faveur, tu n'iras pas t'imaginer que je manœuvre pour t'amener à m'épouser?

Dans la chambre de Johnny, ils étaient étendus par terre, enroulés dans des draps. Ils lisaient les journaux du dimanche en buvant du lait avec des pailles.

— Hum! Je me méfie de ces précautions oratoires! dit-il sans cesser de lire.

— Ne te monte pas la tête. C'est bientôt l'anniversaire de Papa, il aura cinquante ans. Je veux faire un dîner en son honneur... et j'ai pensé que tu pourrais être notre invité. Il aime parler avec toi.

— N'y compte pas, chérie. D'abord parce qu'un anniversaire est une affaire de famille. Et ensuite parce que je ne suis pas fait pour ce genre de célébration sentimentale... tu sais bien que je déteste passer Noël avec la Reine Mère...

— Tu as pourtant dîné avec Maman et Harry?

— Mais ça n'avait rien à voir, mon trésor. C'était improvisé et sans aucune cérémonie.

— Je t'en prie, Johnny. Tu me ferais plaisir.

Il s'était remis à lire son journal.

— Non. Je me sentirais déplacé, mal à l'aise. Ça ne me plairait pas.

— Il ne t'arrive jamais de faire des choses qui te déplaisent? lui demanda-t-elle plutôt sèchement.

— Non, pas souvent, répondit-il, surpris. Pourquoi?

— Moi ça m'arrive souvent, comme à la plupart des gens. Je t'en prie, Johnny, juste une fois pour me faire plaisir. Papa sera si heureux.

— Non, mon poussin, demande à quelqu'un d'autre.

C'était sans appel. Il ne viendrait pas. Il ne lui ferait pas cette faveur, et il refusait d'en discuter davantage.

Elle n'aurait rien gagné en s'obstinant. C'était ça ou

rien. Elizabeth se souvenait avoir vu Lily, une ancienne petite amie de Johnny, venir le relancer au magasin. Bien inutilement. Elle tenait visiblement toujours à lui, mais les jeux étaient faits, elle avait été une fois pour toutes jugée inapte... parce qu'elle s'était oubliée au point de faire une scène quand Johnny avait refusé de l'accompagner à son bal de fin d'année à l'Université... Elizabeth se reprit à temps.

— OK, espèce de voyou égoïste. Vous ne savez pas ce que vous allez manquer, un dîner de rois ! lui dit-elle gaiement.

Elle jouait la désinvolture, la bonne humeur. Un petit tour de force. Rien ne transparaissait de sa peine, de son désarroi. Car elle venait de recevoir une cuisante leçon : Johnny ne ferait aucune concession, ne renoncerait à aucun de ses principes. Si elle tenait à être sa partenaire privilégiée, elle devait accepter de jouer sur son terrain et selon ses règles — autrement dit, apprendre à feindre et à se contrôler, et toujours avec le sourire...

Au terme d'ébats passionnés où Aisling défendait pied à pied une place que Tony était de plus en plus impatient de conquérir, il lui demanda de bien vouloir l'écouter sérieusement. Ils étaient dans sa voiture, par un beau soir d'été :

— Il faut que tu saches que je n'ai jamais rencontré une fille qui m'attire autant que toi.

— C'est très gentil, Tony, mais ne compte pas me faire retirer mon soutien-gorge !

— Tu sais, je préfère ça. Tu n'es pas le genre de fille à aller avec n'importe qui, et c'est pour ça que je te respecte, déclara-t-il, encore tout empourpré par ses efforts.

— Je suis comme ça, c'est tout.

Elle était assez interloquée. Parce qu'elle l'avait tout de même laissé aller si loin... Bien que manquant d'expérience en ce domaine, elle se rendait cependant compte qu'elle laissait Tony assouvir ses plus bas instincts dans ces étreintes fougueuses... pratiques que les religieuses flétrissaient comme propres à induire les hommes à commettre le péché mortel.

Tony ne l'en respectait pas moins.

— Mais je trouve de plus en plus dur de continuer à sortir ensemble...

— Oh! j'aime beaucoup sortir avec toi, l'interrompit Aisling, en faisant semblant de ne pas comprendre.

— Je ne parle pas de ça. Tu le sais bien. Ce que je veux dire c'est que j'ai de plus en plus envie de t'avoir tout à moi, tout le temps.

Aisling décida que ça avait toutes les apparences d'une demande en mariage. Elle regarda Tony un moment, comme elle aurait regardé un inconnu.

Physiquement il était plutôt attirant, avec ses yeux noirs et son cou massif. D'autres filles le trouvaient beau. Elle savait que Papa l'approuverait... « Ce ne serait pas une mauvaise chose, petite, si tu épousais un Murray », lui avait-il dit sur le ton de la plaisanterie, mais il le pensait sérieusement. Maman était plus réservée, elle trouvait qu'Aisling était encore beaucoup trop écervelée.

« C'est vrai que je suis écervelée, pensa Aisling avec une conviction toute neuve. Raison de plus pour réfléchir. Pas question de le laisser faire sa proposition maintenant. »

Elle lui donna un baiser sur le front.

— Tu es un homme très séduisant, Tony, et plus d'une fois tu m'as dit des choses qui ont bien failli me faire tourner la tête. Mais toi, tu es un adulte qui sait ce qu'il fait. Pas moi. Je suis jeune, stupide comme une fille qui n'est jamais sortie de son trou.

Il fit mine de vouloir parler, mais elle poursuivit :

— Ce qu'il me faut, c'est voir du pays, acquérir un peu de jugeote, sinon je ne ferai que des bêtises. Regarde, toi tu es allé à l'Université, tu as vécu à Limerick et à Dublin, tu es allé à Rome et en France. Moi je n'ai pas voyagé plus loin que Dublin et j'ai passé une nuit à Dun Laoghaire... et j'étais avec toute la famille. Pour le moment je ne suis qu'une petite provinciale... si j'arrive à être moins sotte, alors tu seras fou de moi!

— Tu me plais comme tu es, grogna Tony.

Aisling s'était arrangée pour qu'ils retrouvent tout naturellement leur position assise, ce qui revenait à mettre fin à leur partie de catch...

— Oui, mais ce n'est rien encore. Attends que je sois sophistiquée, avertie! C'est alors que je serai une conquête de premier choix!

— Je n'ai pas envie de te voir devenir sophistiquée, lui dit-il d'un air buté.

— Je suis sûre que tu préférerais que j'aie plus de bon sens, plus de classe. Allez! avoue que tu préférerais avoir affaire à une fille cultivée plutôt qu'à une buse telle que moi?

— Et où vas-tu aller chercher toute cette classe, cette sophistication et je ne sais trop quoi? marmonna Tony.

Aisling avait beau se torturer l'esprit, elle ne voyait pas trop comment donner à cette très simple question une réponse valable.

— Je n'ai encore rien décidé, mais je crois qu'un petit voyage ferait l'affaire. Je n'ai pas encore vingt ans, tu sais. Et je ne veux pas devenir plus tard comme ces affreuses mémères qu'on voit à l'église, qui gobent tout ce que le curé leur dit et ne savent que singer Mr ou Mrs Machin...

Il convint en renâclant qu'elle avait raison, et la raccompagna jusqu'à la Grand-Place.

Comme toujours Maman veillait :

— Tu rentres bien tard! lui dit-elle sans y mettre de reproche.

— Je sais. On a fait un tour en voiture après le cinéma et il m'a parlé assez longtemps.

D'un coup d'œil dans la glace elle s'assura qu'elle n'avait pas le visage barbouillé de rouge à lèvres et que son corsage était boutonné comme il faut.

Mais Maman ne la regardait pas d'un œil soupçonneux.

— J'attendais que tu sois rentrée, dit-elle en rangeant sa couture et en commençant à éteindre l'électricité.

— Ce n'était pas la peine. Tu n'as pas à t'inquiéter, je

rentrerai toujours à la maison. Tu peux avoir confiance.

— J'ai confiance, ma fille, mais je n'ai jamais vécu cela, tu comprends ? A ton âge Maureen était à Dublin. Et avec Sean, et ensuite Eamonn, c'était différent. Un garçon peut rentrer à n'importe quelle heure...

— Maintenant je ne te cause plus de tracas ? Au magasin je suis gentille et efficace, je sors avec un des meilleurs partis de la ville... et finalement je ne suis pas si cruche que ça. Ce soir je lui ai dit que j'étais trop jeune pour prendre des décisions importantes. Qu'avant, il fallait que je voyage.

Maman éclata de rire.

— Et où vas-tu aller ? A Wicklow, ou peut-être plus loin, à Wexford ?

— Je ne sais pas, peu importe. Je voulais simplement qu'il voie que je connaissais mes limites.

Maman se remit à rire en lui ébouriffant les cheveux :

— Tu passes par toutes les humeurs, hein ? Tony Murray ne doit vraiment pas s'ennuyer.

Sur la table du vestibule, une lettre de Londres l'attendait. Aisling s'en empara avidement pour la lire dans son lit. C'était la lettre que lui avait promise Elizabeth, où elle devait tout lui raconter. L'enveloppe était d'ailleurs assez gonflée.

Elle commença par prendre au passage un verre de lait et une tranche de gâteau à la cuisine.

La lettre était très courte. L'impression d'épaisseur venait de quatre billets de cinq livres à l'effigie du Roi d'Angleterre.

Chère Aisling,

C'est peut-être idiot d'accorder de l'importance à ce qu'on a fait étant enfant ! Est-ce que tu te souviens qu'en devenant sœurs de sang nous avions juré de nous venir en aide si l'une de nous avait des ennuis ?

J'ai besoin de toi, besoin que tu m'aides. Je t'en prie, viens en Angleterre. Je t'envoie l'argent du voyage. Viens aussitôt, il faudrait que tu sois là samedi. C'est le jour anniversaire des cinquante ans de papa et je ne peux m'en sortir seule. Je t'en supplie, viens. Je te dirai tout de vive voix. Arrange-toi pour que Tante Eileen ne sache pas que c'est si urgent. Dis que tu veux prendre un peu de vacances. Je t'en prie.

Elizabeth

Le destin fait parfois bizarrement les choses...

Elizabeth n'avait pas remarqué que ses seins avaient gonflé mais elle savait que ses règles étaient en retard de trois semaines — ce qui ne lui était jamais arrivé. Elle consulta une fois de plus le calendrier et se prit à sourire amèrement en pensant à toutes les filles qui, de par le monde, en faisaient autant en ce moment précis et, comme elle, se disaient que ce devait être nerveux, que ça ne pouvait pas leur arriver — le cœur tenaillé par la peur.

Elizabeth regarda par la fenêtre et aperçut Papa dans le jardin. Ses vains efforts pour bricoler, pour obtenir que le chèvrefeuille s'accroche au mur au lieu de s'obstiner à ramper sur le sol, lui semblèrent d'une tristesse insupportable. Il avait l'air d'un homme de soixante-dix ans, écrasé, défait par la vie. Elizabeth posa le calendrier de mauvais augure et descendit au jardin pour aider Papa.

— Oh! je ne savais pas que tu étais rentrée, lui dit-il, surpris.

— Je suis là depuis une bonne heure.

— Tu as fait le thé?

— Non, je t'aurais appelé. J'ai passé un moment dans ma chambre. Qu'est-ce que tu es en train de faire?

— Ma chérie, que veux-tu que je fasse? J'essaie d'empêcher ce jardin de retourner à l'état sauvage!

— Oui, mais quoi en particulier? Je pourrais t'aider.

— Oh! non, vraiment...

Il restait planté sur place comme un vieil oiseau désorienté.

— Tu voudrais désherber cette plate-bande? lui demanda-t-elle en maîtrisant son agacement.

— C'est-à-dire... elles ont tout envahi...

210

— Papa, il suffit de s'y mettre. A deux ça va être un jeu d'enfant. Je commence à un bout et toi à l'autre.

— Je ne sais pas si nous y arriverons!

— Et pourquoi donc? dit-elle d'un ton qu'elle contenait difficilement.

— Tu sais, c'est si compliqué... on ne distingue plus les fleurs des mauvaises herbes... tout a poussé si vite...

— Arrachons d'abord les mauvaises herbes que nous connaissons bien... on y verra déjà plus clair!

— J'en doute, dit-il en secouant la tête

Elizabeth alla chercher un morceau de carton dans le petit abri. Elle le plia pour le placer sous ses genoux à une extrémité de la plate-bande.

— Tu vois, ce n'est pas la mer à boire, lui cria-t-elle en arrachant les touffes d'herbes.

Mais il restait immobile, hésitant et sceptique, incapable de participer à cette imprévisible activité.

Il fallut quarante-cinq bonnes minutes à Elizabeth pour venir à bout de sa tâche. Elle était en nage. Elle rassembla les mauvaises herbes dans de vieux journaux et les mit dans la poubelle.

— Les éboueurs n'aiment pas ça, lui fit remarquer Papa qui avait passé son temps à tripoter le chèvrefeuille.

— Avec les journaux, ils n'y verront que du feu. C'est comme ça qu'on se débarrasse des corps coupés en morceaux.

La plaisanterie ne fit pas rire Papa.

Elizabeth alla prendre un bain, le plus chaud possible. Souvent, ça provoque la venue des règles. Et parfois même, s'il y a lieu, un autre résultat... à ce qu'on dit. En y pensant, Elizabeth se sentait plutôt mal à l'aise. Elle regarda son ventre. Il était toujours aussi plat. Non, elle se montait la tête. On s'inquiète si facilement...

Papa avait « préparé le dîner » : des sardines et des tomates sur des toasts. Elizabeth était décidée à mettre Papa de bonne humeur. Par un réflexe superstitieux : « Si j'arrive à faire rire Papa, ça voudra dire que je ne suis pas enceinte. »

Parler du jardin n'était pas très indiqué. La jungle

qui menaçait de l'autre côté de la porte avait une présence trop obsédante. Elle ne pouvait pas comprendre, il y avait des forces qui s'acharnaient sur les jardiniers du dimanche et contre lesquelles il était vain de lutter. Le bridge était un sujet périlleux, Mrs Ellis pouvait à tout moment faire tout échouer. Elle s'y risqua tout de même :

— Tu crois qu'elle ne désespère pas de venir s'installer ici ? demanda-t-elle en saupoudrant les tomates d'herbes séchées et d'épices.

— Je n'ai pas la moindre idée de ce que cette femme pense ou espère. C'est une femme très commune. Mr Woods a commis une grande erreur en l'acceptant dans le club. Il a été décidément mal inspiré.

— Si elle vous gêne à ce point, évincez-la.

— Oh ! Ce n'est pas possible. On ne peut pas dire à quelqu'un qu'il est indésirable.

— Organisez des parties sans elle. Rien ne vous oblige à jouer avec quelqu'un qui vous déplaît. Personne n'est tenu de faire des choses contre sa volonté, dit-elle en se souvenant de l'attitude et des déclarations de Johnny.

Mais Papa n'était pas de son avis.

— Mais si, on doit faire des choses même si elles ne vous plaisent pas. C'est évident et ça se produit sans arrêt... Oh ! Elizabeth, ne mets pas ces herbes et ces épices sur mes tomates... Je n'aime pas le goût que ça donne... merci... non, on ne peut pas toujours faire ce qui nous plaît.

— Mais si aucun de vous ne l'aime, vous n'allez tout de même pas la supporter éternellement ?

— Malheureusement si, il n'y a rien d'autre à faire.

Elizabeth avait débarrassé les tomates de Papa des herbes et des épices, pour en remettre dès qu'il regarda ailleurs. Elle posa les assiettes sur la table.

— Parle-moi du temps où tu avais vingt ans. Est-ce qu'il arrivait aux gens de faire ce qu'ils aimaient ?

— Je ne comprends pas ce que tu veux dire ?

— Lorsque tu as commencé à travailler à la banque. Est-ce que les gens avaient plutôt tendance à faire ce

212

qui leur passait par la tête ou est-ce qu'ils avaient un grand sens du devoir ?

— Je ne sais pas...

— Papa, essaie de te souvenir. C'était comment ?

— Très déprimant ! On sortait de la guerre, il y avait tant de blessés, de mutilés. Comme après la suivante, il y en avait qui plastronnaient et vous traitaient de planqué parce que vous n'aviez pas été reconnu bon pour le service.

— Ce n'est pas de ta faute.

— Je sais, mais va dire ça à des garçons en uniforme qui vous accusent pratiquement d'être resté caché sous votre lit. Des bravaches qui ne demandaient qu'à en découdre. Ma mère s'y opposait, mais dès le jour de mes dix-huit ans je suis allé au centre de recrutement. Seulement on m'a ajourné, parce que je manquais de résistance, j'avais le dos faible, c'est d'ailleurs pour ça que je peine tant à entretenir ce jardin. C'est impossible de s'occuper d'un...

— Avant de rencontrer Maman tu étais sorti avec beaucoup de filles ?

— Comment ? Qu'est-ce que tu veux dire ?

— Je voulais savoir si tu sortais beaucoup lorsque tu étais jeune ?

— Je te l'ai dit, c'était juste après la Grande Guerre. Tu m'attristes, avec tes questions !

— Mais pourquoi, Papa ? Il a bien dû t'arriver d'être heureux lorsque tu étais jeune. Tu devais être heureux lorsque tu es tombé amoureux de Maman... ?

— Elizabeth, je trouve que...

— Et quand Maman m'attendait, quand elle est allée chez le docteur et que vous avez su que vous auriez un enfant, qu'as-tu éprouvé ? Qu'est-ce que vous avez fait ? Vous avez fêté ça ?

— Je me souviens de ta naissance, pas du reste.

— Et tu étais content, ou est-ce que tu as pensé que ça allait poser des problèmes ?

— Non, j'étais content...

— Je n'en suis pas tellement sûre. Tu as bien dû t'inquiéter. Est-ce que tu te souviens pourquoi tu étais content ?

— Ma foi je crois que je pensais à Violet... que ça rendrait ta mère plus heureuse. Elle avait l'air si anxieuse. Mais vraiment, ma chérie, je n'aime pas beaucoup ce genre de conversation. Ça a tout d'un interrogatoire indiscret, et je dirai même impertinent. Ce sont des questions qu'on ne pose pas.

— Alors, comment sait-on ce que les autres éprouvent ?

— On en sait toujours trop.

— Je ne crois pas. Moins on en sait sur les gens, moins ils nous intéressent.

— C'est faux !

— Comment ! Je me donne un mal de chien pour que tu me parles de toi afin que moi aussi je puisse me confier à toi... que tu te sentes concerné par ce que je fais, par ce que je pense...

— Mais je m'intéresse beaucoup à ce que tu fais et je suis très fier de toi. Tu ne peux pas m'accuser de...

— Est-ce que tu as jamais parlé avec Maman de vos sentiments, de ce que vous pensiez, de ce que vous espériez et de ce que tu éprouvais à son égard...

— Elizabeth, vraiment...

— Parce que si tu ne l'as jamais fait, alors je comprends pourquoi elle est partie. Peu importait que tu ne sois pas à la hauteur ou que Harry s'en sorte mieux. Si elle est partie, c'est vraisemblablement parce qu'elle se sentait seule...

— Ah ! Parce que tu crois que son extravagant Harry Elton est un grand penseur ? Tu crois vraiment qu'il s'assied pour s'interroger sur le sens de la vie comme tu aimes le faire...? Quelle naïveté !

— Non, je ne pense rien de tel. Mais lui, au moins, il sait rire, s'amuser. L'idéal serait d'être capable des deux, mais je commence à croire que ça n'existe pas. Et toi, Papa, tu ne veux ni parler, ni rire, autrement dit avec toi on est privé de tout, c'est le désert !

Papa se leva, tout rouge et les traits crispés. Les muscles de son visage tressaillaient, il avait les bras le long du corps, les poings serrés. Il n'avait jamais eu l'air aussi misérable, aussi humilié.

— Eh bien, balbutia-t-il, je dois dire que je ne m'attendais pas à ça. J'étais occupé dans le jardin et tu viens inspecter mon travail, alors que jusqu'à ce jour tu n'as jamais eu l'idée de me donner un coup de main... Tu as critiqué la façon dont j'ai vécu ma jeunesse. Tu m'as attaqué parce que j'étais incapable de me souvenir de toutes les secondes qui ont précédé et suivi ta naissance... (Il luttait contre les sanglots.) Et ensuite, comme si ce n'était pas suffisant, tu me jettes des accusations blessantes concernant des événements pénibles... tu me rends responsable du départ de ta mère, alors que c'est elle qui manquait à ses devoirs...

Sa voix s'étranglait.

— Je ne sais pas ce qui t'a poussée, j'espère que c'est la conséquence d'une prise de bec avec ton jeune homme et qu'à l'avenir tu ne passeras plus tes nerfs sur moi.

C'était la première fois que Papa admettait que Johnny était le « jeune homme » d'Elizabeth. Qu'aurait-il pensé s'il avait su que quelques heures plus tôt elle et le jeune homme roulaient, enlacés, nus, sur le sol de Earls Court, qu'elle portait sûrement l'enfant de ce même jeune homme et qu'enfin il n'y avait eu aucun nuage entre eux et qu'il n'y en aurait pas?

Mais le sort en était jeté. Elle n'avait pas réussi à dérider Papa, bien au contraire. Autrement dit, elle était probablement enceinte.

Elle se leva.

— Tu as tout à fait raison. Une dispute stupide. Je n'aurais jamais dû m'en prendre à toi, je suis sans excuse. Je regrette beaucoup.

Elle monta dans sa chambre, prit quelques coupures de cinq livres dans sa tirelire et écrivit à Aisling.

10

Avant même d'arriver à Londres, Aisling constata qu'elle avait eu raison de dire à Tony qu'elle devait voyager et voir le monde.

Elle était à peine à bord du bateau pour Holyhead qu'un très beau garçon portant une chemise à col ouvert lui offrit malgré ses protestations un gin-citron. Sur ce, il l'entraîna dans une promenade sur le pont, lui déclara qu'elle était la plus belle fille du monde, tenta de l'embrasser, s'excusa, lui proposa le mariage et finalement se précipita dans un coin pour vomir. Aisling comprit seulement alors qu'il était ivre, mais deux étudiants la tirèrent de ce mauvais pas en s'employant à la persuader de les accompagner : ils profitaient de leurs vacances pour aller travailler dans une fabrique de conserves de légumes.

Dans le train pour Londres elle fit la connaissance d'un jeune instituteur gallois qui lui confia qu'il fuyait son village, où tout le monde voulait absolument le marier, pour aller vivre à Londres. Aisling s'empressa de lui raconter sa propre histoire, et lui avoua qu'elle était bien décidée à mettre à profit les quinze jours de congé que lui accordait Papa pour se faire une idée personnelle sur une foule de choses. Le Gallois déclara d'un ton sans réplique que c'était tout à fait insuffisant. Pourquoi ne partirait-elle pas avec lui en France ? Non, Aisling n'en demandait pas tant, d'ailleurs elle se rendait chez une amie en difficulté, qui tenait à ce qu'elle soit présente pour l'anniversaire de son père. Le Gallois n'y alla pas par quatre chemins; il fallait être dingue pour payer le voyage à quelqu'un qu'on n'avait pas vu depuis quatre ans afin qu'il vienne à Londres assister au dîner d'anniversaire de son père. Et pour qu'Aisling comprenne bien, il pointait son doigt contre sa tempe. Outrée, Aisling s'absorba dans un livre.

Enfin, à la gare d'Euston, un homme entre deux âges lui demanda si elle était perdue et lui proposa de l'emmener dans son taxi. Aisling le remercia, mais une amie venait la chercher.

Le lendemain du jour où était arrivée la lettre, Aisling avait téléphoné à Elizabeth pour lui annoncer qu'elle serait à Londres le soir même. Elizabeth parlait avec un accent comme celui des acteurs de cinéma. Elle lui dit que la gare d'Euston était très grande mais qu'elles ne pourraient se manquer si Aisling se postait près de la grille au bout du quai.

— Quand je suis revenue, il y a quatre ans, en arrivant je me suis sentie perdue, dit-elle.

— Oui, mais à l'époque nous étions encore des gamines, lui rappela Aisling.

Aisling scrutait anxieusement la foule. Elle se donna tout de même un coup de peigne, pour ne pas paraître trop échevelée. La valise de Maman jurait quelque peu avec son bel ensemble d'été couleur turquoise, mais il avait fallu choisir : une valise ou des chaussures neuves. Les chaussures lui avaient paru plus indiquées.

Elle avait dû dépasser Elizabeth sans la voir, parce qu'elle cherchait des yeux une adolescente aux cheveux blond pâle, mais qui serait à présent habillée en adulte. Et puis Elizabeth l'attrapa par la manche...

— Aisling ? demanda-t-elle en hésitant.

Aisling fit volte-face.

Elles se regardèrent un moment comme si elles avaient toutes les deux reçu un coup de poing dans le plexus solaire.

Elles parlèrent au même instant :

— Elizabeth, tu m'as sauvé la vie en m'invitant à venir...

— Oh ! Aisling, tu m'as tout simplement sauvé la vie...

Elles éclatèrent de rire et Aisling glissa son bras sous celui d'Elizabeth.

— Tu vois, toujours les sœurs siamoises... Tu te rends compte, si nous n'arrêtons plus de dire la même chose au même moment !

— Qui sait ? dit en riant Elizabeth qui essayait de soulever la valise d'Aisling. Qu'est-ce que tu peux bien transporter, des pierres ?

Aisling prit la valise :

— Non, un tas de provisions. Ils ne savaient plus quoi me donner : un gâteau pour l'anniversaire de ton père, du bacon, un poulet, et même du beurre, enveloppé dans des journaux et enfermé dans une boîte en fer. Je prie Dieu pour qu'il n'ait pas coulé dans la valise, que j'aie quelque chose à me mettre.

Elizabeth lui serra le bras et Aisling vit avec surprise qu'il y avait des larmes dans les grands yeux bleus qui mangeaient le visage si blanc.

— Je ne saurai jamais te dire à quel point je suis heureuse de te voir.

— Et moi! Dans l'autocar pour Dublin j'étais inquiète, je me demandais si tu aurais beaucoup changé. Mais non. Simplement, tu as minci. C'est la mode ou le rationnement? Et là, ajouta-t-elle en lui tapotant le ventre, tu es plate comme une planche à pain, comme on dit à Kilgarret. Vrai, je t'envie!

— Il vaut mieux faire envie que pitié, dit Elizabeth en pouffant de façon si contagieuse qu'Aisling prit un fou rire sans savoir pourquoi.

Aisling fit la conquête de Papa. Elizabeth n'en revenait pas de voir comment elle savait s'y prendre. Pour commencer, Papa n'avait été que très moyennement intéressé d'apprendre la venue d'une invitée. Il avait cependant aidé Elizabeth à transporter dans la cabane du jardin tout ce qui encombrait la chambre d'ami. Elizabeth s'était donné beaucoup de mal pour la rendre aussi accueillante que possible. Elle y avait disposé des fleurs et accroché un miroir acheté au magasin d'antiquités.

— Ristourne au personnel, avait annoncé Johnny en réduisant le prix de moitié.

— Eh! il ne faut pas léser Mr Worsky!

— Quand se mettra-t-on dans la tête qu'il s'agit de Worsky et Stone? Je suis un associé, mon ange, un associé en qui on a toute confiance et qu'on affectionne. Si je lèse quelqu'un, c'est moi-même...

— Je travaille pour cette maison, monsieur Stone... Je n'ai pas envie de la voir péricliter.

Ils s'amusaient. Johnny était en pleine forme. Il regrettait qu'ils ne puissent se voir à cause de cette amie d'Irlande qui arrivait.

— Est-ce qu'elle est jolie au moins? demanda-t-il.

— Jolie? Irrésistible! Je n'ai d'ailleurs pas du tout l'intention de te la présenter. Et puis, elle doit épouser le châtelain du coin. Elle vient ici pour mieux y réfléchir.

— Pourquoi diable veut-elle se marier si jeune ? Elle a bien le même âge que toi ?

— Je sais, c'est ridicule, répondit Elizabeth en faisant un effort pour garder un ton désinvolte. Elle changera peut-être d'avis en découvrant les délices de la capitale.

Aisling s'émerveillait de tout. Elle avait adoré sa chambre, les fleurs, le miroir ancien. Elle avait admiré les autobus rouges, les boîtes aux lettres rouges, les jardins impeccables, les maisons qui s'alignaient à l'infini — elle n'arrivait pas à comprendre que tant de gens puissent s'entasser dans un même espace.

Elles prenaient le thé dans la cuisine lorsque Papa arriva. D'entrée de jeu, Aisling se lança à l'assaut :

— Ne me dites pas que vous allez avoir cinquante ans, monsieur White, ce n'est pas vrai ? lui dit-elle avant même qu'Elizabeth ait fait les présentations.

— Ma foi... enchanté de... si, c'est pourtant vrai...

— Papa, je te présente Aisling, dit Elizabeth inutilement.

— Sans mentir, monsieur White, mon père a cinquante et un ans, et il en paraît dix et même quinze de plus que vous. Comme je vous le dis !

Elizabeth s'attendait à ce que Papa ait un mouvement de recul scandalisé devant une telle familiarité. Eh bien, pas du tout. Il se rengorgeait discrètement :

— Je suis convaincu que votre père...

— Si j'avais une photo de lui, vous verriez vous-même. Allez, maintenant asseyez-vous, monsieur White. Vous devez être fatigué après toute une journée de travail. Quel pays étonnant !

Dissimulant un sourire, Elizabeth versa une tasse de thé à Papa.

— Ainsi, vous trouvez notre pays étonnant ?

Aussitôt Aisling se lança avec enthousiasme dans la description de toutes les merveilles qu'elle avait aperçues du train. C'étaient des villes énormes, des cheminées d'usines gigantesques mais aussi des champs à perte de vue. En Irlande, tout le monde croyait qu'il n'y avait que des villes en Angleterre.

Elle déballa les victuailles qu'elle avait apportées. Le beurre n'avait pas bougé, le poulet était superbe, et on rangea aussitôt le bacon dans le garde-manger.

— Mais, ma chère enfant, il faut nous dire combien nous vous devons, commença Papa.

Elizabeth contint difficilement un mouvement d'exaspération. Il n'avait pas son pareil pour méconnaître les gestes de l'amitié, la générosité gratuite. Aisling ne se formalisa pas pour si peu.

— Jamais de la vie! Ce sont des cadeaux de la part de Papa et de Maman. En revanche, maintenant que j'ai découvert à quel point la douane est coulante, rien ne dit que je ne vais pas me mettre à faire sérieusement du marché noir!

Elle rejeta la tête en arrière et s'esclaffa. Elizabeth la regardait, fascinée. Aisling resplendissait de joie de vivre. Elle était aussi éclatante qu'une photo en couleurs surgissant parmi un tas de clichés en noir et blanc.

— Et maintenant, monsieur White, qu'est-ce qu'on prévoit de faire pour votre anniversaire? C'est que je suis un peu venue pour ça.

— Non, sérieusement... interrogea Papa alarmé.

Aisling avait déjà surpris l'inquiétude sur le visage d'Elizabeth.

— Grand Dieu, non! Je vous fais marcher. Mais il est tout de même vrai que lorsque j'ai demandé à Elizabeth si je pouvais venir, j'ai appris que votre anniversaire tombait maintenant, dit Aisling en surveillant du regard Elizabeth qui l'approuvait par des signes de tête.

— Oh! Mais c'est ridicule pour un homme de mon âge... dit-il rassuré.

— Allons donc, pas le moins du monde! Quand Papa a eu cinquante ans, on a fêté ça en bonne et due forme, et l'an prochain pour Maman on fera la même chose.

— Qu'est-ce que vous avez donc organisé? demanda Papa avec une sorte de curiosité triste.

Aisling se pencha vers lui et lui confia du ton dont on parle à une vieille connaissance:

— Voyez-vous, c'était un jeudi, on est allé chez Maher. On y va toujours, tu sais, Elizabeth, et ils demandent souvent de tes nouvelles. C'est un pub...

— Vous allez tous dans un pub...?

— Oui, pourquoi?

— Ce ne sont pas des pubs comme ceux d'ici, Papa. En même temps, ce sont des boutiques. D'un côté ils font épicerie et de l'autre ils servent des boissons.

— Tu ne m'en avais jamais parlé, dit Papa.

Aisling raconta comment s'était passée la soirée, avec Peggy qui avait rappliqué à quatre reprises chez Maher pour leur rappeler que le dîner était prêt. Mais Papa ne voulait pas rentrer alors que chacun payait sa tournée en l'honneur des cinquante ans de Sean O'Connor. En attendant, Maman avait raccompagné Donal et Niamh à la maison et les avait couchés, pour les réveiller à onze heures, lorsque Papa et Eamonn étaient rentrés en chantant. Maman avait déclaré que c'était la dernière fois qu'elle acceptait de les faire dîner en pleine nuit comme on sert à souper aux gens du monde.

A la stupéfaction d'Elizabeth, au lieu de prendre un air pincé Papa ne perdait pas un mot du récit d'Aisling et riait à tout propos. Alors qu'habituellement il expédiait sa tasse de thé en trois minutes, aujourd'hui il semblait disposé à passer la soirée dans la cuisine.

— Papa, je te rappelle que c'est ton jour de bridge!

Il les quitta à regret pour aller changer de chemise et se faire beau.

— Mais il est très bien! dit Aisling dès que Papa eut disparu. Et tu ne m'as jamais dit qu'il était si bel homme. Contrairement à tout ce que tu me racontais dans tes lettres, je le trouve tout à fait agréable, facile à vivre.

— Avec toi, il donne le meilleur de lui-même. Moi, je ne parviens qu'à le rendre malheureux.

— Oh, mais je sais ce que je vais faire! Je vais l'épouser. Finalement, il n'est guère plus vieux que Tony Murray, et à dire vrai, je le trouve plus distingué. Je deviendrai ta belle-mère, on sera enfin parentes.

Elizabeth trouvait l'idée délicieusement loufoque.

— Tu vas tout me raconter à propos de Tony Murray, tout dans les moindres détails.

— Bien sûr. Mais toi, qu'est-ce que tu as fait de Clark Gable ? Je croyais que tu me l'amènerais pieds et poings liés à la gare. Vous n'avez pas rompu, j'espère ? Pas juste au moment où j'ai fait tout ce chemin pour le voir...

— Non, il n'y a pas de rupture. Mais attendons que Papa soit parti. Ensuite tu sauras tout.

— Pour Clark Gable, il n'est pas au courant ?

— Si, en un sens... Mais c'est très compliqué. En attendant parle-moi du Châtelain.

— Comme tu dis ! Au fond, c'est vrai. Tu sais, on ne le voit jamais chez Maher ni ailleurs, seulement au bar de l'hôtel, le soir, avec sa bande. Il s'est acheté une automobile, une Packard. C'est lui qui dirige l'affaire Murray. Eamonn prétend qu'il n'en fait pas lourd, et qu'en réalité c'est cet épouvantail de Meade qui abat tout le boulot. Eamonn et ses copains n'appellent plus les Murray que Gratin et compagnie — évidemment, ils n'égalent pas les Gray, par exemple, mais là, il s'agit de protestants, de grands propriétaires...

— Ça compte toujours autant ?

— Toujours. Rien n'a bougé, qu'on le veuille ou non. Qu'est-ce que je peux te dire d'autre sur Tony ? Mardi soir, il a voulu me mettre au pied du mur. Je ne m'en suis tirée qu'avec un tissu de mensonges — qu'il fallait que je voie du pays avant de lui donner une réponse. Je n'avais évidemment aucun projet, ni possibilité de voyage. Et voilà-t-il pas qu'en rentrant à la maison, je trouve ta lettre qui m'attendait ! Si tu n'y vois pas la main de Dieu...?

— Il serait difficile de le nier, lui accorda Elizabeth en riant.

— Aussi, après t'avoir appelée hier matin et avoir obtenu de haute lutte que Papa me laisse partir pour quinze jours — Maman m'a soutenue, bien sûr — je me suis rendue au bureau de Tony et j'ai demandé à lui parler. Il était dix heures et ce vieux machin de Meade m'a dit que Mr Tony passerait peut-être vers onze heures. Il y en a qui se la coulent douce ! J'allais lui laisser un mot, mais au dernier moment je me suis ravisée, je risquais d'écrire des bêtises. Lc livreur de l'hôtel m'a conduite chez les Murray en voiture. Là je suis tombée sur sa mère : « Je crois que Tony dort encore ! » — « A dix heures et quart ? » Ça ne lui a pas plu : « Il est fatigué, il est rentré très tard. » J'ai failli lui dire que j'étais bien placée pour le savoir. Bon, il a fini par descendre en robe de chambre. Sa mère nous a surveillés un moment comme si elle craignait qu'on ne s'empoigne, et puis elle nous a laissés seuls. Aussitôt je lui ai annoncé que j'avais décidé de partir le soir même.

— Et comment a-t-il pris la chose ?

— Il était hors de lui. Pourquoi ne pas l'avoir prévenu plus tôt ? Qu'est-ce que j'avais à me conduire comme une enfant ? Pourquoi ceci, pourquoi cela... Mais j'avais le beau rôle. J'ai pris une voix de gorge, comme ils font au cinéma, pour lui dire que j'étais jeune mais que ça ne m'empêchait pas de savoir ce que je faisais. Que je voulais simplement être sûre de moi. Je lui ai rappelé qu'il ne m'avait rien demandé, que je ne lui avais rien promis et qu'ainsi tout était pour le mieux. Il m'a écoutée sans m'interrompre, en faisant une tête d'enterrement. Je lui ai dit que je le reverrais dès mon retour.

— Au fond, c'est bien tombé...

— Tu veux dire que c'était inespéré ! Tu m'as sauvé la vie, je ne le répéterai jamais assez. D'autant que je n'aurais jamais osé te demander de m'inviter. Au fait, Elizabeth, pourquoi m'as-tu envoyé de l'argent ? Je ne peux pas accepter, je vais te le rendre.

— Ne sois pas ridicule. Tout ce que tu as apporté en vaut largement le double.

— D'accord. Bon, pour en finir, je lui ai dit que je devais partir, le livreur de l'hôtel m'attendait. Il est sorti sur le pas de sa porte — tu te souviens de leur maison, cette grande bâtisse près de la rivière, à environ deux kilomètres de la ville. « C'est quand, plus tard ? » m'a-t-il crié. « Plus tard, c'est plus tard. » Ça ne voulait rien dire, mais c'était drôlement bien envoyé. Je suis partie et me voilà.

— Et qu'est-ce que tu penses vraiment de lui ? Tu l'aimes ou quoi ?

— Franchement, je n'en sais rien. Je suis flattée qu'il me fasse la cour, ça me pose vis-à-vis des gens en ville...

— Mais quand vous êtes seuls ensemble...

— J'aime bien qu'il me dise que je suis désirable, j'aime qu'il me dise ce qu'il voudrait faire avec moi... si tu vois de quoi il retourne, mais je n'aime pas tellement lorsqu'il se met dans tous ses états pour essayer de le faire...

— Essayer ? Essayer quoi ?

— Tu sais bien, lui de me déshabiller et moi de l'en empêcher, le cirque habituel quoi !

— Oh ! s'exclama Elizabeth. Oui, je vois.

Papa revint, prêt à sortir.

— Mettez-les tous dans votre poche, monsieur White, lui dit Aisling, ne vous laissez pas faire la loi.

Papa buvait du petit lait. Par la fenêtre, elles le regardèrent partir, ajustant sa cravate, un sourire satisfait sur les lèvres.

— Bon, maintenant, est-ce que tu vas m'offrir un verre et me dire ce qui t'arrive ?

— Qu'est-ce que tu veux boire ?

— Oh, ce que tu as. Du xérès, du whisky... N'importe quoi pourvu que ce soit alcoolisé. (Aisling s'était agenouillée devant le petit placard.) Je parie que c'est là que tu caches les bouteilles ?

— Mais non, bécasse ! Dans l'autre pièce.

Elles trouvèrent une bouteille de xérès aux trois quarts pleine et une autre de whisky intacte.

— Je propose de commencer par le xérès, dit Aisling. Et si c'est vraiment grave, on attaquera la bouteille de whisky.

— C'est vraiment grave. Emportons les deux.

Elles se servirent une copieuse rasade de xérès dans des verres ordinaires.

— A ta santé ! dit Elizabeth.

— A la tienne ! dit Aisling.

— Ça peut difficilement être plus grave, dit Elizabeth.

224

— Johnny Stone t'a plaquée... ? suggéra Aisling.

— Non.

— Tu as découvert qu'il avait une femme et des enfants ?

— Non.

— Au moins, est-ce qu'il est en cause ?

— Oh oui ! Tout vient de lui.

— Franchement, je ne devine pas. Qu'est-ce que c'est, Elizabeth ? Dans ta lettre tu avais l'air affolée, mais à te voir, je te trouve plutôt bien. C'est quoi ?

— Je suis enceinte.

— COMMENT ?

— Je suis enceinte. Mes règles avaient trois semaines de retard. Je me suis fait faire un test de grossesse. Il est positif. Oh, Aisling, qu'est-ce que je vais faire ? Il faut que tu m'aides.

Elizabeth avait éclaté en sanglots. Aisling la prit par les épaules.

— Là, là, calme-toi. Mais alors, tu as eu des rapports sexuels avec lui ?

— Naturellement. Sinon, comment voudrais-tu que je sois enceinte ?

— Souvent, depuis longtemps ou juste une fois ?

— Depuis longtemps, depuis le printemps.

— Et c'est comment ?

— Quoi, c'est comment ?

— Les rapports sexuels, c'est comment ?

— Aisling O'Connor, vous me stupéfiez ! Je te parle d'une chose dramatique, de ce qui peut arriver de pire à une fille et voilà tout ce que tu trouves à me répondre : « Comment c'est d'avoir des rapports... ? »

— Mais je ne savais pas que tu l'avais fait. Ainsi, tu l'as fait ?

— Ecoute, le problème n'est pas de le faire, c'est à la portée de tout le monde ; le problème, c'est de savoir ce que je vais faire maintenant.

— Oui, pardonne-moi, je ne pensais qu'à moi, comme si tu étais passée de l'autre côté de la barrière sans me prévenir. Je me sens ridicule de t'avoir ennuyée avec mes petits tracas de jeune fille...

— Mais tu n'as pas à te sentir ridicule. S'il ne s'agissait pas de Johnny, ça ne me serait jamais arrivé. Avec lui ça allait de soi, c'était normal. Il n'y pense jamais comme à quelque chose à part.

— Je comprends.

— Pour le reste, je m'en doutais depuis un moment, mais je ne voulais pas l'admettre. Et puis lundi, je suis allée consulter un médecin très loin d'ici. J'avais acheté une alliance chez Woolworth et je lui ai dit que je voulais juste une confirmation.

— C'est lui qui a fait le test de grossesse ?

— Oui. J'avais apporté un peu d'urine dans un petit bocal ; je savais qu'il fallait en prélever sur la première miction du matin. Il m'a dit de revenir le mercredi. Tandis que tu sillonnais Kilgarret pour lancer tes ultimatums, moi j'étais installée sur une espèce de fauteuil comme chez le dentiste, mais surélevé, les pieds passés dans des sortes d'étriers pour qu'il puisse procéder à un examen approfondi. Ensuite, il m'a palpé les seins et a conclu que ça ne faisait aucun doute.

— Oh mon Dieu, pauvre Elizabeth.

— Il a été très gentil. Il m'a dit : « Félicitations, Mrs Stone » et j'ai essayé d'avoir l'air enchanté. Je suis convaincue qu'il savait. Je lui ai dit que mon mari serait très heureux, et je l'ai payé, trente shiilings dans une enveloppe. En partant, il m'a tapoté l'épaule : « Ce genre de situation s'arrange beaucoup mieux qu'on ne le croit. » Et comme je m'étonnais, il m'a répété la même chose. Et voilà.

— Oh ma pauvre Elizabeth ! Quel malheur !

— Oui, et ce n'est rien auprès de ce qui m'attend.

— Qu'est-ce qu'en dit Johnny ?

— Il n'en sait rien.

— Tu vas lui en parler quand ?

— Je ne vais pas le lui dire.

— Mais il faudra bien que tu finisses par le lui apprendre.

— Certainement pas.

— Enfin, Elizabeth, réfléchis. Lorsque tu seras mariée, lorsqu'il deviendra évident que tu attends un enfant, il n'y aura plus de secret qui tienne, lui dit

226

Aisling étonnée. Je crois que tu es encore sous l'effet du choc, oui tu es bouleversée.

— Il n'y aura pas de mariage.

— Mais si, voyons. Lorsqu'il le saura, il t'épousera.

— Il ne le saura jamais.

— Il tient à toi ? Il t'aime toujours ?

— Oui.

— Et toi aussi tu l'aimes ?

— Oui.

— Et il n'a pas de liaison secrète avec une autre femme ?

— Non.

— Bon. Alors, il te reste à prendre ton courage à deux mains et à le lui dire. Tu ne crois pas ? Ça risque de l'embêter parce qu'il n'avait peut-être pas l'intention de se marier tout de suite. Mais après tout, un peu plus tôt ou un peu plus tard... De plus, tu as la chance d'habiter une grande ville, à l'abri des ragots et des médisances. Personne ne comptera les mois pour voir si la naissance du petit Stone suit de trop près votre mariage... Elizabeth, pourquoi pleures-tu comme ça ? La situation n'a rien de désespéré. Au pire, il va râler et jurer un bon coup de se voir pressé par les circonstances... Mais ce n'est pas comme si tu l'avais fait exprès pour lui forcer la main. Maintenant ça vous concerne tous les deux et vous devez en tirer les conséquences ensemble.

— Non, non, ça ne regarde que moi, balbutia Elizabeth en se mouchant.

Elle avait les yeux rouges, le visage défait. Aisling était bouleversée de la voir dans cet état.

— Tiens, bois donc encore un peu, dit-elle en lui reversant du xérès. Pourquoi dis-tu que cela ne regarde que toi ? Tu ne l'as pas fait toute seule, cet enfant ?

— Non, mais je dois me débrouiller seule, dit Elizabeth en reniflant. Tu comprends, je veux désespérément garder Johnny. Jamais je n'ai tenu à ce point à quelqu'un. Si je le perds, j'en mourrai. Je ne peux pas vivre sans lui...

— Bien, je vois, dit Aisling, décontenancée d'entendre Elizabeth utiliser de si grands mots. Mais tu vas le garder. Rien ne t'en empêche. Vous travaillez ensemble, vous vous aimez, tu as... dormi avec lui et tout...

Elizabeth s'était brusquement arrêtée de pleurer.

— Nous y arrivons, je vais essayer de t'expliquer et ça risque d'être long. Je t'ai suppliée de venir, parce qu'il faut que je m'en débarrasse. Non, laisse-moi finir. Ma décision est prise, mais j'ai peur. J'ai peur de faire une hémorragie ou une infection et d'en mourir. Si c'est trop douloureux, j'ai peur de tellement crier qu'elle soit obligée de s'arrêter.

— S'arrêter ? Qui ? demanda Aisling dans un souffle.

— Mrs Norris. C'est une infirmière, une sage-femme, on m'a dit qu'elle s'entourait de beaucoup de précautions.

Aisling resta le geste en suspens, son verre de xérès à la main :

— Tu ne veux pas dire... tu ne veux pas dire que tu vas aller trouver une femme pour te faire avorter ?

— C'est la seule solution.

— Et Johnny est d'accord ?

— Ecoute, il ne doit jamais l'apprendre. Je sais, je savais que ça se passerait comme ça. Moi-même j'ai eu du mal à m'en convaincre et ça n'a rien à voir avec la raison... mais ce que je dois arriver à te faire comprendre, c'est que Johnny se refuse à partager les problèmes de quiconque, à en être informé. C'est sa façon d'être...

— Autrement dit, tu vas te faire avorter d'un enfant dont il est le père pour respecter sa façon d'être... Eh bien, moi, tu vas avoir du mal à me convaincre.

— Passe-moi la bouteille de xérès, dit Elizabeth, on n'est pas près d'aller se coucher.

En effet, la nuit fut très longue. Pour éviter que Papa ne les surprenne elles se transportèrent dans la chambre d'Elizabeth. Elles l'entendirent rentrer et gagner sa chambre. Un peu plus tard, elles redescendirent à la cuisine pour se faire de la soupe et des sandwiches. Il était quatre heures du matin.

Maintenant, Aisling avait les yeux aussi rouges que ceux d'Elizabeth. Lorsque l'aube pointa à la fenêtre de la cuisine, Elizabeth avait obtenu d'elle trois promesses : qu'elle ne parlerait jamais de cette affaire à Johnny; qu'elle essaierait d'entretenir une atmosphère gaie et détendue à Clarence Gardens; qu'elle accompagnerait Elizabeth chez Mrs Norris *sans rien dire,* et resterait avec elle aussi longtemps qu'on le lui permettrait.

— J'ai cédé sur tout, dit Aisling d'une voix blanche, avant qu'elles se traînent jusqu'à l'étage pour se mettre au lit. Je croyais avoir du caractère et pourtant j'accepte de prêter la main à des choses que je désapprouve. Je ne comprends pas pourquoi tu ne veux pas garder l'enfant et je suis sûre qu'il t'épouserait... et sinon, je ne vois pas pourquoi tu ne pourrais pas l'élever seule... s'il te voyait vivre ici heureuse avec le bébé, il ne t'en admirerait que davantage... si indifférent qu'il soit. Maintenant, si tu fais ce que tu as décidé... c'est très courageux et je ne vois pas pourquoi tu te prives de l'occasion de le rendre fier de toi...

» Au lieu de ça, tu vas le retrouver la semaine prochaine comme si de rien n'était. Au fond, je trouve que tu manques sacrément de bon sens et j'ai l'impression que tu as affaire à un fameux monstre d'égoïsme et de dureté...

— Non, dit Elizabeth en esquissant un sourire, il est simplement honnête. Il dit d'ailleurs franchement qu'il ne fait jamais que ce qui lui plaît, et moi, je commence à l'imiter. S'il y a quelqu'un de généreux, c'est toi, qui acceptes de m'aider tout en me désapprouvant. Tu dois même penser que je vais commettre un péché mortel.

— Ma foi, au milieu de tout ce drame, je l'avais complètement oublié. Mais le fait est qu'en plus, tu vas commettre le pire des péchés mortels.

Pour Elizabeth comme pour Aisling les jours passèrent dans une sorte de brouillard. Elles se rendirent au magasin d'antiquités où Mr Worsky tomba en extase devant Aisling : quelle chevelure magnifique... et ce nom ! Il lui demanda de l'écrire... C'était à lui seul toute une féerie. Il alla chercher Anna dans l'arrière-boutique. Elle arriva tout épanouie. Elizabeth leur avait tellement parlé des années de bonheur passées en Irlande. Aisling sentit son cœur fondre lorsqu'elle se rendit compte que le vieux couple connaissait Kilgarret, connaissait toute sa famille et savait dans quelles circonstances son frère avait été tué à la guerre.

Elles achetèrent les cadeaux pour l'anniversaire de Papa. Aisling lui choisit une cravate très chic avec la pochette assortie, Elizabeth une épingle de cravate et des boutons de manchettes. Elles se retrouvèrent devant le magasin d'antiquités non loin duquel était garée une grosse camionnette.

— N'oublie pas ta promesse, glissa Elizabeth d'une voix sourde.

— Je n'oublie rien, la rassura Aisling.

Johnny Stone leur réserva un accueil si chaleureux, si enthousiaste qu'Aisling n'en croyait pas ses yeux. Après les heures passées à parler de lui l'autre nuit, elle s'attendait à trouver un jeune homme distant, hautain, s'exprimant d'un ton sec, en tout point semblable aux lords et aux aristocrates qu'elle avait si souvent vus dans les films programmés au cinéma de Kilgarret.

— Que je vous regarde ! Stefan et Anna devaient faire la liste de tout ce que j'ai apporté dans le dernier chargement... mais pas du tout, ils ne parlent que d'une certaine chevelure flamboyante. Allez, venez par ici à la lumière que je voie de quoi il retourne. C'est effectivement fabuleux, je vous l'accorde. Mais moi, j'ai un faible pour les blondes. J'ai toujours pensé qu'avec les blondes on sait à quoi s'en tenir, affirma-t-il en les tenant chacune par la taille.

Il était beau, mais sans aucune ressemblance avec Clark Gable. Il avait le visage allongé, les traits à la fois plus fermes et plus fins. Il fallait reconnaître qu'il était la séduction même. Aisling pensa qu'il devait être très dangereux et très excitant d'avoir une expérience sexuelle avec lui, et elle essaya d'imaginer Elizabeth dans cette situation, mais sans résultat.

— Blague à part, Aisling, vous êtes la bienvenue à Londres. Que pourrait-on faire pour rendre votre séjour aussi agréable que possible...? Et surtout, comment pourrions-nous vous obliger à penser à nous lorsque vous serez de retour dans votre Ile d'Emeraude?

Aisling faillit lui répondre que depuis qu'elle avait accepté de tremper dans une conspiration qui la rendait complice d'un acte illégal et de Dieu sait quoi d'autre, elle était déjà comblée, sa visite à coup sûr resterait mémorable. Mais elle n'avait pas oublié sa promesse.

— Vous n'allez pas me croire... Ce qui me plairait vraiment, ce serait de rester assise à bavarder pendant des heures avec Elizabeth, à nous raconter tout ce qui nous est arrivé au cours de ces quatre dernières années...

Johnny lui plaisait. Il n'essayait pas de lui faire la cour. Il était charmant avec aisance et naturel. Et nullement poseur. Elle n'enviait pas Elizabeth pour autant. Elle ne comprenait pas qu'on pût aimer avec autant d'abnégation... Mais elle se rendait parfaitement compte que pour retenir un pareil charmeur, l'essentiel était de lui présenter un visage rieur, une image heureuse — surtout rien qui pût le déranger, le déprimer.

Elle lui sourit sans arrière-pensée lorsqu'il proposa d'aller boire un café et manger des gâteaux en l'honneur de son arrivée à Londres.

Vint l'anniversaire qui mobilisa toute leur attention. Il fallait faire les commissions, préparer le dîner, décorer la table. Par la suite, Aisling ne parvint jamais à se souvenir très exactement de leur emploi du temps.

Elles mirent ce qu'elles avaient de plus beau. Aisling portait une robe crème très sobre, mais qui mettait admirablement en valeur son éclat de rousse naturelle. Elizabeth était en velours rose. Elle n'avait pas oublié la remarque de Johnny sur cette chanteuse blonde en robe de velours rose, mais elle se demandait si cette couleur lui convenait vraiment, si elle ne lui donnait pas un air falot.

Papa s'était mis lui aussi sur son trente-et-un. Elles l'entendirent fredonner et même siffloter en se rasant dans la salle de bains.

— C'est la première fois que ça lui arrive, dit Elizabeth étonnée.

— Le pauvre diable, il crève de solitude, voilà tout. Un homme a besoin de sentir qu'on fait un peu attention à lui.

— Mais lorsque j'essaie de m'intéresser à ce qu'il fait, lorsque je lui demande comment il va... ça le choque.

— Oui, parce que c'est le genre d'attention qui le dérange... Il a besoin d'un intérêt superficiel... Rien de trop appuyé.

— Dis donc, tu es devenue drôlement experte dans le maniement des hommes ! remarqua Elizabeth.

— C'est l'impression que je te donne, mais c'est faux. Sinon, je ne serais pas si godiche avec Tony Murray et il me mangerait dans la main. Au lieu de cela, je suis paniquée à l'idée tantôt de le laisser filer tantôt de me laisser attraper.

— Tu t'en tires toujours mieux que moi.

— De toute façon, nous sommes très différentes. Toi, tu as l'habitude de faire passer les autres en premier... Moi, j'en suis incapable. Maman me l'a assez reproché lorsque j'étais petite, et elle avait raison. Monsieur White, vous êtes aussi fringant qu'un jeune homme... Regarde, Elizabeth... n'est-il pas superbe ?

— Papa, tu es sensationnel !

— Merci, merci beaucoup. Je vous retourne le compliment. Je suis comblé, vous êtes toutes les deux très séduisantes.

Papa leur offrit du xérès. Elles échangèrent un regard complice. Heureusement qu'elles avaient remplacé la bouteille.

Il sembla très heureux des cadeaux qu'elles lui avaient choisis et, chose exceptionnelle, il céda au plaisir de leur faire honneur en changeant de cravate pour mettre la neuve ainsi que la pochette, l'épingle et les boutons de manchettes.

Il était arrivé une carte de Maman, qu'Elizabeth avait pris soin de lire avant de la remettre à Papa, au cas où elle aurait contenu quelque chose risquant de gâcher la soirée. Mais elle disait simplement : « Je souhaite que les années à venir te réservent beaucoup de bonheur et que tu gardes du passé un souvenir heureux. » Ces simples mots le touchèrent et il plaça la carte sur la cheminée. Mrs Ellis avait également envoyé une carte fleurie d'un si mauvais goût qu'ils s'en moquèrent sans retenue. Il y avait aussi un petit paquet de tabac accompagné d'un billet : « Meilleurs vœux d'anniversaire de la part de Johnny Stone. Je sais qu'il est maigrichon, mais il faut espérer qu'au terme de votre seconde moitié de siècle le rationnement ne sera plus qu'un souvenir lointain. »

— Quel gentil garçon! Aisling, est-ce que vous avez fait sa connaissance?

— Bien sûr, je l'ai rencontré au magasin d'antiquités, mais Mademoiselle et lui se chamaillaient comme de sales gosses, alors nous n'avons échangé que quelques mots, dit Aisling qu'avait chapitrée Elizabeth.

Le dîner fut une réussite incontestable. Pour accompagner la soupe, on mangea le pain maison apporté d'Irlande et conservé dans du papier sulfurisé.

— Eh, il ne faut pas oublier le plat de résistance!

Elles passèrent une bonne partie du temps à courir de la cuisine à la table : une tache crème, un éclair rose qui se croisaient. Elles pouffaient, poussaient des cris. En prévision du festin chacun avait jeûné à midi; ils ne laissèrent aucun reste.

Enfin vint le gâteau, surmonté d'une bougie allumée :

— Oh non, c'est bon pour les enfants... Ce ne serait pas sérieux.

— Allez, monsieur White, il n'y a pas d'anniversaire sans bougie!

— Oh! Papa, souffle-la, c'est une fête! supplia Elizabeth qui semblait au bord des larmes.

— Monsieur White, comment voulez-vous qu'on chante *Happy Birthday to you* si vous ne la soufflez pas?

— C'est tout de même un peu bêta, dit Papa qui se leva, inspira très fort, et éteignit la bougie.

Elles applaudirent et entonnèrent *Happy Birthday to you* et *For He's a Jolly Good Fellow*.

Aisling soupira d'aise en repoussant un peu sa chaise. C'était comme si elle avait donné le signal des réjouissances.

— Maintenant, monsieur White, qu'est-ce que vous allez nous chanter ? Vous devez connaître tout un répertoire.

Elizabeth était un peu inquiète. Aisling semblait avoir oublié qu'elle était dans une famille où on avait rarement le cœur à chanter. Ce n'était pas comme chez les O'Connor où à la moindre occasion on entonnait une ballade irlandaise. Papa se faisait prier. Elisabeth rougit en pensant à la façon dont elle avait mis un terme à la soirée à Preston en chantant *Danny Boy*.

— Je n'ai aucun don de chanteur, dit-il en s'éclaircissant la gorge.

— Vous m'étonnez, lui rétorqua Aisling. Avant le dîner, j'ai entendu une très belle voix venant de la salle de bains. Mais vous aviez peut-être un gramophone avec vous ?

— Papa, tu ne peux plus reculer ! s'écria Elizabeth qui se prenait au jeu.

— Oh ! non, non, dit-il en riant.

— Voyons, qu'est-ce qu'il peut bien y avoir comme airs d'opérette... Peut-être quelque chose de Gilbert et Sullivan ?

— Oui, tu connais sûrement...

— Non, pas vraiment...

Aisling s'était levée :

— Allez, je commence et vous enchaînez :

Voyez ces deux yeux scintillants
Qui se cachent de temps en temps...

Elle imitait un chef d'orchestre...

— Allons, vous n'allez pas me laisser toute seule...

Elizabeth et Papa se mirent de la partie...

— Ah non, on reprend au début, que ça ait un peu d'allure :

Voyez ces deux yeux scintillants
Qui se cachent de temps en temps

234

Pour ne pas vous éblouir
Et que vous saurez séduire
Car ils sont le chemin du cœur
Et voyez ces lèvres en fleur...

Elizabeth s'était arrêtée de chanter, la bouche ouverte, pour écouter Papa dont la voix s'enflait progressivement tandis qu'Aisling, qui ne se souvenait pas de toutes les paroles, l'encourageait en fredonnant et en finissant les vers avec lui.

Personne ne songeait à débarrasser la table. La nuit avançait. Aisling chanta un air irlandais plein de bravoure, de chevaux et de pistolets. Papa et Elizabeth reprirent le refrain :

File, file, mon beau coursier
File, file, sans t'arrêter...

Ensuite Elizabeth égrena les mélancoliques couplets de *Greensleeves,* où l'amant bafoué de Lady Greensleeves se remémore leur bonheur perdu et espère encore le retour de l'infidèle.

Et Papa couronna son cinquantième anniversaire en entonnant l'air des troupes d'Extrême-Orient :

Sur le chemin de Mandalay
Le pays des poissons volants
Et des aurores fabuleuses...

— Je ne le connaissais pas, dit Aisling, c'est très beau !

Alors, Elizabeth vit Papa bomber le torse. Il chantait comme elle n'aurait jamais imaginé qu'il pût le faire. Une seconde, elle pensa à Maman, si seulement elle avait pu le voir, mais c'était impossible, tristement impossible. Tout allait si bien que Papa, sur sa lancée, bissa la chanson :

Reviens, reviens, soldat anglais
Reviens-t'en donc à Mandalay...

Le dimanche passa comme dans un brouillard. Elles bavardèrent, mais en ne pensant qu'au lendemain. Une bonne partie du lundi leur laissa également une étrange impression de flou, à part le moment où elles durent justifier leur départ. Elles avaient inventé de mythiques amis des O'Connor, habitant Romford. Elles seraient absentes trois jours. A cette occasion il fallut se dégager des nouveaux liens créés au cours de la soirée d'anniversaire. Rien que par son ton, Elizabeth rappela à Papa qu'ils avaient désormais deux vies bien distinctes. De son côté Aisling se fit plus distante... Papa les vit partir déconcerté, confondu. Mais le problème n'était pas là.

La pension de famille paraissait sympathique. Elle était tenue par une jeune femme qui aimait appeler les choses par leur nom, comme elle le leur dit d'entrée de jeu :

— Maintenant, écoutez-moi bien. Je ne sais rien de ce qui vous amène ici, je n'en ai pas la moindre idée. Je suppose qu'une de vous a besoin d'un peu de tranquillité pour mener à bien un petit travail. Ce n'est pas mes oignons, je ne vous demande rien, pas même vos noms. Bon, alors juste vos petits noms ! dit-elle en se radoucissant devant leur air effaré. Vous aurez une grande chambre, très bien, avec lavabo et autant de serviettes que vous voulez, et une alèse. Enfin, tout ce que vous voudrez pour votre confort. Vous disposerez même d'un poste de radio, ça vous tiendra compagnie. Il y a deux autres pensionnaires, des gens à demeure, très discrets, et deux représentants de commerce, très convenables. Ils ne restent pas longtemps, vous ne serez pas dérangées.

— Nous vous remercions, dit Aisling.

— Et je vous prêterai une casserole; il y a un réchaud à gaz, vous pourrez vous préparer quelque chose, si vous ne voulez pas venir à table.

— Est-ce qu'il arrive souvent qu'on veuille rester dans sa chambre ? Je veux dire, après... qu'on soit gênée devant les gens ? demanda Elizabeth d'une voix blanche.

236

En voyant son visage livide, la femme s'efforça de la rassurer :

— Mais non, mon petit, je vous l'ai dit : Mrs Norris connaît son affaire. J'y suis passée moi-même trois fois. Eh oui, ça vous étonne ! Pourtant c'est la vie... Bien sûr que non, mes petites dames, rien ne vous obligera à rester dans votre chambre, mais autant savoir que vous pourrez vous organiser comme ça vous chante.

— Merci Mrs...

— Maureen, mon chou, juste Maureen. Et vous ?

— Aisling et Elizabeth.

— Ashley, comme dans *Autant en emporte le vent* ? Tiens, je croyais que c'était un nom d'homme... mais c'est bien quand même. Venez, je vais vous montrer votre chambre maintenant. Ecoutez, Ashley, je vais vous donner quelques petits conseils. Croyez-en ma vieille expérience, ne parlez de tout ça à personne, ça ne peut attirer que des ennuis. C'est ce que m'a dit Mrs Norris la première fois, et ça m'est resté : « Maureen, n'en parle pas, ce qui est fait est fait. » De toute façon, les femmes connaissent ça depuis belle lurette. Si vous voulez mon avis, la nature s'y prend d'une drôle de façon. Même dans l'Egypte antique ça se pratiquait déjà et nous voilà au XXᵉ siècle... Croyez-moi, ne la laissez pas bavarder à tort et à travers, les confidences, quand c'est parti, on ne peut plus les rattraper.

— Ça c'est vrai, dit Aisling.

— Brave fille. Elle a de la chance d'avoir une amie pour l'accompagner. La plupart viennent seules.

Maureen parlait comme si Elizabeth s'était volatilisée.

— Ne regardons rien. Comme cela on risquera moins de s'en souvenir, dit Elizabeth quand elles se retrouvèrent seules dans la chambre.

— La chambre n'a pas d'importance, le reste non plus d'ailleurs. Ce qui compte, c'est toi... que tu te sentes bien.

— Est-ce que tu aimerais que je fasse marche arrière ? Dis-le-moi franchement, Aisling, est-ce que tu voudrais que je change d'avis ?

Silence.

— Réponds-moi. Je sais que c'est ce que tu veux, ce que tu attends. Allez, avoue-le. Tu es contente que cet endroit soit si affreux, que cette femme soit si vulgaire et... tu es comblée de voir que tout est si sordide. Tu penses que cela va ébranler ma détermination.

— Bon sang, Elizabeth, arrête !

— Non, toi, arrête ! Arrête de faire cette tête dégoûtée, de prendre cet air désapprobateur, comme si tu marchais au martyre... Dis-le : tu voudrais que j'arrête tout, qu'on en reste là, que je garde l'enfant et que je le fasse adopter ou que je m'en charge. C'est bien ce que tu veux ?

Aisling restait assise sur un des lits. Elle sortit un carnet de son sac et se mit à écrire, sans un regard pour Elizabeth qui allait et venait dans la chambre.

— Tu sais tout de même bien que la plupart de tes réactions te sont dictées par ton éducation et par le milieu où tu vis à Kilgarret, reprit Elizabeth. Toi-même tu m'as dit que tout le monde pense et respire à l'ombre de l'Eglise. Tu ne vois qu'une chose : je vais commettre un péché. De plus tu crois toutes ces histoires sur les âmes, le Paradis, les limbes. S'il s'agit d'une âme elle ira dans les limbes et au Jugement dernier elle gagnera le Paradis. On pourrait d'ailleurs la baptiser sans plus attendre. Est-ce que tu y avais pensé ? Aisling ne sois pas si cruelle... pourquoi ne veux-tu pas me répondre ?

Aisling lui tendit le carnet : « Dans la nuit de jeudi, avait-elle écrit, au terme d'une conversation de huit heures, nous sommes convenues que si au dernier moment tu exprimais des doutes ou des inquiétudes, je ne dirais RIEN. Ce que tu craignais le plus, c'était que je te détourne de ton but, ou que tu cherches une excuse pour ne pas aller jusqu'au bout. Tu m'as fait jurer que quelles que soient tes provocations je ne te répondrais pas. Maintenant, pour l'amour de Dieu, boucle-la ! »

Elizabeth ferma les yeux et se mit à rire jusqu'à ce que les larmes perlent entre ses cils.

— Tu es merveilleuse, vraiment merveilleuse, dit-elle. Comment ai-je pu me passer de toi si longtemps ?

— Je me le demande, d'autant plus que, normalement, c'était moi qui inventais les bêtises, pas toi! dit Aisling, et elles partirent dans une grande crise de fou rire.

S'il lui en avait coûté de se confesser après sa première expérience avec Ned Barrett, Aisling s'en souvint comme d'un jeu d'enfant comparé au supplice d'avoir à se rendre chez Mrs Norris. Pour sa part, Elizabeth remarqua qu'elle n'avait éprouvé le même sentiment d'irréalité que le jour où Papa et Maman avaient décidé de se séparer.

Aisling déclara que Mrs Norris mentait : elle n'avait pas fait de prière et elle n'était pas à genoux dans la salle d'attente lorsque Elizabeth était montée à l'étage. Elle ajouta que cette Mrs Norris avait un sacré toupet de prétendre qu'elle avait éclaté en larmes et sorti son chapelet lorsqu'elle avait appris que c'était terminé. Elizabeth lui fit remarquer qu'il fallait bien qu'elle ait entendu quelqu'un réciter des prières, sinon où aurait-elle été chercher la formule : « Je vous salue Marie » ? Il va de soi que Mrs Norris n'était pas catholique.

Le mercredi, Elizabeth se sentit si bien qu'elles décidèrent d'aller au cinéma. Elles virent *La Vieille Fille* avec Bette Davis dans le rôle d'une femme contrainte de faire passer l'enfant qu'elle venait d'avoir pour celui de sa sœur. Aisling et Elizabeth trempèrent leurs mouchoirs en assistant à la longue agonie de l'héroïne qui revoit sa fille, devenue une jeune femme, sans pouvoir lui révéler la vérité sur sa naissance. Ce qui ne les empêcha pas de se bourrer de bonbons à la réglisse, comme deux gamines allant au cinéma en matinée.

— Qui croirait que nos aventures dépassent encore les leurs ? remarqua Elizabeth.

— Oui. A nous deux, nous sommes imbattables, dit Aisling en lui prenant la main et en la serrant très fort.

A Clarence Gardens la maison leur parut poussiéreuse, inhospitalière. Elle sentait le renfermé. Elizabeth nota qu'hiver comme été elle gardait une éternelle odeur de moisi. Ça venait peut-être des murs. Aisling finit par lui demander si on allait passer le reste de son séjour à parler de la pluie et du beau temps. Sur ce, Papa fit son entrée. Il était soulagé de les voir de retour. En leur absence la maison lui avait semblé tellement vide. Un peu plus tard, Elizabeth remarqua que Papa était encore plus exaspérant lorsqu'il s'intéressait à quelque chose que lorsqu'il ignorait tout ce qui l'entourait. Et Aisling répliqua que même le Diable n'arriverait pas à satisfaire une fille aussi capricieuse.

Johnny leur fit fête, en prétendant que leur absence avait navré Londres — on ne riait plus, on rentrait se coucher ridiculement tôt. Il espérait qu'elles avaient résolu leur problème, et que maintenant tout allait bien. Quel problème? demandèrent-elles, alarmées. Mais voyons, celui du mariage, savoir si c'était une heureuse issue ou un pis-aller. Elles le regardaient, muettes de stupéfaction. Décidément, si Aisling avait déjà oublié qu'elle avait fait le voyage spécialement pour arriver à voir clair dans ses amours, la question ne devait pas être tellement brûlante! Johnny croyait en toute bonne foi qu'elles s'étaient absentées pour discuter tranquillement du dilemme qui se posait à Aisling.

Elizabeth emmena Aisling à l'Académie de dessin. On y donnait des cours de vacances. Elles se promenèrent dans l'école, visitant les salles de classe, les ateliers. A travers une porte vitrée, elles aperçurent un jeune homme qui posait comme modèle. Aisling n'en croyait pas ses yeux. Est-ce qu'Elizabeth avait déjà eu à dessiner des hommes entièrement nus? Pas possible! Et il fallait tout dessiner? Et des filles aussi? Des filles toutes nues? En quoi cela aurait-il gêné, pour étudier les proportions ou la musculature d'un corps, que les modèles gardent un caleçon? On devait bien pouvoir dessiner un zizi sans le voir? D'un homme à l'autre, il ne devait pas y avoir de grandes différences!

C'est à ce moment de son séjour qu'Aisling songea qu'à la maison tout le monde allait lui poser mille questions sur son emploi du temps à Londres. Il fallait qu'elle aille voir les monuments. Mais, en même temps, elle voulait aider Elizabeth à oublier le drame en renouant avec sa vie habituelle. Et apparemment, sa vie tournait autour de Johnny. Elle demanda donc à Johnny s'il ne pourrait pas les emmener dans la camionnette, le jour où il se rendrait dans un endroit intéressant. Il trouva l'idée excellente, et proposa de leur faire visiter la Tour de Londres pour le cas où Stefan projetterait d'y installer son magasin ! Finalement, au lieu de retrouver les mêmes touristes aux mêmes endroits, il leur offrit d'aller tous les trois à Brighton. Aisling sautait de joie à la perspective de voir une grande plage anglaise. Ils nagèrent et barbotèrent pendant des heures comme des enfants.

— Personne ne voudra jamais me croire lorsque je leur dirai qu'il y a de vraies plages en Angleterre, cria-t-elle joyeusement.

— Oh, Aisling, vous ne voulez tout de même pas me faire croire qu'ils ignorent des choses aussi évidentes.

— Mais si. C'est énorme, mais c'est vrai. Moi aussi je l'ignorais.

Elizabeth et Johnny échangeaient des regards d'affectueuse connivence tandis qu'Aisling était retournée se baigner.

— Tu me manques, lui dit-il. Tu ne peux pas arriver à t'éclipser, Nick et Tom ne sont pas...

— Oh non, pas tant qu'Aisling est là..., dit-elle avec un sourire de regret.

— Ça lui serait égal.

— C'est hors de question. Pas quand on a une amie en visite...

Cette affectation de vertu égaya Johnny. Il rit sans arrière-pensée, il comprenait.

— Tu es une parfaite hôtesse, tu te conformes au code des bonnes manières : « La parfaite hôtesse n'abandonne en aucun cas son invitée sous prétexte de devoir satisfaire d'impérieux désirs charnels avec son Aimé. »

— Parfaitement, dit-elle en riant. C'est l'Article trois.

— Soit. Mais lorsque l'invitée aura regagné son Ile d'Emeraude... Je te préviens, je serai insatiable.

— J'y compte bien!

Mrs Norris lui avait expliqué qu'elle devait s'abstenir de rapports pendant quinze jours. Passé ce délai, la vie reprendrait comme avant.

— Tu sais que tu n'as pas tenu ta promesse? Tu devais me dire... comment c'est quand... quand on a fait l'amour, lui reprocha Aisling.

— C'est vrai. Mais dès le début, ici même, la première nuit, je me suis demandé si toi-même tu n'avais pas fait l'amour depuis longtemps sans oser me le dire. C'est une chose tellement... comment dire... personnelle, qu'il est pratiquement impossible d'en parler.

— A t'entendre, c'est plus mystérieux que je ne le croyais. Je resterai donc idiote...

— Je te l'ai dit, j'étais persuadée que tu avais essayé.

— Bonté divine! Elizabeth, as-tu oublié que j'habite à Kilgarret et ce que cela signifie? Quoi qu'on fasse, de jour comme de nuit, il y a toujours quelqu'un qui le sait aussitôt et qui s'empresse de le chanter sur tous les toits. Quand tu as tes règles, tout le monde en est informé sur-le-champ.

— Ou quand tu ne les as pas.

— Oui. S'il m'était arrivé la même chose qu'à toi, je me demande comment je m'en serais tirée.

— Mais le cas doit bien se produire. Qu'est-ce qu'elles font?

Aisling ne répondit pas.

— Allons! tu peux bien me le dire!

— Eh bien le garçon l'épouse, et au bout d'un an les commérages cessent. Sinon la fille fait un séjour chez les religieuses.

— Dans un pensionnat? Pas possible!

— Seigneur, non! Il s'agit d'autres religieuses. Elles dirigent des établissements à la campagne, où elles accueillent les jeunes filles enceintes. En attendant l'accouchement, elles les font travailler pour payer leur pension. Ensuite, le bébé est adopté et la jeune fille rentre chez elle. En général, elle dit qu'elle est allée voir sa Bonne-Maman. C'est l'expression consacrée, aller voir sa Bonne-Maman.

— C'est affreux !

— Oui, ça ne doit pas être drôle. Ça suffit à vous dissuader de sauter le pas, en plus de la peur que le garçon vous laisse tomber.

— Les filles ont toujours aussi peur de perdre un garçon si elles couchent avec ?

— Bien sûr. C'est réglé d'avance. Si je tenais à un garçon, je ne coucherais avec lui pour rien au monde, sinon je ne serais plus pour lui qu'une traînée. Je ne dis pas qu'il aurait raison, mais à Kilgarret, c'est comme ça.

— Et toi, tu penserais que c'est un coureur ou je ne sais quoi de péjoratif ?

— Non. Pour les hommes, c'est une autre affaire. Ils ne peuvent pas se maîtriser, c'est un besoin irrésistible que Dieu leur a donné. Il n'y a qu'à voir la façon dont ils sont toujours prêts à le faire avec n'importe qui. C'est voulu par Dieu... ou par la nature, si tu préfères, pour que la race humaine se perpétue. Les hommes sont fabriqués pour obéir à ce besoin n'importe où, et les femmes pour les rappeler à l'ordre et obtenir qu'ils ne le contentent que dans le cadre du mariage, et ça donne la société...

Elizabeth n'avait jamais tant ri.

— Tu aurais fait une religieuse sensationnelle ; les filles à qui tu aurais raconté les choses de la vie de cette façon ne s'en seraient jamais remises.

— C'est pourtant ce qu'elles nous ont dit sous une autre forme, et c'est bien ainsi que ça se passe à Kilgarret.

— Si je pensais vraiment que les hommes passent leur temps à l'affût d'une proie pour assouvir leurs désirs, je crois que je me serais faite religieuse sans hésiter.

— Plantant leur semence à tout vent... violant les femelles sans défense...

— Aisling, sérieusement !

— Mais si. C'est une sorte de jeu, dont tout le monde connaît les règles, et on ne les enfreint que s'il y a vraiment une chance de gagner.

La dernière soirée d'Aisling à Londres, Johnny les emmena au cinéma et les invita au restaurant. Non, il ne voulait pas entendre parler de partager les frais. Elizabeth était heureuse qu'Aisling ait l'occasion d'apprécier sa générosité.

— De toute façon, dit Johnny, c'est mon cadeau d'adieu.

— Nom d'un chien, je vais venir plus souvent si on me fait chaque fois de tels cadeaux !

— Ce n'est pas seulement en votre honneur, dit Johnny très naturellement, moi aussi je pars. Pour la Côte d'Azur...

— Tu pars pour où... ?

Elizabeth s'empourpra puis devint blanche comme un linge, exactement comme lorsqu'elle était nouvelle élève et que les religieuses lui posaient une question qu'elle ne comprenait pas.

— Ça date d'aujourd'hui... Nick a obtenu quelques semaines de vacances. Aisling, il vend des voitures... Comme les affaires marchent au ralenti, son patron lui a dit que s'il voulait prendre ses vacances maintenant, il lui accordait cinq semaines en lui donnant un demi-salaire. Nick a sauté sur l'occasion.

— Et toi ?

Elizabeth paraissait atterrée. Pour empêcher Johnny de s'en rendre compte, Aisling intervint précipitamment :

— Oh, Johnny, c'est formidable ! Vous avez réussi à vous libérer en même temps ?

— Oui, dit Johnny avec animation. Ça fait des mois que Stefan me propose de prendre des vacances, je ne vais pas rater une telle occasion. Nick s'est occupé des billets.

— Vous partez quand ? demanda Elizabeth d'une voix à peine audible.

— Vendredi ou samedi. Ça dépendra des couchettes disponibles.

— Quels veinards ! s'écria Aisling pour essayer de détourner l'attention de Johnny qui risquait à tout instant de remarquer le visage décomposé d'Elizabeth, son silence insolite. Cette Côte d'Azur, c'est où? En Espagne ou ailleurs?

— En France. Un ami de Shirley lui a parlé d'un village où on peut louer un bungalow ou une tente... Et en été on se nourrit à moindres frais. Shirley dit que ce sera du tonnerre.

— Shirley part avec vous? demanda Aisling sans perdre une seconde, pour éviter à Elizabeth de poser la question de sa pauvre petite voix blanche.

— Non, rien que nous deux. C'est un peu pour ça que notre départ est si soudain. Nick a besoin de s'aérer. Shirl commençait a être sacrément collante, et il lui arrivait un peu trop souvent de rêver tout haut... de mariage!

— Dans ce cas, il fait bien de décamper! On n'est jamais assez prudent, croyez-moi, j'en sais quelque chose. Grâce au ciel, ni Elizabeth ni moi ne sommes atteintes de ce virus.

Elle jeta un coup d'œil à Elizabeth en espérant qu'elle avait eu le temps de se ressaisir. Ce qu'elle vit la laissa confondue. Elizabeth avait repris son visage habituel et elle *souriait*.

— Pauvre Shirl, dit-elle d'un ton enjoué. Je suppose qu'il faudra que je me dévoue pour la consoler quand vous serez partis. Je pourrai toujours essayer de lui trouver un remplaçant.

— Je crois que Nick l'aime bien, observa Johnny. Simplement, elle est un peu trop envahissante...

— Jolie comme elle est, elle ne restera pas longtemps sans chevalier servant. Qui sait, pendant que vous serez en France, nous courrons peut-être les garçons ensemble.

— Mais je te le défends bien! Tu n'as pas à chercher un autre garçon. Tu m'entends?

— Oh, ne t'inquiète pas, il y a de fortes chances pour que tu me retrouves à ton retour. Avec le travail qui m'attend. D'ici là, je serai peut-être devenue l'associée de Mr Worsky et d'Anna.

Aisling contemplait, médusée, le visage radieux d'Elizabeth. La comédie qu'elle jouait lui donnait des ailes, elle en imposait à Johnny qui la considérait avec admiration, regrettant presque d'avoir décidé de partir.

De retour à la maison, Elizabeth ne versa pas une larme. Elle niait même avoir momentanément accusé le coup. Elle parlait avec un calme impressionnant.

— Je te l'ai dit, je ferai tout pour le garder. C'est lui que je veux et personne d'autre. Après ce que j'ai déjà fait pour ne pas le perdre, je ne vais pas imiter cette sotte de Shirley et me répandre en plaintes et en gémissements parce qu'il ne m'emmène pas...

— Mais bon sang, Elizabeth, tu aurais toutes les raisons de dire...

— Je ne tiens ni à avoir raison ni à être raisonnable. Finalement j'ai l'impression de ressembler beaucoup plus à Maman que je ne le pensais. Lorsqu'elle voulait quelque chose, elle ne transigeait pas. Elle a voulu Harry et elle l'a eu. J'agis un peu comme elle...

— Ce n'est pas pareil !

— Non, bien sûr. Lorsque Maman s'est décidée, tout allait affreusement mal...

— Je n'ai certainement aucune idée de ce que cela représente d'aimer quelqu'un à ce point.

— Cela viendra, pour toi aussi. Un jour tu aimeras quelqu'un comme j'aime Johnny. Je te parle comme si j'avais cent ans, mais crois-moi, tu rencontreras quelqu'un, et comme on dit dans les chansons... tu sauras.

— Oui, mais j'ai l'impression que le moment où l'on sait annonce aussi le début des ennuis, dit Aisling tristement.

Papa déclara à Aisling que sa visite avait été pour lui comme une bouffée d'air pur. Stefan Worsky et Anna Strepovsky lui firent cadeau d'une estampe représentant une fée dans une forêt. Il y avait peut-être là une allusion à l'étrangeté de son nom... Monica lui obtint une ristourne sur un corsage qu'elle acheta pour Maman, et Johnny Stone l'embrassa sur les deux joues en lui promettant que l'année prochaine il viendrait en Irlande en camionnette avec Elizabeth, pour acheter tout ce qu'il pourrait trouver d'ancien.

— Si d'ici là je n'ai pas épousé le Châtelain, je ferai la tournée avec vous.

A la gare d'Euston, près de la grille ouvrant sur le quai, Elizabeth serra Aisling dans ses bras :

— Je t'aime, tu sais. Je ne saurai jamais comment te dire merci, jamais.

Dans son ensemble d'été vert turquoise, Aisling remonta le quai et disparut bientôt dans la foule. Lorsqu'elle se retourna, la cohue des voyageurs lui cacha l'endroit où Elizabeth se tenait, dans sa robe grise, s'essuyant les yeux du coin de l'écharpe rouge qui était censée lui donner un air très snob.

11

En revoyant Aisling, Tony la trouva encore plus belle. Elle lui avait d'autant plus manqué qu'il ignorait combien de temps elle serait absente.

Sans compter qu'avec son habitude de tout régenter, sa mère en avait profité pour le harceler. Par exemple, pourquoi n'invitait-il pas une des Gray à aller danser au club de tennis ? Qu'avait-il besoin de perdre son temps avec cette petite O'Connor — qui était certes une enfant charmante, bien gentille, mais très jeune et très limitée —, et pourquoi ne cherchait-il pas plutôt à élargir le cercle de ses relations ? Pas plus tard qu'hier, Mrs Gray avait cru bon de lui dire... Tony se levait, quittait la pièce sans un mot d'excuse ou d'explication, sautait dans sa voiture.

Eileen O'Connor trouvait que le petit jeu de cache-cache auquel se livrait Aisling avec Tony avait assez duré. Aisling était une belle fille, soit, et il n'était pas donné à tout le monde de tomber du premier coup sur l'homme de sa vie. De surcroît, il n'était pas désagréable que cette fois-ci ce soit l'autre famille qui ne sache plus sur quel pied danser. Eileen et Sean avaient été assez humiliés du peu d'empressement de Brendan Daly à demander la main de Maureen, comme si les

Daly avaient décidé de tenir publiquement la dragée haute aux O'Connor. En faisant lanterner Tony, maintenant c'était Aisling qui se conduisait comme si elle avait décidé de mettre les Murray sur le gril.

Toute tentative pour connaître les véritables intentions d'Aisling était habilement esquivée.

— Crois-tu que cela vaille la peine de peindre ton bureau? Il y a peu de chances pour que tu l'occupes encore l'an prochain.

— Tiens, pourquoi donc? Tu as l'intention de me licencier?

— Non, mais si tu fais partie désormais du gratin de la ville, tu n'auras plus envie ni besoin de travailler.

— Ça alors! Mais Maman, les Murray n'ont rien de plus que nous. Et je voudrais bien voir que quelqu'un s'avise de vouloir m'empêcher de faire ce qui me plaît, et particulièrement de travailler ici si j'en ai envie. Alors, on le peint de quelle couleur?

— Aisling, dis-toi bien que jamais Tony Murray n'acceptera que sa femme travaille.

— Dans ce cas, qu'il aille voir ailleurs, je ne l'ai pas sifflé. Qu'est-ce que tu dis de cet orange? Avec les portes en blanc, et moi en vert, cela aura tout du drapeau irlandais.

Apparemment, Aisling se souciait de Tony comme d'une guigne, et pourtant elle le retrouvait presque tous les soirs.

Maureen trouvait qu'Aisling était devenue insupportable depuis qu'elle avait fait ce voyage à Londres — encore plus poseuse et arrogante qu'avant, si cela était possible. Elle vous rebattait les oreilles de ses histoires, qui commençaient toujours par : « Lorsqu'on était à Piccadilly Circus... » et « Lorsqu'on est allées dîner dehors avec Elizabeth, à l'Elephant and Castle... » Et avec ça pas le moindre petit cadeau pour les enfants. Le rationnement avait bon dos, comme si on ignorait à Kilgarret que la guerre était finie depuis des années! Pour tout dire, Aisling était en train de devenir une vraie garce : chaque fois qu'elle daignait faire un saut à la maison, on avait droit à ses sarcasmes et à ses railleries blessantes. Le pauvre Brendan en avait les sangs retournés et sa mère ne s'était pas gênée pour dire qu'Aisling se perdait bel et bien de réputation à s'exhiber comme elle le faisait avec Tony Murray, sans qu'aucun engagement ait été pris de part et d'autre.

De temps en temps, Joannie Murray faisait une apparition à Kilgarret, auréolée du prestige de la grande vie qu'elle menait à Dublin. D'une visite à l'autre, elle trouvait l'atmosphère de la maison de plus en plus tendue. Chacun tenait à l'entraîner à l'écart pour lui confier son point de vue sur la situation, comme si le fait de vivre dans la capitale lui conférait le pouvoir d'infléchir le cours des événements à Kilgarret. Ce qui était clair, c'est que son amie Aisling O'Connor était, sciemment ou non, la cause de tous leurs maux. En attendant, Maman passait des heures à arpenter le salon en répétant qu'elle n'avait absolument rien à reprocher à Aisling.

Et Joannie trouva Aisling tout aussi pénible. Pour elle, il n'y avait aucun mystère : elle tenait beaucoup à Tony, Tony lui rendait la pareille, mais ni l'un ni l'autre ne songeait au mariage. Bon sang, ils étaient jeunes, rien ne pressait. Joannie lui rappela que Tony n'était pas jeune du tout, il était même très vieux : plus de trente ans. La nouvelle provoqua le fou rire d'Aisling. De nos jours, à trente ans on est comme un poussin qui sort de l'œuf. Joannie crut bien faire en répétant cette conversation à Maman qui l'accusa ni plus ni moins de jeter par-derrière de l'huile sur le feu. Ces week-ends devenaient vraiment des corvées. Joannie espaça de plus en plus ses visites dans sa famille.

Sean en avait par-dessus la tête de s'entendre demander quand aurait enfin lieu l'événement décisif : la fusion des firmes Murray et O'Connor. Et chacun y allait de son commentaire narquois, de ses prévisions railleuses : un trust de cette taille raflerait la moitié des affaires en Irlande de l'Est. Lorsqu'on en arrivait à Aisling, les plaisanteries tournaient court. Il ne s'agissait plus que de savoir ce qui se tramait réellement. Si toute cette curiosité irritait Sean, l'attitude d'Aisling l'agaçait encore bien davantage.

Régulièrement, il prenait la peine de lui rappeler qu'elle se donnait en spectacle et qu'elle ridiculisait toute la famille en faisant languir Tony Murray depuis si longtemps. Aisling ouvrait de grands yeux étonnés. Qu'est-ce que Papa allait encore imaginer ? D'un geste gauche, Sean ébouriffait les cheveux d'Aisling et décrétait qu'il n'y avait décidément rien de pire que de vivre dans une petite ville irlandaise, à la merci des commérages malveillants.

Maman avait dû être hospitalisée. La plupart du temps, elle ne savait plus où elle se trouvait. Harry était catastrophé. Il avait supplié Elizabeth de venir avec Johnny, ce charmant jeune homme. Il allait de soi que ledit jeune homme se refuserait à aller là où régnaient la maladie et le désarroi. Il était inutile de lui poser la question. Elizabeth prit le train sans le prévenir.

A Preston, Elizabeth trouva un homme qui n'était plus le Harry qu'elle connaissait. Il était défiguré par l'anxiété.

— Ma petite Elizabeth, j'ai vraiment fait tout ce que j'ai pu pour elle, commença-t-il par balbutier, comme s'il craignait d'être rendu responsable de ce qui arrivait. Pas une fois je ne l'ai brusquée. J'ai toujours essayé de lui offrir tout ce qu'elle voulait... On ne roulait pas sur l'or mais...

Dans la gare, à plusieurs reprises, attirant l'attention des gens qui les croisaient, tout naturellement Elizabeth serra Harry dans ses bras. Elle essayait de consoler l'homme qui leur avait volé Maman quelques années plus tôt, cet affreux Mr Elton.

— Harry, est-ce que je ne sais pas que vous avez fait l'impossible pour elle ? Elle vous aime, elle vous adore. Vous n'avez rien à vous reprocher. Imaginez la solitude qui aurait été la sienne si ses nerfs avaient craqué lorsqu'elle était encore à Clarence Gardens.

— Vous êtes une fille formidable, Elizabeth, lui dit-il

en reniflant. Vraiment, champion. Je me demande ce qu'on ferait sans vous...

Maman fut contente de voir Elizabeth, contente comme lorsque arrivait l'heure du thé pendant la guerre, ou ici, quand on l'emmenait faire de la vannerie, pendant les séances d'ergothérapie. Elle était pâle, avait les traits tirés. Rien ne semblait pouvoir accrocher son attention. Elizabeth cherchait désespérément ce qui aurait pu provoquer une étincelle de vie dans son regard vague. Elle se souvint du jour où elle avait remarqué à quel point Maman était tendue et nerveuse, réagissant comme un petit oiseau en cage, méfiante et apeurée.

— J'ai souvent relu tes lettres, Maman, tu sais, toutes celles où tu me parlais de l'exubérance des années 20. Quelle époque, tous ces *thés dansants,* comme en France !

— Tous ces quoi, ma chérie ?

— Oh, je ne prononce peut-être pas bien... Mais je me souviens que tu m'as écrit qu'il t'arrivait souvent de porter une robe lilas et qu'il y avait des petits orchestres de cinq ou six musiciens...

Maman souriait d'un air inexpressif.

— Et puis des jeunes gens venaient t'inviter d'un air nonchalant, parce ça faisait bien de paraître désinvolte...

Violet la regardait en hochant poliment la tête.

— Bien sûr, ma chérie, si tu le dis.

Maintenant Maman prenait un air traqué, cherchait des yeux l'infirmière.

— Maman, se mit à crier Elizabeth, Maman, tu fais adorablement jeune, mais tes cheveux sont tout emmêlés. Si je te lavais la tête et que je te mettais un peu de rouge à lèvres ? Tu es si belle !

— Madame l'infirmière... appela de toutes ses forces Maman.

Une vieille patiente au visage tout ridé s'approcha aussitôt :

— Ne l'énervez pas, mon enfant. N'essayez pas de la

tirer de là. Elle se sent en sécurité, voyez-vous. Il ne faut pas la bousculer, la déranger.

— Mais elle ne sait plus qui elle est, alors j'essaie de le lui rappeler. Tout son mal, c'est d'avoir oublié qui elle est.

— Je sais, dit la vieille dame. Mais en oubliant, elle est heureuse.

Dès qu'il vit Elizabeth déboucher du coin de la rue, Harry accrocha à la porte la pancarte « Fermé ».

— C'est l'heure creuse, lui dit-il en venant à sa rencontre. Comment va-t-elle ? Elle a été contente de vous voir ?

— Harry, laissez le magasin ouvert. Si des clients viennent pour acheter leur demi-livre de margarine, ils ne doivent pas trouver porte close.

Elle retira la pancarte, ôta sa veste, et passa la blouse qui était accrochée au portemanteau. Elle s'efforça vainement de la boutonner — c'était donc la blouse de Maman, la dernière qu'elle ait portée avant son hospitalisation...

— Non, Elizabeth, je veux savoir, suppliait Harry, le visage congestionné par l'émotion.

— Il n'y a pas grand-chose à savoir, Harry. Elle n'a rien compris à tout ce que je lui ai raconté. Elle a l'air heureuse, et autour d'elle les petites vieilles disent qu'elle est heureuse. L'infirmière dit qu'elle est heureuse. Ce qui est sûr, c'est qu'elle ne sait plus qui elle est. On dirait un corps déserté par la vie.

Harry avait les yeux baignés de larmes.

— Vous croyez qu'elle va retrouver ses esprits, que ça va s'arranger ?

— J'ai rendez-vous demain avec le médecin qui la soigne. Il n'avait pas le temps de me recevoir aujourd'hui, mais il m'a prévenue de ne pas espérer de miracle. J'ai trouvé qu'il avait un air assez arrogant. Pour ma part, je me suis faite aussi humble que possible...

— Mais qu'est-ce qui a bien pu provoquer ça ? Pourquoi elle n'a plus de vie, ma Violet ?

— Je ne sais pas. Maman non plus, c'est évident. Et il y a de fortes chances pour que ce médecin imbu de

252

lui-même l'ignore aussi. Maintenant, Harry, si nous voulons avoir de quoi prendre le bus qui va jusqu'à l'hôpital, il faut faire marcher le commerce. La dame qui arrive, qui est-ce ?

— Mrs Park, une veuve, il n'y a pas plus rapiat dans tout Manchester. Elle achète les cigarettes à la pièce, et le beurre par demi-quarts.

La petite dame en noir fit son entrée dans le magasin.

— Mrs Park, comment allez-vous ? Qu'est-ce que je vous sers ? Je vous présente ma belle-fille, Elizabeth.

— Mrs Park, Harry me disait justement que vous étiez une de ses plus fidèles clientes.

— J'estime qu'on doit encourager le petit commerce local. Monsieur Elton, je voudrais un demi-quart de ce fromage très dur, vous savez ? Servez-moi plutôt dans le milieu, s'il vous plaît. Et donnez-moi aussi deux Woodbines.

— On reçoit, Mrs Park ? lui demanda Harry, et Elizabeth dut se mordre les lèvres pour garder son sérieux.

Assis en face d'Elizabeth, le médecin lui expliquait que parmi les maladies mentales classées sous le terme général de psychose, la schizophrénie présentait des caractéristiques très particulières. En général les symptômes apparaissaient très tôt chez les patients. C'était essentiellement une maladie des personnes jeunes. Chez Violet, elle était demeurée longtemps à l'état latent. Elizabeth acquiesçait de la tête. Elle ne laissait rien transparaître de son agacement. Il avait beau jeu de pontifier devant une fille de vingt ans attendant anxieusement son verdict ! Lui arrivait-il jamais d'oublier son rôle, de se conduire simplement ?

— Je vous demande pardon, mais s'agit-il, comme on en trouve parfois la description dans certains romans, d'un... dédoublement de la personnalité ?

Le médecin eut un rire condescendant.

— Grand Dieu, non ! Ces sottises n'ont pas cours ici. Dr Jekyll et Mr Hyde ? Non, en fait ces patients ont perdu leur prise sur le réel, et cela au profit de l'imaginaire, qui a investi plus ou moins totalement leur personnalité.

— Et comment allez-vous essayer de soigner Maman? demanda Elizabeth avec simplicité.

— Du mieux que nous pourrons, lui répondit-il sèchement. Pour le moment, elle a surtout besoin de tranquillité, de se sentir en sécurité, et d'être calmée quand l'imaginaire prend trop le dessus. Nous disposons de nouveaux médicaments : depuis deux ans, nous utilisons le Largactyl, non sans succès, sur beaucoup de nos malades.

Elizabeth s'efforça de prendre un ton déférent :

— Docteur, est-ce que vous voulez dire que vous allez expérimenter ce nouveau médicament sur Maman?

— Pas du tout. Nous n'en sommes plus au stade de l'expérimentation. Comme je vous l'ai dit, ce produit est en usage dans toute l'Angleterre depuis deux ans. En ce qui concerne votre mère, ce que nous pouvons lui assurer dans le meilleur des cas, c'est une vie aussi sereine que possible.

— Vous voulez dire qu'il serait vain d'espérer la voir retrouver son état normal et être en mesure de retourner chez elle? Elle n'a que quarante-neuf ans, docteur, que dois-je dire à mon beau-père?

— Vous me paraissez être une personne beaucoup plus raisonnable et pondérée que (il consulta ses notes) Mr Elton. Je crois pouvoir vous parler en toute franchise. La réaction de ce monsieur a été de me promettre qu'il lui consacrerait plus de temps, plus d'attention et qu'il s'arrangerait pour lui offrir à l'avenir une vie plus aisée. Mais d'après ce que j'ai pu comprendre, elle était très heureuse avec lui. Elle n'avait jamais rien eu à lui reprocher, n'est-ce pas?

— Non, docteur, elle l'adorait.

— C'est bien cela. Il n'y a donc aucune contre-indication à lui appliquer ce genre de traitement. Dans quelque temps, il n'est pas exclu qu'elle soit en mesure d'aller passer un après-midi ou un week-end chez elle. Ces nouveaux médicaments ont déjà fait la preuve qu'ils pouvaient amener des rémissions surprenantes. Dans ce domaine rien n'est impossible.

— Excepté que Maman redevienne comme avant, n'est-ce pas, docteur?

— Oui, il serait vain de se bercer d'espoirs trompeurs.

Elizabeth le regarda plus attentivement. Après tout, il n'était pas aussi creux et suffisant qu'il en avait l'air. Il prenait la peine de la mettre en garde contre de faux espoirs, comme il avait sûrement essayé de le faire avec Harry. Elle se leva :

— Je vais retourner voir Maman. Docteur, je vous suis très reconnaissante. J'expliquerai ce qu'il en est à mon beau-père, en espérant pouvoir l'amener à voir les choses en face.

— Je vous remercie, Miss White. Dans notre profession, c'est un plaisir et un réconfort de rencontrer des personnes aussi calmes et aussi compréhensives que vous.

— Je suis loin d'être aussi calme que j'en ai l'air, mais j'essaie d'être réaliste.

— Bien, très bien. Au revoir, Miss White.

Elizabeth se félicita d'avoir su maîtriser ses émotions et de ne pas avoir cédé à la panique comme devaient le faire généralement les proches des malades. Elle se raidit et frappa à la porte de la salle où était Maman.

L'infirmière lui apprit que Violet avait dormi plus de huit heures la nuit dernière. En l'apercevant, Maman lui sourit. Elle était assise sur une chaise près de son lit, les mains jointes sur son ventre, et toujours cet air infiniment las. Elle avait les cheveux peignés en arrière et retenus par un ruban. Son visage n'en paraissait que plus menu. Elle portait un cardigan par-dessus sa chemise de nuit.

Elizabeth s'assit et prit une main de Maman qu'elle garda un moment dans les siennes, sans rien dire. Violet la regardait d'un air anxieux. Elle semblait se tenir sur ses gardes et craindre ce qui allait se passer. Comment savoir si elle se souvenait de l'incident de la veille? L'infirmière s'affairait à proximité, arrangeant les fleurs qu'Elizabeth avait apportées.

— Oh, Maman, il faut que je te raconte comme Harry a été drôle hier au magasin, dit Elizabeth qui se lança dans un monologue aussi amusant et aussi anodin que possible.

Violet finit par se détendre, elle sourit, et oublia de suivre du regard l'infirmière qui s'éloignait.

— Je vais devoir retourner à Londres ce soir, poursuivit Elizabeth d'un ton enjoué. Mes examens de fin d'études sont pour bientôt. Ensuite, il faudra que je trouve du travail, mais je viendrai te voir au plus tard dans un mois. Ça ira ?

— Londres ? dit Maman.

— Oui, à Clarence Gardens, avec Papa.

— Papa ?

— George, ton ancien mari, il pense à toi, il espère qu'on s'occupe bien de toi ici.

— C'est gentil de sa part, dit Maman en souriant. Remercie-le pour moi et dis-lui que je vais bien.

— Oui, tu peux y compter, répondit Elizabeth en refoulant ses larmes. Harry viendra te voir tout à l'heure. Tu sais, il est formidable ! Avec lui, Maman, tu as vraiment trouvé queĺqu'un de bien.

— Oh oui, je sais ! Je vais te dire, Elizabeth, au début peu m'importait que j'aie tort ou raison. Il fallait simplement que Harry Elton soit à moi. C'est le seul homme que j'aie jamais voulu.

— Oui, et tu as réussi, il est à toi et tu es à lui.

— Oui, c'est bien ça.

Maman était de nouveau absente. Elizabeth se leva. Pour égayer sa jupe de flanelle grise et son twin-set de la même teinte, elle avait mis un petit bouquet de violettes en velours entourées de feuilles en taffetas. Elle l'enleva et l'épingla maladroitement sur le cardigan de Maman.

— Merci, dit Maman.

— Vous êtes une brave fille. Oui, elle a une brave fille, dit sa voisine de lit, une vieille femme toute ridée.

— Ils vont lui enlever, il y a une épingle, et elle pourrait faire des bêtises, dit une autre femme au visage bouffi couronné par des cheveux coupés en brosse.

— Ça n'a pas d'importance, dit Elizabeth, il suffit qu'elle l'ait porté un moment.

Papa écouta, impassible, les explications d'Elizabeth sur la maladie de Maman. Il se contenta de secouer la tête lorsqu'elle lui dit que le mal était vraisemblablement à l'œuvre depuis longtemps.

— Tant que ta mère a vécu dans cette maison elle allait parfaitement bien, ses nerfs étaient en bon état. Si quelque chose a perturbé son esprit, c'est forcément depuis qu'elle a quitté son foyer, où elle avait tout ce qu'elle désirait, pour suivre ce Harry Elton qui ne lui a offert qu'une vie de misère.

— Tu as probablement raison, Papa, je ne faisais que te répéter le diagnostic du médecin de l'hôpital.

— Quoi qu'il en soit, personne ici ne doit rien savoir. Je suis un homme loyal et compatissant, dit Papa.

Elizabeth ne comprenait pas où il voulait en venir.

— Oui, reprit-il, je pourrais très bien dire à tout le monde, à mes collègues de la banque comme à mes amis de bridge, que Violet est devenue folle et qu'il m'a fallu l'enfermer. Mais je n'en ferai rien, je ne veux pas abîmer l'image qu'ils gardent d'elle. Je ne veux pas leur donner l'occasion de dire qu'elle n'a que ce qu'elle mérite.

— Comment ça, ce qu'elle mérite ?

— Bien sûr. Les gens se feraient un malin plaisir de rappeler que lorsqu'on abandonne sans raison son foyer, son enfant, on ne peut qu'attirer sur soi le malheur. Mais je saurai me taire.

— De ta part, c'est magnanime, lui accorda Elizabeth en détournant les yeux pour qu'il n'y puisse lire le dégoût que lui inspirait cette mesquine affectation de rectitude.

— Il s'agit seulement de savoir pardonner, dit Papa, de savoir oublier le passé. Ta mère nous a fait beaucoup de mal, maintenant c'est à elle de souffrir. Au fond, c'est la vie. N'ajoutons pas à son châtiment en le racontant à ceux qui la connaissaient.

De temps en temps, Mr Worsky traduisait pour Elizabeth, au fil de la lecture, des articles ou des études sur les arts ornementaux parus dans des revues allemandes.

Assise au soleil, Elizabeth écoutait suffisamment pour être en mesure de sourire aux traits d'esprit de Stefan ou d'acquiescer d'un air entendu lorsqu'il se lançait dans un développement circonstancié.

Elizabeth avait l'impression que son cœur était devenu comme un gros bloc de glace qui se serait détaché d'un iceberg et glisserait lentement au gré du courant. Elle ne pouvait s'empêcher de penser à Johnny. Il avait quelqu'un d'autre... une femme. Au magasin où elle venait souvent, il l'appelait la riche héritière. Non, c'était impossible... il ne pouvait pas vraiment l'aimer. Il ne pouvait pas la caresser... lui murmurer... comme à Elizabeth.

C'était impossible. D'ailleurs, elle n'y croyait pas vraiment. Elle devait continuer, ne pas laisser le doute envahir son esprit, rejeter cette peur qui lui étreignait le cœur, qui le glaçait. Elle ne devait penser qu'aux bonnes choses : Johnny était charmant avec elle, il l'aimait tendrement et il ne cessait de lui dire. Et ce cher Stefan... Elizabeth prêta de nouveau attention à la voix qui hésitait, tandis qu'il cherchait ses mots et peinait pour rendre claires toutes ces choses qui lui seraient peut-être très utiles au moment de l'examen. Parfois Anna se permettait d'intervenir :

— Stefan... crois-tu sérieusement que cette enfant ait besoin de savoir tout ça ?

— Anna, pour l'amour du ciel ! Tu n'as aucune idée de ce que cette enfant doit ou ne doit pas savoir. Elle étudie les arts ornementaux, je ne lui parle pas d'autre chose. Il serait tout de même fâcheux qu'elle croie que les Allemands n'ont jamais été capables de créer que d'horribles tables en acier ou des meubles modernes tous plus hideux les uns que les autres. Il est très important qu'elle connaisse l'existence des porcelaines de Meissen, de la vaisselle et des porcelaines de Fürstenberg, de Nymphenburg, de Ludwigsburg...

— Burg et berg et burg, bougonna Anna. Qu'est-ce que tu as besoin de t'occuper de tous ces Teutons, de ce qu'ils ont fait, de ce qu'ils ont créé? Ils venaient de Fürstenberg, de Ludwigsburg et d'ailleurs, ces Allemands qui ont détruit notre pays, et maintenant tu es là, assis au soleil, à parler à cette enfant de la beauté de leurs porcelaines.

Rouge d'indignation, mais en même temps inquiète que son Stefan fasse figure de vieux raseur, elle partit brusquement.

— Je crains parfois de vous ennuyer avec mes discours, ma petite Elizabeth. De temps en temps vous aimeriez sûrement pouvoir rêver tranquillement.

Elizabeth prit une assiette de Meissen, et suivit du doigt le tracé de sa marque de manufacture.

— Sans vous, monsieur Worsky, je serais bien incapable de distinguer entre cette assiette et une copie moderne destinée aux bazars. Mais maintenant, chaque signature, chaque poinçon me racontent une histoire. Je connais l'histoire de tous les objets qui nous entourent ici. C'est comme si vous m'aviez appris une nouvelle langue. J'ai toujours espéré trouver quelqu'un qui s'intéresserait à ce que je fais. Voyez-vous, je connais beaucoup de gens, mais il n'y a que vous et Anna qui sachiez que je vais passer un examen mardi. Mon père n'a retenu qu'une chose : le grand jour approche où je vais enfin me mettre à gagner ma vie, au lieu de perdre mon temps à cette bêtise qu'on appelle des études d'art. Quant à ma mère, elle a perdu la raison. Je ne vous ai rien dit, car Papa tient beaucoup à garder le secret. Elle est dans le service psychiatrique d'un grand hôpital de Preston, dans le Lancashire. Elle ne se rend pas vraiment compte de ce qui lui arrive. Vous vous souvenez, je suis allée la voir il y a peu de temps. Mais je ne vous ai pas dit pourquoi.

— Oh! ma pauvre petite.

— Et Harry, mon beau-père, remue ciel et terre, harcèle les médecins, les infirmières et l'aumônier, pour implorer qu'on la guérisse en promettant de mieux s'occuper d'elle à l'avenir. En réalité, c'est un brave homme qui a toujours été aux petits soins pour Maman. Elle lui doit ses seuls moments de bonheur...

— Oh! ma chère enfant.

— Et Monica Hart vient de se fiancer à un Ecossais qui porte le kilt. Je peux bien passer tous les examens de la terre, elle s'en moque. Aisling O'Connor, autant que je sache, a bien trop à faire avec le gratin de Kilgarret qu'elle croit avoir mis à sa botte. C'est tout juste si elle lit mes lettres et si elle y répond. Sa mère, Tante Eileen, sait que j'ai un examen mais elle s'imagine qu'il s'agit d'une formalité scolaire sans importance...

Mr Worsky regardait Elizabeth aller et venir dans le magasin. Il était atterré. Jamais il ne l'avait vue dans un tel désarroi. Elle s'arrêta près de lui et lui posa une main sur l'épaule.

— Vous pouvez juger à quel point je vous apprécie et combien je vous suis reconnaissante...

— C'est moi qui dois vous remercier d'ensoleiller la vie et le travail du vieil homme que je suis. Anna a raison. Je manque singulièrement de tact et de sensibilité. Et de plus, je vous ennuie avec mes discours interminables...

Elizabeth s'agenouilla et serra les mains du vieil homme dans les siennes.

— Cher monsieur Worsky, ne dites pas cela. Vous faites preuve à mon égard d'une délicatesse qui me bouleverse. Ainsi, en ce moment, tandis que je m'apitoie sur moi-même, vous vous abstenez de me rappeler l'existence de Johnny, de me demander ce qu'il sait de tout cela.

— Mais mon enfant, il faut prendre Johnny comme il est.

— Oui, je sais. Et pour le moment il se prélasse dans la voiture de sport de cette riche héritière.

— Oh! elle ne fera pas long feu.

— Non, vous avez raison. Bientôt elle lui demandera beaucoup plus qu'il ne peut donner. Un de ces jours elle va lui annoncer qu'ils sont invités à une réception où doit paraître la princesse Margaret, et Johnny lui répondra qu'il n'en est pas question. Elle croira habile de bouder, puis elle le flanquera à la porte en espérant bien le voir revenir les bras chargés de fleurs pour se faire pardonner. Ce qu'elle ignore, c'est qu'il ne lèvera pas le petit doigt.

— Elizabeth, vous vous rendez malheureuse...

— C'est ce qui va arriver. Et elle sera folle de rage. Ensuite, elle viendra ici, elle achètera quelque chose de très cher et elle nous demandera de ses nouvelles. Et lorsqu'on racontera cela à Johnny, il lèvera les yeux au ciel en disant : « Seigneur ! » et on éclatera tous de rire.

Elle était restée assise à ses pieds, comme une enfant. Il lui effleura les cheveux.

— Non, Johnny ne sait pas que je passe mon diplôme.

— Et vous allez le passer haut la main. Si vous n'êtes pas reçue brillamment, c'est à désespérer de la justice...

— La justice... vous y croyez, vous ? Regardez, votre femme, vos enfants, votre pays, vous avez tout perdu.

— Il n'empêche, j'ai eu beaucoup plus de chance que bien de mes compatriotes. Pour le moment, c'est vous qui avez votre lot d'épreuves, mais il y a une fin à tout. Vous verrez, les beaux jours reviendront.

— Vous croyez ? Pourtant, Johnny ne changera pas, et vous le savez.

— Oui, mais ce qui compte, c'est que vous le sachiez. Dès lors, vous pouvez choisir en connaissance de cause : ou vous acceptez Johnny tel qu'il est ou vous le quittez et vous cherchez quelqu'un d'autre.

Elle se leva et lui tendit les bras. Il s'avança vers elle d'un pas incertain, l'étreignit gauchement.

— Et maintenant, il faut se remettre au travail car je tiens à ce que vous remportiez une victoire éclatante.

En juillet, Elizabeth apprit qu'elle était reçue avec mention à ses examens. Le doyen de l'Académie la félicita et lui proposa de donner des cours à mi-temps dans l'établissement tout en suivant une formation pédagogique.

Johnny ne sortait plus avec la riche héritière. Son aventure s'était achevée comme elle avait commencé, sans qu'il y fasse jamais allusion. Il accueillit avec enthousiasme la proposition de Stefan d'offrir à Elizabeth le statut officiel d'acheteuse et de conseillère artistique.

En revanche, Papa fit grise mine.

— Autrement dit, tu vas continuer à partager ton temps entre l'Académie et ce magasin d'antiquités ? Te voilà bien avancée !

— Je ne pouvais pas espérer mieux, lui répondit sèchement Elizabeth.

— Et ce jeune homme que tu fréquentes depuis des mois, est-ce qu'il va bientôt se décider à te parler mariage ?

— Pour le moment nous n'avons ni l'un ni l'autre l'intention de nous marier, lui répondit Elizabeth. Si nous changeons d'avis, je te tiendrai au courant, ajouta-t-elle non sans tristesse, en pensant que pour la première fois depuis bien longtemps, elle et Aisling étaient probablement en train de dire la même chose au même moment.

L'été était de retour. Harry écrivit pour dire que Maman n'allait pas mieux et demander si Elizabeth ne pourrait pas venir les voir, elle savait si bien leur remonter le moral. Aisling écrivit elle aussi pour confier à Elizabeth qu'un soir où Tony avait bu plus que de coutume, il s'en était fallu de peu qu'il n'arrive à ses fins. Avec ce délicieux style direct qui faisait son charme, elle se disait quasi certaine qu'il n'y avait pas eu pénétration — n'empêche qu'elle avait été drôlement soulagée quand elle avait eu ses règles, huit jours plus tard. D'Ecosse, Monica Hart écrivit pour annoncer qu'elle s'était fait enlever par Andrew Furlong, faute de pouvoir tirer quoi que ce soit de sa mère et de celle d'Andrew, deux femmes aussi bornées l'une que l'autre. Ils s'étaient mariés à Gretna Green, endroit le moins romanesque qui soit, terriblement mouillé — et on pouvait en dire autant de toute l'Ecosse. Shirley envoya une lettre de Penzance pour annoncer qu'elle allait se marier avec un garçon très bien, employé comme barman dans un hôtel. Est-ce qu'Elizabeth ne pourrait pas s'arranger pour que Nick n'ignore rien de la joie et de la chance de Shirley ? Dans la foulée, autant lui dire que Guy, le fiancé, était gérant de l'hôtel. Ce ne serait qu'une anticipation, puisqu'il accéderait à ce poste tôt ou tard.

La mère de Johnny mourut subitement. Johnny n'invita personne aux obsèques. Comme Stefan et Anna, Elizabeth fit envoyer une couronne mortuaire. A son retour, il écarta avec aisance toutes les marques de sympathie que chacun croyait bon de lui témoigner. Sa mère était une vieille dame qui ne supportait plus de vivre seule. Lui et son frère étaient convenus que la mort l'avait délivrée d'une existence qui lui pesait.

Le soir de son retour, Johnny invita Elizabeth au restaurant. Le garçon leur offrit un apéritif :

— C'est en l'honneur de la naissance de la petite princesse, leur expliqua-t-il.

— Voilà au moins une mère comblée, remarqua Elizabeth. D'abord un garçon, puis une fille, c'est vraiment l'idéal.

— Il y a de quoi combler la Princesse Elizabeth, dit Johnny. Elle dispose d'une armée de domestiques et de tout l'argent qu'elle désire. Mais ça ne ferait pas l'affaire de mon Elizabeth à moi, qui n'a ni le temps ni l'argent.

— Absolument ! convint-elle en levant son verre à la santé du nouveau-né.

D'un coup de tête elle rejeta en arrière ses cheveux blonds. Elle souriait.

Elizabeth suivait avec intérêt les cours de formation professionnelle. Les grands principes pédagogiques n'avaient pourtant pas grand-chose à voir avec la réalité du métier d'enseignant, qui exigeait surtout d'avoir les pieds sur terre et de ne pas se laisser déborder par une classe de jeunes enfants ou d'étudiants. Deux matinées par semaine elle donnait des cours à l'Académie, et deux après-midi, dans une école primaire du quartier. Il lui arrivait de se dire qu'elle pourrait déjà écrire un livre pour démontrer que le problème était le même, qu'on ait affaire à des enfants de sept ans ou des jeunes de dix-sept ans : il fallait sans cesse capter et retenir leur intérêt pour les faire tenir en place.

Johnny lui suggéra de vaporiser un peu d'éther au début de chaque classe.

Au cours de l'été, Elizabeth s'était rendue à deux reprises à Preston. Elle en était revenue chaque fois très déprimée. Harry avait perdu toute sa jovialité et il se complaisait dans un vain sentiment de culpabilité.

— Vous étiez la joie de vivre personnifiée, lui dit Elizabeth qu'il navrait. Cela ne remonte pas à si loin. Vous ne pouvez pas vous secouer, retrouver votre vraie nature ?

— Je ne me souviens que d'une chose, lui répondit Harry, de l'air d'un gros bébé malheureux, c'est à quel point j'ai toujours voulu rendre Violet heureuse.

— Mais, Harry, rien n'est perdu. Si Maman va mieux et qu'elle revient ici pour retrouver un vieux gâteux et un magasin en train de péricliter, à quoi bon parler de la rendre heureuse ?

Sensible à ces arguments, Harry s'efforça de se ressaisir. De son côté, Elizabeth suggéra aux infirmières et au médecin d'aider Harry en lui laissant espérer que Violet pourrait un jour être suffisamment rétablie pour retourner passer un ou deux jours chez elle.

Elizabeth vit Harry expliquer à Maman ses projets d'avenir. Murée dans son silence, Maman tapotait de temps en temps la main de Harry. Elle portait le petit bouquet de violettes cousu à son cardigan. Des lavages successifs avaient donné aux fleurs en velours une teinte d'un mauve passé.

Johnny apprit avec tristesse l'état de Maman. Elizabeth ne lui en parla qu'au retour de sa troisième visite.

— Pourquoi ne m'avoir rien dit ? Quand je pense que tu es allée seule là-bas, c'est affreux. Et en plus, je sais maintenant, pour le lui avoir demandé, que Stefan était au courant depuis quelque temps.

— Je n'avais aucune raison de t'en parler.

— A quel jeu joues-tu ? lui demanda Johnny blessé et surpris.

— Mais, mon amour, je ne joue pas. Pas le moins du monde. A quoi aurait servi de te mettre au courant ? Tu m'as répété cent fois à quel point tu détestais qu'on te parle de choses tristes et déprimantes.

— Enfin, chérie, cela n'a rien à voir. Si ta mère, si Violet a dû être internée, c'est grave. Pourquoi ne pas m'en...

— Parce que tu ne pouvais rien y faire.

Elle le regardait bien en face. Non, elle ne jouait pas. Il la serra contre lui.

— Drôle de frimousse, je tiens énormément à toi. Tu sais que tu es la seule femme que j'aimerai jamais vraiment?

Elizabeth lui sourit.

— Moi aussi je t'aime, Johnny, dit-elle.

12

— Dis donc, toi et Tony Murray, c'est le grand amour? demanda un soir Niamh à Aisling.

Assise à la coiffeuse de sa sœur, elle tripotait les bijoux de fantaisie et les fards. Sans lever les yeux de sa lettre, Aisling répondit :

— Non, je crois que c'est plutôt une attirance physique.

La fillette gloussa.

— Ecoute, Aisling, sérieusement, il y a des filles en classe qui se le demandent. D'après Anna Barry, vous faites un couple bien assorti, mais ce n'est pas une question d'amour.

— Bien assorti, Doux Jésus! Il n'y a sûrement pas plus mal assortis que nous dans tout Kilgarret pour qu'on en parle tellement.

— Si Maman t'entendait employer comme ça le nom du Seigneur, elle te tuerait, remarqua Niamh d'un ton sentencieux.

— Et qu'est-ce qu'elle dirait si elle te voyait avec ce rouge à lèvres? Retire-moi ça tout de suite, et pose mon tube. J'ai travaillé assez dur pour me le payer.

— Si tu épousais Tony Murray, tu n'aurais plus à

travailler. Tu pourrais aller à Dublin, comme fait sa mère, pour t'acheter des toilettes et trois rouges à lèvres d'un coup. Je me demande pourquoi tu ne te décides pas. Tu risques de le perdre, tu sais. Tout le monde dit qu'il tient à toi, mais il est tout de même sorti avec une des filles Gray, celle qui a fait ses études en Angleterre. Elle avait la figure toute longue, mais maintenant elle est mieux. Tu sais bien, Anthéa ou Althéa. Il prenait le café avec elle, à l'hôtel.

— Quoi, qu'est-ce que tu racontes ? demanda Aisling, soudain très pâle.

— Moi ? Rien du tout, balbutia Niamh. Et puis, je ne sais même pas s'il était avec elle. Mais c'est Anna Barry et les autres, leurs sœurs leur disent des choses. Je suis sûre que c'est des inventions...

— Oh ! Mon Dieu !

Alarmée, Niamh dégringola de la chaise sur laquelle elle se tenait à genoux :

— Ecoute, je t'ai dit que c'étaient des inventions, des bêtises que je répétais. Aisling, tu sais bien qu'il t'aime comme un fou... Aisling, parle-moi... Tu le sais, non ?

— C'est la mère d'Elizabeth, elle... elle a essayé de se tuer, de tuer Harry... Mon Dieu, c'est affreux... Elle est dans un asile. Je ne sais même pas si Maman te l'avait dit, peut-être pas... Enfin, Harry était assis près d'elle, ils parlaient normalement... elle lui a demandé de couper un bout de laine qui pendait de son cardigan, et quand il a sorti son canif de sa poche elle le lui a arraché et elle l'a poignardé, et après elle s'est poignardée. Mon Dieu, c'est horrible !

— Il est mort ?

— Non, mais on a dû lui faire onze points de suture, et elle, maintenant, on l'a mise dans une espèce de cellule, et elle n'a plus droit aux visites ordinaires. Cette pauvre Elizabeth, pourquoi faut-il qu'il lui arrive des horreurs pareilles...? Non, ce n'est pas juste !

— Alors, Elizabeth n'a pas pu la voir ?

— Si, parce qu'elle est sa fille. Elle est restée une semaine là-bas dans le nord de l'Angleterre. C'est de là qu'elle m'écrivait. C'est atroce, vraiment atroce ! Et elle était toute seule...

266

— Toute seule ? Et son amoureux, il ne l'a pas accompagnée, il ne l'a pas aidée... ?

— Jamais de la vie ! Pour faire le joli cœur, ce monsieur est toujours là, mais dès qu'on a des ennuis, il se déguise en courant d'air.

— Je croyais que tu le trouvais sympathique. Tu disais qu'il était formidablement beau garçon...

— C'est vrai, il est beau comme une statue grecque. Mais ce n'est pas ça qui le rend prévenant.

— S'il t'arrivait une chose pareille, je suis sûre que Tony Murray ne te laisserait pas tomber, lui... Dieu nous en garde, mais si Maman perdait la tête et poignardait Papa !

— Niamh, tu veux bien fermer ton stupide clapet et me laisser, oui ?

— Mais Aisling, je voulais simplement dire que nous, on est tellement heureuses, c'est tout... Je parlais sérieusement, comme une grande. La stupide c'est toi, oui.

Niamh battit en retraite. A présent, Aisling pensait à Tony Murray : comment l'aiderait-il, lui, si elle avait de gros ennuis ? Evidemment, il ne fallait pas compter sur lui pour trouver une solution ou même donner un conseil. Il resterait planté près d'elle, avec cette mine butée et sombre qu'il prenait devant les choses déplaisantes. Elle se mit à repenser à d'autres occasions. La fois où elle était tellement inquiète à cause de Donal, il était resté à lui tapoter le dos pendant qu'elle pleurait toutes les larmes de son corps. Entre deux sanglots, elle avait dit que Donal ne passerait peut-être pas la nuit, qu'il allait étouffer, et Tony avait réfléchi sombrement et répondu que non, c'était peu probable. En cas de crise, jamais Tony ne prétexterait des affaires à Dublin ou à Limerick ou Dieu sait où pour l'abandonner.

Aisling prit une décision. Elle se coiffa, se mit un peu d'ombre verte sur les paupières et un trait de crayon juste au bord des cils, chose qu'elle ne se permettait habituellement que pour aller danser. Elle passa son plus beau corsage, l'ensemble turquoise qu'elle n'avait encore porté qu'une fois, à la messe, et enfila ses chaussures neuves. Elle laissa un mot à sa mère, sortie pour une de ses rares visites à Maureen et Brendan :

Maman,
Lis la lettre d'Elizabeth. Quelle épouvantable nouvelle ! Si nous lui proposions de venir se reposer un peu ici ? Je vais chez les Murray. Je rentrerai avant dix heures. Si tu n'es pas encore couchée, on parlera de tout ça. J'espère que les Daly n'auront pas été trop épuisants. A propos, j'ai perdu patience avec Niamh, alors elle doit faire la tête. Je trouve qu'elle a trop de toupet pour une gamine de douze ans, mais après tout, j'ai dû être pareille.

Ta fille qui t'aime,
Aisling

Chère Aisling,
Ainsi, tu as l'impression d'avoir un rôle dans une pièce de théâtre ? Moi, je t'adresse mes félicitations et tous mes vœux de bonheur. Et tu sais, ce n'est pas une formule. Je te souhaite d'être heureuse chaque jour, chaque nuit, et toujours. J'attends avec impatience de faire la connaissance de Tony, tout en sachant, et il doit le savoir aussi bien que moi, que rien ne se passe jamais comme on l'a imaginé. Tu as dû lui rebattre les oreilles de toutes nos aventures, et finalement, quand il me verra il sera déçu. Comme tu es gentille de m'avoir écrit si longuement à propos de mes ennuis alors que tu dois vivre dans un tourbillon. Et je ne veux pas t'entendre dire que tu es honteuse d'annoncer de joyeuses nouvelles au moment où Maman va très mal. Il n'y a pratiquement plus d'espoir, Harry lui-même s'en rend compte. A présent, il a repris le dessus. Il est tellement, tellement gentil ; il y aura au moins une chose heureuse qui aura émergé de tout ça, c'est que j'ai découvert la si grande bonté de Harry Elton. Quand je pense qu'il me terrifiait, tu t'en souviens ? Stefan Worsky et Anna t'envoient leurs affections. Ils sont ravis pour toi, ils demandent des photos et de longues descriptions. Je joins à ma lettre une carte que t'adresse Johnny. Bien sûr que je viendrai au mariage, essaie donc de m'en

empêcher ! Evidemment, je ne pourrai pas être demoiselle d'honneur, je sais bien que les protestants ne peuvent participer aux sacrements catholiques, mais ce n'est pas grave. Tu es mignonne de penser à inviter Johnny, mais je ne lui en parlerai pas. Pour revoir Kilgarret, je préfère être seule. Je m'en réjouis tellement, Aisling, et je suis si heureuse de ton bonheur.

Toute mon affection,
Elizabeth

Salut, Aisling !
Elizabeth me dit que vous vous êtes décidée pour le Châtelain. S'il ne se révèle pas à la hauteur, revenez-nous, et nous vous gâterons. Tous mes vœux de bonheur.

Johnny Stone

Maman lui avait dit d'essayer d'être un peu plus attentionnée envers Maureen. Mais Aisling s'était insurgée :

— Pourquoi ça, plus attentionnée ? Elle n'arrête pas de me critiquer : je suis trop hardie, je suis trop timorée, je choque la tante de Brendan, je les scandalise tous, et je piétine les jouets de Patrick. J'ai à peine un pied chez elle qu'elle commence ses récriminations.

— Elle a l'impression de ne pas beaucoup compter. On s'occupe énormément de ton mariage, bien plus qu'on ne l'a fait pour le sien. Avec ses trois petits, elle est rivée chez elle, trop loin pour venir en ville, et elle entend parler du grand jour qui se prépare pour toi, de ta robe de mariée... Porte-lui donc un pot de mes confitures de groseilles, et dis-lui que j'irai la voir demain.

Maman avait raison, Maureen semblait toute morose. Tandis qu'Aisling garait sa bicyclette, elle dit d'un ton acide :

— Tiens donc ! Qu'est-ce qui nous vaut cet honneur ?

Brendan Og avait la figure barbouillée de confiture et les pieds noirs de terre à force de déambuler dans la cour. Dans leur poussette, les jumeaux se mirent à hurler pour attirer l'attention. Aisling les trouva tous abominables — de quoi vous dégoûter à jamais du mariage. Mais elle savait qu'on peut tout critiquer sauf les enfants.

— Bonjour, les petits choux, susurra-t-elle, incapable de distinguer la fille du garçon. Alors, Patrick et Peggy, on dit bonjour à Tata Aisling? Des amours, de vrais amours, lança-t-elle à l'intention de Maureen, en espérant que Dieu ne la foudroierait pas sur place pour ce mensonge.

— Oui, parce que tu les vois tous les trente-six du mois. Mais pas des amours quand on les a sur les bras du matin au soir et du soir au matin. Brendan Og, veux-tu venir ici! Que je ne te prenne pas à entrer dans la maison plein de boue comme tu es! Tu es venue exprès, Aisling, ou tu t'es arrêtée au passage?

Aisling serra les mâchoires. Ce que Maureen pouvait devenir grincheuse! Mais elle se souvint de ce qu'avait dit Maman.

— Non, je suis venue exprès, pour bavarder avec toi. Tu es mariée, toi, tu pourrais peut-être me dire comment me débrouiller pour certaines choses.

Maureen la regarda d'un air méfiant.

— Je croyais que tu en savais plus que n'importe qui sur la façon dont on doit faire sa vie.

— Allez, Maureen, je prends des poses, on est toutes passées par là. Mais qu'est-ce que je sais, hein! avec Maman qui s'occupe de tout à la maison?

— Ça, on peut dire que tu as la vie douce, toi, on te couve. Mais tu continueras à être couvée chez les Murray. Il y a toutes les chances pour qu'ils te donnent une bonne quand tu rentreras de ton voyage de noces.

— Cette fois, Maureen, tu me fais marcher, hein? Comme si tu ignorais le caractère de ma future belle-mère... Une enquiquineuse, oui!

— Il paraîtrait qu'elle fait pas mal de manières, convint Maureen, un peu radoucie.

— Une vraie toupie! Tu as de la chance, toi, avec la mère de Brendan. Vous vous entendez bien, hein? Chaque fois que je suis venue, elle était là.

— Garde ça pour toi, mais dans le genre utile, il y a mieux. Tiens, entre donc, je vais faire du thé. Brendan Og, gare à tes mollets si je te prends encore à lancer de la terre contre la porte! Tu vois, Aisling, il y a des poules partout, mais de tout l'hiver on n'a pas un œuf. J'en ai assez de m'esquinter à les nourrir. Encore une bonne idée de la brave Mrs Daly. Et attends, tu ne sais pas tout...

Eamonn refusa catégoriquement d'être garçon d'honneur avec Donal.

— Si ces poseurs de Murray s'imaginent que je vais louer un habit et me pavaner comme eux, ils peuvent toujours courir. Je serais la risée de la ville... à commencer par les gars du pub de Hanrahan. Je les vois d'ici envahir l'église pour se tenir les côtes devant ma mine.

— Ils ne viendront pas, je ne les inviterai pas à mon mariage, dit fermement Aisling.

— Que si, ils entreront, c'est la Maison de Dieu... tout le monde y entre.

— Eamonn, ça durera quatre heures, cinq heures au plus. Juste pour me faire plaisir. Et puis tu iras retrouver tes copains chez Hanrahan. Je t'en prie.

— Un ramassis de traîne-semelles, remarqua Sean.

— Papa, qu'est-ce que tu en sais? Tu n'as jamais mis les pieds dans le pub de Hanrahan, dit Eamonn.

— Pas besoin d'y entrer, je n'ai qu'à voir ceux qui en sortent. Ecoute-moi bien, Eamonn, ce mariage compte pour ta mère et pour ta sœur. Un de ces jours, une pauvre cruche de fille acceptera de t'épouser, et ses malheureux frères et son père devront se costumer en clowns, et ce qui est pire, dépenser beaucoup d'argent pour le repas de noces et autres stupidités... Alors, je te prie de la fermer et de faire ce qu'on te demande — c'est comme se couper les ongles des pieds, personne n'aime ça, mais on le fait quand même.

— Papa, si on veut me forcer je m'enfuis de la maison, je quitte la ville. Je ne céderai pas, même pour faire plaisir à qui que ce soit. Maman, sérieusement, écoute-moi. Supposons que je te demande de traverser la place en culotte, pour me faire plaisir. Tu refuserais, n'est-ce pas? Tu dirais que tu ne veux pas te ridiculiser devant les gens que tu connais, devant tes amis, tu refuserais même si j'insistais énormément...

— Eamonn, pas de grossièretés, tu m'entends ! Je t'interdis de parler comme ça à ta mère !

Aisling s'interposa :

— Après tout, il a raison. Puisque ça lui déplaît tellement, il sera incapable de se tenir. Pourquoi insister ? (Flairant un piège, Eamonn lui lança un regard inquiet.) Non, Eamonn, je parle franchement. J'avoue que je t'imaginais déjà en grande tenue. Il y a des vieux chnoques qui sont loin d'avoir ta prestance, et qui font pourtant rudement de l'effet quand ils sont bien arrangés. Mais non, tu as raison. Tu demanderais à Maman ou à moi de nous habiller en Peaux-Rouges ou autre chose pour ton mariage qu'on ne le ferait pas. Allez, on n'y pense plus. Il y aura tout de même Donal, et on trouvera sûrement un ami de Tony pour te remplacer. Le seul ennui, avec les amis de Tony, c'est qu'ils sont déjà gentiment mûrs, mais il en a peut-être un ou deux plus jeunes.

Eamonn en restait bouche bée, mi-soulagé, mi-incrédule.

— Je te remercie, Aisling, crois bien que je ne l'oublierai pas. Tu me comprends, hein, Maman ?

— Maintenant, ne fais pas l'enfant, dit Aisling d'un ton froid. On t'a cédé, mais n'attends pas en plus qu'on t'approuve. Parce que si tu es débarrassé, moi, il va falloir que j'affronte cette terreur de Mrs Murray, et que je lui explique pourquoi nous devons trouver un autre garçon d'honneur.

— Qu'est-ce que tu vas lui raconter ?

— Eh bien, ce que tu as dit. Que tes amis de chez Hanrahan viendraient troubler la Maison de Dieu, et que quatre heures c'est trop long, même si ce pauvre Donal, lui, ne flanche pas.

— Ne va pas lui débiter cette histoire... ça me rendrait ridicule...

— Qu'est-ce que tu veux que j'invente ? Si je dis que tu es souffrant, tu devras te mettre au lit. Non, je suis bien obligée de lui déballer la vérité.

— Mais qu'est-ce qu'elle va dire ?

— Elle le prendra mal, elle prend tout mal. Elle va dire qu'elle aurait dû s'y attendre. Ce qui est sacrément moche, tu vois, c'est qu'elle n'arrête pas de s'attendre à ces catastrophes, et que justement tout le reste se présentait formidablement bien. Papa a commandé un superbe repas de noces, et il a payé un supplément pour qu'il y ait davantage de serveuses; Maman nous habille tous magnifiquement, et moi je me conduis comme un petit archange tellement je suis gentille, si bien que cette vieille chipie n'avait pas une seule raison de se lamenter. Ça ne m'empêche pas de te soutenir, parce que s'ils risquent d'envahir l'église...

— Je n'ai pas dit qu'ils envahiraient l'église... certains ne doivent même pas être au courant de ton mariage.

— Non, Eamonn. Je vais de ce pas trouver la vieille diablesse. Autant s'en débarrasser au plus vite.

— Ça va, ça va, je cède! hurla Eamonn en décampant à toutes jambes.

— Eh bien, on peut dire que tu apprends vite, dit Maman en riant. Continue... tu as gagné cette bataille, mais tu devras sans doute en soutenir d'autres avant le grand jour!

Aisling soupira. Elle pensait à Tony, le soir d'avant. Il était vraiment furieux. Puisqu'ils seraient mariés dans cinq semaines, elle pouvait tout de même se laisser faire, au lieu de jouer les effarouchées! Cinq semaines plus tôt ou plus tard, qu'est-ce que ça changerait? Aisling n'avait pas su l'exprimer, mais elle avait senti que ça aurait changé quelque chose, qu'en cédant maintenant, elle céderait sur l'issue du jeu.

Ce qui la fit penser à Maureen. Depuis qu'elle allait souvent la voir, Maureen avait beaucoup plus d'entrain. Et de son côté, Aisling découvrait combien sa sœur devait se sentir seule, coupée de tout, dans cet endroit si morne. Ce n'était ni une ferme ni une villa, rien qu'une grande bâtisse disgracieuse presque en bordure de la route; derrière, il y avait un hectare et demi de terres laissées incultes, où vaguaient quelques oies, un âne, des poules, un chien de berger, et les bêtes que des fermiers y mettaient à paître. Et le clan Daly se moquait des efforts de Maureen pour faire un jardin.

— Tu comprends, ils trouvent que c'est ridicule de planter des fleurs, des idées de gens des villes, des idées au-dessus de ma condition. Les fleurs, ça ne se mange pas...

— Fais l'innocente... raconte que les fleurs ont poussé toutes seules. Ne leur dis pas que tu veux en avoir, plante-les quand il n'y a personne dans les parages. Je t'apporterai des boutures et des graines, Papa en a au magasin. Je dirai que c'est un cadeau que je te fais, et tu feras semblant de me le reprocher.

— Eh bien! Tu n'as pas été longue à comprendre, Aisling! Tu sauras manier les Murray, toi.

— Je crois que j'en aurai bien besoin.

A vrai dire, Mrs Murray n'avait pas découvert sans surprise que les O'Connor étaient tenus en beaucoup plus haute estime qu'elle ne le pensait. Un fonds de commerce solide, une grosse clientèle. Des enfants éveillés, se tenant bien, sauf peut-être le frère qui traînait devant la porte du pub d'Hanrahan le samedi ou certains soirs, après la fermeture. Aisling s'exprimait bien, et elle avait une certaine allure. Il y en avait même qui la portaient aux nues, trouvant qu'elle était une des plus jolies filles de Kilgarret. Evidemment, ce n'était pas ce qu'elle avait rêvé, se disait Mrs Murray en soupirant, mais elle avait si rarement eu ce qu'elle rêvait... Joannie restait vague et mystérieuse sur sa vie à Dublin, et elle entrait dans des rages folles dès qu'on se permettait la moindre critique. Elle n'amenait jamais ses amies à la maison. En plus, ce qu'elle gagnait chez ses importateurs de vin ne lui suffisait pas, car elle réclamait constamment de l'argent. Et elle n'avait pas acquis le sens des affaires; selon l'angélique Mr Meade, l'idée de diriger la firme familiale ne semblait pas l'attirer.

Sa consolation, c'était qu'il y aurait un prêtre dans la famille : John devait être ordonné l'année suivante. Mais elle s'était figuré qu'elle trouverait aide et compréhension auprès de ce fils, que John aurait pour elle des paroles de réconfort, qu'il lui ouvrirait de lumineuses perspectives auxquelles se raccrocher quand les choses allaient mal. En fait, il était toujours pour elle le même fils, se plaignant de Tony, qui employait toute l'eau chaude pour son bain, de Joannie, qui manquait de réserve; et la dernière fois qu'il était venu, il s'était dit chagriné par le piètre aspect de la façade. Il avait déclaré que son père n'apprécierait pas que sa maison reste à l'abandon, ce qui avait agacé tout le monde. Mrs Murray avait cru qu'un prêtre dans la famille aplanirait les difficultés, non qu'il les aggraverait. Au moins John avait-il été très utile à propos du voyage de noces : grâce à lui Tony et Aisling assisteraient à une audience du Pape, et ils recevraient personnellement la bénédiction du Saint Père. Pour Mrs Murray, ce serait un grand moment, et elle en avait informé des tas de personnes. Elle avait confié à Tony qu'il lui arrivait de se réveiller en plein milieu de la nuit et d'y penser. Son fils baisant l'anneau du pape Pie XII! Cette idée lui donnait des frissons dans le dos. Tony avait répondu qu'il était d'accord, avec son allure de fantôme le Pape donnerait probablement des frissons dans le dos à n'importe qui. Mrs Murray en avait été extrêmement chagrinée.

En tout cas, Aisling semblait savoir s'y prendre avec Tony. Elle lui avait déclaré franchement que son costume de marié le serrait trop.

— Pas du tout, il va très bien quand je me tiens comme ça, s'était défendu Tony.

— Mais tu n'y arriveras pas. A force de retenir ta respiration, tu tomberas raide.

— Ne compte pas que je fasse un régime ou que je me prive de bière, histoire que mon habit tombe mieux, avait-il déclaré, tout rembruni par cette idée.

— Qui te le demande? avait répondu Aisling en riant. Vouloir perdre douze livres rien que pour avoir belle allure pendant une seule journée, ce serait idiot. Tu n'as qu'à leur faire relâcher les coutures, c'est tellement plus simple.

De tout le mois, Tony ne but pas une seule bière — juste quelques godets de gin-soda par-ci par-là pour ne pas dépérir. Il perdit les douze livres en trois semaines et demie. Mrs Murray s'en émerveilla. Franchement, cette Aisling avait la manière pour arriver à ses fins.

Deux semaines avant le mariage, Aisling et Tony allèrent voir où en étaient les travaux de leur bungalow. Ils s'y rendirent à pied, parce qu'Aisling voulait minuter le trajet depuis la maison de ses parents. Sans forcer le pas, il fallait dix minutes.

— Epatant ! dit-elle en riant. Si tu me cognes dessus, en un rien de temps je peux aller chercher du renfort en ville.

— C'est idiot de dire une chose pareille, réagit Tony d'un air blessé. Jamais je n'irais te frapper... tu es pareille à une fleur.

— Tu as raison, c'était idiot, je plaisante bêtement, reconnut Aisling, émue. C'est beau, ce que tu as dit, que je suis pareille à une fleur. Tu veux qu'on fasse pousser des tas de fleurs ? J'aime bien les pieds-d'alouettes, les lupins... à la maison, la cour est trop petite.

— Tu planteras tout ce que tu veux, affirma Tony avec chaleur.

Aisling songea que Maman avait raison, cette pauvre Maureen en supportait de rudes. Quand on pense qu'elle devait planter ses fleurs en cachette de ces bouseux, de ces rustres de Daly. En avançant vers la maison inachevée, elle glissa son bras sous celui de Tony. Il était contrarié parce que les plombiers auraient dû avoir terminé depuis une semaine. Aisling aurait préféré qu'il n'y eût pas autant de fenêtres, c'est-à-dire autant d'occasions, pour sa belle-mère, de mettre son grain de sel en l'interrogeant sur les rideaux — qui n'étaient pas commandés, ni choisis, ni même envisagés.

Tandis qu'ils inspectaient sans entrain les placards de la cuisine à moitié terminés, pleins de copeaux, Tony dit soudain :

— Tu sais, ce sera épatant, chez nous.

— Mais bien sûr. Il reste encore très largement le temps. Six semaines, puisque nous en passerons quatre à Rome.

— Non, je ne veux pas dire la maison, mais nous, quand on sera mariés, hein ?

Il paraissait impatient. Et implorant. Aisling se sentit très vieille.

— Naturellement, ce sera épatant. Ne sommes-nous pas le couple le mieux assorti de toute la ville ?

— Aisling, je t'aime, dit Tony sans bouger, sans essayer de l'enlacer.

— Alors, j'ai beaucoup, beaucoup de chance, répondit-elle.

Et dans son for intérieur, elle se dit qu'elle en avait *beaucoup*.

Johnny était vexé de ne pas être invité au mariage, mais Elizabeth ne revint pas sur sa décision. Certes, l'idée d'arriver avec lui était infiniment tentante. Le beau Johnny Stone serait le point de mire. Il prouverait que la timide petite Elizabeth White avait bien réussi dans le vaste monde. Et il déploierait tout son charme... même Tante Eileen s'enticherait de lui. Elle l'imaginait parfaitement, juché sur un haut tabouret du magasin, questionnant Oncle Sean sur le commerce, et avec un intérêt non feint. Et Johnny dans le parloir du couvent... Il aurait du succès, c'était évident. Mais là serait justement le tort. Et surtout, c'était la journée d'Aisling, pas celle d'Elizabeth. La présence de Johnny détournerait en partie l'attention, on s'occuperait moins des époux.

Cette raison-là, il n'avait pas besoin de la connaître.

De l'autre côté du vitrage, Aisling sautait sur place. Elizabeth devait attendre que sa valise soit déchargée de l'appareil. Aisling grimaçait des mots inaudibles, lui montrait la porte. En blazer bleu marine et jupe plissée en écossais vert, elle était resplendissante. Elle montrait sa grosse bague de fiançailles, faisait semblant de ne pas pouvoir tenir sa main en l'air, à cause du poids des diamants. Elizabeth nota avec soulagement que l'imminence de son mariage avec le Châtelain ne l'avait pas assagie.

Enfin, ayant récupéré sa valise, elle se retrouva dehors, étreignant Aisling à l'étouffer.

Elles avaient bien calculé leur arrivée. Eileen venait

de rentrer, elle prenait son thé dans la cuisine — ce thé qui divisait sa journée de travail au magasin et sa journée de travail à la maison. Entre deux gorgées elle expliquait à Siobhan, la jeune bonne qui succédait à Peggy, comment présenter la salade.

— Tu disposes les feuilles de laitue en ligne sur le plat, Siobhan, et puis tu places dessus une lamelle de jambon et un morceau de tomate. Non, donne-moi ça, je vais le faire. Niamh, retire tes livres de classe, ce n'est pas leur place. Monte-les dans ta chambre, tu m'entends ? Est-ce que Donal est rentré ?

Au même moment, la porte s'ouvrit devant Elizabeth. Aisling la suivait, rieuse, un bagage dans chaque main.

Eileen se leva. Cette grande et svelte femme en élégante robe crème, drapée dans une écharpe dernier cri retenue par une broche d'or... c'était la gamine aux genoux couronnés, tout de traviole sur sa bicyclette, qui rougissait, qui bégayait, qui faisait tant d'efforts pour être gentille...

Elle resta un instant dans l'encadrement de la porte puis se précipita dans la grande cuisine, se jeta au cou d'Eileen. Elle sentait la savonnette de luxe et la poudre de riz, mais elle tremblait de tous ses membres, comme autrefois.

— Tu n'as pas changé, pas changé du tout, réussit-elle à prononcer, le visage baigné de larmes.

Enfin elle lâcha Eileen, se moucha et dit :

— C'est affreux. Je voulais faire bonne impression et voilà que je manque nous étouffer toutes les deux et que je noie mon maquillage. Est-ce que je peux sortir pour recommencer mon entrée ?

— Oh ! Elizabeth ! Tu nous es revenue, merci mon Dieu... et tu es toujours la même.

— Maman, tu n'as jamais fait tant d'histoires pour moi ! remarqua plaisamment Aisling pour les aider à se ressaisir.

— Ni pour moi..., glissa Niamh d'un ton vraiment envieux.

Elle en restait interdite. Cette élégante apparition... et l'accueil de Maman. Et Siobhan en demeurait figée, oublieuse de la laitue et du jambon qu'elle tenait en main.

— Ton uniforme est plus seyant que ne l'était le nôtre, s'empressa de dire Elizabeth, pour que Niamh ne se sente pas exclue. Est-ce qu'il est modifié ?

— Non, mais nous pouvons garder nos corsages à nous, pourvu qu'ils ne soient pas trop *voyants*, comme dirait sœur Margaret.

— Je vois qu'elle n'a pas changé. Oh ! si vous saviez comme c'est formidable d'être là ! dit Elizabeth qui s'assit sur une chaise de la cuisine et s'étira.

Ce retour était encore plus beau qu'elle ne l'avait rêvé. La chambre était toujours pareille, avec ses deux lits aux courtepointes de chenille blanche séparés par la commode laquée, et, sur la cheminée, la statuette de la Vierge, juste un peu plus écaillée. Sur le palier, la lampe du Sacré-Cœur continuait à éclairer le petit oratoire. Les pièces paraissaient un peu moins grandes, et l'escalier un peu plus étroit, mais la maison n'avait pas *rétréci.* Il est vrai qu'elle était vraiment très vaste. Et mal entretenue. Est-ce que le tapis de l'escalier était déjà aussi déchiré et ses tringles à moitié défaites ? Est-ce que le papier des murs se décollait ou se marbrait de larges taches brunes ? Quelle importance ? D'un bout à l'autre, la maison semblait l'accueillir.

Elizabeth fit le tour du propriétaire, encadrée par Tante Eileen et Niamh, et Siobhan les suivit à distance, éblouie par cette jeune femme à l'accent anglais qui semblait se trouver absolument chez elle.

Et Donal grimpa l'escalier quatre à quatre pour la voir. Il était grand, fluet, avec un teint crayeux, des lèvres minces et bleuies, qui lui composaient un peu une tête de mort quand il riait. Elizabeth refoula ses larmes. Elle avait espéré qu'il ressemblerait à son frère Sean, mais il ne le rappelait en rien.

— Que pensez-vous de ma croissance, Elizabeth White ? demanda-t-il avec une fausse gaieté.

— Tu es formidable, Donal, tu l'as toujours été.

— Tu ne me trouves pas décharné, osseux ? dit-il d'un ton léger qui masquait mal son anxiété.

— Fi donc, mon doux sire Donal O'Connor, vous

quêtez les compliments, eh bien, complimenté vous serez. Tu as l'air d'un poète, d'un artiste. Tu me rappelles un peu Rupert Brooke, et même Byron. Est-ce que ça te suffit, ou dois-je continuer mes flatteries ?

Donal lui dédia un grand sourire et Tante Eileen lui serra affectueusement le bras.

Oncle Sean rentra au moment où tout le monde contemplait les chatons découverts le matin même dans la salle de bains.

— La mère, c'est Mélanie, une fille de Monica, et c'est sa première portée, dit Niamh avec fierté.

— Où est-elle, où est-elle ? clamait Oncle Sean.

Il avait beaucoup plus vieilli que Tante Eileen. Et Elizabeth ne se souvenait pas de cette abondance de poils : des poils blond roux dans le nez, les oreilles, sur le dos des mains. Il parut d'abord un peu gêné en la découvrant aussi élégante. Mais Elizabeth se jeta dans ses bras.

— Ma foi, à cette heure je ne suffirais plus à ton argent de poche, chic comme tu es. Eileen, est-ce qu'elle n'est pas à peindre ? Une vraie gravure de mode.

— Ne dis pas ça, Oncle Sean, tu n'aimes pas les gravures de mode.

— Je les adore, mais je n'y connais rien. Eileen, ne compte pas servir le thé. J'ai l'intention d'emmener Miss White chez Maher pour boire quelques verres, après quoi on pourrait bien dîner à l'hôtel. Voilà qui ferait marcher les langues ! Ne sachant pas qui est cette ravissante jeune femme, ils croiraient que je suis un vieux sacripant ! Qu'est-ce que tu en dis ?

— Allons donc, Oncle Sean, ils me reconnaîtraient parfaitement, et ils diraient : c'est cette Elizabeth White qui s'est fait entretenir pendant des années par les O'Connor, et la voilà qui recommence.

— Même pour plaisanter, ne dis jamais une chose pareille, ma chérie, déclara gravement Eileen. Tu faisais autant partie de la famille que les autres. Nous avons eu du chagrin de ne pas te garder plus longtemps. Tu m'as manqué, tu m'as manqué autant que mon Sean.

Cela, c'était nouveau. Tant qu'Elizabeth avait vécu à

280

Kilgarret, dans la maison sur la place on ne prononçait jamais le nom de Sean.

13

Elizabeth était assise entre Tante Eileen et Maureen au premier rang de gauche. Eamonn et Donal restaient à la porte de l'église, pour guider les invités jusqu'à leur place. Niamh, la demoiselle d'honneur, était encore à la maison avec Aisling et Oncle Sean; ils devaient être sur le point de monter dans la voiture attendant sur la place. Oncle Sean arpentait la grande pièce comme un lion en cage; s'étant fait couper les cheveux la veille, il avait une drôle de tête, car le coiffeur n'y était pas allé de main morte. Aisling avait chuchoté à Elizabeth qu'il ressemblait à un bagnard, ce qui réjouirait sûrement Mrs Murray quand elle verrait les photos du mariage.

Elizabeth regarda dans la direction de Tony. Il était agenouillé, le visage dans ses mains — affectation de piété qui lui permettait de se dérober aux regards. Il avait ce que les romans fleur bleue décrivent comme un charme robuste. C'était un homme assez fort et râblé, au teint coloré, au front toujours luisant de sueur, et faisant plus vieux qu'il n'était. Les trois fois où elle l'avait vu, il avait paru mal à l'aise, mais elle le comprenait très bien, car il en allait de même pour elle. Alors qu'elle aurait voulu lui faire comprendre qu'elle était une amie, une alliée et non une rivale, elle s'était retrouvée parlant du temps, de sa traversée et du voyage depuis Dublin.

Bien sûr, Tony devait être nerveux — pour lui aussi c'était le grand jour. Sans doute transpirait-il tandis que, mi-assis mi-agenouillé, il restait le visage dans les mains. En revanche son garçon d'honneur, Shay Ferguson, ne cessait de scruter l'assistance, et, ayant accroché le regard d'Elizabeth, il lui fit un clin d'œil. Shay était encore plus vieux que Tony Murray, et bien plus

gras. Elizabeth se souvenait qu'il était déjà un célibataire endurci quand elle vivait à Kilgarret. Elle avait
toujours cru qu'il était du même âge qu'Oncle Sean. Et
il se révélait à présent que c'était un ami de Tony,
chose qu'elle trouvait bizarre et qui la mettait mal à
l'aise. C'était comme si on livrait Aisling à des hommes
plus vieux, et d'une certaine façon plus grossiers. Elizabeth frissonna, puis se ressaisit. Elle chuchota à Tante
Eileen :

— Es-tu en train de prier ou puis-je te parler ?

— Non, je fais semblant. Parle.

— Tu es heureuse ou triste ? Ton expression est difficile à déchiffrer.

— Je suis vraiment heureuse, répondit Tante Eileen
en souriant. Aisling ne s'est pas décidée précipitamment, elle a pris son temps, tu le sais comme moi. C'est
un brave homme. Je crois qu'il s'occupera bien d'elle.

Tante Eileen souriait tout en lui parlant à voix basse.
Elizabeth la trouvait très belle. Tellement, tellement
mieux que Mrs Murray. Tante Eileen portait un très
joli manteau gris et rose avec une robe dans les mêmes
tons. L'ensemble venait de chez Switzer, à Dublin.
Depuis cinq semaines qu'elle l'avait acheté, elle devait
l'avoir passé au moins dix fois pour assortir chapeau,
sac à main et chaussures. C'était un des grands avantages de Kilgarret : on pouvait emporter chez soi les
chaussures ou les sacs et décider de leur achat éventuel
tout à loisir. Et Tante Eileen avait même mis un peu de
rouge, mais pas autant que le souhaitaient Aisling et
Elizabeth, parce qu'elle ne voulait pas « avoir l'air
d'une poupée de bois verni ». Elle portait un chapeau
gris. Elles avaient bataillé sans succès pour qu'elle y
fixe une rose rose. « J'ai la cinquantaine, avait-elle dit,
je ne veux pas être décorée comme un arbre de Noël. »

Maureen paraissait tendue et malheureuse. A la
lumière du jour dans l'église, elle trouvait que sa robe
de taffetas gorge-de-pigeon faisait vulgaire. Le matin
même, sa belle-mère lui avait mis cette idée dans la
tête. Mrs Daly avait regardé les couleurs changeantes
qui plaisaient tant à Maureen et pincé les lèvres. Pour
une cérémonie, est-ce qu'un tailleur n'aurait pas été

plus correct ? Et ces minces chaussures ? On dirait des pantoufles. A présent, Maureen contemplait d'un œil envieux l'ensemble d'Elizabeth : jupe et veste jaune pâle, corsage de dentelle marron, et les mêmes deux tons pour le chapeau. Voilà le genre d'ensemble auquel elle aurait dû penser. Maureen ramena l'ampleur de sa robe autour d'elle, et le taffetas chatoya — mais maintenant, elle ne trouvait plus ça joli du tout. Et en plus, elle se savait mal coiffée, les cheveux plats et ternes, bien qu'elle les ait lavés et mis sur bigoudis la veille. Mrs Collins et sa petite shampooineuse étaient venues à domicile faire la mise en plis de maman, d'Aisling, de Niamh et même d'Elizabeth. Maureen voulait en profiter aussi, mais Brendan avait dit que c'était ridicule, une perte d'argent et de temps. Pourquoi n'avait-elle pas tenu bon ?

Mrs Murray adressa quelques pâles sourires à Elizabeth, qui lui trouva un air revêche et compassé, mais c'était peut-être parce que, depuis une semaine, elle entendait des choses désobligeantes sur cette femme. Tout en bleu marine, Mrs Murray n'exhibait que des angles : les revers de son tailleur, les coins de son sac, ses chaussures pointues, le bord pincé de son chapeau. A côté d'elle se tenait Joannie, arrivée seulement la veille au soir. Elle n'avait guère changé en neuf ans, toujours un peu massive mais avec un assez joli visage piqueté de taches de rousseur. Elle portait une robe et un manteau blancs, toilette de mauvais goût pour un mariage, dit-on, parce que cette couleur doit être exclusivement réservée à la mariée. De toute façon, elle ne risquait pas d'attirer l'attention aux dépens d'Aisling...

En voyant Aisling essayer sa robe de mariée, Elizabeth en avait eu le souffle coupé. La perfection incarnée.

Tante Eileen avait dit à Aisling de choisir ce qu'elle voulait et d'y mettre le prix. Elle-même avait eu un mariage pauvre et terne, et sa robe, elle l'avait empruntée à une cousine. Elle venait d'une famille distinguée mais désargentée, qui était déçue par son mariage avec Sean, lequel n'avait ni argent ni prétentions à la distinction. Leurs noces avaient manqué d'éclat. Pour le mariage de Maureen avec Brendan, bien qu'on ne l'ait jamais formulé tout haut, c'étaient les Daly qui en avaient pris la direction, disant ce qu'ils voulaient et ne voulaient pas, de telle sorte que les O'Connor n'y avaient participé qu'en assumant tous les frais. Mais cette fois, tante Eileen ferait exactement ce qu'elle voulait, et Aisling l'y aiderait, parce qu'elle ne se laissait pas impressionner par les Murray.

Toutes les deux, elles avaient pris l'autocar pour Dublin, où elles avaient passé la matinée à regarder des tissus, et le début de l'après-midi à étudier des modèles. Et puis, elles étaient allées chez la grande couturière de Grafton Street, qui n'habillait que des dames de la haute société. Elles savaient ce qu'elles voulaient, et elles étaient prêtes à déposer des arrhes. La créatrice s'enthousiasma pour cette grande et belle jeune fille aux cheveux roux, au visage lumineux. Et elle se surpassa. A part Elizabeth, personne ne devait savoir le prix exact de la robe; on en dit un à Maureen, un autre à oncle Sean, et rien du tout à Mrs Murray, même pas le nom de la couturière ni le modèle choisi. La robe était en satin, un lourd satin blanc — et non pas la mince satinette dont se contentaient tant de mariées à Kilgarret. La jupe s'évasait largement à partir de la taille, la faisant paraître encore plus fine. Les manches longues et collantes, terminées en pointe sur la main et sous le poignet, soulignaient la minceur des bras d'Aisling. Le décolleté, également en pointe, était bordé de petites perles nacrées.

Le poids du satin, son aspect lisse et froid évoquaient le marbre. Il fallait tout l'éclat d'Aisling pour porter une telle robe à son avantage, pour resplendir encore plus. Une fille plus mince, plus pâle, aurait eu l'air d'une poupée. Aisling avait l'air d'une star.

La sœur de Mrs Moriarty, qui tenait l'orgue, égrenait de légères variations. Et puis, soudain, de puissantes sonorités emplirent l'église, qui firent sursauter tout le monde. L'assistance se leva, Tony tourna la tête vers la famille de la mariée. Tante Eileen et Elizabeth lui adressèrent un sourire d'encouragement, et il y répondit par un rictus qui avait quelque chose de touchant.

Eamonn et Donal étaient allés s'asseoir sur le banc des O'Connor, et ils se poussèrent pour ménager une place à Oncle Sean quand celui-ci aurait conduit Aisling à l'autel.

Aisling trouvait Oncle Sean réjouissant. Il regardait droit devant lui comme s'il fixait un peloton d'exécution, les coudes serrés contre le corps, ou contemplait ses pieds comme s'il les soupçonnait d'avoir des idées de fuite.

Aisling n'avait rien de la mariée émue, timide, gênée d'être la cible de tous les regards; elle dédiait des sourires à droite et à gauche, buvait l'admiration qu'elle suscitait. L'église de Kilgarret n'avait pas vu une aussi belle mariée depuis bien longtemps. Ses cheveux lui faisaient une parure inouïe; ils descendaient en ondes et en boucles cuivrées, incendiées de reflets d'or, ponctuaient tout ce blanc d'une tache flamboyante. Elizabeth eut l'impression qu'elle mettait une éternité pour remonter l'allée centrale au bras de son père. Quand Oncle Sean eut remis sa fille à Tony, il vint s'asseoir à côté de Tante Eileen en desserrant son col. Les futurs époux franchirent la clôture du chœur et montèrent les marches. La perfection de la robe d'Aisling, c'était qu'elle mettait admirablement son corps en valeur sans être aucunement révélatrice. Toute l'astuce était là, et la création de la couturière de Grafton Street méritait amplement le prix qu'elle en avait demandé.

Se penchant devant Elizabeth, Tante Eileen saisit la main de Maureen :

— J'ai l'impression que c'est ton mariage qui recommence.

— Tu crois? chuchota Maureen en s'épanouissant. Je ne m'en rends pas compte, parce que moi j'étais là-haut, à l'autel.

— C'était absolument pareil, affirma Eileen à voix basse.

Elizabeth vit le visage de Maureen s'illuminer. Au même moment, parents et invités s'assirent et regardèrent Anthony James Finbarr Murray prendre cette femme, Mary Aisling, pour épouse légitime.

— Je n'ai jamais su qu'Aisling s'appelait Mary, dit-elle à Maureen.

— On ne pouvait pas la baptiser Aisling, grosse bête, chuchota Maureen, ce n'est pas un nom de sainte.

L'hôtel mettait une chambre à la disposition des parents de la mariée — chose comprise dans le forfait, mais dépense plus ridicule encore que toutes les autres, car la maison des O'Connor n'était séparée de l'hôtel que par la place, et elle ne manquait certes pas de chambres. Mais la direction avait insisté, faisant d'ailleurs valoir qu'ils trouveraient l'arrangement commode. Dans la chambre, donc, Maureen pleurnichait que l'éclairage de la boutique où elle avait acheté sa robe de taffetas faussait les couleurs. Aisling avait retiré un de ses bas blancs et se trempait un pied dans le lavabo.

— Ces satanées chaussures sont trop étroites, Maman, je le savais bien.

— Mrs Murray, crois-tu que c'est indiqué de te tremper les pieds dans l'eau ? Tu auras encore plus de mal à renfiler tes chaussures.

— Oh, là, là ! Aisling est Mrs Murray, dit Niamh qui se tordait le cou devant la glace en croyant déceler un bouton sur son menton. Quand je pense que ce sont mes sœurs, Mrs Daly et Mrs Murray...

— Ne t'inquiète pas, Niamh, un jour aussi tu seras une Mrs Quelque Chose, dit gentiment Maureen, que la réflexion de sa benjamine parut dérider.

— Mais je ne m'inquiète pas, Maureen, grosse bête. A quinze ans, je n'ai pas l'âge de me marier, même s'ils étaient tous à demander ma main.

— Est-ce que Mrs Murray mère va monter ici pour se repoudrer ? dit Maureen en jetant un coup d'œil nerveux vers la porte.

— Elle se repoudrera à l'extérieur, répondit Aisling en se séchant les pieds. Cette chambre est réservée aux parents de la mariée, c'est écrit sur le devis de Papa, et aussi qu'elle est interdite aux méchantes belles-mères.

— Je trouve qu'Ethel est très bien dans ce tailleur

bleu marine. Elle a toujours eu beaucoup de goût, remarqua honnêtement Eileen.

— Oh, Maman, elle a l'air effroyable et tu le sais... cette figure qu'elle a, blanche comme un linge.

— Voyons, Aisling, tu ne vas pas lui reprocher sa mine.

N'ayant encore enfilé qu'un bas, Aisling vint vers sa mère à cloche-pied et la prit par les épaules.

— Ecoute, Maman, ce n'est plus à cette drôlesse d'Aisling O'Connor que tu parles, mais à la jeune Mrs Tony Murray... et s'il me plaît de dire que la vieille Mrs Ethel Murray est une affreuse rombière, ce qu'elle est, je le dirai autant de fois que je le voudrai.

— Eh bien, ma belle tu ne te prépares pas des jours faciles. Allez, enfile ton autre bas, nous devrions déjà être en bas.

— Tout se déroule remarquablement bien, non ? remarqua Elizabeth.

— Souhaitons que ça continue, répondit Aisling. Il y a trois choses que je voudrais déjà voir terminées... ce repas de noces, cette affreuse affaire de perdre sa virginité, le sang, les cris... et m'être déjà fait une place telle que cette vieille chipie de Mrs Murray ait peur de moi et non l'inverse...

— Tu exagères toujours, il n'y aura ni sang ni cris.

— Non, sûrement pas. Je m'attends à ce que la bataille à propos de Belle-Maman soit autrement rude que la copulation... Viens, allons rejoindre la noce. Où est Niamh ? Encore devant la glace. Jolie demoiselle d'honneur !

Tony les attendait au pied de l'escalier ; près de lui, Shay Ferguson tenait un grand verre de whisky dans chaque main. Il dit :

— Flanque-lui une tannée, Tony, qu'elle sache qu'elle ne doit pas te faire attendre.

— Un trait d'esprit rustique, lança Aisling à Elizabeth.

— Tu es magnifique, absolument magnifique, dit Tony.

— Toi aussi tu es beau, répondit Aisling.

Elizabeth se détendit. Prenant Niamh par le bras, elle lui glissa :

— Puisqu'on en est aux compliments, toi aussi tu es très jolie, et on te regarde probablement plus qu'Aisling. Elle est hors concours à présent. Comme très jolie fille et cœur à prendre, il n'y a plus que toi.

— Et toi, Elizabeth, tu n'es pas mariée.

— Non, mais je suis amoureuse, répondit Elizabeth, qui se surprenait rarement à être aussi communicative. J'ai la mine d'une promise.

Au même moment, elle se rendit compte qu'elle n'avait pas pensé à Johnny depuis deux jours. Elle avait cru qu'il occuperait ses pensées tout au long du mariage, qu'elle songerait à « eux » pendant la cérémonie, qu'elle se verrait avec lui à la place des mariés, entourés de parents et d'amis, se promettant fidélité et obéissance, amour et respect. Et voilà qu'elle n'avait même pas pensé une minute à lui. Comme c'était bizarre !

Le grand salon de l'hôtel avait été dégagé en repoussant contre les murs les fauteuils et les canapés. Quatre serveuses passaient avec des plateaux, offrant du xérès ou, pour les abstinents, de l'eau minérale. Elizabeth détaillait l'assistance. Elle reconnaissait certaines personnes.

Mr et Mrs Moriarty, de la pharmacie, s'exclamèrent... voilà qu'elle était devenue une grande jeune fille, et si élégante... envisageait-elle de sauter le pas à son tour ?... Ils n'avaient pratiquement pas changé, leur dit Elizabeth... Ils lui confièrent que Donal adorait travailler à la boutique...

Mrs Lynch, la mère de Berna... oh, oui, elle se souvenait parfaitement d'Elizabeth. Comme elle était jolie ! Evidemment, avec sa vie agréable en Angleterre, sans soucis... pour sa part, on n'imaginait pas les malheurs qu'elle avait pu avoir... et son pauvre mari, le médecin, Dieu ait son âme ! est-ce qu'Elizabeth s'en souvenait ? Eh bien, ça ferait cinq ans en juin que le pauvre homme était parti pour l'autre monde. Si ce n'était pas une pitié... le meilleur des maris, le meilleur des pères.

Il avait le foie fragile... une fin affreuse. Non, Berna n'était pas encore mariée, mais elle travaillait à Limerick, et elle avait un soupirant...

— Qu'est-ce qu'il t'a coûté, ton ensemble ?

C'était Joannie qui lui lançait la question à brûle-pourpoint. Elle ne prenait même pas la peine de la saluer, alors qu'elles se revoyaient pour la première fois depuis neuf ans. Elle ne parlait pas non plus du mariage, ni de la splendide mariée que faisait Aisling.

— Ils ont l'air terriblement heureux, dit Elizabeth avec chaleur, pour voir ce que Joannie répondrait.

— Je ne sais pas pourquoi ils ont attendu si longtemps. Ça fait une éternité qu'ils se fréquentent. Je pense que leur ménage marchera, mais je ne comprends pas qu'ils veuillent rester dans cette ville de rien du tout.

— Mais Aisling aime Kilgarret, et elle a les siens, ici.

— Faut qu'elle soit maboule.

— Elle a une famille charmante. Je leur étais extrêmement attachée, quand j'habitais ici, et je le suis toujours, lança sèchement Elizabeth — mais pas assez sèchement à son goût.

— Oh, je ne dis rien contre eux ! Je dis que moi je ne pourrais pas vivre ici... Qu'est-ce que je ferais de mes journées ? Déjà que ça a chauffé parce qu'Aisling voulait continuer à travailler au magasin... tu n'en savais rien, hein ?

— Quel magasin ?

— Le sien, celui des O'Connor. Tu te rends compte, une femme mariée, au milieu de tout ce matériel agricole ?

— Tante Eileen y a bien travaillé trente ans !

— Pour Mrs O'Connor, c'est différent. Elle est de la famille.

— Aisling aussi est de la famille, dit Elizabeth ahurie.

— Pas du tout. A présent, elle est une Murray. Elle ne fait plus ce qu'elle veut. Madame Mère y veille.

— Voilà une triste chose...

— Je te le disais bien, ici c'est un triste patelin de bouseux.

Oncle Sean contemplait son verre de xérès comme si c'était du poison.

— Je ne sais pas comment les gens font pour boire ce truc, Molly, dit-il à la serveuse qu'il avait connue au berceau.

— Pour sûr que c'est vous qui avez commandé qu'on en serve, Sean.

— Je ne croyais pas que je serais obligé d'en boire, dit-il en riant.

— Ah, voilà! Si c'est que vous avez soif, prenez donc de l'orangeade.

— Mais oui, Oncle Sean, l'encouragea gaiement Elizabeth, c'est la boisson des gens bien, regardez donc le marié...

— Bon sang! dit Oncle Sean en lorgnant Tony, il m'a l'air sacrément remonté. Je parie dix shillings qu'il a rajouté une goutte de quelque chose dans son orangeade.

— Et moi, c'est un pari que je ne relèverai pas, parce qu'il faudrait aller flairer son verre, ce serait quasiment inconvenant. Tu ne trouves pas que la noce est sensationnelle, Oncle Sean? Tu dois être enchanté.

— Je le suis, fillette, je le suis. Et si tu viens par ici épouser un Irlandais, je t'offrirai un mariage tout pareil... excepté le xérès.

— Tu es un amour, Oncle Sean. Je suis sûre que tu le ferais, mais je ne te mettrai pas dans cette situation. Et puis, il y a encore un autre mariage qui t'attend, celui de Niamh.

— Voyons! Qui voudrait d'elle? Avec son caractère!

— Vous vous demandiez aussi qui voudrait d'Aisling, et la voilà mariée.

— Les hommes sont de fieffés imbéciles, Elizabeth. Combien de fois n'ai-je pas remercié le Seigneur de m'avoir si bien guidé pour prendre femme. Quelle chance j'ai eue d'épouser ta tante!

Elle se dirigea avec lui vers Tante Eileen qui, de loin, les regardait bavarder en leur faisant des grimaces.

— Sean, je pense qu'il est temps de passer à table. Cela fait trois fois qu'Ethel Murray consulte sa montre.

— Tante Eileen, tu vaux vingt fois, tu vaux cent fois

Ethel Murray, alors tu n'as pas à faire ses quatre volontés! lâcha Elizabeth avec une surprenante véhémence. Ils passeront à table quand tu le jugeras bon, et pas avant!

Dans la matinée, Mrs Murray avait vérifié à deux reprises les cartons au nom des convives. Elle s'était donné assez de mal pour prévoir les places autour de la table. Qui étaient exactement les Halley, avait-elle demandé à Aisling? Est-ce que c'étaient des gens qu'on pouvait mettre à côté du père Riordan? Enfin, à présent, c'était définitif. On avait écarté les objections d'Oncle Sean, qui envisageait mal de devoir parler à Mrs Murray pendant tout le repas, et celles de Joannie, qui voulait être au bas bout de la table pour ne parler à personne. Présentés dans des coupelles de verre et surmontés d'une moitié de cerise, les pamplemousses étaient déjà dans les assiettes. Chacune était flanquée de deux verres. Les Murray fournissaient douze bouteilles de champagne, que l'on boirait en portant des toasts. Il y avait aussi une tasse à thé près de chaque assiette, et, de place en place, des pots de lait et des sucriers.

A part, un guéridon portait le gâteau de mariage. A Mrs Murray, qui disait qu'il fallait le mettre sur la table, Aisling avait rétorqué qu'en ce cas le marié et la mariée ne pourraient plus voir personne. Maureen soutenait Mrs Murray en invoquant la coutume. Mais Tante Eileen avait dit que si Aisling voulait qu'on mette le gâteau dans la cour, elle n'avait pas d'objection. La dame de l'hôtel, Miss Donnelly, avait proposé un guéridon, qu'on approcherait au moment de découper le gâteau.

En ordre dispersé, les invités pénétrèrent lentement dans la salle à manger. Certains se récriaient sur la beauté du couvert, d'autres s'empressaient d'abord de trouver le carton à leur nom, puis vérifiaient ceux de leurs voisins. « Il y a deux femmes côte à côte ici! » signala sans amabilité Mrs Halley, en découvrant que sa voisine était la tante de Brendan Daly. « Il y a plus de dames que de messieurs », glissa Miss Donnelly d'un air pincé, agacée que les récriminations commencent déjà, quand il y avait encore tant de gens debout.

En entrant dans la salle à manger, les invités avaient fait silence; on se serait presque cru dans une église. Elizabeth espérait se trouver entre Donal et Eamonn, mais elle constata qu'elle aurait pour voisins Shay Ferguson et le père Riordan. La moitié des convives étaient déjà installés, et certains, les Halley par exemple, mangeaient déjà du pain et du beurre, quand il y eut un toussotement. Le père Mahony, le vieux curé qui avait marié Tony et Aisling, se raclait la gorge.

— Si nous avons tous nos places à présent, dit-il en lançant par-dessus ses lunettes un regard de désapprobation à ceux qui s'étaient déjà assis, nous allons dire le bénédicité.

« Seigneur, bénissez ce repas que nous allons prendre et que nous recevons de votre bonté... »

— « Ainsi soit-il! » prononcèrent en chœur les invités en se signant avec détermination.

Aussitôt les conversations reprirent, et on attaqua les pamplemousses. A un bout de la table on réclamait du sucre. Le brouhaha s'enfla. On commentait admirativement le chic d'Aisling... tout à fait comme sur ces photos de Lady X et Y que passaient les journaux de Dublin... et est-ce qu'elle n'avait pas de la chance de faire un si beau mariage? C'était même bizarre, parce qu'après tout Maureen, qui était plus instruite, n'avait tout de même épousé qu'un Daly, une famille de petites gens. Elizabeth souhaitait ardemment qu'ils changent de sujet ou parlent moins fort. Si Maureen abandonnait sa propre conversation, elle risquait de les entendre.

Shay Ferguson était un causeur infatigable. Encadré par Elizabeth et Joannie, il s'adressait alternativement à l'une et à l'autre. Sa tête semblait virer sur ses épaules.

— Est-ce que je n'ai pas la bonne place, entre deux vieilles filles de la paroisse? dit-il avec un gros rire.

— Seigneur! exhala Joannie.

Il se tourna vers Elizabeth, espérant qu'elle réagirait plus agréablement.

— Je ne suis pas à proprement parler de la paroisse... mais l'idée me saisit parfois que j'en suis membre.

— Il faut toujours saisir les membres.

— Je vous demande pardon ?

— Ça va, on laisse tomber. Est-ce qu'ils vont enfin nous donner à boire ? Les Murray ont fourni des caisses de bouteilles !

— Il me semble que les Murray offrent le champagne pour les toasts, mais que les O'Connor fournissent le reste, le vin blanc et le vin rouge, riposta Elizabeth, qui tenait à bien mettre les choses au point avec ce braillard de Shay Ferguson.

— Ah ouais ? Alors, ils devraient déjà l'avoir servi, le vin !

Elizabeth préféra se tourner vers son autre voisin, le père Riordan.

— Ainsi, vous n'êtes pas catholique ? lui dit-il.

— Non, mon père. Mes parents appartiennent à l'Eglise anglicane.

— Et après toutes ces années à l'école de nos excellentes religieuses et chez une bonne catholique comme Mrs O'Connor, rien ne vous a fait aspirer à vous convertir à notre foi ? Voilà qui est triste. Quelque part, nous avons failli.

— Oh, mon père, je ne le crois pas. J'en ai conçu beaucoup de respect, beaucoup d'admiration pour la religion catholique...

— Du respect, de l'admiration, certes. Mais à quoi bon si vous n'êtes pas capable de courber humblement la tête en disant « Je crois » ? Car toute l'Eglise est là, voyez-vous : courber humblement la tête.

— Oui, mon père, je comprends, dit docilement Elizabeth, tout en pensant que le père Riordan se trompait bigrement, l'Eglise catholique n'étant pas particulièrement associée à l'humilité.

Les serveuses avaient dû entendre Shay Ferguson réclamer à boire car elles se mirent à passer d'un convive à l'autre en proposant : « Vin blanc ou vin rouge ? »

— Je préférerais un peu de whisky, juste une larme, dit le père Riordan.

— Je vais voir s'il y en a, mon père, annonça une serveuse.

— Merci, Deirdre, c'est gentil.

Soucieuse de satisfaire le curé de la paroisse, Deirdre alla parler à l'oreille de Tante Eileen avant de remplir les verres d'Elizabeth et de Shay Ferguson. Le garçon d'honneur du marié faisait une mine sinistre.

— Sainte Vierge! Où est-elle passée, demanda-t-il à Elizabeth. Vous l'avez envoyée chercher quelque chose, ou quoi?

— Allez, vous survivrez bien encore quelques minutes, dit Elizabeth en lui souriant pour l'amadouer, mais en le trouvant extrêmement déplaisant.

— Vous en parlez à votre aise. Mais moi je dois faire le speech! Donner lecture des télégrammes... et faire un speech amusant.

— Je suis sûre que vous vous en tirerez terriblement bien.

— Terriblement, terriblement... répéta-t-il en singeant l'accent d'Elizabeth. Ce sera terrible, ouais! (Puis il héla le marié :) Dis donc, Tony! Comment ça va, vieille branche? Tu dévores, hein? C'est ce qu'il faut, prends des forces, tu en auras besoin...

Mrs Murray, qui parlait au père Mahony, leva la tête et fronça le sourcil, mais Aisling sourit à Shay, et il reprit de plus belle :

— Vous avez raison, Aisling, gavez-le, et beaucoup de viande rouge...!

Il partit d'un gros rire, et au même moment le vin tant attendu arriva. Il vida son verre d'un trait, et le fit remplir de nouveau par la serveuse qui n'avait pas encore dépassé Joannie.

— Ça va déjà mieux, dit-il à Elizabeth en lui éructant au nez.

Tout à la fin du repas, le sommelier de l'hôtel se présenta pour déboucher le champagne. Il y eut des chuchotements avec Oncle Sean qui finalement se leva et annonça :

— Je tiens à vous dire que c'est à l'aimable attention

de la famille Murray que nous devons ce champagne qui va remplir nos verres... quand le moment sera venu.

Shay porta la main à son cœur et glissa à Elizabeth :

— Bonté divine, cette frayeur! J'ai bien cru que le vieux farceur allait nous déballer un discours.

Elizabeth se retint de lui dire qu'elle n'appréciait pas du tout qu'il traitât Oncle Sean de vieux farceur. A quoi bon? Et puis c'était le moment des discours. Mais d'abord, toute la noce se leva, le père Mahony dit les grâces, et on se rassit, en reculant un peu les chaises.

Shay donna lecture des télégrammes en ânonnant et en écorchant les noms. A un moment, le père Riordan se pencha devant Elizabeth pour interroger Joannie :

— Qui sont donc ces Jean et Jilly Mac Pherson?

— Il ne sait pas lire, ce sont les gens de la boulangerie, Joan et Jimmy Matterson.

Puis Shay dit que le code des bonnes manières lui prescrivait de vanter la beauté de la mariée, son charme. Et bien, voilà c'était fait. Il regrettait que son vieux copain Tony Murray se soit laissé condamner aux travaux forcés du conjungo, mais il épousait une jolie femme, c'était toujours ça. Et puis, il y aurait sûrement bientôt un autre mariage chez les Murray, celui de leur jolie Joannie. Il dit que l'hôtel s'était distingué pour le repas de noces, que c'était un bonheur de voir le père Mahony si réjoui... et aussi que tant d'autres membres du clergé soient présents. Fidèles à eux-mêmes, les Murray offraient du vrai champagne... mais leur réputation de générosité n'était plus à faire. Et est-ce qu'on connaissait l'histoire de cet homme de Kilgarret revenant de Dublin à pied et lisant au passage les noms des morts sur les pierres tombales en bordure de route... rien que des gens de la même famille, les « Miles de Dublin ». Des frères, sûrement. Un qui était mort à vingt ans, et l'autre à vingt-cinq, et encore un autre, à trente. Shay fut très applaudi.

Oncle Sean prit alors la parole, simplement pour annoncer le père Mahony, précisa-t-il. Pour tous à Kilgarret, c'était un honneur et un réconfort de savoir que le père Mahony était là pour les baptiser lorsqu'ils arrivaient dans ce monde, célébrer la messe et leur administrer les sacrements dans cette vie, et les bénir lorsqu'ils la quitteraient. Aujourd'hui était un jour de joie, puisque le père Mahony avait béni l'union d'Aisling et de Tony Murray, un jeune homme remarquable... Et lui aussi tenait à remercier Miss Donnelly et tout le monde à l'hôtel, tous ceux qui s'étaient si parfaitement occupés d'eux... et à présent, si le père Mahony voulait bien dire quelques mots...

Le père Mahony dit une grande quantité de mots... Il revoyait Tony quand il étudiait chez les Frères, avant d'aller chez les Jésuites, il revoyait le frère de Tony, John... bientôt le père John, loué soit Dieu !... un futur prêtre de haute qualité... il revoyait leur sœur, Joan, dont il bénirait bientôt le mariage, il en était sûr... bien qu'en ce monde rien ne presse. Il revoyait Mrs Murray, aussi brave dans son veuvage qu'elle avait été forte dans son mariage. Le père Mahony parla des Murray, de leur place au centre de la vie de Kilgarret... fournissant des emplois à tant de gens, veillant sur eux avec tant de sollicitude... un exemple pour une communauté catholique... une firme familiale, dirigée selon les principes chrétiens...

Il parla aussi des O'Connor. Il fut cependant beaucoup moins prolixe, et Elizabeth s'en sentit piquée. Après tout, c'étaient les O'Connor qui faisaient les frais de la noce, qui mariaient leur fille Aisling, et ils dépassaient les Murray de cent coudées...

Mais le tour de Tony était venu. Il se leva, le visage en feu, la sueur au front. Elizabeth le trouvait touchant. Pourvu qu'il parle bien !

— Bravo, Tony, c'est parti ! lui lança Shay. Sapristi, c'est lui qui est parti, glissa-t-il à Elizabeth. Il s'était déjà envoyé cinq verres de gin-orange avant de manger... et depuis, il n'a pas arrêté d'écluser du vin...

Tony s'en tira, mais non sans peine. Il remercia les parents d'Aisling qu'il ne parvint à citer nommément qu'en consultant ses notes. Il déclara qu'il espérait faire un bon mari. Il lut la liste de tous les parents qu'il était heureux de voir autour de la table, mais de façon encore plus approximative que Shay n'avait lu les télégrammes. Il remercia sa mère de l'avoir soutenu, encouragé. Il se réjouissait d'aller à Rome avec sa jeune femme, et songeait déjà, plaise à Dieu, à y retourner l'année suivante pour l'ordination de son frère. Il remerciait l'assistance de tous les utiles cadeaux qu'ils avaient reçus, et espérait que chacun s'amusait bien. Et il se laissa brusquement retomber sur sa chaise. Quand les applaudissements cessèrent, il y eut un silence gêné. Elizabeth vit Mrs Murray consulter sa montre. Shay se trémoussait sur son siège. Tante Eileen chuchota quelque chose à Oncle Sean qui se leva :

— Oserons-nous demander au père O'Donnell de nous chanter quelques couplets? Nous connaissons tous sa belle voix...

Le père O'Donnell se campa bien droit. Il chanta *Bénis cette demeure*, puis *Je crois que jamais ne verrai plus beau poème qu'un arbre*, qui eut moins de succès. Conscient qu'il décevait son auditoire, le père O'Donnell dit alors qu'un petit oiseau lui avait demandé une dernière chanson, la préférée des mariés. Il entonna de sa belle voix claire *Danny Boy*. Et brusquement, Elizabeth sentit de curieux picotements dans le nez, dans les yeux. Elle regarda dans la direction d'Aisling, qui lui sourit. Elle lui avait raconté cet épisode où elle avait chanté *Danny Boy* pour Maman et Harry et Johnny. Aisling avait dit que c'était naturel... tout le monde pleurait en entendant *Danny Boy*.

D'un œil embué, Elizabeth fit le tour de l'auditoire. Tous les visages étaient tournés vers le jeune prêtre, et chacun s'efforçait de ne pas céder à l'émotion. On eut presque l'impression d'un soulagement quand arriva le dernier couplet qui fut repris en chœur :

Oh! Reviens-t'en, quand il fait un grand soleil sur la
[prairie,
Ou quand dort la vallée que la neige blanchit,
Car moi je serai là, par beau temps, par temps gris,
Oh! Danny Boy! Oh! Danny Boy! Je t'aime tant...

On reniflait, on s'essuyait les yeux, on avalait son thé à grandes gorgées, et on applaudissait. En luttant contre les larmes, Elizabeth sourit à Aisling. C'est déjà si émouvant, un mariage, fallait-il vraiment, en plus, chanter cette déchirante ballade?

Tante Eileen dit qu'elle avait les pieds tellement gonflés qu'une fois rentrés à la maison ils devraient découper les chaussures pour les lui retirer. Oncle Sean dit qu'il avait le gosier collé par tout ce vin doux, et qu'il lui faudrait au moins deux bières pour rouvrir le passage. Officiellement libéré de ses obligations par Aisling, Eamonn dit qu'au fond ça n'avait pas été si pénible et que, puisqu'il avait assisté à tout, il attendrait le départ des mariés. Autour de la table en fer à cheval sous laquelle s'éparpillaient les cartons des convives, les parents formaient des petits groupes discutant des autres petits groupes, tandis que les enfants couraient dans tous les sens. Tenant d'une seule main deux grands whiskies et un verre d'eau dont il avait passé le pied dans son petit doigt, Shay Ferguson avançait en imitant le train :

— Tchoo, tchoo! Laissez-moi passer. Je dois préparer le marié pour son long voyage...

Dans un coin du bureau de Miss Donnelly, Tony troquait son habit de marié contre un complet de ville.

Maureen, les joues très rouges à cause du vin et de l'émotion, se plaignait de Brendan qui voulait rentrer.

— Tu n'as qu'à le laisser partir. Rien ne t'empêche de rester.

— On voit bien que tu n'es pas mariée, Elizabeth... la femme doit suivre son mari.

— Voyons! Il y aura toujours quelqu'un pour te raccompagner. Laisse-le rentrer et reste, comme ça vous serez tous les deux contents.

— Non, aucun ne le sera. Si je pars avec lui, il y en aura au moins un de content sur les deux. Ecoute, va donc lui parler, dis-lui n'importe quoi, occupe-le.

Maureen paraissait contrariée. Elizabeth estimait avoir raison, mais il était inutile de discuter. Elle alla vers Brendan qui était déjà à la porte et s'énervait.

— Enfin, où est Maureen? lui demanda-t-il. Elle est d'un égoïsme! Ma pauvre mère garde Brendan Og depuis ce matin. Je ne comprends pas que les gens traînassent ici au lieu de rentrer chez eux...

Il y eut du bruit derrière eux : Aisling et Tony émergeaient ensemble dans le hall. Toute la noce convergea vers les mariés, les femmes sortant de la salle à manger et les hommes venant du bar, sans lâcher leur demi de bière. Aisling portait un ensemble aigue-marine — du moins avait-elle dit à Elizabeth qu'il fallait décrire ainsi sa couleur; en réalité, il était vert, mais beaucoup de gens pensent que le vert porte malheur. Ses cheveux relevés et fixés en chignon étaient couronnés d'un tout petit bibi rond, dans le même tissu que l'ensemble.

— On dirait une star de cinéma, dit admirativement Maureen, qui s'était avancée pour savourer le spectacle.

— Elle paraît bien plus vieille, au moins trente ans, lâcha Donal. Mais trente ans, ce n'est pas vieux, s'empressa-t-il d'ajouter, en voyant à l'expression de Maureen qu'il avait gaffé.

Eileen suivait fièrement les mariés qui se dirigeaient vers la sortie de l'hôtel. Apercevant Ethel Murray toute seule, elle se fit violence et alla se tenir à côté d'elle. Elizabeth vit Mrs Murray esquisser un sourire d'heureuse surprise mais reprendre aussitôt son expression habituelle, un peu compassée.

— Eh oui, Eileen, soupira-t-elle, le moment est venu.

— Ils ont l'air radieux. N'est-ce pas merveilleux de les voir commencer ainsi? C'est un garçon très bien, Ethel, indépendamment de la brillante famille dans laquelle entre Aisling. Sean et moi, nous nous réjouissons parce qu'elle aura un bon mari pour veiller sur elle. Un brave et bon mari.

Tante Eileen prit le bras d'Ethel Murray, et les deux femmes sortirent pour aller dire au revoir aux jeunes mariés. Elizabeth restait un peu à l'écart. Elle regardait cette étrangère, Aisling, avec son adorable petit chapeau.

De la foule des invités fusaient des exhortations. Shay Ferguson, qui tenait à peine debout, tapa sur le toit de l'auto :

— Allez-y, mais allez-y donc! cria-t-il. Tu touches au

but, Tony... ne perds pas de temps... n'attends pas qu'elle tiédisse !

— Au revoir, Aisling... et bonne chance ! lança Maureen, les yeux pleins de larmes.

— Où a-t-elle trouvé un ensemble aussi bien coupé ? demandait Joannie aux autres femmes.

Aisling embrassa Oncle Sean. Sans la lâcher, il l'écarta un peu, la regarda. Il souriait, mais il avait l'œil humide :

— Nous en donnes-tu de la joie, de la fierté, ma fille !

Elle embrassa Mrs Murray.

— Au revoir, Aisling, soyez une bonne épouse pour mon fils, et comptez que vous aurez un mari modèle.

— Au revoir, ma chérie, dit Tante Eileen. Dieu vous bénisse tous deux. Dieu te bénisse et te donne le bonheur.

Oncle Sean passa son bras autour des épaules de Tante Eileen. Elizabeth trouva que soudain ils paraissaient jeunes, tous deux en habit de fête, se souriant d'un air heureux.

Tony serrait les mains à la ronde, en répétant à chacun : « Au revoir, merci ». Quand il arriva à Elizabeth, elle lui dit :

— Je vous souhaite à tous deux beaucoup de bonheur, Tony. Et d'être l'un par l'autre, très, très... heureux, termina-t-elle sans trouver mieux.

— Oh, je suis sûr qu'on le sera, répondit-il gauchement.

Shay Ferguson surgit à côté de lui :

— Si vous n'y arrivez pas, ça ne sera pas ta faute, mon vieux Tony. Des masses de bonheur, que tu vas lui donner !

Elizabeth devint écarlate de fureur. Cette façon grossière de jouer sur les mots, alors qu'elle avait parlé sincèrement ! Elle souhaitait qu'Aisling et Tony se donnent mutuellement beaucoup de bonheur, comme certains couples : Eileen et Sean, Maman et Harry pendant un temps.

Sentant de loin qu'Elizabeth était malheureuse, Aisling accourut et lui prit le bras :

— Allez, dis-moi que ce n'était pas trop effroyable,

qu'il y avait un certain style dans les noces d'Aisling O'Connor !

Elizabeth la serra contre elle, et elles restèrent un instant dans les bras l'une de l'autre, sans bouger.

— C'était un mariage superbe, dit enfin Elizabeth, absolument magnifique. J'ai écouté les remarques : personne n'avait encore jamais vu à Kilgarret de mariage aussi chic, aussi brillant... enchanteur.

— Elizabeth, tu reviendras, dis ? Quand les choses se seront calmées.

— Mais oui, Aisling, je reviendrai, bien sûr. A présent, vas-y, on t'appelle.

— Tu es ma meilleure amie, Elizabeth. Tu penses que j'ai eu raison de me marier ? Tu m'approuves ?

— Et toi aussi tu es ma meilleure amie, mais nous n'allons pas commencer à discuter. Vas-y !

Aisling monta en voiture sous un tonnerre d'acclamations. Elle arborait un sourire radieux. Shay avait fixé à l'arrière du véhicule un grand morceau de carton où il avait écrit « Nouveaux mariés ». Tony avait voulu le retirer, mais Eileen lui avait conseillé d'attendre d'avoir quitté la ville. La voiture vira sec et partit... mais, à la grande joie de la noce, elle fit d'abord un tour complet de la place avant de prendre la route de Dublin. Des gens qui descendaient de l'autocar se joignirent aux ovations. Et puis la voiture disparut.

TROISIÈME PARTIE

1954-1956

14

On leur avait conseillé de choisir un hôtel situé au nord de Dublin, c'est-à-dire à proximité de l'aéroport d'où ils décolleraient le lendemain matin. Mais Aisling préférait passer cette nuit-là à l'hôtel Shelbourne. Elle avait écrit pour réserver une des meilleures chambres avec un lit de deux personnes, au nom de Mr et Mrs Murray. En relisant sa lettre, elle était restée longtemps pensive devant les mots : Mr et Mrs Murray. Il lui revenait sans raison les projets qu'Elizabeth et elle échafaudaient en secret quand elles étaient tout juste adolescentes, avant que son amie quitte Kilgarret. Si elles se mariaient, ce serait uniquement par amour; et elles épouseraient des garçons qui passeraient par la ville, et non ces vilains négociants qui y vivaient.

Il n'était pas prévu qu'Aisling épouserait Tony Murray. Mais il n'était pas prévu non plus qu'Elizabeth avorterait parce que Johnny Stone devait ignorer l'échec de ses pratiques anticonceptionnelles. Aisling se demandait comment Elizabeth s'y prenait, à présent, pour que cela n'arrive plus jamais. Grâce au ciel, elle-même n'avait pas à s'inquiéter de cette question. Elle serait heureuse d'être enceinte, elle aurait le bébé, et puis un autre viendrait. Maman l'aiderait à s'en occuper; et Peggy lui donnerait sans doute un coup de main. Et Tony aussi, bien sûr. Elle eut un petit soupir de contentement.

Tony tourna la tête vers elle, lui posa une main sur le genou.

— Vous êtes heureuse, M'dame ? dit-il en imitant ces petites vieilles qui ne vous appellent jamais par votre nom de famille bien qu'elles le connaissent parfaitement.

— Je suis très heureuse, M'sieur !

302

— Moi aussi, tu sais. Dans un rien de temps on sera à Dublin et on prendra un verre, parce que cette idée me trotte dans la tête.

— C'est ça, dit distraitement Aisling.

Elle se demandait s'ils le boiraient au bar du Shelbourne ou s'ils se le feraient monter dans la chambre. Au cinéma, on voyait apporter les boissons sur des tables roulantes, avec des seaux à glace. Ce serait peut-être comme ça.

— Ça fait plaisir de retrouver ce bon vieux Shelbourne, dit Tony après avoir mis la voiture au garage de l'hôtel et confié leurs bagages au chasseur. A présent, on va boire ce verre. D'accord?

— Parfait, répondit Aisling.

A sa grande surprise, dès que Tony eut signé le registre il la guida vers la sortie. Elle était déçue. Il aurait dû lui prendre la main, échanger avec elle un petit rire complice. Mais il n'en faisait rien. Et où allaient-ils, à présent?

— Ça ne t'amuserait pas de boire ici. Un endroit snob, des gens qui parlent avec affectation, qui posent. On va dans un vrai bar.

Aisling avait jeté un coup d'œil dans le bar. L'endroit semblait merveilleux, avec ses glaces, ses garçons en veste blanche. Il y avait une ou deux femmes élégantes, mais, avec son ensemble aigue-marine et son amour de chapeau, elle pouvait soutenir la comparaison. Au lieu de cela, ils s'éloignaient à toutes jambes de Stephen's Green et s'engageaient dans Baggot Street. Brusquement, Tony la fit entrer dans un bar — beaucoup moins plaisant que le pub de Maher, mais pas tout à fait aussi vulgaire que celui d'Hanrahan. Pourtant, il y régnait cette odeur aigre de bière et de stout qui stagne dans ce genre d'endroits mal tenus.

— A Kilgarret, jamais tu n'irais dans un établissement pareil, tu bois au bar de l'hôtel. Pourquoi n'allons-nous pas au bar du Shelbourne? Le cadre est tellement mieux.

— A Kilgarret, je ne pourrais pas aller dans un bar sans tomber sur des tapeurs qui m'empruntent dix shillings ou sur mes représentants de commerce voulant à toute force m'offrir un verre et me cassant la tête avec les demandes d'avancement. Ici, ça va, parce que personne ne nous connaît.

Du regard, Aisling fit le tour de la salle. Des hommes en casquette qui semblaient rivés à leur demi, des jeunes gens groupés près de la porte, qui riaient et lançaient des quolibets. La table était couverte de verres sales et de cendriers pleins de mégots.

— Ecoute, Tony, retournons au Shelbourne.

Mais Tony était déjà près du comptoir et montrait leur table d'un signe de tête. Elle l'entendit commander un gin-tonic, un double whisky Power's et une pinte de Guiness. Un garçon vint nettoyer la table avec un torchon dégoûtant; il paraissait un peu retardé, comme Jemmy. Voyant un journal du soir traîner à sa portée, Aisling s'en empara; elle mit deux pages sur la table et deux autres sur sa chaise. Si elle se salissait, ça ne serait jamais que de l'encre d'imprimerie, pensat-elle rageusement, et non Dieu sait quelle crasse.

— Epatant! dit Tony qui apportait les verres, sans interpréter l'initiative d'Aisling comme une critique. Eh bien, à notre bonheur! lança-t-il en entamant sa bière puis son whisky avant qu'Aisling ait seulement porté son verre à ses lèvres. Comme tu le disais, nous sommes un sacré couple!

Assis à la table voisine, un homme au nez violacé d'ivrogne, vêtu d'un complet fripé qui avait dû connaître de meilleurs jours, se pencha vers eux et s'adressa à Tony comme à un habitué :

— Comment ça se fait que vous et votre bonne amie vous êtes harnachés comme ça un samedi soir?

— Apprenez que ce n'est pas ma bonne amie mais ma femme, répondit Tony avec un gros rire.

— Ma foi, comme je le dis, ça ne fait jamais de mal de sortir la bourgeoise de temps en temps. Vous étiez aux courses?

— Non, nous étions à un mariage, dit Tony avec des clins d'œil et des mines égrillardes.

Ses mimiques étaient si ridicules qu'Aisling eut envie de se lever et de partir. Mais elle se rendit brusquement compte qu'une chose pareille ne lui était plus permise.

— Un mariage ? Près d'ici ? s'enquit l'homme.

— Non, à la campagne. Deux vrais pedzouilles.

— C'est ce que je dis toujours, ces noces de cambrousse, il y a pas pire, dit l'homme en riant. Tellement prétentiard !

— Je pourrais continuer à vous faire marcher, dit alors Tony avec un bon sourire, mais vous avez trop l'air d'un brave homme. Ce mariage-là, c'était le nôtre. Qu'est-ce que vous dites de ça ? demanda-t-il d'un air rayonnant.

Bien qu'hébété par l'alcool, l'homme eut la réaction attendue. Il se leva, leur serra la main à tous deux :

— Je vous présente mes félicitations les plus sincères. Dans des circonstances normales, je serais le premier à vous offrir un...

Tony parut comprendre les difficultés de l'homme comme par une inspiration du Saint-Esprit. Voilà un type qui voulait leur offrir un verre en l'honneur de leur mariage, mais il n'avait pas d'argent. Un ivrogne pitoyablement vacillant, le même genre que les tapeurs de Kilgarret, mais avec des intentions généreuses. Peut-être un ancien fonctionnaire devenu petit employé. Aisling rageait intérieurement, et son gin-tonic prenait un goût d'acide. Tony était au comptoir. L'homme, leur nouvel ami, avait des goûts bien arrêtés en matière de whiskies : il voulait du Black Bush, à la rigueur du Bushmill, et rien d'autre. Des marques du Nord. Quand on y réfléchissait, c'était drôle que bien des bonnes choses viennent du Nord...

Aisling décida de s'abstenir, d'ignorer Tony et l'homme. Elle afficha un sourire et laissa son esprit vagabonder. Elle composa son menu du dîner, elle songea à ce qui se passerait ensuite. Elle se déshabillerait dans la salle de bains, elle mettrait la chemise de nuit crème et le négligé de dentelle, et elle reviendrait dans la chambre. Elle était ravie qu'ils aient une salle de bains individuelle — comme ça, elle n'aurait pas à passer dans le couloir en négligé. Et puis après, ils reste-

raient étendus dans le lit, à parler de l'avenir, et Tony
dirait sa joie qu'ils aient attendu leur nuit de noces.

A un moment, elle fut dérangée dans sa rêverie par
la voix de Tony :

— Tu es bien silencieuse, Aisling, disait-il en la poussant du coude, tout va bien ?

Elle l'assura que tout allait bien, lui sourit, et il
reprit sa conversation tandis qu'elle renouait le fil de
ses pensées. Le lendemain ils prendraient la voiture,
gagneraient l'aéroport. Dans l'avion, elle n'aurait pas
du tout peur. Une adulte, une femme mariée, sachant à
présent ce qu'étaient les rapports sexuels... elle n'irait
pas se conduire comme une godiche.

Tony recommençait à la pousser du coude.

— Gerry connaît un pub épatant, un endroit fameux.
On va prendre le coup de l'étrier là-bas.

— Mais cela va faire tard pour le dîner à l'hôtel,
dit-elle d'un ton si glacial que même l'amateur de
Bushmill ne s'y trompa pas.

— Ecoutez, vieux frère, remettons ça à un autre
soir...

Mais Tony n'avait rien perçu du tout.

— Pas d'histoires ! Le soir de fête, c'est maintenant.
Est-ce qu'on saurait seulement vous retrouver dans
cette ville, deux pedzouilles comme nous ? dit Tony en
s'esclaffant bruyamment.

Aisling se leva docilement. Tony la prit par les épaules.

— Croyez-vous qu'elle est formidable, hein, Gerry ! Il
n'y en a pas deux comme elle dans tout Kilgarret.

— Tu l'as dit, Tony ! affirma l'ivrogne.

Il n'y eut pas de dîner au Shelbourne. Elle s'était
demandé si elle prendrait pour commencer du melon,
ou du pamplemousse, ou un potage. Eh bien, c'était
réglé. Au moment de la fermeture, Gerry leur avait
indiqué une friterie. Lui-même ne tenait pas à y aller, il
avait juste l'argent de l'autobus. Mais ce n'était pas une
question d'argent : quand il avait éclusé quelques verres, il n'avait pas faim. Il leur serra la main, leur sou-
haita bonne continuation. Il ne paraissait pas plus ivre

qu'au début de la soirée, pas plus violacé, pas plus hébété. Aisling non plus n'avait pas changé. Elle n'avait bu qu'un gin, et ensuite seulement du tonic. Et dans le dernier pub, comme ils n'avaient pas de tonic elle était restée sans rien devant elle, l'esprit ailleurs. A présent ils avaient mangé leurs frites et ils rentraient à pied. Tony pouffait comme un écolier. Dans son sac à main, Aisling avait la clé d'une chambre avec salle de bains, dans un des plus luxueux hôtels de toute l'Irlande. Et au lieu d'y dîner comme ils en avaient les moyens, ils revenaient d'une tournée des bars. Cinq en tout. Dans le hall, les chasseurs échangeaient des coups d'œil et souriaient dans le dos de Tony qui cherchait de la monnaie dans sa poche.

— Pas la peine de leur donner de pourboire, ils n'ont rien fait pour nous, lui souffla Aisling.

— Et moi, je veux leur donner un pourboire. C'est mon argent, c'est ma nuit de noces, balbutia Tony en vacillant. Bon sang de bois ! C'est ma nuit de noces et je donnerai tous les pourboires que je veux.

Il donna une demi-couronne à un chasseur et deux shillings à l'autre. Ils le remercièrent en lui souhaitant bonne nuit. Aisling voulut le soutenir parce qu'il tanguait dangereusement en leur faisant un salut burlesque.

— Lâche-moi, femme ! Elles sont toutes pareilles, vous voyez. Elles ne peuvent même pas attendre qu'on soit montés.

Les chasseurs, voyant qu'Aisling pleurait, souriaient d'un air gêné. Emu, le plus vieux lui dit :

— Je vais vous conduire, Madame, et comme Tony avançait en chancelant dans le couloir, il ajouta : Si vous saviez tous les jeunes mariés que nous voyons, Madame, et tous les hommes ont l'air affolé. J'ai toujours pensé que le sexe faible, c'était nous autres.

— Merci de votre gentillesse, dit Aisling.

Une fois dans la chambre, Tony s'épanouit.

— Viens, laisse-moi t'aimer.

— Attends, je veux retirer mon ensemble.

Elle l'avait sali, mais il ne s'agissait pas, en plus, que Tony le déchire. Elle arrangea la jaquette sur le dos d'une chaise, plia la jupe, resta devant lui en corsage et combinaison.

— Tu es belle.

— Attends encore un tout petit peu. Je voudrais passer mon joli négligé, tu veux bien?

Il accepta, et brusquement se laissa tomber dans un fauteuil de velours, comme si ses jambes se dérobaient sous lui. Aisling ouvrit la valise qu'elle avait faite si méticuleusement, découvrant la robe habillée qu'elle avait pensé porter pour le dîner; en dessous, étaient pliés la chemise de nuit et le négligé, ainsi que le sac à blanchissage, en imprimé à fleurs. Elle se glissa dans la salle de bains, fit une rapide toilette. Elle aurait aimé prendre un grand bain, mais elle ne voulait pas que Tony s'impatiente. Elle se regarda dans la glace, se trouva les traits tirés, la mine fatiguée. Elle ramena ses cheveux en arrière et les retint par un ruban crème acheté spécialement pour l'occasion, se parfuma, mit un soupçon de rouge à joues qui lui donna tout de suite meilleure mine. Oh, mon Dieu, pourvu qu'il ne soit pas trop ivre. Qu'il ne lui fasse pas mal. « Je vous en prie, Seigneur! Après tout, j'ai attendu jusqu'au mariage, contrairement à tant d'autres. J'ai respecté honnêtement les règles, Seigneur, alors faites qu'il ne soit pas brutal. »

Elle pénétra dans la chambre, en pivotant sur elle-même pour qu'il admire le négligé.

Dans le fauteuil, Tony ronflait, la bouche ouverte.

Il y avait au moins cent personnes. Nous avons été présentés à Sa Sainteté : Signor e Signora Murray d'Irlanda. C'était incroyable. J'ai encore du mal à croire que c'est arrivé. Chaque fois que je vois des photos de lui, je répète à Tony : il NOUS a reçus. Il fait très chaud. Je marche beaucoup, je visite des tas de ruines. Tu serais fière de moi, Elizabeth. Nous allons dans des restaurants où on vous sert sur le trottoir, pas dans une salle, comme ceux qu'on voit sur des photos de Paris. Le vin ne coûte presque rien, nous en prenons à chaque repas, sauf au petit déjeuner.

Affections de la
Signora Murray

Il fait encore plus chaud. A Rome tout le monde est doré, bronzé, mais pas moi, parce qu'avec mon teint j'attrape des coups de soleil. J'ai donc acheté une ombrelle. Tu te souviens des ombrelles de petite fille qu'on nous avait données ? Comme Tony n'aime pas la grosse chaleur, nous visitons beaucoup d'endroits couverts. Je suis allée aux catacombes. Ces malheureux martyrs, quand on pense à ce qu'ils ont souffert pour leur religion, alors que pour nous c'est si facile ! Il me tarde un peu de revoir Kilgarret, sa fraîcheur, sa verdure... et sa pluie, d'après ce que m'écrit Maman.

Affectueusement,
Aisling

Maman, merci tout plein de ta lettre. Personne d'autre ne m'a écrit — croyant peut-être que le courrier ne m'atteindrait pas. Tu es un ange de me dire que le bungalow est pratiquement terminé. Il me tarde de rentrer. Il faudra que je me souvienne bien que j'habite maintenant avec Tony, pour ne pas lui dire au revoir sur la place et courir vous retrouver, toi et Papa, comme je le faisais. Dis aux garçons et à Niamh que je les remercie encore. C'était formidable d'avoir Elizabeth au mariage. Elle était superbe, non ? Je lui ai envoyé des cartes d'ici, parce que j'ai pensé qu'elle a dû se retrouver très seule en rentrant à Londres.

Affections de ta Fille Mariée,
Aisling

Ethel Murray avait dit qu'elle se rendrait à Dublin le jour du retour de Tony. Elle se demandait si elle ne devrait pas aller l'accueillir à l'aéroport. Eileen l'en avait dissuadée.

— Vous avez certainement raison, Eileen. Vous êtes tellement réfléchie, vous.

Elles sortaient de l'église où chacune avait apporté des fleurs pour la procession. On décorait déjà le char pour la statue du Sacré-Cœur. Elles marchèrent un moment en silence.

— Je ne me serais jamais doutée que vous étiez si forte, Eileen, reprit Ethel Murray. Et vous ne deviez pas imaginer que j'étais... si seule, et si centrée sur mes enfants.

— Ma foi, nous le sommes tous. Nous ne serions pas des parents si nous nous contentions de mettre des enfants au monde sans plus jamais nous en occuper.

— Mais les vôtres ne vous créent pas de difficultés. Les miens me quittent.

— Et votre beau grand garçon qui revient la semaine prochaine, madame? Qui va vivre tout près de chez vous. Et qui a bien les yeux en face des trous puisqu'il a épousé mon Aisling.

Les deux femmes rirent. Et Eileen se demanda une fois de plus pourquoi les gens pensaient que tout allait tellement bien avec ses enfants. Les disputes de plus en plus violentes entre Eammon et son père; la nouvelle grossesse de Maureen, qui la riverait plus que jamais aux Daly; la fragilité de Donal, avec sa toux et ses crises d'étouffement. L'effronterie de Niamh. Et Aisling. Pourquoi les cartes postales d'Aisling l'avaient-elles troublée? Sean trouvait qu'elle paraissait en pleine forme. Mais elle ne disait pas un mot de son bonheur.

Avant le départ pour Rome, Tony était convenu avec sa sœur qu'elle récupérerait l'auto à l'aéroport (les clés seraient sous le siège) pour s'en servir pendant leur mois d'absence.

Le jour du retour, ils étaient à peine installés dans l'avion qu'il commença à battre la campagne à ce sujet.

— C'est insensé! Comment ai-je pu me laisser entortiller?

Il avait l'air dépité et ulcéré, comme s'il venait de découvrir qu'on l'avait joué.

— Tu disais que ce serait une économie, parce que sans cela tu devrais payer un mois de garde au garage de l'aéroport. Et comme ça Joannie disposerait d'une voiture pendant qu'on réparait la sienne.

— Justement! Est-ce qu'on sait pourquoi elle la faisait réparer?

— Nous ne le saurons sûrement jamais, répondit Aisling en riant. Arrête donc de t'inquiéter, et regarde les nuages. C'est drôle de penser qu'ils gâtent les récoltes, qu'ils gâchent les mariages ou les pique-niques, alors que, vus d'ici, ils paraissent si inoffensifs.

— Oui, c'est un vrai mystère. Laisse-moi te dire que si elle m'a bousillé le démarreur ou froissé une aile, je ne sais pas pas ce que je lui ferai. Bon sang de bois, Aisling, elle est neuve cette bagnole, elle n'a pas deux mille kilomètres. Mais qu'est-ce qui m'a pris, ce jour-là, de vous céder ?

— Tony, tu ne nous a pas cédé, c'est toi qui as proposé de la prêter, alors ne compte pas sur moi pour dire « oui, mon ami », « non, mon ami ». Ferme-la sur la question, parce que c'était ta foutue idée !

Tony la dévisagea, et brusquement il se mit à rire.

— D'accord, je la ferme. Non, je te vois mal disant « oui, mon ami », « non, mon ami », tu n'es pas faite pour ça...

— Et, à l'autel, nous n'avons rien promis de tel. Mais ça vaut dans l'autre sens, hein ! Je ne veux pas que tu dises amen à tout ce que je dis, comme ce pauvre Mr Moriarty avec sa femme. Nous devons être à égalité, et sans complaisance.

— Tu es si drôle quand tu montes sur tes grands chevaux pour faire la loi, répondit gaiement Tony. D'accord : pas de « oui » ou de « non » dociles dans notre maison. Jamais.

— Je suis impatiente de la voir. Maman écrivait que l'allée du garage est cimentée et...

— Tant mieux. Je pourrai rentrer mon tas de ferraille, au lieu de le laisser sur la route.

— Tony, arrête avec ton auto. Je parle de la maison. Ce sera merveilleux d'être chez nous, non ?

— Oui, et tout ira bien, dit Tony en lui prenant la main, chez nous tout ira bien. C'est naturel que les choses soient... enfin, je veux dire, que les choses ne marchent pas parfaitement... quand on est à l'étranger... pas sous son propre toit. Mais là, tout sera pour le mieux.

— Mais bien sûr, quand nous aurons retrouvé nos plats irlandais. Après tout, nous n'avons pas pris l'engagement de manger de la cuisine italienne ou de vivre au milieu des pétarades de leur circulation jusqu'à ce que la mort nous sépare. Notre promesse concernait l'existence à Kilgarret, et là tout sera pour le mieux. Evidemment.

Mais Tony était lancé, et il ne se laisserait pas détourner de ce qu'il voulait dire.

— Je ne parle pas de ça, murmura-t-il, mais de l'autre chose. Cette chose du lit. Tout ça aussi s'arrangera quand nous serons installés chez nous. Tu me crois?

Aisling répondit d'un air dégagé :

— Tu veux dire que nous nous y prenons mal? Tu sais, je pense que c'est toujours pareil au début, il faut sans doute apprendre, comme pour le tennis ou la bicyclette. Seulement, là, personne ne peut vous montrer. Mais les gens veulent à toute force faire croire que ça leur est venu tout seul — une inspiration. Je suis sûre que dans deux semaines nous y arriverons aussi bien que n'importe qui, et après on laissera entendre que c'était la facilité même!

— Tu es une fille épatante! dit Tony.

Chère Aisling,

Je suis heureuse que tu sois rentrée, et installée dans ta nouvelle maison. Ça semble exotique d'écrire à Mrs Murray, Villa San Martino, au lieu d'Aisling O'Connor, 14, Grand-Place. Lequel de vous deux a eu l'idée de donner à votre maison le nom de l'hôtel où vous avez passé votre lune de miel? Pour moi, c'est merveilleux d'être retournée à Kilgarret, parce que maintenant je suis de nouveau capable de tout situer. Je croyais que votre bungalow était à l'autre extrémité de la ville — je ne sais pas pourquoi je le voyais sur la route de Dublin. A présent que je sais exactement repérer les lieux, tu dois m'écrire tout ce qui se passe.

Tu n'auras pas l'excuse d'être trop occupée — tu es une femme mariée qui n'a qu'à soigner ses fleurs. On ne peut jamais comparer deux vies, mais cela me rappelle une image de Maman quand j'étais petite, avant Kilgarret : toujours assise à son bureau, en train d'écrire des lettres. Je me demande à qui, puisque tante Eileen ne recevait que très rarement des nouvelles. Encore un mystère de plus.

312

Depuis ma dernière visite à Maman, on me dit qu'elle va bien. Ce qui signifie qu'elle est calme, parce qu'on la bourre tellement de sédatifs qu'elle ne reconnaît plus rien ni personne. Elle est là, très maigre, souriante, mais c'est comme si elle était toute vide à l'intérieur. Papa refuse que je lui en parle. Pourtant, l'autre fois il l'a évoquée de lui-même, quand je lui montrais les photos de ton mariage — superbes ! — et puis il est redevenu aussi fermé.

Il a tout de même pris le temps de me dire qu'il espérait que je me marierais. Drôle de souhait chez un homme qui n'a pas à se louer de son propre mariage ! Dans ta famille, c'est différent : tes parents se réjouissent de ton mariage parce qu'eux-mêmes ont si bien réussi leur vie conjugale. Toujours est-il que j'ai répondu franchement à Papa que Johnny et le mariage étaient deux choses séparées, et que si je voulais l'un je ne pouvais pas avoir l'autre.

J'étais la première étonnée d'oser formuler ainsi les choses, et ça m'a fait du bien. Parce que même avec toi je n'avais pas été aussi franche, alors que je te parlais pourtant à cœur ouvert. Il me semble que je trichais, peut-être par superstition... ne pas admettre ouvertement que mon amour pour Johnny était sans issue, c'était laisser la porte ouverte au contraire. Johnny finirait peut-être par vouloir m'épouser.

Au fond, je suis soulagée. Finies les allusions polies, les questions discrètes ! Et moi, j'accepte consciemment la vérité : il n'y aura pas de *happy end*, pas de volées de cloches comme pour ton mariage. De toute façon, même si Johnny avait voulu m'épouser, il n'y aurait pas eu de cloches — rien qu'un mariage civil; pas de foule de parents souriants — nous n'avons pas de famille; pas de cadeaux de mariage, de voyage de noces sur le continent — Johnny est trop moderne. Il appartient à cette nouvelle génération qui refuse de s'engager, de se lier par des promesses.

Curieusement, depuis que j'ai décidé d'accepter la situation, Johnny et moi sommes beaucoup plus heureux ensemble. Non que je lui aie expliqué quoi que ce soit, les hommes ne tiennent pas à ce qu'on mette les choses au point. Mais le climat n'a jamais été aussi bon que depuis quelques semaines. Il a insisté pour m'accompagner à Preston, et il est même venu voir Maman avec moi. Il a dit qu'elle avait l'air d'une poupée cassée. Il a été merveilleux avec Harry, qui a pris pension chez un couple voisin. A un moment, Johnny est parti acheter des petites bouteilles de bière pour tout le monde, et Harry en a profité pour demander : « Quand va-t-il régulariser votre situation ? » J'ai pu lui répondre franchement, et sans aucune gêne, que ce n'était pas prévu au programme.

Tu ne voudras peut-être plus m'écrire si je continue à t'assommer avec mes histoires. Toi qui te plaignais de mes lettres trop laconiques...

Raconte-moi tout sur ta lune de miel (je brûlerai tes lettres), sur le Pape, sur votre retour, sur le bungalow. Dis-moi comment tu as retrouvé Tante Eileen et Oncle Sean... Tu vas terriblement leur manquer, mais tu le sais mieux que moi. Et ta belle-mère ? Ici, tout marche bien pour moi, mais j'ai si souvent envie d'être là-bas, auprès de vous. Ah ! avoir un avion particulier et des tas d'argent !

Affections à toi et à Tony,
Elizabeth

Chère Elizabeth,

Tout va bien, aussi bien que je l'espérais. La maison est très facile à entretenir — pas de vilains recoins sombres. Mais, en même temps, pas de recoins bien pratiques pour cacher les tas de poussière. Le jeudi, je fais le ménage à fond. C'est le jour où Belle-Maman vient prendre le thé. Je me suis montrée très ferme. La première semaine, elle débarquait tous les deux jours, et moi je sautais sur ma bicyclette en prétextant une course à faire. Alors, je lui ai proposé de choisir un jour fixe pour ses visites. Pauvre vieille bonne femme, d'une certaine manière elle me fait pitié, mais elle est assommante et snob et toujours à Faire-les-Choses-pour-la-Galerie. Brûle cette lettre.

Que te raconter d'autre ? J'ai un affreux livre de cuisine, avec toutes ces histoires de lever les filets de pois-

314

son, faire des fonds de sauce ou cuire les puddings à la vapeur. Tout ce que je déteste. Je te mets deux livres dans l'enveloppe : peux-tu m'en envoyer un plus moderne, proposant des plats un peu chics, pas des recettes de morue et de mouton bouilli?

Non que Tony soit difficile, il mange de tout. Il mange d'ailleurs assez peu, parce qu'il a tendance à grossir. Le matin, il ne prend que du thé, à midi il déjeune à l'hôtel avec Shay et d'autres amis, et quand il rentre le soir, vers huit heures, il ne veut que du thé et du *brack* (tu sais, le pain aux raisins). Il dit qu'un grand repas par jour lui suffit. Mais j'aimerais pouvoir lui faire des petits plats pendant le week-end.

Comme toi, je pensais que j'aurais tout mon temps pour t'écrire. Je m'étais promis de te faire deux lettres par semaine. Mais c'est bizarre, il n'arrive presque rien qui vaille la peine d'être raconté, et pourtant ce presque rien prend énormément de temps. Je ne vois pas le temps passer, et je ne sais pas à quoi je le passe. Quand je pense à tout ce que je réussissais à faire quand je travaillais chez Papa et Maman : en plus de mon emploi à plein temps je m'occupais de mes toilettes, je lisais des livres pendant l'heure du déjeuner, en rentrant à la maison j'aidais Niamh pour ses devoirs, ou Maman à la cuisine, après le thé je me pomponnais, j'allais au cinéma avec Tony et puis on faisait une promenade en amoureux — et en rentrant, il m'arrivait encore de t'écrire une longue lettre avant d'aller au lit. A présent, je n'ai plus ni énergie, ni activité, ni temps. C'est peut-être ce qui retient les femmes mariées d'aller faire des bêtises. Depuis cinq mois je ne saurais dire ce qui s'est passé, et pourtant chaque chose m'a demandé un terrible effort. C'est pour ça que les femmes mariées dégagent un tel ennui. Reste comme tu es avec ton Johnny, et profites-en. Je ne veux pas dire que je suis malheureuse ou quoi que ce soit.

Peut-être serai-je plus en forme la semaine prochaine, et cette fois je te décrirai les choses de façon intéressante.

Affectueusement,
Aisling

315

Chère Aisling, un mot rapide. J'ai reçu ta lettre hier, et une idée m'est venue à l'esprit : peut-être es-tu enceinte! Ce serait possible, non? Je ne parle pas par expérience, mais en un temps j'ai lu beaucoup de livres là-dessus, et je sais que la grossesse suscite une certaine léthargie. Dis donc, si tu étais maman! De toute façon, réponds-moi vite. Ton amie E.

Chère Elizabeth, non, je ne le suis pas. J'ai eu mes règles le matin où ton mot est arrivé. Mais je te remercie tout plein. Tu raisonnais logiquement. Je t'écrirai la semaine prochaine. Affections, Aisling.

Chère Aisling,
Avec Johnny, nous passons des vacances en Cornouailles — je t'écris sur le papier à lettres de l'hôtel. Les paysages sont splendides, et la mer si impétueuse; tout est insolite, on a l'impression d'être à l'étranger.
Je n'ai pas de nouvelles de toi depuis plusieurs semaines. J'espère que tout va bien. Je deviens bête et hypersensible, et je vais sûrement dire une sottise, mais comme je n'ai plus rien reçu de toi après ton mot si laconique, je me demande si je ne t'ai pas froissée. J'ai imaginé un peu vite que la grossesse était l'explication de ton manque d'entrain. Tu es toujours si pleine de vie et de santé. Je t'en prie, rassure-moi.

Ton amie idiote,
Elizabeth

Très chère amie idiote,
Non je ne suis pas froissée, non tu n'es pas bête. Toute l'histoire vient de ce que je n'écris pas aussi bien que toi. Je tourne mal les choses. Un jour, sœur Margaret m'a reproché d'avoir décrit le pique-nique de notre école comme si c'était l'enterrement du Pape. Quand j'essaie de raconter des événements quotidiens, je déprime tout le monde. Je comprends que tu m'aies crue abattue, pas dans mon état normal.
Franchement, tout va formidablement bien. Je suis

316

très, très heureuse, Tony est un amour, et nous avons conclu un marché : le jeudi, jour où j'offre à sa toupie de mère du thé et des scones (confectionnés soi-disant par moi, en réalité par Maman), il rentre plus tôt et il la raccompagne chez elle. (Il entre boire un verre, fait semblant de n'avoir jamais quitté le foyer; elle lui montre les lézardes et les taches d'humidité et les gouttières crevées, et il s'empresse de tout oublier.) Puis il revient me prendre. Nous allons chez Maher, boire quelque chose avec Papa et Maman, après quoi nous dînons à l'hôtel. Tous les jeudis. Tu te souviens quelle fête c'était, les rares fois où on nous y offrait une simple consommation! Cette histoire d'hôtel rend Maureen verte d'envie... mais franchement, je ne peux pas passer ma vie à essayer de ménager sa jalousie. T'ai-je dit qu'elle attendait encore un enfant? La plupart du temps, elle a une mine désolante. Si elle était plus gaie, j'irais la chercher et je la sortirais, mais elle n'arrête pas de geindre. Si je prends la voiture pour aller la voir, elle grince que j'ai bien de la chance de me carrer dans une auto. Si je ne prends pas l'auto, elle s'étonne que ceux qui ont des voitures ne s'en servent pas. Tu sais, je conduis assez bien maintenant, mais je déteste les marches arrière, si bien que quand je suis sur la place, je fais tout le tour plutôt que de manœuvrer pour repartir dans l'autre sens.

Le crois-tu maintenant, amie idiote, que je suis gaie, pleine d'entrain? Ecris-moi dès que tu seras rentrée de ton nid d'amour cornouaillais.

Ton amie qui s'exprime comme un manche,
Aisling

Le directeur de l'Académie de dessin demanda à Elizabeth si, après Noël, elle accepterait de donner certains des cours du soir pour adultes. Elle y consentit, mais non sans douter de ses propres capacités. Johnny, lui, se montrait catégorique :

— Mon petit chou, ne sois pas ridicule. Voilà de pauvres bougres qui ignorent tout de l'art. Tu ne risques pas, comme avec les enfants, de leur faire faire fausse route, ni de tomber sur des prétentieux, comme avec les étudiants. Avec les adultes, ce sera du nanan. De vieilles gens solitaires qui occupent leurs soirées. Ils seront pleins de gratitude pour tout ce que tu leur apprendras.

Johnny avait à la fois tort et raison. Il ne s'agissait pas de vieilles gens, mais ils étaient pleins de gratitude. Le cycle durait dix semaines, à raison de deux cours par semaine : le mardi Elizabeth donnait la leçon de peinture, et le jeudi, le directeur faisait un cours d'histoire de l'art. Cette formule, disait-il, visait à élargir l'accès à la culture. Elizabeth songeait déjà qu'on pourrait organiser des visites de musées durant l'été.

Mais, quand arriva l'été, le directeur, trop occupé pour s'occuper du nouveau cycle, proposa à Elizabeth de l'assumer à son propre compte. Elle fit imprimer de petits prospectus qui proposaient une série de huit visites de musées, chacune suivie d'une courte discussion autour d'une tasse de thé, pour une somme globale comprenant le ticket d'entrée dans les musées. Sa formule, disait-elle, c'était « L'Art pour tous ». Interrogée par un petit journal de quartier, elle déclara : « Pour moi, le monde n'est pas divisé entre artistes et non-artistes. » Stefan afficha ses prospectus dans la boutique, et le vieil ami d'Elizabeth, Mr Clarke, en fit autant à la bibliothèque. Elle avait confié ses espoirs à Stefan : au-delà de vingt inscriptions, elle gagnerait de l'argent. Elle en eut cinquante-quatre. Le jour de la première visite guidée, elle était malade d'appréhension. Mais à sept heures du soir elle était à son poste (une fois par semaine, le musée fermait plus tard) et expliquait au conservateur qu'une initiative comme la sienne serait profitable à son établissement, elle le ferait encore mieux connaître, et le prix des entrées n'était pas négligeable...

Stefan lui avait prêté un joli petit marchepied de bibliothèque. Elle le portait sous son bras et grimpait dessus pour que tout le monde pût bien la voir quand elle s'arrêtait particulièrement à un tableau.

Quand elle s'y jucha pour la première fois, elle se sentit les jambes molles. Elle ouvrit la bouche, mais il n'en sortit qu'un filet de voix. Elle se racla la gorge, essaya de nouveau de prendre la parole, toujours sans grand succès. L'idée qu'elle avait rassemblé là plus de cinquante personnes qui payaient pour l'entendre lui paraissait brusquement folle. Mais elle se ressaisit. Après tout, ce n'était pas différent de ce qu'elle faisait dans sa classe. Ces gens étaient venus là pour apprendre, pour qu'on leur explique comment regarder un tableau... Alors, elle distingua mieux ces visages tournés vers elle et sa voix sortit, claire, bien timbrée. A présent, elle cessait de se voir, elle, Elizabeth White, devant ces gens. Elle était là à leur intention, et elle remplirait son office.

Bien avant le moment où elle les installa devant des tasses de thé, pour la discussion, elle sut que ça avait formidablement marché. Elle leur indiqua quelques livres qui les prépareraient à la prochaine visite. Elle leur confia qu'elle avait été encouragée à lire des ouvrages sur l'art par un bibliothécaire et par un professeur de dessin. Si ce n'est pas comme ça qu'on devient artiste, du moins apprend-on ainsi comment on le devient. Elle dit aussi que le groupe était trop nombreux pour que, lors de la prochaine visite, elle pût accepter comme cette fois les amis, maris, femmes et voisins qui étaient venus. Par la suite, on envisagerait éventuellement deux séances séparées.

Elizabeth aurait voulu faire part de son triomphe à quelqu'un. Mais Johnny l'avait prévenue qu'il serait absent de Londres ce soir-là — et d'ailleurs, il désapprouvait son initiative. Papa ne s'intéressait pas à ce qu'elle faisait, et Stefan devait déjà dormir, avec les clefs de sa boutique bien-aimée sous son oreiller. Eh bien, elle raconterait tout cela à Aisling. Elle commença une lettre, mais l'abandonna au bout de trois paragraphes. C'était presque la fin avril, et Aisling ne lui avait pas donné de nouvelles depuis des mois... Non, elle exagérait. Elle avait écrit pour Noël, évidemment, et puis un peu plus tard, pour remercier Elizabeth des napperons anciens... Le teint de Belle-Maman Murray avait, paraît-il, viré au jaune devant ces merveilles. Elle disait deux mots du nouveau-né de Maureen, de Donal, qui avait passé trois semaines en observation au centre hospitalier de pneumologie, mais était à présent remis. Pour le reste, elle savait que sa mère tenait Elizabeth au courant de tous les petits détails qui l'intéressaient. Et depuis janvier, plus une seule ligne... Elizabeth déchira la lettre qu'elle avait commencée. Toutes ces niaiseries n'intéresseraient sûrement pas Aisling. Si elle avait voulu des nouvelles d'Elizabeth, elle aurait écrit. Ne serait-ce que trois mots...

— Qu'est-ce que vous faites pour ton anniversaire? demanda Maman à Aisling début mai.

Elles étaient assises dans la cuisine, contentes d'elles-mêmes. Maman ayant dit que cela faisait trois ans qu'elle voulait ranger les tiroirs du buffet de la cuisine, Aisling avait proposé qu'elles s'y mettent ensemble — en y consacrant une heure, pas une minute de plus. Elles trouvèrent de vieilles lettres qu'Aisling rangea dans un sac de papier où elle écrivit : « Vieilles lettres que Maman relira plus tard en disant que nous étions tous des amours dans notre jeunesse ». Elles trouvèrent de la ficelle, des boutons, des piécettes qu'Aisling eut tôt fait de ranger dans le sac à ficelle et la boîte à boutons et la boîte à petite monnaie.

— Tu travailles comme un ange, dit Maman, c'est drôle que chez toi tu déploies beaucoup moins d'activité.

— Tout est neuf, il n'y a rien à faire, répondit Aisling en tapissant de papier les tiroirs. Voilà, Maman, tu peux recommencer à y fourrer n'importe quoi, et l'année prochaine, je viendrai te les ranger.

Elles préparèrent le thé, tout égayées par ce renversement des rôles.

— Mon anniversaire? Je ne sais pas, je n'y pensais même pas, dit Aisling.

— Eh bien, tu as changé! Toi et Elizabeth, vous commenciez à vous agiter dès le mois d'avril. Crois-tu qu'elle y pense, elle?

— Maman, nous sommes trop vieilles... pas loin d'un quart de siècle. Il n'y a pas de quoi le chanter sur les toits.

— Mais tu l'as toujours fait, dit Eileen sans laisser

percer son inquiétude. Je me souviens très bien que l'année dernière, en plein milieu des préparatifs de ton mariage, tu as dit tout à trac que tu ne voulais pas qu'il éclipse ton anniversaire.

— En ce temps-là, je le pensais. Je n'avais pas à me soucier de quoi que ce soit. Les anniversaires étaient de grandes occasions, de belles fêtes.

Aisling avait répondu en riant, mais quelque chose, dans son ton, alerta Eileen.

— Parce que tu as tellement de motifs de souci, maintenant? Evidemment, avec une voiture que tu conduis comme une démente; un mari formidable, qui ne jure que par toi, qui t'achète tout ce que tu veux; un voyage de noces qui t'a permis d'approcher le Pape, une maison moderne dont tout Kilgarret parle; une mère qui t'aime toujours aussi tendrement, une famille qui te fait fête quand tu viens la voir...

— Maman, il y a quelque chose que je veux te demander... enfin, te dire. Je peux te parler?

Eileen la regarda. Comment prendre dans ses bras cette grande fille? Et pourtant, elle avait ce petit visage malheureux de son enfance, quand elle rentrait à la maison avec son cartable abîmé ou un mot de sœur Margaret qui se plaignait d'elle. Eileen ne voulait pas qu'elle se confie brusquement. On regrette souvent d'avoir laissé échapper certaines choses...

— Ma chérie, tu sais que tu peux me demander ou me dire n'importe quoi. Mais d'abord, écoute-moi. Il arrive que les gens, après avoir parlé, en veuillent à ceux qui les ont écoutés, parce qu'ils se sont laissés aller à livrer un secret. Tu comprends cela? Je ne voudrais pas qu'ensuite tu t'éloignes de moi, pour m'avoir confié ce qu'on ne révèle pas.

— Alors, tu es au courant? s'écria Aisling horrifiée.

— Au courant de quoi? Voyons, réfléchis un peu, ma chérie. Que veux-tu que je sache? Je te parle simplement des confidences en général.

— Je ne dois pas me confier à ma mère, c'est ça?

— Allons, fillette, ne te monte pas! C'est moi qui vais te raconter quelque chose. Quand j'ai épousé ton Papa, nous n'avons pas fait de voyage de noces. Nous sommes juste allés passer la fin de semaine au bord de la mer, à Tramore, dans une pension. Pas plus ton père que moi n'étions capables de parler de l'amour que nous éprouvions, de l'amour que nous nous donnions. On fait ces choses, mais on n'en parle pas...

— Oui, je sais, dit Aisling d'une petite voix.

— Et ces choses avec ton père, quand il a commencé, j'ignorais si c'était bien ou mal. Lui, tu comprends, sa mère était morte, Dieu ait son âme ! Alors, ce qu'il savait, c'était par les ouvriers agricoles de la ferme où il avait travaillé tout gamin, des ignorants, et ensuite par les garçons de la quincaillerie où il a appris le métier, des ignorants, eux aussi.

— Bien sûr, Maman, dit tristement Aisling.

— Alors, je ne savais pas si ce qu'il voulait faire, si ce qu'on faisait était bien ou si c'était un péché. Et je ne pouvais le demander à personne. Pas question de m'adresser à ma mère, toujours aussi rigoriste que dans mon enfance. Elle est morte cinq ans après mon mariage. A ce moment-là, je n'étais pas beaucoup plus vieille que toi, Aisling... mais elle et moi, nous n'avons jamais eu une conversation là-dessus. Etant religieuse, ma tante Maureen ne pouvait m'être d'un grand secours. Et quant à tes deux tantes, Peggy et Niamh, elles habitaient l'Amérique, alors je n'allais pas leur écrire pour leur demander conseil. Si bien que je me suis débrouillée toute seule. J'ai fait les choses qui me paraissaient bien, et quelques-unes qui ne me le paraissaient pas, et je n'en ai pas fait certaines qui ne me plaisaient pas. On peut penser que j'ai eu tort de ne pas poser franchement des questions. Qu'il y aurait eu des gens pour me dire ce qu'une jeune fille est en droit de savoir... mais j'ai toujours été heureuse de ne pas nous avoir, en quelque sorte, trahis, si tu comprends ce que je veux dire. Tout ça était trop intime. C'est peut-être bête, mais j'aurais eu l'impression qu'en parlant de ces choses entre ton père et moi je le diminuais, lui, et je nous diminuais.

— Oui, je comprends.

— Voilà ! Tout ça pour te dire que si c'est vraiment

322

personnel, c'est peut-être mieux de le garder pour toi, au cas où tu arriverais à le résoudre toute seule.

— C'est ce que j'ai fait, Maman.

— Je n'en doute pas, chérie. Bien sûr, ce que je te raconte, c'était il y a trente ans. Pour toi, c'est forcément autre chose... comme, par exemple, est-ce que c'est bien si la femme est dessus et l'homme dessous, et la réponse est « oui », évidemment. Tu me comprends ? J'essaie de juger si c'est vraiment absolument personnel.

— Oui, Maman, absolument.

— Alors, parle, ma fille. Mais je ne veux pas que tu le regrettes plus tard.

— Je ne le regretterai pas.

— Tu n'en sais rien. Ecoute, je t'ai déjà fait tant de confidences que je peux en ajouter une : je ne laisse jamais Maureen me dire du mal de Brendan Daly. Jamais.

— Ça doit être difficile, parce qu'elle est tout le temps en train d'en dire, sauf quand c'est moi qui prends !

— Non. Quand elle commence je détourne la conversation sur le temps, sur sa maison, sa belle-mère, n'importe quoi pourvu que ce ne soit pas Brendan. Parce qu'en fait, la plupart du temps ils s'entendent bien... et dans ces moments-là, s'il lui revenait qu'elle l'a décrit comme un monstre, ça gâcherait quelque chose entre eux.

— Ce n'est pas ce qui m'arrive avec Tony.

— Mais bien sûr, ma chérie, je te donnais seulement un exemple. Comment pourrais-tu te plaindre de Tony ? Un garçon qui t'adore, qui te donnerait la lune si tu la lui demandais.

— C'est vrai.

— Mais je ne refuse pas de t'écouter, tu sais ! Je voulais juste que tu comprennes bien, au cas où... enfin, à tout hasard.

— Comme tu es gentille, Maman. Je ne me rendais pas compte à quel point tu es gentille, quand j'étais jeune.

— Mais tu es toujours jeune. Et moi, je ne suis pas

gentille. J'essaie de me protéger, c'est tout. Je devrais plutôt t'apprendre à faire ça qu'à confectionner des scones. Tu sais, tout le monde peut écouter. Il suffit de dire : « Oui, oui, raconte-moi. Oui. Non. Jamais. » C'est facile. C'est écouter utilement qui est difficile.

Sean était fatigué ce soir-là, et, pour une fois, ils dînaient seuls tous les deux. Niamh faisait, en principe, ses devoirs chez Sheila. Donal était à son cours de comptabilité. Eamonn avait annoncé qu'il irait se promener dans la campagne avec ses copains.

— La soirée est belle. Ça lui fera du bien de prendre l'air, dit Eileen.

— Tu parles ! Il est aux combats de coqs. Une bande de chez Hanrahan qui les organise. Ils s'imaginent qu'on est trop idiots pour savoir ce qu'ils trafiquent. Si je m'écoutais, je téléphonerais au sergent Quinn, et il n'aurait qu'à les cueillir. C'est une distraction mauvaise et cruelle, de faire s'entre-tuer deux bêtes et de parier là-dessus.

— Tu sais, le sergent Quinn est certainement au courant.

— Ça se pourrait bien, convint Sean en se plongeant dans l'*Irish Independent*.

Elle se trouvait très seule, assise comme ça au bout de la table, sans personne à côté d'elle, rien qu'un mari caché par son journal.

— Aisling est venue aujourd'hui. Elle est restée longtemps. Il y a quelque chose qui la tracasse.

— Ah oui ? Tracassée ? Alors qu'elle est à l'abri du besoin pour le restant de ses jours. Et moi ! Rivé toute la journée au magasin, avec un grand dadais de fils dont tout le monde se moque. Elle n'a pas affaire à des gens si bouchés qu'il y a des jours où je me dis que c'est encore Jemmy le plus malin de tous.

— Sean, tu veux bien poser ce journal et arrêter de te plaindre ? J'estime que nous sommes tout de même arrivés à quelque chose, autant pour nous que pour les enfants. Mais si le magasin te pèse tellement, eh bien vends-le.

— Tu dis n'importe quoi.

— Pas du tout, et je te prie de m'écouter. Ce commerce, j'en ai largement pris ma part, mais je vais sur mes cinquante-cinq ans et je suis fatiguée. Oui, moi aussi je suis fatiguée quand je rentre, le soir. Aujourd'hui je suis revenue plus tôt, j'ai laissé derrière moi les soucis de trésorerie et de comptabilité. Mais j'ai un autre souci, avec Aisling. Je voulais t'en parler, et non déclencher une avalanche de récriminations, à cause d'Eamonn, du fisc, de la pluie dans la remise, de la porte démolie par les bouvillons d'O'Rourke. Ça fait deux ans qu'ils ont démoli cette satanée porte, et tu as été remboursé, alors est-ce qu'on peut rayer l'article du catalogue une fois pour toutes ?

— Je n'avais pas parlé des bêtes d'O'Rourke, ce soir, dit Sean en riant.

— Parce que je ne t'en ai pas laissé le temps... remarqua Eileen, en riant elle aussi. Mais si tu veux vendre le magasin, vends-le au lieu de geindre. Puisque Eamonn est un bon à rien qui ne peut finir qu'à la potence, eh bien c'est là qu'il finira, et il ne sera donc pas là pour nous succéder. Donal veut tenir une pharmacie, et Niamh se mariera, alors, qu'est-ce qui nous force à continuer ? Pourquoi ces jérémiades ?

— Excuse-moi. Tu as raison. C'était juste façon de parler. Je geins parce que je suis fatigué. Mais qu'est-ce qui arrive à Aisling ?

— Je ne sais pas. Elle a commencé à m'en parler, et puis elle s'est arrêtée.

— Sans doute une dispute avec le jeune Murray. Ça passera.

— Non, il ne s'agissait pas de dispute.

— Oh, elle est de taille à le faire filer doux. Elle a dû le chapitrer à cause de toute cette bière qu'il entonne. C'est qu'elle peut être sacrément autoritaire, Aisling ! Je me demande de qui elle tient ça, dit-il sans pouvoir dérider Eileen. A moins qu'elle ne soit grosse ? Tu te souviens de l'humeur que tu avais, toi, quand tu portais les enfants ? Voilà sûrement l'explication !

— Non, dit Eileen d'un ton péremptoire. C'est même certainement la moins plausible.

Johnny dut tout de même accorder quelque attention à l'entreprise d'Elizabeth, étant donné sa réussite évidente. Elle avait réussi à trouver exactement le ton voulu : instructif mais à la portée de ses élèves, simple sans condescendance. Il était déjà question qu'elle organise un autre cycle de cours.

— J'avoue que ça me manquera, confia-t-elle à Stefan. Encore deux cours, et c'est fini. L'été est là, les gens s'en iront. On se sépare brutalement.

— Si vous organisiez une soirée ? Ce serait une jolie fin !

— Mais à la maison, avec Papa, c'est impossible.

— Pourquoi pas ici ? proposa soudain Stefan. Cette salle est très vaste. En rangeant tous les meubles contre les murs, je suis sûr qu'elle peut contenir facilement cent personnes. Et ça ferait un joli cadre...

— ... et une bonne publicité pour vos antiquités, Stefan ! s'écria Elizabeth. Songez que tous ces gens aiment l'art.

— Mais alors, cela risque de passer pour une promotion commerciale... s'ils croient que c'est le vrai motif de l'invitation, dit Stefan, gêné.

— Ne craignez rien, c'est une idée merveilleuse ! lança joyeusement Elizabeth. Comme j'ai gagné beaucoup plus d'argent que je ne l'escomptais, je leur offrirai du vin et des rafraîchissements. Mais il y a encore une chose, Stefan, tous ces meubles à déplacer, vous n'y arriverez pas.

— Vous m'aiderez, et Johnny aussi.

— Je crains qu'on ne puisse compter sur Johnny. Il ne voit pas ces cours sur l'art d'un très bon œil. Il dira que c'est se donner du mal pour rien.

— Qu'il dise ce qu'il veut. Je ne suis pas encore en terre, je suis toujours le patron. Je dis qu'on donnera une soirée ici, et on la donnera.

— Et ma sœur viendra aider pour passer les boissons, déclara Anna.

— Mais si Johnny...

— J'en fais mon affaire. Vous n'avez tout de même pas peur de Johnny Stone ? Vous êtes mon associée, au même titre que lui. Quand il emprunte certaines de nos pièces, les candélabres, par exemple, parce qu'il reçoit des amis huppés, est-ce que vous y trouvez à redire ? Je vous affirme qu'il sera ravi de participer. Depuis le temps que vous travaillez ici, ni lui ni moi n'avons jamais rien fait pour vous. Alors, pour une fois...

— Stefan, comment vous remercier ?

— Et vous n'avez pas à vous excuser ni à vous justifier devant lui, vous m'avez compris ?

Voilà que Stefan lui dictait son attitude, et il avait pleinement raison. Si elle se répandait en explications et en arguments, elle énerverait Johnny et se rabaisserait elle-même. Comme Stefan était bon de la mettre en garde...

Elle rentra chez elle à pied. Elle songeait à Johnny avec agacement. Pourquoi fallait-il que tout le monde le ménage, le contourne comme une mine non explosée ? Après tout, elle avait le titre d'associée, même si c'était pour que l'affaire de Stefan bénéficie du statut fiscal des sociétés. Et Johnny empruntait quand il le voulait des choses dans le magasin, sans qu'on lui fasse jamais de réflexions. Et, comme disait Stefan, c'était toujours *lui* le patron, et s'il voulait qu'Elizabeth reçoive ses élèves chez lui, *elle les recevrait.* Voilà ce qui s'appelle de la détermination !

Elle en riait toute seule en poussant la grille de Clarence Gardens, et elle se retrouva nez à nez avec son père qui sortait.

— Bonté divine, Elizabeth ! Tu parles toute seule.

— Mais non, Papa, je ris toute seule, c'est différent, c'est presque respectable.

— Nous en voyons tellement, à la banque, de ces vieilles demoiselles qui entrent en marmonnant pour elles-mêmes. Ces vieilles filles détraquées, quelle tristesse !

— Mais, Papa, il ne faut pas te dissimuler que je suis une vieille fille détraquée. Pense que j'ai un quart de siècle... Mais je ne marmonnais pas, je riais.

— Il y a une lettre de l'ami de ta mère sur la table du vestibule. Tu vas sûrement moins rire.

Il soupira et partit d'un air sombre, la tête rentrée

dans les épaules. « Mon Dieu! pensait Elizabeth, qu'est-ce qui se passe? Jamais Harry n'écrit. Mon Dieu! Je vous en prie, faites que Maman n'aille pas plus mal, qu'on ne me réclame pas là-bas cette semaine, que la soirée chez Stefan ait lieu. »

... Je me suis rendu compte que je ne riais plus jamais depuis la maladie de Violet. Les derniers bons moments, c'est quand vous étiez venue avec Johnny. J'en avais pris un point de côté, et vous ne paraissiez pas non plus vous ennuyer, tous les deux. Alors, ça me donne du courage pour vous demander quelque chose : est-ce que je peux venir me changer les idées avec vous, à Londres? Et est-ce que Johnny voudrait bien me donner l'hospitalité? Evidemment, je ne peux pas descendre chez vous, parce que c'est chez George... Il y a des limites à tout. Mais je n'ai pas les moyens de me payer une pension, et puis je ne suis pas encore complètement requinqué, alors je serais plus à l'aise chez quelqu'un de connaissance...

Cher Harry,
Pardonnez-moi d'avoir attendu deux jours pour vous répondre, mais je devais m'organiser. Voilà ce que nous allons faire : cette fin de semaine vous viendrez par le train et j'irai vous attendre à la gare avec un taxi. Johnny ne peut vous accueillir parce qu'il a plein de gens chez lui en ce moment — une vraie plaque tournante. Mais vous habiterez chez Stefan Worsky, mon patron au magasin d'antiquités, et la dame de son cœur, Anna — elle a au moins un siècle, mais ça n'empêche pas les sentiments. Ils préparent votre chambre. Harry, je voudrais avoir une maison à moi, vous loger dans une pièce que je peindrais exprès pour vous, comme vous aviez peint ma chambre...

Elle jeta sa lettre dans la grande boîte rouge, qu'elle tapota comme pour la féliciter d'avoir fait une bonne action en acceptant son message. Quand elle pensait qu'avant de pouvoir l'expédier, elle avait vécu deux jours dramatiques!

La lettre de Harry, elle l'avait montrée à Johnny sans commentaires, en se contentant de dire :

— Qu'est-ce que tu en penses ?

— Le pauvre bougre !

— Alors, peut-il venir ou non ? Je dois lui répondre.

— Lizzie, franchement, ce pauvre vieux bonhomme qui veut venir se changer les idées chez moi... je ne peux pas, honnêtement.

— Parfait, je vais le lui dire.

— Tourne ça gentiment, diplomatiquement, tu saisis ?

— Non.

— Enfin... pas de but en blanc, mets-y des formes. Annonce-lui que quand il sera là on l'emmènera un soir dans le West End, pour qu'il nous raconte comment étaient tous ces endroits avant la guerre. L'idée lui plaira. Il est sympathique, ce vieux bonhomme.

— Tout à fait. Et lui aussi il te trouve sympathique.

— Elizabeth, ne me fais pas de chantage. Moi, je ne te demande jamais de te charger de mes canards boiteux, non ?

— Non, c'est vrai.

— Alors, je serai ravi de le voir, mais je ne peux pas l'héberger parce qu'il y a déjà trop de gens qui descendent chez moi.

— Entendu.

— Alors, qu'est-ce que tu vas faire ?

— Zut et flûte, ça ne te regarde pas, dit-elle calmement.

— Mon Dieu ! Mon Dieu ! On a ses nerfs. Tu sais que tu deviens bizarre, Elizabeth ? On complote dans mon dos avec Stefan pour recevoir les amateurs d'art... on essaie de me faire transformer mon appartement en maison de repos pour beaux-pères mal fichus...

— Va donc jusqu'au bout et dit « beaux-pères mal fichus car poignardés par mères folles »... ce serait plus net.

— Ecoute, je suis égoïste et mesquin, répondit Johnny en accusant le coup. Je m'excuse, je ne voulais pas être méchant. Je le regrette du fond du cœur.

Il la regardait franchement, et elle lisait le regret dans ses yeux.

— Bon, c'est fini, dit-elle.

— Comment?

— Tu t'es excusé, j'ai accepté tes excuses. C'est fini.

Johnny resta interloqué. Elle ne se jetait pas dans ses bras, et pourtant elle n'était plus fâchée? Le calme d'Elizabeth l'ébahissait.

— Eh bien!... c'est un beau geste. Ma drôle de frimousse! Tu t'en vas? dit-il en la voyant ramasser son sac et ses gants.

— Mais oui, j'ai des tas de dispositions à prendre. A bientôt.

— Quand?

— Je te l'ai dit. Bientôt.

Stefan l'écouta sans l'interrompre. Elle lui raconta toute l'affaire, et dit en terminant :

— Alors, je ne vais pas m'excuser, ni vous prier, ni quoi que ce soit. Je vous demande un service, une faveur. Voulez-vous héberger Harry?

— Mais naturellement, répondit Stefan.

Harry contribua de façon inespérée à la réussite de la soirée. Il avait proposé de s'asseoir à l'entrée et de remettre à chaque arrivant un petit insigne portant son nom. Il les écrirait lui-même, en belles rondes. L'idée plaisait à Elizabeth, mais elle craignait que cela ne parût un peu trop « commercial ». Harry avait balayé cet argument :

— Tout le monde a un petit moment de timidité en arrivant dans une réunion. Le temps que je réussisse à trouver l'insigne à leur nom, ils seront si détendus qu'ils planeront.

Et il avait eu parfaitement raison. Les gens étaient ravis d'être accueillis par cet homme jovial, qui les mettait tout de suite à l'aise. Parmi toutes les petites barrettes rangées sur la table, il cherchait gaiement celle à leur nom, il complimentait les dames, il montrait aux hommes la table portant bouteilles et verres, il répondait aux questions sur le cadre — questions que beaucoup d'invités n'auraient pas osé poser à Elizabeth :

« Non, ce magasin n'appartient pas à Miss White. Mais elle aide à le faire marcher, et je crois qu'elle est associée... Oui, Miss White est ma belle-fille. Je suis terriblement fier d'elle. Je suis content que vous aimiez ses cours d'art, je lui transmettrai, vous pensez bien... Oui, c'est une jolie boutique, et je crois qu'elle marche très bien. Le patron est un très bon ami à moi, Stefan Worsky... ce gentleman d'un certain âge, là-bas, c'est lui... et à côté c'est Mr Stone, son gérant et collaborateur... un homme qui a beaucoup de conversation, vous verrez... »

Contrairement aux appréhensions d'Elizabeth, Johnny était venu, et il avait même apporté des boutonnières pour Stefan, Harry et lui-même. En arrivant, Elizabeth ne put en croire ses yeux : Harry juché derrière un haut comptoir près de la porte et portant à son revers un gros œillet; Stefan, pareillement fleuri, examinant les verres pour s'assurer qu'ils étincelaient... et Johnny — elle éprouvait toujours un pincement au cœur en le voyant. Il était si beau, dans son costume sombre qu'égayaient la chemise crème et la fleur éclatante à sa boutonnière. Il réservait à chacun un accueil souriant, et elle se rendit brusquement compte que tout à l'heure beaucoup d'invités partiraient en chantant les louanges de Johnny. Ils ignoreraient toujours qu'il les traitait de barbouilleurs, de petits esprits satisfaits de se donner un vernis artistique. Ils ne connaîtraient de lui que son charme de brillant causeur. Et nul n'apprendrait de sa bouche qu'il était l'amant d'Elizabeth, ni même simplement qu'elle comptait dans sa vie d'une façon quelconque. Ce genre de choses, Johnny n'en parlait pas.

Elle le vit en conversation avec les Clarkson, un couple d'âge mûr — ils étaient aussi myopes l'un que l'autre, mais également aussi pleins d'intérêt et d'enthousiasme pour l'art. Ils écoutaient Johnny d'un air pénétré. Celui-ci n'avait pas pris l'initiative d'aller parler aux deux très jolies filles de l'assemblée, Grace et Susannah. Elizabeth le reconnaissait bien là. Il n'avait qu'à continuer d'entretenir les Clarkson, et avant peu

Grace et Susannah dériveraient dans sa direction. Ça marchait toujours.

Elizabeth sourit car elle venait d'apercevoir Henry Mason et Simon Burke. Ils étaient si amusants, ces deux-là. Leur bureau était situé près de l'Académie de dessin, et ils n'avaient pas manqué un seul cours d'Elizabeth. Elle avait été un peu étonnée de les voir s'inscrire, parce que des garçons comme eux avaient sûrement des tas d'autres possibilités de passer le temps... Elle les imaginait si bien, invités à déjeuner chez des gens qui ont de belles propriétés au bord de l'eau, ou dans des cocktails, passant les petites saucisses et les boissons. Elle s'était même demandé un moment si ce n'étaient pas des chochottes, comme Harry appelait plaisamment les homosexuels. Mais non, Simon et Henry n'avaient rien d'efféminé. Ces garçons étaient aimables, intéressés, polis — banalement normaux, en somme. Au fond, il y avait peu d'hommes aussi indépendants que Johnny. La majorité ressemblait plutôt à Simon Burke et Henry Mason.

Ils étaient toujours les premiers à rire quand Elizabeth s'autorisait une plaisanterie. A plusieurs reprises, quand la troupe des élèves se dispersait après le thé pris en commun, ils l'avaient raccompagnée au bureau où elle rangeait ses listes, ses notes... et le marchepied. Et aujourd'hui, ils étaient arrivés de bonne heure et s'étaient aussitôt rendus utiles en lançant et relançant les conversations.

Grand, bien taillé, Simon avait du panache. Elle ne s'expliquait pas qu'on pût avoir du panache en complet-veston, et pourtant le fait était là. On avait l'impression qu'il tolérait sa défroque à cause de l'époque, mais que dans un autre monde il aurait été troubadour, sultan, cow-boy. L'idée la fit rire... et elle s'aperçut qu'Henry la regardait. Lui aussi, il était sympathique. Il était grand, avec un teint pâle et des cheveux blonds qui lui tombaient tout le temps dans les yeux. Il devait même être plus grand que Simon, mais il ne jouait pas, comme lui, de sa carrure. Dans les débuts, il tripotait constamment sa cravate quand il parlait à Elizabeth, mais ça lui avait passé. Ce devait être une manie comme celle qu'elle avait eue si longtemps de rejeter d'un coup de tête les cheveux qui lui descendaient devant le visage. Pour la lui faire passer, les O'Connor l'imitaient, mais déjà avant, ça énervait Maman. Johnny avait remarqué une ou deux fois qu'elle le faisait encore, et qu'elle ressemblait alors à une écolière. Henry Mason portait une cravate fantaisie, qu'il avait dû mettre exprès en l'honneur de la soirée. Le geste était gentil.

Elizabeth les aimait bien, et plus peut-être Simon, avec sa façon de ne pas se prendre au sérieux. Il lui avait demandé si elle avait des amies susceptibles de donner des cours d'« Appréciation instantanée de la musique » et de « Jugement éclairé sur la littérature ». Après quoi, il saurait affronter le XXe siècle. Comme tous les deux bavardaient volontiers avec Grace et Susannah, elle se demandait tout de même si ces cours n'avaient pas un côté « Club de rencontres » — ce qu'entre autres gentillesses Johnny avait suggéré...

Une voix la tira de sa rêverie :

— Henry et moi aimerions vous inviter un soir à dîner. Vous voulez bien ? demanda Simon en souriant.

— Tous les deux ? dit Elizabeth amusée par cette idée.

— Oui. J'y pensais de mon côté, pour vous remercier de vos merveilleux cours, et Henry y pensait aussi. De la sorte, nous pouvons vous emmener dans un endroit select. Et vous n'avez pas à craindre que cette invitation dissimule d'autres motifs... pas si nous sommes deux.

— Absolument. Je me sentirai en sûreté, dit-elle gravement.

Simon sourit. Quel charmant garçon ! Qu'est-ce qui la retenait donc de s'attacher à lui plutôt qu'à cet homme, là-bas, qui tenait sans effort Grace et Susannah sous le charme de sa conversation, et qui maintenant serrait chaleureusement la main à Henry Mason et l'incluait dans leur groupe ? Comme les choses seraient simples si elle n'était pas stupidement enchaînée à Johnny, avec ses cheveux bruns, son sourire lumineux, son existence complexe...

Harry et Stefan pensaient que quelqu'un devait

prendre la parole. Ils vinrent demander l'avis de Johnny.

— Ça ferait un beau souvenir pour Elizabeth, remarqua Harry. Devant tout ce monde qui paraît la porter aux nues.

— Oui, il faut dire quelques mots, renchérit Stefan.

Johnny se tourna vers Henry Mason :

— Voulez-vous vous en charger ? Il faut que ce soit quelqu'un du groupe.

— Oh, oui, Henry, allez-y ! minauda Grace.

— Je ne suis pas très doué pour parler en public.

— Il ne s'agit pas d'un public mais de gens que vous connaissez, que vous rencontrez depuis des semaines. Allez ! Juste quelques mots.

En entendant Johnny réclamer le silence, Elizabeth se figea, le cœur serré. Qu'allait-il annoncer ? Que l'heure avançait, qu'il fallait se séparer ? Oh, non, pas ça !

— Mesdames, Messieurs, pardonnez-moi d'interrompre un instant les conversations, mais beaucoup d'entre vous ont exprimé le désir que quelqu'un se fasse l'interprète de votre gratitude à l'égard d'Elizabeth White, qui vous a ouvert les portes du monde de l'art...

Elizabeth faillit en lâcher son verre. Oh, Johnny, Johnny chéri ! Il savait donc combien tout cela comptait pour elle et pour tous ici ! Il n'était ni insensible ni dédaigneux. Il allait parler en l'honneur d'Elizabeth. Elle se sentit rougir, puis blêmir, puis s'empourprer de nouveau. Harry et Stefan paraissaient si heureux, si fiers... comment parviendrait-elle jamais à remercier assez Johnny ?

— ... c'est pourquoi j'ai demandé à un membre fidèle de votre groupe, à Mr Henry Mason, de le dire à Elizabeth, en votre nom. Henry, je vous passe la parole...

Elizabeth était devenue très pâle. Souriant, Johnny s'effaçait devant Henry, vers qui à présent convergeaient tous les regards. Mais Elizabeth, un sourire figé aux lèvres, ne cessait de contempler Johnny. Henry alignait les clichés... dette de gratitude... sans ménager ses efforts... cours si stimulants. Il bégayait, il se répétait, et Johnny restait là à l'écouter, d'un air sympathiquement intéressé. Quand Henry se tut, ce fut Johnny qui donna le signal des applaudissements et des ovations en l'honneur d'Elizabeth.

Elle avait le cœur gros, la gorge serrée comme si elle avait avalé un morceau de pain dur qui ne voulait pas passer.

Ma chère Elizabeth,

Voici une vue de la plage de Brighton et de la jetée. Mais nous ne les voyons guère, car nous commençons à jouer à huit heures et demie, et nous n'avons qu'une interruption d'une heure pour le déjeuner. Il est très intéressant de se mesurer à des bridgeurs venus de tout le pays. Notre club s'est distingué le premier jour du tournoi, mais hier nous avons rétrogradé. Je trouve tout cela distrayant. Tu as bien fait de me persuader d'y participer.

Affections,
Papa

Chère Elizabeth,

Je t'envoie ci-joint deux livres dix shillings et une réclame que j'ai découpée dans le *Sunday Express*, en te demandant un grand service : peux-tu m'acheter ce balconnet ? Ecris « vêtements usagés » sur le paquet, pour que la douane ne l'ouvre pas, et si tu avais aussi un vieux corsage ou un cardigan à mettre dedans, je pourrais dire à Maman que c'est ce que tu m'as envoyé. Le soutien-gorge coûte quarante-cinq shillings, et les cinq shillings en plus sont pour l'expédition. Pour la taille, c'est un 85, et s'ils ont trois profondeurs de bonnets, prends la moyenne. Je te remercie un million de fois; surtout, garde-moi le secret.

Je t'embrasse,
Niamh

Chère Elizabeth,

Vous aviez accepté de dîner dehors, avec Henry et moi. Est-ce que ce samedi vous conviendrait ? Pouvez-vous téléphoner à l'un de nous au bureau (au numéro ci-dessus), pour dire si vous êtes d'accord et où nous devons vous prendre ? Si nous sommes absents, mieux vaut ne pas laisser de message. Quand il s'agit du travail, on peut leur faire une confiance absolue, mais pour les questions personnelles, c'est une autre affaire.

Nous attendons votre coup de fil,
Simon

Chère Miss White,
Merci infiniment de votre don pour notre hôpital. Je dois vous dire que, de l'avis général, il ne serait pas opportun d'offrir des fleurs à votre mère, Mrs Violet Elton, considérant son état de santé. C'est pourquoi, puisque vous nous proposiez le choix, nous avons fleuri la salle de réunion des patientes. Nous tenons à vous remercier, tant de votre don que de la compréhension dont vous témoignez à propos de la maladie de votre mère.

P. Hugues
Secrétaire de l'hôpital

Bonjour Drôle de Frimousse !
J'ai déniché au total six vaisseliers gallois ! Ce sont des vacances laborieuses, non ? Et toi qui croyais qu'à Bangor je ne faisais que lézarder au soleil. J'avoue pourtant que c'est formidable : pas de soucis et beaucoup de repos. Tu te souviens de Grace Miller, une jeune fille qui suivait tes cours du soir ? Je l'ai rencontrée, tout à fait inopinément, si bien que nous nous faisons découvrir mutuellement les Trésors du Pays de Galles... en regrettant que tu ne sois pas avec nous.

Je rentre bientôt.
Toujours tendrement, Johnny

Roma. Anno Sancto,
Il y a ici des millions et des millions de gens, mais surtout, parmi eux, le *père* John Murray (oui, ça y est), et Belle-Maman Murray et Joannie Murray, laquelle, entre nous (et les services postaux), est devenue quasiment maboule, et aussi ce charmant jeune couple, Mr et Mrs Murray, la coqueluche du continent... La

336

nuit dernière, j'ai rêvé que toi et moi nous nous étions vilainement disputées. Ce n'est pas vrai, n'est-ce pas?

Affections,
Aisling

15

Une fois de plus Maureen revenait à la charge à propos d'Aisling. Toujours pas de maternité en vue, c'était tout de même bizarre.

— Enfin, Maman, elle n'a aucune raison de redouter une grossesse!

— Non, c'est vrai, convint Eileen.

— Et Dieu sait si ce n'est pas une question d'argent. Ils ont plus que largement les moyens d'engager une nurse pour les trois premiers mois, comme ont fait les Gray pour tous leurs enfants. Non, ce n'est pas l'argent ou quelque chose comme ça. Evidemment, ça ne me regarde pas, reconnut-elle en voyant qu'Eileen ne réagissait pas. D'ailleurs, elle ne m'en parle pas... et pourtant, je suis sa sœur.

— J'en prends bonne note.

— C'est seulement parce que la mère de Brendan m'a demandé hier s'il n'y avait pas de bébé en préparation, et je n'ai pas su quoi lui répondre.

Maman releva brusquement la tête :

— Tu n'avais qu'à dire à Belle-Maman Daly d'aller se faire pendre, et en vitesse, encore!

— M'man! cria Maureen, offusquée.

— Excuse-moi, je m'énerve facilement, c'est le retour d'âge. Voilà encore un sujet de conversation pour ta belle-mère.

— Ecoute, M'man, je me demande ce que j'ai bien pu dire pour que tu me traites comme ça?

— Rien du tout, Maureen, convint Eileen en s'apaisant. En vieillissant, je deviens acariâtre. Tu prends le thé avec moi? A moins que tu n'aies peur que je te coiffe de la théière?

Soulagée, Maureen se mit à rire.

— Oh, M'man, il y a des moments où tu es infernale! Tu es pire que Niamh, quand tu t'y mets.

Le paquet d'Elizabeth était arrivé, il était sur la table du vestibule. Toute joyeuse, Niamh l'attrapa au passage et grimpa vivement dans sa chambre. Pourvu qu'il contienne ce qu'elle attendait! Oui, le balconnet était là : un bustier de satin blanc baleiné, aux bonnets fièrement arrondis comme s'ils étaient sur un corps de femme. Et il y avait aussi une blouse de mousseline de soie jaune. Et la lettre ne faisait allusion qu'à cette partie-là de l'envoi; Niamh pouvait la montrer sans difficultés à Maman. Une maligne, cette Elizabeth. Elle en avait sûrement déjà fait autant pour Aisling, depuis le temps qu'elles correspondaient. C'était peut-être elle qui lui avait envoyé ce livre sur les organes de la reproduction que Niamh avait déniché parmi les autres livres de sa sœur, protégé des regards curieux par une liseuse. Elle essaya le bustier : il lui donnait un maintien avantageux mais naturel. A présent, elle allait pouvoir porter sa robe aux épaulettes minces comme des lacets. Elle avait raconté à Maman qu'on ne la mettait qu'avec le boléro, mais ainsi, elle pourrait le retirer. A la fin août, Anna Barry et son frère donnaient une soirée à l'hôtel — événement attendu avec impatience. Niamh s'y préparait en se lavant les cheveux tous les quatre jours avec un shampooing pour éclaircir les cheveux. Elle avait le sentiment que si elle se donnait secrètement beaucoup de mal, elle apparaîtrait brusquement dans toute sa splendeur. Il lui suffisait de penser à Aisling le jour de son mariage. Jusque-là on la disait jolie fille, sans plus. Tandis que maintenant, elle pouvait bien sortir dépeignée et mal attifée dans sa vieille gabardine verte, on se récriait sur sa beauté. Une fois que les gens avaient décidé que vous étiez belle, vous restiez belle jusqu'à la fin de vos jours.

Niamh arriverait à la soirée avec les cheveux tirés en queue de cheval. Et puis, quand la danse battrait son plein, elle déferait sa barrette, ôterait son boléro, ses cheveux tomberaient sur ses épaules, et brusquement les gens la découvriraient. Cette soirée, elle y pensait depuis le début des vacances d'été. Elle attendait ses résultats au brevet supérieur : si elle avait une mention, Papa la laisserait aller à l'Université. Elle serait la première de la famille à poursuivre si loin ses études. Les premiers jours, elle priait si fort pour que ça arrive qu'elle en frôlait la catalepsie.

C'est que Maman avait dans l'idée qu'elle travaillerait ensuite au magasin, et cela, Niamh n'y tenait pas du tout. Elle ne voulait pas s'enterrer. Elle ne se voyait pas rester des années dans le petit bureau vitré qui avait été celui d'Aisling, et qui demeurait vide depuis un an, parce que pas une de ses remplaçantes n'avait fait l'affaire. Si elle n'obtenait que des résultats passables au brevet, elle devrait pourtant s'y résigner, mais elle garderait ses matinées pour apprendre la dactylographie et la comptabilité à l'Ecole commerciale. D'après Aisling, au magasin O'Connor la sténographie ne lui servirait à rien. Mais de quoi se mêlait-elle ? Elle avait sa vie maintenant, la vie qu'elle voulait, alors elle n'avait qu'à en profiter et laisser le monde tranquille. Mais pas du tout, elle était tout le temps fourrée chez Maman, à lui mettre des idées idiotes dans la tête — comme de faire travailler Niamh chez Papa. Et ses promenades avec Donal, hein ? Est-ce qu'il a besoin d'elle ? Il a tout de même ses copains ! A sa façon, Aisling était aussi sinistre que Maureen. Et allez donc songer à vous marier, après ça !

Donal était déçu qu'Aisling n'ait même pas envoyé une carte postale de Rome.

— Avec toute la famille Murray sur place, et l'ordination et le reste, elle ne doit pas avoir une minute à elle, dit Sean.

— Tout de même, juste une carte pour dire comment elle va, ronchonna Donal. Déjà que sans elle, ce n'est pas drôle, ici !

Eamonn se dépêchait d'engloutir son dîner, car il lui semblait que sa mère cherchait son chapelet, et il risquait d'être coincé si elle proposait de dire un rosaire puisqu'ils étaient tous là ce soir.

— C'est bizarre, remarqua-t-il, avec Aisling, ce n'est pas comme avec Maureen. On ne dirait pas qu'elle a quitté la maison, on la voit toujours autant. Elle ne profite pas de son mariage.

Le retour de Rome fut énervant et fatigant. Le père John leur rompait la tête avec des noms de prêtres et d'ordres, et ceux qui étaient venus à l'ordination, et ceux qui n'étaient pas venus. Il avait tout de la vieille commère. Quant à Belle-Maman Murray, elle paraissait vingt ans de plus, tellement elle était éprouvée par le bruit, la foule, la chaleur. Aisling avait passé ses soirées à l'éventer devant une fenêtre ouverte, tandis que Tony et Joannie partaient soi-disant chercher un restaurant, restaient absents quatre heures, et rentraient pour annoncer d'une langue râpeuse que, tout compte fait, le restaurant de l'hôtel valait mieux que ceux qu'ils avaient vus en route.

Quand ils arrivèrent à Dublin, Aisling décida que ça suffisait. En récupérant les bagages, elle annonça :

— Avec Tony, nous restons coucher à Dublin. Nous rentrerons demain.

— Moi aussi, s'empressa de dire Joannie. On repartira tous les trois demain matin.

— Non, des amis doivent nous ramener, déclara Aisling.

— Quels amis ? Vous n'en avez pas.

— Arrête de dire des bêtises, lui intima sèchement Aisling. Mrs Murray, nous allons vous conduire à la voiture, et vous y installer avec Joannie et le père John. Nous deux, nous serons à la maison demain soir, donc à temps pour la première messe, dimanche.

— C'est bien le moins que vous puissiez faire ! dit John d'un air pincé.

Ils se dirigèrent gauchement vers la voiture. Aisling se disait qu'à eux cinq ils devaient former un étrange groupe, tellement disparate...

Tony avait dormi pendant tout le vol, mais il était à présent bien réveillé, et prêt à passer une joyeuse soirée en ville. Il emboîtait habilement le pas à Aisling... ils avaient des gens à voir, des dispositions à prendre.

Il écartait les objections, les questions proférées sur un ton pointu... et pourquoi ne pas avoir averti plus tôt... et qui devaient-ils voir, un samedi?

— Où passerez-vous la nuit? demanda perfidement Joannie.

— Chez les parents que j'ai à Dun Laoghaire, s'empressa de dire Aisling. Tony ne les connaît pas, c'est une occasion toute trouvée.

— Depuis le temps que j'attends de faire leur connaissance, glissa Tony avec à-propos.

— Eh bien, nous allons vous y déposer. Pourquoi faire la dépense d'un taxi, surtout que ça fait bien quinze kilomètres d'ici à Dublin, et encore quinze bons kilomètres jusqu'à Dun Laoghaire, non? proposa suavement Joannie, croyant leur tendre un piège.

— Voilà une excellente idée, dit Aisling d'un air ravi.

En raison de la circulation intense, ils mirent une heure trois quarts pour arriver à la pension. Aisling descendit vivement de l'auto et courut sonner à la porte, pour avoir le temps d'arranger les choses, s'il y avait lieu.

— Aisling, ma belle, quel bonheur! s'exclama la cousine de Maman, Gretta Ross. Alors, est-ce que tu m'as amené ton beau mari, que je le voie enfin?

— Je l'ai amené. Peux-tu nous loger pour la nuit?

— Ce sera un honneur, et un plaisir... Où est-il?

Gretta se précipita vers l'auto, serra les mains de ses occupants, tandis que Tony prenait leurs valises dans le coffre.

— Voilà-t-il pas un bel homme? Tout à fait ce qu'on m'avait dit! s'écria Gretta. C'est un grand plaisir pour moi de vous voir enfin.

Les autres Murray s'apprêtaient sans entrain à repartir, ayant refusé une tasse de thé parce que John, qui conduisait, voulait arriver à Kilgarret à une heure décente. Mais, sur sa demande, il bénit Gretta Ross. Aisling prit un plaisir pervers à voir la mine dépitée de Joannie.

— Tu es très gentille, Gretta, dit-elle lorsque les Murray eurent démarré. J'avais vraiment envie d'en être débarrassée, et de passer une soirée avec Tony, tu comprends ?

— Je suis ravie que tu aies eu l'idée de descendre chez nous, ma belle. Viens, montons les bagages. Vous aurez la chambre à droite de l'escalier, elle donne sur le port. Vous pouvez faire un brin de toilette ou un petit somme, vous êtes ici chez vous. Si vous avez envie d'une jolie promenade, montez donc sur la hauteur de Killiney, la vue est magnifique. Et rentrez à l'heure qui vous plaît. Je vous laisserai du poulet froid sur la table de la salle à manger. De toute façon, je n'aurais pas pu rester avec vous, parce que j'ai au moins douze dîneurs, ce soir.

— Seigneur ! C'est formidable, dit Tony en enfilant une chemise propre après avoir fait une rapide toilette. Une idée de génie que tu as eue de nous débarrasser d'eux comme ça. J'en avais franchement ma claque, et toi aussi, sûrement.

— Oui, j'avais peur qu'on ne puisse pas s'en libérer de la soirée, si on était rentrés avec eux à Kilgarret.

— Tu es un génie, je ne le dirai jamais assez. Maintenant, sois mignonne et habille-toi. On va sortir boire quelque chose, j'ai la pépie.

Aisling passa une robe, se coiffa, et dit :

— Je veux te parler, Tony, c'est pour ça que je t'ai kidnappé.

— D'accord, d'accord, répondit-il avec un regard traqué. On discutera au bar.

— Il ne s'agit pas de choses dont on discute dans un bar. Alors, choisis : soit ici, soit dehors, mais en se promenant.

— Bonté divine ! Pas maintenant, Aisling. On est éreintés par le voyage. Enfin, si tu y tiens vraiment, vas-y, parle, mais en vitesse, et puis après on sort. D'accord ?

— Non. En vitesse, ce n'est pas possible.

— Et dans un bar tranquille, en se mettant dans un coin ? On aurait tout notre temps ?

— Non.

— Je voudrais bien savoir pourquoi ?

342

— Parce que c'est justement des bars que je veux te parler.

— Je ne comprends pas.

— Tu me comprends très bien, Tony. A Rome, je ne t'ai jamais vu à jeun. Tous les jours il t'a fallu ta cuite.

— Et allez donc! Tu n'as pas envie de parler, tu as envie de râler. Dis-le donc franchement!

Tony se permit un mince sourire, satisfait d'avoir trouvé l'explication juste. Aisling luttait contre les larmes. Si elle n'arrivait pas à se maîtriser, la conversation tournerait court, comme les autres fois. Elle se força à sourire :

— Non, Tony, dit-elle gaiement. Tout ce que je veux, c'est discuter. Je t'assure, insista-t-elle, juste parler calmement tous les deux... pour arriver à...

— ... à faire tes jérémiades, dit triomphalement Tony.

— Est-ce que j'ai l'habitude...?

— Et comment! Toujours à soupirer, à geindre, à lever les yeux au ciel. En fait de jérémiades, je ne sais pas ce qu'il te faut!

— Tony, je t'en prie, rien qu'aujourd'hui, rien qu'une seule soirée! Je te promets de ne pas dire un mot sur tes excès de boisson.

— Alors, il faudrait savoir ce que tu veux. Tu as bien parlé de cuite, non?

— Je veux qu'on voie ensemble si tu ne bois pas parce que... à cause de nous... enfin, de ce qu'il n'y a pas entre nous, de ce que nous ne faisons pas...

— Ah, c'était donc ça! De la psychanalyse, hein! Etends-toi là, Tony, et laisse-toi aller. Alors, on veut une bière? Et pourquoi donc? Nom de Dieu, j'en veux une, c'est tout, et je vais sortir m'en envoyer une! Alors, tu viens, ou tu restes?

— Je t'en prie, rien qu'une heure. Pas plus.

— D'accord. Mais en revenant du pub.

— Non, maintenant. Une fois au pub, tu lieras conversation avec ces piliers de bar, et l'occasion de parler tous les deux sera perdue.

— Je te promets de ne discuter avec personne, de rester avec toi.

— Eh bien, reste ici. Nous sommes ensemble.

— Mais je ne peux pas continuer à parler comme ça, moi. J'étouffe! dit Tony en desserrant son col. Viens donc, Aisling, au lieu de faire l'enfant.

— Et si j'allais nous acheter du whisky? Tu resterais à discuter ici?

— Je me demande ce que tu as dans le crâne. Tu as dit une heure? Eh bien, d'accord. Il est sept heures. A huit heures tapant je veux être dans un pub.

Aisling n'en demandait pas plus. Elle dégringola l'escalier, sortit. Elle se souvenait qu'il y avait un bar un peu plus loin. En un rien de temps elle revenait avec une demi-bouteille de Jameson entortillée dans du papier.

En rentrant dans la chambre, elle trouva Tony allongé sur le lit. Elle prit les verres à dents sur le lavabo, les remplit généreusement.

— A ta santé! dit Tony en lampant vigoureusement son whisky.

— Nous avons peur de parler ensemble de ce qui nous tracasse, commença Aisling.

— Vas-y, dit Tony en faisant comiquement le geste de lui donner la parole.

— Nous sommes mariés depuis quinze mois, et notre mariage n'est pas consommé. Voilà ce dont nous ne parlons pas. Moi, je n'ai aucune expérience, poursuivit-elle en voyant que Tony accusait le coup, mais il me semble que nous devrions peut-être consulter un spécialiste...

— Un spécialiste? répéta Tony stupéfait. Et un spécialiste de quoi, si ce n'est pas trop te demander? Un type qui enfile bien? Mais j'y pense, ces jolis cœurs de serveurs italiens auraient fait l'affaire. Il n'y avait qu'à leur demander. Et des spécialistes gratuits, hein! C'est peut-être même eux qui t'auraient payée...

— Tony, c'est déjà assez difficile de parler de ça, alors si dès le début tu cries et tu te moques de moi...

— Excuse-moi. Nous disions donc : un spécialiste. Tu en as trouvé un? Et il attend derrière la porte, c'est ça?

— Tony...

344

— Vas-y, ne t'occupe pas de moi. Tu voulais parler, eh bien, parle !

— C'est si difficile à dire...

— Parce que, pour moi, c'est facile à entendre ?

— Il y a quelque chose, et nous nous refusons à le reconnaître depuis des mois. Nous n'y arrivons pas, et je ne sais pas pourquoi, il y a peut-être des gestes que j'ignore — c'est pour ça que je parle de consulter... Je croyais qu'il suffisait que je reste étendue, sans bouger. Il se peut que je doive participer plus, mais je n'en sais rien. Je t'en prie, Tony, comprends-moi, c'est affreux d'en parler...

— Mais c'est toi qui le voulais, ma chère Aisling.

— Oui, j'essaie d'y arriver. Et je me demandais si ce n'était pas la boisson.

— Comment ça, la boisson ?

— Toi et moi, nous buvons beaucoup. C'est peut-être ce qui nous empêche d'y arriver...

— Aisling, tu te moques de moi ? Tu ne bois pratiquement pas, dit Tony d'un air crispé.

— Ecoute, avant notre mariage, tu étais si... entreprenant... tu disais que tu ne pouvais pas te retenir... que j'étais cruelle de ne pas te laisser aller jusqu'au bout. Tu te souviens, dans la voiture ? Et la fois dans le verger ? Tu avais l'air de penser que c'était si facile... facile comme tout... Alors, comme tu y tenais tellement, en ce temps-là, je me demandais si ce n'est pas que, maintenant, tu bois beaucoup plus. Si ce n'est pas ce qui rend les choses plus difficiles, plus compliquées.

— Tu as trouvé ça toute seule ou c'est le résultat de tes conférences avec diverses personnes ?

— Oh, Tony ! Que le Bon Dieu te pardonne ! A qui aurais-je pu en parler ?

— Je n'en sais rien. Tu n'es pas souvent à la maison, j'ignore qui tu vois et de quoi tu parles.

— Je ne sors que quand toi tu vas boire. Si je sais que tu restes à la maison, je suis toujours là. Et en plus, je vais seulement voir Maman ou Maureen. Je préférerais être avec toi, mais tu n'es jamais là...

— Je croyais que ce ne serait pas une séance de jérémiades ? dit Tony en se reservant du whisky.

— Tony, la question que je te pose c'est : qu'allons-nous faire ? Crois-tu que nous devons continuer à nous comporter comme si ça ne comptait pas ? Est-ce qu'il ne vaut pas mieux regarder les choses en face et en discuter ? Nous étions si confiants l'un envers l'autre, et maintenant nous ne nous disons plus rien. Je sens que si nous arrivions à discuter de cette question du lit, nous pourrions de nouveau parler d'un tas de choses et tu ne me laisserais pas tomber pour Shay et les copains, tu ne me laisserais pas si seule...

Refoulant ses larmes, elle s'arrêta, regarda Tony. Mais comme il demeurait muet, elle reprit :

— Je t'aime et je t'estime, j'ai envie d'être avec toi, tu es mon Tony... mais quelque chose ne marche pas entre nous, et ça compte, et il est ridicule de continuer à se taire là-dessus.

Aisling se leva et vint s'asseoir aux pieds de Tony, la tête sur ses genoux. Il lui caressa les cheveux, s'entortilla les doigts dans les boucles cuivrées.

— Tu dis toujours que ça ne fait rien que cette chose-là marche ou non... que ce n'est pas ce qu'il y a de plus important au monde... alors, je pensais que tu n'y tenais pas tellement. Et maintenant, tu viens me dire que tu faisais semblant, que ça compte...

— Bien sûr que ce n'est pas ce qui est le plus important au monde, mais ne pas pouvoir en parler... c'est terrible. En plus, je suis sûre que ce que nous ignorons doit être très simple. Si nous lisions des livres, ensemble...

— J'en ai lu.

Etonnée, Aisling leva la tête :

— Alors, qu'est-ce qu'ils disent ?

— Que c'est la nervosité, le manque d'expérience, mais que ça se surmonte. Et aussi que la partenaire doit être gentille, compréhensive, et prétendre que ça ne fait rien. Je pensais justement que toi aussi tu avais lu des livres.

— Non. Je disais ça parce que je le pensais sincèrement.

— Alors, pourquoi es-tu là à te torturer ?

— Parce que je pense que ça compte, mais pas de

cette façon-là. Pas la nuit, au moment où ça compte pour toi, mais à long terme... ne pas être capable de te donner du plaisir, et des enfants... C'est pourquoi je voulais qu'on réfléchisse ensemble à ce qu'on peut faire pour que ça marche... et si nous décidons qu'il n'y a rien à tenter, alors il vaut peut-être mieux arrêter nos tentatives, parce qu'à chaque fois ça te bouleverse. Et des enfants, on peut toujours en adopter.

— Tu parles sérieusement ?

— Mais oui. Si je savais que toi tu ne te sens pas privé, frustré de cette partie de l'existence, moi je ne penserais plus à ce que nous n'arrivons pas à réaliser, nous serions beaucoup plus heureux ensemble. A partir de là, nous choisirions si nous voulons adopter une fille ou un garçon.

Agenouillée devant lui, Aisling souriait, comme si elle proposait un arrangement parfaitement banal.

— Tu ne prétends tout de même pas discuter sérieusement quand tu me débites de pareilles sornettes ? lança Tony en se levant d'un bond.

— Des sornettes ?

— Des imbécillités, oui ! Apparemment, tu ne m'as pas écouté. Puisqu'il faut te mettre les points sur les i, d'après le livre, c'est temporaire, tu me suis ? Et normal. Tu me suis toujours ? Et il n'y a pas à avoir honte. D'accord ? Et ça passe. C'est à cause de l'inexpérience. Parce que moi, je ne suis pas comme ces gens à la page que tu sembles tellement admirer. Je n'ai pas couché avec le monde entier, moi ! Je n'ai couché qu'avec toi... Et j'ajouterai, reprit-il après avoir avalé une grande lampée de whisky, que la femme n'a pas à intervenir. Tu l'as dit toi-même, elle n'a qu'à rester sur le dos et attendre ! Voilà, je crois qu'on a fait le tour de la question, à moins que tu ne veuilles faire passer demain un communiqué dans le journal...

— Tony, écoute-moi...

— Non. Tu as fait ton speech ; maintenant, c'est à moi. Tu m'as dit que ça ne comptait pas pour toi, et ensuite que ça comptait. Et maintenant tu viens me raconter que ça t'est égal qu'on ne le fasse jamais.

— Tony...

— Je n'ai pas fini. D'après toi, tu n'aurais jamais lu de livres sur le sujet, mais tu me parles de consulter un spécialiste; tu penses que toi tu fais les choses comme une femme doit les faire, et que moi je m'y prends mal; et tu te déclares prête à renoncer à ce qui est le but ultime de l'invention du mariage, pour me faire élever le fils d'un autre. Et toutes ces histoires parce que, soi-disant, je me soûlerais! Eh bien, ce soir je vais te donner raison.

Il vida la dernière goutte de whisky dans le verre à dents, l'avala d'un trait, et jeta la bouteille dans la corbeille à papiers. Il souriait à Aisling — un sourire forcé, artificiel.

— Alors, Madame, si vous voulez bien m'accompagner. Après tout, vous êtes ma femme, et la place d'une femme est auprès de son époux... tout autant que dessous.

— C'était notre unique chance d'en parler jamais, dit Aisling en se levant, et nous avons tout gâché.

— Allons, sommes-nous prête pour la sortie?

Il valait mieux l'accompagner. Au moins, en rentrant, elle l'empêcherait de réveiller toute la pension.

— Nous sommes prête, dit-elle.

— Je préfère ça, dit Tony rasséréné.

Pendant tout le chemin, Simon et Henry s'étaient conduits comme des duettistes comiques : l'un commençait une phrase, et l'autre la finissait. Elizabeth les trouvait tordants. Ils avaient choisi un restaurant français très chic, et avaient même songé à apporter à leur invitée une orchidée qu'elle épingla à sa robe. Simon la prévint qu'Henry était connaisseur en vins — il faudrait donc supporter son long conciliabule avec le sommelier.

— Simon, c'est tout le contraire, avait rétorqué Henry en riant. Il ne sait pas reconnaître le rouge du blanc.

Lorsqu'il riait, Henry paraissait plus jeune, il se redressait, il perdait sa gaucherie. Elle ne l'avait jamais vu aussi dégagé... se moquant de lui-même, laissant Simon le taquiner. Une ou deux fois seulement il avait pris une expression inquiète, et comme gênée. C'était peut-être à cause de sa haute taille; ses coudes et ses genoux faisaient des angles aigus. On avait l'impression que s'il tombait, il se briserait en mille morceaux. Et aussi, que s'il se déployait brusquement, il enverrait tout promener autour de lui. Mais c'était injuste, car il paraissait maladroit mais il ne l'était nullement.

Ce soir-là, ses cheveux blonds ou châtain très clair ne lui tombaient pas sur le front, et ils avaient des reflets qui accrochaient la lumière. Il avait dû les laver en vue de leur sortie. Il arborait une expression à la fois attentive et joyeuse. Elizabeth songeait qu'une fille ayant les cils et les sourcils aussi pâles que lui se serait maquillée pour les foncer. C'était drôle que les femmes s'efforcent toujours de changer leurs traits, et les hommes, jamais.

Mais Henry Mason avait une bonne figure, pourquoi vouloir y changer quelque chose ? Simplement, il avait des traits peu accusés, un visage qui ne vous laissait pas une impression indélébile.

Ils se répandaient tous deux en compliments : sur ses cours passionnants, son érudition picturale, la délicieuse soirée offerte à son groupe. Ils trouvaient extrêmement seyante sa coiffure en queue de cheval.

— Une croulante comme moi. Ce n'est plus une coiffure de mon âge, dit-elle en pressentant leur réaction.

Et ils réagirent comme elle l'attendait, se récriant qu'elle n'était pas croulante mais tellement jeune, et que cette coiffure lui allait délicieusement bien.

Elizabeth buvait du petit lait. Est-ce que les autres gens badinaient tout le temps comme ça ?

— Tiens ! J'ai reçu une carte de Grace Miller, remarqua Simon, elle est à Bangor. Vous voilà devenue marieuse, Elizabeth, elle a fait connaissance du garçon lors de votre soirée. Johnny... vous savez, du magasin d'antiquités. C'est lui qui a proposé cette escapade en voiture. Elle en a l'air bigrement toquée.

— Oh ! Avec Grace, ça ne traîne pas, dit Henry d'un ton admiratif.

— Avec Johnny non plus ! répondit Elizabeth.

Sa gorge se contractait, son dîner ne passait plus. Où

était la vérité : la rencontre inopinée ou l'escapade en auto ? Mensonge de Johnny ? Mais il n'avait jamais besoin de lui mentir... Mensonge de Grace ? Mais elle n'avait aucune raison d'inventer une histoire. Elle entendit qu'Henry lui parlait :

— Ah bon ? Voilà qui me soulage. J'avais peur que vous et lui... A cause d'un mot de votre beau-père, à la soirée.

Intérieurement, elle vouait Harry au diable. Il savait pourtant bien qu'il devait tenir sa langue à propos de Johnny.

— Qu'est-ce qu'il a bien pu raconter ? demanda-t-elle d'un ton détaché.

— Rien de précis. Mais j'ai cru comprendre... enfin...

— Que j'aimais Johnny ? Mais tout le monde l'aime... c'est comme d'aimer le beau temps... ce serait d'un goût détestable que de ne pas s'enchanter de l'un et de l'autre. A présent, assez parlé de ce Roméo, et passons à ceux qui sont en face de moi. Comment arrivez-vous à déjouer les traquenards de la clientèle féminine, qui doit s'inventer des affaires rien que pour avoir recours à vos bons offices ?

Ils éclatèrent de rire, et le repas reprit son cours harmonieux. Elizabeth s'accorda cependant encore un instant pour mettre les choses au point dans sa tête : de Grace et de Johnny, un des deux mentait. Ce devait donc être Grace. Parce que, sans cela, il fallait que l'aventure soit sérieuse pour que Johnny ait fait son premier vrai mensonge.

Violet mourut en novembre. Une crise cardiaque foudroyante, dit-on à Elizabeth au téléphone, la meilleure fin qu'on pût lui souhaiter. Elle n'avait pas souffert, elle ne s'était pas sentie partir dans son sommeil. Avec douceur, la voix au bout du fil dit que c'était mieux comme ça.

Elizabeth resta figée dans le froid du vestibule de Clarence Gardens. Elle avait répondu au téléphone parce que c'était le soir où on jouait au bridge chez Papa. De toute façon, les appels étaient rarement pour lui. Juste au moment où avait retenti la sonnerie, elle pensait à Maman, car elle était en train d'établir la liste des cadeaux de Noël. Et elle s'était attristée de ne pouvoir faire d'autre cadeau à Maman qu'en envoyant quelque chose pour les malades de l'hôpital. C'était tellement anonyme — la même chose qu'autrefois à Kilgarret, quand elles donnaient aux sœurs de l'argent pour les petits nègres. Ces enfants noirs, elles auraient voulu les voir recevoir leur cadeau.

A présent, il n'y aurait plus jamais de cadeau pour Maman. Elle savait qu'on avait prévenu aussi Harry, mais il devait être trop bouleversé pour appeler tout de suite. L'hôpital avait demandé que Harry ou Elizabeth ou tous les deux ensemble viennent le lendemain. Il fallait organiser les obsèques.

Elle appela les Hardcastle, mais leur demanda de ne pas lui passer Harry :

— Dites-lui que j'arrive cette nuit par le train. Je prendrai un taxi pour aller chez vous. Pouvez-vous me laisser la clé à un endroit convenu ? Comme ça, je ne réveillerai pas toute la maison.

— Oui, m'amie, vous n'aurez qu'à passer la main dans la fente de la boîte à lettres, la clé sera accrochée à un cordon. Je vous laisserai une thermos de thé et des couvertures, et sitôt arrivée, allumez le radiateur électrique. Vous êtes une bonne fille de venir si vite.

— Et dites-lui aussi que Maman ne voudrait pas qu'il aille demain à l'hôpital avec les yeux rouges et un costume fatigué. Il faudra qu'il se fasse beau.

Elle prépara un mot à l'intention d'Henry Mason pour décommander leur rendez-vous du lendemain et lui demander de prévenir Stefan ainsi que l'Académie de dessin et l'école. Il s'acquitterait bien de ces missions, c'était un garçon sérieux.

Elle écrivit aussi un mot à Papa et alla le déposer dans sa chambre... elle ne voulait pas se trouver là quand il apprendrait la nouvelle. Elle prenait soin de lui rappeler le nom de l'hôpital, au cas où il souhaiterait envoyer des fleurs, et le prévenait qu'elle resterait absente quelques jours.

Elle entra dans le salon, et attendit poliment que les bridgeurs aient fait le dernier pli.

— Ah, c'est le thé? demanda Papa d'un ton d'heureuse surprise.

— Non, pas encore. Mais tout est prêt dans la cuisine. Je me permets de te déranger parce que je dois partir à l'improviste. Comme je ne veux pas interrompre votre jeu en te donnant des explications compliquées, je t'ai laissé un mot en haut...

Elle sourit aux quatre bridgeurs et partit précipitamment. Un taxi passait justement au bout de la rue. Elle le héla, et se fit arrêter au passage devant le grand immeuble où habitait Henry. Elle glissa la lettre dans la boîte. C'était une maison méthodique, comme Henry lui-même. Le matin, les locataires trouvaient leur courrier disposé alphabétiquement sur une grande table dans le hall.

En remontant dans le taxi, elle crut apercevoir la silhouette d'Henry à sa fenêtre. Mais elle aurait perdu trop de temps à tout lui raconter de vive voix. Dans sa lettre, elle lui disait l'essentiel, lui indiquait les numéros de téléphone des gens qu'elle lui demandait de prévenir. Ils se reverraient la semaine prochaine.

La semaine passa dans une sorte de brouillard. Ils n'étaient que dix aux obsèques de Maman, en comptant Harry, Elizabeth et Miss Flowers, la gentille infirmière. Elizabeth s'était munie d'un petit sac pour remporter les quelques effets de Maman, comme les appelait l'hôpital. Elle pensait que Harry aurait trop de chagrin à les voir — mais elle-même n'aurait pas la force de les trier pour l'instant. L'aumônier égrenait des paroles consolantes : le Retour à la Demeure, le Repos éternel, la Paix. A côté d'Elizabeth, Harry reniflait. Il lui chuchota :

— Qu'est-ce que ça lui ferait, la paix, à Violet? Ce n'était pas la paix qu'elle voulait, mais du bon temps.

— Ces gens d'Eglise sont dans l'erreur, répondit-elle à voix basse. Il se peut que le ciel soit très gai, que Maman s'y amuse comme jamais.

— Pas encore, il faut attendre la résurrection des corps et tout ça.

352

— Mais bien sûr, c'est moi qui me trompe. Je confonds avec les catholiques, eux, ils y vont directement. A moins que là aussi je ne mélange tout.

— Ma pauvre Violet, sanglotait Harry. Ma pauvre petite Violet. Elle demandait si peu de chose, bon sang! Tellement peu... et même ça, elle ne l'a pas eu.

Il pleuvait. Abritée sous le parapluie de Mr Hardcastle, Elizabeth songeait à Maman et à l'amour. Maman voulait tellement d'amour, elle en voulait plus que n'importe qui. Comment aurait-elle pu être satisfaite? Mais le seul à qui elle ait jamais vraiment tenu, c'était Harry. Auprès de lui elle n'avait pas mené une vie de luxe mais la dure existence des petits commerçants. Et pourtant, jusqu'à son internement, elle avait été heureuse avec lui. On comprenait que Harry ait vu en elle une personne simple, facile à satisfaire. Papa, lui, l'estimait suprêmement égoïste et exigeante. Et Tante Eileen racontait qu'au pensionnat elle était toujours si gaie... Mon Dieu! Au milieu de tous ces tracas, elle avait oublié d'avertir Tante Eileen! Elle allait le faire au plus vite. Tante Eileen enverrait peut-être un mot à Harry, à moins qu'elle n'estime plus convenable d'écrire à Papa. Peu importe. Tante Eileen agirait comme elle le jugerait bon.

Elle prit d'innombrables tasses de thé avec les Hardcastle. Ils l'assurèrent que Harry ne leur serait pas à charge, car sa retraite jointe à ce qu'il tirait de la location de sa petite boutique couvrait plus que largement ses frais de pension. Ils firent des projets pour le prochain voyage de Harry à Londres et lurent ensemble les télégrammes de condoléances adressés par Stefan Worsky et Anna, l'Académie de dessin, l'école, Henry Mason et Simon Burke, et un ou deux autres élèves d'Elizabeth qu'Henry avait dû prévenir. George White ne s'était pas manifesté, Johnny Stone non plus.

La veille de son retour à Londres, Elizabeth alla dîner au restaurant avec Harry. Les décorations de Noël étaient déjà pendues dans l'établissement, et ce cadre de fête s'accordait mal avec leur tristesse.

— Je n'arrête pas de me répéter qu'au fond sa mort

ne change rien. Mais j'avais toujours cru qu'elle se réta-blirait. Je croyais qu'un matin elle se réveillerait en disant : « Oh, Harry, c'est trop gentil ! » et puis tout irait bien. Et ce rêve-là, c'est fini. Ça vous a fait pareil ?

— Oui, pareil, mentit Elizabeth.

Elle lui avait pourtant bien expliqué la nature de la maladie de Maman, mais il s'était refusé à admettre ce qu'il ne pouvait supporter. En un sens, elle l'admirait.

— N'allez pas vous inquiéter pour moi quand vous serez à Londres.

— C'est entendu. Mais je penserai beaucoup à vous... entre vos visites.

— Et comment va mon copain Johnny ?

— Bien, très bien.

Ils parlaient à voix basse, et elle n'avait pas spéciale-ment haussé le ton, mais Harry avait l'oreille fine...

— Elizabeth, je ne veux pas me mêler de ce qui ne me regarde pas, mais comme il n'est pas venu avec vous... je me demandais... si c'était toujours comme avant.

— Non, Harry, ce n'est plus comme avant. Vous ne vous êtes pas trompé... enfin, lui, il n'a pas changé, mais moi j'ai changé.

— Vous n'avez pas lâché un garçon comme Johnny ? Un sacré type.

— C'est difficile à expliquer, Harry. Il n'éprouve plus pour moi un sentiment tout à fait à part... comme ce que vous éprouviez pour Maman. Pour lui, nous ne formons plus une sorte d'unité. J'ai mis longtemps avant de comprendre.

— Mais vous disiez toujours qu'il n'était pas du genre à se marier, vous le saviez..., remarqua Harry, manifestement déçu de voir Johnny disparaître de son horizon.

— C'est vrai, mais je ne me rendais pas compte que je n'étais pas rivée à lui. Depuis quelques mois, je sors avec Henry Mason... vous l'avez vu à la soirée, le garçon qui est solicitor.

— Ah oui, celui qui a fait un speech.

— C'est ça. Lui et son ami Simon Burke sont très gentils pour moi... et en fait, j'ai beaucoup d'affection pour Henry. Il m'invite au théâtre, nous visitons des expositions. Il me fait à dîner chez lui, il vient à Clarence Gardens quand Papa est absent, et une fois où il était à la maison... Toujours est-il que Johnny s'en moque totalement.

— Si vous ne faites ça que pour le rendre jaloux, ça ne me paraît pas malin.

— Non, je ne le fais pas pour ça. Mais je ne serais jamais allée aussi loin si Johnny avait manifesté le moindre agacement. Or, ce n'est pas le cas. Que je lui annonce, par exemple, que je ne le verrai pas le samedi suivant parce que je vais à l'Old Vic avec Henry, ça ne lui fait ni chaud ni froid. Je ne m'attendais pas à ce qu'il soit aussi indifférent. D'ailleurs, je lui en ai parlé franchement...

— Et qu'est-ce qu'il a répondu ?

— Il a dit : « Mon petit chou, tu me connais, je n'attache personne », et il m'a fait remarquer qu'il serait mal venu de jouer les jaloux alors que moi je ne me plains jamais quand il sort avec d'autres femmes. Alors, j'ai dit que justement je détestais qu'il sorte avec d'autres femmes, et que je voulais qu'il joue les jaloux. Alors il a dit que je tombais mal, que ce n'était pas son genre.

— Eh bien, il a répondu franchement et loyalement !

— C'est vrai, mais ça ne va pas plus loin, ça n'ira jamais plus loin. L'amour, l'espoir... tout ça, c'est de mon côté, comprenez-vous, Harry ? Lui, il ne met rien en jeu... il ne tient pas à moi par-dessus tout.

— Mais vous continuez à vous voir ?

Harry avait l'air de craindre que son ami Johnny ne s'égare dans ce dédale de sentiments féminins.

— Oh, oui. Je le vois chez Stefan, et puis nous nous retrouvons parfois le dimanche matin... nous achetons les journaux, et puis nous nous mettons au lit. J'ai toujours considéré ces matinées comme « notre moment ».

— Mais Henry, alors... est-ce qu'il ne trouve pas... ?

— Je ne couche pas avec Henry. De mon côté j'ai beaucoup d'affection pour lui, et du sien, il n'ose pas se déclarer, parce qu'il a peur que je lui dise que je préfère Johnny. Je sais que ça peut paraître absurde. Toujours est-il que tout le monde marche sur la corde raide... sauf Johnny.

— Je suis sûr que les choses s'arrangeront pour le mieux, l'assura Harry en lui tapotant la main.

— Oh oui, elles s'arrangeront, répondit pensivement Elizabeth. Mais comme tant d'autres fois, c'est Elizabeth White qui devra décider ce qui est le mieux. Moi, et personne d'autre.

Il se trouvait que Tante Eileen était déjà au courant pour Maman. Un soir, Aisling avait téléphoné à Clarence Gardens pour bavarder avec Elizabeth, et Papa, en l'informant de l'absence d'Elizabeth, lui en avait appris le motif.

Il refusa qu'Elizabeth lui parle des obsèques. Pour lui, dit-il, Maman était morte depuis longtemps.

— J'ai reçu une sympathique lettre de l'amie de ta mère, la mère d'Aisling, lui dit-il d'un ton où perçait un certain étonnement. Pleine de bon sens et de tact. Il y a aussi un courrier pour toi, un timbre irlandais. Elle a dû nous écrire séparément. J'apprécie qu'elle m'ait épargné toutes ces inepties.

Elizabeth se demandait comment Tante Eileen avait tourné sa lettre à Papa, pour qu'elle lui ait été aussi agréable. En tout cas, sûrement pas comme celle qu'elle était en train de lire, et dans laquelle Tante Eileen s'épanchait sans réserve. Elle se remémorait toutes les bonnes et belles choses de leur adolescence, avec Maman; et la lettre de Maman, après la naissance d'Elizabeth, disant qu'à la clinique ils n'avaient jamais vu un aussi beau bébé — elle avait fait rire Eileen, parce qu'à Kilgarret non plus on n'avait jamais vu de plus beaux bébés que son Sean, puis sa Maureen. Eileen recommandait à Elizabeth de se souvenir de tous les bons moments avec Maman, et d'oublier les autres; c'est ce qu'elle-même avait fait pour Sean : le garçon qu'elle revoyait était rieur, enthousiaste; il lui offrait des fleurs pour son anniversaire. Mais jamais elle ne se faisait une image de lui se disputant avec son père, ou boudant, ou, pire que tout, sautant sur une mine.

Eileen ajoutait qu'Aisling semblait peu en train ces jours-ci — mais que cela reste entre elles deux. S'il y avait la moindre chance qu'Elizabeth puisse se libérer, ce serait exactement le moment de venir à Kilgarret. Ça lui ferait du bien, après toutes ces tristesses, et on n'avait jamais vu Aisling la mine longue quand son amie était là. Mais surtout, qu'Elizabeth n'y fasse pas allusion, n'est-ce pas?

L'invitation était tentante, mais Elizabeth ne pouvait malheureusement pas s'absenter une nouvelle fois. Elle avait déjà toute une semaine à rattraper à l'école, à l'Académie, au magasin d'antiquités. Elle se préparait à téléphoner à Kilgarret quand la sonnerie retentit. C'était Johnny.

Il lui proposait de venir entendre un bon orchestre typique, à moins qu'elle ne trouve ce genre de musique trop gaie et trop bruyante, après ce qu'elle venait de passer. Pas du tout, répondit Elizabeth, ce serait parfait pour lui changer les idées. Elle le retrouverait dans la boîte en question.

— Est-ce que c'était sinistre, Frimousse?

— Oui, tout à fait.

— Je m'en doute. Je ne t'ai pas télégraphié, à quoi bon? Je préfère garder d'elle l'image d'une très jolie femme, telle qu'elle était quand je l'ai vue la première fois.

— Oui, tu as raison.

— Et ce brave Harry? Au fond, il doit considérer ça comme une délivrance. Puisqu'il n'y avait aucun espoir de guérison.

— Mais oui, exactement.

— Eh bien, je t'attends à neuf heures.

— Je me réjouis d'avance, dit-elle en raccrochant.

La sonnerie retentit de nouveau. C'était Henry.

— Je sais que vous n'avez pas envie de sortir ni de vous amuser, mais je pourrais vous faire à dîner. Nous resterons tranquilles chez moi, vous me raconterez.

— C'est très gentil à vous, Henry, mais je suis occupée.

Aussitôt, il se confondit en excuses. Il aurait dû songer qu'elle venait juste de rentrer. Il la rappellerait dans deux jours.

— Je viendrais volontiers demain, si vous êtes libre, proposa-t-elle.

Absolument. Il était ravi, il passerait la chercher. Comme il était prévenant ! Johnny n'avait pas eu l'idée de venir la prendre. Elle dit à Henry qu'elle se faisait une fête de le revoir.

Quand elle retrouva Johnny dans cette boîte, elle lui confia qu'elle avait un léger mal de tête. Il savait comment le lui faire passer : il commanda pour elle du café avec un peu de rhum et un copeau de cannelle. Le remède ne fut pas sans efficacité.

Johnny prit Elizabeth par la main, la mena à la table de ses amis et fit les présentations. Parmi les femmes, il devait y avoir sa passade du moment. Laquelle était-ce ? La petite créature qui n'arrêtait pas de rire ? Mais elle tenait son voisin par l'épaule et elle portait une alliance, donc ils devaient être mariés. Et alors ? Est-ce qu'un détail pareil arrêtait Johnny ? Mais celle-là ne ferait pas long feu, car pour le moment Johnny entourait Elizabeth de son bras, et elle se laissait aller contre lui en finissant son café parfumé.

— C'est bon de te revoir, petit chou, dit-il à Elizabeth en lui caressant la nuque. Nous rentrons ensemble, après ?

— Mais oui, certainement, dit Elizabeth en se reprochant d'avoir faussement interprété les regards entre Johnny et la rieuse.

Elle se fit plus lourde dans ses bras, et il eut un soupir de contentement. Et voilà ! Il n'évoquerait pas autrement son triste pèlerinage à Preston, à l'autre bout du pays. Il ne manifesterait aucun chagrin, il n'offrirait aucune consolation. Les choses tristes, Johnny n'aimait pas ça, donc il n'y pensait pas. La simplicité même...

Quand Henry se présenta le lendemain soir, elle avait de nouveau un peu mal à la tête. Mais elle n'en dit rien, de crainte qu'il ne se fasse scrupule de l'emmener, ou qu'il lui suggère aspirine et lait chaud — remède bien terne à côté de celui de Johnny. Il parla cinq minutes avec Papa — juste assez pour manifester son intérêt sans s'imposer. Tout en allant prendre son manteau, Elizabeth les entendait :

— Monsieur White, j'ignore s'il est d'usage de présenter des condoléances pour la mort d'une ex-épouse; mais la disparition de la mère d'Elizabeth m'attriste.

— Merci, Henry, répondit Papa. La mère d'Elizabeth a eu une vie chagrine, tourmentée. Souhaitons qu'elle ait enfin trouvé la paix.

— Oui, exactement, dit Henry d'un ton respectueux. Ah! Elizabeth est prête. Eh bien, nous partons, mais je vous promets de ne pas la ramener trop tard, monsieur White.

Elizabeth se dit qu'elle aurait dû entendre ce genre de choses dix ans plus tôt. Jeune fille, elle n'avait jamais connu les sorties avec des jeunes gens qui viennent vous chercher à la maison, et qui doivent vous reconduire à l'heure dite. C'était ridicule, mais elle se sentait brusquement très jeune, très gaie.

Henry avait tout préparé pour leur dîner : soupe à la tomate en boîte (au bain-marie dans une casserole), pommes vapeur (prêtes à cuire), côtes d'agneau et quatre moitiés de tomates à cuire sur le gril. Il avait déjà disposé sur un plateau le pain, le beurre et un petit pot de sauce à la menthe.

— C'est un repas très simple, mais j'ai pensé que vous seriez contente qu'on vous fasse la cuisine, pour une fois.

Il était attendrissant. Elizabeth souriait, touchée et heureuse.

— C'est merveilleux d'être servie, dit-elle. Quelle idée gentille, quelle prévenance !

— Je ne veux pas que vous leviez le petit doigt, dit Henry en rougissant sous les compliments d'Elizabeth. Vous allez vous asseoir, et me raconter.

Il lui versa du vin, la fit passer dans la salle de séjour et l'invita à s'installer devant le radiateur à gaz. Puis il s'assit sur le sol, en face d'elle.

— Dites-moi ce qui s'est passé... vous êtes partie par le train...

Il la regardait franchement, il voulait vraiment qu'elle lui raconte ses épreuves. Il compatissait. Lentement, elle se mit à parler... et quand elle lui décrivit Maman, devenue comme une petite poupée ratatinée, et Harry qui pleurait à fendre le cœur, les yeux d'Henry s'emplirent de larmes... et les yeux d'Elizabeth s'emplirent de larmes et elle sanglota longtemps sur la poitrine d'Henry, devant le radiateur à gaz. Puis ils se mouchèrent vigoureusement, et tandis qu'Elizabeth allait dans la salle de bains se passer de l'eau fraîche sur les yeux, Henry se mit à officier dans la cuisine et se concentra farouchement pour ne pas laisser brûler les côtelettes.

Henry n'avait qu'une sœur, Jean, qui était mariée et habitait Liverpool. Il allait passer Noël chez elle. Il avait perdu ses parents de bonne heure. Il avait quatorze ans quand son père était mort, en 1940, la veille de son départ pour l'armée. Pour sa mère, la guerre n'avait été qu'une longue terreur — le jour même de la Victoire, elle était morte soudainement. Lui à qui la guerre avait pris son père et sa mère, il ne pouvait comprendre que les gens conservent de ces sombres années un souvenir ému à cause de la solidarité et des spectacles au profit des troupes. Il n'éprouvait certes aucune nostalgie de ce temps, celui de son adolescence studieuse, avec une mère dont les nerfs ne tenaient qu'à un fil.

Oui, il aimait beaucoup Jean. Elle était infirmière, et elle avait été prodigieuse quand il avait commencé son droit, le nourrissant, payant ses frais d'inscription, etc., jusqu'au moment où la vente de la maison familiale les avait tirés d'affaire. Jean avait épousé Derek. Ils avaient un petit garçon, prénommé lui aussi Henry. Pour Noël, Henry lui offrirait un train.

Comme tout cela semblait rassurant. Henry prendrait le train pour Liverpool, Derek l'attendrait à la gare; sur le chemin de la maison ils achèteraient l'arbre de Noël. Le petit Henry serait déjà couché; les trois adultes décoreraient le sapin. Comme Elizabeth lui demandait s'il s'entendait vraiment bien avec sa sœur et son beau-frère, Henry prit un air perplexe. Apparemment, il ne comprenait pas la question. Jean était sa sœur, il allait chez elle pour Noël. Et voilà. Elizabeth se sentit un peu ridicule... on aurait dit un interrogatoire. Elle avait espéré l'entendre dire que lui et Jean avaient toujours été très liés, qu'ils s'amusaient des mêmes choses, et qu'il aimait énormément Derek. L'entendre dire qu'à Noël, quand il retrouvait Jean, ils se remémoraient les bons moments avec leurs parents, et puis ils se confiaient tout ce qui leur était arrivé dans l'année, aussi proches l'un de l'autre que s'ils s'étaient vus la semaine précédente.

Si elle avait su qu'il existait quelque part un Noël comme ça, le sien en aurait été éclairé. Depuis que Maman avait quitté la maison, les jours de fête en tête à tête avec Papa n'avaient jamais été faciles. Plus Noël approchait, et plus Papa devenait morose. Et le jour même, quand Elizabeth découpait le poulet, il était positivement funèbre. Elle avait appris à faire face à cette situation : d'un ton enjoué elle parlait de choses et d'autres, sans paraître remarquer le lugubre mutisme de son vis-à-vis. Et puis, après avoir lavé la vaisselle, ils faisaient du feu dans la cheminée et écoutaient la radio.

Elle ne connaissait même pas les projets de Johnny pour Noël. De toute façon, elle en serait exclue, comme elle l'avait toujours été. On aurait pu penser qu'étant lui-même sans famille il serait normal qu'il passât le réveillon avec Elizabeth et son père. Mais les choses qui le déprimaient, Johnny ne les faisait pas. Il informerait Elizabeth de ses plans avec sa désinvolture habituelle; peut-être retournerait-il en Ecosse. L'année d'avant, ils avaient loué à six un vieux cottage paysan, et ils avaient passé quatre jours extraordinaires à se promener dans les Highlands, et à manger et boire devant l'âtre où brûlaient d'énormes bûches. Rétrospectivement, Elizabeth l'avait tellement envié...

Il se trouva finalement que Johnny n'irait nulle part pour Noël, parce qu'il attrapa une grosse grippe, laquelle coïncidait avec sa foucade pour une jeune Italienne qui se mit aussitôt à jouer les Florence Nightingale. La veille de Noël, Elizabeth monta chez Johnny. Francesca paraissait déroutée par sa visite, mais Elizabeth prit bien soin de se comporter simplement comme une amie. Elle ignora superbement la robe d'intérieur blanche pendue derrière la porte de la chambre, ne remarqua nullement les vêtements féminins jetés sur la chaise, les fards sur la coiffeuse... et l'air gêné de Johnny.

— Je suis venue te souhaiter un Joyeux Noël, et comme j'ai su par Stefan que tu n'allais pas fort, je fais comme dans les contes : je t'apporte du bouillon de viande, dit-elle en riant. (Francesca rit aussi, et Johnny réussit à sourire.) Francesca, vous voulez bien le mettre à chauffer... en principe c'est magique... faisons semblant d'y croire, même si ce sont des contes de bonne femme.

Francesca s'empressa d'aller accomplir sa mission dans la cuisine.

— Je ne pensais pas que tu viendrais, je pensais... enfin... dit Johnny.

La fièvre lui empourprait le visage, mais son sourire était toujours aussi charmeur.

— Tu pensais que je ne me manifesterais pas, mais ça ne fait rien.

— Pardon ?

— Ça ne fait rien. A présent, le pire est passé, ça ne peut qu'aller mieux.

— Ça va changer, je te le promets, dit Johnny en lui prenant la main. Ça ne durera pas.

Elle tapota la main de Johnny et se leva. S'agissant de se méprendre sur les mots, elle était de première force — elle le faisait délibérément depuis des années. Elle, c'était de la grippe qu'elle parlait :

— Mais bien sûr que ça va changer. Il se pourrait même qu'elle régresse dès demain. Oh non, ça ne durera pas... Eh bien, je me sauve, dit-elle en lui envoyant un baiser depuis la porte. Joyeux Noël, Johnny ! Et à vous aussi, Francesca !

— Oh, vous allez, Elizabeta? Déjà? dit la jeune Italienne en émergeant de la cuisine.

— Oui. J'étais juste venue dire *Buon Natale*. C'est ça, non?

— *Si. Buon Natale*, répondit Francesca tout épanouie.

En descendant cet escalier si familier, Elizabeth imaginait très bien la suite : Francesca assise au bord du lit, faisant boire à Johnny le bouillon de viande à la cuillère et vantant la gentillesse d'Elizabeta. Et Johnny changeant de sujet avec impatience.

Henry rentra trois jours après Noël. Il avait passé très agréablement les fêtes, très calmement. Puisqu'il se trouvait dans une si bonne ambiance, pourquoi n'était-il pas resté là-bas pour le Nouvel An? lui demanda Elizabeth.

— Parce que vous me manquiez, répondit-il avec simplicité. J'avais envie de vous revoir.

Henry souhaitait emmener Elizabeth dîner dehors pour le réveillon du Nouvel An.

— Laissez-moi plutôt vous inviter à la maison. Papa ne sera pas là, son club de bridge organise sa réunion des fêtes de fin d'année, et il ne la manquerait pour rien au monde.

Henry apporta une bouteille de champagne, et Elizabeth en tenait déjà une au frais. Ils décidèrent donc de sabler tout de suite le champagne, et à minuit ils boiraient la seconde bouteille.

Ils étaient arrivés à un certain stade de leurs libations quand Henry lui dit :

— Elizabeth, je tiens énormément à vous.

— C'est tout à fait réciproque, Henry.

— Seulement, je ne sais pas exactement... où je me situe... Parce que je sais bien que vous êtes liée avec Johnny Stone... mais j'ignore si...

Elizabeth restait muette.

— Enfin, voilà, je ne veux pas me faire des idées, parce que si ce garçon... s'il y a entre vous... alors, je voudrais que vous me disiez ce que vous en pensez.

Il avait l'air à la fois d'espérer et de redouter sa réponse. Jamais Elizabeth ne s'était senti autant de pouvoir sur un être, mais elle n'en tirait aucun plaisir.

— C'est une longue histoire... commença-t-elle.

— Je ne veux rien savoir du passé. Ça ne me regarde pas... Ce qui m'intéresse, c'est le présent... ce que vous éprouvez...

— Je n'aime plus Johnny Stone.

Les mots résonnèrent dans sa tête, le visage d'Henry se brouilla devant ses yeux. C'était vrai, elle n'aimait plus Johnny. Son amour pour lui avait disparu sans qu'elle s'en aperçoive. Il avait fallu que quelqu'un l'interroge pour qu'elle le comprît. Elle sourit à Henry dont le visage lui semblait émerger d'une brume.

— C'est la vérité, dit-elle avec simplicité.

— Alors, est-ce que vous arriverez à m'aimer, *moi* ? Ne croyez pas que je veuille insister, vous presser...

— Mais je vous aime déjà.

Henry s'illumina. On aurait dit un grand enfant. Il repoussa si énergiquement ses cheveux qu'ils restèrent dressés autour de sa tête, comme un nimbe. Il l'enlaça, but longuement à ces lèvres qu'il n'avait jusque-là qu'effleurées pour un rapide baiser d'adieu.

— Ma belle, ma merveilleuse... je n'arrive pas à croire que vous m'aimez...

— Vous aussi vous êtes merveilleux avec moi...

— Alors, vous voulez bien m'épouser ? Si on se mariait très vite, dans quelques jours ?

Elizabeth tressaillit, se dégagea un peu des bras d'Henry. Pour lui comme pour la plupart des gens, l'amour c'était le mariage. Henry faisait un choix, il renonçait à d'autres aventures possibles, il voulait vivre avec elle, Elizabeth White, pour le restant de leurs jours. Le plus cher désir d'Henry, et son plus cher désir, à elle aussi. Elle avait tellement envie de sécurité, de bonheur, envie qu'on veille sur elle. Envie de faire des projets à deux, de tout partager.

— Oui, Henry Mason, marions-nous.

Sean avait toujours trouvé pénibles les conversations avec Ethel Murray : elle était de ces femmes qui parlent d'un ton si péremptoire qu'on n'a plus rien à ajouter. Il aurait bien voulu s'y soustraire, mais Eileen était au lit. Patraque depuis Noël. Elle attribuait ça aux excès de table. Et puis, la période de Noël était toujours très fatigante au magasin. Elle était décidée à ce qu'ils prennent une employée, quelqu'un de sérieux, à partir de janvier; Sean était d'accord, il en chercherait une après les fêtes.

Ethel Murray arriva à l'improviste. Elle triturait ses gants comme si elle était gênée. Ils parlèrent d'abord des fêtes de Noël, du nouveau jeune curé, et de sa belle voix — le chœur en avait besoin. Ils s'accordèrent à dire que le monde allait bien mal, quand on voyait que le pauvre Pape avait dû consacrer son message de Noël radiodiffusé aux dangers de la bombe atomique.

Et puis, Ethel Murray en vint au fait. Elle se demandait si Sean et Eileen savaient quelque chose... enfin, s'ils avaient une idée sur la façon dont Tony et Aisling s'entendaient. C'était aussi simple que ça.

Sean s'étonnait. Est-ce que tout n'allait pas pour le mieux entre eux ? Que voulait-elle dire ? Il n'avait pas entendu parler de discorde. Y aurait-il eu un incident ? Ethel Murray se rendait compte qu'elle n'aurait pas dû s'adresser à lui. Elle essaya vainement de faire machine arrière. Il était plus troublé qu'elle, à présent. Qu'elle dise franchement ce qu'elle avait dans la tête !

Eh bien, au déjeuner de Noël Aisling avait annoncé qu'elle allait demander à son père de la reprendre au magasin, à plein temps. Sa mère était fatiguée, surmenée. A cinquante-cinq ans sonnés, est-ce qu'elle ne devait pas avoir un peu de répit ? Et puis, ça occuperait Aisling, qui n'avait rien à faire de la journée. Tony ne s'en était pas mêlé — mais justement, le pauvre Tony n'était pas dans son assiette en ce moment. Quelque chose devait aller de travers, et quoi qu'il en coûtât à Ethel d'aborder la question avec les parents d'Aisling, elle avait pris sur elle de le faire confidentiellement... et de leur demander ce qu'ils en pensaient.

Sean fut ému de son inquiétude, et plus encore de son désarroi — une femme qui, d'habitude, savait toujours ce qu'il fallait faire ! Il la réconforta, insista pour qu'ils se requinquent tous deux avec une goutte de whisky, expliqua qu'il ne voulait pas chagriner Eileen pour l'instant mais qu'il la mettrait bientôt au courant. Il s'excusa d'avoir été brusque, et elle le rassura en lui tapotant le genou de sa main gantée. Sean se dit qu'en son temps cette Ethel Murray avait dû être assez bien tournée.

Le matin du Jour de l'An, Eileen était sur pied. Ils allèrent à la messe de neuf heures. Juste au sortir de l'église, ils tombèrent sur Aisling. Son visage s'éclaira.

— Oh, Maman, quel bonheur de te voir remise. Tiens, monte dans l'auto, je te raccompagne à la maison. Non, j'ai une meilleure idée, si tu venais chez moi ?

— Oui, je veux bien, ne me bouscule pas. Attends seulement que je les prévienne, pour qu'ils ne s'affolent pas. Ah ! Donal, te voilà ! Dis-leur que je vais prendre le petit déjeuner chez Mrs Murray, qu'ils ne m'attendent pas.

— Je leur dirai de te garder ta part au four, parce que tu vas la sauter, chez les Murray !

— Il veut te taquiner, Aisling, dit Eileen en s'installant dans la voiture.

— Il ne se trompe pas tellement, répondit Aisling en virant pour prendre le chemin du bungalow.

Eileen sursauta devant l'état des lieux. Des assiettes et des verres sales traînaient sur la table de la salle à manger, le sol était plein de miettes. La cuisine ultra-moderne, qu'enviait tant la pauvre Maureen, offrait un spectacle navrant : le four était tapissé de graisse, des poêles sales traînaient sur la paillasse, l'évier était plein d'une eau douteuse, des corn flakes s'échappaient d'une boîte renversée.

— Ma fille, tu es maîtresse chez toi, mais, au nom du ciel, est-ce que tu ne peux pas faire l'effort de tenir ton intérieur ?

Eileen était horrifiée. Pour s'asseoir, elle avait dû retirer un torchon crasseux jeté sur une chaise.

— Mais, Maman, veux-tu me dire à quoi ça servirait ? se défendit Aisling. Je n'ai qu'à nettoyer et à ranger, et il me remettra la même pagaille.

— Enfin, Aisling, tu ne peux pas vivre comme ça... Et

366

d'abord, où est Tony? Encore au lit? demanda-t-elle en baissant la voix.

— Il n'est pas rentré, Maman. Il va arriver vers l'heure du déjeuner, pour se changer. Et puis, il repartira à l'hôtel.

— Mais où est-il fourré? Alors, tu étais toute seule pour le réveillon du Nouvel An? Il lui est arrivé quelque chose?

— Oh, je suppose qu'il a dormi là où il s'est effondré, chez Shay Ferguson, ou ailleurs. Parfois aussi, il couche à l'hôtel. Je pensais qu'on te l'avait répété...

— Non, je l'ignorais. Je l'ignorais totalement.

— Alors, j'étais là toute seule, hier soir. J'avais fait des pommes de terre à l'eau — il a souvent envie de pommes de terre quand il rentre plein comme une outre. Et puis, comme l'heure avançait, je me suis dit qu'il ne rentrerait plus, que je n'avais qu'à manger. J'ai voulu faire frire du bacon avec des oignons, mais je les ai laissés brûler — c'est cette poêle-là, celle qui trempe. Et l'autre poêle, à côté de la casserole de pommes de terre, ce sont les œufs brouillés d'hier matin, il n'en voulait pas. Et l'autre casserole, là, c'était du lait, je ne sais plus pourquoi...

Eileen se sentait au bord de la nausée.

— Et c'est comme ça depuis combien de temps? demanda-t-elle.

— Je ne sais pas trop. Voyons, je suis mariée depuis un an et sept mois... à moins que ce ne soit sept ans et un mois...? Eh bien, ça dure depuis presque aussi longtemps.

Les divagations d'Aisling tirèrent Eileen de sa stupeur. Elle demanda d'un ton sec :

— As-tu de l'eau chaude dans la cuisine?

— Comment? dit Aisling, surprise.

— Je te demande si ton chauffe-eau fonctionne. Je dois être rentrée à la maison d'ici à une heure, une heure et demie au plus. Ça suffit pour tout mettre en ordre.

— Maman! Ce n'est pas la peine...

— Arrête de geindre — au travail!

— Non, Maman, je n'en ferai rien, ni toi non plus!

— Ecoute-moi bien, souillon que tu es : ou tu te

bouges l'arrière-train et tu me nettoies tout en vitesse, ou tu ne remets plus jamais les pieds chez nous.

— Je suis maîtresse chez moi, Maman, tu le disais toi-même.

— Dieu Tout-Puissant, c'est vrai. Et quand on pense que tant de femmes aimeraient en faire un petit palais ! Mais Miss Aisling-Grands-Airs est au-dessus de ça ! Que ne donnerait pas Maureen pour avoir une cuisine pareille ! Et Peggy, avec sa masure dans la montagne ? Mais Dieu a jugé bon de la donner à quelqu'un qui s'en moque, à une souillon pleurnicharde et centrée sur sa petite personne... Oui, Aisling, voilà ce que tu es.

Aisling restait stupéfaite. Aucune allusion à Tony, aucune consolation, aucun geste de tendresse, mais une admonestation pire que quand elle avait quatorze ans. Elle se leva machinalement. Maman retirait son manteau.

— Pends-le dans un endroit pas trop dégoûtant, s'il y en a un, et donne-moi un tablier ou une blouse... n'importe quoi. Tiens, une de ces nippes ruineuses que tu achètes dans Grafton Street, je la mettrai devant moi, pour protéger mon tailleur. Allez, saute ! Je m'attelle à la cuisine. Toi, ramasse tout ce qui traîne dans la salle à manger.

— Maman, tu vas te fatiguer...

— Je ne veux pas qu'on sache que j'ai mal élevé ma fille. Allez, ouste !

Aisling étouffa un rire nerveux, en pensant qu'elles devaient ressembler aux personnages des vieux films muets qui s'agitent frénétiquement quand on passe la bande sur un projecteur moderne.

— J'ai fini, la salle à manger est débarrassée, annonça-t-elle.

— Je n'ai pas entendu l'aspirateur, cria Maman.

Elles s'en tirèrent en une heure et demie. Maman avait ouvert toutes les fenêtres afin de changer l'air.

— Nous risquons la pneumonie, se plaignit Aisling.

— Ça vaut mieux que la diphtérie, avec tous les miasmes qui traînaient !

Maman ouvrit la porte de la chambre et la referma en la claquant.

— Tu as encore une heure ou deux avant que ton mari rentre. Nettoie-moi cette pièce, change les draps. Je reviendrai cet après-midi, et je veux trouver cette maison impeccable. Ouvre aussi les fenêtres là-dedans avant de me raccompagner, un peu d'air frais ne fera pas de mal.

— Tu reviens cet après-midi, Maman ? dit craintivement Aisling.

— Mais oui. Tu m'avais invitée à prendre une tasse de thé, et je te fais remarquer que tu ne m'as rien offert. Alors, je reviens cet après-midi. Et je ne veux pas de théière ternie, hein ? Moi, si j'avais eu en cadeau de mariage un service à thé en argent, il étincellerait !

— Tony ne sera peut-être pas là, Maman. Je ne sais pas si tu comprends que la situation est déplorable.

— Je ne sais pas si toi tu le comprends, dit laconiquement Maman en enfilant son manteau.

Tony revint à midi, dans un état lamentable. Son costume était fripé et plein de taches, comme s'il avait vomi dessus et s'était nettoyé maladroitement. Il avait les yeux tout gonflés. Il empestait l'alcool à dix pas, malgré le courant d'air créé par les fenêtres ouvertes.

— Bonne Année, lui dit Aisling.

— Seigneur ! Je me doutais que tu me guetterais pour me chercher noise.

— Mais non, Tony, je te souhaite vraiment une Bonne Année. Et j'ai fait un grand nettoyage.

— Ah oui, c'est rudement bien, dit Tony en regardant la pièce d'un œil encore soupçonneux. Tu en as mis un coup. J'aurais pu t'aider...

— Pas la peine, ce n'était pas long. Viens donc voir, dit-elle en le menant dans la cuisine, ça brille, non ? Et la chambre est toute belle, maintenant.

— C'est épatant, Ash. Est-ce que tu attends de la visite ? demanda-t-il brusquement.

— Juste Maman, qui viendra passer une heure, dans l'après-midi.

— Ah bon ? Tu dois être contente. Moi, je ne serai pas rentré, parce qu'avec Shay et deux autres...

— J'aimerais que tu rentres, Tony.

— Non mais ! Qu'est-ce que tu mijotes ? Un tribunal,

c'est ça ? On va faire passer Tony en jugement devant les O'Connor ?

— Pourquoi en jugement, Tony ?

— Est-ce que je sais, moi ? A toi de me le dire.

— Non, c'est à toi de t'expliquer. Celui qui a parlé de tribunal, c'est toi. Moi, j'ai simplement dit que Maman viendrait prendre le thé.

— Dis donc ! Ça fait un bout de temps qu'elle ne s'est pas dérangée. Et moi, je devrais être à ses ordres ?

— Premièrement, elle était malade, alitée. Et deuxièmement, elle est venue ce matin.

— Ce matin ? répéta Tony d'un air méfiant. Tu lui as dit où j'étais ?

— J'aurais été bien en peine. Je l'ignorais, et je l'ignore encore...

— On a arrosé le Nouvel An à l'hôtel. Alors après ça, conduire pour rentrer... on a couché là-bas. Un réveillon du premier de l'An, ça se fête.

— Mais comment donc ! J'ai entendu les cloches de Christ Church à minuit, ils les ont passées sur Radio Eireann. C'était magnifique !

— Oh, Ash... j'aurais dû... mais tu n'apprécies pas tellement la bande... Ecoute, tu auras une compensation.

— Justement ! Sois là pour le thé, autour de quatre heures.

— Non. Tu ne me feras pas tomber dans le panneau. Arrête. J'ai pris d'autres dispositions et je dois sortir. Est-ce que j'ai des chemises propres ?

— Il y a neuf chemises propres.

— Qu'est-ce que tu racontes avec tes neuf chemises ?

— Je réponds à ta question. Le blanchisseur passe tous les mercredis. Je lui donne sept chemises sales, il m'en rend sept propres. Le miracle de l'argent...

— Franchement, Ash, je ne te comprends pas. Ici, tu as tout ce que tu veux. Pourquoi es-tu toujours à cran ?

— Je l'ignore. C'est sans doute dans ma nature.

— Et allez donc ! Le genre sardonique...

— Maman a mauvaise mine, elle est fatiguée. Je veux aller travailler au magasin, pour qu'elle se repose.

— Parce que c'est là que tu voulais en venir ? Eh

bien, moi, je ne veux pas que ma femme retourne travailler chez ses parents.

— Et moi je ne veux pas que mon mari s'abrutisse d'alcool, qu'il s'effondre un peu partout dans la ville et qu'il nous rende tous les deux ridicules. Je ne veux pas vivre ici toute seule, comme si j'étais veuve. Ta mère voit plus de monde que moi. Il y a des quantités de choses que je ne veux pas, Tony Murray, et pourtant je les supporte.

— Non, j'ai dit non! Je suis un homme marié, et je ne laisserai pas ma femme me diminuer en allant travailler. Tu t'entêtes inutilement.

— Et moi, je suis une femme mariée, dit Aisling en se levant, et je ne me laisserai pas diminuer par l'entêtement de mon mari à dire que tout est normal entre nous. Il y a des tas de choses qui ne sont pas normales entre nous, Tony. Nous n'avons pas encore réussi à avoir des relations sexuelles. Au bout de dix-neuf mois, ce n'est pas normal, Tony. Et depuis six mois, nous n'essayons même plus. Et je n'accepterai pas de déférer aux ordres de quelqu'un qui s'obstine stupidement à soutenir que tout va bien! Alors, je te propose un marché.

— Quel marché? demanda Tony, les poings serrés.

— Pour le travail, je te cède, j'y renonce. Et toi, tu cèdes pour l'autre affaire. Nous allons consulter un spécialiste à Dublin.

— Un de ces Américains, évidemment, ou pire encore, un de ces Irlandais qui sont allés en Amérique, qui vous posent des tas de questions personnelles, parce que ça les excite... qui vous disent de laisser tomber la boisson pendant un an... et « décrivez-moi ceci » et « décrivez-moi cela ». Non, ne compte pas sur moi. Je refuse, un point c'est tout.

— Fort bien, dit froidement Aisling. Et moi je retourne travailler au magasin O'Connor.

— Mais oui. Tu as gagné, comme d'habitude, dit Tony d'un air mauvais. Vas-y, tu as ce que tu voulais, fais-en à ta tête.

Aisling ne répondit pas. Elle courba le dos avec découragement, en se disant « Mais non, c'est faux, j'ai perdu, je n'ai pas obtenu ce que je voulais, je n'ai pas gagné. Mais si je le racontais, personne ne me croirait. »

Chère, très chère Elizabeth,

Tu ne peux imaginer comme je suis heureuse pour toi. Quand tu as téléphoné hier, tu as dû te demander si Maman et moi n'étions pas éméchées, mais c'est parce que nous bavardions toutes les deux, et il commençait à faire sombre... et tout à coup la sonnerie du téléphone nous a ramenées à la réalité. J'espère tout de même que tu as senti notre joie.

J'ai vraiment été idiote de croire d'abord que tu annonçais ton mariage avec Johnny. C'est que tu ne m'avais parlé d'Henry que par raccroc. A présent, il faut que tu m'écrives tout sur lui, en faisant un plan, comme pour nos dissertations en classe. Non, je vais le faire pour toi. Décris : a) pourquoi tu l'aimes tellement; b) les choses dont vous parlez; c) les choses qui vous font rire; d) l'endroit où vous habiterez; e) quelle sorte de noce vous envisagez et où; f) si tu couches avec lui et si c'est agréable; g) qu'en dit Johnny ?

Affections de nous tous,
Aisling

16

Tout le monde, y compris Papa, paraissait curieux de ce que Johnny en dirait. Eh bien, il faudrait patienter, parce que Francesca l'avait emmené chez sa tante, une patronne de restaurant, et elle et Tantine lui refaisaient une santé en le bourrant de minestrone maison. Du moins était-ce ce que Stefan avait cru comprendre au téléphone. Stefan, lui, paraissait heureux du mariage d'Elizabeth, mais aussi vaguement inquiet. Il admira le solitaire qu'Henry avait offert à Elizabeth — et s'abstint de dire qu'il aurait pu lui fournir un bijou ancien à bien meilleur compte. Anna réagit comme lui. Elizabeth trouva leurs félicitations tièdes... comme s'ils craignaient que ne surgisse dans leur dos un Johnny parfaitement rétabli et qui viendrait tout faire capoter.

Papa se déclara content et félicita Elizabeth presque aussi cérémonieusement que si elle était une étrangère, une cliente de la banque, par exemple, et non sa fille. Il dit qu'il appréciait Henry, qu'il leur souhaitait beaucoup de bonheur. Puis il enchaîna immédiatement sur les questions matérielles : où habiterait Elizabeth, et lui, comment allait-il devoir s'organiser? Elle y avait songé : il pourrait louer la chambre d'Elizabeth, en fixant un tarif assez bas pourvu que la locataire — une étudiante ou une enseignante, par exemple — lui prépare à dîner tous les soirs. Papa dit qu'il fallait y réfléchir — parce qu'à la banque, on trouverait peut-être... enfin, serait-ce bien convenable qu'une personne du sexe habite sous son toit? Elizabeth garda son calme : bien entendu, il faudrait y réfléchir, et puis, qui sait si cet arrangement serait nécessaire? Papa n'avait tout de même que la cinquantaine, il pourrait très bien se débrouiller tout seul. Elizabeth lui montrerait comment se préparer des repas simples, et, une fois mariée, elle pourrait venir de temps à autre lui faire son pain. A aucun moment Papa ne dit qu'elle allait lui manquer, et Elizabeth ne dit pas non plus que Papa lui manquerait. Mais il prit sa mine inquiète pour déclarer qu'il espérait que tout irait pour le mieux, qu'il n'y aurait pas d'ennuis.

— Quels ennuis veux-tu qu'il y ait, Papa?

— Eh bien... l'autre jeune homme, Johnny Stone... aurait pu concevoir des espérances. Tu le fréquentes tout de même depuis des années...

— Allons donc! Se marier, ce n'est pas le genre de Johnny. Il n'a pas « conçu d'espérances », selon ta formule.

— Mais qu'a-t-il dit en apprenant que tu épousais Henry? insista Papa.

— Rien du tout parce qu'il l'ignore, il est absent.

— Ah! ah! dit Papa.

Harry écrivit une lettre gentille, sans plus. Tous les termes d'usage y étaient, mais il manquait de la chaleur. Etant donné sa grosse écriture, il avait tout de même rempli trois pages. Elizabeth paria contre elle-même qu'il parlerait de Johnny au deuxième feuillet. Et voilà, elle avait gagné! De fureur, elle envoya promener la lettre — et n'eut plus qu'à aller la ramasser. Mais qu'est-ce qu'ils avaient donc tous à s'inquiéter de ce damné Johnny Stone?

Elle n'avait pas dissimulé la vérité à Henry : elle avait eu une longue liaison, la seule de sa vie, avec Johnny. Mais depuis un an, elle s'apercevait que ce qu'elle prenait pour de l'amour n'était qu'une suite de faux-semblants, que rien de profond n'existait entre eux. Henry comprenait parfaitement.

Lui aussi avait eu une liaison, mais plus courte. C'était avec la sœur de Simon, Barbara Burke. A ce moment-là, il connaissait encore peu de jeunes filles; ils jouaient ensemble au tennis, elle était très forte. Elle semblait le trouver sympathique, mais elle s'énervait facilement s'il perdait une partie, n'appelait pas assez vite le serveur du restaurant, ne trouvait pas de taxi quand il pleuvait...

Il avait fait des efforts pour plaire à Barbara, et il avait réussi. Pendant un an ils avaient été amants, et elle ne se montrait ni dominatrice ni tutélaire. Henry voulait l'épouser. Mais Barbara estimait qu'ils étaient beaucoup trop jeunes, qu'ils ne connaissaient pas assez la vie. Et curieusement, Simon la soutenait, alors qu'Henry aurait plutôt craint qu'il ne le trouve peu élégant de ne pas régulariser leur liaison. Et puis finalement, il s'en était félicité. Parce qu'il s'apercevait progressivement qu'il devait trop prendre sur lui pour satisfaire Barbara. Comme elle s'énervait de son manque de mémoire, il notait dans un calepin ce qu'elle lui avait dit. Quand elle voyageait, il ne lui téléphonait jamais sans avoir préparé une liste de tout ce dont il devait lui faire part. Au fond, ce n'était pas une vie... Il avait fini par l'expliquer à Barbara, qui crut d'abord qu'il voulait rire. Il l'assura que s'il était vraiment naturel avec elle, il l'assommerait d'ennui en deux minutes. Le Henry qu'elle aimait était un acteur qui répétait bien son rôle, qui n'arrivait à être comme elle voulait qu'au prix de constants efforts. Foncièrement, Barbara n'avait pas compris ses arguments, mais ils mirent un terme à leur liaison.

Qu'était-elle devenue ? Eh bien, elle avait épousé un médecin, le Dr Donaldson... un très beau cabinet. Ils se voyaient de loin en loin, toujours amicalement. En fait, Henry souhaitait les inviter au mariage, si ça ne déplaisait pas à Elizabeth. Mais non, pas du tout, puisque de son côté elle inviterait Johnny Stone.

— Je me demande ce qu'il dira en apprenant que nous nous marions, remarqua Henry.

Stefan avait manifestement décidé qu'il ne lui incombait pas d'apprendre la nouvelle à Johnny. Aussi ce dernier l'ignorait-il encore quand Elizabeth entra dans le magasin, tout emmitouflée à cause du vent glacial de janvier. Ils s'embrassèrent, se récrièrent mutuellement sur leur belle mine. « Ces soupes italiennes vous remettent un homme sur pied », remarqua-t-elle gaiement. Stefan ne les regardait pas, absorbé qu'il était à polir un chandelier pourtant étincelant.

— Alors, qu'est-ce que tu as fait, toi ? dit Johnny, qui avait accueilli d'un imperceptible froncement de sourcils l'allusion aux soupes italiennes.

Sans cesser de frotter son chandelier, Stefan se dirigea à contrecœur vers le petit bureau. Elizabeth se débarrassait de son manteau, dénouait son écharpe, retirait ses gants et son bonnet de laine.

— Ah ! Ça va mieux. J'avais l'impression d'être emmaillotée comme une momie ! Ce que j'ai fait ? Stefan ne t'a rien dit ? Henry et moi avons décidé de nous marier... tiens, regarde la bague de fiançailles... souhaite-nous beaucoup de bonheur.

— Vous avez décidé quoi ? s'exclama Johnny, sans remarquer que Stefan disparaissait vivement dans le bureau.

— De nous marier. Ce sera vers la fin de l'été, si jamais nous avons un été. C'est une surprise, hein ?

— Tu ne vas pas épouser Henry ! C'est... c'est ridicule...

— J'aimerais bien savoir pourquoi? Oui, je vais épouser Henry, et j'en suis ravie. Nous nous convenons parfaitement.

— Frimousse, tu plaisantes? Ce n'est pas sérieux?

— C'est tout ce que tu trouves à dire? riposta Elizabeth en s'asseyant dans une cathèdre sculptée.

— Qu'est-ce que tu voudrais? Que je dise bravo, et toutes mes félicitations?

— Oui... quelque chose de gentil.

— Ecoute, ne fais pas l'idiote!

— Mais tu aimes bien Henry, tu m'aimes bien. Qu'est-ce qui te déplaît?

— J'étais assez bête pour penser que tu étais la femme de ma vie, c'est tout.

— La femme de ta vie, allons donc! Tu ne peux pas supporter un lien, tu n'en as jamais voulu. L'été dernier, quand je t'ai demandé si tu n'avais pas d'objections à ce que je sorte avec Simon ou avec Henry, tu m'as dit : « Pourquoi aurais-je des objections, petit chou? Personne n'appartient à personne. » Je te le répète mot pour mot.

— C'est vrai, et je le pensais. Mais de là à les épouser... A te marier avec Henry, dès que j'ai le dos tourné...

— Je ne l'ai pas épousé, je vais le faire. Et je n'ai pas attendu que tu aies le dos tourné. Si tu avais été là, je te l'aurais dit. Henry me l'a proposé la veille du Nouvel An.

— Epargne-moi le récit circonstancié, veux-tu?

— On ne peut pas te parler. Tu prends tout mal.

— Avoue qu'il y a de quoi, ma douce. Me remplacer par un solicitor fébrile.

— Henry n'est pas un solicitor fébrile. Bonté divine! Ce que tu peux être cruellement sarcastique. Quand Henry parle de toi, c'est toujours dans les meilleurs termes.

— Il pourrait en changer s'il savait ce que j'ai été pour sa future femme.

— Il le sait.

— Tu as raconté à cet engoncé d'Henry que...

— Je ne veux pas que tu le déprécies. Je lui ai dit que

nous étions amants depuis des années, depuis mes dix-huit ans. Et moi, je connais son passé. Nous savons ce que nous faisons, nous ne nous engageons pas à la légère.

— Alors c'est donc sérieux, tu l'épouses?

— Je m'égosille à te le dire. Tu ne peux pas être content pour moi, au lieu de te montrer vindicatif?

— Mais je ne suis pas content que ma chérie en épouse un autre.

— Je ne suis pas ta chérie. Seulement une de tes chéries.

— La principale. Et tu n'aimais que moi, n'est-ce pas?

— Oui.

— Alors, pourquoi ne pas continuer comme avant?

— Parce que c'était absurde. Je prétendais me moquer que tu aies d'autres amies, que tu ne veuilles pas fonder un foyer, mais je ne m'en moquais pas. Et j'en ai assez de faire semblant.

— Tu aurais dû me le dire.

— Ah oui? Et je n'aurais pas fait long feu. Quand les autres te disaient ça, tu les quittais, non?

— Ce sera la très grosse erreur de ta vie, de l'avoir choisi, lui, plutôt que moi.

— T'aurais-je choisi que tu m'aurais repoussée. « Libre comme l'air », une autre de tes expressions favorites...

— C'est vrai, mais je trouvais que ce qui existait entre nous était parfait, nous profitions chacun de ce qu'il y avait de meilleur chez l'autre, nous ignorions la trivialité du quotidien.

— Justement, ce n'était pas naturel.

Elizabeth s'étonnait de pouvoir parler aussi directement à Johnny, sans avoir le cœur qui s'affole, sans devoir choisir ses mots, chercher la bonne formule, ni guetter sur son visage si elle l'agaçait ou non.

— Eh bien, nous en sommes déjà à cette bonne sagesse domestique! remarqua Johnny en riant. Ma foi, puisque tu as cette éthique puritaine de vouloir aussi les mauvais moments et tout le bazar, tu seras servie. Et je te souhaite beaucoup de bonheur, franchement, dit-il en l'attirant contre lui et en l'embrassant sur les deux joues. Oui, je te souhaite tout le bonheur possible. Tu es une femme délicieuse. Il a beaucoup de chance. Dites donc, Stefan, vieux coquin que vous êtes, venez donc voir un peu...

Stefan émergea du bureau. Lui et Anna avaient suivi toute la scène par le judas permettant de surveiller discrètement la boutique. Il paraissait inquiet.

— Vous faites un fameux gardien, Stefan. Tandis que je reprenais des forces, vous avez laissé ce solicitor me ravir sournoisement l'amour de ma vie, et maintenant nous devons leur adresser nos vœux...

Les visages souriants de Stefan et d'Anna trahirent leur soulagement. Que Johnny ait fait taire sa rancune, voilà qui rassurerait tout le monde : Henry, Papa, Harry, pensait Elizabeth. Il n'y avait plus qu'à préparer le mariage.

Elizabeth reçut une lettre de Jean, la sœur d'Henry, qui l'accueillait dans la famille. Simon s'enthousiasma et organisa aussitôt un petit cocktail chez lui en l'honneur des fiancés. Son appartement avait beaucoup plus de classe que celui d'Henry. Sa sœur Barbara était là, très élégante : étole de fourrure, robe du dernier chic, petit chapeau tout en plumes, niché dans une chevelure savamment apprêtée. Il y avait une nette différence d'âge entre elle et son mari, le médecin, un homme grisonnant, légèrement bedonnant, et tout à fait sympathique.

— Je sais par Henry que vous êtes tellement gentille, dit Barbara en embrassant Elizabeth. C'est exactement ce qu'il lui faut, tout plein de gentillesse.

Simon jouait plaisamment les perdants. C'était toujours pareil, geignait-il en se tenant tristement le front. Quand Henry et lui voulaient quelque chose, le gagnant était toujours Henry. L'appartement avec vue sur le parc ? Henry l'avait eu. Le bureau à l'étage noble, dans leur cabinet juridique, celui avec le grand bureau ? Henry l'avait obtenu. Et maintenant, c'était la belle Elizabeth, leur professeur d'art. Elizabeth y vit un réel témoignage d'amitié, car en fait ni l'appartement ni le bureau d'Henry n'égalaient ceux de Simon.

Le cocktail terminé, Henry et Elizabeth partirent bras dessus bras dessous dans la froideur nocturne, en échangeant leurs impressions.

— Simon est vraiment formidable, dit Henry d'un ton à la fois admiratif et envieux. Je ne sais pas comment il s'y prend : il réunit quelques personnes, il offre à boire, il passe des petites choses à grignoter... et c'est une fête.

— Attends seulement que nous ayons notre appartement, et tu verras si nous aussi nous ne réussirons pas nos fêtes !

S'arrêtant sous un réverbère, il embrassa Elizabeth.

— J'y pense déjà, dit-il radieux. Ce sera formidable.

— Sensationnel, affirma-t-elle.

— Veux-tu venir à la maison ? demanda-t-il.

Ils marchaient dans la direction de Clarence Gardens. Henry insistait toujours pour la raccompagner jusqu'à sa porte.

— Mais, ce n'est pas le chemin, dit-elle étonnée. Et puis, si je vais chez toi maintenant, ensuite il faudra repartir pour Clarence Gardens, déambuler en pleine nuit... Oh, je vois !

— Oui, j'aimerais que tu restes avec moi, dit-il.

— Pourquoi pas ? répondit-elle impulsivement.

A l'étroit dans le lit d'une personne, ils buvaient du chocolat. Henry s'était levé pour le préparer, puis recouché près d'Elizabeth.

— On n'est pas très confortable, expliqua-t-il, mais quand j'ai acheté des meubles, je n'ai pas voulu prendre un grand lit. Pour ne pas défier le destin.

Ce motif les mit en joie tous les deux.

— J'ai l'impression d'avoir toujours été avec toi, reprit-il.

— Moi aussi, répondit Elizabeth en posant sa tête sur l'épaule d'Henry. Tu es affectueux, tu es tendre. Je suis très, très heureuse.

— J'avais peur que... enfin... je craignais...

— Je ne sais quel enchaînement d'idées te passe par

la tête, dit Elizabeth, pressentant qu'Henry souhaitait s'être tiré de la comparaison à son avantage, mais je veux que tu saches qu'auprès de toi je me sens en sécurité, aimée, heureuse... tu es mon homme, et pour toujours.

Henry exhala un soupir de bonheur et de satisfaction.

Une fois par mois, Johnny et Elizabeth mettaient à jour la comptabilité de Stefan. Et ensuite ils dînaient ensemble. C'était devenu rituel.

Quand ils eurent rangé les livres, Johnny dit négligemment :

— Et voilà. En route pour mon triste repas de garçon.

— Mais, nous dînons toujours ensemble, ce jour-là !

— Le fidèle Henry n'en prendra pas ombrage ?

— Il n'y a aucune raison.

— Fort bien, je vais chercher la voiture.

— Vous retournez enfin, Signor Stone, dit le serveur du petit restaurant italien. J'avais peur que vous êtes fâché avec la jeune dame, puisque vous ne retournez plus.

— Nous ne sommes pas fâchés. Simplement, elle va épouser un autre homme.

— C'est pour rire, Signor Stone ? demanda le serveur décontenancé.

— Veux-tu bien finir de te moquer des gens ! dit Elizabeth.

Et après ça, ils se mirent à bavarder d'une façon très détendue. Ils parlèrent de cette curieuse femme possédant de la verrerie ancienne et qui venait la vendre à Stefan pièce à pièce — suscitant la jalousie d'Anna qui lui imputait des visées sur Stefan. Et aussi de ces gens comiques qui les avaient fait déplacer pour leur bazarder en bloc tout le mobilier de leur maison moderne... C'est-à-dire des meubles si récents qu'ils n'avaient pas cinq ans...

Johnny habitait tout près du restaurant.

— La tolérance de cet homme éminemment raisonnable irait-elle jusqu'à te laisser boire un dernier verre chez moi ?

— Sa tolérance, je l'ignore; la mienne, non.

— Alors, adieu ma poulette, dit-il en l'embrassant sur les deux joues.

Elizabeth se dirigea vers l'arrêt de l'autobus. Il pleuvait et il faisait un vent glacial. Elle rageait. Certes, bien qu'il ait une voiture, Johnny ne l'avait pratiquement jamais raccompagnée à Clarence Gardens, pas plus qu'il ne serait venu la chercher. Mais cette fois, il y avait quelque chose de calculé : puisque tu ne montes pas coucher avec moi, rentre donc toute seule dans la pluie et le froid. Elle attrapa le dernier bus.

— Ça fait des années qu'on n'a pas vu un jour aussi froid, dit le receveur.

— Oui, répondit Elizabeth, en songeant qu'elle avait tort d'en vouloir à Johnny, puisque c'était elle qui changeait la règle du jeu, pas lui.

— Depuis 1895, à ce qu'il paraît, lui apprit l'homme.

Elizabeth lui sourit, en pensant que ça ne coûte guère d'être aimable.

...Tu as raison. Je te demande de tout me raconter, et moi, je ne te dis presque rien. Alors, voilà, je me lance.

Comment j'occupe mes journées? Eh bien, je suis retournée avec plaisir travailler au magasin O'Connor. Comment je les occupais avant? A pleurer, à circuler dans la maison, et encore à pleurer. Me baigner le visage, aller voir Maman. Revenir à la maison. Attendre Tony.

Que faisons-nous quand Tony rentre à la maison? Eh bien, ça dépend. Si c'est avant minuit, généralement nous nous disputons. Mais c'est rare. S'il revient de si bonne heure, ivre et hargneux, c'est parce qu'il n'a pas mieux à faire. Pas de partie fine avec Shay ou à l'hôtel. Il me dit que je suis une mégère, et c'est vrai. Je lui dis qu'il est un ivrogne, et c'est vrai. Et puis nous nous couchons. Mais la plupart du temps, quand il rentre je dors déjà. Je me couche vers minuit. Ou bien, il ne rentre pas de la nuit. Nous ne recevons personne. Sa mère ne vient plus prendre le thé. Même avec elle, ça ne vaut pas la peine de faire semblant. Personne ne nous invite. Il y a peut-être des gens qui invitent Tony chez eux, sur le coup de deux heures du matin, mais si c'est le cas il ne m'en dit rien, et je ne pense pas qu'il s'en souvienne.

Rubrique suivante : le sexe. Il n'est pas interdit aux catholiques d'en parler — s'il y a lieu. Pour moi, il n'y a pas lieu. Notre mariage n'est pas consommé. Je pense que Tony est impuissant. Mais la raison est peut-être qu'au début nous n'avons pas su nous y prendre, et ensuite Tony est devenu tellement alcoolique que de toute façon, il n'y arriverait pas. Toujours est-il que c'est comme ça. Tu me demandes si j'aime faire l'amour. Je l'ignore, mais j'aimerais sûrement ça, comme tout le monde. Est-ce que je veux des enfants ? Oui, à condition qu'une étoile apparaisse au-dessus de Kilgarret et qu'il se produise un nouveau miracle. Mais jusqu'à présent, le Saint-Esprit ne s'est pas manifesté.

Maman ne va pas bien du tout. Elle a beau le nier, par périodes elle est toute jaune et vraiment patraque. Elle attribue ça au temps, ou au changement de ses habitudes, ou à une indigestion. Mais je voudrais qu'elle consulte un médecin. Apparemment, je veux envoyer tout le monde chez le médecin. Papa est en forme mais débordé, il apprécie mon retour à la boutique. Pour la moindre bêtise il se dispute avec Eamonn ; moi, je voudrais lui mettre dans la tête qu'il y a des causes de dispute autrement importantes, mais dès que je dis un mot contre Tony tout le monde devient muet. Maureen paraît soixante-dix ans — elle n'en a que trente-deux, mais on dirait une vieille femme. Les Daly sont de véritables démons. Niamh rentre toutes les quinzaines avec des mines exaspérantes. Elle et son amie Anna Barry prennent des airs pas possibles parce qu'elles sont à l'UCD (University College, Dublin). J'ai voulu la moucher en lui disant que nous aurions pu tous aller à l'UCD, et qu'elle était ridicule avec ses airs d'intellectuelle et de petit génie de la famille. Et elle a répondu que nous n'avions pas les capacités, ce qui est vrai, par-dessus le marché. Mais j'enrage de voir que c'est cette morveuse de Niamh qui aura fait des études supérieures. Tu avais raison, autrefois, quand tu me disais que je devrais viser l'Université. Mais il y a tant de choses que j'aurais dû faire, et surtout tant d'autres que je n'aurais pas dû faire. Pour Donal, tout va bien. Je ne sais pas si je t'ai dit que les Moriarty ne jurent plus que par lui. Tu le verrais, derrière son comptoir ! L'autre jour, j'ai entendu une femme qui insistait pour être servie par le jeune homme en blouse blanche, parce que la dernière fois il avait guéri son gamin. Donal boit du petit-lait, tu t'en doutes !

Loin de s'améliorer, la situation ne fera qu'empirer. Tony boit, et c'est moi qu'on en rend responsable. Je n'exagère pas. C'est parce que je suis une mauvaise épouse, que je ne m'occupe pas bien de lui. Tu te souviens du Dr Lynch ? On disait qu'il buvait parce que sa femme était une rabat-joie et une mauvaise ménagère. Elle n'est plus de ce monde, mais je voudrais pouvoir la déterrer pour m'excuser d'avoir, moi aussi, cru une chose pareille.

Tu penses bien que je viendrai à ton mariage. J'espère que Tony refusera, je sais que Maman n'aura pas la force, et Papa, pas le temps. Je sais que Maureen en serait folle de joie, même si c'est seulement pour snober les Daly. Niamh n'a pas à y aller, elle est déjà assez gâtée par la vie. Donal, lui, en serait transporté de joie.

Je ne me relis pas, de peur de me trouver folle...

Affectueusement,
Aisling

Ils trouvèrent l'appartement rêvé. Au dernier étage avec ascenseur — une toute petite cage conique. Les pièces étaient vastes, et hautes de plafond. Il comprenait salon et salle à manger communiquant par une large ouverture (« Pour nos réceptions, monsieur Mason », avait dit Elizabeth en riant), une très grande chambre avec salle de bains attenante (« Pour les weekends entiers au lit, madame Mason », avait dit Henry en s'efforçant de prendre une mine lubrique), une vaste cuisine et trois autres pièces, dont ils feraient le bureau, la chambre d'ami et la chambre d'enfants. Ils pourraient toujours transformer le bureau quand, après le garçon, viendrait la fille, à moins qu'ils ne prennent alors une maison avec un jardin.

— A ce moment-là, tu seras solicitor principal et nous aurons probablement aussi une maison de campagne, dit-elle.

C'était par un après-midi printanier. Se tenant par la main, ils faisaient le tour de « leur » appartement. Henry ouvrait les portes devant eux, les refermait soigneusement.

— Je l'espère bien, dit-il simplement.

— Nous allons être follement heureux tous les deux, affirma Elizabeth.

A peine eut-elle lu cette terrible lettre d'Aisling qu'Elizabeth voulut lui téléphoner, ou lui écrire longuement; elle envisagea même de trouver une excuse pour débarquer là-bas. Mais elle réfléchit : il fallait laisser à Aisling le temps de s'apaiser. Aussi se limita-t-elle à lui envoyer quelques lignes affectueuses, disant que parfois les choses paraissaient plus sombres qu'elles n'étaient, ou qu'à certains moments on incline à voir tout en noir, et puis ça passe.

Et apparemment, elle avait agi sagement, car, quelques semaines plus tard, arriva une lettre extrêmement réconfortante. Tony avait fait le serment de ne plus boire. Il était allé voir un certain prêtre de Waterford qui était formidable pour remettre les gens sur le chemin de la tempérance. Le merveilleux, là-dedans, c'est que ce prêtre était lui-même un ancien alcoolique invétéré. Tout en parlant avec Tony il lui avait offert un verre... et Tony en avait refusé un second, en reconnaissant que la boisson le démolissait. Il était revenu à la maison doux comme un agneau. Pour le moment, on ne parlait pas de l'autre problème. Il s'arrangerait peut-être tout seul, à présent que celui de la boisson était réglé. Aisling paraissait vraiment heureuse. Elle disait que Tony s'occupait beaucoup plus de ses affaires, et que la firme Murray en avait bien besoin. Ils étaient contents, pleins d'activité, et ils se réjouissaient d'aller à Londres pour le mariage.

— Voilà une fille que j'ai bien élevée. Regarde cette lettre qu'elle m'envoie, dit Eileen à Sean.

— Ah, c'est Elizabeth ! Je croyais que c'était Niamh.

— Niamh ! Oh, celle-là n'écrit que quand elle veut quelque chose... non, c'est pour le mariage.

— Eileen, ne me dis pas qu'il faut y aller. Le voyage est bien trop long. Avec ça que tu es fourbue, et moi je ne peux pas m'absenter, c'est impossible.

— Lis donc, gros bêta, dit-elle tendrement. Elle le sait très bien. Voilà pourquoi je dis que je l'ai bien élevée, qu'elle me fait honneur.

Elizabeth écrivait qu'elle et Henry espéraient que le clan O'Connor serait bien représenté, mais qu'elle ne voulait pas forcer les grandes personnes. Il leur faudrait parler tout le temps avec Papa, et ça ne valait pas le déplacement à Londres, parce qu'en dépit de ses nombreuses qualités, il n'avait pas l'art de la conversation. Niamh ne devait pas interrompre ses études, Eamonn détestait les cérémonies, mais peut-être Donal et Maureen aimeraient-ils venir...

— Elle a bien vu la situation, dit Sean. Ça ferait sûrement plaisir à Maureen, mais est-ce que Brendan l'accompagnerait ? En voilà deux qui auraient bien besoin de s'amuser. Pour Donal, je ne sais pas trop.

— Moi je sais qu'il voudra y aller. On verra pour Maureen. Comme je souhaite que cette enfant ait un mariage réussi ! J'aimerais tellement y assister, mais je me fatigue si vite...

— N'y pense plus, Eileen. Et ne t'inquiète pas de ta fatigue, avec cet été du diable, tout le monde est à plat.

Avant ça, il y avait eu un hiver du diable. Cela faisait plus d'un an qu'Eileen était à plat.

Maureen réfléchit longtemps à l'invitation. Brendan dit que, pour sa part, il n'irait pas, mais que ça ne devait pas la retenir. Mais non, ils pouvaient faire cette dépense. Oui, il avait mis un peu d'argent de côté. Pour quoi ? Pour des vacances, l'année suivante. Peut-être quinze jours à Tramore, en louant une maison.

Autant dire que ce ne seraient pas des vacances pour Maureen, puisqu'elle devrait faire la cuisine et le ménage pour toute la famille plus la mère et la tante de Brendan. Elle contre-attaqua :

— Oui, c'était une bonne idée. Mais puisque tu me

donnes vraiment le choix, je préfère aller à Londres. Tu comprends, ça me reposera, ça me changera, de ne pas avoir les quatre enfants sur les bras pendant quelques jours.

— Mais bien entendu, répondit Brendan qui n'était pas dupe. Pour la maison à Tramore, je n'étais pas vraiment décidé. Evidemment, il y a aussi la solution d'aller tous une semaine dans une pension. Ça te dirait ? Dans une pension, tu n'aurais absolument rien à faire. Mais si tu tiens absolument à Londres...

Une semaine dans une pension, ou aller au mariage d'Elizabeth. Le choix était couru d'avance. Maureen écrivit très affectueusement à Elizabeth, en la remerciant de son invitation qu'elle devait malheureusement décliner. Elle pensait souvent à Elizabeth, chaque fois qu'elle regardait le petit plat d'argent qu'elle lui avait offert pour son mariage. Elle regrettait aussi de rater cette occasion de voir comment se déroulait un mariage athée.

Elizabeth avait prévu le lunch de mariage dans un restaurant possédant des salons. Elle aurait préféré l'organiser à Clarence Gardens, mais trop de choses s'y opposaient. A commencer par la présence de Harry. Mieux valait un terrain neutre.

Mrs Noble, la responsable du restaurant pour les réceptions, n'avait jamais vu de future mariée aussi maîtresse d'elle-même et rompue aux affaires. Elle avait proposé un tarif de trente shillings par personne. Elizabeth avait fait valoir que le mariage pourrait attirer une nouvelle clientèle au restaurant, son mari invitant des avocats et des hommes d'affaires, et elle-même des gens du monde de l'art. Dans cette perspective, Mrs Noble ne pourrait-elle envisager une réduction ?

Non. Mrs Noble ne voyait pas la possibilité de descendre au-dessous de trente shillings.

Elizabeth lui fit remarquer qu'il faudrait sûrement un supplément non négligeable de vin mousseux, ce qui augmentait tout de même le bénéfice de l'opération.

Mrs Noble dit qu'elle s'y retrouverait tout juste en demandant une guinée par personne. Elles scellèrent leur accord par une poignée de main, et Mrs Noble passa avec entrain aux détails pratiques.

Elizabeth confia qu'elle assumait elle-même les frais du lunch. Il y aurait trente invités. Elle ne voulait pas un repas autour d'une table mais un buffet, et des serveuses passant parmi les invités pour leur offrir à boire et leur servir les friands chauds à la viande, les assiettes de poulet et de jambon, le gâteau de mariage et le café. Mrs Noble prit note de tout, et l'assura avec chaleur que le lunch de mariage serait une réussite.

— Il me tarde de faire la connaissance d'Aisling. Tout de même, elle a un prénom curieux.

— Il veut dire « rêve » ou « fée dans un rêve », je ne sais plus lequel des deux. Mais c'est vrai, je ne connais personne d'autre qui le porte. J'espère que vous vous entendrez bien. Mais peu importe.

— Comment ça, peu importe ? Je suis sûr que je vais l'aimer.

— Je ne voulais pas être désagréable. Mais je songeais qu'avant son mariage elle disait qu'elle espérait tellement que Tony et moi nous nous entendrions bien. Et ce n'est pas exactement le cas.

— Tu n'y es pour rien. C'est un ivrogne, non ?

— Oui. Mais je t'en prie, Henry, n'y fais pas allusion, en aucun cas.

— Mais, chérie, ça va de soi.

— Bien sûr. C'est seulement qu'Aisling m'a gardé le secret absolu sur des choses que je lui avais confiées, et je ne veux pas qu'elle sache que j'ai été moins discrète qu'elle.

— Avec moi, ça ne compte pas.

— Non. C'est aussi ce que je pense. Je te dis tout, mon amour, mais Aisling serait blessée d'apprendre que tu es au courant. D'ailleurs, d'après ce qu'elle dit, il est guéri, il ne boit plus une goutte. Je dirai à Mrs Noble de prévoir des boissons non alcoolisées.

— Un Irlandais qui ne boit pas ? C'est le monde à l'envers !

— Henry, c'est *exactement* contre ce genre de remarque que je te mets en garde.

— Voyons, chérie, ne sois pas bête. Tu penses bien que je tiendrai ma langue.

— Qu'est-ce que tu vas mettre pour le mariage? demanda Maureen à Aisling.

— Eh bien, heureusement que tu me le rappelles. Je n'y avais pas pensé. Il faudra que nous nous arrêtions à Dublin pour que j'achète quelque chose d'habillé. Et pour Tony aussi, qu'il soit convenable.

— Est-ce que Tony n'est pas toujours convenable? dit Maureen, agacée que sa sœur et son beau-frère puissent s'acheter des vêtements quand ça leur chantait.

— Pas du tout. Quand il forçait sur la bouteille, il revenait parfois sale comme un cochon. Il a gâté la moitié de ses costumes.

— Aisling, tu ne dois pas parler comme ça de ton mari.

— Maureen, tu sais aussi bien que moi que Tony se soûlait six soirs sur sept, et je ne devrais pas en parler?

— Tu dis ça d'une façon cynique.

— C'était encore beaucoup plus cynique de trouver normal qu'il rentre constamment plein comme une outre. Grâce à Dieu il est tiré d'affaire à présent, et plaise à Dieu que ça continue. Mais je serais fameusement hypocrite si je prétendais devant ma sœur que mon mari n'a jamais été esclave de la boisson.

— Il est très bon pour toi, remarqua Maureen, gênée qu'Aisling parle ainsi de Tony. Ne va pas tout gâcher en prenant tes grands airs. Il te laisse travailler chez Maman et Papa... j'en suis encore à me demander pourquoi tu le fais.

— Ça me plaît, ça m'occupe, je gagne de l'argent que je mets à la Caisse d'Epargne. C'est Elizabeth qui me l'a conseillé, elle s'y connaît. La fois où j'étais allée la voir à Londres, elle m'avait dit que je devais absolument ouvrir un livret. Pendant toutes les années où elle a habité chez nous, elle était mortifiée que Papa et Maman lui donnent son argent de poche. Eux, ils trouvaient ça normal, mais elle m'a raconté qu'à chaque fois ça la gênait. Et elle était pourtant toute gamine.

— J'aime beaucoup Elizabeth, je lui souhaite d'être

très heureuse. J'aurais vraiment aimé aller à son mariage...

— Ecoute, je peux te payer le voyage. Si je mets de l'argent de côté, c'est pour qu'il serve à quelque chose.

— Non. Ce n'est pas une question d'argent... mais c'est de quitter Brendan, tu ne le connais pas...

— Allons donc! Il n'arrête pas de dire que tu peux y aller si ça te fait plaisir. Si ça risque de lui déplaire que ta sœur te donne l'argent nécessaire, raconte que tu l'as gagné aux courses. On va regarder les résultats dans le journal pour que tu saches le nom d'un cheval qui est arrivé premier. Et tu diras que tu avais placé cinq livres dessus.

— Que j'ai placé *cinq livres* sur un cheval, s'esclaffa Maureen, alors ça c'est la meilleure! Cinq minutes plus tard il me ferait emmener à l'asile!

D'après Simon, leur mariage allait coïncider avec une guerre — au Moyen-Orient, la situation semblait extrêmement tangente. Elizabeth lui reprocha d'être alarmiste. Mais Henry prit un air inquiet.

— Voyons, Henry, réfléchis, dit Simon. Nasser sait très bien ce qu'il risque, car les troupes françaises ne sont pas à Chypre pour se bronzer, et nous autres Anglais, nous ne céderons pas. Nous n'avons pas cédé en 39, dans des circonstances sans commune mesure. Nous avons besoin du canal de Suez, tout est là.

— Je ne crois pas que... balbutia Henry.

— Moi non plus, intervint Elizabeth pour venir à son secours. Nous aussi, Simon, nous lisons attentivement les journaux, et je dis qu'il ne se passera rien. Certes, nous ne sommes pas dans le secret des pensées d'Anthony Eden, mais un fait est certain : la dernière guerre s'est terminée il y a dix ans, et les gens ne veulent plus de guerre. Libre à vous de demeurer un joyeux célibataire, mais ne propagez pas des rumeurs alarmistes chaque fois qu'un célibataire a la sagesse de se marier...

— Avez-vous toujours été aussi caustique, ma chère Elizabeth? demanda Simon d'un ton taquin.

— Loin de là, j'étais une enfant très timide.

— J'ai du mal à vous croire.

— Une belle enfant blonde, et tu étais timide? dit Henry.

— Oui, atrocement. Je me suis un peu améliorée à Kilgarret, mais c'est vraiment après le départ de Maman que j'ai cessé d'être effacée.

— Son départ a donc été d'une certaine façon bénéfique...

Henry sursauta devant le manque de tact de Simon. Mais Elizabeth ne semblait pas s'en formaliser :

— Oui, c'est bizarre. Je crois qu'il a fait plus de bien que de mal. Même à Papa. Leur mariage n'aurait pu que se dégrader encore plus. Je n'aurais jamais pensé qu'un jour je verrais les choses ainsi. Sur le moment, j'ai pleuré à m'en faire fondre les yeux... j'en avais le visage douloureux.

— Elizabeth, ma pauvre chérie, dit Henry en lui prenant la main. Faire ça à une enfant, c'est horrible!

Simon aussi semblait ému.

Elizabeth se demandait ce qu'elle avait dit de si bouleversant. C'était la vérité, et rien de plus.

Ethel Murray avait envoyé cent livres au prêtre de Waterford, afin de contribuer à sa belle mission. Elle le remerciait du fond du cœur pour la miraculeuse guérison de son fils. Mais le prêtre lui avait renvoyé l'argent, accompagné d'une lettre où il disait : « Je vous remercie de votre geste, mais je préfère que vous fassiez un don à une œuvre charitable de votre ville. Je n'ai pas guéri votre fils. Il n'est pas plus guéri que je ne le suis moi-même. Simplement il a fait serment d'arrêter de boire s'il le pouvait. Comprenez bien que s'il retombe de nouveau ce ne sera pas parce qu'il est mauvais ou sans cœur, mais parce que l'attrait de la boisson aura été plus fort que sa volonté. Je ne me réveille pas un seul jour sans la crainte d'y succomber. »

Piquée au vif, Mrs Murray montra la lettre à sa bru.

— Il aurait mieux fait de disposer lui-même de l'argent, et de se contenter de vous remercier. Il est trop honnête, remarqua Aisling.

— C'est son pessimisme que je lui reproche. Tony

est parfaitement guéri. C'est un miracle. Je ne vous cache pas qu'à un moment j'ai pensé qu'il était devenu esclave de la boisson.

— Mais, il l'était !

— Non, ma chère Aisling. Et la preuve, c'est qu'il n'y a pas touché depuis six mois, déclara Mrs Murray avec un sourire triomphant.

Maman avait été contente d'apprendre que Tony ne buvait plus ; contente mais pas surprise.

— Je t'ai toujours dit que tu exagérais vos difficultés, ma fille. Maintenant qu'il trouve en rentrant un intérieur bien tenu et une femme aimable, il est transformé.

— Je ne crois pas que la maison y soit pour quelque chose, Maman, mais je te suis très reconnaissante de m'avoir aidée à faire ce grand ménage.

— Ce n'était pas pour toi, mais pour moi. Est-ce que j'allais supporter qu'Ethel Murray colporte dans la ville que je t'avais élevée comme une bohémienne ?

— Tu sais, l'idée d'aller au mariage d'Elizabeth ne le tente pas. Il n'arrête pas de dire que quand on est invité à un mariage c'est pour boire, et comme il ne peut pas...

— Bah, une fois qu'il y sera, il s'amusera.

— Il n'y a pas grand-chose qui l'amuse, Maman. Il ne lit rien, même pas le journal. Il reste là, assis, à regarder devant lui.

— Mais tu lui parles, non ? Vous ne passez pas vos soirées sans rien dire, chacun dans son fauteuil ?

— Oh oui, moi je parle. Mais il a l'esprit ailleurs, il pense à Shay, à leur bande, à leurs bons moments. Ses journées n'ont plus de temps fort.

— Tout changera quand le Seigneur vous donnera des enfants. Si tu savais ce que les enfants apportent à un homme ! Tiens, quand Sean est né — c'était en 1923 —, si tu avais vu ton père, il en devenait gâteux. Avec les autres, il a fait un peu moins de simagrées, mais pour chacun de vous il était fou de joie. Tony sera pareil.

— Maman, j'ai essayé de t'en parler, mais à chaque

fois tu détournes la conversation. Nous n'aurons pas d'enfants.

— Qu'est-ce que tu me racontes ? Mrs Moriarty était bien mariée depuis dix ans quand...

— Je pourrais bien être mariée depuis cent dix ans, Maman.

— Ecoute, tu *n'en sais rien*... Tu vas encore me traiter de bigote, mais le Seigneur veille particulièrement sur chacun de nous, et il connaît le moment... Maintenant que Tony s'est arrêté de boire... c'est peut-être ce que le Seigneur attendait.

— Je t'en supplie, Maman, ne me parle pas de ce que le Seigneur attend ou non, parce que moi aussi, j'attends quelque chose, c'est d'avoir une vie sexuelle normale avec Tony !

— Ma chérie, ma chérie, qu'est-ce que tu vas chercher avec « une vie sexuelle normale » ? De nos jours, on en parle trop dans les livres et les journaux, et ça trouble les gens. Qu'est-ce que ça veut dire « normal », au nom du Ciel ?

— Je suppose qu'il est normal d'avoir des rapports sexuels, Maman ?

— Bien entendu.

— Eh bien, nous n'en avons pas.

— Tu sais, les excès de boisson, et ensuite le renoncement brusque...

— Maman, veux-tu comprendre ? Nous n'en avons jamais eu.

— Aisling, ce n'est pas possible... mais comment... pourquoi ? Je suis abasourdie !

— Ça se comprend. Mais moi, je ne sais pas quoi faire. Tony refuse d'en discuter. Il y a déjà longtemps, j'ai tout raconté par lettre à Elizabeth, mais elle s'est contentée de me répondre que ça s'arrangerait sûrement, et elle n'y a plus jamais fait allusion.

— Et elle avait raison, ça s'arrangera, dit Eileen en se raccrochant à ce mince fil. Avec ton bon sens, tu ne vas pas te laisser... aller.

— Tu allais dire que je n'allais pas me laisser faire, n'est-ce pas ? dit Aisling avec un rire malicieux.

— Oui, je l'avoue, convint Eileen en riant de bon cœur.

Dans l'avion, Aisling était assise entre eux deux. A chaque trou d'air, à chaque secousse elle avait l'impression d'être parcourue par un courant électrique. Elle avait d'un côté Donal qui frissonnait, de l'autre Tony qui tremblait.

— Il n'y à rien d'inquiétant, dit l'hôtesse de l'air. Juste des turbulences. Le commandant annonce qu'elles ne dureront que quelques minutes.

— Oui, répondit Tony, mais nous, est-ce que nous durerons jusque-là ?

— Mais bien entendu, dit l'hôtesse avec un sourire rassurant. Puis-je vous servir quelque chose, une boisson ?

Aisling refusa, mais Tony demanda un whisky.

— Tony, je t'en prie...

— Rien qu'un pour le voyage. Seigneur ! tu ne vas pas faire le garde-chiourme ? Seulement de quoi me calmer les nerfs.

— Je t'en prie, Tony, prends plutôt un thé. Tiens, j'ai de l'aspirine, ou un somnifère, si tu préfères.

— Bon sang de bois, ferme-la, Aisling !

L'hôtesse apportait sur un plateau la toute petite bouteille de whisky et un verre d'eau.

— Remportez ça, lui demanda Aisling. Mon mari est souffrant, il ne lui faut pas d'alcool.

Le regard de la jeune femme allait de l'un à l'autre. Elle ne savait que faire. Donal était affreusement gêné. Il dit entre ses dents :

— Pour l'amour du ciel, Aisling, ne fais pas d'esclandre. Un verre ne va pas le tuer.

De tout le voyage, Aisling n'ouvrit plus la bouche, même pas quand Tony se fit servir un second whisky.

Quand ils eurent passé le contrôle de douane, à l'aéroport d'Heathrow, Donal dit d'un air triste :

— Est-ce que tu vas faire tout le temps cette tête, Aisling ? Tu veux nous gâcher le séjour ?

— Exactement, affirma Tony.

— Aisling, reprit Donal, c'est mon premier voyage à

l'étranger. Je t'en prie, retrouve ta bonne humeur, tu me désespères.

— Tu as raison, je me conduis comme la dernière des égoïstes, répondit Aisling, les yeux pleins de larmes. Tony, pardonne-moi cette scène dans l'avion. Tu voulais un verre pour t'aider à surmonter l'appréhension, je n'avais pas à me mettre en travers. Excuse-moi. Voilà, c'est fini.

— Mais bien sûr.

— Eh bien, dites donc ! je dois dire que vous deux, vous savez vous réconcilier gentiment ! lança Donal tout joyeux.

Aisling embrassa Tony sur la joue :

— Voilà un baiser pour te prouver que c'est bien fini. Maintenant, cherchons l'autobus. Nous allons montrer Londres à Donal O'Connor.

Donal et Tony suivirent Aisling. Elle portait sa mallette et, sur son autre bras, enveloppée dans de la cellophane, sa toilette pour le mariage, la robe et le manteau en soie sauvage lilas achetés chez la grande couturière de Grafton Street où on lui avait prédit qu'ils feraient un effet sensationnel. « Je vous en prie, mon Dieu, faites qu'il ne recommence pas à boire. Seigneur, si vous veillez sur chacun de nous, comme le croit Maman, veuillez vous occuper tout spécialement de nous ! Je sens que nous allons en avoir énormément besoin. »

Dans la salle, les gens regardaient ces deux jeunes femmes qui avaient couru se jeter dans les bras l'une de l'autre. La rousse en robe verte avait bondi, quitté sa table ; l'autre, la blonde en jupe écossaise et pull à col roulé noir, avait laissé sur place l'homme qui l'accompagnait.

— Aisling, voici l'heureux élu, Henry Mason.

Aisling enveloppa du regard ce grand blond en strict complet gris anthracite, avec ses yeux un peu inquiets et ce grand sourire au bord des lèvres.

— Henry ! Que vous êtes beau ! Vous me plaisez énormément.

Henry rayonnait. Il ne remarquait même pas qu'on

les regardait et qu'on riait des effusions irlandaises d'Aisling.

— Et Tony? dit-il courtoisement, en voyant qu'un homme se tenait debout derrière Aisling.

— Oh, Tony est parti de son côté, c'est mon frère Donal. Salue d'abord Henry comme un chrétien, Donal, avant d'aller te pendre au cou de ton Elizabeth bien-aimée.

— Très heureux de faire votre connaissance, et toutes mes félicitations, dit Donal en serrant la main à Henry.

Puis il se jeta au cou d'Elizabeth.

— Quel bonheur de te voir, quel formidable bonheur! Et puisque tu n'as pas voulu attendre de pouvoir m'épouser, je suis heureux que tu épouses Henry.

Sa formule touchante suscita un instant d'émotion. Henry demanda ensuite :

— Attendons-nous Tony pour commander?

— Pas du tout, dit Aisling d'un ton dégagé. Les déplacements de Tony Murray sont assez imprévisibles.

Après avoir indiqué au serveur ce que chacun voulait boire, Henry entreprit Donal sur les événements du Moyen-Orient :

— Pour ma part, dit-il, j'estime que nous ne devrions surtout pas nous en mêler.

Elizabeth et Aisling s'entre-regardèrent avec bonheur. Elles allaient pouvoir parler tout à loisir.

— Tu vas m'expliquer ce que je devrai faire, demain, pendant cette cérémonie païenne. Quand je pense que je vais être témoin dans un mariage athée!

— Aisling, arrête d'employer des mots comme « païenne » et « athée ». Nous nous estimons tous chrétiens, à un titre quelconque. Mais dis-moi, pour Tony, il faudrait peut-être...

— Je vais tout te raconter, pourvu qu'ensuite on laisse tomber le sujet. Dès notre arrivée ici, à l'hôtel, il a dit qu'il devait sortir pour affaires. Des affaires inexistantes, tu t'en doutes. Alors, je lui ai dit de ne garder que dix livres sur lui, comme ça, s'il décidait de tout claquer, la perte serait limitée. Il m'a traitée d'esprit bassement mesquin et soupçonneux, toujours à croire le pire sur lui et jamais le meilleur. Il m'a cependant donné tout l'argent qu'il avait sur lui, sauf un billet de dix livres (en fait, j'ai vu qu'il gardait deux billets). Puis il m'a saluée bien bas en disant : « Je peux disposer, Chef ? », et il est parti. Il n'est toujours pas rentré, alors qu'il est huit heures, et il n'a pas prévenu. Au mieux il rentrera après la fermeture des pubs, plein comme une outre; au pire, ce sera demain matin, plein comme une outre. Mais je le remettrai en état pour tes noces. Et maintenant, parlons de demain. Qui seront les invités ?

Elizabeth regarda Henry qui expliquait à Donal pourquoi il votait travailliste, et pour quelles raisons Gaitskell avait raison, et Eden, tort.

— Considérant votre profession libérale, disait Donal, j'aurais pensé que vous seriez conservateur.

Elle leur adressa un tendre sourire, et se mit à établir une liste des invités pour Aisling.

Enfin, Henry dit à Elizabeth qu'il était déjà tard, qu'elle devait rentrer pour dormir au moins quelques heures.

— Transmettez à Tony mes regrets de ne pouvoir l'attendre, dit Henry à Aisling, mais nous ferons connaissance demain.

Restée seule avec Donal, Aisling proposa :

— Allons à Soho, je te montrerai les repaires d'iniquité.

— Tu n'es pas fatiguée ?

— De toute façon, je n'arriverai pas à m'endormir.

— Et si Tony revenait ?

— Eh bien, qu'il revienne.

Donal écarquillait les yeux devant les lumières, la foule cosmopolite, les jeunes gens en haut des escaliers qui conduisaient à des boîtes de strip-tease en sous-sol. S'il y avait encore des librairies ouvertes, c'était parce qu'on y trouvait des livres cochons, dans les rayons du fond.

— Comment sais-tu tout ça ?

— Parce qu'il y a de très nombreuses années — je n'avais même pas ton âge —, je suis venue là avec Elizabeth et le garçon qu'elle fréquentait à ce moment-là, Johnny. Il nous a montré tous ces endroits, et nous ne pouvions en croire nos yeux et oreilles. Mais c'était vrai.

— Et qu'est-ce qui s'est passé avec Johnny ?

— Ils sont restés amis. Tu le verras demain.

Tony rentra à une heure du matin, et un chasseur le soutint jusqu'à la porte de sa chambre.

— Le taxi, en bas, attend une livre, dit l'homme d'un ton gêné.

— Je vous remercie, répondit très calmement Aisling. Tenez, voici vingt-cinq shillings pour lui, et faites-moi le plaisir d'accepter dix shillings pour votre amabilité.

— Bien obligé, Madame, dit le chasseur, soulagé qu'il n'y ait pas eu de scène. Je peux vous aider à l'étendre sur le lit, si vous voulez.

Aisling accepta volontiers. Ensuite, ils lui ôtèrent ses chaussures.

— Voulez-vous qu'on essaie de lui retirer ses vêtements ? demanda-t-il.

— C'est inutile. J'ai son costume habillé dans l'armoire. Merci de votre gentillesse.

— Vous avez du cran, Madame, dit le chasseur.

Le lendemain matin, Aisling se leva très tôt. Elle alla acheter dans une pharmacie un bain de bouche, une solution ophtalmique, de la teinture d'hamamélis et du coton hydrophile. En rentrant, elle demanda qu'on serve dans la chambre un grand pot de café noir, et téléphona à Elizabeth pour lui souhaiter bonne chance. Quand le valet frappa, elle alla prendre le plateau à la porte, pour qu'il ne voie pas Tony tout habillé dans le lit. Puis elle fit couler un bain tiède, et réveilla son mari.

— Quoi ? Qu'est-ce qu'il y a ? balbutia-t-il.

— Debout ! J'entends que tu sois présentable pour le mariage. Après, tu pourras te soûler autant que tu veux, je m'en fous. Debout !

Tony essaya de bouger. Il avait mal à la tête, la gorge parcheminée.

— Qu'est-ce qui est arrivé ? dit-il.

— Tu es parti à cinq heures pour affaires, et tes affaires t'ont retenu. Elles t'ont aussi coûté vingt livres, plus une livre pour le taxi qui t'a ramené de Kilburn, là où tu as dû terminer tes affaires. A présent lève-toi, passe à la salle de bains et déshabille-toi.

Tony obtempéra. Il marchait comme un jouet mécanique qui arrive en fin de course. Quand il fut nu, elle le fit asseoir dans la baignoire et le força à boire du café, tasse sur tasse, ne s'arrêtant que quand elle vit que ça lui levait le cœur. Elle resta assise sur le tabouret de la salle de bains pendant que Tony se lavait sans conviction. Puis elle lui dit de se laisser aller contre le rebord de la baignoire, et lui glissa une serviette sous la nuque.

— Qu'est-ce que tu veux faire ? demanda-t-il, alarmé.

— T'arranger les yeux.

Il se laissa faire, près de sombrer de nouveau dans le sommeil. Pendant une demi-heure elle lui tamponna, lui tapota, lui lissa les paupières et le tour des yeux, lui posa des compresses d'eau froide, recommença. Finalement, elle réussit à faire disparaître complètement le gonflement et la rougeur.

— Ash, je me sens tellement coupable, avoua-t-il pathétiquement. Mais c'est seulement pendant le voyage. Je te jure que dès notre retour... Ecoute, il me faut un ou deux verres, juste pour me remettre les idées en place.

— Tu en auras autant que tu voudras... après le mariage, dit-elle, en lui tendant l'un après l'autre ses vêtements. Tu es vraiment beau garçon, quelle tristesse ! remarqua-t-elle.

— Ash, habille-toi au lieu de me chercher des histoires.

— Je ne te cherche pas d'histoires. C'est la vérité. Tu es beau, surtout maintenant que tu as minci. Tu n'aimes pas les compliments ?

— Je suis trop vanné pour plaisanter.

— Ah oui ? C'est drôle, mais moi aussi. Dis donc, tu empestes encore l'alcool, malgré tout ce qu'on a fait. Tiens, rince-toi la bouche.

398

Tony s'exécuta de mauvaise grâce. Tandis qu'à son tour elle passait à la salle de bains, Aisling l'entendit manœuvrer infructueusement le bouton de la porte.

— Elle est fermée à clé, cher Tony, lui cria-t-elle.

Ainsi put-elle s'occuper tranquillement d'elle-même. Elle paracheva sa toilette en se poudrant le corps d'un talc coûteux, qu'elle avait acheté à la pharmacie en même temps que les autres produits, pour rendre cette course moins déprimante.

Dans le taxi qui les conduisait au mariage, Donal les trouva curieusement détendus. Malgré la fugue de Tony, le soir d'avant, Aisling était de charmante humeur. Elle expliquait gaiement à Tony :

— Alors, voici le marché : à la réception, tu ne bois pas plus de trois verres; une fois les mariés partis, tu files où tu veux, tu fais ce que tu veux.

— Mais la fête continuera, j'ai bien le droit d'y rester !

— Non. Si tu veux recommencer comme hier soir, te soûler comme un cochon au point de ne plus tenir debout et de pisser dans ton pantalon, ce ne sera pas devant les amis d'Elizabeth.

— Seigneur ! Tu as de la poigne, hein ?

— Parfait, c'est réglé. Donal, nous approchons, voilà Westminster... nous y reviendrons demain ou lundi, si nous avons le temps. Tiens, regarde Big Ben : il est onze heures moins le quart, nous arriverons avec juste un peu d'avance.

Le taxi les déposa devant Caxton Hall, où stationnaient comme d'habitude les badauds venus pour voir les mariages. Avec sa flamboyante chevelure rousse, son ensemble lilas et son chapeau lilas et blanc, Aisling causa une certaine sensation.

— C'est une star de cinéma qui se marie? lui demanda une femme au passage.

— Non, rien qu'un solicitor et un professeur de dessin, mais c'est un mariage très chic, ne le ratez pas.

— Et comment ! dit la femme alléchée.

Papa était très élégant; il avait mis la boutonnière qu'Henry lui avait apportée le soir précédent.

— Tu es sûre qu'on ne me demandera pas de prendre la parole ? lui demanda-t-il.

— Non, Papa, je te l'ai assez dit. Simon fera une courte allocution, et Henry dira peut-être quelques mots, pour te remercier de lui donner ta fille et pour la réception.

— Mais c'est faux, tu paies toi-même le lunch.

— Oui, Papa, mais là n'est pas la question. Et d'ailleurs, tu m'as nourrie, logée, élevée, si bien qu'en un sens l'argent que j'ai épargné vient de toi, c'est donc toi qui paies indirectement.

— Tu as peut-être raison, dit-il, pas entièrement convaincu.

— Mais oui j'ai raison ! affirma-t-elle en lui arrangeant sa cravate. Comment me trouves-tu, Papa ?

Il s'écarta, la passa en revue d'un œil satisfait. « Oui, ma chérie, commença-t-il, je te trouve... » Allait-il dire qu'il la trouvait jolie, belle, impeccable ? Quels mots employait-il quand Maman était en grande toilette ?

— Je te trouve très... *présentable*, dit-il avec un petit rire, pour montrer qu'il plaisantait gentiment.

Du regard, Elizabeth parcourut le vestibule de Clarence Gardens. Elle s'aperçut dans la glace, avec sa robe jaune pâle et la veste assortie sur laquelle se détachait une grosse orchidée. Elle enfonça bien son chapeau et vaporisa un nuage de laque sur ses mèches pour que le vent ne la décoiffe pas en sortant de la voiture devant Caxton Hall.

Henry l'attendait là-bas. Ils avaient décidé d'y aller séparément, pour rendre les choses un peu plus solennelles. Et puis, elle voulait faire ce dernier trajet en compagnie de Papa, pour lui montrer qu'il était toujours à part dans ses affections. Et aussi le remercier de sa compréhension, parce que, tout de même, Harry viendrait au mariage, et Papa n'avait fait aucune réflexion à ce sujet. Elizabeth regarda tout autour d'elle. En vingt ans de vie à Clarence Gardens, elle n'y avait guère mis son empreinte. C'était la maison de Papa. Il en irait tout autrement dans l'appartement de Battersea. Henry et elle avaient trouvé des meubles, des tapis, des bibelots. La penderie ancienne contenait déjà les vêtements d'Elizabeth, et Henry avait également déménagé de son appartement de garçon toutes ses possessions.

Superstitieusement, ils avaient décidé de ne pas y passer une nuit avant leur mariage, pour garder toute sa plénitude à l'événement. Mais en même temps, cette idée pompeuse les avait fait rire.

Dans moins d'une heure elle serait Mrs Henry Mason. Elle éprouvait une impression d'irréalité. Est-ce que ça arrivait à toutes les femmes, au dernier moment ? Elle pensa à l'expression qu'aurait Henry, à la fois sérieuse et rayonnante, et elle eut un sourire de bonheur. A présent c'en était fini des moments de solitude, des contrariétés, des doutes. Elle épousait un homme qui était la bonté même — selon la formule de Tante Eileen pour désigner les braves gens. Quel dommage que Tante Eileen n'ait pu se déplacer. Qu'est-ce qui n'allait pas ? Elizabeth avait oublié d'interroger Aisling à ce sujet. Il faut dire qu'elles avaient tant de choses à se raconter. Comme elle était forte, cette Aisling, d'être restée aussi maîtresse d'elle-même alors que son mari avait disparu dès leur arrivée à Londres !

— Ma chérie, le taxi attend depuis cinq minutes...

— Oui, Papa, allons-y. Tu vas être débarrassé de moi.

— Ne dis pas ça. Tu ne m'as jamais causé le moindre ennui. Ta mère et moi n'avons jamais eu aucune difficulté avec toi.

Occupé à verrouiller la porte, il lui avait parlé le dos tourné. C'était sans doute l'unique compliment qu'il lui ait jamais fait. Elle ne put lui répondre, parce qu'elle se sentait au bord des larmes. Et d'ailleurs les voisins d'en face, ces Kenton toujours si bon genre, se désarticulaient les bras à les saluer joyeusement. D'autres voisins étaient également sortis pour dire au revoir à la mariée. Elizabeth leur fit de joyeux signes de la main et Papa monta tout souriant dans le taxi, à côté d'elle.

Aisling ne s'attendait pas à ce que ce fût si sympathique, si semblable à un vrai mariage. D'après les religieuses, le mariage civil n'était qu'une simple formalité devant un employé municipal — c'était une invention des Anglais, parce que les gens se détournaient de la religion, même de leur religion à eux, celle de l'Eglise anglicane. Mais c'était en réalité une vraie cérémonie, et l'officier de l'état civil leur demanda avec autant d'autorité qu'un curé s'ils acceptaient d'être unis par les liens du mariage et de se respecter et de se chérir.

Simon, le beau garçon qui était le témoin d'Henry, se révéla absolument charmant. Dans un langage châtié, il se répandit en compliments sur la beauté d'Aisling, qu'il ne jugeait pas assez mise en valeur, encore que très louablement soulignée. Il amusait énormément Aisling.

— Vous êtes le collègue raffiné, dit-elle tout épanouie. Avez-vous été présenté à mon mari, Tony Murray ?

— Plût au ciel que vous l'ayez rencontré bien longtemps après moi ! déclara Simon en serrant la main de Tony, dont la pâleur et l'air éteint n'étaient guère au diapason des envolées de ce grand garçon rieur.

Les invités sortirent en cortège, sous une pluie de confettis organisée par Stefan, Harry et Johnny. Déjà la noce suivante entrait.

Harry souriait à s'en décrocher la mâchoire. Donal prenait photo sur photo. Aisling ne pouvait détacher ses yeux d'Elizabeth. Elle lui avait toujours trouvé de la joliesse, avec son teint pâle, sa blondeur, mais aujourd'hui, peut-être à cause de sa toilette claire, elle était éblouissante. Son rouge à lèvres et l'orchidée faisaient deux taches rouge vif. Elle avait les traits affirmés, les yeux brillants, et ses fins cheveux blonds semblaient pleins de vigueur.

Aisling remerciait Dieu de donner enfin ce bonheur à Elizabeth, après toutes les épreuves qu'elle avait traversées. Qui aurait pu imaginer qu'elle connaîtrait jamais un jour pareil, applaudie et fêtée par son père, son beau-père Harry, et aussi Johnny Stone ? Si quelqu'un méritait ce mariage formidable, c'était bien Elizabeth.

Stricte dans son corsage montant fermé au col par un camée, Mrs Noble les attendait. Elle prit discrètement la direction de la réception, et sélectionna Harry et Johnny pour l'aider.

— Monsieur Elton, ce petit groupe vers la porte semble un peu isolé.

402

Et Harry Elton filait comme un chien de chasse :

— Bonjour. Je me présente : Harry Elton. Du côté de la mariée...

Voyant Jean et Derek intimidés au milieu de tout ce monde, il les présenta à Stefan et Anna, et ne les laissa que quand il les vit en grande conversation.

— Monsieur Stone, demanda la vigilante Mrs Noble, vous pourriez peut-être envoyer la jeune fille avec le plateau de vin vers ce monsieur à l'air triste, là-bas ?

— C'est le père de la mariée, rien ne pourra le dérider, dit Johnny.

— Oh, je comprends ! répondit Mrs Noble, craignant d'avoir commis un impair.

— Il est veuf, Mrs Noble. Evidemment, si vous étiez libre, je ne dis pas que vous ne parviendriez pas à le dérider ! affirma Johnny en lui faisant un clin d'œil.

— Monsieur Stone, voulez-vous bien vous taire ! dit Mrs Noble d'un air ravi.

Johnny se dévoua. Il alla remplir le verre de Mr White et remarqua :

— Elizabeth est délicieusement belle.

— Oui, délicieusement.

— Voilà un lunch réussi. Vous avez bien fait les choses, monsieur White.

— Certes, mais indirectement, seulement indirectement.

Découragé, Johnny chercha un allié. Tony Murray était à proximité. Il lui servit du vin, tout en convenant intérieurement qu'Aisling avait choisi un bel homme.

— Vous avez fait la connaissance du mari d'Aisling, monsieur White ?

Mais oui, les présentations avaient été faites. Et les deux hommes ne semblaient pas avoir grand-chose à se dire. Pour ne pas perdre contenance, Johnny remplit une fois encore le verre de Tony. Il vit avec soulagement qu'à l'autre bout de la salle Mrs Noble commençait à faire circuler les friands à la viande. Il conseilla aux deux hommes de se rapprocher du buffet. Tony s'excusa. Il devait d'abord descendre passer un coup de fil. Un garçon sympathique mais remuant, pensa Johnny.

Aisling notait l'adresse de Harry et promettait d'aller le voir à Preston. Elle s'étonnait de rire de si bon cœur avec ce terrifiant Mr Elton, qui avait enlevé la maman d'Elizabeth. Elle osa même le lui dire.

— Je le sais, dit Harry, subitement grave. Je crois qu'Elizabeth éprouve parfois la même chose. Nous sommes très amis tous les deux, mais il lui arrive encore de s'en étonner.

— Elle parle toujours de vous avec beaucoup d'affection.

— Vraiment ? Vous êtes gentille de me le dire. Je l'aime comme si elle était ma fille. Mais vous savez, chez vous aussi elle a été très heureuse. Elle le répète constamment.

— Aujourd'hui, elle rayonne de bonheur, dit Aisling tout en cherchant Tony des yeux. Elle a son Henry, on la fête...

— Oui, convint Harry sans enthousiasme débordant. J'espère qu'elle a bien choisi, en tout cas, elle l'affirme. Moi, j'ai toujours cru qu'elle épouserait Johnny Stone.

— Depuis le temps qu'ils se connaissaient, s'ils avaient dû se marier, ce serait déjà fait.

Harry se mit à rire. Elle était épatante, cette Aisling, et en plus un beau brin de femme.

— C'est vrai, avoua-t-il. Mais vous savez, Elizabeth tient beaucoup de sa mère. Et Violet, c'était quelqu'un ! J'espère que ce garçon la comprendra.

Ils se dirigèrent vers le buffet. Donal bavardait d'un air animé avec une jolie blonde, et Aisling aperçut Tony qui rentrait ; il avait dû aller aux toilettes. Il semblait avoir retrouvé ses esprits, et il reprenait des couleurs.

Mrs Noble avait le talent de chuchoter sans qu'on voie bouger ses lèvres.

— Monsieur Elton, glissa-t-elle à Harry, nous devrions peut-être dire à la serveuse de ne plus offrir de vin à cet homme brun, près de la porte. Un Irlandais, il me semble.

— Très bien, je m'en occupe.

Peu après, elle attira l'attention de Johnny sur l'Irlandais :

— Cela me gênerait d'en parler à Miss White, enfin...

à Mrs Mason, mais il a une demi-bouteille de vodka dans sa poche revolver.

Johnny le guetta. A deux reprises, il le vit se servir copieusement dans un verre à vin. Il s'y prenait très habilement : d'une seule main il tirait la bouteille de sa poche, la décapsulait d'un coup de pouce, remplissait le verre, remettait la bouteille en place, tandis que de l'autre main il portait une cigarette à ses lèvres ou adressait de petits signes aux invités — mais si impersonnels que personne ne lui répondait.

Encore que Simon s'écoutât parler, son allocution eut beaucoup de succès car il avait l'art de tourner spirituellement d'aimables généralités. Quand les applaudissements s'éteignirent, on découpa le gâteau de mariage, on servit le champagne et on porta des toasts.

— Est-ce que vous allez prendre la parole? demanda Aisling au père d'Elizabeth.

— Oh non, absolument pas. Elizabeth a promis qu'on ne me le demanderait pas, répondit-il d'un air alarmé.

— Allons donc! Juste quelques mots, ça lui fera tellement plaisir. Dites simplement qu'elle a été une fille sensationnelle, qu'elle fera une parfaite épouse, et que vous vous réjouissez de nous voir tous rassemblés en ce beau jour.

— Rien que ça?

— Mais oui. Allez-y donc, à l'abordage et pas de quartier!

Papa se racla la gorge. Elizabeth lui lança un regard inquiet. Tout se déroulait si bien jusque-là... Pourvu que Papa n'aille pas annoncer qu'il se faisait tard. On n'avait même pas fini le champagne, il en restait encore cinq bouteilles.

— Bien que médiocre orateur, je tiens à vous exprimer à tous ma gratitude pour votre présence. J'espère que vous vous plaisez avec nous... Je veux simplement vous dire ma joie du mariage de ma fille Elizabeth avec ce garçon remarquable qu'est Henry Mason. Je suis sûr qu'il la rendra très heureuse, et je peux lui dire que si elle se montre aussi bonne épouse qu'elle a été une fille parfaite, elle aussi le rendra très heureux. Je vous remercie tous du fond du cœur.

Ces quelques mots si simples, si sincères, après les phrases longues et entortillées de Simon, touchèrent les cœurs. On porta de nouveau un toast à la mariée, qui ne put retenir ses larmes. Ce pauvre Papa, comme il avait dû se faire violence pour s'exprimer ainsi en public ! Qui aurait pensé qu'il saurait trouver des paroles toutes bêtes, mais tellement justes ?

Harry avait demandé à Mrs Noble s'il pouvait utiliser le piano. Mais comment donc ! Quelle idée magnifique ! Et voici qu'il se mettait à jouer *For They Are Jolly Good Fellows* et toute l'assistance entonnait en chœur le célèbre refrain. Harry était fameusement à son affaire ! Il enchaîna sur plusieurs airs connus, puis exécuta *It's a Long Way to Tipperary*, en l'honneur des amis venus d'Irlande pour le mariage.

— Jouez des chansons irlandaises, demanda Stefan, elles sont si belles.

— Je vais en chanter une, annonça Tony.

— Mon Dieu ! dit Aisling, atterrée. Empêchez-le, implora-t-elle Johnny, il chante comme une casserole.

— Vous connaissez l'air de *Kevin Barry* ? demanda Tony à Harry.

— Non, mais commencez et je l'attraperai.

C'est dans la prison Montjoie
Qu'un lundi matin au gibet
Kevin Barry sa jeune vie donna
Pour la cause de la Liberté...

— Si vous en chantiez une plus connue, nous pourrions la reprendre à l'unisson, dit Johnny.

— Laissez-moi finir.

— Mais oui, laissez-le finir, intervint Simon. On n'interrompt pas une chanson au milieu.

Avant de l'envoyer au bourreau
Les soldats anglais le torturèrent
Dans sa cellule solitaire
Parce que Kevin refusait

De livrer les noms
De livrer les noms...

— Bon sang ! Qu'est-ce qui vient après ? Il n'y en a donc pas un qui la connaisse, ici ?

De livrer les noms...
... de ses camarades je ne sais plus quoi...
Et de leur dire ce qu'ils demandaient...
Dis-le, dis-le ou nous te tuons...
Fièrement Barry leur répondit NON.

— Ash, toi tu sais les paroles, chante avec moi !
— Je ne m'en souviens plus, répondit Aisling du fond de la salle. Franchement, ce n'est pas une chanson pour un mariage. Des bourreaux, des prisons. Si tu veux que nous reprenions en chœur, trouves-en une plus gaie !
— Mais il faut d'abord la finir, s'entêta Tony, il y a encore ce couplet :

Kevin Barry tu dois nous quitter
Au gibet tu vas mourir,
Pleurait sa mère, le cœur brisé
En embrassant son fils à tout jamais...

Harry plaqua bruyamment des accords et termina par un crescendo. Johnny applaudit, entraînant ses voisins et finalement toute l'assistance.

Tony avait manifestement encore un couplet en réserve, mais Harry couvrit sa voix en demandant à tue-tête :
— Allez, après l'Irlande, est-ce que nous aurons une chanson du Pays de Galles ? Ou d'Ecosse ?

Tandis qu'il jouait avec énergie les premières mesures de *I Belong to Glasgow*, Mrs Noble veilla à faire servir les dernières bouteilles de champagne aux invités.
— Sors-le d'ici, dit Aisling à Donal. Johnny Stone va t'aider.
— Mais, Aisling, tu crois que...

— Immédiatement, m'entends-tu ? C'est tout ce que je te demande.

Donal alla parler à Johnny, qui se dirigea vers Tony. Celui-ci montrait le piàno, mais Johnny arrondit sa main comme s'il tenait un verre — il l'invitait à aller boire à l'extérieur. Tony gesticulait en montrant le champagne mais Johnny secouait négativement la tête en lui indiquant l'escalier. Mrs Noble vint s'en mêler. Elle devait avoir des arguments, car Aisling vit Tony partir docilement.

Harry prit la parole. En son humble qualité de pianiste, il avait été prévenu du départ imminent des mariés. Alors, tous en chœur, on allait leur dire au revoir en chantant *My Dear Old Dutch*. Henry prit Elizabeth par le cou, et Stefan tapota la main d'Anna. Donal passa son bras dans celui d'Aisling. Harry battait la mesure :

Depuis quarante ans de mariage,
Chaque jour m'a semblé trop court...

Aisling regarda dans la direction de la porte. Mrs Noble et Johnny étaient rentrés, et ils chantaient à l'unisson. Tony n'était plus en vue. Et brusquement, ce fut le moment des adieux, sous les ovations des invités. Elizabeth vint vers Aisling, la serra dans ses bras.

— Merci, Aisling, merci de ta présence. Quel mariage aurait-ce été, sans toi ?

— Sais-tu que je t'ai dit la même chose, autrefois, à Kilgarret ?

— Au revoir, Aisling, dit Henry en intervenant joyeusement. Merci d'avoir été demoiselle d'honneur et témoin. Et d'être venue de si loin pour ça !

— Merci à vous, Henry, répondit Aisling en touchant la petite broche ornée d'une perle dont Henry lui avait fait cadeau. Elle est très belle. Elle me rappellera toujours votre mariage.

— Vous transmettrez mon au revoir à Tony, n'est-ce pas ? Je n'ai pas pu le trouver.

— Je passe mon temps à transmettre à Tony les

adieux des gens. Je me demande pourquoi je ne lui fais pas les miens...

Toute la noce descendit et se massa joyeusement autour du taxi. Elizabeth déposa un baiser sur la joue de Papa; là-haut, elle avait serré très fort Harry dans ses bras. A présent, tout le monde embrassait la mariée, et quand vint le tour de Johnny il lui dit avec une vraie tendresse :

— Je n'ai jamais connu de femme plus délicieuse que toi. Je n'ai jamais cessé de te le dire, et j'étais sincère. Je te souhaite beaucoup, beaucoup de bonheur.

Mrs Noble vit Tony se profiler dans la porte du pub où elle l'avait envoyé; il était encadré par deux hommes qu'il tenait par les épaules. Elle vint se placer devant lui en jouant la surprise :

— Tiens, monsieur Murray, comme on se retrouve !

— D'où est-ce que vous me connaissez? grogna Tony, sentant qu'elle lui barrait la route.

— Allez, vieux copain, rentrons, dit l'un des hommes. Ils vont bientôt fermer.

— Oui, tout le monde va venir vous retrouver, dit Mrs Noble. Dans un instant.

— Epatant! affirma Tony en disparaissant avec ses acolytes dans le pub, juste au moment où le taxi démarrait sous les acclamations.

Les invités se dispersaient. Mrs Noble prit Aisling à part :

— Il est dans cet établissement en face, Madame.

— Merci de votre intervention. Mais qu'il y reste. J'emmène mon frère au cinéma. Cependant, je vous remercie encore de nous en avoir débarrassés...

— C'était la moindre des choses. Il a la tête chaude, votre mari !

— Très chaude. Mais que ferez-vous quand le pub fermera, s'il vient vous demander où est la noce ?

— Eh bien, je lui dirai qu'elle est partie ailleurs, je lui montrerai dans quelle direction. Dans quelle direction voulez-vous que je l'envoie ?

— Je dirais volontiers dans celle de la Tamise, mais c'est peut-être un peu radical. De toute façon, il sait dans quel hôtel nous sommes descendus, il finira par y arriver, dans un état ou dans un autre.

— Ma pauvre Aisling, c'est terrible pour toi. Surtout que la dernière fois que tu as vu Elizabeth, c'était à ton mariage, remarqua Donal tandis qu'ils s'éloignaient.

— Oui, c'est ça.

— Et tu es attristée, non ? Le jour de ton mariage s'était si bien terminé, alors qu'aujourd'hui les choses ont mal tourné pour ton ménage.

— Donal O'Connor, c'est mon mariage qui a mal tourné, mais l'histoire est trop longue pour que je te la raconte maintenant. Alors, qu'est-ce que tu penserais d'un bon film ?

17

Donal ne laissait personne ignorer que le jour même où ils rentraient tous les trois de Londres par avion les Anglais déclenchaient les hostilités à Suez.

— Ce n'est qu'une guerre pour rire, arrête de la ramener comme si tu étais en première ligne, dit Eamonn, agacé. Oh, pardon, Maman !

— Si je n'étais plus là, est-ce que vous vous rappelleriez seulement que vous aviez un frère aîné ?

— Allez, continue à raconter... intervint Niamh.

Elle était revenue à la maison pour le week-end, assez piquée de ne pas avoir été invitée au mariage. Cette Elizabeth était bien anglaise, avec ses idées désuètes ! Ça lui aurait fait interrompre ses études, et après ?

— Je t'ai tout dit. C'était un mariage comme à l'église, mais sans autel, sans musique, et l'officiant n'était pas un curé. Et puis entièrement en anglais, évidemment, mais c'est pareil chez tous les protestants.

— Et après ?

— Montre-lui donc les photos, Donal. C'est lui qui les a prises, expliqua Eileen. Il en enverra des épreuves à Elizabeth, comme elle l'avait fait quand elle était venue au mariage d'Aisling.

— Mince, il n'est vraiment pas grand, son père !

— Ce n'est pas son père, c'est Harry.

— Son mari ? s'écria Niamh, confondue.

— Mais non, son mari s'appelle Henry. Harry, c'est son beau-père.

— Eh bien, ça devait plutôt être tangent de les avoir là tous les deux en même temps.

— Non, ça s'est très bien passé, dit Donal.

Une semaine après leur retour, Aisling passa voir Mrs Murray à l'improviste.

— Belle-Maman, je crois que c'est reparti pour contacter ce prêtre de Waterford. Le fiston déraille.

— Je n'aime pas que vous en parliez si légèrement, Aisling. Vous avez vu comme moi la lettre du prêtre, vous savez bien que Tony ne le fait pas exprès. Vous semblez en rire...

— Parce que vous voudriez que je sanglote ?

— Non, ma chérie. Mais en essayant de le raisonner...

— Je ne fais que ça, essayer de le raisonner. Et je suis allée trouver Shay Ferguson. Je lui ai dit que Tony lui-même souhaitait arrêter de boire, et qu'il l'aiderait s'il ne l'encourageait pas à s'enivrer. Il m'a ri au nez, en déclarant que Tony aimait boire un coup comme tous les hommes, et si ce n'était pas malheureux que je veuille le mener à la baguette.

— Que faire, ma chérie ? soupira Mrs Murray. Franchement, je suis désemparée. Restez-vous déjeuner avec moi ?

— Non, je vous remercie. Je retourne au magasin. Je suis passée en coup de vent pour vous mettre au courant. Il n'est allé que deux fois à son bureau, et c'était pour y prendre de l'argent. Cette vieille mère poule de Mr Meade en a les plumes en bataille.

— Ah oui ? Eh bien, ma chérie, merci d'être venue. Espérons que ça passera. Est-ce aussi... prononcé qu'avant ?

— Pire, Belle-Maman, pire. Hier, quand j'ai servi le

dîner, il m'a jeté son assiette à la tête et il a flanqué l'autre par terre. Une charmante nouveauté.

— Aisling, comment pouvez-vous parler de cette façon ?

— Si vous voulez m'en indiquer une autre ? Devrais-je offrir mes épreuves pour le salut des âmes du Purgatoire ? Avec ce que j'endure, Mrs Murray, je ferais sortir tant d'âmes du Purgatoire qu'il ne leur resterait plus qu'à fermer boutique.

Eileen annonça qu'elle irait à Dublin pour deux ou trois jours. Elle préférait y passer le temps voulu et exécuter en une seule fois tout son programme : elle voulait trouver un bon tissu à rideaux (dépense qui exigeait de comparer les prix et les qualités), remplacer son vieux manteau d'hiver, acheter de bonne heure les cadeaux de Noël, se faire couper les cheveux chez un coiffeur chic... pour une fois. Elle irait coucher chez Gretta, à Dun Laoghaire. Une excellente occasion de la revoir.

Aisling lui proposa de l'accompagner, mais Eileen jeta les hauts cris. S'absenter toutes les deux en même temps ? Et qui tiendrait les comptes, chez O'Connor ?

— Maman, il faut que tu appelles Gretta, dit Aisling quand elle se retrouva seule à seule avec sa mère.

— Qu'est-ce que tu me chantes ?

— J'ai téléphoné là-bas, puisque tu devais descendre chez elle. J'ai réussi à m'en tirer en disant que j'avais dû confondre les dates pour ton voyage à Dublin. Où étais-tu, Maman, tout va bien ?

— Est-ce que tu as cru que j'allais m'enfuir comme cette pauvre Violet ? demanda Eileen en rougissant.

— Allons donc, Maman ! Comme Papa m'a dit que tu lui avais téléphoné le soir de ton arrivée, je sais que tu étais bien à Dublin, mais pas chez Gretta. Tu es allée à l'hôpital ?

— Comment as-tu deviné ?

— C'est la seule explication. Qu'est-ce qu'il y avait ?

— Rien de grave, grâce à Dieu. C'est seulement que j'avais des kystes, et le Dr Murphy pensait qu'il valait

412

mieux s'en débarrasser. Mais ils m'ont dit que j'étais solide comme un roc.

— Mais enfin, tu as fait ça sans prévenir personne.

— Exactement, et je n'ai toujours pas l'intention d'en parler, parce qu'après je ne pourrai plus sortir d'une pièce sans qu'on me soupçonne d'être partie consulter un spécialiste.

— Qu'est-ce qu'on t'a fait ?

— Un examen sous anesthésie. Et on m'a enlevé deux kystes bénins, et voilà tout.

— Ma pauvre Maman, ma pauvre Maman...

— Mais tout va bien, ma fille, pourquoi t'apitoyer ?

— C'est vraiment sûr ? Tu as été si brave de subir ça toute seule... alors, tu fais peut-être encore bonne contenance.

— Non, pas à ce point-là. D'ailleurs, si mes jours étaient comptés, je le dirais, parce que je devrais prendre mes dispositions au sujet de chacun de vous. Mais ils ont dit qu'ils avaient rarement vu une femme de cinquante-six ans aussi robuste.

— Tu vas vraiment tout à fait bien ?

— Tout à fait, ma petite chérie. Et maintenant que je le sais, j'ai l'impression d'avoir des années en moins. Et j'apprécie que tu ne te sois pas mise dans tous tes états. Mais tu penses bien que s'il y avait eu quoi que ce soit, je te l'aurais dit, crois-moi. Et maintenant, je ferais bien de téléphoner à Gretta avant qu'elle n'alerte tout le pays !

Brendan Daly dit à Maureen qu'il avait vu Tony Murray au volant de son auto alors qu'il n'était pas en état de conduire. Maureen répondit qu'elle aussi avait eu vent de ce genre d'acrobaties.

— Tu devrais en faire la réflexion à Aisling.

— A quoi ça servirait ? Ce n'est pas elle qui conduisait.

— Non, mais pour qu'elle soit prévenue, au cas où il arriverait quelque chose.

— Elle le sait sûrement déjà, mais je lui dirai.

— Très bien. Moi, j'ai fait mon devoir. A la laiterie, il

y en a qui racontaient qu'il avait failli faire passer deux personnes par-dessus le parapet du pont, l'autre jour.

— Mon Dieu ! Faut qu'il soit enragé ! Est-ce qu'avec tout son argent il ne pourrait pas payer quelqu'un pour le ramener chez lui, ou rester coucher à l'hôtel s'il a trop pinté ?...

Mrs Moriarty dit à Donal que ce pauvre Tony Murray ne paraissait pas dans son assiette, ces derniers jours. Des ennuis, peut-être ?

— Non, je ne crois pas, Mrs Moriarty, répondit Donal en devenant blanc comme un linge, parce qu'on critiquait implicitement Aisling.

— Je n'aime pas me mêler des affaires des autres, reprit-elle.

— Je le sais bien, répondit Donal en lui souriant. Vous êtes une dame, vous. Vous êtes au-dessus des racontars.

Mrs Moriarty était un peu déçue que l'entretien tourne court, mais elle remercia Donal de son compliment.

— En tout cas, ce serait bien pire s'il était coureur, dit-elle tout à trac en retournant dans l'arrière-boutique.

Mrs Murray dit qu'elle se demandait ce qu'il vaudrait mieux faire pour Noël.

— L'annuler ? avait suggéré Aisling.

— Ma chérie, vous ne m'aidez guère.

Cette femme s'inquiétait. Aisling se reprocha d'avoir fait de l'esprit à ses dépens.

— Qu'est-ce que vous préférez, Belle-Maman ? Voulez-vous que nous fêtions le réveillon chez vous ? Je viendrai vous aider à préparer le dîner. Ce serait plus gai pour vous que de venir au bungalow. Et vous auriez toute la famille autour de vous.

— J'en doute. Le père John participe à un office de Noël.

— Est-ce qu'il ne serait pas encore meilleur chrétien s'il aidait son frère ?

— De toute façon, il ne peut pas se libérer. Deux

évêques et dix prêtres ont été choisis, quel honneur pour lui!

— Va pour l'honneur! Mais Joannie viendra, non?

— Je ne le crois pas. Elle m'a écrit. Elle dit qu'elle n'est pas sûre... que les jeunes filles qui partagent l'appartement avec elle...

— Des jeunes filles! Ce sont des femmes, comme Joannie, comme moi.

— C'est entendu, mais c'est elle qui dit « les jeunes filles ». Enfin, elles envisageaient vaguement un réveillon dans une demeure d'Ecosse, une publicité qu'elles ont vue.

— Ah oui? Elles envisageaient vaguement! Nom d'un chien, quelle femelle égoïste!

— Aisling, de tels mots...

— Mais c'est ce qu'elle est, Mrs Murray, une femelle, et une femelle égoïste. Et ça veut réveillonner en Ecosse. Elles n'ont donc pas de famille, ces monstresses?

— Ce n'est pas en les appelant de tous les noms que vous y changerez quelque chose, Aisling, remarqua Mrs Murray d'un air douloureux.

— C'est vrai. Eh bien, Belle-Maman, nous passerons Noël entre nous. Essayons d'en faire un beau jour.

— Avec Tony, bien entendu, dit Mrs Murray.

— Oui, bien entendu, avec Tony.

Niamh arriva à Kilgarret pour les fêtes de Noël avec la mine longue.

— Figure-toi que Tim, mon copain, il est maintenant avec une fille affreuse, Aisling — franchement, elle n'a rien pour plaire, on dirait une bonne sœur. Et avec ça, affublée de grandes vestes tricotées qui pendouillent de partout.

— Je vois le genre. Et tu crois que c'est sérieux entre eux?

— Je n'en sais rien, mais ce qui me mine... et je ne peux évidemment pas en parler à Maman... c'est s'il allait raconter des choses sur nous... parce que je ne veux pas que les gens aillent s'imaginer que...

— S'imaginer quoi?

— Eh bien, à propos de lui et moi. Parce que je ne l'aurais fait avec personne d'autre... avec Tim, ce n'était pas pareil. Alors, s'il allait raconter que je marche facilement...

— . Tu veux dire que tu as couché avec lui ? demanda Aisling, abasourdie.

— Mais *c'est* mon petit ami. Enfin, *c'était*...

— Je ne peux pas te croire.

— Crois ce que tu veux, Aisling. Mais surtout, ne va rien raconter à Maman, elle m'écrabouillerait.

— On ne sait jamais très bien si Aisling plaisante ou non, remarqua Elizabeth qui lisait une lettre tandis qu'Henry pendait du houx et du gui aux murs.

— De quoi parle-t-elle ?

— De cet horrible Noël... rien qu'eux trois dans une grande maison vide.

— Elle a pourtant une famille assez nombreuse !

— Oui, mais pour une raison quelconque elle reste auprès de la mère de Tony. Et elle pense que Tony aura du mal à tenir toute la soirée avec elles deux.

— Quelle tristesse ! Est-ce qu'il est toujours aussi buveur ?

— Quel mot formidable : buveur. Oui, il est toujours *très* buveur. Depuis notre mariage, il semble qu'il n'ait plus cessé. Enfin, peut-être trouveront-ils un autre prêtre pour le guérir. Aisling est étonnante, elle ne paraît pas terriblement catastrophée.

— Est-ce que tu serais catastrophée si je faisais comme Tony ? demanda Henry qui lui souriait du haut de la chaise où il avait grimpé pour décorer les murs.

— Oui, extrêmement. Alors, ne t'y risque pas. Je te quitterais.

— Ah oui ? Et pourquoi Aisling ne quitte-t-elle pas Tony ?

— Parce qu'en Irlande, on n'admet pas cette solution.

Papa se débrouillait très bien sans Elizabeth. Elle s'en réjouissait, mais en même temps ça la vexait un peu. De même qu'il s'était fait à vivre sans Maman, il s'accommodait de vivre sans Elizabeth. Très méthodiquement. Dans la cuisine il avait un petit bloc intitulé « Demander à Elizabeth ». Quand la question était réglée, il la cochait, et parfois il notait la réponse.

Ainsi, pour « Traces brunes sur les tasses à thé », il avait écrit : « Parce que je me limite à les rincer. E. dit que je dois les récurer au tampon, et si taches rebelles faire tremper dans eau salée ou bicarbonate de soude. » — « Odeur aigre dans évier » : « Selon E., lavette mal rincée, quand elle sèche. »

Comme il aimait mener une existence organisée, étroitement réglée ! Chaque chose dans sa petite boîte, dûment étiquetée et classée. Quand elle l'avait invité à venir passer trois jours chez eux, pour les fêtes de Noël, il avait eu l'air surpris et heureux.

— C'est très gentil, ma chérie. Mais rester coucher chez vous !

— Pourquoi pas, Papa ? Henry sera si content. Et puis, c'est mieux que de retourner en pleine nuit à Clarence Gardens, avec la distance...

— J'apprécie votre attention à tous les deux. Devrai-je prendre une valise ?

Il y avait des moments où elle aurait voulu le secouer jusqu'à ce qu'il perde sa raideur. Il accepta finalement de coucher chez eux, mais il rentrerait à la maison le lendemain de Noël « parce qu'on est quand même mieux chez soi ».

C'était agréable de travailler dans l'enseignement, dit Elizabeth à Stefan : on y avait des horaires décents, et de vrais congés de Noël. Tandis qu'une boutique, c'était l'esclavage, parce que les gens venaient toujours acheter des choses au dernier moment. Elle avait disposé un choix d'objets sur une table et dessiné une jolie petite pancarte disant : « Pour vos cadeaux de Noël ». Stefan était sceptique, et Johnny avait dit que les gens n'allaient pas chez les antiquaires s'ils voulaient acheter un cadeau à la dernière minute.

Et pourtant, le soir du réveillon la table était vide.

— Je te salue bien bas, reconnut Johnny qui n'était jamais avare de compliments. Moi, je n'y croyais pas.

Vous vous rendez compte, Stefan, même ces services à salade que nous avions depuis des mois ! Et puis, cette idée d'y joindre une carte de vœux à l'enseigne du magasin. Les gens n'ont pas l'impression d'offrir du « vieux » mais un « objet ancien ». Tu aurais fait une grande femme d'affaires, Elizabeth.

— Mais je suis une grande femme d'affaires.

— Non, non, tu es une épouse. Et en un rien de temps tu seras une mère.

Elizabeth en resta ébahie. Même Henry ne le savait pas encore. Elle n'en avait la confirmation que depuis la veille, et elle attendait le soir pour le dire à Henry — sa surprise de Noël. Elle avait calculé avec le médecin que l'enfant devait avoir été conçu pendant la lune de miel.

Ce Johnny Stone ! Il l'avait deviné...

Dans le cabinet juridique d'Henry, il y avait un cocktail pour Noël. En toute simplicité, selon le solicitor principal. Mais ce ne serait évidemment pas le cas. On passerait les épouses au crible. Elizabeth s'en doutait parfaitement, et il fallait qu'elle fasse honneur à Henry.

La coiffeuse finissait de brosser la veste d'Elizabeth. Elle admirait son œuvre et aussi la cliente : corsage à jabot fermé par un camée, veste grise ajustée, jupe en écossais gris et bleu. En même temps, elle expliquait qu'elle finirait à sept heures et demie et qu'elle devait compter une heure de trajet pour rentrer chez elle farcir la dinde de Noël pour sa Maman. Est-ce qu'Elizabeth allait à une réception ?

— Oui, un petit cocktail au bureau de mon mari.

— J'aimerais bien avoir un mari et un cocktail à son bureau.

— C'est drôle, remarqua Elizabeth, moi je pensais la même chose. Cela donne une impression de sécurité, parce qu'on sait où on se situe dans le monde.

— Eh bien, Madame, bon cocktail ! Vous allez faire de l'effet.

Elle ne prenait pas l'initiative de la conversation, elle ne voulait pas paraître s'imposer, mais elle répondait avec simplicité et netteté. Interrogée par le solicitor principal, elle dit qu'elle donnait des cours de dessin et d'histoire de l'art, et qu'elle travaillait aussi dans un magasin d'antiquités. Elle accueillit la nouvelle qu'il possédait un tableau très ancien, qui était dans sa famille depuis des générations, avec l'intérêt qui convient.

Elle para adroitement aux compliments fleuris de Simon, parla d'un air radieux aux autres épouses. Henry la regardait avec fierté. Peu à peu il cessa de malmener sa cravate et même, à un moment, elle le vit rire. C'était vraiment terrible que des gens comme Papa et Henry eussent des professions qui rendaient les gens nerveux encore plus nerveux.

Le solicitor principal s'adressait de nouveau à Elizabeth.

— Y a-t-il des juristes dans votre famille, Mrs Mason? lui demandait-il suavement.

Autour d'eux, les gens dressaient l'oreille. Allait-elle répondre négativement d'un ton navré, se vanter d'un cousin éloigné appartenant au barreau?

— Non, loin de là, je viens du milieu bancaire. J'ai dû apprendre une langue que je ne soupçonnais pas. Précédents, injonctions, contrats synallagmatiques... voilà des mots que j'ignorais totalement. Et peut-être le croirez-vous difficilement, mais les gens dans mon cas sont légion!

Les rires qui saluèrent sa repartie lui prouvèrent qu'elle avait passé victorieusement l'épreuve. Quelques instants plus tard, elle chuchotait à Henry qu'il était peut-être temps de s'en aller. Il ne fallait pas qu'on les prenne pour des courtisans.

Simon leur proposa de monter boire un dernier verre à la maison avant qu'il parte célébrer Noël chez Barbara. Mais Elizabeth déclina l'invitation. Elle avait hâte de dire la grande nouvelle à Henry.

Ils restèrent longtemps assis devant la cheminée, à parler de l'enfant. Henry disait qu'il devait se pincer pour être sûr que ce n'était pas un rêve. L'année dernière, à cette heure-là, il était dans le train de Liver-

419

pool, pour passer les fêtes chez Jean. Et voici qu'aujourd'hui il était marié et futur père. Il mit des coussins dans le dos d'Elizabeth, déclara que le lendemain elle ne lèverait pas le petit doigt, il s'occuperait entièrement de la cuisine. Ils combinèrent l'aménagement de la chambre du bébé, songèrent à l'avenir, aux vacances qu'ils passeraient tous les trois, à l'école...

Et puis les noms. Ils en essayaient les sonorités : Richard Mason, Susan Mason, Margaret Mason, Terence Mason. Le père d'Henry et celui d'Elizabeth s'appelaient tous les deux George, ce qui trancha la question : ce serait George Mason — si c'était un garçon.

— Si c'est une fille, veux-tu l'appeler Violet ? demanda Henry avec tact.

— Non. Cela ferait de la peine à Papa d'entendre ce nom. Donnons-lui celui de ta mère... tu m'as bien dit que c'était Eileen ?

Papa apprit la nouvelle avec joie, mais parut peu désireux de connaître tous les détails des dates, des règles qui avaient cessé et des tests de grossesse. Mais il semblait tirer fierté d'être bientôt grand-père.

Il apportait une bouteille de xérès. *Il ne savait même pas* que c'était mesquin, se disait Elizabeth, en constatant par-dessus le marché que c'était une marque très ordinaire. Eux, ils lui avaient acheté des cadeaux : des cartes à jouer dans un bel étui de cuir, et une grosse veste tricotée renforcée de cuir aux coudes. Mais Papa n'avait pas pensé à leur en faire.

— Le xérès, c'est une amélioration par rapport à l'année dernière, dit Elizabeth à Henry, quand ils furent tous deux dans la cuisine. Il ne m'avait jamais fait un seul cadeau.

— Ce n'est pas possible. Tu es sûre ?

— Oui. Il n'était pas ce genre de père-là.

— Moi, je serai un père gâteux. Je viderai les boutiques pour ma fille.

— Ou ton fils. Et moi, je serai aussi gâteuse que toi. Jamais je n'abandonnerai la petite Eileen...

— Ou le petit George.

420

— Puisqu'ils sont assez idiots pour s'en aller en Ecosse ou à je ne sais quelle liturgie de Noël, eh bien qu'ils y aillent, Belle-Maman! Et ne vous torturez pas. Dites-leur que vous leur souhaitez de bien en profiter.

Mrs Murray en convint. Mieux valait afficher une certaine indépendance. Le conseil devait être bon, car Joannie éprouva le besoin de téléphoner pour leur souhaiter un Joyeux Noël. Comme Aisling se trouvait là, ce fut elle qui décrocha.

— J'ai un peu mauvaise conscience de te laisser Maman sur le dos, mais enfin... avec Tony vous serez deux pour y faire face.

— Qu'est-ce que tu vas chercher? Tu te trompes du tout au tout. Nous allons énormément nous amuser.

— Oui, j'en suis sûre. Tony est là?

— Tony Murray? Ton frère?

— Aisling, ne fais pas l'âne. Qu'as-tu en tête?

— Rien de spécial. Mais qu'est-ce qui te fait penser qu'il serait là?

— Parce que c'est la maison familiale, que toi tu es là, que c'est le réveillon de Noël.

— Voyons, ce ne sont pas des raisons suffisantes. Non, en ce moment Tony doit être à l'hôtel. Ou chez Hanrahan, parce qu'à présent Maher refuse de le servir, poliment, bien entendu...

— Arrête de dire des bêtises.

— Bêtises ou pas, nous en sommes là. Vivre en se noyant le cerveau dans l'alcool, il y a des gens qui aiment ça. Moi non, et toi non plus, mais ton frère — mon mari — semble y tenir.

— Peux-tu me passer Maman?

— Mais comment donc! Et merci mille fois d'avoir appelé pour nous adresser tes vœux, et amuse-toi bien. Quand j'y pense, Noël dans une demeure campagnarde... En Ecosse, c'est ça?

— Oui. N'importe quoi pour sortir de ce trou!

— Tu en es sortie, tu habites Dublin.

— Je parle de l'Irlande.

— Mais bien sûr. L'Ecosse doit être tellement vivante par rapport à l'Irlande. Ne quitte pas, j'appelle ta Maman... Belle-Maman, c'est notre scintillante Joannie, là-haut en Ecosse, qui appelle sa Maman, comme une bonne fille...

Mrs Murray prit l'appareil, égayée par l'accent comique qu'affectait Aisling.

— Elle a tout de même été gentille de téléphoner, remarqua-t-elle après avoir raccroché.

— Je pensais à toutes ces années où nous étions inséparables, Joannie et moi. A ce moment-là je vous croyais lointaine, inaccessible... et nous voilà toutes les deux seules pour Noël.

— Nous ne serons pas seules.

— Avec un peu de chance, nous le serons.

A l'hôtel, le réveillon débutait et promettait d'être joyeux. Aisling alla y passer un moment.

— Ta mère nous attend pour dîner, dit-elle à Tony.

— Qui pense à dîner un soir de réveillon ? Avec ça que demain on va bâfrer toute la sainte journée !

— Il n'empêche qu'elle nous attend.

On commençait à les regarder. Tony s'empourpra.

— Eh bien, va devant, puisque ça te démange. Je vous rejoindrai plus tard.

— Mais quand ? Dans combien de temps ?

— Quand ça me chantera. C'est *ma* mère et c'est *ma* maison, tonnerre !

— Voilà ce que j'appelle parler comme un homme ! dit Shay Ferguson.

— Voilà ce que j'appelle parler comme un lèche-cul ! dit Aisling à Shay.

L'entourage crut avoir mal entendu. Aisling Murray paraissait si innocente, si calme, comment aurait-elle pu prononcer des mots pareils ? Non, on s'était trompé.

Shay était devenu cramoisi.

— Après ça, Tony, je suppose que c'est le moment de se quitter. Il ne faut plus compter sur toi ce soir...

— Voyons, Shay, dit Aisling en lui souriant, vous n'avez pas entendu Tony ? Il partira quand ça lui chantera, et pas avant.

Shay, encore plus décontenancé, eut un rire forcé :

— Exact. Alors, Tony, ma vieille branche. Qu'est-ce que tu fais ?

Tony se retourna pour dire quelque chose à Aisling, mais elle avait disparu.

Pendant la nuit, Aisling se leva pour aller aux toilettes ; il était quatre heures du matin. Tony n'était pas rentré. En retournant se coucher, elle vit que la porte de la chambre de sa belle-mère était légèrement entrebâillée et qu'il y avait de la lumière à l'intérieur.

— Je suis éveillée, Aisling, appela Mrs Murray.

— Il faut vous rendormir, Belle-Maman, dit-elle en entrant. Que vous restiez éveillée n'y changera rien, et au moins, en dormant on ne pense pas à ses ennuis.

Elle avait pris la main fluette de la vieille dame et la caressait. Mrs Murray la regardait avec anxiété.

— Evidemment, ils doivent être sur le chemin du retour. Et si l'un ou l'autre le ramène, ils se sont peut-être arrêtés au passage pour faire une dernière visite.

— Oui, c'est possible, dit Aisling pour la rassurer.

— Mais tout de même, le soir de Noël, il aurait pu...

— A moins qu'il ne soit rentré au bungalow, au lieu de venir ici ; il est peut-être en train de dormir bien tranquillement.

— Vous pensez que c'est ça ? demanda Mrs Murray d'un air confiant.

Aisling la contemplait, cette femme décharnée qui avait dépassé la soixantaine : veuve ; un fils prêtre, qui passait Noël loin d'elle ; une fille à moitié timbrée, cherchant l'aventure dans un « réveillon de rêve en Ecosse » au milieu de gens aussi seuls et aussi insatisfaits qu'elle ; et son fils chéri, la prunelle de ses yeux, ivre mort Dieu sait où, le jour le plus sacré de l'année. Autant lui donner une heure ou deux de tranquillité.

— J'en suis persuadée. Vous savez que son auto rentre automatiquement au garage, comme un âne à son écurie. Il est certainement là-bas.

— Mais il a bien dû se rendre compte que vous n'y étiez pas, en se mettant au lit...

— On peut imaginer qu'il s'est glissé dans les draps sans allumer la lumière, pour ne pas me réveiller.

Aisling n'avait confié à personne qu'elle dormait désormais sur le canapé du salon. Elle ne pouvait plus supporter d'être tirée de son sommeil par Tony s'effondrant à côté d'elle, empestant l'alcool et la sueur. Comme il n'avait rien dit la première fois où elle avait passé la nuit sur le canapé, après leur retour du mariage d'Elizabeth, elle n'avait plus réintégré le lit conjugal.

Aisling se remémora une phrase de la mère d'Elizabeth, que son amie lui avait rapportée : « C'est quand les choses vont très mal qu'il faut le plus soigner son aspect extérieur. » Je me demande si ça marche, pensa-t-elle. N'ayant pas réussi à se rendormir, elle s'était plongée dans un livre, ou plutôt, elle avait essayé... Mais il lui tournait trop d'idées dans la tête, toujours les mêmes : il fallait aider Tony, mais comment l'aider puisqu'il ne voulait rien entendre ? Que devait-elle faire ? Quelle aide pouvait-elle espérer des autres puisqu'ils se refusaient à l'écouter ? L'heure était venue de s'habiller pour aller à la messe, mais la solution lui échappait toujours autant.

Elle allait mettre sa redingote noire; elle avait fait briller ses chaussures et son sac avec de la crème de beauté. Ce que disait la mère d'Elizabeth, c'est que quand on a des soucis, il ne faut pas y ajouter celui de se sentir laide... Après s'être coiffée et maquillée soigneusement, elle voila ses cheveux roux d'une mantille.

— Pourvu qu'il ne soit pas en retard, gémit Mrs Murray en triturant ses gants.

Elle avait de larges cernes noirs sous les yeux. Aisling aussi, mais elle les avait masqués à grand renfort de fond de teint.

— Nous sommes très en avance, nous pouvons passer au bungalow pour voir si le fiston est rentré, répondit gaiement Aisling.

Il n'y était pas, mais elle se mit à parler comme un moulin, et elles arrivèrent à l'église sans que Mrs Murray ait eu le loisir de se poser des questions. Devant le porche, elles rencontrèrent Maureen qui dit fielleusement :

— Aisling, avec la couche de fond de teint que tu t'es mise, on croirait que tu vas danser.

— Et Joyeux Noël à toi aussi, chère sœur!

Le thème du sermon était l'amour. Noël est le temps de l'amour, dit le curé, et le chrétien doit s'efforcer de mettre de l'amour dans sa vie. Les bonnes intentions, les cadeaux ne suffisent pas. Il faut être animé de bonté, de compréhension. Que chacun sonde son cœur pour voir si, en ce jour, il peut donner encore plus d'amour.

« Mon acte d'amour, pensait Aisling, serait de souhaiter longue vie à Tony quand il rentrera, mais l'effort me paraît surhumain. » Elle regarda Mrs Murray qui priait avec ferveur. Mon Dieu, je vous en prie, faites qu'il ne rentre pas ivre, rien qu'aujourd'hui. Pas pour moi, parce que ça ne me fait plus rien, mais pour sa mère. Mon Dieu, puisque vous aimez les mères, ne pouvez-vous alléger leur fardeau? Regardez Maman, avec cette histoire de Sean qui est parti se faire tuer! Et cette pauvre Mrs Murray, comme elle vous implore! Et je mettrai une demi-couronne dans le tronc des pauvres. Cinq shillings. Mon Dieu, ça vous est certainement égal que Tony soit à un endroit ou à un autre, alors pourquoi ne le renvoyez-vous pas chez nous?

A la sortie de la messe, Donal se coula auprès d'Aisling.

— Ecoute, Eamonn a dit que Tony a fait du vilain hier soir chez Hanrahan.

— Qu'est-ce qui s'est passé?

— D'après Eamonn, le barman a pris les clés de voiture de Tony, et Tony a voulu les récupérer.

— Il fallait qu'il soit vraiment parti pour qu'on lui confisque ses clés de voiture, parce que chez Hanrahan le client peut bien aller se pendre dans la cour sans que ça les dérange.

— Je n'en sais pas plus.

— Merci, Donal, tu es gentil de m'avoir prévenue.

— Aisling, puis-je te demander un service, veux-tu me prêter cinq livres?

— Mais bien sûr, et même plus, si tu veux. J'ai vingt livres dans mon sac.

— Non, j'aurai largement assez avec cinq.

— Tiens, les voilà, dit Aisling en l'interrogeant seulement du regard.

— C'est parce qu'il y a bal demain soir. Tim, le copain de Niamh, viendra de Cork, et il est toujours plein aux as, et il y aura Anna Barry... alors, si j'étais un peu juste...

— C'est bien normal. Prends donc un autre billet, tu pourras offrir le champagne.

— Non, je te remercie. J'ai encore une petite réserve, mais j'ai mis presque tout mon argent dans les cadeaux.

— Tu es trop généreux.

— Mais non, Aisling. Noël sans cadeaux, ce ne serait pas Noël !

Quand Aisling se gara devant le bungalow, elle vit la voiture de Tony.

— Maman, je vous en prie, ne vous fâchez pas, ne le disputez pas.

— Mais bien entendu...

— Je vous dis ça parce que je sais comment il faut le prendre quand il a découché. Il faut faire comme si de rien n'était.

— Très bien, ma chérie, répondit nerveusement Mrs Murray.

Shay Ferguson était avec Tony. Il trempait une serviette de table dans le pot à eau et nettoyait maladroitement une entaille qu'avait Tony à l'arcade sourcilière.

— Joyeux Noël, Shay ! Joyeux Noël, Tony ! dit Aisling en retenant Mrs Murray qui voulait s'élancer pour voir la blessure.

— Toujours votre cinéma, maugréa Shay.

— Pas du tout. Le jour de Noël, on se salue comme ça. Qu'est-ce qui t'est arrivé, Tony ?

— Un petit accrochage avec la voiture. Il a couché chez moi, intervint Shay.

— Tony, tu es blessé ! s'écria Mrs Murray.

— N'en fais pas un plat, grinça Tony.

426

— Parlez-nous de l'accident, Shay, dit Aisling. Un mur qui s'est mis devant l'auto, une dangereuse voiture garée?

— C'est le jeune fils des Coghlan, avec son vélo neuf... il zigzaguait sur la route. Il est arrivé quasiment en plein sur nous. Seigneur...!

— Il est blessé? demanda Aisling.

— Non, juste une entaille. Je l'ai nettoyée. C'est la glace du rétroviseur, un éclat.

— Je ne parle pas de Tony mais du petit Coghlan.

— Oh, lui, ça va! Mais qu'est-ce que c'est que cette histoire de donner des vélos à des idiots de mômes qui ne savent pas monter...?

— Et cette histoire de donner des voitures à des ivrognes, alors? Des idiots d'ivrognes qui ne sont pas en état de conduire?

— Retire ça! dit Tony en essayant de se lever.

— Non. C'est la vérité.

— Aisling, pour l'amour du ciel, intervint Shay, il est blessé, ne l'embêtez pas.

— Je n'étais pas ivre. J'avais dormi chez Shay. Je n'avais encore rien bu.

— Comme il n'est même pas dix heures du matin, Tony, il n'y a pas de quoi se vanter.

— Il revenait pour passer le jour de Noël avec vous et sa mère, et vous lui cherchez des raisons!

— Dites-moi seulement dans quel état est le gamin.

— Il a la jambe... on ne sait pas si c'est une fracture. Ils allaient chercher le Dr Murphy quand on est partis.

— Vous êtes partis? Sans attendre de voir ce qu'avait le gosse?

— Et alors? Tony ne l'a pas renversé. Vous n'avez qu'à regarder la voiture, elle n'a pas une égratignure. Il a viré et freiné pour l'éviter.

— Où ça s'est passé?

— Devant chez les Coghlan.

— Vous montiez la côte?

— Evidemment qu'on montait la côte.

— Mais la maison des Coghlan est à droite en montant, alors *qu'est-ce que Tony faisait à droite de la route?*

— Vous n'avez rien compris. Le gosse zigzaguait d'un côté à l'autre de la chaussée.

— C'est moi qui devrais obtenir des dommages, regardez cette entaille ! lança Tony qui s'était levé pour s'examiner dans la glace.

— Vous ne croyez pas qu'il lui faudrait des points de suture ? demanda Shay.

— Est-ce que le gamin saignait ? dit Aisling.

— Il s'est juste éraflé les mains et le front.

— On va aller voir dans quel état il est, décida Aisling.

— Ne faites pas l'idiote. De la façon dont les gens interprètent les choses, ça voudrait dire que Tony était dans son tort. Nous lui avons bien expliqué, à Dinny Coghlan, que son fils tanguait sur son vélo, mais que nous ne ferions pas d'histoires puisqu'il n'y avait pas eu de blessé grave. Il a compris que c'était son intérêt.

— Il a surtout compris que son intérêt était de garder sa place dans la firme Murray.

— Ash, intervint Tony, qu'est-ce que tu as à ricaner ?

— Tu aurais aplati son gosse comme une crêpe que tu aurais encore fait admettre à ce pauvre Dinny où était son intérêt... et si ce gosse reste estropié ?

— Vous dramatisez. Le gosse n'a pas grand-chose, et Tony non plus, vous devriez être contente.

— Joyeux Noël, Shay ! comme je le disais. Vous allez nous laisser, maintenant ?

— Je n'ai pas ma voiture. Je suis venu avec Tony, pour le raccompagner.

— Vraiment ? Faut-il que Tony ait de la chance pour qu'un ami le raccompagne alors qu'il était à jeun, dit Aisling d'un ton glacial. Je vous reconduis, Shay, si, si, j'y tiens. Belle-Maman, si vous emmeniez Tony chez vous ? Je vous y retrouverai après avoir déposé Shay.

Quand Shay s'assit à côté d'elle, une bouffée d'alcool monta aux narines d'Aisling. Elle descendit la vitre avec une vigueur éloquente.

— Ce que vous pouvez être garce quand vous vous y mettez, commenta-t-il.

— Oui, dit Aisling en se concentrant sur la conduite.

— Un garçon comme Tony, il n'y en a pas deux au

monde, vous ne devriez pas être tout le temps à lui envoyer des rosseries.

— Non.

— Franchement, il n'y a pas de raison qu'on soit en bisbille, vous et moi. C'est mon meilleur copain. Je l'aime bien, vous l'aimez bien, alors pourquoi ces prises de bec à propos de bêtises ?

— Je n'en sais rien.

— Dites donc, on ne vous entend pas beaucoup, ça fait une différence avec tout à l'heure, chez vous.

— Dieu du ciel ! Si c'est permis d'être aussi stupide !

— Ecoutez, c'est bientôt la Nouvelle Année, si on faisait la paix ?

Il la regardait, son gros visage rond éclairé par l'espoir qu'elle allait lui serrer la main. Que l'esprit de Noël la rendrait moins dure.

Elle arrêta la voiture. Ils étaient presque arrivés au garage Ferguson. Shay habitait là avec son père, son oncle et sa tante, dans la grande maison mal entretenue qui s'étalait derrière le garage.

— Tony est un alcoolique, dit Aisling. Au train où il va, il ne fera pas de vieux os. Il avait réussi à cesser de boire pendant près de huit mois. Les choses n'allaient pas à la perfection, mais ça marchait tout de même autrement mieux que maintenant. Mais les rigolades, les discussions avec vous lui manquaient. Et vous, son ami, l'avez-vous aidé ? Etes-vous venu une seule fois à la maison, comme il vous y invitait ? Avez-vous fait des parties de pêche avec lui, ou des balades jusqu'au bord de la mer ?

— Ce n'est pas facile de se libérer à tout bout de champ.

— Quand c'était pour prendre un verre, vous arriviez toujours à vous libérer facilement. Mais pour votre « meilleur » copain, vous ne pouviez pas ? Même rien que pour un petit tour à pied.

— Ça m'aurait fait drôle.

— Et lui alors ? Ça ne lui faisait pas drôle de commander une limonade ou un soda au gingembre ? D'avoir devant lui de longues soirées sans vous, sans les copains ? Et il n'y en a pas un qui soit venu l'aider à le supporter. Alors, quand vous parlez d'amitié...

— Mais Tony n'est pas alcoolique. Il force un peu sur la boisson, on en est tous là. Et dès le Nouvel An il va réduire les doses, et nous autres aussi. Et en même temps, on perdra nos kilos en trop, ça fera d'une pierre deux coups

— Epatant ! C'est épatant, Shay !

— Je suis sincère.

— Je vous crois.

— Alors, amis ? dit-il en lui tendant sa grosse patte avant de descendre de la voiture.

Pour rentrer, Aisling passa par chez Dinny Coghlan. L'auto du Dr Murphy était garée devant la barrière.

Mrs Murray avait octroyé un congé à Kathleen, sa bonne, pour aller passer les fêtes au pays.

— Autrefois, j'avais toujours quelqu'un, se plaignit-elle. Je ne sais pas comment je vais y arriver.

Mais Aisling voyait bien qu'elle était ravie de mettre les petits plats dans les grands pour Tony. Aisling avait d'ailleurs participé au maximum, épluchant et détaillant les légumes, vidant la dinde, préparant la farce. Elle avait demandé à Maman un de ses plum-puddings (Maman en avait fait sept), et dit à sa belle-mère qu'elle l'avait confectionné elle-même. Elle avait mis la table, placé des papillotes à côté des trois assiettes, coupé le pain en tranches fines, préparé les pamplemousses et mis sur chacun une cerise confite.

— C'est la fête, dit Tony en montrant la table d'un signe de la tête.

— Oui, apparemment.

Elle avait répondu sans lever les yeux. Ils étaient assis de part et d'autre de la cheminée où flambait un bon feu. Ils entendaient Mrs Murray s'activer dans la cuisine. Il fallait bien tous ces préparatifs pour le retour du Fils prodigue.

Aisling ne trouvait rien à dire à Tony. Elle en avait assez de se battre les flancs pour l'occuper, lui détourner l'esprit de prendre son premier verre de la journée. De toute façon, au mieux elle le retarderait d'une demi-heure. Elle n'avait pas envie de mettre la question du jeune Lionel Coghlan sur le tapis (c'était forcément Lionel, parce que Matty était encore trop petit pour avoir un vélo). Ni non plus de lui parler de sa conversation avec Shay Ferguson, qui lui reviendrait toujours assez vite aux oreilles — et déformée. Et à quoi aurait-il servi de récriminer à propos de son tapage chez Hanrahan ?

— Je t'avais acheté un cadeau de Noël, mais je l'ai perdu, dit Tony.

— Ça ne fait rien, ce n'est pas grave.

— Mais si. Et je m'excuse.

Du coin de l'œil elle le vit se lever et aller vers la desserte.

— Allez, juste un petit en l'honneur de Noël, dit-il en se servant effectivement avec mesure.

Mrs Murray, qui entrait juste à ce moment, jeta un regard alarmé à Aisling. Celle-ci se contenta de hausser les épaules en disant :

— Passons-nous à la table du festin, Belle-Maman ?

Ils prirent place autour de la table et récitèrent le bénédicité. Aisling songeait à tous les Noëls passés à si peu de distance, dans la maison sur la place. Il y avait la découverte des cadeaux le matin, et à midi on se réunissait, tout joyeux. Papa racontait des histoires drôles, Maman disait qu'il fallait remercier Dieu de tant de bonnes choses survenues dans l'année. Il y avait une seule année où elle ne l'avait pas dit — celle de la mort de Sean.

Deux ans plus tôt, ça lui avait paru tout drôle de ne pas passer Noël avec les siens, mais comme elle faisait le repas pour les Murray au complet, elle était trop occupée pour y penser longtemps. L'année précédente, le soir du réveillon Tony était rentré ivre à dix heures et il avait dormi toute la nuit dans un fauteuil. Et le lendemain, au repas chez sa mère, il était très désagréable, mais le père John et Joannie étaient là pour partager ce moment difficile.

Et maintenant, ce sera toujours comme ça. John et Joannie ne rentreront plus pour les fêtes.

C'est Noël.

Elle sourit à sa belle-mère en disant qu'il venait de la cuisine une délicieuse odeur de dinde; et qu'elle se dépêchait de finir son pamplemousse pour qu'on puisse découper la bête. Elle tendit son verre à pied et Tony lui servit du vin.

Eileen dit qu'il fallait remercier le Seigneur pour toutes les bonnes choses survenues dans l'année. Elle pensait à Sean et au magasin. Il s'était résigné à supporter Eamonn, il ne rentrait plus fou furieux à cause d'une chamaillerie. Elle pensait à Maureen, venue le matin même avec ses quatre rejetons : dans son nid-d'ange blanc et duveteux, la petite était jolie à croquer, et Brendan Og devenait un beau gamin. Eamonn restait lui-même, ni pire ni meilleur, mais il avait tout de même passé l'année à son poste au magasin, et il n'injuriait plus son père en public. Aisling, bien sûr, avait fort à faire avec Tony, mais peut-être exagérait-elle à propos de l'autre question — elle voulait peut-être dire qu'elle ne connaissait pas le plaisir sexuel, ce qui est une difficulté normale. Et Donal — que Dieu bénisse cet enfant —, est-ce que ce Noël-ci il n'était pas en meilleure voie que jamais ? Un homme de vingt-deux ans, qui avait une carrière et aussi, apparemment, une bien-aimée. C'était Anna par-ci et Anna par-là. Quant à Niamh, elle était aussi jolie qu'Aisling (mais avec une chevelure moins flamboyante), dix fois plus sûre d'elle qu'Aisling à son âge et gaie comme une alouette depuis que son Tim lui était revenu. Et il y avait aussi Elizabeth, qu'elle comptait toujours parmi ses enfants, qui avait envoyé une lettre de dix pages pour dire qu'elle était tellement heureuse, que leur appartement était un petit palais, et qu'Oncle Sean et Tante Eileen y seraient chez eux, s'ils voulaient bien venir, mais que son hospitalité n'égalerait jamais celle qu'elle avait reçue à Kilgarret.

Eileen remercia le Seigneur.

Après le repas ils mirent la radio et s'installèrent autour de la cheminée, piochant dans les boîtes de chocolats de Noël, écoutant l'émission de variétés ou plongés dans la page de jeux du journal.

De temps en temps Eileen s'assoupissait — c'était la

digestion, et aussi la chaleur de la pièce. Sean dormait carrément, ses lunettes sur le nez, cramponnant son journal, et ronflant bruyamment, la bouche ouverte. Ce furent les rires des enfants qui le réveillèrent.

— Noël sans un petit somme, ce ne serait pas Noël, grogna-t-il.

Mrs Murray somnolait. Aisling passa à la cuisine et fit la vaisselle. Elle prépara le plateau pour servir le thé, coupa quelques tranches du gâteau de Noël. Mrs Murray voulait en envoyer des parts à Joannie et au père John.

Pas possible! Il n'était que cinq heures? Elle avait l'impression que le soir était déjà très avancé. Elle entra sans faire de bruit. Il était trop tôt pour réveiller Mrs Murray — elle avait si peu dormi de la nuit. Et Tony, lui non plus, n'avait pas dû dormir longtemps chez les Ferguson. Affalé dans l'autre fauteuil au coin du feu, il sommeillait la bouche ouverte. Aisling s'assit entre la mère et le fils et fixa les flammes comme quand elle était petite, pour y découvrir des paysages et des maisons et des châteaux. Une bûche s'effondra, réveillant Tony. Il étendit le bras, se servit un whisky.

— Noël sans un petit verre, ce ne serait pas Noël, dit-il.

Mrs Murray ne pouvait croire qu'elle avait dormi jusqu'à cette heure-là. Mon Dieu, et la vaisselle! Elle était faite? Vraiment, ils étaient trop gentils tous les deux! Ils n'auraient pas dû.

Une tasse de thé? Oui, volontiers... elle avait tellement mangé à midi. Et le gâteau en plus. Est-ce qu'il était aussi bon que celui de l'année dernière? Elle l'avait trouvé un peu plus sec. Après tout, c'était peut-être une idée.

— Rentrons au bungalow, Ash, dit Tony qui paraissait nerveux. J'ai besoin de faire une bonne nuit si nous allons aux courses demain. Et je préfère mon lit, ma chambre.

— Eh bien, partons! C'était un Noël très réussi,

Maman, dit-elle en embrassant le pauvre visage inquiet et déçu.

La nuit était noire et mouillée. Aisling conduisait. Elle s'abstint de prendre le chemin passant devant chez les Coghlan.

Il faisait froid, dans le bungalow. Aisling brancha un radiateur électrique et débarrassa la table des serviettes tachées de sang dont Shay s'était servi pour soigner Tony.

— Veux-tu que je fasse du feu ? proposa-t-elle.

— Pourquoi ?

— Ce serait plus gai. Tu passes la soirée là ?

— Ash, vas-tu finir avec ton *interrogatoire* ? Est-ce que je te demande où tu vas, ce que tu fais ?

— Je te demandais simplement...

— Tu demandais simplement, simplement... J'en ai par-dessus la tête de tes questions. Je sors.

— Mais où veux-tu aller ? Ecoute, il y a ce qu'il faut pour boire ici. Invite qui tu veux. Mais ne sors pas le soir de Noël. C'est fermé partout.

— Les maisons des copains sont ouvertes, des copains qui ne sont pas tout le temps à m'embêter, à me questionner.

— Tony, Shay n'est pas chez lui, tu sais bien qu'il est déjà parti à Dublin puisque tu dois le retrouver demain aux courses. Et ton sourcil, dit-elle en voyant qu'il enfilait son pardessus, il est à peine fermé, si tu te cognes il va se rouvrir et saigner. Ecoute, je fais du feu et je sors une bouteille d'alcool. Et nous resterons au coin de la cheminée, comme dans le bon vieux temps.

— Quel bon vieux temps ?

— Après notre mariage. Si tu sors, tu gâcheras ta soirée.

— Je ne rentrerai pas tard. Je reviendrai cette nuit.

Aisling finit par se coucher. En dépit du radiateur électrique il faisait froid. Elle enfila un gilet de laine sur sa chemise de nuit, se glissa dans l'étroit canapé, et prit un livre qui datait de son enfance, *L'Ane du tourbier*, de Patricia Lynch. Elle le lut lentement, comme autrefois avec Elizabeth, à qui elle expliquait ce que

434

c'est que la tourbe, et comment on la découpe en grosses mottes pour la ramasser. Elle se mit à penser à Elizabeth et Henry, dans leur joli appartement, et Mr White auprès d'eux. Pendant le lunch de mariage, elle avait vu comment Henry contemplait Elizabeth. Jamais Tony ne l'avait regardée comme ça. Pourquoi avait-il voulu l'épouser, elle ou n'importe qui ? Est-ce qu'il buvait déjà à ce moment-là, sans qu'elle s'en soit rendu compte ? Pourquoi avait-elle cru qu'il l'aimait ? Pour sa part, elle avait toujours su qu'elle ne l'aimait pas comme on s'aime dans les romans, comme Elizabeth avait aimé Johnny, ou même comme Niamh son étudiant en médecine. Et c'était peut-être de ça qu'elle était punie maintenant. Mais nom d'un chien, qu'est-ce qu'elle pouvait savoir de l'amour, à Kilgarret ?

— J'ai été folle de l'épouser, dit-elle à haute voix. Complètement folle.

Et curieusement, elle éprouva un certain réconfort. La situation devenait enfin claire. Aisling O'Connor avait épousé Tony Murray parce qu'elle était complètement folle.

Eileen s'étonnait qu'Aisling n'aille pas aux courses de Leopardstown.

— A la Saint-Etienne tu ne les ratais jamais, remarqua-t-elle, tandis qu'Aisling picorait dans le plat de dinde froide. Et fais-moi le plaisir d'arrêter ! Qu'est-ce qui restera pour déjeuner si tu continues à piocher dans le plat ?

— Je n'en avais pas envie. Tony croit que je le surveille... ce qui est sûrement vrai. Il n'arrête pas de dire « C'est seulement mon deuxième », même si c'est le septième. Je n'aurais fait que l'agacer et agacer tout le monde.

— Pourtant, est-ce que tu n'aurais pas dû l'accompagner ? Maureen m'a dit qu'elle l'avait vu ce matin, et qu'il a un sourcil fendu. Je ne te le répète pas pour faire des histoires. C'est toi qui en as parlé la première.

— Hier matin, il a freiné à mort pour ne pas écraser le petit Lionel Coghlan. Le gosse étrennait son vélo. Il a des contusions et deux côtes cassées. Tony s'est abîmé l'arcade sourcilière, mais il ne veut pas entendre parler de médecin ou d'hôpital.

— Miséricorde! dit Eileen, bouleversée.

— Oui, c'est ce que disent les Coghlan. Ils remercient le Seigneur que Tony n'ait rien eu de grave, et s'émerveillent qu'il ait pu virer pour éviter Lionel, et Lionel est là, dans son lit, blanc comme les draps, à dire qu'il était seulement en train d'étrenner son vélo, et puis cet enragé complètement ivre a débouché à plus de cent cinquante kilomètres à l'heure. Ou plutôt, il ne le dit pas, parce qu'il est trop jeune pour avoir compris...

— Mais c'était hier matin, Tony n'avait pas bu?

— Il n'avait même pas encore cuvé l'alcool de la nuit. Il n'avait plus de réflexes.

— Remercions Dieu que ce n'ait pas été pire.

— Qu'est-ce que je vais devenir, Maman? Est-ce que ça va durer toute la vie?

— Il a déjà fait une fois serment d'abstinence. Il va peut-être recommencer. C'est fréquent, après Noël.

— Mais moi, Maman. Il faudrait que je reste avec lui? Si je demandais l'annulation du mariage? J'aurais gain de cause, pour non-consommation.

— Est-ce que tu es folle?

— Mais, Maman, *je ne peux pas* passer le reste de ma vie avec lui. Je n'ai que vingt-six ans, et je devrais...

— Ecoute-moi bien, Aisling, à quoi t'es-tu engagée à l'église, par serment, devant tout le monde? C'est ça, le sacrement du mariage. Répète-moi les mots...

— C'était une formalité.

— Comment ça, une formalité? Un engagement solennel!

— Tu veux dire pour le meilleur et pour le pire, dans la maladie ou la santé...?

— Exactement. Tu t'es engagée!

— D'accord. Mais je ne savais pas qu'il pouvait y avoir autre chose... Là-dessus, il n'y a pas de serment...

— Tu sais ce que tu fais, en ce moment? Tu veux violer le sacrement du mariage. « Je ne savais pas qu'il pourrait y avoir des moments difficiles. Veuillez m'excuser, mais j'ai l'intention de faire un nouvel essai. » A ton avis, c'est ça, le mariage ?

— Peu importe ce qu'il est ou non. On ne peut pas me forcer à rester liée à un homme qui ne veut pas de moi. Et moi, je ne veux pas rester à ses côtés comme une abrutie pendant encore cinquante ans — solution qui semble la tienne.

— Oui, c'est ma solution. C'est ton devoir, et tu l'accompliras. A la fin de l'année, tout semble plus sombre, poursuivit Eileen, émue par le visage douloureux d'Aisling avec ses larges cernes noirs sous les yeux. On est agité, on voudrait des tas de choses... Ne sois pas si dramatique, tout s'arrangera.

— Ainsi, Maman, quoi qu'il arrive, tu penses que l'unique solution c'est de rester avec Tony en espérant que tout ira mieux et finira par s'arranger ?

— Absolument, et il ne faut pas penser autrement. Tiens, déjeune donc avec nous, près du feu. Juste du thé et les restes de la dinde. Ton père sera si heureux de te voir.

— Merci, Maman, je préfère rentrer au bungalow.

— Tu fais la tête, hein ? Avoue que tu fais la tête.

— Pas du tout. Je t'ai demandé ton opinion, tu me l'as donnée.

— Mais, tu ne t'attendais pas à ce que je te dise autre chose ?

— Si. J'espérais t'entendre dire que c'était un cas de nullité.

— Nous parlions du mariage, pas de considérations juridiques...

Mrs Murray aussi s'étonna qu'Aisling ne soit pas allée aux courses. Elles prenaient le thé dans la cuisine.

— Vous nous avez fait un repas délicieux. Je remangerais volontiers de votre dinde.

Ethel Murray s'affaira joyeusement à sortir les assiettes et les couverts. En réalité, Aisling voulait juste grignoter un peu de peau croustillante, mais elle savait que ses compliments feraient plaisir à sa belle-mère.

— Aux courses, il ne peut rien arriver à Tony ? dit Mrs Murray.

— Non, je l'espère bien... mais allez donc savoir ! Puis-je vous poser franchement une question, Belle-Maman ? Et vous demander de me répondre franchement ?

— Mais, certainement, répondit Mrs Murray d'un air inquiet.

— Est-ce qu'il n'aurait pas mieux valu qu'il ne se marie pas ? Il buvait tellement moins quand il vivait auprès de vous que je m'interroge... croyez-vous qu'il redeviendrait comme avant s'il n'avait pas de femme ?

— Mais, ce n'est pas possible, puisque vous êtes mariés.

— Oui, mais en imaginant qu'il ne le soit pas ?

— Honnêtement, je ne sais pas. Je ne crois pas que ça changerait grand-chose. Il boit trop. Il buvait déjà avant de vous épouser et ensuite ça s'est aggravé, mais je ne crois pas que son mariage en soit la cause. Vous n'avez rien à vous reprocher, dit-elle en prenant la main d'Aisling. Vous avez fait tout ce qu'il fallait, vous êtes une excellente épouse, si seulement il se rendait compte que...

— Non, vous m'avez mal comprise. Ce que je me demande, ce n'est pas si je suis une bonne ou une mauvaise épouse, mais si Tony n'a pas un tempérament de célibataire.

Mrs Murray paraissait déroutée. Elle répondit :

— L'homme conserve toujours un petit côté adolescent, si c'est ce que vous voulez dire.

— Oui, c'est ça, dit Aisling en abandonnant la partie. Non, ne me donnez pas tant de dinde. Après, j'irai voir Maureen, et il faudra aussi que je mange un peu chez elle.

L'intérieur de Maureen paraissait familialement accueillant. Aisling s'étonnait de l'avoir toujours trouvé morne, inhospitalier. Il y avait un grand berceau garni d'une mousseuse couverture blanche; le bébé dormait paisiblement dans son landau, Patrick et Peggy s'amusaient par terre avec leurs jouets et Brendan Og lisait un livre qu'il avait reçu à Noël.

— Je pensais que tu étais aux courses, comme tu n'as rien qui t'attache à la maison.

— Eh bien, non, tu vois. A la place, je te rends visite. Maureen mit des tartelettes à réchauffer au four.

— J'ai appris que tu avais vu Tony avec son sourcil abîmé, reprit Aisling.

— Ce n'était pas pour faire des racontars à Maman, je t'assure. Ne va pas croire que je suis tout le temps en train de parler de toi. Maman aurait mieux fait...

— Maureen, je ne cherche pas à être désagréable, je voulais seulement te demander... est-ce que tu crois que les gens parlent beaucoup de Tony ?

— Qu'est-ce que tu veux dire ?

— Tu le sais aussi bien que moi : ses beuveries, ses bagarres chez Hanrahan, le fait qu'il néglige sa maison de commerce.

— Oh, Aisling, moi je n'entends jamais rien. Qu'est-ce que tu veux qu'ils racontent ?

— Je n'en sais rien puisque je te pose la question. Je me demande s'ils le trouvent mal parti... s'ils trouvent qu'il est le genre d'homme à... enfin... qu'il devrait...

— Aisling, de quoi parles-tu ?

— Je ne crois pas que ce soit bon pour Tony de vivre avec moi.

— Mais avec qui d'autre devrait-il vivre ?

— Je ne sais pas. Il pourrait retourner chez sa mère, ou prendre une chambre à l'hôtel, ou s'installer chez les Ferguson. Ils ont de la place, puisqu'à un moment ils parlaient de remettre des pièces à neuf pour les louer.

— Tu dérailles ou tu plaisantes ?

— Non, je cherche des solutions de rechange.

— Et toi, qu'est-ce que tu ferais ?

— Je pourrais retourner chez Papa et Maman. Comme ça, tout le monde serait content.

— Non, personne ne le serait. Tu fais un caprice d'enfant gâtée parce que tu t'es disputée avec Tony et qu'il est allé aux courses sans toi.

— Ce n'est pas ça.

— Bon ! Mais c'est sûrement quelque chose de ce

genre. Ecoute, quand je pense à tout ce que tu as pour t'estimer heureuse, tu me fais bouillir...

— Heureuse d'avoir un mari qui tombe ivre mort aux quatre coins de la ville?

— Et alors? S'il boit trop, tu devrais t'occuper encore plus de lui. Et d'ailleurs, il pourrait faire bien pire. S'il courait, comme le mari de Sheila Moore, hein? Ou comme Brian Burns, qui entretient une femme à Dublin? Tu dis n'importe quoi, parce que tu ne sais pas encore ce que c'est que le mariage.

— Ça fait tout de même deux ans et demi.

— Attends d'avoir un enfant, tu verras le changement...

— Tu ne me croirais pas si tu savais...

— Mais si. Brendan est un peu comme ça, lui aussi. Il dit qu'on n'a pas les moyens d'en avoir un autre, et puis quand ils arrivent il en est fou. Je voudrais que tu le voies avec le bébé. Tony sera pareil.

— Oui, tu as sûrement raison. Allons, changeons de sujet.

— C'est toi qui as commencé, dit Maureen, froissée.

— C'est vrai. Je suis de méchante humeur, aujourd'hui.

— Je l'avais bien vu, affirma triomphalement Maureen. Quand il reviendra des courses, fais la paix avec lui, câline-le et oublie la raison de votre dispute. Ça arrive à tout le monde.

Tony revint des courses à une heure du matin, et immédiatement, il explosa :

— Tu as osé aller chez les Coghlan, leur faire des simagrées dans mon dos. *Tu as osé...!*

Réveillée en sursaut, Aisling répondit :

— Tu as bu, Tony, va donc te coucher. Nous en reparlerons demain matin.

— Non, nous allons en parler tout de suite. A l'hôtel, j'ai vu Marty O'Brien, le beau-frère de Dinny Coghlan. Il m'a dit que tu étais allée prendre des nouvelles du gosse...

— Par simple politesse, et par humanité.

— Derrière mon dos.

— Mais ferme-la donc, espèce d'abruti ! Tu étais en train d'écluser au bar de Leopardstown, comment aurais-je pu te dire où j'allais ?

— Ne me traite pas d'abruti !

— Ecoute, ça peut attendre à demain. Je dois me lever de bonne heure, parce que chez Papa on rouvre demain matin. Et chez Murray aussi, si ça t'intéresse. Tu n'as peut-être pas l'intention d'aller travailler, mais moi si. Alors, j'ai besoin de dormir.

— Qu'est-ce que tu me racontes, si ça m'intéresse que Murray ouvre ? Evidemment, l'affaire m'appartient.

— C'est vrai. Les gens l'oublient tout le temps.

— Ça veut dire quoi ?

— Que tu y es si peu souvent, et seulement pour prendre de l'argent. Quand ils te voient arriver ils se disent : « Tiens, voilà monsieur Tony, il a besoin de liquide. »

— Tu prétends que je néglige mes affaires !

— Arrête et va te coucher.

— Alors, d'après toi, je...

Aisling se leva du canapé et enleva les draps et les couvertures en disant :

— Puisqu'il n'y a pas moyen de dormir ici je vais dans l'autre pièce. Laisse-moi passer.

— Allez, reste ici, ou alors va dans notre lit. Tu m'entends ?

— Pas maintenant, Tony. Je ne pourrais pas le supporter.

— Qu'est-ce que tu ne pourrais pas supporter ? rugit Tony, les yeux flamboyants de colère.

— Non, ce soir je n'ai pas le courage d'essayer. Tony, laisse-moi passer, veux-tu ?

— Sale bête !

Il eut une détente si rapide qu'Aisling ne comprit pas ce qui lui arrivait ; elle reçut le coup en pleine mâchoire. La douleur lui ébranla tout le corps. De nouveau il la frappa, beaucoup plus violemment. Aisling sentit du sang lui jaillir de la bouche, couler sur son menton, tomber sur sa chemise de nuit. Elle y porta la main, regarda d'un air incrédule ses doigts rouges de sang.

— Ash ! Mon Dieu, oh mon Dieu ! Ash, pardonne-moi !

A pas lents, Aisling alla devant la glace. Elle avait l'impression d'avoir une lèvre fendue, mais le sang pouvait aussi bien venir de la dent qu'elle sentait bouger.

— Je m'en veux à mort, Ash, crois-moi. Je ne sais pas ce qui m'a pris. Ash, ça va ? Montre-moi... Seigneur ! C'est affreux ! Parle-moi, Ash. Qu'est-ce que je dois faire ? Tu veux que j'appelle un docteur ? Pardonne-moi, pardonne-moi. Dis-moi ce que je dois faire...

Aisling s'était assise. Le sang lui tombait sur les genoux.

— Ash, tu restes sans bouger. Il faut faire quelque chose. Tu veux que j'appelle quelqu'un ?

Aisling se leva lentement et vint se planter devant Tony.

— Va te coucher dans l'autre pièce. Tiens, prends ces couvertures. Allez, tout de suite.

— J'ai tellement honte, Ash. Je ne sais pas ce qui m'a pris. Tu sais bien que pour rien au monde je n'aurais voulu te frapper !

Aisling lui tendit les couvertures, et il sortit, la tête basse. Elle passa dans la chambre, prit une valise sur le haut du placard. Elle dut se nouer une serviette autour du cou, parce que le sang lui coulait encore sur le menton. Elle fit méthodiquement sa valise : vêtements d'hiver, chaussures, lingerie, bijoux. Elle ôta sa bague de fiançailles et son alliance et les plaça bien en vue sur la coiffeuse. Puis elle descendit son sac de voyage et y plaça ses lettres et ses photos. Constatant qu'il s'était écoulé une bonne heure, elle ouvrit la porte... la respiration bruyante de Tony emplissait la chambre d'ami. Il l'avait à moitié assommée, mais ça ne l'empêchait pas de dormir. Elle prit encore quelques objets dans la maison : le sucrier d'argent que lui avait offert Maman, la tasse et la soucoupe décorées de grosses roses que Peggy lui avait apportées elle-même, en cadeau de mariage.

Elle laissa un court billet à Tony. Elle lui disait

qu'elle allait se faire mettre des points de suture à l'hôpital; qu'elle expliquerait sa blessure par une chute. Puis qu'elle partirait dans sa propre voiture et ne reviendrait pas. Qu'il n'interroge pas les membres de sa famille, personne ne saurait où elle était allée. Puis, elle écrivit une longue lettre à Maman. Elle lui disait qu'elle avait fait toutes les tentatives possibles, recueilli plusieurs opinions, et que, de l'avis général, elle ne pouvait faire retourner en arrière les aiguilles de la pendule. Alors, elle abandonnait la pendule. Peu lui importait de quelle façon Maman expliquerait son départ : la maladie, un nouveau travail, une visite à une amie... Mais elle pensait que le mieux serait de dire franchement qu'Aisling ne pouvait plus supporter la vie avec Tony. Comme ça, personne n'échafauderait rien. Les choses seraient au grand jour.

Elle parlait à Maman de sa lèvre fendue. « Si je te le raconte, c'est seulement pour que tu saches que ce n'est pas un caprice. Et je n'ignore pas non plus qu'il y a dans cette ville des femmes battues par leur mari, et qu'il y en a dans toutes les villes. *Mais je ne ferai pas partie de celles-là.* Je le refuse, et je ne reviendrai pas sur ma décision. »

Elle disait à Maman qu'elle lui téléphonerait sous deux jours. Ce que Maman pouvait faire de mieux pour elle, c'était de ne pas tenter d'organiser une réconciliation, parce qu'il n'y en aurait jamais. Elle lui demandait de ne révéler à Mrs Murray les violences de Tony que si celle-ci insistait au point de se fâcher. Autrement, il valait mieux laisser encore quelques illusions à la pauvre femme.

Il ne fallut qu'un seul point de suture. Un jeune interne le lui posa. Elle connaissait deux des infirmières, et elle vit qu'elles ne croyaient pas à son histoire de chute.

— Revenez dans le courant de la semaine, pour que je voie si ça s'est bien refermé, lui recommanda l'interne.

— Entendu. Et merci de vos soins.

Aisling remonta dans sa voiture. Au passage, elle déposa la lettre à Maman non pas dans la boîte à lettres de la maison mais dans celle du magasin. Elle voulait que Maman puisse la lire dans la tranquillité de son petit bureau, où elle arrivait de bonne heure le matin.

Et après un dernier regard en arrière elle sortit de Kilgarret par la route de Dublin.

QUATRIÈME PARTIE

1956-1960

18

Pour Elizabeth, ce Noël avait été le plus beau de tous. Même en comptant ceux d'autrefois, à Kilgarret. Parce que cette fois, c'était son Noël à elle. Avec son mari, son père, et l'enfant qui commençait à se former. Son Noël, dans son foyer. C'était comme une récompense pour tous ces autres Noëls où elle s'efforçait de réconforter Papa, et de ne pas penser à Johnny, qui le célébrait peut-être avec une autre.

Le lendemain de Noël, Papa s'était empressé de regagner Clarence Gardens. Il était gêné d'habiter chez eux, même pour si peu de temps. Elle l'avait trouvé, par exemple, piétinant dans sa chambre devant la porte de la salle de bains, en robe de chambre et sa trousse de toilette à la main. Il paraissait perdu. Comme Elizabeth s'étonnait, il avait répondu qu'il ne pouvait pas savoir s'il n'y avait pas quelqu'un dedans, puisqu'il y avait deux portes. Elle lui avait expliqué pour la dizième fois que chacun y pénétrait par la porte de sa chambre et qu'on verrouillait l'autre porte. Ainsi, personne ne pouvait entrer à l'improviste. Mais, selon lui, c'était un système compliqué.

Henry parcourait des journaux dans la salle à manger. Papa et Elizabeth s'attardaient devant la table du petit déjeuner, dans la cuisine.

— Est-ce que Maman a eu beaucoup de malaises quand elle m'attendait ? demanda-t-elle.

— Comment ? Oh ! Je ne sais pas.

— Mais si elle avait des nausées ou des vertiges, elle a dû te le dire.

— Je regrette, je n'ai aucun souvenir de ces détails. Tu vois, je n'aurais jamais pu écrire un livre — j'oublie toutes les petites choses intéressantes... dit-il pour s'excuser plaisamment.

Piètre plaisanterie. Ainsi, la naissance de sa fille unique était un *détail*. Quelle tristesse! Mais Elizabeth se reprit. Après tout, peut-être tout souvenir de Maman lui était-il douloureux. Elle ne lui poserait plus de questions.

— Tu te rends compte que ce pauvre Henry a apporté du travail à la maison? Je crois qu'il est trop consciencieux... à ma connaissance, les autres n'en font pas autant.

— Je trouve qu'il a raison.

Papa émettait une opinion! Elizabeth n'en revenait pas.

— Oui, reprit-il, il a raison. Pour un homme, le plus important c'est de maîtriser son travail. Une fois qu'il s'y sent apte, tout le reste se met en place.

— Papa, ce n'est tout de même pas ce qui compte le plus! L'important, c'est de bien vivre, d'apporter quelque chose aux autres, non de progresser dans son travail.

— Je n'ai pas parlé de progresser. J'ai dit « maîtriser », riposta Papa avec quelque chaleur. Toi, tu vis dans un univers artistique, c'est différent, mais le droit ou la banque, ce sont des mondes durs.

Et voilà! Ces pauvres hommes se débattaient dans la dure sphère des affaires tandis que ces sottes de femmes n'étaient bonnes qu'à s'occuper d'art. Mais Elizabeth était trop contente de voir pour une fois Papa s'exprimer avec une certaine animation pour discuter son argumentation.

— Et toi, Papa, à l'âge d'Henry, tu aurais voulu emporter du travail à la maison? demanda-t-elle sans penser à mal.

— J'ai essayé, ma chérie, répondit-il, le visage soudain rembruni. J'ai essayé de gravir les échelons, ou au moins de rester au niveau de mes collègues. Juste après mon mariage, je voulais suivre des cours du soir, et aussi étudier par moi-même, en achetant des revues financières. Et puis, j'aurais passé les diplômes de l'Institut d'études bancaires. Mais Violet n'a jamais voulu. Elle trouvait que c'était *pathétique*, ce *zèle*, chez un *petit employé*.

— Mais tu aurais pu le faire quand même.

— Non, puisque ça l'agaçait tellement... et puis aussi elle me disait des choses cinglantes parce que je n'apprenais pas facilement...

Ce ton de vaincu ! Et toujours rejeter le blâme sur les autres...

— Allons, Papa, tu exagères...

— Non. Toi tu saisis facilement, Elizabeth, tu es comme Violet. Avec son esprit rapide, elle s'énervait qu'on soit lent à comprendre. Mais sache bien que la majeure partie des gens sont lents à comprendre...

Etait-ce une mise en garde ? Papa s'intéressait-il assez à elle pour lui donner un conseil ? Cela lui fit chaud au cœur, bien qu'elle trouvât le conseil en soi ridicule. Elle ne dit rien, craignant d'interrompre le cours de ses pensées, mais il changea lui-même de conversation.

— Henry et moi, nous pensions aller faire une bonne marche dans le parc, et déjeuner d'un sandwich et d'une bière dans un pub. Et puis, je regagnerai Clarence Gardens. Je dois préparer ce qu'il me faut pour demain matin.

Que devait-il préparer de spécial pour aller travailler à la banque, après trente-quatre ans de présence ?

Henry rentra du pub avec un teint vermeil : le froid glacial et l'exercice lui avaient fouetté le sang, et en plus il n'avait pas l'habitude de boire tant de bière à midi.

— J'ai mis ton père dans l'autobus, annonça-t-il. Il m'a chargé de te remercier encore une fois. Je crois qu'il est content d'avoir passé Noël avec nous.

— Moi aussi. Et l'année prochaine, nous aurons en plus un bébé de six mois et demi. C'est merveilleux.

Henry s'assit près de la cheminée et se chauffa les mains.

— Je devrai travailler dur pour nous trois. Mais je m'en réjouis d'avance.

— Mon amour, moi aussi je travaillerai. J'abandonnerai seulement les cours à l'école, mais ni Stefan ni l'Académie.

— Qui sait, chérie, qui sait ? dit Henry d'un air soucieux. Si nous ne trouvons personne pour garder l'enfant, il faudra bien que tu renonces à tes activités.

— Mais non, pas nécessairement. Nous avons déjà fait le tour de la question.

— Quelle que soit la solution, il faut songer que nous aurons moins d'argent, alors que, pour le moment, tu en gagnes plus que moi.

— Henry, je ne gagne pas plus que toi.

— Mais si. Additionne tous tes gains : l'Académie, l'école, Stefan, tes cours d'art pour adultes, et tu verras que tu dépasses mon salaire.

— Je crois que nous arrivons à égalité... mais, de toute façon, peu importe ce que chacun gagne, c'est notre argent à tous deux, non ?

— Oui, mais moi je me soucie, je n'ai pas ta capacité de croire que les choses viendront toutes seules. Je suis plutôt un tâcheron.

Elle lui ébouriffa les cheveux, lui rit au nez, lui fit des grimaces, et réussit finalement à le faire rire de ses propres alarmes. Mais elle ne put s'empêcher de relever une sorte de mystérieuse correspondance avec ce que Papa avait dit un peu plus tôt.

Comme c'était étrange — elle n'avait jamais remarqué qu'Henry et Papa voyaient souvent les choses dans la même perspective.

— Je ne l'annonce encore qu'à quelques amis, dit Elizabeth.

Stefan et Anna l'embrassèrent. Ils la trouvaient superbe. On dit que la maternité embellit les femmes, et c'est bien vrai.

Johnny étant arrivé pendant les embrassades, on dut lui en dire la raison.

— C'est magnifique, dit-il. Une future recrue pour le magasin Worsky. Veille à ce qu'il acquière le sens du commerce... c'est essentiel pour nous. Nous avons tous du flair, du goût, d'excellentes idées, mais pas la bosse des affaires. Quand le jeune Mason commencera ses études, mets-lui bien dans la tête qu'il doit devenir un financier.

— Et si c'est une fille?

— Nous attendrons que vienne le garçon. Mais franchement, je suis très heureux pour toi, mon petit chou, dit-il avec plus de gravité. C'est ce que tu voulais, n'est-ce pas? Ce que tu as tout le temps voulu. Un foyer, un mari, des gosses...

— Oui, c'est le bonheur. Je ne sais pas si c'est ce que j'ai tout le temps voulu, mais c'est ce que je veux à présent.

— Une petite personne qui va naître. Ça me plairait.

— Non? dit-elle en sentant sa gorge se nouer, comme autrefois.

— Oui, j'ai souvent pensé que j'aimerais avoir un gosse, mais pas ce qu'il y a d'autre dans le mariage. Seulement, c'est difficile, pour ne pas dire impossible.

— Un gosse caché dans une retraite discrète avec sa mère, que tu pourrais aller voir quand l'envie t'en prendrait, pour lui apprendre des choses ou l'emmener en promenade, mais sans aucun des inconvénients de la paternité.

— Oui, quelque chose comme ça. Mais c'est une entreprise pour laquelle je ne trouve pas de partenaire.

— Ce n'est pas sûr. Cherche bien, parles-en autour de toi, et tu y arriveras certainement.

« Cela, pensait Elizabeth, il aurait pu l'avoir. Et l'enfant irait aujourd'hui sur ses huit ans. »

Elizabeth téléphona la nouvelle à Harry. Il s'en déclara ravi. Il dit qu'il allait fabriquer un berceau, parce que la menuiserie, ça le connaissait — à moins qu'Elizabeth n'en ait déjà commandé un, quelque chose d'élégant... Impulsivement, elle l'invita à venir passer le week-end chez eux. Elle lui enverrait le prix du billet, parce qu'elle souhaitait ses conseils pour aménager la chambre du bébé.

Henry se déclara très heureux de la venue de Harry. Mais le père d'Elizabeth ne risquait-il pas de prendre ombrage du séjour de Harry chez eux?

— Il n'y aucune raison. Papa sait très bien que j'ai une grande affection pour Harry.

— Oui, mais de là à le recevoir sous notre toit. Ça

revient presque à dire que nous ne le considérons pas comme le traître de la pièce, pour s'exprimer en termes de théâtre.

— Mais il n'a pas du tout joué ce rôle. Si j'ai pu le croire au début, ça m'a passé très vite. Le jour où nous en parlions avec Simon, nous étions d'accord pour penser que cette histoire avait fait plus de bien que de mal. Tu t'en souviens ?

— Oui, je m'en souviens. Mais je n'ai jamais pensé que ça n'avait pas fait de mal à George.

Henry disait toujours « George » quand il parlait de Papa. Mais quand il s'adressait à Papa, il l'appelait monsieur White.

On n'avait pas annoncé la venue du bébé à Simon, parce que cela équivalait à l'annoncer à tout le bureau, et il était encore un peu tôt, n'est-ce pas ? Henry en convenait. Elizabeth était extraordinaire. Elle saisissait toutes les nuances et subtilités de l'atmosphère du bureau sans que Henry ait à lui en parler.

— Ça doit être un peu la même ambiance que dans la salle des professeurs à l'école, dit Elizabeth.

— Mais tu dis que ce sont toutes de vieilles dames.

— Eh bien oui, justement, répliqua Elizabeth en riant.

Le surlendemain de Noël, Simon leur rendit visite dans la soirée. Le cabinet étant fermé jusqu'au lundi, lui et Henry étaient théoriquement en congé. Mais Henry avait abattu une grosse journée de travail à la maison.

Simon ne tarissait pas sur son merveilleux Noël, sur les talents d'hôtesse de Barbara, les invités qui s'étaient succédé toute la journée, le buffet permanent. Il leur transmettait les affections de Barbara. Elle pressentait que leur petit nid de Battersea était superbe.

— J'espère que vous lui avez dit qu'il l'était, remarqua Elizabeth en riant.

Elle plaisantait pour mettre Henry à son aise, parce qu'il prenait toujours un air un peu penaud quand on parlait de Barbara.

— Absolument. Et que vous aviez transformé Henry.

Qu'il avait à présent une attitude si dégagée, si placide. Barbara a toujours pensé qu'il se tracassait trop pour des vétilles.

— Quelle drôle d'idée! Le plus souvent, il plane.

— Je reconnais que je me suis notablement dénoué, dit Henry avec un rire qui n'avait rien de forcé.

— Moi, je te trouve parfait. Tiens, veux-tu donner encore à boire à Simon, et moi je m'esquive une minute, le temps de ranger les papiers que j'ai étalés partout dans l'autre pièce.

— Ah! C'était votre travail, Elizabeth? remarqua Simon. Je croyais que ce bon Henry faisait du zèle.

— A Noël? Vous voulez rire? répliqua Elizabeth.

Elle alla ramasser les paperasses d'Henry et les rangea dans sa propre serviette.

Le même soir Papa téléphona pour transmettre un message d'Irlande. C'était de cette amie de Violet, Eileen. Elle demandait à Elizabeth de l'appeler à vingt-deux heures, au magasin. Le 67 à Kilgarret. Et qu'Elizabeth ne s'affole pas, il ne s'agissait pas d'un accident ni d'une mort, et tout le monde était en bonne santé.

— Qu'est-ce qu'il peut bien y avoir? dit Elizabeth.

— Ma chérie, comment pourrais-je le savoir? Ce sont tes amis, non les miens. Mais surtout note bien de ne pas l'appeler à la maison, ni non plus d'appeler Aisling. Elle a beaucoup insisté là-dessus.

— Tu as pensé à lui donner mon numéro?

— Oui, mais elle ne pouvait pas demander une autre communication, parce qu'elle téléphonait en cachette, de chez une amie. Je dois dire que je trouve tout ça bizarre.

— Tu sais, il s'agira sûrement d'une raison très simple. Veux-tu que je te rappelle pour te le raconter?

— Non, non. Après dix heures, c'est trop tard pour moi. Tu me diras ça quand nous nous verrons.

Papa raccrocha. Comme il s'intéressait peu aux gens! Il ne les aimait pas assez pour s'y intéresser. Brusquement, elle s'affola. Il fallait qu'il y ait quelque chose de très grave pour qu'Eileen ne veuille pas qu'elle appelle à la maison ni non plus chez Aisling. Dire qu'il n'était que sept heures et demie! Elle allait insister pour que Simon reste à dîner. Comme ça, le temps passerait plus vite.

— Allô, c'est toi Tante Eileen? Tante Eileen, tu m'entends?

Elizabeth criait presque. Elle s'énervait parce qu'il lui avait fallu dix minutes pour obtenir la communication : subir d'interminables cliquètements, épeler Kilgarret, demander le 67 à l'opératrice.

— Oui, ma fille. Tu vas bien?

La voix de Tante Eileen paraissait ferme, très normale.

— Oui, je vais bien, nous allons bien. Mais qu'est-ce qu'il y a, qu'est-ce qui se passe?

— As-tu reçu des nouvelles d'Aisling?

— Oui, une lettre juste avant Noël. Il lui est arrivé quelque chose?

— Non, non, rien du tout. Elle ne t'a pas téléphoné?

— Mais non. Pas depuis que je l'ai appelée, au retour de notre voyage de noces. C'est déjà si loin! Tante Eileen, je t'en prie, qu'est-ce qui se passe?

— Je ne veux pas trop parler...

— Mais, tu m'appelles bien du magasin, n'est-ce pas? Alors, tu dois être toute seule?

— Oui, mais tu sais bien...

— Je sais quoi? Ah! Oui, oui, bien sûr!

Elizabeth avait compris. Miss Mayes, la receveuse des postes de Kilgarret, était d'une curiosité légendaire. Elle écoutait le début des conversations, faisait des incursions dans celles qui étaient en cours, et ne lâchait plus une communication qui l'intéressait. Elizabeth entendit Tante Eileen pousser un soupir de soulagement.

— Eh bien, tu sais, le problème d'Aisling, comme avec ton Henry, par exemple...

— Oui, j'ai compris.

— C'est fini.

— Mort? demanda Elizabeth, suffoquée.

— Non, non. Liquidé, comme un commerce.

— Tu ne peux pas être plus claire?

— Tu as raison, la communication est vraiment

mauvaise. Alors, je me demandais si tu savais quelque chose, de ton côté.

— Non. Absolument rien.

— La chose m'a été notifiée ce matin, au bureau, mais naturellement j'aimerais en discuter. Alors, si on te contactait, tu insisterais pour qu'on me joigne, n'est-ce pas?

— Oui, bien entendu. Au travail ou à la maison?

— A la même heure, au même endroit. On est au calme.

— C'est entendu. Est-ce qu'Oncle Sean...?

— Pas encore.

— Et d'autres personnes?

— Non plus, apparemment.

— Et le problème... heu... en lui-même?

— Rien, pas un mot. Il y a une voiture devant le domicile, je n'en sais pas plus.

— Et sais-tu pourquoi, juste maintenant, et si brusquement?

— Une blessure.

— Seigneur!

— Pas grave.

— Mais puisque c'est fait, le contrat dénoncé, le commerce liquidé... Pourquoi le taire? Il faudra bien l'annoncer publiquement tôt ou tard. Si c'est définitif...

— C'est ce qu'elle disait dans sa lettre, mais j'espère encore.

— Puisque ça paraît terminé, à quoi bon?

— Ma fille, les règles de notre commerce sont différentes de celles de ton pays. Nous n'admettons pas la solution du genre Violet.

— Y a-t-il un autre... un autre? A force de chercher mes mots j'en bégaie. Un autre problème du genre Harry?

— Non, absolument pas, dit Tante Eileen en riant des efforts d'Elizabeth. Mais comprends bien qu'ici il n'y a pas moyen de mettre fin au problème, alors elle devra revenir.

— Je comprends, Tante Eileen.

— Tu es fine, ma fille. Est-ce qu'il y a des gens à côté de toi, qui t'entendent?

— Oui, il y a Henry et notre ami Simon, dit Elizabeth en souriant à Simon.

— Eh bien, eux, ils ne doivent rien y comprendre. Je t'écris cette nuit même. N'oublie pas ce qu'elle doit faire, quand elle te contactera...

Le lendemain, Aisling téléphonait.

— D'où m'appelles-tu ? demanda Elizabeth.

— De Brompton Road, juste en face de l'église catholique. C'est l'aérogare.

— Viens tout de suite. Prends un taxi. Si tu n'as pas assez d'argent, je le paierai. Dépêche-toi.

— J'ai la figure en capilotade, tu sais.

— Ne t'inquiète donc pas.

— Henry est là ?

— Non, il est parti à la bibliothèque.

— Merci, merci, Elizabeth. Je ne sais pas quoi faire...

— Mais si, je te l'ai dit, prends un taxi. Quand tu seras là, nous en parlerons.

Elizabeth pria Henry d'aller travailler à la bibliothèque.

— C'est tout de même un peu fort ! Tu me demandes carrément de vider les lieux !

— Excuse-moi, mais c'est vraiment important. Si c'était Simon qui débarquait en catastrophe, je m'en irais, pour vous laisser vous expliquer.

— Simon ne ferait pas ça, les hommes ne font pas ça, ronchonna Henry tout en rassemblant docilement ses papiers.

— Je te remercie infiniment, tu es gentil.

— Mais oui, c'est ça, dit-il de mauvaise grâce.

Elizabeth fit le lit de la chambre d'ami, sortit des serviettes de toilette. Tout en s'affairant, elle songeait qu'elle n'avait pas annoncé sa grossesse à Aisling. Elle devrait le faire à présent, bien que le moment soit mal choisi.

Elle entendit l'ascenseur s'arrêter à leur palier. Elle se précipita vers la porte, en essayant de maîtriser son émotion.

Aisling sortait sa valise et son sac de voyage de l'ascenseur. Elle leva la tête. Elle avait tout un côté du visage tuméfié, bleu et noir, et, au coin de la bouche, un pansement retenu par du sparadrap.

— Mon Dieu ! s'écria Elizabeth, ma pauvre Aisling, ma pauvre Aisling !

En haut de la large volée de l'escalier de marbre, elles restaient à s'étreindre. Elles avaient oublié de refermer la porte de l'ascenseur, et au rez-de-chaussée quelqu'un le sonnait avec insistance, mais elles n'entendaient rien. La joue intacte d'Aisling collée contre la joue d'Elizabeth, elles se serraient l'une contre l'autre en répétant à tour de rôle : « Là, là, ce n'est rien, ce n'est rien. »

Encore et encore elles firent du thé. Le récit d'Aisling n'était pas une énumération des torts de Tony, mais plutôt une sorte de tableau kaléidoscopique de la vie à Kilgarret. Il n'était pas question de projets ni de stratégies. Ni non plus de regrets ou de « si seulement... ». Le portrait de Tony qui en émergeait était celui d'un homme qui n'aurait jamais dû se marier. Elle ne dissimulait rien, mais ne noircissait rien non plus. Aisling semblait considérer l'impuissance sexuelle de Tony comme une raison parmi d'autres de son inaptitude au mariage.

— Je pense vraiment qu'il aurait dû être prêtre, comme son frère.

— Mais il n'aurait pas pu, avec son goût pour la boisson.

— Sans être anticléricale, je crois que si. Regarde ce prêtre de Waterford, celui qui l'avait guéri pendant un moment, il était alcoolique au dernier degré, et maintenant il est tiré d'affaire. Les prêtres s'entraident. S'il y en a un qui force sur la bouteille ils officient à sa place, ils s'arrangent pour qu'il n'ait pas d'ennuis. Et puis, les prêtres ivrognes n'ont pas de foyer à briser...

— Tante Eileen a appelé, dit Elizabeth.

Et elle rapporta à Aisling la teneur de leur conversation téléphonique.

— Non, je ne rentrerai pas. Et je ne veux pas la voir pour qu'elle recommence à me mettre sous le nez toutes ses bonnes raisons.

— Mais tu vas tout de même lui téléphoner ?

Aisling tenta de lui faire un sourire rassurant mais grimaça de douleur parce que ça lui faisait mal à la bouche.

— Oui, bien sûr. Je ne veux pas que Maman reste à attendre mon appel, toute seule dans son petit bureau. Mais elle ne me fera pas changer d'avis.

Henry rentra à six heures du soir. Dans le vestibule, il chuchota :

— Elle est là ?

— Oui, elle dort. J'ai promis de la réveiller à dix heures pour qu'elle appelle sa mère.

— Il l'a gravement battue ?

— Juste au visage, mais c'est effrayant à voir. Rien que des meurtrissures et sa lèvre fendue qui est toute gonflée. Quelle chose affreuse !

— Tu parles de sa figure ?

— Oui, elle est affreuse, mais c'est de son histoire que je parlais. Tout le monde a l'air de penser qu'elle aurait dû rester, continuer de vivre avec lui, alors qu'il faudrait le faire interner, dans son propre intérêt.

— Mais justement, pourquoi sa famille ne le fait-elle pas interner ?

— Apparemment ils n'en voient pas la nécessité. C'est un vrai mystère. Mais le tragique, c'est qu'elle ait dû s'enfuir.

— Les choses peuvent peut-être encore s'arranger.

— Il est exclu qu'elles s'arrangent avec Tony. Elle ne retournera jamais auprès de lui. Et quant à vivre à Kilgarret sans vivre avec son mari, elle pense que ce serait impossible. A mon avis elle se trompe, ce n'est tout de même pas le Moyen Age, là-bas... Mais elle vient de passer des moments si épouvantables. Je lui ai dit qu'elle pouvait rester chez nous aussi longtemps qu'elle le voudrait. Tu es d'accord ?

— Bien entendu. Au moins, tes amis peuvent compter sur toi.

— Moi aussi j'ai toujours pu compter sur Aisling, toujours.

— Quand tu étais réfugiée dans sa famille, pendant la guerre ?

— Oui, mais plus tard aussi.

Elizabeth parla la première à Eileen :

— Ne t'inquiète pas, ce n'est pas trop grave. Elle est très tuméfiée, mais ça disparaîtra.

— Je te remercie infiniment, ma fille. Est-ce qu'il y a des difficultés pour qu'elle parle au téléphone ? demanda Eileen d'une voix qui paraissait lasse.

— Non, pas du tout. Elle boit un thé pour se réveiller, parce qu'elle vient de dormir pendant plus de quatre heures. Je te préviens déjà que pour une rencontre, ça me semble compromis. De toute façon, je lui passe l'appareil.

Elizabeth et Henry allèrent s'enfermer dans la cuisine. Henry avait dit à Aisling de parler sans s'occuper de la durée de la communication. Voyant que son visage meurtri le mettait mal à l'aise, Aisling avait baissé la tête en l'assurant que ça allait être encore pire pendant deux jours mais qu'ensuite ça passerait si vite qu'elle serait guérie pour le Jour de l'An.

Debout dans le vestibule de l'appartement de Battersea, où l'éclairage indirect diffusait une lumière douce, Aisling allait parler à sa mère.

— Si j'ai demandé que tu m'appelles, ce n'est pas parce que je veux reculer, dit Maman.

— Je sais, Maman, je sais.

— Et il paraît que c'est assez vilain mais qu'il ne restera pas de cicatrice.

— Non, l'homme a été formel. Je lui ai dit que c'était en tombant du haut d'une chaise.

— Entendu. Je voudrais te parler.

— Maman, c'est pour ça que je t'appelle, comme tu l'as demandé. Maman, est-ce que tu pleures ? Je t'entends...

— Mais non, mais non, je me mouchais. Vas-tu revenir ?

— La réponse est « non ».

— Tu pourrais rester un moment auprès de moi.

— Ce sera pour toujours ou pas du tout.

— Mais ça ne veut rien dire ! Est-ce que Niamh est là pour toujours ? Et Donal et Eamonn ?

457

— Ça veut dire plus longtemps qu'un moment.

— Ce n'est pas pour moi ni pour ton Papa, tu le sais bien. Mais...

— Mais quoi ?

— Ce n'est pas raisonnable. Ce qu'il faut, c'est que tu fasses des efforts, que tu réussisses...

— J'en ai fait.

— Pas assez.

— Mais qu'est-ce qu'on veut de plus ? J'aurais pu y laisser un œil !

— Il n'y a pas de « on », Aisling. Et je ne pense qu'à ton bien.

— Ne t'en mêle pas, Maman. Je te téléphonerai et je t'écrirai. Au magasin, sous enveloppe commerciale jaune, comme si c'était une facture.

— Je voudrais te parler face à face, vous parler face à face. Je me reproche de n'avoir pas vu ce qui périclitait...

— Non, Maman, n'y compte pas. Je ne resterai pas à attendre qu'il nous vienne de Waterford un autre miracle à la petite semaine en risquant tout le temps de... de tomber d'une chaise.

— Je me déplacerai n'importe où.

— Je m'en doute, mais c'est inutile.

— Que puis-je faire pour t'aider, alors ?

— Je vais déjà mieux, je suis plus calme. Demain ou après-demain je verrai tout à fait clair, je te dirai ce que j'envisage. Tout peut se faire par lettres. Il faudra déjà que j'écrive à Jimmy Farrelly.

— A qui ?

— A Jimmy, au sujet des dispositions légales, de l'aspect financier, etc. Ne t'inquiète d'ailleurs pas, j'exigerai beaucoup moins que mon dû. Et puis le mari d'Elizabeth est solicitor. Je le consulterai.

— *Non !* Ne fais rien de définitif, c'est trop tôt.

— Pour moi, le plus tôt sera le mieux. Sois tranquille j'écrirai aussi à sa mère. Tu sais, Maman, elle est très gentille. J'ai bien changé d'avis sur elle. Alors, si tu veux m'aider, sois aimable avec elle, essaie de lui changer les idées, qu'elle ne rumine pas trop.

— Entendu.

— Et puis, pour vous, agis au mieux... fais ce qui vous causera le moins d'ennuis.

— Aisling, c'est tout ?

— Oui, il me semble.

— *Tu n'oublies pas quelque chose ?* demanda sèchement Eileen.

— Non, quoi d'autre ?

— La promesse faite à l'autre partie dans le marché.

— Non, je ne l'oublie pas, mais j'espère que ça viendra. J'y arriverai sans doute plus facilement lorsque j'aurai retrouvé figure humaine.

— Mais...

— N'insiste pas, Maman.

— Tu es bien, là-bas ?

— Oui. Tu sais, Maman, Elizabeth est merveilleuse, elle est vraiment formidable. Et Henry aussi. J'ai une belle chambre. J'y ai dormi comme un enfant. Je me sens déjà mieux.

— J'en suis heureuse, ma fille. Je suis heureuse que tu sois auprès d'Elizabeth. Ça me tranquillise tellement.

— Mais je n'y resterai pas longtemps. Je veux un endroit rien qu'à moi.

— Attends ! Pas tout de suite.

— Non, pas tout de suite, la semaine prochaine. Tu veux que je t'appelle demain soir ou après-demain, Maman ?

— Demain, mais c'est moi qui appellerai. Sans ça, Elizabeth aura une note de téléphone fantastique.

— Qu'est-ce que tu dis à Papa quand tu vas si tard à la boutique ?

— Je lui dis la vérité : que je veux mettre mes livres à jour dans le calme. Et je le fais.

— Je voudrais que les choses soient autrement, Maman.

— Bonsoir, Aisling. Que Dieu te garde. Et maintenant, retourne te coucher...

Le lendemain, Simon passa à l'appartement. Il fut horrifié de voir à quel point Aisling avait pu s'abîmer le visage en tombant du haut d'une chaise. Il regretta d'apprendre qu'indépendamment de cet accident elle avait quitté son mari.

— C'est ce type plutôt jovial qui avait chanté au mariage, n'est-ce pas ?

— Oui, c'est ce type, dit Aisling.

Johnny aussi fit une apparition. Il apportait à Elizabeth un énorme cache-pot.

— C'est le Châtelain qui vous a battue ? demanda-t-il à Aisling.

— Oui, mais nous disons que je suis tombée d'une chaise.

— C'est donc ce que nous dirons ! J'aimerais tout de même bien le tenir et lui écraser sa grosse face stupide. J'avais bien vu au mariage que c'était un fauteur de troubles.

— Oui, c'est un fauteur de troubles, dit Aisling.

Elizabeth s'était mise à sa disposition.

— Si tu veux pleurer, ne te gêne pas, et si tu veux que je pleure avec toi, je le ferai, avait-elle dit à Aisling. Seulement, je ne t'y encourage pas, parce que ça te fera mal à la figure. Nous allons continuer à mener notre vie habituelle autour de toi, mais je m'y soustrairai à n'importe quel moment si tu souhaites ma compagnie.

Peu avant le moment où Maman téléphonerait, elles se trouvaient ensemble dans la cuisine. Elizabeth confia à Aisling :

— Je sens que Papa songe à amener Henry au bridge, et ça m'effraie. Personnellement je déteste ce jeu, et Henry est tellement courtois qu'il pourrait très bien s'y mettre juste pour être agréable à Papa.

— Ils s'entendent remarquablement bien, c'est épatant, non ?

— Oui, et ça n'arrête pas de me surprendre. Papa est allé jusqu'à se déclarer flatté qu'on veuille appeler le bébé George... Mon Dieu, ça y est !

— Mais c'est formidable ! Et toi qui ne me disais rien. Oh, Elizabeth, je suis tellement heureuse pour vous. C'est merveilleux ! Tu le sais depuis quand ?

— Juste avant Noël. J'attendais que les choses se soient un peu tassées pour te le dire.

Au même moment retentit la sonnerie du téléphone.

— Aisling! appela Henry, c'est l'interurbain.

Maman apprit à Aisling qu'Ethel Murray avait passé toute la journée à la maison. Maman n'était pas allée travailler. Pendant ce temps-là Donal était à la pharmacie, Eamonn et Papa au magasin, et Niamh était partie à Cork avec Tim. Ethel Murray avait joint ce prêtre de Waterford, et il était venu à Kilgarret. Tony n'avait pas bu une seule goutte depuis vingt-quatre heures. Il avait dit à sa mère, au prêtre, et à Maman elle-même qu'il avait frappé Aisling sous l'empire de la boisson, et qu'il le regrettait très profondément. Tout le monde était ravi qu'il ait reconnu si fermement sa faute. Il disait que tous les torts étaient de son côté. Il suppliait Aisling de revenir. Il disait que désormais les choses changeraient entièrement. Maman parlait d'une voix joyeuse.
— Est-ce que ce n'est pas merveilleux, chérie ? Tu avais raison d'un bout à l'autre. Maintenant, tu peux revenir.

Aisling attendit de retrouver un visage plus ou moins normal avant de se mettre matériellement en quête d'un emploi et d'un logement. Il fallut dix jours pour que les meurtrissures disparaissent et pour que la cicatrice de sa lèvre s'atténue un peu. Pendant ce temps, elle épluche les petites annonces. Elle en tira cet enseignement que presque tout son salaire passerait dans un loyer. Jusque-là, elle n'avait jamais apprécié l'avantage d'avoir un toit sans effort : elle vivait dans la maison sur la place, en échange de quoi elle versait tous les mois deux livres sur le livret de caisse d'épargne de Maman; ensuite il y avait eu le bungalow, construit avec l'argent des Murray. (Encore que là, elle ait justement dû multiplier les efforts.) Elle possédait heureusement son propre livret, où elle déposait tout son salaire depuis dix-huit mois. Elle put facilement se faire virer cette somme à Londres. Et en plus, tout le monde lui proposa de l'aider. Elle en était touchée aux larmes. Comment pouvait-on prétendre que les Anglais étaient des gens froids ? Pour leur part, Stefan et Anna s'offraient à la loger et à l'employer à temps partiel jusqu'à ce qu'elle trouve mieux. Ils l'invitèrent un soir à dîner chez eux et lui servirent un curieux alcool, si fort qu'elle ne put l'avaler sans tousser.

— Si j'y prends goût, dit-elle, je vais être pire que mon mari.

— C'est bien que vous puissiez en parler comme ça, remarqua Stefan d'un air content.

Le père d'Elizabeth s'était également montré très gentil, et d'autant plus qu'Aisling sentait qu'il la désapprouvait. Mr White devait songer à la conduite de sa propre épouse. Il semblait confondu qu'il n'y ait pas d'homme à l'origine de la fuite d'Aisling. Il lui proposa l'ancienne chambre d'Elizabeth, moyennant un loyer symbolique, jusqu'à ce qu'elle ait trouvé à se loger.

— Evidemment, ce ne serait peut-être pas très gai pour vous, remarqua-t-il. Je vis très retiré.

Simon et Henry demandèrent à un avocat de leurs amis d'examiner la situation d'Aisling sur le plan légal. Elle suscitait de difficiles problèmes, d'une part parce que le divorce n'existait pas en Irlande, et de l'autre en raison de l'interprétation des textes de loi sur le domicile. On considère toujours que le domicile de l'épouse se trouve dans le pays où vit son mari. Mais ils étaient sûrs de parvenir à les surmonter et à lui obtenir une pension alimentaire. Ils semblaient se plaire à discuter les aspects juridiques du cas au moins autant qu'à le résoudre dans l'intérêt d'Aisling.

Johnny Stone fut le seul à comprendre qu'elle souhaitait par-dessus tout rompre les ponts.

— N'acceptez pas un sou du Châtelain. Vous êtes parfaitement capable de gagner plus que la malheureuse pension qu'il vous verserait. Si vous vous mettez sur le pied de lui réclamer de l'argent, avec toutes les chicaneries que cela suppose, vous ne serez jamais débarrassée de lui. Effacez-le, et prenez un nouveau départ.

C'était en fait ce qu'Aisling souhaitait, mais seule Elizabeth pressentit qu'elle effacerait en même temps tout le reste de sa vie à Kilgarret.

Bravant l'hiver, elles faisaient ensemble de longues

promenades dans le parc de Battersea, au cours desquelles elles ne parlaient que du futur bébé. Dans un traité de puériculture, elles suivaient la progression de l'embryon. Et elles étaient formelles : elles ne traiteraient pas cet enfant comme elles avaient été elles-mêmes traitées.

— Je ne lui donnerai jamais le sentiment qu'il est gauche ou sot, disait Elizabeth. J'en ai trop souffert quand j'étais petite. Quand je rentrais de l'école, j'avais toujours peur de ce que dirait Maman, et peur qu'elle se dispute avec Papa.

— Moi, je n'ai pas connu cela, disait Aisling. Maman ne nous donnait pas un sentiment d'infériorité, et elle ne se disputait pas avec Papa, mais elle était très catégorique : le bien est le bien, le mal est le mal — et elle l'est toujours. De la sorte, on n'a que des certitudes. Mais quelle rigidité! Si Maman avait été un peu plus souple...

— Non, je ne suis pas d'accord. Je ne dis pas ça parce que c'est ta mère, mais si tu savais à quel point c'est important qu'elle ait été si ferme. Maman était d'un caractère difficile, puis elle est devenue volage et elle est partie. Papa était un homme morose, faible — le perpétuel vaincu. Avant même d'aller à Kilgarret je priais Dieu de rendre mes parents semblables à ceux de mes livres d'enfant. Les tiens étaient comme ça.

— En tout cas, Monsieur George ou Mademoiselle Eileen aura de la chance. J'en suis déjà gâteuse, et je commence à tomber amoureuse d'Henry...

Henry avait finalement décidé de se mettre au bridge.

— Ce n'est qu'un soir par semaine, avait-il allégué auprès d'Elizabeth. Je choisirai le jour où tu fais la comptabilité avec Stefan et Johnny. Il y a d'abord la leçon, puis une partie, et ensuite une discussion générale autour d'une tasse de thé.

— Mais j'y ai assisté une fois, c'est sinistre. Rien que des esseulés, qui s'imaginent que leur vie sera transformée s'ils arrivent à comprendre cet affreux système des points. Si j'ai encouragé Papa, c'est parce qu'il était seul, sans contacts sociaux. Ce n'est nullement ton cas.

— J'aimerais pouvoir faire de temps en temps une partie de bridge avec George, dit-il d'un air buté.

— Si ça ne se ramenait qu'à ça, j'applaudirais des deux mains. Seulement, le bridge ne se joue pas à deux mais à quatre. Et des gens absolument affreux viennent chez vous, ne parlent que de bridge et veulent en plus du thé et des petits sandwiches...

— Mais tu pourrais t'y remettre et Aisling apprendrait. Ainsi, nous aurions des partenaires. Ce serait une distraction, pour les soirées d'hiver.

— Henry, les soirées d'hiver nous les passerons très bien tous les deux. Pas besoin de ce satané bridge !

— Elizabeth, tu es trop péremptoire, intervint Aisling. Je trouve qu'il a raison. Moi, j'apprendrais volontiers. J'ai déjà des rudiments, parce que j'ai joué avec Mrs Murray, Joannie et John — quand ses enfants daignaient venir la voir. Mais comme ils n'arrêtaient pas de parler d'autres sujets, je n'ai jamais bien assimilé le jeu...

Quand elles furent seules toutes les deux, Aisling s'excusa :

— J'espère que tu n'es pas fâchée, mais il avait tellement l'air d'y tenir, et puis pour moi, qui vais vivre seule à Londres, ce sera agréable de savoir bridger. c'est tout de même plus recherché que de jouer au mistigri.

— Voyons, Aisling, ne sois pas ridicule, je ne suis pas fâchée, tout au contraire. Je craignais seulement qu'Henry ne s'encroûte. Comme Papa.

— S'encroûter ? Attends-toi à ce qu'on mette de l'animation, Henry et moi, dans ces cours de bridge. Ça va chauffer autour des tables, crois-moi !

— C'est bon de te voir faire le pitre, recommencer à rire. Pourquoi ne pas rester avec nous quand tu auras trouvé un emploi, au lieu d'engloutir tout ton argent dans un loyer ? Ce serait formidable !

— Non, ça gâcherait tout. Je me sentirais redevable, et toi tu finirais par me trouver importune. Dis-moi, où se trouve Manchester Street ? Vers la route de Manchester ?

— Non, pas du tout, elle est dans le centre, non loin

de Baker Street. Mais un appartement dans Manchester Street, ce serait au-dessus de tes moyens.

— Il est petit, sympathique et bien situé. Ils ne le louent qu'avec un bail de deux ans au minimum. C'est une pratique courante ou douteuse?

— Non, je sais que ça se fait. Mais comment veux-tu signer pour deux ans, Aisling? D'ici là, tu seras retournée en Irlande depuis beau temps!

— Elizabeth, combien de fois devrai-je te le répéter? *Je ne retournerai pas là-bas.*

Aisling prit l'appartement, et dans le courant de la même semaine elle trouva un emploi de réceptionniste chez trois médecins de Harley Street qui exerçaient conjointement. Comme personnes pouvant répondre d'elle, elle avait cité Henry et le père d'Elizabeth; elle avait également indiqué spontanément qu'elle venait de quitter son mari en Irlande et qu'elle avait signé un bail de deux ans pour un appartement dans Manchester Street.

— Dois-je en conclure qu'il s'agit d'une séparation définitive? demanda le docteur devant qui elle faisait acte de candidature. Je veux simplement être sûr que vous n'allez pas disparaître parce qu'il y aura eu réconciliation.

— Non, c'est bien fini. Je reprends mon nom de jeune fille, O'Connor, et je ne renouerai jamais mes liens conjugaux, c'est une certitude, dit Aisling en touchant inconsciemment la petite cicatrice sur sa lèvre.

Le docteur lui sourit. Cette jeune femme était agréable à regarder, et elle avait une bonne expérience des travaux de bureau.

— Allez-vous divorcer, Miss O'Connor?

— En Irlande, le divorce n'existe pas, docteur.

— Ah oui, j'oubliais. Alors, que fait-on?

— Si on a de la chance on vient à Londres et on obtient un emploi sympathique dans un cabinet médical.

Ils convinrent qu'elle commencerait la semaine suivante.

Johnny proposa de l'aider à s'installer. Aisling se fixait un maximum de cinquante livres, ce qu'il jugea très suffisant. Ils fouineraient chez les brocanteurs pour lui trouver de jolies bibliothèques, et Johnny savait déjà où dénicher deux fauteuils assortis... Ils y consacrèrent une partie du week-end. Johnny devait l'arracher à la contemplation des vitrines de grands magasins exposant des mobiliers modernes. Elle faisait la moue devant ce qu'il lui proposait.

— Des vieux trucs comme ça, on ne sait pas quoi en faire chez nous. Les pièces au-dessus du magasin en sont bourrées.

— Vraiment ? dit Johnny alléché.

— Mais oui. Maman vous les donnerait pour rien, ça la débarrasserait.

— Je voulais toujours aller prospecter l'Irlande sous cet angle. Mais Elizabeth refusait.

— Elle refusait d'aller en Irlande ?

— Non, mais d'y aller professionnellement. Elle estimait que ce serait malhonnête de profiter des gens.

— Vous auriez pu venir pour mon mariage.

— Je n'étais pas invité.

— Ah oui ! C'est vrai, dit Aisling non sans présence d'esprit. La noce était déjà si nombreuse. Vous n'avez pas perdu grand-chose.

— Elizabeth semblait la trouver très réussie.

— A dire vrai, moi aussi. Une noce absolument réussie. Mais un mariage absolument raté.

— Alors, parlons d'autre chose ! Comment trouvez-vous ce rocking-chair canné ? Une fois bien nettoyé, et en y mettant un ou deux coussins amusants, il ferait un effet sensationnel près de la fenêtre.

— C'est tout de même malheureux d'acheter de vieux trucs quand on a les mêmes à Kilgarret, et mis au rebut...

— Si vous voulez, je vous y emmène dans la camionnette. On rafle tous les vieux meubles et on repart. Ça vous va ?

— Arrêtez donc de dire des idioties et achetons cette horreur.

Ils l'emportèrent. Ce fut Aisling qui le monta tandis que Johnny, chargé d'une table et d'une petite desserte à thé, peinait derrière elle.

— Si le Châtelain vous voyait porter ça dans l'escalier, dit-il, il en tomberait raide.

— Il est probable qu'il ne se souviendrait même plus de mon nom, parce que sa période de sobriété n'a pas dû durer longtemps.

Toutes les semaines, Aisling écrivait une longue lettre à Maman, en répétant les raisons de sa décision irrévocable, et en se plaignant qu'on veuille raccommoder son mariage à cause de l'opinion des gens. Maman répondait avec vigueur que l'opinion des gens était le dernier de ses soucis. Si elle avait voulu faire bonne figure à Kilgarret, elle aurait interdit à Eamonn de fréquenter sa bande peu reluisante; elle aurait forcé Aisling à étudier sérieusement et à aller à l'Université, et elle aurait fait repeindre la maison sur la place tous les cinq ans. Or, ce n'était pas le cas, n'est-ce pas? Mais elle tenait à ce qu'Aisling comprenne qu'elle avait rompu un engagement pris envers un autre être humain, que cet être humain faisait tous les efforts possibles, et qu'elle n'aurait qu'à couper la poire en deux, sinon même en quatre.

Puis il y eut la lettre annonçant qu'Ethel était hospitalisée, pour hypertension et fatigue nerveuse.

Puis il y eut la lettre annonçant que Tony s'était remis à boire au bout de trois semaines et demie. Les lettres qu'il avait adressées à Aisling lui étaient revenues intactes, ce qui était déjà très dur; mais ce qui l'avait achevé, c'était la visite de Jimmy Farrelly, lui suggérant un arrangement financier à l'amiable avec Aisling.

Puis il y eut la lettre annonçant qu'Ethel Murray allait mieux, qu'elle pouvait s'asseoir et qu'elle reprenait quelques couleurs... mais elle n'était pas encore assez solide pour qu'on pût lui apprendre que Tony buvait de nouveau.

Et un jour il y eut une lettre. Comme la suscription

était dactylographiée, Aisling l'ouvrit, pensant qu'elle venait de Jimmy Farrelly, le solicitor.

Elle venait de Tony.

Je t'en prie, Ash, reviens. Je t'en prie. Je me rends compte seulement maintenant de la vie que je te faisais. J'irai dans une clinique, pour me faire désintoxiquer complètement. Et j'irai aussi me faire faire un examen général dans un hôpital, à Dublin ou à Londres, pour qu'ils trouvent ce qui m'empêchait d'accomplir l'acte sexuel. Tous les jours je te conduirai à ton travail et j'irai t'y chercher le soir. Et je t'achèterai ce tourne-disque que tu voulais. Si tu ne reviens pas je me tuerai, et tu vivras pendant le restant de tes jours en sachant que tu aurais pu m'en empêcher.

Je t'aime, et je vois bien que j'ai été un mari horrible, mais tout ça c'est le passé, et on peut dire ou faire ce qu'on veut, tu es toujours ma femme. Et si tu reviens vite chez nous, je te rendrai vraiment heureuse.

Toute mon affection, Tony.

Mon cher Tony,

Cette lettre est la seule que je t'écrirai jamais, et ce que je vais te dire est définitif. Je ne retournerai jamais vivre auprès de toi. C'est tout. Je ne reviendrai pas sur mes griefs — tu les connais. J'ai tous motifs de demander l'annulation de notre mariage; si tu le souhaites, nous pouvons entamer la procédure. Je sais qu'à l'archevêché de Dublin il y a un prêtre préposé à cette question. Il suffit de lui exposer le cas de façon détaillée. Personnellement, je ne le souhaite pas pour l'instant, car je n'envisage pas de me remarier. Laissons donc de côté cette question de nullité. Il sera toujours temps si l'un de nous veut contracter un nouveau mariage.

Ne m'écris pas en me faisant des promesses que tu ne pourras pas, ou ne voudras pas tenir. Je ne te suis nullement supérieure, tu n'as donc pas à t'humilier. Et je suis aussi égoïste que toi — je t'ai quitté parce que je ne pouvais plus supporter d'être aussi malheureuse. Mais je vais te donner un conseil : arrête de boire, tu as déjà le foie en vilain état. A mon avis, c'est la raison de certains maux dont tu te plaignais. Et puis, occupe-toi plus de ton commerce. Parce qu'avant peu la maison Murray va trouver une sérieuse concurrence avec les supermarchés et les magasins à succursales multiples. Il faudrait examiner soigneusement la situation actuelle, et prévoir l'avenir.

Enfin, parlons de nos mères. Elles se font un souci terrible. La tienne est à l'hôpital, et elle croit que tu as renoncé pour toujours à la boisson. La mienne est occupée au magasin, mais chaque fois qu'elle regarde de l'autre côté de la place elle s'imagine qu'elle va me voir descendre de l'autocar et que tout recommencera comme avant. Je leur écris des lettres affectueuses et réconfortantes, mais qu'elles ne croient pas que je reviendrai. Je ne reviendrai pas. J'ai tourné la page. Seulement, ces deux femmes sont si dévouées à leurs enfants que tu leur rendras les choses encore plus pénibles en menaçant de te tuer ou en prétendant que ta vie est finie. Non, elle ne l'est pas. Tu as beaucoup de possibilités, et quand je pense à l'entrain que je t'ai connu, à ta gaieté quand nous allions au cinéma, quand nous faisions des promenades en auto... comme tu savais être heureux. Cela, tu le retrouveras peut-être.

Je n'ai pas l'intention de discuter d'un arrangement financier ni du partage de ce que contient le bungalow. Sache bien que je te souhaite uniquement de bonnes choses, mais que rien ne me fera revenir sur ma décision, ni promesses, ni menaces, ni supplications. Notre mariage est rompu aussi définitivement que s'il avait été annulé par Rome.

Aisling

A Kilgarret, on comprit progressivement qu'Aisling avait quitté Tony. Maman s'était montrée si vague que Maureen avait d'abord cru qu'Aisling était entrée en clinique à cause d'une fausse couche. Puis, comme le temps passait, elle pensa qu'on la traitait contre la stérilité.

Aux gens qui l'interrogeaient sur l'absence d'Aisling, Tony répondait d'un ton bourru qu'elle était allée voir des amis à Dublin ou à Londres. Elle avait la bougeotte!

Impatient de rendre à Aisling les cinq livres qu'elle lui avait prêtées, Donal était passé au bungalow. Tony l'avait reçu d'un air stupéfait en demandant s'il apportait un message d'Aisling. Dans un coin de la cuisine, une corbeille renfermait des serviettes tachées de sang. « Qu'est-ce qui s'est passé? » avait demandé Donal, affolé. Tony lui avait débité laborieusement une histoire de provocation, de dispute, de geste un peu vif. « Vous n'êtes qu'un gros lourdaud bouché, avait-il dit à Tony. Et j'espère qu'Aisling s'en est enfin rendu compte. »

Quand il le raconta à Maman, il comprit, à sa mine, qu'elle était déjà au courant.

— Maman, est-ce que je peux faire quelque chose?

— Quand nous tenterons de les raccommoder, tu pourrais dire à Aisling que tu as trouvé Tony bouleversé.

— Pas du tout, je ne ferai rien pour les raccommoder! s'était rebellé Donal. Tu sais, Maman, je voyais ça venir de loin. Quand nous étions à Londres, il n'a jamais dessoûlé. Mais nous nous bouchions les yeux.

— Chez Hanrahan, on dit qu'Aisling a lâché Tony, c'est vrai, Maman? demanda Eamonn.

— Non. Il y a eu une anicroche, mais ça va s'arranger.

Mais au fur et à mesure que les semaines passaient, les espoirs d'Eileen se dissipaient. Quand on lui demandait des nouvelles d'Aisling, elle répondait :

— Vous connaissez les jeunes de maintenant. On ne sait jamais ce qu'ils vont inventer.

Le soir où Tony vint briser une vitre du magasin en jetant une grosse pierre qu'il avait prise dans la cour de Hanrahan, Eileen se trouvait justement dans son petit bureau. Eût-elle été plus près de la fenêtre qu'elle aurait été blessée grièvement, tuée peut-être. Sous les yeux des voisins accourus au bruit, le sergent avait emmené Tony au commissariat. Et puis la voiture de police avait raccompagné Tony au bungalow, car Eileen refusait de porter plainte. Elle avait supplié le sergent de ne pas avertir Mrs Murray. Le lendemain à la première heure, Mr Meade envoyait un vitrier réparer les dégâts. Informé, le père John adressa à Eileen une lettre qui se voulait apaisante, mais qui en fait condamnait Aisling pour avoir abandonné ses devoirs conjugaux. A part ces incidents, la vie à Kilgarret ne se ressentit nullement du scandale du départ d'Aisling. Et les gens hochaient la tête avec sagacité devant cette preuve que l'argent et la beauté ne font pas nécessairement le bonheur.

On était en juillet. Dans l'appartement, Aisling et Elizabeth étaient assises près de la fenêtre donnant sur le parc. Le bébé avait deux semaines de retard.

— C'est idiot, mais ça m'agace, remarqua Aisling.

— C'est drôle, pas moi, dit Elizabeth. J'ai l'impression d'un rêve, d'un sursis... Pourvu qu'il soit normal !

— Tu l'aimerais tout autant, et même plus, d'après ce qu'on dit. Mais ne pense donc pas à ça. A propos, Maman t'envoie ses affections. J'ai eu une lettre aujourd'hui. Et aussi une de Papa.

— Il voulait quelque chose ?

— Je me le demandais, moi aussi. Mais non. « Ta mère me dit que puisque nous ne pouvons compter t'avoir ici à Kilgarret, le seul moyen de te parler est de t'écrire... » Je crois qu'il a toujours eu mauvaise conscience que Maman envoie toutes ces lettres à Sean, et lui pas une seule. Elizabeth, qu'est-ce qu'il y a ? s'écria-t-elle en la voyant grimacer de douleur.

— C'est la deuxième... oh, oh !

— Prends ta veste, la valise est dans le vestibule.

— Pour Henry... ?

— Je lui téléphonerai de l'hôpital. Allez, viens.

— Si on ne trouvait pas de taxi ?

Aisling courut à la fenêtre, se pencha. En bas, un taxi passait. Elle le siffla. Le chauffeur freina, leva la tête. A une fenêtre du quatrième étage, une rousse lui faisait de grands signes.

— Nous arrivons ! cria-t-elle.

Il s'était garé devant l'immeuble. En apercevant Elizabeth, il gémit :

— Zut, toujours ma poisse ! Direction la maternité et en vitesse ! Moi qui croyais seulement charger une belle poupée rousse.

L'homme conduisait très vite. Aisling tenait la main d'Elizabeth en lui affirmant qu'un premier-né ne vient jamais au monde dans un taxi. Pour un premier enfant, le travail est lent, et d'ailleurs, on croit toujours les contractions plus rapprochées qu'elles ne le sont en réalité. Au moment où le taxi franchit le portail de l'hôpital, Aisling dit :

— Tu reconnaîtras que je m'y connais bigrement en mise au monde pour quelqu'un qui ne sait pas comment on met un enfant en train !

Elizabeth en riait encore quand les infirmières l'emmenèrent.

Henry arriva à l'hôpital blanc comme un linge. Dans la salle d'attente lui et Aisling se jetèrent dans les bras l'un de l'autre.

— Il n'y en a plus que pour quelques minutes. Vous arrivez à temps pour être le premier à voir votre bébé.

La porte s'ouvrit devant l'infirmière.

— Vous êtes Mr Mason ?

— Oui, oui. Tout s'est bien passé ? Ma femme... ?

— Elle va parfaitement bien. Elle veut vous montrer votre belle petite fille.

Eileen était le plus beau bébé du monde. C'était évident. Et un caractère d'ange.

— Est-ce qu'ils étaient pareils, tous ces Brendan Og et Patrick et Peggy ? demanda Elizabeth en contemplant avec amour le petit paquet endormi dans ses bras.

— Certainement pas. Ils avaient des têtes de Daly, rouges et boudeuses, et ils cherchaient à se faire remarquer. A peine nés, ils essayaient déjà de s'imposer !

Du bout du doigt, Aisling toucha la menotte aux ongles minuscules.

— Comment peut-on croire qu'elle fera jamais la plus petite sottise ?

— On a dû dire la même chose de nous, à notre naissance.

472

— Mais nous avons fait très peu de sottises. Il y a eu la malchance, nous avons lutté. Et rien d'autre.

— Tu entends, Eileen ? Et rien d'autre. Ta mère et ta Tante Aisling ont simplement lutté.

Chère Aisling,

C'est entendu, je ne t'ai pas écrit. Mais je ne savais quoi te dire. Il semble que même Eamonn t'ait souhaité ton anniversaire. Mais ils ne m'ont rien dit, et je te croyais en disgrâce. En tout cas, il se révèle que tu écris encore plus de lettres que saint Paul. Mais j'ai des excuses. Avec mes études et le reste je ne viens pas souvent, et à la maison, on ne m'apprend pas les choses. Eamonn ignore tout. Donal brame son amour. Maman ne veut pas dire un mot sur toi parce que tu es toujours sa préférée. Et quant à Maureen, elle ne parle que pour déplorer le simple fait que j'existe.

Mais ce n'est pas pour m'excuser ni pour pleurnicher que je t'écris, c'est parce que je trouve que Maman a une mine *abominable*. Je suis la seule à m'en rendre compte car je ne la vois que de loin en loin. Elle a terriblement changé. Elle a beaucoup maigri et elle a le teint jaune. Elle mange à peine, et parfois elle se laisse brusquement tomber sur une chaise comme si elle souffrait.

Surtout, ne lui parle pas de ma lettre, elle m'en voudrait trop. Déjà qu'elle me rembarre si je dis qu'elle a mauvaise mine. Et ne crois pas que je te raconte ça pour te forcer à revenir. Je suis d'accord avec Donal : puisque les choses allaient aussi mal, tu as bien fait de t'en aller. Mais tu es sans doute la seule qui puisse persuader Maman de consulter le médecin... toi, elle t'écoute.

Ainsi Elizabeth a déjà un enfant! Elle ne doit pas apprécier qu'il soit arrivé si vite. Je croyais que de nos jours la planification des naissances était générale en Angleterre, mais elle doit conserver les principes qu'on lui a inculqués à Kilgarret.

Ta sœur affectionnée,
Niamh

473

— Juste assez pour nous affoler mais rien de précis! s'indigna Aisling en lisant la lettre de Niamh. Après dix mois de silence, est-ce qu'elle n'est pas à tuer?

— Puisque c'est une si petite ville, ne pouvez-vous demander à quelqu'un en qui vous avez confiance d'aller voir votre mère et de vous donner franchement son sentiment? suggéra Johnny.

— Ce n'est pas si facile, les bruits se répandent si vite... Il n'y a sûrement rien de grave. Niamh a dû se mettre cette idée en tête et écrire sous l'impulsion du moment.

Ils prenaient le thé dans l'appartement de Manchester Street. Johnny l'avait initiée au grand chic : un thé de Chine parfumé, servi sans lait, et de toutes petites tasses de porcelaine. Aisling ne le buvait plus autrement.

— Oui, elle doit sans doute dramatiser, remarqua Johnny.

Il se leva de sa chaise et s'étira. Aisling se souvint de ce que disait Elizabeth : il n'aimait pas parler de choses désagréables.

— Que faisons-nous ce soir? reprit-il.

— C'est ma soirée de bridge.

— Dites-leur que vous avez un empêchement.

C'était une grande décision. Elle téléphona à Henry en prétextant une obligation subite, quelqu'un qui venait la chercher à l'improviste.

— Pourquoi n'avez-vous pas dit que vous sortiez avec moi?

— Je n'en sais rien. Je ne l'ai pas dit, c'est tout.

Mrs Moriarty adressa à Aisling une longue et rassurante lettre. Elle était passée au magasin et avait trouvé Eileen pâlotte, mais comme on pouvait imputer ça à leur mauvais éclairage, elle avait trouvé un prétexte pour la voir chez elle, dans la maison sur la place. Là, Eileen s'était montrée très alerte, et intarissable sur Donal et Anna Barry. A aucun moment elle ne s'était plainte de sa santé. Mrs Moriarty lui avait tout de même demandé comment elle se sentait, et la réponse avait été « tout à fait en forme ». Mrs Moriarty disait à Aisling que c'était bien à elle de s'inquiéter ainsi de sa mère, mais qu'il n'y avait vraiment aucune raison. Elle l'assurait qu'elle ne parlerait de sa lettre à personne, même pas à Donal, qui était devenu comme un fils pour elle. Elle terminait en disant qu'elle priait pour que les difficultés et les soucis d'Aisling s'arrangent au mieux, et qu'en attendant, Aisling devait garder confiance : le Seigneur veillait sur chacun Selon Ses Propres Voies.

Niamh envoya un mot : Maman avait vu le Dr Murphy qui lui avait prescrit un bon médicament et elle allait beaucoup mieux.

Je m'empresse de t'écrire pour te rassurer, puisque je t'avais donné des nouvelles alarmantes. Je te remercie de ne pas avoir affolé tout le monde. Mais tu étais peut-être trop occupée pour contacter les uns et les autres. J'ai appris que tu travaillais chez des médecins. Un peu avant Noël, Tim et moi irons passer un week-end à Londres. Pourrons-nous camper chez toi ? Tu n'aurais pas à t'inquiéter d'un lit, nous dormirions dans nos peaux de mouton. Je te préviendrai en temps voulu.

Il paraît que Tony est en Angleterre pour se perfectionner dans le commerce. Un stage de diversification, selon ce que Mrs Murray a dit à la mère d'Anna Barry. Ne me demande pas ce que ça signifie. Mais tu dois déjà être au courant. Et tu dois savoir aussi que Donal et Anna songent à se fiancer. Moi, je l'ai appris par raccroc. Plus on vieillit et moins on vous en dit. Voilà le genre à Kilgarret. A moins que je ne me fasse des idées. Prends bien soin de toi. A décembre pour deux nuits si tu es d'accord.

Affections,
Niamh

Johnny emmena Aisling à une soirée de ballets. Un autre soir, il lui fit connaître un petit restaurant grec.

— Je ne savais pas qu'on pouvait passer d'aussi bons moments, dit Aisling. Répétez-moi le nom de ce vin.

— Du *retsina*. Ils le font d'une façon spéciale.

— Vous êtes allé en Grèce?

— Oui, c'est un pays formidable. J'y retourne l'été prochain. Vous devriez venir avec moi. Vous adorerez. Je pensais que le Châtelain vous aurait fait visiter les îles grecques. C'est tout à fait dans la manière des châtelains.

— Ce châtelain-là s'est contenté de me faire visiter les bars de Rome à deux reprises. Mais pas la Grèce.

— Eh bien, je vous y emmènerai.

— Johnny, me laisserez-vous payer l'addition? Je suis gênée que vous dépensiez tant d'argent.

— Il n'en est pas question!

— Mais j'aimerais vous rendre la pareille!

— Invitez-moi donc à dîner dans ce délicieux appartement dont j'ai pratiquement choisi tout l'ameublement.

— Avec joie. Quand voulez-vous?

— Demain?

— C'est entendu. Je vous attends demain.

— Allô, Elizabeth, je ne te dérange pas?

— Non, non, pas du tout. Je viens de coucher Eileen, et Conchita arrive à l'instant.

— C'est vrai, tu vas à l'Académie.

— Tu ne peux pas savoir comme ça m'ennuie de la laisser, je suis déjà une vraie mère poule. Et toi, comment vas-tu?

— Très bien. Mais j'appelle pour te demander quelque chose. Comment dirais-je...

— Voyons, Aisling, qu'est-ce que c'est?

— Et bien, c'est un peu sot de ma part, mais Johnny s'est invité à dîner chez moi ce soir.

— Oui, et alors?

— Alors, je voudrais savoir si... si ça ne te faisait rien.

— Qu'est-ce que tu veux dire?

— Si ça ne te faisait rien qu'il vienne chez moi.

— Grands dieux! Depuis que tu as trouvé cet appartement, il y est déjà assez souvent monté, non?

— Oui, mais je voulais savoir s'il ne subsistait pas... enfin... un sentiment, tu comprends?

476

— Ah oui, *je vois*! dit Elizabeth. *Je vois très bien*. Non, Aisling, la voie est libre, parole de cheftaine. Croix de bois, croix de fer...

— Et je ne...

— Tu veux savoir si tu ne vas pas réveiller un vieux chagrin? Pas du tout, je t'assure. Vas-y. Avec toutes les mises en garde habituelles.

— Ce n'est pas ce que tu crois, c'est seulement...

— Mais oui, je sais. Ne te crois pas obligée de me raconter quoi que ce soit.

— Il n'y aura rien à raconter.

— Amuse-toi bien.

— J'espère que vous ne m'en voulez pas. Je me conduis d'une façon invraisemblable, dit Aisling rouge de confusion.

— Mais voyons, ma chère petite, vous êtes entièrement libre.

— Oui. Mais j'ai l'impression qu'en vous invitant à dîner je vous laissais penser que le reste serait... au menu.

— Mais non, voyons! Si nous buvions encore un verre?

— Johnny, vous prenez les choses avec un tel calme, et moi qui suis toute tourneboulée.

— Ma petite chérie, il n'y a aucune raison. Nous nous embrassions, c'était délicieux, j'ai suggéré que nous continuions à nous embrasser sur votre lit. Vous avez dit que vous ne vouliez pas, j'ai dit « très bien », et proposé de boire encore un verre. Mais vous êtes très jolie quand vous êtes « tourneboulée ».

— Non. Avec mes cheveux roux, c'est la pâleur de l'anxiété qui me va le mieux.

Après ça, ils burent leur verre en parlant amicalement. Johnny prit congé avant minuit.

— Je vous remercie. Le dîner était succulent, la soirée, charmante.

— Je m'excuse pour l'autre chose.

— Ne vous tourmentez pas. Je vous le proposerai de temps en temps. Mais ça serait encore mieux si ça venait de vous. Et dans l'intervalle, n'y pensons pas.

477

Restée seule dans l'appartement où flottait encore une vague odeur de cuisine, Aisling s'en voulut à mort d'avoir été aussi ridicule. Est-ce qu'elle n'aurait pas dû dire « oui, allons nous embrasser dans la chambre » ? Apprendre à faire l'amour avec un expert comme Johnny Stone, que voulait-elle de plus ?

Ethel Murray n'avait jamais répondu que brièvement aux longues lettres affectueuses d'Aisling. Mais quand Aisling lui demanda ce que pouvait bien être cette « diversification » à laquelle Tony s'initiait en Angleterre, elle se montra prolixe.

Il fallait bien que je trouve quelque chose à répondre, Aisling, quand les gens me demandaient où il était. En réalité, il est dans une excellente maison de repos où le père John l'a fait admettre grâce à ses relations. Il y a un aumônier catholique attaché à l'établissement, de telle sorte que les patients catholiques peuvent entendre la messe et se confesser; les autres confessions ont leurs propres offices. Je vous ai maintes fois demandé, et depuis bien longtemps, de le rencontrer, mais, d'une certaine façon, je comprends votre refus de revenir à Kilgarret. Pourtant, à présent qu'il est en Angleterre, dans le pays que vous habitez, n'accepterez-vous pas d'aller le voir ? Je ne vous demande aucune promesse, simplement d'aller le voir. Aisling, il est très atteint. Notre docteur Murphy lui avait déjà fait subir des examens, et il est sûr qu'il a une infection hépatique. On le soigne donc pour ça en même temps qu'on le désintoxique. Ce merveilleux prêtre de Waterford m'a tellement réconfortée; il m'a dit, et je le crois, que si Tony vous avait frappée, c'était malgré lui, que souvent ils agissent exactement à l'inverse de ce qu'ils feraient à jeun. Ça vient de leur maladie. Je vous donne l'adresse de cette maison en espérant, en priant, que votre cœur vous dicte d'aller le voir. Ce n'est pas dans la région de Londres. C'est au nord de l'Angleterre. Près de Preston.

Votre belle-mère affectionnée,
Ethel Mary Murray

Johnny téléphona à Aisling. Voulait-elle venir dîner chez lui tel soir de la semaine prochaine ?

— Avec joie ! A quelle heure ?

— Arrivez tôt, disons, vers sept heures. Comme ça, vous aurez largement le temps de rentrer chez vous par le métro — si vous voulez rentrer.

On pouvait difficilement être plus clair.

Elle avait mis sa robe la plus chic, sa plus jolie combinaison, et le seul panty garni de dentelle qu'elle possédât. Elle avait même un soutien-gorge neuf, acheté spécialement pour l'occasion. Elle glissa dans son sac de l'eau dentifrice et une petite boîte de talc. Et puis elle se souvint qu'elle en avait fait autant pour son voyage de noces. Quelle tristesse !

Johnny avait cuisiné un plat au riz. Elle ne reconnaissait pas les ingrédients, parce qu'elle avait l'impression de manger de la sciure. Et le vin était aigre. Et elle avait beau savoir que ce n'était qu'une idée...

Ensuite ils s'installèrent devant le feu et burent de l'alcool. Johnny mit un disque de musique d'ambiance sur l'électrophone et le joua encore et encore. Ils s'embrassèrent encore et encore... Quand il proposa de passer dans l'autre pièce, où ils seraient plus à l'aise, Aisling y consentit d'une toute petite voix.

Il l'aida à retirer sa robe, l'embrassa. Elle se tenait devant lui, en combinaison.

— Vous n'allez pas me croire, dit-elle, mais c'est la première fois.

— Mais oui, je sais, répondit-il d'un ton rassurant.

— Non, vous ne savez pas. Je veux dire que c'est vraiment la première fois... parce que j'ai été mariée, mais... Il n'a jamais pu... alors...

Johnny l'enlaça, lui caressa les cheveux :

— Pauvre Aisling, cessez de trembler, détendez-vous.

— Pardonnez-moi. J'aurais dû vous le dire... A mon âge, c'est ridicule.

— Pauvre Aisling, répétait Johnny en la serrant très fort, très tendrement.

— Alors, si ça vous ennuie, je vais remettre ma robe et rentrer chez moi...

— Aisling, arrêtez de dévider des mots sans suite.

Il continuait à lui caresser les cheveux. Elle se sentait si bien dans ses bras.

— Ma chérie, reprit-il, c'est à vous de décider. Si vous voulez rester, j'en suis très heureux. Si vous voulez rentrer chez vous, vous êtes entièrement libre.

— Je veux rester, balbutia-t-elle.

— Laissez-vous aller, Aisling, je serai très doux. Vous êtes délicieusement jolie, Aisling. Je suis très heureux d'être le premier.

Il la serra encore plus fort, si fort qu'elle percevait les battements de son cœur.

Elle aussi, elle était heureuse qu'il fût le premier.

Elle le regardait dormir.

Ça s'était passé si tendrement, si naturellement. On s'embrasse, on se caresse, les corps se répondent si exactement, si étroitement. Comme c'était bon de lui avoir donné du plaisir !

Il fallait qu'elle ait été vraiment sotte, vraiment peu adulte pour redouter une chose si simple, si harmonieuse. Il n'y avait eu aucune gêne, aucune honte. Il suffisait de laisser parler son corps.

Elle se souvint brusquement que ça s'était passé comme ça aussi pour Elizabeth. Et puis elle contempla le dormeur et écarta fermement ce souvenir.

19

Ma chère Elizabeth,

J'ai fait ce que vous me demandiez, mais ce n'était pas agréable. L'endroit est tout à fait huppé, vraiment le truc de grande classe, et le personnel parle avec un accent affecté.

J'ai demandé des nouvelles de l'état de Mr Murray, parce qu'une relation commune voulait savoir si son épouse devrait lui rendre visite. Ils étaient désolés, ils ne fournissaient pas de renseignements sur les pensionnaires. J'ai donné plus de détails. J'ai dit que j'avais fait sa connaissance à Londres, à l'occasion d'un mariage, et que j'aimerais renouer avec lui.

Il était assis dans le jardin, avec un infirmier à ses côtés. Il a une mine terrible. Il est à la fois plus gros et plus maigre; il a la figure gonflée mais un cou tout mince avec la peau qui pendouille.

Il ne m'a pas remis. Je lui ai dit qu'on s'était vus à votre mariage. Mais il n'avait pas l'air non plus de s'en souvenir. Alors j'ai dit que j'habitais dans le coin, que je pourrais lui faire des visites, et il m'a répondu de faire ce que je voulais.

En voyant que je le connaissais vraiment, la vieille demoiselle qui dirige le truc s'est un peu dégelée. Elle a dit qu'il n'en sortirait jamais. Bien sûr, elle ne l'a pas tourné comme ça, mais je vous assure, Elizabeth, que ça revenait au même. C'est encore pire que l'endroit où était votre pauvre mère, parce qu'ils font comme si c'était une maison de repos normale, mais il y a un infirmier qui se tient discrètement derrière chaque patient. J'en ai été tout chamboulé, et si ça ne vous fait rien, je ne tiens pas à y retourner. Ce n'est plus un homme, juste une carcasse.

A vous,
à Henry et à ma jolie Eileen,
Toute l'affection de Harry

— J'ai demandé à Harry d'aller prendre des nouvelles de Tony, dit Elizabeth à Aisling.

— Mais pourquoi? répondit-elle, surprise. Après tout ce que je t'ai raconté, tu n'imagines pas que je vais m'intéresser à son état?

— Non, bien sûr... mais il fallait justement savoir son état.

— Et comment Harry l'a-t-il trouvé?

— Il n'est plus qu'une carcasse.

— Oh, mon Dieu! Plus qu'une carcasse!

Johnny disait qu'ils devaient aller en Grèce. Tout un mois.

— Ils ne m'accorderont jamais un mois. Je pourrai

m'estimer heureuse s'ils me donnent trois semaines. D'autant que j'ai déjà eu deux semaines au moment de Noël. Quand nous sommes partis en Cornouailles.

— C'était au titre des vacances de l'année passée.

— Sans doute. Mais tout un mois !

— Septembre est magnifique en Grèce.

— Je leur demanderai... mais je ne veux pas non plus les mettre dans l'embarras.

— Ecoute, moi j'y passerai un mois. Toi tu resteras aussi longtemps que tu le pourras. D'accord ? Comme ça, nous en profiterons au mieux.

Aisling en convint, mais elle éprouvait une sorte d'agacement. Elle sentait qu'en lui proposant des vacances en Grèce, Johnny songeait avant tout à lui-même. Et qu'il irait de toute façon là-bas, même si elle ne pouvait pas se libérer.

Papa trouvait dommage qu'Aisling ait abandonné les cours de bridge. Elle s'y était rapidement mise, et elle aurait fait une excellente joueuse. Elizabeth expliqua qu'Aisling sortait avec Johnny Stone.

— Vraiment ? J'espère qu'il la traitera mieux qu'il ne te traitait.

Elizabeth se contint avec peine. Ce genre de réflexion la rendait enragée. Même si au fond il avait raison : entretenir pendant plusieurs années une liaison avec une jeune fille sans jamais lui proposer le mariage, c'était la traiter assez bassement.

— Quand tu écris à Tante Eileen, tu lui parles de Johnny ? demanda Elizabeth.

— Lui en parler ? Mais qu'est-ce que je pourrais dire ?

— Que tu es heureuse, que vous sortez ensemble — pas que tu couches avec lui, évidemment.

— Mais Maman serait horrifiée ! Elle me considère toujours comme mariée. Pour elle, une affaire de cœur ne peut aboutir qu'au mariage. Comme je suis toujours en puissance de mari il n'est pas question d'épouser

482

Johnny. Donc, je ne peux pas parler de lui à Maman.

Elizabeth s'abstint de remarquer que, de toute façon, avec Johnny, il n'était jamais question de mariage. « Et d'ailleurs, pensa-t-elle soudain, si je me trompais ? Il se peut que Johnny songe à se ranger. Qu'il envisage d'épouser Aisling, d'en avoir des enfants. »

Cette idée l'énerva. Et elle s'en voulut de se laisser ainsi troubler.

Mais Aisling s'était confiée à Donal. Il connaissait Johnny pour l'avoir rencontré au mariage d'Elizabeth, et il l'avait trouvé sympathique. Et il savait aussi qu'Elizabeth avait eu une longue liaison avec lui.

Il répondit comme un frère aimant et compréhensif mais non sans une certaine circonspection. Quant à lui, ses fiançailles avec Anna Barry étaient officielles. Elle passait sa licence en septembre et ils se marieraient en octobre. Il aurait tellement aimé qu'Aisling assistât au mariage — mais si elle ne le pouvait pas, il le comprendrait parfaitement. Il se réjouissait du bonheur d'Aisling avec Johnny Stone, en espérant qu'il dure. Parce que Johnny avait beau jeu de profiter d'elle, une jeune femme connaissant peu de monde à Londres, et qui sortait d'un mariage raté. Il souhaitait qu'Aisling n'agisse pas de façon inconsidérée. Après tout, il n'en avait pas tellement bien usé avec Elizabeth, qui avait fini par rompre. Enfin, tout s'arrangerait certainement très bien. Maman allait beaucoup mieux, et elle attendait le mariage avec plaisir, puisqu'il incombait aux Barry de tout organiser. Le bungalow d'Aisling et de Tony avait été vendu à une cousine de Mrs Moriarty; elle en appréciait l'aménagement, qui lui épargnait beaucoup de travail. Mais Aisling devait déjà être au courant. Il espérait qu'elle s'était fait des tas de nouveaux amis à Londres — en plus de Johnny. Anna envoyait ses affections à sa future belle-sœur.

« Ce morveux suffisant! » pensa Aisling hors d'elle. Puis elle se calma. Ce n'était pas sa faute, il était toujours aussi gentil, aussi attachant. Mais il ne connaissait d'autres valeurs que celles de Kilgarret. C'était un petit provincial. Son frère Donal, ce garçon sensationnel, était devenu un modeste pharmacien, aussi étriqué que sa ville.

Johnny prévoyait de voyager par train et par bateau. Ils mettraient cinq jours rien que pour arriver en Grèce. En comptant le retour, c'étaient au total dix jours à retrancher des vacances proprement dites. C'est pourquoi il leur fallait au moins un mois. Aisling n'en avait pas encore parlé à ses employeurs. Elle songeait qu'elle pourrait leur télégraphier de Grèce, en prétextant une maladie subite. Elle se demandait si Johnny la ferait passer pour sa femme. Ce serait la première fois. En Cornouailles, ils avaient habité dans un cottage appartenant à des amis de Johnny — la question ne s'était donc pas posée. Ça se passait à Noël — l'anniversaire des brutalités de Tony. Quelle chance elle avait eue qu'un garçon merveilleux l'emmène au bord de ces flots sauvages, dans ces beaux paysages. Elle avait quand même éprouvé la nostalgie de tous ses autres Noëls, dans la maison sur la place.

Mais de vraies vacances d'été, ce serait autre chose ! Elle n'arrêtait pas d'y penser. Elizabeth avait laissé percer une certaine jalousie.

— J'en suis verte d'envie. Moi, je ne suis jamais allée en Grèce, ni avec Johnny ni avec quelqu'un d'autre...

— Pourtant, il dit qu'il a tellement voyagé ?

— Oui, mais sans moi. Je n'étais pas libre. Il y avait Papa, ou bien c'était Maman, ou mon travail...

— Tu aurais peut-être dû partir quand même.

— Peut-être, dit Elizabeth en cajolant Eileen qui semblait toujours sourire quand on le souhaitait. Mais alors tout aurait été différent, et je ne t'aurais pas, toi, ma fifille, et qu'est-ce que je ferais sans mon nannange ?

— Elizabeth, tu avais juré de ne pas lui parler bébé !

— Oui, j'ai oublié. Mais je te ferai remarquer qu'hier je t'ai entendue en faire autant.

— Moi, c'était exceptionnel. Je l'informais que ce serait bientôt son anniversaire !

Le gâteau était décoré d'une bougie. Tous en chœur, Henry, Elizabeth, Johnny et Aisling, Simon et Papa chantèrent *Joyeux Anniversaire!* Eileen leva ses bras potelés comme si elle saluait un exploit. Ils mangeaient le gâteau lorsqu'ils entendirent la sonnerie du téléphone.

— C'est pour vous, Aisling, dit Henry. C'est votre père.

Elizabeth et Aisling se levèrent d'un bond et se précipitèrent dans le vestibule.

— Ne t'affole pas, ne pense pas tout de suite au pire, dit Elizabeth en prenant la main d'Aisling.

Aisling souleva le combiné.

— Oui, c'est moi, Papa. Oui. Tu as bien fait d'appeler, Papa, tu penses... Tu le sais depuis quand?... Et elle, est-ce qu'elle le sait?... Mon Dieu! Oh, mon Dieu!... Ils lui donnent combien de temps?... Mais c'est impossible! Si peu!... Papa, est-ce qu'elle souffre?... Oui, Papa, bien sûr. Demain. Non, ne t'inquiète pas. C'est un cas de force majeure. A demain...

Les médecins qui employaient Aisling s'étaient montrés très compréhensifs. En son absence, ils prendraient une employée volante. Elle passa deux heures à établir une liste de consignes et d'instructions.

— Choisissez une vieille dans mon genre, pas une gamine écervelée, dit-elle au Dr Steiner.

— Quel âge avez-vous? demanda-t-il en riant.

— Vous le savez, c'est dans mon dossier : vingt-huit ans.

— Et vous aviez encore votre maman. Ce n'est pas le cas de tout le monde, dit-il délicatement.

— Non. Mais je l'avais abandonnée.

— En tout cas vous retournez auprès d'elle quand elle a besoin de vous.

— Oui, et j'ai une consolation : mon amie Elizabeth m'accompagne.

Quand Elizabeth lui avait annoncé qu'elle partait avec Aisling, Henry était resté stupéfait.

— Ce n'est pas possible. Qui gardera Eileen ?

— Je l'emmène.

— Ecoute, chérie, reprends tes esprits. Tu es complètement bouleversée. On n'emmène pas un bébé d'un an au chevet d'une mourante, surtout si loin ! Et puis tu vas interrompre tes cours ?

— Je n'en avais plus qu'un pour les adultes. Quelqu'un me remplacera. Et l'Académie est fermée. Non, c'est très simple. Nous avons pris les places d'avion...

— Tu vas faire voyager Eileen en avion ?

— Tu peux venir aussi, si tu veux, Henry. Tu as l'air de croire que je t'abandonne.

— Mais non. Bien sûr, il faut que tu ailles là-bas. Mais c'est si brusque. Je n'avais jamais compris que tu lui portais un tel attachement. Et puis Aisling est là depuis plus d'un an. Elle n'y était jamais retournée. Et brusquement, vous vous mettez dans la tête de partir à l'instant !

— Ce n'est pas un caprice. Eileen a un cancer généralisé. Ils ont voulu l'opérer, et ils l'ont refermée sans rien faire. Ils ne lui donnent plus que deux semaines à vivre.

L'hôtesse de l'air s'était émerveillée de la beauté du bébé, et Eileen lui avait souri. Aisling et Elizabeth avaient fait un pâle sourire. Elles étaient très fatiguées. Aisling avait organisé le travail de sa remplaçante, veillé à laisser son appartement en ordre. Et expliqué les choses à Johnny.

— Je ne pourrai pas aller en Grèce.

— Mais quand ce sera fini, tu auras besoin de vacances...

— De toute façon, j'aurai déjà pris mes congés.

— Arrête de parler de tes congés comme si tu allais encore à l'école. C'est une absence pour raisons familiales.

— Je regrette, Johnny. Il faudra que tu ailles en Grèce sans moi — à moins que tu attendes l'année prochaine.

— Tu sais bien que non, Aisling. Je suis désolé, vraiment désolé. Tu me crois, n'est-ce pas ?

— Oui, je te crois, avait répondu Aisling en pensant qu'il n'était pas désolé au point de l'accompagner en Irlande, ou même seulement à l'aéroport.

— N'y fais pas attention, dit Elizabeth en comprenant ce qui rendait Aisling songeuse. Il n'est pas non plus venu à l'enterrement de ma mère.

A l'aéroport, elles louèrent une voiture. En traversant Dublin, elles s'étonnèrent de l'affluence des touristes, Américains et étrangers de toute sorte. Sous le grand soleil qui les éblouissait, ils déambulaient en masse dans les rues.

— Je ne comprends pas ce qui les attire ici. Il y a tant de bruit, de circulation. Pourquoi ne vont-ils pas admirer la campagne?

— Les touristes ont un faible pour les boutiques de souvenirs et les vitrines. Quand je faisais des visites guidées à la National Gallery ou à la Tate Gallery, il y avait toujours quelques personnes qui cherchaient à s'esquiver pour aller voir les vitrines, alors qu'elles trouvaient sûrement le même genre de boutiques dans leur quartier.

— Shay Ferguson projetait de remettre à neuf une partie de la maison, derrière son affreux garage, et de louer des chambres aux touristes. Je me demande s'il l'a fait, maintenant qu'on lui a enlevé son copain Tony.

— Le retour sera sûrement dur pour toi, Aisling, tu vas être un sujet d'intérêt.

— Franchement, Elizabeth, je m'en contrefiche. Si leur ignoble curiosité les pousse à s'intéresser plus à moi qu'à ma pauvre Maman, à leur aise!

— Ce n'est pas ça. Je voulais dire que l'émotion sera beaucoup plus forte que si tu étais toujours restée là.

— Je m'y attends. Et je remercie Dieu que tu m'aies accompagnée. Je te suis tellement reconnaissante.

— Tu sais, elle compte presque autant pour moi que pour toi.

— Oui, elle sera si heureuse de te voir, dit Aisling en fondant en larmes. Oh, c'est trop injuste! Elle n'a même pas soixante ans, et elle va mourir!

— Arrête, Aisling! Arrête, m'entends-tu? Si tu ne

vois plus la route, tu vas nous tuer. Et ça n'arrangera rien !

— Tu as raison. Pardonne-moi.

. — Et nous allons être très braves devant elle. Parce qu'elle ne voudrait pas nous voir arriver en pleurnichant.

— Oui, nous serons braves. Nous lui ferons honneur.

En garant la voiture devant la maison sur la place, elles virent de loin que Sean fermait le magasin. Puis il arriva d'un pas lourd...

Aisling jaillit de la voiture et Elizabeth sortit de l'autre côté, tenant dans ses bras Eileen endormie.

— Papa ! s'écria Aisling. Oh, Papa !

Elizabeth s'empressa de passer devant elle.

— Oncle Sean, nous sommes venues montrer à Tante Eileen l'autre Eileen, la toute-petite, dit-elle. Nous pensons qu'elle sera heureuse de voir celle qui perpétue son nom...

Sean ne put en entendre plus. Là, sur la place, alors que tout le monde pouvait le voir, il se mit à sangloter. Elles le réconfortèrent, se mouchèrent très fort, lui tendirent le grand mouchoir qu'Elizabeth avait vu dépasser de sa poche.

Puis Sean se redressa d'un air résolu, et ils entrèrent dans la maison.

Elles montèrent l'escalier, posèrent leurs valises sur leurs anciens lits jumeaux, de part et d'autre de la commode laquée blanche. Elles donnèrent le biberon à Eileen, la changèrent et la déposèrent dans son couffin qu'elles placèrent à leurs pieds. Puis elles s'assirent.

— En ce temps-là, nous étions loin de penser... dit Aisling.

— Oui. Dans notre idée, grandir c'était rattraper les adultes, mais eux, ils ne changeraient pas.

— Et alors nous serions leurs égales...

— Nous nous coucherions aussi tard qu'eux...

— Papa dit qu'elle dort. Crois-tu que nous devons...?

— Oui, dit Elizabeth, il faut y aller. Lui montrer Eileen. Et être très braves, tu entends ?

— Oui, Elizabeth, être très braves. Nous ne revenons pas pour pleurer... elle ne veut pas que nous pleurions...

Elle avait l'air toute petite sur ses grands oreillers. Elle qui avait été grande et forte, elle avait la tête, les épaules, les bras comme réduits de taille. La pièce était dans la pénombre, mais la lumière du jour transparaissait derrière les rideaux à fleurs. On entendait les bruits de la ville, l'autocar poussif, les cris des enfants sur la place, le grincement d'une charrette et le martèlement des sabots du cheval.

Aisling reconnut le cardigan bleu pâle de Maman. Autrefois, elle ne le portait que le dimanche. Sur la table de nuit, à côté des verres d'eau et des médicaments de toutes sortes, il y avait son missel et son chapelet. Elle leur fit un grand sourire.

— Je m'en doutais, dit-elle d'une voix ferme. Je m'en doutais bien. Sean me disait qu'il devait téléphoner pour affaires. Un dimanche ! Il ne voulait pas me prévenir qu'il t'appelait, parce qu'il n'était pas sûr que tu viendrais. Voyons un peu quelle mine tu as !

— Oui, Maman, oui !

— Seigneur Dieu ! Tu es avec Elizabeth ? Il fait si sombre. Voyons donc vos deux mines !

— Nous sommes trois. Je te l'amène...

— Qu'est-ce que tu veux dire ? Qui...?

— J'ai amené Eileen pour qu'elle voie sa grand-mère adoptive. Elle n'a que toi. Je voulais qu'elle te connaisse.

Elizabeth posa Eileen sur le lit, et l'enfant tendit ses mains vers la malade comme pour demander qu'elle la prenne. Elizabeth et Aisling ne bougèrent pas. Avec difficulté, les deux bras frêles soulevèrent l'enfant. Eileen la serra contre son cœur.

— C'est beau, Elizabeth, c'est très beau de l'avoir amenée pour qu'elle me voie. Je le disais toujours : tu as plus de classe que mes propres enfants. Et beaucoup plus que cette vaurienne, que j'aime plus que tous les autres réunis !

Elles s'approchèrent, embrassèrent la malade, puis s'assirent côte à côte, pour qu'elle n'ait pas à tourner la tête de l'une à l'autre. Dans ses mains décharnées, elle prenait tantôt la main d'Aisling et tantôt la main d'Elizabeth. Elle leur dit qu'elle n'avait pas peur, que le Seigneur l'attendait. Là-haut, elle retrouverait le jeune Sean, et Violet, et tant de disparus chéris. Elle veillerait sur ceux de Kilgarret et prierait pour eux. Mais elle se faisait du souci à cause d'Eamonn et de son père. Qu'arriverait-il quand elle ne serait plus là pour faire régner la paix entre eux ? Elle dit que c'était un malheur qu'elle ne pût vivre encore assez longtemps pour voir mariés Donal et cette gentille Anna Barry. Et quelle tragédie pour eux que ce deuil, alors que tout s'apprêtait pour leurs noces ! Elle dit que Niamh avait de l'intelligence à revendre, qu'elle saurait mieux s'occuper d'elle-même que tous les autres. Ça venait de ce qu'elle était la benjamine. Eileen ne s'inquiétait pas non plus pour Maureen. Elle était tout à fait une Daly à présent. Ses enfants lui donnaient de grandes joies, mais elle ne cesserait jamais de se plaindre, c'était dans sa nature.

Savoir qu'on va mourir est une grande grâce, par rapport à ceux qui sont tués dans un accident ou à la guerre. On a le temps de faire le point, de dire à ceux qu'on aime ce qu'on leur taisait jusque-là, de prendre ses dispositions. Elle avait même rédigé un petit testament; non qu'elle eût grand-chose à léguer, juste quelques objets personnels, qu'elle était heureuse de laisser spécialement à l'un ou à l'autre. Elle ne tenait pas à évoquer Tony, ni le départ d'Aisling de Kilgarret. On aurait largement le temps. Selon le Dr Murphy, elle pourrait encore parler pendant une semaine ou deux. L'ennui, c'est qu'elle se fatiguait vite.

Elle baisa la petite Eileen au front. Elizabeth prit l'enfant sur son bras, et, de sa main libre, elle effleura la main de Tante Eileen.

— Je laisserai Aisling venir te voir seule... nous n'avons pas à jouer les sœurs siamoises, dit-elle en souriant.

— Quand tu étais là, dit Tante Eileen en lui rendant son sourire, vous vous conduisiez comme des sœurs siamoises. C'était merveilleux. Et grâce à Dieu, vous continuez. Je suis si heureuse, mes deux filles, que vous

m'ayez apporté votre force. Vous m'aidez tellement !
Vous le savez, n'est-ce pas ?

— Oui, Maman, dit Aisling. Et crois-moi qu'il en faut
pour garder le sourire, mais puisque c'est ce que tu
veux... tu arrives toujours à faire tes quatre volontés.

— Pas du tout, espèce d'impertinente ! Avec toi je
n'ai jamais réussi... Maintenant, laissez-moi dormir.

Elle souriait encore quand elles refermèrent la porte.

Aisling se devait de rendre visite à Mrs Murray, mais
elle le redoutait. Elle téléphona préalablement, pour
savoir si elle serait reçue. La réponse avait été : « Mais
oui. Venez me voir, puisque vous le souhaitez. »

L'entrevue avait été laborieuse, bien que Mrs Murray
se soit efforcée d'être aimable. Aisling ne pouvait pas
s'excuser de sa conduite, et Mrs Murray ne pouvait pas
la lui pardonner. Chacune souhaitait être comprise
mais ne comprenait pas l'autre.

— Tony semble être dans un établissement très
confortable.

— Qu'en savez-vous, Aisling ?

— Un ami d'Elizabeth est allé le voir.

— Ah, c'est donc ça ! Et Elizabeth a amené son bébé
ici, à ce qu'on m'a dit.

— Oui. C'est une petite Eileen. La mère d'Henry
s'appelait également Eileen. Et comment vont les choses pour Joannie ?

— Sans grand changement.

La conversation finit par languir. Alors, Aisling dit :

— Je suis désolée, Mrs Murray, désolée à propos de
tout.

— Oui, moi aussi je suis désolée à propos de tout.

— Maintenant je vais vous laisser. Je dois retourner
auprès de ma mère.

— Et je suis sincèrement désolée à propos de votre
mère, dit Mrs Murray. C'est une dure vie que le Seigneur nous impose sur cette terre.

— Et crois bien que j'y ai beaucoup réfléchi. Ce n'est
pas une lubie de mourante.

— Oui, Maman. Je te crois.

— Que souhaiter de mieux? Tu habiterais ici, tu aurais la haute main sur la maison, tu prendrais une bonne qui te déchargerait de tout le travail. Tu ferais marcher le magasin avec ton père, tu l'empêcherais de se heurter avec Eamonn.

— Mais, Maman...

— A quoi cela rime-t-il d'être là-bas à Londres? Chez tes médecins, tu reçois les clients — autrement dit, tu ne vois que des inconnus. Tu habites un malheureux petit appartement, et tes meubles viennent de chez les brocanteurs. Tu apprends le bridge et tu dînes dans des restaurants étrangers. Moi, je n'appelle pas ça une vie, Aisling.

— Je ne serais bonne à rien, ici.

— Veux-tu te taire, tu serais formidable! Et j'ai réfléchi, au sujet de ton mariage. Tu es fondée à demander l'annulation. Dieu protège Tony, mais il était un peu dérangé. Ce sont des cas que l'Eglise admet.

— Je ne crois pas que ça en vaille la peine, Maman.

— Mais c'était toi qui le voulais, et moi qui ne t'écoutais pas! Puisque tu peux prouver que ton mariage n'a pas été consommé...

Aisling fixait le sol. Pauvre Maman! Elle ignorait qu'il y avait Johnny dans la vie d'Aisling. Elle ne pouvait imaginer cela : un nouvel amour, un autre centre d'intérêt. Pauvre Maman, si bonne, si pleine de sollicitude. Elle voulait qu'Aisling lui succède, qu'elle soit aussi heureuse qu'elle l'avait été elle-même... à Kilgarret.

— Ne t'inquiète pas, Maman. J'ai entamé une vie neuve.

— Je t'en reparlerai, ma fille. Mais à présent, je suis fatiguée. J'ai l'impression qu'il suffirait d'un courant d'air pour m'enlever.

— Ne pars pas, Maman, ne pars pas, je t'en prie.

— Veux-tu me dire à quoi tu me sers si tu te mets à pleurer? Est-ce que nous n'avons pas déjà eu assez de larmes?

— Mais c'est parce que nous t'aimons.

— Si vous m'aimiez, vous m'aideriez en gardant la tête sur les épaules. Ton père est là, à genoux à côté du lit... « Je ne pourrai jamais vivre sans toi, Eileen. Tu nous soutenais tous. Ne meurs pas, ne meurs pas ! » Enfin, Aisling, est-ce comme ça qu'on aide une mourante ? Ce que je veux entendre c'est qu'il ira bien, qu'il continuera à travailler, qu'il vivra très vieux, qu'il vous laissera son commerce, à toi et à Eamonn, en donnant aux autres la part qui leur reviendra dessus. Et je voudrais qu'il fasse transformer le rez-de-chaussée à son usage, qu'il y installe sa chambre et le reste, pour qu'il n'ait plus à monter cet escalier. Tiens, demande donc à Kearney, l'entrepreneur, de...

Aisling se leva d'un bond, l'œil brillant de colère.

— Mais comment donc, Maman ! Tu veux qu'il vienne cet après-midi ou est-ce qu'on attend le lendemain des obsèques ?

Eileen se mit à rire, et son visage parut soudain rajeuni.

— Je te préfère comme ça, ma fille ! Je retrouve mon Aisling !

— Je ne comprends pas comment je peux parler si calmement de la mort avec toi, Tante Eileen. Nous autres Anglais, elle nous terrifie...

— Je t'ai toujours dit que tu étais encore plus irlandaise que nous...

— Venant de toi, c'est un grand compliment.

— Venant de n'importe qui c'est un compliment... Elizabeth, peux-tu renvoyer Aisling à Kilgarret ? Elle n'est pas faite pour vivre en Angleterre.

— C'est pourtant là qu'elle s'installe, Tante Eileen. Tu verrais son appartement... elle en a vraiment fait sa petite maison, pas du tout comme le bungalow, avec Tony.

— Tout ça a été une bien triste erreur.

— Oui. Mais si elle est partie, c'est parce que c'était l'unique solution.

— Peut-être. J'incline plus à le croire, maintenant, mais je voudrais qu'elle rentre chez elle. Et pas seulement à cause de Sean et du reste. Non, je pense qu'elle finira par découvrir que sa seule vraie demeure, c'est ici.

— C'est possible. Pourtant, là-bas, elle est plus libre...

— Ma chérie, je sais très bien qu'à Londres elle a un homme dans sa vie. J'ai été sa mère pendant trente ans. Je n'ai pas besoin qu'elle me fasse des confidences...

— C'est-à-dire... enfin, je n'en suis pas vraiment sûre.

— Mais bien entendu, tu ne sais rien. Dis-moi pourtant une chose — et promets-moi de ne jamais lui répéter que je t'ai questionnée. Est-ce un homme estimable, sûr? Est-ce qu'il la rendra heureuse?

Elizabeth regarda Tante Eileen droit dans les yeux.

— Il la rendra très heureuse pendant un moment. Il n'est pas sûr, et je ne sais même pas s'il est estimable ou non. Par certains côtés, oui...

— Alors, c'est ce garçon avec qui tu étais, soupira Tante Eileen. Tu m'en diras tant!

— Tu as le don de seconde vue.

— Quand ce sera terminé, essaie de la faire revenir ici. Tu veux bien, Elizabeth?

— Je l'encouragerai à l'envisager sérieusement.

— Tu es la seule qui me dise la vérité — tous les autres me disent ce que je souhaite entendre.

— J'aurais voulu que ma fille ait eu plus de temps pour te connaître.

— Elle aura sa mère pour la guider. Dieu te protège, ma fille. Je me sens très, très lasse...

Le lendemain, toute la famille fut appelée au chevet d'Eileen. Le père Riordan récita un rosaire, et Sean lui-même se joignit aux répons. *Sainte Marie, Mère de Dieu... Sainte Marie, Mère de Dieu...* Le visage dans les mains, Maureen et Niamh pleuraient. Eamonn et Donal se tenaient près de la porte, la tête inclinée. Brendan Daly resta à côté d'eux. La respiration rauque de la femme et les litanies semblaient se correspondre. Puis le souffle s'affaiblit. Les litanies continuaient.

Sainte Marie, Mère de Dieu, priez pour nous pauvres pécheurs...
Maintenant et à l'heure de notre mort.

494

— Adieu, Eileen, murmura Elizabeth. Et merci. Oh, comme je te remercie !

Les oreilles d'Eileen ne pouvaient peut-être plus l'entendre. Mais son cœur, si.

Peggy tint à venir organiser la maison pour les obsèques.

— La maîtresse aimait qu'on fasse les choses comme il faut. Cette jeune que vous avez ne saura jamais les plats qu'elle doit sortir, ni quoi faire à manger.

La cuisine bourdonnait d'activité. Des poulets bouillaient dans une énorme marmite; dans une autre, c'était le bacon. Elizabeth en restait éberluée.

— Ils invitent combien de personnes? lui demanda-t-elle.

— On les invite pas, ils arrivent. C'est-y possible que vous n'ayez jamais vu d'enterrement, quand vous étiez là?

— Je ne me souviens de rien de comparable, remarqua Elizabeth. Tous ces gens qui viennent présenter leurs condoléances et remettre des avis de messes à l'intention de la défunte...

— Il faut que j'aille aider Papa à faire face, dit Aisling.

Par la porte ouverte de leur chambre, elles apercevaient en bas une ronde constante d'arrivants.

— Je m'occupe d'Eileen et après je descends t'aider. Que devrai-je faire pour me rendre utile?

— Tu verras bien. Il faut parler, dérider les gens.

— Les *dérider*?

— Oui. Il ne faut pas que ce soit trop solennel; ce n'est pas naturel de débiter des condoléances d'un air raide.

Les croque-morts vinrent enlever le cercueil d'Eileen à cinq heures. La famille marchait lentement derrière, tête baissée. Tout autour de la place, les gens se figeaient respectueusement. Les hommes s'étaient découverts. On se signait sur le passage du cercueil, porté par les quatre croque-morts. Les gens qui descendaient de l'autocar s'arrêtèrent pour laisser passer le cortège, et se signèrent, eux aussi. Il s'engagea dans la montée de l'église. Là-haut, sonnait le glas — rythme funèbre mal accordé à cette chaude fin de journée.

Car c'était pourtant l'été.

Des cousins, des clients revinrent à la maison sur la place pour entourer Sean de leur amitié; on servit du thé, des sandwiches, et, pour les hommes, du whisky. Certains demeurèrent jusqu'à onze heures du soir.

La chambre où Eileen avait vécu ses derniers jours avait été nettoyée et aérée. Plus rien n'y rappelait la maladie.

— Tu crois que Papa dormira dans la chambre, cette nuit?

— Qu'en penses-tu? demanda Maureen à Aisling.

Et voilà! Aisling devait prendre les rênes. On ne se serait jamais douté que l'aînée, c'était Maureen.

— Mais bien sûr. Il y a dormi sur le petit lit tout le temps de la maladie de Maman. Et il y dormira certainement pour le restant de ses jours. Peggy a tout nettoyé. Elle a mis des draps propres au grand lit. C'est la chambre de Papa.

Elle descendit chercher son père, remonta en le tenant par les épaules.

— C'est tellement dur de se dire que c'est fini.

— Je sais, Papa.

— Travailler, continuer, à quoi ça sert, maintenant? dit-il d'une voix sourde.

Aisling le regardait. Il était voûté, il faisait largement plus que la soixantaine.

— Ah oui, vraiment? Maman serait contente de t'entendre parler comme ça, alors qu'il y a si peu de temps qu'elle est partie, qu'elle n'est même pas encore sous terre! Voilà une attitude qui la réjouirait! On se demande dans quel but elle a travaillé pendant tant d'années...

— Tu as raison, ma fille, dit Sean en se redressant. Maintenant, je vais me coucher.

— Dans dix minutes, je reviendrai voir si tu n'as besoin de rien.

Quand Aisling revint il était étendu dans le grand lit,

496

son pyjama gris et rose boutonné jusqu'au cou. Il avait le visage baigné de larmes, les yeux fixes.

— Elle a été une très bonne épouse.

Aisling s'assit sur le lit, tapota la main de Papa.

— Tu te rends compte de la chance que vous avez eue : un mariage heureux pendant trente-six ans! Ils sont rares ceux qui peuvent en dire autant, Papa. Essaie de voir les choses sous cet angle.

— Oui, ma fille. Je vais essayer.

Aisling et Elizabeth étaient assises dans leur chambre, chacune avec un grand verre de whisky à portée de la main. Aisling avait les yeux rouges et gonflés.

— Le plus déchirant, c'était quoi, à ton avis?

— Cette femme plus très jeune, qui a raconté que quand elle avait des enfants en bas âge, Tante Eileen lui donnait de quoi les nourrir. Je la vois tellement bien faire ce geste tout naturellement, sans s'en glorifier.

— Oui. Mais aussi notre pauvre Jemmy. Il n'arrêtait pas de s'essuyer le nez avec sa manche en disant que la chère maîtresse ne reviendrait plus, qu'elle ne reviendrait plus jamais. Mais si tu trouves que c'était poignant, Elizabeth, tu vas voir demain! Là ce sera vraiment terrible.

Elizabeth rêva que Johnny arrivait à Kilgarret en disant qu'Eileen n'était pas morte, que tout le monde faisait erreur. Aisling rêva que Maman lui disait d'épouser Johnny et de l'amener à Kilgarret, pour qu'il aide Papa dans son commerce. Toutes les deux se réveillèrent fatiguées, la bouche un peu pâteuse.

Le cercueil disparaissait sous l'amoncellement des fleurs. Et la chorale était prête. La famille occupait les premiers bancs de droite. Elizabeth regardait la petite plaque de cuivre vissée au dossier du banc devant elle : *Priez pour la Famille et les Amis de Rose McCarthy qui a quitté cette vie le 2 janvier 1925 — Requiescat in Pace.* Est-ce qu'on ferait aussi graver une plaque pour Tante Eileen, afin que, plus tard, de pieuses gens prient pour les parents et les amis d'Eileen O'Connor? Elle s'efforçait de ne penser qu'à ça, afin de ne pas regarder le cercueil couvert de fleurs qui reposait devant les marches de l'autel, à quelques mètres seulement.

Aisling s'était souvent demandé comment on pouvait supporter la tristesse de voir un corps disparaître dans la terre. Pourquoi ne pas lui dire au revoir aux portes du cimetière, et laisser les fossoyeurs faire le reste ? Mais quand le corps de Maman entra dans le cimetière, elle comprit. On veut faire le chemin avec son mort, jusqu'au bout. Comme vidée de toute émotion, elle regarda les employés des pompes funèbres retirer les fleurs du cercueil et les déposer de chaque côté de la fosse. Puis ils descendirent le cercueil doucement, comme si Maman pouvait encore souffrir d'un choc. Papa jeta dans la fosse la première poignée de terre. Et quand elle fut remplie, qu'on eut replacé toutes les fleurs sur le monticule, les gens partirent. Ils allaient boire un verre chez Maher ou chez Hanrahan ou à l'hôtel. Mais beaucoup revinrent ensuite à la maison sur la place, où les attendaient des assiettes de jambon, de poulet froid et de salade, préparées par Peggy qui n'arrêtait pas de pleurer dans la cuisine. Elle laissa même tomber des larmes dans le pot de lait, et elle remarqua en reniflant que si la maîtresse vivait encore, que Dieu l'ait en Sa Sainte garde, elle en tomberait raide morte de voir des manières comme ça dans sa cuisine.

Elles étaient restées absentes quinze jours. Sur son sursis de deux semaines, Eileen n'avait tenu que dix jours. Henry les attendait à l'aéroport. Il était fou de joie de retrouver sa petite Eileen, et la trouvait considérablement forcie. Il compatit beaucoup au chagrin d'Aisling et d'Elizabeth, et certaines scènes qu'elles lui décrivirent lui amenèrent les larmes aux yeux.

— Viens coucher à la maison, dit Elizabeth à Aisling. Ne rentre pas tout de suite dans ton appartement vide.

— Oui, venez, la pressa Henry. C'est encore si récent, vous allez vous ronger.

— Non, franchement, je préfère rentrer chez moi, me réinstaller. Et puis, je verrai probablement Johnny. Je vais le prévenir de mon retour.

— Johnny est en Grèce. Je l'ai vu vendredi, et il m'a appris qu'il avait une occasion de se joindre à un groupe qui s'en allait dimanche. Il m'a dit de vous transmettre à toutes deux ses affections.

— Elle avait l'air bouleversé que Johnny soit parti en Grèce sans la prévenir, remarqua Henry un peu plus tard.

— Il faut dire qu'elle vient d'avoir un si immense chagrin, et elle découvre par là-dessus que Johnny manque totalement de cœur. Quand on le sait, on n'en souffre plus, mais elle ne le savait pas encore.

— Et toi, quand l'as-tu compris? demanda timidement Henry, craignant de paraître indiscret.

— Très tôt. Mais je m'en accommodais délibérément. Aisling a plus de caractère que moi. Je ne crois pas qu'elle s'en accommodera longtemps...

— Que se passera-t-il, d'après toi?

— Ils se sépareront. Et j'ai promis à Tante Eileen que j'essaierais de convaincre Aisling qu'elle doit retourner à Kilgarret.

— Les femmes ne laissent vraiment rien au hasard, remarqua Henry.

Plus tard encore, alors qu'ils venaient de coucher Eileen, Elizabeth remarqua :

— Je vois que quelque chose te tracasse. Qu'y a-t-il?

— Je ne voulais pas t'en parler dès ton arrivée.

— A présent, je suis arrivée depuis un bon moment. Vas-y.

— Ce qui me révolte là-dedans, c'est l'injustice! dit Henry d'une voix étranglée qui alarma Elizabeth. Pas la chose elle-même, mais l'injustice. Je le voyais venir de loin, je te l'ai assez dit. Je me défiais de ce qu'ils déclaraient, et j'avais raison. Je le savais bien, moi, qu'ils n'allaient pas engager un débutant.

Il s'agissait de manœuvres obscures et compliquées. Il y avait eu un poste à pourvoir dans son cabinet juridique. On aurait normalement dû engager un solicitor novice, qui se serait progressivement initié à tous les aspects du métier. Au lieu de ça on avait pris un homme de l'âge d'Henry, et qui, au surplus, était venu

499

spécialement d'Ecosse — on ne vient pas de si loin sans de sérieuses perspectives, ni sans avoir reçu des assurances. Lui et Henry allaient partager un bureau et s'occuper des transferts de propriété — ensemble.

Certes, le solicitor principal y était allé de son petit discours sur l'extension du cabinet en raison de la clientèle accrue. Mais la manœuvre était évidente, un point c'est tout.

Elizabeth l'écoutait, le cœur serré. Elle avait déjà entendu ce genre d'histoire. Souvent. De la bouche de Papa.

20

Johnny rentra de Grèce superbement bronzé et les cheveux plus longs. Stefan lui trouva une allure de blouson noir, mais Elizabeth dit que ça lui allait bien.

— Alors, raconte-moi... la mer est vraiment aussi bleue que sur les cartes postales ?

— Je sais, je n'en ai pas envoyé une seule, répondit-il en riant et sans manifester la moindre contrition.

Puis il leur raconta joyeusement certaines péripéties du voyage dans un minibus poussif; une certaine Susie avait pratiquement toujours tenu le volant. Elle parlait le grec et savait attraper les poissons à la main. *Susie.* Elizabeth se demandait si ce prénom susciterait chez Aisling ces sortes de petits coups de poignard qu'elle-même avait connus.

— Et là-bas, comment ça c'est passé ? Etait-ce accablant ?

— Très triste, vraiment poignant, mais nullement accablant. Pour eux, un enterrement est une grande occasion.

— Ah oui ! Leurs veillées mortuaires et tout ça.

— Mais non ! riposta Elizabeth d'un ton vif.

— Excuse-moi. Apparemment j'énerve tout le monde, aujourd'hui. J'ai téléphoné à Aisling pour lui dire que j'étais rentré, et elle m'a envoyé promener.

— Ecoute, elle vient de perdre sa mère.

— Mais justement ! Je lui proposais de venir lui préparer un dîner à la grecque. Et elle m'a dit ce que je pouvais faire de ma cuisine grecque, poêle à frire comprise !

— Non ? Elle est merveilleuse, dit Elizabeth en pouffant.

— Merveilleuse ? Sacré nom d'un chien ! Elle est folle, oui !

Aisling refusa une invitation à dîner dans un restaurant français ainsi qu'un week-end à Brighton; elle déchiqueta la rose qu'il lui avait envoyée et la jeta par la fenêtre. Deux jours plus tard, il se planta sur son chemin :

— Puis-je savoir la raison de cette crise ?

— Je te prie de me laisser passer, je vais travailler.

— Aisling, je te demandais simplement de dîner avec moi. Pourquoi ce mélodrame ?

— Ecarte-toi, veux-tu ?

— Mais qu'est-ce que j'ai fait ? Dis-le-moi, dis-le donc !

— Tu es allé en Grèce sans moi, espèce de sans-cœur.

— Mais, tu ne pouvais pas... Et pourquoi m'en serais-je privé ? Nous ne dépendons pas l'un de l'autre, rien ne nous attache...

— Rien ne nous attache ! Nous sommes *amants* ! Si ce n'est pas un lien, bonté divine... !

Ils commençaient à attirer les regards des passants, amusés par ce beau garçon bronzé et cette rousse volcanique qui se disputaient véhémentement à neuf heures du matin.

— Aisling, vas-tu te taire ? Tu fais ce que tu veux et je fais ce que je veux... il a toujours été entendu que...

— Mais oui. Maintenant laisse-moi passer ou j'appelle un agent.

— Aisling, ne sois pas ridicule...

— *Monsieur l'agent !* cria Aisling d'une voix stridente en direction d'un jeune agent qui s'approcha, la mine étonnée. Cet homme m'empêche de vaquer à mes occupations légitimes.

— Oh ! Va au diable ! hurla Johnny.

— Je me rends compte que je suis idiote, sanglotait Aisling dans la cuisine de l'appartement de Battersea. Une imbécile hypocrite, voilà ce que je suis, Elizabeth. Il y a seulement dix jours que Maman est morte et je viens beugler à propos de ton ex-amant et te demander comment le faire revenir.

— Oh, c'est facile.

— Mais comment ? Je ferais n'importe quoi, n'importe quoi !

— C'est facile mais injuste : tu n'as qu'à respecter son code. Tu lui écris un charmant petit mot disant que tu regrettes ta scène déplacée et que tu as retrouvé tes esprits. Se laisserait-il tenter par un délicieux *irish stew* arrosé de Guiness, et il pourrait te raconter ses vacances...

— Et ça s'arrangera entre nous ?

— Tout dépend de ce que tu entends par « s'arranger ». Il devra peut-être te quitter de bonne heure... un rendez-vous avec quelqu'un dont il a fait la connaissance en Grèce. C'est le schéma habituel...

— Mais s'il en a une autre...

— Il faudra attendre, et jouer les bonnes cartes. L'idylle des vacances s'éteindra, ou encore la partenaire exigera de lui plus qu'il ne veut donner... et si tu es là, gentille, gaie, si tu n'exiges rien, il te reviendra.

— Mais c'est ridicule, je ne l'admets pas. Qui irait supporter une pareille attitude ?

— Moi je l'ai supportée. Pendant sept ans, le quart de ma vie.

Simon vint un mardi soir. Henry était à son cours de bridge.

— Justement, dit Simon, j'en ai profité.

Elizabeth plaisanta sur le même mode :

— Dois-je déceler là l'imprudent aveu d'une passion interdite que vous nourririez pour moi, ou est-ce que vous voulez organiser une petite sauterie au bureau pour l'anniversaire d'Henry, et me mettre dans la confidence ?

— Ni l'un ni l'autre, chère Elizabeth. Je n'aurais jamais cette audace, et notre cabinet est trop austère pour fêter les anniversaires. Voyez simplement en moi un célibataire qui cherchait à se faire offrir une tasse de café par une charmante hôtesse.

Elle fit du café pour Simon, il admira Eileen endormie, il parla de choses et d'autres, d'Aisling, de Papa, du magasin Worsky. Puis il dit :

— Je me tracasse pour Henry, au bureau. C'est en fait l'objet de ma visite.

Toutes les antennes d'Elizabeth frémirent. Elle ne souhaitait *rien* entendre. Cette démarche lui déplaisait.

— S'il s'agit d'histoires de bureau, c'est avec Henry qu'il faut en discuter, dit-elle aimablement mais nettement.

Pourtant, Simon s'obstina.

— Elizabeth, je ne suis pas homme à colporter des ragots. Si je vous en parle, c'est parce que c'est sérieux. Je m'inquiète à cause de son travail. Il passe trop de temps sur les affaires, il s'embrouille...

— Simon, écoutez-moi. Je sais que vous faites ça dans une bonne intention, en pensant honnêtement que c'est dans l'intérêt d'Henry. Mais comprenez-moi : je ne peux pas et je ne veux pas parler de l'attitude professionnelle de mon mari. Tous les deux, vous êtes des amis de toujours. Vous ne devriez pas avoir de difficultés à lui dire ce qui ne va pas.

— Mais c'est que... il ne veut pas m'entendre.

— Et moi non plus. Je refuse d'être mise dans la situation de devoir choisir si je lui rapporte quelque chose ou non. Quand j'ai un problème dans mon propre travail, j'en parle à la personne concernée, pas à son mari ou à sa femme. Faites-en autant.

— Si je vous dis que j'ai essayé. Mais vous êtes mon dernier...

— Ou je leur écris. C'est parfois plus facile par lettre.

— Certaines personnes sont si susceptibles que le procédé même peut leur paraître insultant.

— Si j'étais dans cette situation, dit-elle avec un sourire contraint, je m'efforcerais de trouver une autre issue, qui n'implique ni connivence ni déloyauté.

— Vous êtes absolument magnifique, dit Simon.

— Alors, c'était bien ça? Vous étiez venu pour me séduire? dit-elle avec un rire léger, alors que leur conversation lui laissait le cœur si lourd.

— Non. Je ne veux pas risquer un refus supplémentaire. Mais quel couple nous aurions fait! Ensemble, nous aurions conquis le monde. Pourquoi ne m'avez-vous pas épousé?

— Oui, pourquoi? Oh, je sais! Vous ne m'avez pas proposé le mariage. Et aussi parce que j'aimais Henry.

Simon était assez fin pour comprendre qu'il fallait en rester là. Ils bavardèrent encore un peu. Fallait-il ou non acheter la télévision? S'il la regardait le soir, disait Simon, c'en serait fini de ses sorties nocturnes — adieu l'aventure! Elizabeth craignait de ne plus pouvoir se détacher de l'écran. Il lui demanda ce qu'Aisling pensait du nouveau pape. Le seul commentaire d'Aisling avait été qu'un homme de soixante-seize ans devait peu s'intéresser aux cas de nullité dans les mariages. En ce moment, elle ne s'intéressait à la papauté que sous un angle très personnel.

— N'aurait-elle plus la foi? demanda Simon en imitant l'accent d'Aisling.

— Avec les catholiques, on ne sait jamais. C'est une partie intégrante d'eux-mêmes. Même quand ils ne croient plus, quelque chose d'intérieur leur fait croire qu'ils croient.

— C'est trop profond, trop jésuite pour moi. A présent, je vais vous laisser.

Simon prit congé d'Elizabeth avec son élégance habituelle, et il dégringola lestement le grand escalier de marbre en faisant des signes d'adieu.

Donal et Anna Barry avaient repoussé leurs noces au printemps, car elles auraient été trop attristées par la disparition de Maman. Anna travaillait à présent chez son futur beau-père.

— Est-ce que c'est la place d'une fille qui a une licence? grogna Aisling quand elle en fut informée.

504

Avoir son bagage et passer des écritures à longueur de journée. Avec ça qu'elle ne doit pas s'y retrouver dans nos livres comptables !

— Tu devrais aller la mettre au courant.

— Qui sait ?

— Tu vas passer Noël à Kilgarret ?

— Je ne sais pas. Johnny n'a rien dit, mais il a peut-être un projet, comme l'année dernière.

Elizabeth savait que Johnny avait un projet, mais avec Susie.

— Ils seraient sûrement très heureux de t'avoir parmi eux. Noël va être tellement triste pour ton père.

— Je le sais, mais si Johnny décidait brusquement de partir quelque part avec moi, en Espagne par exemple ? En ce moment, il parle beaucoup de l'Espagne.

Elizabeth n'en doutait pas. Elle l'avait entendu téléphoner à une agence de voyages : les vacances de Noël, il les passerait à Majorque, mais avec Susie.

— Interroge-le sur ses projets, au lieu d'attendre qu'il te les communique. Comme ça, tu sauras à quoi t'en tenir.

La réponse était un peu sèche. Aisling se dit qu'elle devrait peut-être moins parler de Johnny à Elizabeth. Qui pouvait savoir ce que dissimulait sa réaction d'agacement ?

Aisling arriva à Kilgarret pour Noël. Elle apprit avec soulagement que Mrs Murray passait les fêtes à Dublin, auprès de Joannie.

— C'est drôle de te voir descendre de l'autocar, lui dit Eamonn. Tu aurais pu avoir ton auto à disposition à Dublin, si tu l'avais demandé.

Son auto ! L'Anglia Ford crème que Tony lui avait offerte dès qu'elle avait obtenu son permis de conduire.

— *Ma voiture ?* Où est-elle ?

— Au fond de la cour. Ça remonte loin, tu sais. Au parking de l'aéroport, ils avaient prévenu les Murray de la présence d'une voiture abandonnée. Finalement, quelqu'un la leur a ramenée, et Mr Meade a dit de la mettre chez nous. Maman nous interdisait formellement d'y toucher. *C'est la voiture d'Aisling. Je ne veux pas qu'à Kilgarret on voie un O'Connor au volant de la voiture achetée à Aisling par Tony Murray.*

— Eamonn, tu bois beaucoup ? lui demanda-t-elle à brûle-pourpoint.

— Pourquoi cette question ? répondit-il, à la fois surpris et contrarié.

— Parce que tu te cuitais pas mal chez Hanrahan.

— Non, puisque tu veux le savoir. Avec la bière, je commençais à prendre une sérieuse bedaine. Et j'aurai trente ans cette année... alors, si je continuais... et puis il y a eu...

— L'histoire de Tony ?

— Oui. On est quelques-uns à s'être pas mal rangés, depuis.

— Parfait. La voiture est à toi.

— Comment ? Tu ne peux pas me donner ta voiture de but en blanc !

— Mais si ! Il y a deux minutes, je ne savais même pas que je l'avais. Seulement prends-en une autre et donne celle-ci en reprise, parce qu'elle est trop connue par ici. J'ai apporté tout un tas de papiers à trier, ceux de la voiture sont sûrement dedans. Tu les auras ce soir.

— Je ne sais comment te remercier, Aisling, c'est tellement formidable pour moi !

— Quelque chose me dit que Maman aurait été d'accord. Ça te rendra plus indépendant.

— Une voiture à moi ! Je n'arrive pas encore à y croire.

Il paraissait si heureux ! Aisling se détourna pour lui dissimuler qu'elle en était émue aux larmes.

Pendant ces fêtes de Noël, Aisling se trouva curieusement esseulée. La mort de Maman ne remontait qu'à quelques mois, mais elle sentait que, depuis lors, elle avait pris de la distance par rapport à sa famille. A moins que ce ne soit l'inverse.

Donal était presque tout le temps chez les Barry. Anna se débrouillait admirablement au magasin. Au début, elle s'était installée dans le petit bureau de Maman. Mais cela donnait un choc aux clients. « Mon Dieu ! J'ai cru que c'était Mrs O'Connor », disaient-ils.

Heureusement, certains ajoutaient « Bien sûr, vous serez très bientôt Mrs O'Connor. » Alors, elle s'était aménagé son coin à elle. Et elle s'entendait bien avec son futur beau-père.

— Ce sera agréable pour toi d'avoir Anna comme belle-sœur, dit Aisling à Niamh.

— Oui. Mais ça ne marche pas à tous les coups. Regarde donc, toi et Joannie Murray, vous étiez très amies. Et pourtant, une fois que tu as eu épousé son frère, vous ne vous entendiez plus du tout.

— Je ne m'entendais avec aucun des deux, remarqua Aisling, ce qui les fit pouffer.

Papa était morose, replié sur lui-même. On voyait mal ce qui pourrait lui remonter le moral. Le lendemain de Noël, le jour de la Saint-Etienne, ils allèrent se promener sur la route de Dublin. Il passait beaucoup de voitures, en route pour les courses à Dublin, et les gens de connaissance klaxonnaient en voyant les O'Connor.

— Je me demande s'ils pensent : « Tiens, il y a deux ans jour pour jour que cette effrontée a décampé, et elle a le front de revenir se pavaner. » Mais d'un autre côté, ils ne pensent peut-être pas du tout à moi. Il faut que je m'y résigne, remarqua Aisling.

Papa gardait sa mine sombre. Il n'était sorti que pour être agréable à Aisling, qui, elle-même, espérait ainsi le distraire.

— Rentrons, si tu veux, lui dit-elle.

Il fit docilement demi-tour, et ils repartirent vers Kilgarret.

— Il ne faut pas te tracasser pour nous, Aisling, dit-il en sortant soudain de son mutisme. Nous nous en tirerons, et toi, tu as ta vie. Avant de s'en aller, ta Maman a dit qu'elle ne devait pas essayer de te faire revenir de Londres. « Elle rentrera à son heure », voilà ses paroles.

Les larmes montèrent aux yeux d'Aisling. Maman l'avait si bien comprise !

— Mais peut-être devrais-je rentrer, Papa ?

— Pour t'occuper de nous ? Non, Aisling, nous nous en tirerons. Ici, ce sera toujours chez toi, mais ne reviens qu'à ton heure. Et d'ailleurs, tu as déjà contribué à l'entente entre les grandes puissances en donnant ta voiture à ce lourdaud. Pendant qu'il se carrera l'arrière-train dedans, il me débarrassera de sa présence.

— Eh bien ! C'est du joli de parler comme ça d'Eamonn, Papa ! dit Aisling, égayée.

— Ma fille, j'aimerais bien en dire beaucoup plus, répliqua-t-il en riant à son tour. Mais considérant que c'était hier Noël, et que j'ai communié, je m'abstiendrai exceptionnellement de le traiter d'abruti et de nom d'un chien de fainéant.

Aisling fit tout le chemin à pied jusque chez Maureen, qui la reçut sans chaleur.

— On ne sait pas quoi faire, on se promène ? dit-elle.

— Je venais te voir.

Voilà le genre de paroles qu'elles avaient échangées mille et mille fois. C'était tellement lassant... Elle se détourna comme pour s'en aller.

— Ne te fâche donc pas. Entre, je vais faire du thé. C'est seulement qu'on ne sait jamais par quel bout te prendre, voilà le problème. Personne ne comprend ce que tu fabriques.

C'était exactement le problème.

A son retour à Londres, elle découvrit que Johnny était déjà rentré. Il n'avait passé qu'une semaine à Majorque. Susie n'était plus dans les parages. Elizabeth avait vu juste. L'absence d'Aisling avait fait découvrir à ses trois employeurs que Miss O'Connor était indispensable — ils lui accordaient tout à la fois une augmentation de salaire et la liberté de prendre des vacances supplémentaires pourvu qu'elle accepte de rester au moins encore un an avec eux. Johnny avait vu juste. Et Elizabeth lui apprit qu'Henry avait fait une scène très déplacée au bureau parce qu'il n'avait pas été augmenté en fin d'année comme il l'espérait. Il était tellement hors de lui qu'il avait fait une chose encore jamais vue : il avait clamé publiquement sa déception,

508

et cela dans un tel état de surexcitation qu'il avait affolé le personnel. Simon avait vu juste.

— Henry, je t'ai dit précisément mon sentiment. Nous avons largement assez d'argent pour nous trois, toi, Eileen et moi. Nous en gagnons beaucoup, plus que la majorité de nos amis. Alors, arrête de parler de cette satanée augmentation. On s'en moque !

— Toi, mais pas moi. Pourquoi ai-je tellement pris mon métier à cœur depuis des années ? Je m'échinais, je rapportais du travail à la maison ! Est-ce qu'il y en a qui ont été plus consciencieux que moi ? Qu'ils le disent, s'ils l'osent !

— Là n'est pas la question.

— Si, *justement ! Bon Dieu !* Elizabeth, dans notre cabinet il n'y a pas de prime pour les sujets brillants. Chez nous, ça ne se passe pas comme dans les films américains, avec des gratifications pour une plaidoirie dramatique. Nous avons un système : quand les affaires sont expédiées correctement et en temps voulu, chacun reçoit une augmentation. Enfin... peut-être pas chacun, mais tous ceux qui ont accompli leur tâche.

— Henry, tu t'énerves parce que...

— Bien sûr que je m'énerve ! Je n'ai pas obtenu cette augmentation. Tu comprends ce que ça signifie ?

— Ça ne signifie rien, c'est toi qui te déchaînes. Je te dis que nous n'avons pas besoin de cet argent.

— Tu ne comprendras *jamais*...

— Apparemment non. Mais j'aurais plus de chances de comprendre si tu ne criais pas.

— Je vois que je te dérange. Je vais sortir...

— Mon chéri aimé, nous sommes dimanche et c'est l'heure de déjeuner. Pourquoi veux-tu sortir ?

— Parce que je m'énerve, comme tu dis. Pas la peine de vous gâcher le déjeuner, de le bouleverser, de bouleverser Eileen.

— Je t'aime mon chéri. Je t'aime tant. Reste avec nous. Regarde, Eileen te sourit. Allons, retire ton pardessus, viens t'asseoir.

Elle l'avait suivi jusque sur le palier. Il appela l'ascenseur.

— Je t'en prie, Henry, déjeune avec nous. Autrefois, nous en rêvions ensemble, de ces dimanches : nous serions chez nous, avec notre enfant... (L'ascenseur s'était arrêté à leur étage.) Je ne veux pas que tu ailles déambuler tout seul sur les quais, pendant que nous restons au chaud. Tu vas attraper la mort, avec ce froid, je vais tellement m'inquiéter.

Il se retourna, la prit dans ses bras.

— Tu as un mari idiot.

— Non. J'ai l'homme que j'aime.

— Eileen ! appela-t-il, et l'enfant arriva à quatre pattes. Eileen, tu as un père complètement idiot, ne l'oublie jamais. Mais tu as une maman qui vaut une fortune.

Eileen leur dédia à tous deux son plus joli sourire.

— Si nous fêtions en même temps ton anniversaire et le mien, notre dernier anniversaire avant d'entrer dans la trentaine ? proposa Aisling qui, le visage presque collé à la glace, traquait ses rides.

— Merveilleuse idée ! De toute façon, une fête serait la bienvenue.

— D'accord. On organise ça chez toi ? Tu as plus de place.

— Non. Les voisins se plaignent facilement du bruit. Oh, ne fais pas cette tête-là ! Faut-il que je sois bête pour croire que tu goberas ça... Non, c'est à cause d'Henry. Il est dans un tel état de nerfs en ce moment.

— Bon. Alors, ce sera ici ! Tiens, faisons tout de suite la liste des invités. Les Vieux Fidèles, évidemment... Johnny, Simon, Stefan, Anna, ton Papa.

— Ah non ! Pas Papa ! On veut que ce soit très gai.

— Mais tu disais qu'il était beaucoup plus sociable ?

— Oui. Mais pas dans le genre joyeux.

— Comme tu voudras. A propos, Johnny partage de nouveau l'appartement avec son ami Nick, celui qui travaille dans une agence de voyages. Nick divorce. Son mariage est tombé à l'eau, comme il dit. Alors il viendra, et je pourrais inviter la fille de l'étage au-dessous, Julia.

— Ah oui ! Celle qui...

— Non, celle *que* Johnny dévore des yeux. Eh bien, qu'il la dévore. C'est une des choses que tu m'as apprises. Je perdrais mon temps à vouloir écarter la concurrence.

— Tu as appris vite.

— J'avais derrière moi beaucoup plus d'années et de tristesses.

— Tu n'es jamais profondément triste, Aisling, voilà pourquoi Johnny tient à toi. Je crois qu'il n'a jamais autant tenu à une femme. Je ne te l'ai jamais dit, pour ne pas paraître indiscrète, ni te donner éventuellement de faux espoirs. Mais j'ai bien vu sa façon de t'écouter attentivement. Et comme tu sais le faire rire! Avec moi, c'était différent. Une fille très jeune, pas mal sotte, et qui joue les indépendantes. Je crois qu'il admirait mon cran. Mais avec toi, c'est différent. Il a l'air très attaché...

Aisling se leva d'un bond, écarta largement les bras :

— Youpi! Formidable nouvelle! Parce que moi, je ne suis jamais sûre de ses sentiments. Est-ce que c'est seulement pour ça qu'on tient à lui, parce qu'on n'est jamais sûre de ses sentiments?

— Non. Il y a d'abord le fait que c'est un homme de valeur. S'il était creux et niais, il ne pourrait pas briser régulièrement tant de cœurs.

— Très juste. Après ce que tu m'as dit, je raye Julia de la liste. Je ne vais pas lui faire monter un étage pour que Johnny Stone lui brise le cœur...

Assise à la table de la salle à manger, Ethel Murray venait de passer une heure à lire et relire sa lettre à Aisling. Non, finalement elle ne l'enverrait pas. Le solicitor lui avait recommandé de bien peser ses mots, et de ne faire ni offres ni promesses. Et si un terme quelconque pouvait s'interpréter comme une concession? Il fallait se méfier. Quelque chose l'avait poussée à écrire à Aisling, mais si c'était une erreur? Pourquoi n'avait-elle jamais personne pour la conseiller?

Finalement, elle déchira sa lettre et se limita à expédier un télégramme :

Chagrin vous informer Tony mort sans souffrances aujourd'hui. Requiescat in Pace. Ethel Murray.

— Elle ne pouvait pas assister aux obsèques. Qu'est-ce qu'elle serait allée faire là-bas ? Une cérémonie à la sauvette, et dans une clinique. Je sais ce que c'est, Maman est morte dans un hôpital. C'était tellement sinistre. Tu l'imagines, toute seule à côté des Murray, muets et hostiles ? Et qu'est-ce qu'elle aurait porté, un voile de veuve ?

— C'est entendu, Elizabeth, ne te monte pas. Je me suis simplement étonné qu'elle n'y assiste pas. Tu dis toi-même que les Irlandais tiennent à honorer les morts.

— C'est la façon dont tu l'as exprimé. Tu critiquais Aisling.

— Pas du tout. Mais en y réfléchissant, je pourrais la critiquer à propos de bien des choses...

— Ça suffit, Henry. Ne nous disputons pas.

Elle était lasse que le moindre mot suscite des chamailleries. N'importe quoi. A un moment, elle avait vu qu'Eileen la regardait. Elle se demanda si elle aussi, à deux ans, elle regardait ainsi Maman et Papa. Est-ce qu'ils se faisaient du souci pour elle, et l'un pour l'autre ?

— Je ne sais que te dire. Devrais-je te présenter mes condoléances ?

— Les manuels de savoir-vivre ne prévoient pas cette situation, répondit Aisling.

Elle était pâle, avait les traits tirés. Elle n'avait pas dormi de la nuit. Un télégramme tellement sec. Ils l'écartaient, la rejetaient, alors qu'il n'y avait jamais eu de brouille entre eux. En pleine nuit, elle avait pleuré sur son sort. Peut-être aurait-elle dû agir autrement : rester à Kilgarret et attendre que la boisson la rende veuve. Au train où y allait Tony, il n'aurait même pas tenu deux ans et demi. Elle aurait dû écouter Maman. A présent elle avait des ennemis, qui lui envoyaient de vilains télégrammes, et des gens qui ne savaient quoi lui dire. A Kilgarret ou ici, ce n'était pas mieux.

— Tu sais, Johnny, autrefois il était très gentil. Ce n'est pas pour larmoyer, mais quand il venait me chercher pour aller au cinéma, quand il bavardait avec Maman et Papa, il était si sympathique. Et même cette première fois, à Rome, il était très, très doux. Il n'a pas toujours été un type horrible.

— Mais oui, dit Johnny, conciliant.

— Il a eu une triste existence. Le commerce ne l'intéressait guère, il ne s'entendait pas avec sa mère. Et moi aussi je l'ai déçu.

— Ma jolie, apparemment la déception était partagée.

— Bien sûr, mais je trouve que c'est un tel gâchis. Ce mort, là-bas dans le Lancashire, personne ne l'a vraiment aimé, il n'a jamais réellement connu le bonheur — l'alcool l'a tué, et il n'avait même pas atteint ses quarante ans.

— C'était un perdant, ce pauvre Châtelain, dit Johnny, et il s'empressa de changer de sujet.

Personne ne s'y attendait. Simon venait de se fiancer avec une très jolie Galloise nommée Bethan. Ils l'annoncèrent au cours d'une réunion amicale dans l'appartement de Battersea. Aisling et Johnny s'y trouvaient. Le mariage était célébré dans l'intimité, parce que les parents de Bethan étaient de stricte obédience réformée, abstinents et tout le reste, alors le plus tôt serait le mieux. Dans trois semaines.

— Je te parie qu'elle est enceinte, chuchota Aisling à Elizabeth en l'aidant à apporter ce qui était préparé à la cuisine.

— Sûrement, mais ça tombe précisément au bon moment dans la carrière de Simon. Il a besoin de se ranger, elle est décorative et elle s'exprime bien. Il n'avait que l'embarras du choix. Elle a bien calculé, la petite Bethan.

— Je me demande si ce serait le bon moment dans la carrière de Johnny? dit Aisling avec une lueur d'espoir dans l'œil.

— Je crois qu'il serait peu avisé de chercher à le savoir, répondit Elizabeth en souriant. Johnny n'épouse pas ses conquêtes enceintes.

— Certaines ne l'ont pas laissé en décider lui-même.

En dix ans, c'était la première fois que l'avortement d'Elizabeth était évoqué entre elles.

Jimmy Farrelly, le solicitor de Kilgarret, informa Aisling par lettre que les Murray confiaient à un cabinet de solicitors de Dublin le règlement de la succession de Tony Murray. Il se montrait clair et précis. Elle avait assez barguigné du vivant de Tony, à présent elle devait réclamer son dû. Légalement, elle devenait propriétaire d'un tiers de la firme Murray, Comestibles et Vins, les deux autres tiers étant respectivement détenus par Joannie et Mrs Murray. Le bungalow était entièrement à elle — contrairement à ce qu'on lui avait dit, il n'avait pas été vendu mais seulement loué à ses occupants actuels. Bien entendu, elle pourrait se débarrasser de sa participation dans la firme Murray en proposant aux deux autres associées de lui verser un dédommagement correspondant. Mais l'urgent était qu'elle fasse valoir ses droits. Car Mrs Murray et Joannie avaient demandé à leurs solicitors d'engager une procédure pour déshériter Aisling, en arguant qu'elle avait abandonné le domicile conjugal.

Aisling demanda conseil à Johnny.

— Quelle aurait été la volonté du Châtelain?

— Tant qu'il n'a pas été abruti par l'alcool, il m'aurait donné la lune s'il avait pu.

— Alors prends la lune, mon petit chou, dit Johnny.

Jimmy Farrelly écrivit que ça s'était passé sans discussions. Il avait expliqué qu'Aisling était prête à décrire devant un tribunal son existence avec Tony Murray, et les raisons précises de son départ. Elle pouvait citer des témoins appartenant au milieu hospitalier, et produire une lettre tout à fait explicite de Tony. Mais si on ne faisait pas opposition à ce qu'elle hérite, elle accepterait des arrangements. Ainsi, elle n'insisterait nullement pour figurer en titre dans la firme Murray. On pourrait refondre les statuts de la société qui serait alors divisée par moitié entre Joannie et Ethel Murray. Il avait suffi que les dames Murray apprissent qu'Aisling était préparée à se battre, et avec quelles armes, pour que toute contestation cesse. Le testament serait homologué.

Aisling héritait de tous les biens de Tony Murray : ses valeurs et ses actions, le bungalow — dont les cousins des Moriarty se déclarèrent immédiatement acheteurs — et la voiture de Tony, dont elle fit don à Mr Meade.

Peu avant Noël, tout était réglé. Aisling fit remarquer à Johnny qu'elle était désormais une riche veuve.

— Tu ne devrais pas me laisser filer, les hommes comme toi sont toujours à l'affût d'une riche veuve.

— Mais je ne t'ai pas laissée filer. Je t'ai et je te garde, répondit Johnny, d'un air étonné.

— Et quand vas-tu faire de moi une femme respectable ?

Il se leva, se dirigea vers la fenêtre, regarda voleter quelques flocons de neige.

— Tu parlais sérieusement, n'est-ce pas, petit chou ?

— Tu ne veux pas ?

Elle était restée assise sur le lit. Sa superbe crinière rousse et sa robe de chambre turquoise se détachaient singulièrement contre la blancheur des draps.

— Mais tu es et tu as toujours été une femme respectable !

— Je voudrais être ta femme.

— Tu l'es, et entièrement. C'est mieux qu'un mariage.

— Il faudrait savoir ce qu'est le mariage, pour pouvoir comparer !

— Justement, tu le sais...

— Je n'étais pas mariée avec toi...

— Ecoute, ça ne veut pas dire que je ne t'aime pas. Je t'aime profondément. Mais je ne tiens pas...

— Tu as peur, oui ! Peur que ça marche !

— Mais qu'est-ce que tu vas chercher ? Ça marche entre nous. Je t'adore.

— Alors, pourquoi ne veux-tu pas m'épouser ?

Mon Dieu ! Voilà qu'elle le suppliait ! Le meilleur

moyen de le perdre. Et malgré les mises en garde d'Elizabeth...

— Aisling, crois-moi, ne changeons rien.

A sa grande horreur les larmes lui jaillirent des yeux, de grosses larmes qui tombaient sur sa robe de chambre. Au lieu de venir la consoler il restait près de la fenêtre, l'air gêné.

— Mais ça ne changerait rien, je te promets d'être toujours la même...

— Justement, pourquoi prendre le risque de tout gâcher alors que nous nous entendons si merveilleusement?

— Comment ça, tout gâcher? Il y a des tas de couples mariés et très heureux.

— Lesquels, par exemple?

— Elizabeth et Henry, pour commencer.

— Aisling, tu plaisantes? Ils sont à couteaux tirés — si tu ne l'as pas vu, c'est que tu es aveugle. A présent, arrête avec tes histoires de courrier du cœur, maquille-toi, fais-toi belle. Je t'emmène prendre un verre dehors.

— Va au diable!

— Pourquoi donc? Je te propose ça gentiment, aimablement, pour désamorcer une situation dangereuse.

— Je t'ai demandé de m'épouser. Je ne veux pas me laisser flouer en acceptant un verre à la place...

— Je te préfère comme ça, dit Johnny en riant.

Elle grimaça un pâle sourire. Le refus de Johnny l'humiliait moins depuis qu'elle savait ce qu'il en était du mariage d'Elizabeth. Qui sait si Johnny n'avait pas raison de dire que le mariage démolit les êtres. La nature avait peut-être trouvé ce truc pour empêcher les gens de trop profiter de la vie en ce monde.

— Mais il faut que tu viennes, geignait Elizabeth. Je ne peux plus faire face, moi! Les plaintes de Papa, les plaintes d'Henry, les pleurnicheries d'Eileen. D'autant que ces jours-ci, je me traîne...

— Je voulais paresser au lit toute la journée.

— Un dimanche, c'est immoral.

— Mais est-ce que Simon et Bethan ne devaient pas venir?

516

— Allons donc! Les tourtereaux installent leur nid. Si tu voyais l'appartement qu'ils ont acheté! Henry passe des heures à essayer de calculer comment Simon peut arriver à le payer avec ce qu'il gagne. Et pourtant, il a une règle à calcul... je parle d'Henry.

— Et Johnny?

— Il faudrait qu'il soit à Londres. Stefan pense qu'il est parti à Douvres. Tu n'en sais rien?

— Non, mais c'est possible. Cela fait une semaine que je n'ai pas de nouvelles.

— Fâcherie?

— Non, malentendu. Je te raconterai. Mais pourquoi faut-il que je m'arrache à mon lit si chaud, si douillet?

— Parce que c'est ton *devoir*, le devoir d'une amie. Mon mari, mon père et ma fille me rendent folle! J'ai besoin de toi.

Johnny avait raison, le ménage s'entre-déchirait. Et c'était pire que les violentes disputes qu'Aisling avait eues autrefois avec Tony. Parce que c'était un désaccord constant à propos de mots, de ce que l'autre avait dit, ou voulu dire.

— Henry pense que tu as été folle de renoncer à ta participation dans la firme Murray.

— Je n'ai pas dit qu'elle était folle. J'ai dit qu'elle aurait mieux fait de voir venir, parce qu'en droit le mot « don » est défini de façon très précise.

— Je regrette, mais je me souviens exactement de tes paroles : « Dis-lui qu'elle a été folle. »

— Tu n'as rien compris...

Le père d'Elizabeth ne s'en mêlait pas. Il mangeait, le regard rivé à son assiette.

Elizabeth éclata en sanglots et se précipita hors de la salle à manger.

— C'est toi qui le provoques, dit Aisling.

Le déjeuner s'était terminé sur les excuses d'Elizabeth, acceptées de mauvaise grâce par Henry qui aurait voulu revenir point par point sur la dispute. Papa et Henry étaient passés au bureau, tandis qu'Elizabeth et Aisling restaient à table et discutaient en grignotant la tarte aux pommes.

— C'est vrai. Je ne peux m'en empêcher.

— Vous n'étiez comme ça ni l'un ni l'autre. Et c'est grave. J'aimais tellement être avec vous deux, mais maintenant, je suis mal à l'aise. Il n'y a plus rien de sympathique ni de gai.

— Ne dramatise quand même pas. Ce n'est que... qu'un passage, je suppose. Je vais te dire ce qui me démolit. Je me donne du mal, je gagne ma vie, je fais garder Eileen par une femme que j'ai dû former moi-même. Après septembre, elle ira au jardin d'enfants; je me suis occupée de son inscription. J'épargne toutes les corvées à Henry. Je reçois ses satanés amis et relations. Pour lui je fais des grâces à des gens tels que son inénarrable solicitor principal ou cette oie de Bethan, la femme de Simon, et rien de tout cela ne me coûterait s'il en tirait joie. Mais pas du tout. On dirait qu'il tourne en rond sous un gros nuage noir.

— Apparemment, l'image est exacte.

— Mais comment parvenir à le chasser? Dieu m'est témoin que j'ai assez essayé. Alors, dois-je le rejoindre dessous, pour être aussi malheureuse que lui? Et y attirer également Eileen pour qu'elle croie que le monde est rempli de problèmes insurmontables?

— Enfin, tu devais déjà le savoir avant...?

— Non. Et je te conseille de parler, toi qui as épousé une brute alcoolique en croyant que c'était un brave garçon qui ferait un excellent mari!

— C'est vrai.

— Mon Dieu! Aisling, pardonne-moi. Je te dis des horreurs alors que tu t'es tirée du lit pour venir à mon secours!

— N'y pense plus, dit Aisling avec un bon sourire.

— Je suis vraiment d'une humeur de dogue. Tout ça s'arrangera dès que le solicitor principal aura pris sa retraite. Simon et Henry accéderont à un poste plus élevé. Ils dirigeront chacun un service. C'est prévu. Alors, je ne l'entendrai plus se plaindre interminablement d'être rabaissé! Je sais que je lui parle méchamment, mais je n'arrive plus à retrouver ce Henry que j'aime, derrière sa barrière de piquants.

— Je commence à comprendre.

— Mais tu vois, il y a de l'espoir, aussi je m'en veux de faire cette mine et de t'attrister...

— Pour dire vrai, moi non plus je ne suis pas follement joyeuse, dit Aisling en allumant une cigarette. Je ne voulais pas te le raconter, mais je vais quand même le faire. J'ai demandé à Johnny de m'épouser.

— Tu lui as...? Aisling, c'est une blague? pouffa Elizabeth. Et qu'est-ce qu'il a répondu?

— Je suis sûre que tu le sais.

— Il a répondu : « Pourquoi gâcher une belle aventure, nous nous entendons si bien comme nous sommes. »

— Exactement, mais en plus il est parti. Une nouvelle Susie, je suppose. Il me punit de ma demande inconsidérée.

— Bonté divine! On peut dire que nous faisons honneur à nos mères et à leur éducation, Aisling! dit Elizabeth en riant nerveusement. Je me demande si Eileen se gâchera la vie comme nous le faisons. Saurons-nous l'en empêcher?

— Personne ne saura l'en empêcher si elle est aussi idiote que nous, dit sentencieusement Aisling.

Elles en riaient encore quand Papa et Henry revinrent dans la salle à manger et demandèrent d'un ton un peu pincé si elles voulaient être assez gentilles de les laisser débarrasser la table parce qu'on allait faire un bridge.

A deux reprises Simon se présenta à l'appartement de Manchester Street. Aisling le reçut avec plaisir. Johnny ne donnait plus signe de vie, et plus elle pensait à la sottise qu'elle avait faite, plus elle était humiliée. Elle se jurait sans grande conviction de ne plus renouer avec lui s'il revenait vers elle. A chaque fois, Simon apporta une bouteille de vin. A sa troisième visite il embrassa très tendrement Aisling, et elle ne le repoussa pas, tout en disant :

— Allons, allons, je ne vais pas jouer les veuves joyeuses pendant que votre pauvre épouse est aux prises avec un appartement neuf et une grossesse qui touche à sa fin.

— C'est précisément le moment où il faut réconforter un futur père. Dans la Grèce antique, c'était un privilège pour les jeunes filles et les veuves que d'aider, en de telles occasions, l'homme à surmonter son anxiété, sa nervosité.

— Je ne vous crois pas.

— Je reconnais que c'est une invention, mais j'en suis assez content.

Aisling rit de bon cœur. Sans Johnny, elle se trouvait très seule, d'autant qu'elle répugnait à aller à Battersea, depuis qu'Elizabeth lui avait confié ses difficultés avec Henry. Qu'on lui fît la cour, c'était agréable et flatteur. A sa visite suivante, Simon apporta du mousseux, et fit à Aisling des avances non déguisées encore qu'élégantes.

— Pour qui me prenez-vous? dit Aisling en riant. Je ne me donne pas pour une bouteille de faux champagne!

Le lendemain soir, Simon arriva avec une bouteille de Moët et Chandon, qu'ils burent assez vite. Puis ils se couchèrent.

« Quelle importance? raisonna Aisling le lendemain matin. Ça lui a fait plaisir, ça ne m'a pas fait de mal, et comme personne ne le saura, personne n'en souffrira. »

Stefan annonça à Elizabeth qu'il voulait prendre sa retraite. Désormais, il ne viendrait qu'un jour par semaine. Lui et Anna achèteraient une petite maison avec un jardin — ils aimaient les fleurs. De toute façon, sa vue baissait tellement qu'il n'était plus bon à grand-chose. Il demanda à Elizabeth si elle n'envisagerait pas d'acheter le fonds.

— Mais, mon cher Stefan, où voulez-vous que je trouve l'argent? Nous joignons tout juste les deux bouts. Et Johnny, ça ne l'intéresse pas?

— Je lui en ai parlé en premier. Je m'étais figuré que lui et Aisling pensaient au mariage. Et Aisling est riche, à présent. Mon idée était donc que vous pourriez éventuellement acheter le magasin à vous trois. Mais je ne peux pas supporter la perspective que mon magasin passe dans les mains de gens qui n'auraient pas l'amour de ce métier.

— Je vous comprends, Stefan.

— Or, Johnny a refusé. Il ne veut pas se marier. Et il me demande instamment de ne pas parler de mon projet à Aisling. Je ne vois pas pourquoi. Qu'il épouse ou non Aisling, je trouve que mon idée était bonne, et Anna le pense aussi. Mais elle dit également qu'avec toutes ses aventures amoureuses, il n'a pas d'économies, et que je dois vous en parler à vous.

— Stefan, pour l'instant c'est impossible. Différez un peu votre départ en retraite. Il se peut que les choses changent. A la fin du mois, Henry obtient une promotion. Le mois prochain, Papa quitte sa banque. Il envisage de vendre Clarence Gardens et d'acheter avec nous une maison où nous vivrions tous ensemble. De toute façon, nous allons avoir plus d'argent. Pouvez-vous encore tenir deux mois ?

— C'est entendu. J'espère que les choses vont s'arranger pour vous, ma chère Elizabeth. Pour l'instant, c'est difficile, hein ?

Bethan mit au monde un petit garçon. C'était un jeudi, à deux heures du matin. Le papa, Simon, se trouvait à ce moment-là au lit avec Aisling. Mais le lendemain, il apprit la nouvelle avec une immense joie. Tout le monde disait que c'était rare, pour un premier-né, de naître avant terme. Habituellement, c'était le contraire.

Henry déclara qu'il n'était pas question d'organiser une réception pour fêter les changements qui allaient se produire dans son travail. On penserait qu'ils saisissaient n'importe quelle occasion pour bien manger et bien boire.

— Pardonne-moi d'y avoir songé, dit Elizabeth. Mais tu te souviens, au moment de notre mariage, nous nous faisions une joie de nos futures réceptions.

— C'est vrai, chérie, dit Henry, les yeux brillants de larmes. Je suis désolé, je voudrais avoir ta vision du monde, facile et gaie. Mais moi je me soucie. Il faut bien que quelqu'un se soucie...

— Je n'en vois pas la nécessité.

Johnny grimpait allégrement l'escalier. Il avait vu en bas la voiture de Simon.

— Dites donc, ouvrez-moi! J'ai une bouteille de *pliska*. C'est une eau-de-vie de prune, vous allez adorer!

Il n'y comprenait rien. Il devait y avoir du monde à l'intérieur puisqu'il passait un rai de lumière sous la porte — et d'en bas, il avait vu la lumière filtrer à travers les rideaux. .

— Allons, ouvrez donc! Qu'est-ce que vous fabriquez?

Toujours pas de réponse. Il haussa les épaules et descendit l'escalier. Une fois dans la rue, il leva la tête. A la fenêtre d'Aisling, il vit le rideau bouger.

— Je ne vois pas pourquoi il doit ignorer mes relations avec toi puisque moi je connais les siennes? dit Simon.

— Parce qu'il est un prétendant sérieux, et pas toi.

Aisling riait, mais son cœur battait encore la chamade.

— Tu ne veux pas dire un prétendant sérieux *à ta main*?

— Il m'a suppliée de l'épouser. Tiens, il était assis là, au pied du lit.

— Et qu'as-tu répondu? demanda Simon en riant, mais sans trop savoir si elle plaisantait ou non.

— J'ai dit : « Pourquoi gâcher une belle aventure, nous nous entendons si bien comme nous sommes? »

— Réponse très sage, très sensée, mon petit chéri, dit Simon en l'enlaçant de nouveau.

— Mais Bethan va...

— Non, elle est trop occupée par le petit, dit Simon.

— Une fois que j'aurai mon nouveau poste, tout ira mieux, les attributions seront nettement définies, il n'y aura plus cette concurrence forcenée...

— Puisque ça doit tellement améliorer les choses, pourquoi avoir tant attendu?

— Parce que le solicitor principal tenait à garder la

haute main sur tout le cabinet et à entretenir les rivalités entre nous.

Au magasin d'antiquités, Johnny interrogea Elizabeth :
— Crois-tu possible que ton amie Aisling me trompe avec ce Simon Burke, le collègue de ton mari ?
— Non. C'est absolument grotesque.

Elizabeth appela Aisling au cabinet médical :
— Devine ce que Johnny a inventé ? Il croit que tu couches avec Simon.
— Merde alors ! dit Aisling.

— Bonté divine ! Je serai soulagée quand vous aurez fait tout ce grand remaniement au bureau. Elizabeth et Henry sont sur des charbons ardents. Vivement qu'il ait son nouveau poste !
— Quel nouveau poste ? demanda Simon.

— Tu es très gentille, et je sais que tu fais ça dans la meilleure intention du monde, Aisling. Mais tu as dû comprendre de travers...
— Je t'en prie, je t'en supplie, viens déjeuner avec moi. Amène Eileen. Nous irons où tu veux. Il faut que je t'explique de vive voix. Je ne peux pas te le raconter au téléphone.
— J'ai tout de même saisi l'essentiel. Et je te dis que Simon se trompe.
— Elizabeth chérie, il m'a exposé les choses en détail, et ce n'est pas lui qui se trompe, c'est Henry... Je veux te prévenir, tu comprends ? Pas du tout mettre mon nez dans ce qui ne me regarde pas. Est-ce que je lui demandais, moi, de me déballer toute l'histoire en plein milieu de la nuit ?
— Mais bien entendu ! J'apprécie ce que tu fais.
— Il faut que je raccroche, le salon est plein de clients. Alors, on se retrouve à une heure ? Où veux-tu ? Au restaurant du Debenham's ou du Selfridge's ?
— Je ne peux vraiment pas venir. Je t'appelle ce soir.
— Ce sera trop tard. A ce moment-là, il saura.

— Je t'assure que tu pousses les choses au noir, Aisling. En fait, c'est très simple et très clair.

Papa téléphona à Elizabeth. C'était peu dans ses habitudes. Un moment, elle songea qu'il voulait peut-être fêter la promotion d'Henry. Mais Papa était peu du genre à fêter quelque chose.

— Sais-tu si Henry tient absolument à la rive droite ?

— Je ne comprends pas ta question, Papa.

— Tu sais bien que je cherche une maison pour nous tous... J'en ai trouvé deux qui correspondent à ce que nous voulons, mais sur la rive gauche, et je croyais qu'Henry tenait à la rive droite...

— Mais pas du tout, peu importe ! Au revoir, Papa.

Elizabeth enfouit son visage dans ses bras repliés et se mit à pleurer. Elle n'en pouvait plus de faire face à ce genre de choses. Un père qui, devant un bol, se demandait de quel côté il devait boire; un mari qui réussissait à se rendre fou d'inquiétude en imaginant n'importe quoi, et surtout le pire... Jamais rien de simple, d'heureux.

— Elle pleure, Maman ? dit Eileen.

— Maman est fatiguée.

— Te couches, Maman.

— Maman a trop de travail. Allons bon ! Encore le téléphone, dit Elizabeth en décrochant le combiné.

— Allô ! Est-ce que je parle à ma belle-fille ou à ma petite-belle-fille ?

C'était Harry ! Elle avait complètement oublié qu'il arrivait aujourd'hui. Ce devait être la fatigue nerveuse. Quand elle pensait qu'autrefois elle menait trois activités de front et s'occupait, de près ou de loin, de Papa, de Maman et de Harry ! A présent, elle ne savait même plus quel jour de la semaine on était.

— Harry, d'où m'appelez-vous ?

— De la gare d'Euston. Comme je ne vous voyais pas...

— Je n'ai pas pu aller vous chercher. Personne pour garder Eileen...

— Ça ne fait rien, chère Elizabeth. J'ai attendu un moment, pour être sûr. Voulez-vous que je vienne tout de suite chez vous ? Parce que sinon, nous pourrions déjeuner au restaurant.

Pourquoi pas ? Puisqu'elle devait retrouver Aisling dans un de ces endroits chics d'Oxford Street... Harry serait ravi de voir Aisling. Eileen ferait ses petites manières, et aux autres tables, on admirerait cette belle enfant. Ils passeraient un bon moment tous les quatre... Mais quel effort ! Elle n'arriverait jamais à préparer Eileen à temps...

— Non, Harry, venez. Nous déjeunerons ici.

— Je voudrais parler à Aisling O'Connor, s'il vous plaît.

— Je crois qu'elle est partie déjeuner. C'est la comptable, à l'appareil. Puis-je faire quelque chose pour vous ?

— Non. Retournez à vos livres.

— Excusez-moi, je n'ai pas compris.

Elizabeth raccrocha.

— Henry, je te conjure de ne pas faire de scène ici. Henry, je suis ton plus vieil ami. Ecoute-moi, écoute-moi ! Allons en discuter ailleurs. Il suffit d'élever un peu la voix pour que tout le bureau soit en émoi. Alors, nous allons sortir calmement, *calmement*, tu m'entends ? Une fois dehors, nous irons dans un pub.

— Mais...

— J'ai ta promesse de rester tranquille, n'est-ce pas ? Alors, j'ouvre la porte.

Ils sortirent du bureau comme des automates. Tous les yeux les suivirent tandis qu'ils se dirigeaient vers l'escalier d'un pas mécanique.

Au passage, Simon dit discrètement à sa secrétaire :

— Téléphonez à nos épouses. Expliquez tout à la mienne, rien à la sienne.

Elizabeth n'avait jamais aimé les femmes qui travaillaient dans l'entourage d'Henry, avec leur petit air d'être toujours au courant de tout. Et la pire c'était cette pimbêche de Jessica, la secrétaire de Simon.

— Mr Burke m'a priée de vous téléphoner,

Mrs Mason, pour vous prévenir que lui et Mr Mason allaient boire quelque chose... Non, il n'a pas dit pourquoi... non, j'ignore où... peut-être songeait-il que vous vous seriez inquiétée, si vous attendiez Mr Mason de bonne heure...

Aisling et Johnny allèrent au cinéma. A la sortie, il lui dit qu'il devait la quitter parce qu'il voulait se coucher tôt.

Une heure plus tard elle téléphona chez lui mais n'obtint pas de réponse.

Fatigué par son long voyage, Harry préférait aller au lit de bonne heure. Il se coucha tristement. Elizabeth ne semblait pas en train. Pas comme Violet ou quelque chose de ce genre, mais du surmenage, la pauvre enfant.

Il espérait qu'Henry rentrerait vite avec de bonnes nouvelles à propos de son travail. Mais il valait mieux qu'il se retrouve seul avec Elizabeth. De la soirée elle n'avait pas arrêté de regarder la pendule : elle était malade d'inquiétude.

Au pub, il vint un moment où on refusa de continuer à les servir. Ils allèrent manger du poisson frit et des frites. Ça dégrisa Simon. Mais Henry n'arrêtait pas de pleurer.

— Qu'est-ce qu'on peut me reprocher, hein ? geignait-il. J'ai été consciencieux, honnête, je n'ai jamais déprécié un collègue. J'ai toujours été droit, moi. J'ai beau réfléchir, non, rien n'est de ma faute...

Simon commençait à perdre patience. Il consulta sa montre.

— Ecoute, Henry, il est affreusement tard. Tu devrais rentrer chez toi. Elizabeth va...

— Elizabeth ! s'exclama Henry. Voilà mon erreur ! Madame est tellement affairée avec ses histoires d'art — beaucoup trop affairée pour s'apercevoir de mes difficultés, elle n'a pas le temps de...

526

— Henry, tu es grotesque. Je te dis pour la dernière fois qu'*il n'y a pas* de complot, qu'Elizabeth n'est pas...

— Même pour Eileen elle n'a pas le temps. Elle n'en a que pour Aisling. Cette traînée irlandaise! Je sais ce que je dis. Tout ce qui porte un pantalon. Je les entends discuter toutes les deux. Johnny ne lui suffit pas...

— Rentre chez toi, Henry. Tu verras plus clair demain.

— Jamais de la vie! Je sais où je vais aller, dit Henry avec un sourire satisfait d'homme ivre.

— Où ça? Elizabeth va...

— Qu'elle aille au diable! Elle ne comprend rien. Tout le temps à me houspiller.

— Ecoute, mon vieux, si tu penses que tu peux te débrouiller seul... parce que je dois filer.

— Mais oui, Simon, ça va beaucoup mieux. Je vois maintenant ce que tu voulais dire... c'est une affaire qui demande du doigté... surtout, pas de scènes au bureau. Ça se passe dans les coulisses... j'ai raison? dit-il en riant stupidement.

— Mais oui. Viens, je te mets dans un taxi...

— Non. Toi, rejoins ton foyer... moi, je vais me donner encore un peu de temps... de bon temps...

— Alors, à demain, Henry. La tête froide et les idées claires.

— La tête froide et les idées claires, marmonna Henry.

— Bonté divine! Il doit y avoir en moi quelque chose qui plaît aux ivrognes. Henry Mason, je ne vous ai encore jamais vu dans un tel état! Qu'est-ce que vous voulez?

— Je veux vous parler...

— Très bien, mais ne réveillez pas tout l'immeuble.

Tout en boutonnant sa robe de chambre, Aisling fit entrer Henry.

— Déjà déshabillée? Vous voilà au lit à dix heures?

— Il est beaucoup plus tard que dix heures, et d'ailleurs, j'étais fatiguée. Je vous fais un café?

— Non, donnez-moi un verre. Il doit y avoir le choix,

chez vous. Chez une dame riche comme vous, on doit pouvoir boire de tout...

— J'ai en tout et pour tout une bouteille de vermouth. Et ça vous rendra malade comme un chien. Si vous y tenez !

— Pas de bar ? Les gens riches ont un bar !

— Henry, je veux bien mettre ça sur le compte de votre état. Mais n'oubliez pas que mon mari est mort alcoolique au dernier degré ! Et moi-même, j'aime autant ne pas trop me laisser aller...

— C'est ce que je suis venu faire... me laisser aller.

— D'accord, je vais vous donner le vermouth. Mais vous ne vous plaindrez pas que je ne vous aie pas averti !

— Gardez-le.

— Dieu soit loué ! Nous allons boire un café ensemble, et je téléphonerai à Elizabeth. Elle sait que vous veniez me voir ?

— Pourquoi le saurait-elle ? On ne prévient pas sa femme quand on va voir une putain...

Elizabeth appela Bethan :

— Excusez-moi de vous déranger à pareille heure. Est-ce que Simon est là ?

De son fauteuil, Simon fit un signe de tête négatif. Ses beaux-parents leur rendaient visite, et il jouait les hommes d'intérieur.

— Non, Elizabeth. Je crois qu'il est sorti avec Henry. Ils célèbrent des choses ensemble, je pense.

— Oui, certainement. Je vous remercie.

Johnny assura Virginia qu'elle pouvait très bien passer la nuit là. Il avait raison, ce serait ridicule de chercher un taxi à une heure aussi avancée. Il mit un disque et, passant rapidement dans la chambre à coucher, il découvrit un peu le lit, juste assez pour qu'il paraisse accueillant mais pas trop éloquent.

Harry fit un cauchemar et se réveilla. Il regarda la pendule : il était minuit. Cela faisait deux heures qu'il dormait. Il se sentait très las, mais c'était normal — ce trajet depuis le Nord était tout de même fatigant pour un homme de soixante-deux ans.

— Mettons ça sur le compte de la boisson, Henry. Maintenant vous allez me laisser, et j'oublierai ce que vous avez dit.

— Qu'est-ce que j'ai dit ?

— Que j'étais une putain. Je sais que vous ne le pensez pas.

— Oh, que si ! Je veux entrer dans le club de vos amants.

— Bon sang, rentrez chez vous, Henry ! Ne faites pas l'idiot.

— Vous osez me traiter d'idiot !

Aisling s'alarma. Elle sentait qu'il pourrait la frapper. Il lui rappelait tellement Tony, le dernier soir... mais il était tout de même beaucoup moins ivre.

— Allons-y ! dit-il en essayant de l'agripper. Vous le faites avec d'autres, pourquoi pas avec moi ?

Aisling courut se réfugier à l'autre bout de la pièce.

— Pour la dernière fois, je vous demande de vous en aller. Je vous ai toujours considéré comme un ami... votre femme est ma meilleure amie... cette scène est idiote... absolument grotesque !

— Vous marchez avec n'importe quel homme...

— Ecoutez-moi bien, Henry : il n'y a qu'un seul homme dans ma vie, Johnny Stone... et personne d'autre...

Elle avait eu du mal à arriver au bout de sa phrase. Elle maudissait Simon Burke, et elle se maudissait de sa propre imbécillité — c'était Simon qui avait dû insinuer à Henry de venir là...

— Dans votre vie, mais comment donc ! Et qui a été aussi dans la vie d'Elizabeth. Vous en avez partagé beaucoup d'autres, toutes les deux ?

— Henry, vous savez très bien qu'il n'y avait plus rien entre eux quand vous l'avez connue. C'est vous qu'elle aime, espèce de nigaud...

— Et vous, vous le connaissiez déjà, hein ? Depuis la première fois que vous êtes venue à Londres.

Aisling en avait plus qu'assez. Comment s'en débarrasser ?

— Oui, c'était au moment de l'histoire...

— Quelle histoire ?

— Henry, laissez-moi tranquille. Rentrez à la maison et parlez-en à Elizabeth.

— Quelle histoire ?

— Vous le savez bien, Elizabeth vous a tout raconté. J'ai fait la connaissance de Johnny quand elle a avorté. Mais il ne...

— Elizabeth a avorté... ?

— Henry, *vous le saviez*. Elizabeth vous l'a dit...

— Immonde garce ! Vous n'êtes même pas digne... Putain !

— Vous le saviez. Elizabeth m'a dit que vous connaissiez son passé et qu'elle connaissait le vôtre. J'ai trouvé ça magnifique, et je le pense toujours. Vous avez décidé de chercher querelle à quelqu'un, mais ne comptez pas sur moi. Je suis de première force pour désarmer les ivrognes.

Il partit sans un mot. Brusquement, il paraissait trop calme. Elle l'appela dans l'escalier ; il ne répondit pas.

Johnny et Virginia étaient couchés quand ils furent dérangés par la sonnerie du téléphone. Johnny tendit le bras vers l'appareil. L'appel venait d'une cabine publique.

— Vous êtes un salaud et un assassin, dit une voix pâteuse.

— Qui est à l'appareil ? demanda Johnny.

Il ne reconnaissait pas son correspondant, mais c'était manifestement un homme ivre.

— Vous l'avez laissée tuer l'enfant. Je sais tout.

— De quoi parlez-vous ? Qui ça ?

— Elizabeth, dit l'homme en raccrochant.

Harry se réveilla une deuxième fois. Est-ce que maintenant il allait avoir besoin de somnifères ? Mais non, cette fois il y avait une raison : à travers la porte, des bruits de voix lui parvenaient.

— Ton histoire de poste, je m'en moque. Tu serais

renvoyé que je m'en moquerais! Mais pourquoi ne m'as-tu pas téléphoné...?

— Tu es une meurtrière... tu as tué un enfant. Je le sais!

— Qu'est-ce que tu racontes? Ecoute, entre et ferme la porte. Tu vas réveiller Harry.

— Toi et lui vous avez tué un enfant, tout le monde le sait... Mais moi, tu ne m'avais rien dit. Si j'avais été au courant, jamais je ne t'aurais épousée, jamais!

— Henry, ne parle pas si fort, tu vas réveiller Eileen. Tiens, ça y est, tu l'as réveillée. Et maintenant entre, au lieu de te balancer sur le pas de la porte. Tu vas me raconter d'où tu tires cette histoire stupide...

— De ton amie, de ta complice, la putain irlandaise!

— Henry, tu dérailles...

— Aisling la traînée. Je l'ai eue, Johnny l'a eue, Simon l'a eue. Harry l'aurait, s'il n'était pas si vieux. Si elle n'a pas consommé son mariage elle s'est bien rattrapée...

— Tu étais avec Aisling?

— Avec ce trésor d'Aisling.

— Toi et elle... je ne te crois pas.

— Eh bien, vous en parlerez ensemble demain matin. Vous vous racontez tout... je vous ai entendues.

— Aisling n'a pas couché avec toi. Ça, j'en suis sûre...

— Pourquoi pas? Elle couche bien avec Johnny-Stone-le-Salaud. Mais lui, je l'ai appelé, je lui ai dit.

— Tu lui as dit quoi?

— Que je savais qu'il avait tué un enfant, avec toi.

Harry se demandait s'il devait intervenir. Dans un pub c'est un réflexe naturel quand les voix montent à ce diapason. Mais on ne doit pas se mêler des disputes entre gens mariés. Seulement, là, Henry paraissait devenu fou. Tuer un enfant? Avec Johnny? Il essaya de se boucher les oreilles. Non, c'était impossible, il fallait qu'il soit prêt, au cas où il devrait prêter main forte à Elizabeth. Et s'il se manifestait en criant : « Dites donc! Qu'est-ce qui se passe? » Ça calmerait peut-être Henry. Il choisirait de rentrer ou de repartir. Mais tout valait mieux que cette altercation qui n'en finissait pas.

Il entrouvrit la porte de sa chambre, regarda par la fente.

La porte palière était grande ouverte. Henry se découpait en pleine lumière. Il grimaçait nerveusement :

— Putain... meurtrière... indigne d'être une mère... J'emmène Eileen... tout de suite... garce.

— Henry, tu es fou... Non, n'entre pas, laisse-moi. Vas-tu fiche le camp !

— Je prends ma fille... allez, laisse-moi passer...

Cette fois, Harry ne pouvait plus hésiter. Tant pis, il dirait qu'il avait entendu leur dispute. Il ouvrit sa porte.

— Dites donc ! commença-t-il.

Campé sur l'étroit palier recouvert de moquette, Henry, le visage déformé, répétait :

— Laisse-moi passer... je te dis de me laisser passer...

— Non, tu n'entreras pas dans l'état où tu es ! Tu vas terroriser Eileen. Henry, non, *non...* !

Il tenait Elizabeth aux épaules mais elle résistait vigoureusement.

— Va-t'en, va-t'en ! cria-t-elle en le repoussant vers la porte ajourée de l'ascenseur. Et que je n'entende plus jamais des mots comme ça.

Henry avait dû monter les quatre étages à pied, pensa bêtement Harry. Autrement, l'ascenseur serait là. Ils avaient dû le voir. Petite silhouette en pyjama, il s'était approché presque en pleine lumière. Mais ils continuaient à s'agiter.

— Dites donc ! répéta-t-il.

Au même moment, Henry laissa échapper sa serviette qui passa entre deux barreaux de la balustrade et dégringola en sifflant dans le puits central de l'escalier.

— Méfie-toi... arrête... Henry, sois raisonnable... disait Elizabeth.

Henry l'agrippait toujours aux épaules. Elle parvint à se dégager en le repoussant brusquement. Il vacilla et revint à la charge... Cette fois, Elizabeth le repoussa de toutes ses forces.

Harry vit Henry Mason rouler sur les marches. Il

paraissait tomber lentement. Harry se sentit glacé de la tête aux pieds.

Un cri monta dans la cage de l'escalier, puis encore un autre, suivi d'un bruit bizarre, qui était peut-être le choc d'un crâne contre une marche de marbre...

Puis il y eut un autre bruit. Celui de la serrure. Elizabeth venait de verrouiller la porte — de l'intérieur.

Aisling se dit qu'il était *impossible* qu'Henry n'ait pas été au courant... de tout. Elizabeth lui avait forcément raconté l'horrible histoire. Forcément. Dans les moments les plus intimes, on se dit des choses très personnelles. Elle-même, elle avait parlé à Tony des premières caresses de Ned, quand ils allaient au cinéma. Mais Henry était ivre, et en plus enragé de ne pas avoir obtenu ce poste. Ça lui passerait.

Johnny se dit qu'il devait y avoir des tas d'Elizabeth à Londres. Et comme lui et Elizabeth n'avaient jamais tué d'enfant... Il en était absolument certain.

Et puis, ce fut le silence. Dans l'immeuble, personne ne semblait avoir entendu. Elizabeth resta un moment figée devant la porte verrouillée. Puis elle passa devant Harry sans le voir. Il tendit l'oreille. Elizabeth rendormait Eileen :

— Oui, ma beauté, oui. Maman est là. Et tu verras Papa bientôt. Il rentrera tard, Papa. Il travaille, le Papa d'Eileen. Mais bientôt il sera là. Oui, bientôt. Tout ira bien.

— Mon Dieu, oh, mon Dieu ! dit Harry.

Les ambulanciers partirent sans faire rugir leur sirène. Ils ne conduisaient pas d'urgence un malade à l'hôpital. Henry Mason était mort. Le concierge était monté annoncer la triste nouvelle à la jeune Mrs Mason, au dernier étage. Elle était venue lui ouvrir en robe de chambre, sa petite fille dans les bras. Elle semblait éperdue.

— Qu'est-ce que c'est ? Qu'est-ce qu'il y a ? Oh, non ! Ce n'est pas vrai... ce n'est pas possible... Mais comment ? Qu'est-ce qui a pu se passer...? Il n'était pas rentré. Il est tombé ? Mais comment ça, tombé ? Je veux le voir, je veux le voir ! Henry ! Henry ! Henry !

L'enquête du coroner fut courte et de pure forme.

Aisling se souvenait des comptes rendus d'enquête qu'elle lisait dans la presse locale, à Kilgarret. Maman disait que c'était une calamité et un supplice, pour les familles déjà si éprouvées, que la présence des journalistes, parce qu'ils notaient tout et faisaient des comptes rendus tendancieux. Mais c'était la loi : toute mort violente ou subite donnait lieu à une enquête judiciaire menée par le coroner.

Parmi les gens réunis dans la petite salle d'audience poussiéreuse, elle voyait seulement deux hommes prendre des notes. Ce devait être « la presse ». Ils n'avaient guère la tête de l'emploi. Personne, d'ailleurs, ne paraissait vraiment à sa place. On aurait dit des acteurs s'apprêtant à jouer un rôle sans connaître leur texte. Quant à Elizabeth, elle gardait un masque indéchiffrable.

Elizabeth restait impassible, mais les idées tourbillonnaient dans sa tête. Elle se souvenait qu'il y avait eu une enquête de ce genre à l'hôpital où était Maman, parce que, dans une chambre voisine, une patiente s'était ouvert les veines avec un morceau de verre. Bien que n'étant nullement à blâmer, car la pauvre folle avait déjoué toutes les surveillances, les médecins et les infirmières étaient en émoi. Ils avaient raconté à Elizabeth que c'était un moment très pénible. Elle se demandait si elle avait rapporté cette histoire à Aisling. Elle la regarda. Aisling était assise en face d'elle, raide et inhabituellement calme.

Harry Elton n'en revenait pas de se trouver là. La salle était si petite, si minable. Rien de comparable avec les tribunaux qu'on voyait au cinéma. Mais évidemment, se répétait-il pour la vingtième fois, ce n'était pas un procès. Juste une instruction pour que tout soit en règle. Les procès, c'était seulement quand il y avait eu crime.

534

Simon Burke regardait les rayonnages. Il reconnaissait les manuels et traités juridiques rien qu'à leur couverture. Ils auraient quand même pu les épousseter. Tout ce qui touche au droit a besoin d'un certain décorum — et ce n'était certes pas le cas. Comme Elizabeth et Aisling étaient raides et pâles. Il se souvenait de sa première vision d'Elizabeth, quand il était allé s'inscrire à ses cours, avec Henry. Mon Dieu ! Ce pauvre bougre d'Henry !

Johnny crut qu'Aisling lui souriait, et il lui rendit son sourire. Mais non, elle le regardait sans le voir. Seigneur ! Quelle affaire ! C'était inimaginable, absurde. Henry était mort parce qu'il avait trop bu. Quand il pensait que ces deux filles... enfin, ces deux femmes, avaient perdu leur mari à cause de l'alcool. Une probabilité rarissime. Ce pauvre vieil Henry. Seigneur, vivement que ce soit terminé !

« D'après Aisling, ce sera rapide et de pure forme, pensait Elizabeth. Mon Dieu ! Faites qu'elle ait raison ! Je ne tiendrai jamais jusqu'au bout. »
« S'ils ne commencent pas tout de suite, je vais craquer, pensait Aisling. Qu'est-ce qu'il fait, ce coroner, à déplacer des papiers sur son bureau ? Mais vas-y donc, puisque ce n'est qu'une formalité, juste l'enregistrement des témoignages ! Tu te crois au Jugement dernier, ou quoi ? »

Le coroner était enfin prêt à recueillir les témoignages...
Il y eut ceux des agents de police, des ambulanciers, du concierge. Ils parlaient d'un ton neutre, précisaient les heures. Les deux seules autres dépositions sollicitées furent celles de Harry Elton et de Simon Burke. Harry Elton, beau-père de Mrs Mason... se trouvait dans l'appartement. Absolument rien entendu avant les grands coups frappés à la porte par le concierge, et la terrible nouvelle. Malheureuse Elizabeth... épouvantable choc. Une tragédie... famille si unie...

Simon Burke avait quitté Henry Mason au coin de Great Portland Street et Mortimer Street. En état d'ébriété. Non, il n'avait pas dit où il allait. Simon Burke lui avait recommandé de rentrer chez lui en taxi, et il avait dit qu'il en prendrait un. Non, Simon Burke ne voyait pas où il avait pu aller.

Le témoignage d'Aisling O'Connor, amie de Mrs Mason, ne fut pas requis. Ni non plus celui de Johnny Stone, ami et collègue de Mrs Mason. Parce qu'on n'avait pas évoqué de visite ni de communication téléphonique.

Le coroner conclut à une mort accidentelle à la suite d'une chute survenue après ingestion excessive d'alcool.

Et ils sortirent tous dans le soleil.

Aisling et Elizabeth se tournèrent l'une vers l'autre et se regardèrent longuement.

Aisling sentit la main de Johnny sur son bras...

— Qu'est-ce qu'elle va faire? demanda-t-il, alors que Simon refermait la portière de la voiture derrière Elizabeth et Harry.

— Se coucher, certainement. Elle a besoin de sommeil.

— Je lui ai demandé s'il y avait quoi que ce soit... si je pouvais... dit Johnny, qui semblait curieusement chercher ses mots.

— Non, je suis sûre qu'elle préfère se reposer... Eh bien, je m'en vais, annonça-t-elle après un court silence.

— Viens, je t'invite à déjeuner.

— Non, Johnny, mais je te remercie de l'intention.

— Je t'en prie, Aisling, insista-t-il avec un sourire irrésistible.

— Non, Johnny. Merci encore, mais pour l'instant, j'ai envie d'être seule.

— Et plus tard?

— Je ne sais pas, répondit Aisling. Je n'ai rien décidé.

Elle le laissa. Au moment de traverser la rue elle se retourna. Johnny restait là-bas, figé sur place. Seul.

— Elizabeth. Ne bouge pas, j'ai assez de place.

Aisling s'assit au bord du lit, saisit la main glacée d'Elizabeth, la frotta pour la réchauffer. Elizabeth se taisait. Le tic-tac de la pendule paraissait très sonore. Des bruits étouffés leur parvenaient : ceux de la circulation, en bas, et des conversations dans le salon. Harry parlait aux visiteurs à voix basse, les dissuadait de voir Elizabeth en pareil moment, notait les noms, donnait des explications. Eileen avait été confiée à des amis qui avaient une fillette de son âge. Le père d'Elizabeth était déjà reparti. Elizabeth avait refusé qu'on lui fasse une piqûre sédative. Oui, elle allait bien, elle avait beaucoup de courage.

Les yeux d'Elizabeth faisaient le tour de la pièce, se posaient sur Aisling, se détournaient... Mais elle ne bougeait pas la tête, comme si elle était trop lourde pour qu'elle la décolle de l'oreiller.

— Si tu peux marcher, nous devrions sortir, dit Aisling.

— Oui, sortons !

Lâchant la main d'Aisling, Elizabeth rejeta la couverture. Elle s'était couchée en combinaison. Elle se leva, enfila un gros pull bleu, une jupe écossaise, prit une veste dans la penderie. Elle semblait mal assurée sur ses jambes.

— Tu es sûre que tu pourras...?

— Oui. J'ai envie de sortir...

Elizabeth avait mis ses chaussures et regardait Aisling avec un air d'enfantine confiance.

Aisling prévint Harry, et elles se retrouvèrent sur le palier. Elles descendirent par le petit ascenseur, sortirent, traversèrent la rue. Elles semblaient pressées, et ne ralentirent l'allure que dans le parc, pour prendre le pas des Londoniens qui viennent oublier la circulation et le tumulte de la ville au milieu des pelouses et des parterres de fleurs.

— Qu'est-ce que je vais faire ? dit Elizabeth.

— T'occuper d'Eileen. Te souvenir des bons

moments et oublier les mauvais, dit Aisling en lui prenant le bras. Je crois qu'on s'en tire comme ça.

— Oui.

— Mais tout de même, nous nous en sommes bien mal tirées. Nous voilà veuves toutes les deux... et à part ton Eileen, que reste-t-il de nos espoirs... de nos rêves ?

— Ta maman n'apprécierait pas de nous entendre parler comme ça, dit Elizabeth d'une voix brusquement raffermie. Elle n'aimait pas qu'on remâche le passé.

— Oui, mais elle savait toujours trouver les mots justes, elle... moi, je pensais qu'elle se trompait... et puis je m'apercevais qu'elle avait eu raison...

Elles s'assirent sur un banc.

— Ça a dû se passer très vite pour lui, dit Aisling.

— En quelques secondes, d'après la police, répondit Elizabeth en se cachant le visage dans les mains.

— Ne pleure pas, ne pleure pas !

— Je ne pleure pas, mais quelques secondes, ça peut paraître si long...

— Tony a mis tellement plus longtemps à mourir... Pense plutôt à tout ce que tu as fait pour Henry. Tu lui as donné le foyer qu'il désirait tant... tu lui as aussi donné confiance en lui... toutes ces choses qu'il n'aurait jamais trouvées auprès d'une autre.

— Aisling, qu'est-ce qui va arriver ?

— Je ne sais pas.

— Mais si, tu dois savoir... tu te souviens, autrefois, tu avais toujours réponse à tout.

Que d'anxiété il y avait dans ce pauvre visage blême.

— Eh bien, il faudra recommencer à vivre. Réinventer de bonnes choses. Tu sais, nous sommes tout de même très braves... nous avons pris bien des décisions courageuses... Et les religieuses qui nous reprochaient notre manque de volonté ! Il nous en a pourtant fallu, de la volonté, pour faire face à tant de circonstances ! Sans ça, qu'est-ce qui serait arrivé ?

— Nous aurions eu des vies différentes, dit Elizabeth non sans amertume.

— Elizabeth, tu ne t'es jamais apitoyée sur toi-même, et pourtant, tu avais souvent de quoi... Alors, ne commence pas. Tu dois être forte, ne serait-ce déjà que pour ta fille.

— Je ne m'apitoie pas sur moi-même. J'ai peur... j'ai peur pour moi... et de moi. Si je savais t'expliquer... si tu pouvais comprendre...

— Tu sais bien que je comprends toujours, dit Aisling en se levant. Il n'y a rien que je n'aie jamais compris. Mais ne t'épuise pas à ressasser tes peurs. Tu me demandes ce qui va arriver, et je te dis qu'il faut recommencer à vivre. Ensemble, bien entendu.

— Oui.

— Et maintenant, si nous allions prendre Eileen? Elle nous remontera le moral, et à Harry aussi. Et elle sera si contente de retrouver sa maison. Mais si nous ne sommes pas assez fortes pour nous occuper gaiement d'elle, il vaut mieux la laisser encore un ou deux jours.

— Nous sommes assez fortes, dit Elizabeth.

Et elles sortirent du parc.